PATRICIA CORNWELL

Trübe Wasser sind kalt

Der Keim des Verderbens

Trübe Wasser sind kalt

Ausgerechnet an Silvester wird die Gerichtsmedizinerin Dr. Kay Scarpetta zu einem besonderes traurigen Fall gerufen, denn sie kannte den Toten: Ted Edding, ein junger Reporter. Als sich kurz darauf seltsame Vorfälle in Scarpettas Umfeld ereignen, ahnt sie, daß Teds Tod nur der Anfang des Unheils war ...

Der Keim des Verderbens

Eine schreckliche Mordserie gibt Dr. Kay Scarpetta Rätsel auf: Die Leichen werden ohne Kopf und Gliedmaßen gefunden, und die Opfer führen einen unbekannten tödlichen Virus in sich. Fieberhaft arbeitet Scarpetta, um den Erreger zu identifizieren und eine Verbreitung der Seuche zu verhindern, da nimmt der Täter Kontakt zu ihr auf ...

Autorin

Patricia Cornwell, geboren 1956 in Miami, arbeitete als Gerichtsreporterin und Computerspezialistin in der forensischen Medizin, bevor sie mit ihren Thrillern um Kay Scarpetta internationale Erfolge feierte und mit hohen literarischen Auszeichnungen bedacht wurde. Die Autorin lebt derzeit in New York und Florida. Weitere Informationen zu Patricia Cornwell unter: www.patriciacornwell.com.

Von Patricia Cornwell sind im Goldmann Verlag außerdem lieferbar:

Die Kay-Scarpetta-Romane:

Ein Fall für Kay Scarpetta. Roman (44138) · Ein Mord für Kay Scarpetta. Roman (44230) · Das fünfte Paar. Roman (45807) · Body Farm. Roman (46104) Die Tote ohne Namen. Roman (43536) · Trübe Wasser sind kalt. Roman (43537) Der Keim des Verderbens. Roman (43902) · Brandherd. Roman (43903) · Blinder Passagier. Roman (43904) · Das letzte Revier. Roman (43905) · Die Dämonen ruhen nicht. Roman (45436) · Staub. Roman (45437) · Defekt. Roman (46100) · Ein Fall für Kay Scarpetta/Ein Mord für Kay Scarpetta. Zwei Romane in einem Band (13134)

Kay-Scarpetta-Kochbücher:

Kay Scarpetta bittet zu Tisch (44541) · Zum Sterben gut. Kay Scarpettas Lieblingsgerichte (45301)

Serie um Judy Hammer und Andy Brazil:

Die Hornisse. Roman (43901) · Kreuz des Südens. Roman (45435) · Insel der Rebellen. Roman (45434)

Serie um Win Garano: Gefahr. Roman (46274)

Außerdem lieferbar: Wer war Jack the Ripper? Portät eines Killers (45806)

Patricia Cornwell

Trübe Wasser sind kalt

Der Keim des Verderbens

Zwei Romane in einem Band

GOLDMANN

Die Originalausgabe von »Trübe Wasser sind kalt« erschien
unter dem Titel »Cause of Death«,
die von »Der Keim des Verderbens« unter dem Titel »Unnatural Exposure« beide bei G. P. Putnam's Sons, New York.

FSC
Mix
Produktgruppe aus vorbildlich
bewirtschafteten Wäldern und
anderen kontrollierten Herkünften

Zert.-Nr. SGS-COC-1940
www.fsc.org
© 1996 Forest Stewardship Council

Verlagsgruppe Random HouseFSC-DEU-0100
Das für dieses Buch verwendete FSC-zertifizierte Papier
Holmen Book Cream liefert Holmen Paper, Hallstavik, Schweden.

Einmalige Sonderausgabe Juni 2009
Trübe Wasser sind kalt
Copyright © der Originalausgabe 1996
by Patricia Daniels Cornwell
Copyright © der deutschsprachigen Ausgabe 1997
by Hoffmann und Campe Verlag, Hamburg
Der Keim des Verderbens
Copyright © der Originalausgabe 1997
by Patricia Daniels Cornwell
Copyright © der deutschsprachigen Ausgabe 1998
by Hoffmann und Campe Verlag, Hamburg
Umschlaggestaltung: UNO Werbeagentur, München
Umschlagfoto: Getty Images/Sara Gray
Druck und Einband: GGP Media GmbH, Pößneck
Printed in Germany
ISBN: 978-3-442-13457-1

www.goldmann-verlag.de

Trübe Wasser sind kalt

Deutsch von Klaus Pemsel

Für Susanne Kirk –
weitblickende Lektorin
und Freundin

Er aber sprach zum dritten Mal zu ihnen:
Was hat denn dieser Übles getan?
Ich finde nichts an ihm,
das des Todes schuldig wäre.

Lukas 23,22

1

Noch vor Anbruch des letzten Tages im blutigsten Jahr, das Virginia seit dem Bürgerkrieg erlebt hatte, machte ich Feuer und setzte mich an das dunkle Fenster, das mir nach Sonnenaufgang das Meer zeigen würde. Ich saß im Morgenmantel im Schein der Lampe und sah die Jahresstatistik meiner Behörde über die Verkehrsunfälle, Prügeleien, Schießereien und Messerstechereien durch, als um Viertel nach fünf das Telefon aufdringlich klingelte.

»Verdammt«, brummte ich, denn meine Bereitschaft, an Dr. Philip Mants Telefon zu gehen, ließ spürbar nach. »Schon gut, schon gut.«

Sein verwittertes Cottage in der kleinen Gemeinde Sandbridge direkt an der Küste Virginias zwischen dem Marinestützpunkt und dem Naturschutzgebiet Back Bay lag versteckt hinter einer Düne. Mant war mein Leichenbeschauer für den Bezirk Tidewater. Seine Mutter war bedauerlicherweise an Heiligabend gestorben. Unter normalen Umständen hätte seine Reise nach London, wo er die Familienangelegenheiten regeln mußte, keine Notlage in der Gerichtsmedizin Virginias geschaffen, aber die stellvertretende forensische Pathologin war im Mutterschaftsurlaub, und der Leichenschauhaus-Aufseher hatte gerade gekündigt.

»Bei Dr. Mant«, meldete ich mich. Vor den Fensterscheiben zauste der Wind die dunklen Umrisse der Kiefern.

»Hier ist Officer Young von der Polizei Chesapeake«, sagte jemand, der wie ein im Süden geborener und aufgewachsener Weißer klang. »Könnte ich bitte Dr. Mant sprechen?«

»Er ist verreist«, entgegnete ich. »Kann ich Ihnen irgendwie behilflich sein?«

»Sind Sie Mrs. Mant?«

»Ich bin Dr. Kay Scarpetta, Chief Medical Examiner. Ich vertrete Dr. Mant.«

Der Anrufer zögerte und fuhr dann fort: »Wir haben einen Hinweis auf einen Todesfall bekommen. Einen anonymen Anruf.«

»Wissen Sie, wo es sich ereignet haben soll?« Ich hatte mir schon Stift und Papier bereitgelegt.

»Auf dem Schiffsfriedhof der Marine.«

»Wie bitte?« Ich blickte auf.

Er wiederholte seine Worte.

»Um wen handelt es sich, einen Navy-SEAL?« Ich war verblüfft, denn meines Wissens hatten nur diese speziell ausgebildeten Marinetaucher im Manövereinsatz Zugang zu den in der Werft vertäuten, ausrangierten Schiffen.

»Wir wissen nicht, wer es ist, aber er könnte nach Überbleibseln aus dem Bürgerkrieg gesucht haben.«

»Im Finstern?«

»Ma'am, das Gelände ist militärischer Sicherheitsbereich. Aber das hat die Leute schon früher nicht davon abgehalten, sich da herumzutreiben. Sie stehlen sich in Booten hin, und das geht immer nur im Dunkeln.«

»So etwas hat der anonyme Anrufer angedeutet?«

»So ziemlich.«

»Klingt ja interessant.«

»Das dachte ich auch.«

»Und die Leiche ist noch nicht gefunden worden«, sagte ich, denn ich wunderte mich immer noch, warum dieser Officer es für nötig gehalten hatte, zu so früher Stunde einen Gerichtspathologen zu verständigen, wenn nicht einmal eindeutig feststand, daß es eine Leiche gab oder daß überhaupt jemand vermißt wurde.

»Wir sind auf der Suche danach, und die Navy schickt ein paar Taucher, da kriegen wir die Sache in den Griff, wenn alles gutgeht. Ich wollte Sie lediglich darauf aufmerksam machen. Und richten Sie Dr. Mant mein Beileid aus.«

»Ihr Beileid?« rätselte ich, denn wenn er von Dr. Mants Situation wußte, warum hatte er dann nach ihm gefragt.

»Ich habe gehört, seine Mutter ist gestorben.«

Ich setzte die Spitze meines Stifts auf das Blatt Papier.

»Würden Sie mir bitte Ihren vollen Namen nennen, und wie Sie zu erreichen sind?«

»S. T. Young.« Er gab mir eine Telefonnummer, und wir legten auf.

Ich starrte in das schwache Feuer im Kamin und fühlte mich unbehaglich und einsam, als ich aufstand, um Holz nachzulegen. Ich wäre viel lieber in Richmond gewesen, in meinem eigenen Haus mit Kerzen in den Fenstern und der mit altem Christbaumschmuck dekorierten Fraser-Tanne. Ich wollte Mozart und Händel hören statt des schrill ums Dach pfeifenden Winds, und ich wünschte, ich hätte Mants freundliches Angebot, in seinem Haus statt in einem Hotel zu wohnen, nicht angenommen. Ich machte weiter mit der Überprüfung der Statistik, aber meine Gedanken schweiften immer wieder ab. Ich stellte mir das schlammige Wasser des Elizabeth River vor, das zu dieser Jahreszeit wohl eine Temperatur von weniger als 15 Grad hatte, und die Sicht betrug bestenfalls einen halben Meter.

Gut, manche tauchten im Winter in der Chesapeake Bay nach Austern oder fuhren dreißig Meilen auf den Atlantik hinaus, um einen versunkenen Flugzeugträger oder ein deutsches U-Boot zu erkunden oder andere Wunderdinge, wonach zu tauchen sich lohnte. Aber im Elizabeth River, wo die Navy ihre ausrangierten Schiffe hinbrachte, schien es wenig Verlockendes zu geben, egal bei welchem Wetter. Ich konnte mir nicht vorstellen, daß jemand dort im Winter nach Einbruch der Dunkelheit allein tauchen sollte, um nach altem Gerümpel oder so zu suchen, und glaubte, der anonyme Hinweis würde sich als pures Spinnertum erweisen.

Ich stand aus dem Lehnstuhl auf und ging ins Schlafzimmer, wo meine Habseligkeiten fast über den ganzen kühlen, kleinen Raum verbreitet waren. Ich zog mich rasch aus und duschte hastig, denn ich hatte schon am ersten Tag hier entdeckt, daß der Boiler nicht viel hergab. Offen gestanden fühlte ich mich überhaupt nicht wohl in Dr. Mants zugigem Haus mit der knorrigen, hellen Kieferntäfelung und den dunkelbraun gestrichenen Böden, auf denen jedes Stäubchen zu sehen war. Mein britischer Deputy Chief schien in einem düsteren Windfang zu leben, und ich fror ständig in seiner spärlich möblierten Bleibe. Zudem verstörten mich hier unidentifizierbare Geräusche, weswegen ich manchmal aus dem Schlaf hochfuhr und nach meiner Waffe griff.

In einen Morgenmantel gehüllt, das Haar mit einem Handtuch umwickelt, kontrollierte ich Gästezimmer und Bad, um mich zu vergewissern, daß alles für die Ankunft meiner Nichte Lucy am Mittag bereit war. Dann warf ich einen Blick in die Küche, die im Vergleich zu meiner eigenen erbärmlich war. Es schien, als hätte ich bei meiner gestrigen Einkaufsfahrt nach Virginia Beach nichts vergessen, aber ich würde ohne Knoblauchpresse, Spaghettimaschine, Mixer und Mikrowellenherd auskommen müssen. Ich fragte mich schon ernsthaft, ob Mant jemals zu Hause aß oder sich überhaupt hier aufhielt. Wenigstens hatte ich daran gedacht, mein eigenes Besteck und Kochgeschirr mitzubringen, und solange ich gute Messer und Töpfe hatte, würde ich schon zurechtkommen.

Ich las noch ein wenig, schlief dann aber im Schein der Stehlampe wieder ein. Wieder riß mich das Telefon hoch, und ich griff nach dem Hörer, während sich meine Augen erst noch an das Sonnenlicht gewöhnen mußten, das mir nun ins Gesicht fiel.

»Hier Detective C. T. Roche, Chesapeake«, sagte eine andere, mir unbekannte männliche Stimme. »Soviel ich weiß, vertreten Sie Dr. Mant, und wir brauchen unbedingt sofort eine Antwort von Ihnen. Es sieht so aus, als hätte es auf dem Marine-Schiffsfriedhof einen Todesfall beim Tauchen gegeben. Wir müssen uns an die Bergung der Leiche machen.«

»Ich nehme an, es handelt sich um den Fall, von dem mich einer Ihrer Beamten vorhin schon unterrichtet hat?«

Auf langes Schweigen folgte die eher defensive Bemerkung: »Soweit ich weiß, bin ich der erste, der Sie benachrichtigt.«

»Ein Officer Young rief mich heute früh um Viertel nach fünf an. Einen Augenblick.« Ich sah auf meinen Notizzettel. »Initialen S wie Sam und T wie Tom.«

Wieder Sendepause, dann sagte er im gleichen Ton: »Also, ich habe keine Ahnung, von wem Sie reden, bei uns ist niemand mit diesem Namen.«

Mein Adrenalinpegel stieg, während ich mir Notizen machte. Es war dreizehn Minuten nach neun. Ich war verblüfft über das, was er gesagt hatte. Wenn der erste Anrufer nicht von der Polizei war, wer war er dann, warum hatte er angerufen, und woher kannte er Mant?

»Wann wurde die Leiche gefunden?« fragte ich Roche.

»Gegen sechs Uhr bemerkte ein Wachmann einen Kahn, hinter einem der Schiffe vertäut. Ein langer Schlauch führte ins Wasser, als würde dort jemand tauchen. Und als sich nach einer Stunde nichts gerührt hatte, wurden wir gerufen. Ein Taucher fand dann, wie schon gesagt, eine Leiche.«

»Ist sie identifiziert?«

»Wir haben im Boot eine Brieftasche gefunden. Der Führerschein ist auf einen Theodore Andrew Eddings ausgestellt.«

»Der Reporter?« sagte ich ungläubig. »Der Ted Eddings?«

»Weiß, zweiunddreißig Jahre alt, braunes Haar und blaue Augen, dem Foto nach. Er wohnt in der West Grace Street in Richmond.«

Der Ted Eddings, den ich kannte, war ein preisgekrönter Reporter für Associated Press. Es verging kaum eine Woche, in der er nicht wegen irgend etwas anrief. Einen Augenblick lang konnte ich fast nicht denken.

»Wir haben aus dem Boot auch eine Neun-Millimeter-Pistole geborgen«, sagte er.

Als ich wieder sprach, klang ich sehr entschieden. »Seine Identität darf auf keinen Fall der Presse oder sonst wem bekanntgegeben werden, bevor sie nicht bestätigt ist.«

»Das habe ich allen bereits gesagt. Keine Bange.«

»Gut. Und niemand hat eine Ahnung, warum diese Person auf dem Schiffsfriedhof getaucht haben könnte?« fragte ich.

»Er könnte nach irgendwelchem Zeug aus dem Bürgerkrieg gesucht haben.«

»Wie kommen Sie zu dieser Vermutung?«

»Eine Menge Leute suchen in den Flüssen hier nach Kanonenkugeln und solchen Sachen«, meinte er. »Okay. Wir machen also weiter und holen ihn raus, damit er nicht länger als notwendig dort unten bleibt.«

»Ich möchte nicht, daß er berührt wird, und wenn er noch etwas länger im Wasser bleibt, macht das auch nichts mehr.«

»Was haben Sie vor?« Er klang wieder abwehrend.

»Das weiß ich erst, wenn ich dort bin.«

»Also, ich glaube nicht, daß Ihre Anwesenheit notwendig ...«

»Detective Roche«, unterbrach ich ihn, »ob es notwendig ist, daß ich zum Tatort komme, und was ich dort tue, darüber zu entscheiden, liegt nicht in Ihrem Ermessen.«

»Nun ja, ich hab da all die Leute warten, und heute nachmittag soll es schneien. Niemand will sich da draußen an der Pier die Beine in den Bauch stehen.«

»Nach dem in Virginia gültigen Recht bin ich für die Leiche zuständig, und nicht sie oder irgend jemand anderes, ob von der Polizei, der Feuerwehr, der Rettung oder einem Beerdigungsinstitut. Niemand berührt die Leiche, bis ich es erlaube.« Ich sprach mit gerade soviel Schärfe, daß er merkte, ich konnte auch streng sein.

»Wie schon gesagt, dann werde ich all den Leuten auf dem Gelände mitteilen müssen, daß sie sich zu gedulden haben, und das wird sie nicht freuen. Die Navy setzt mir bereits ganz schön zu, ich soll das Gelände verlassen, bevor Reporter auftauchen.«

»Das ist kein Fall der Navy.«

»Das müssen Sie denen sagen. Es sind ihre Schiffe.«

»Das werde ich ihnen gern sagen. In der Zwischenzeit teilen Sie allen mit, daß ich unterwegs bin«, sagte ich, bevor ich auflegte. Da mir klar war, daß ich erst in ein paar Stunden wieder zu dem Cottage zurückkehren würde, heftete ich an die Haustür eine Nachricht mit verschlüsselten Anweisungen für Lucy, wie sie in meiner Abwesenheit ins Haus gelangen konnte. Ich versteckte einen Schlüssel so, daß nur sie ihn finden konnte, und packte dann meine Arzttasche und die Tauchausrüstung in den Kofferraum meines schwarzen Mercedes. Um Viertel vor zehn war die Temperatur auf drei Grad angestiegen, und meine Versuche, Captain Pete Marino in Richmond zu erreichen, hatten bisher zu nichts geführt.

»Gott sei Dank«, murmelte ich, als endlich mein Autotelefon klingelte.

Ich schnappte es. »Scarpetta.«

»Hi.«

»Du hast deinen Piepser an. Das schockiert mich«, sagte ich.

»Wenn du so schockiert bist, warum, zum Teufel, rufst du dann an?« Er klang erfreut, von mir zu hören. »Was ist los?«

»Erinnerst du dich an den Reporter, den du überhaupt nicht leiden magst?« Ich achtete darauf, keine Details preiszugeben, weil wir über Funk sprachen und abgehört werden konnten.

»Welcher denn?«

»Der für AP arbeitet und immer bei mir im Büro vorbeischaut.« Er dachte einen Augenblick nach und sagte dann: »Worum geht's denn? Hast du einen Termin mit ihm?«

»Bedauerlicherweise ja. Ich bin unterwegs zum Elizabeth River. Chesapeake hat gerade angerufen.«

»Augenblick mal. Nicht die Art von Termin.« Er hörte sich besorgt an.

»Ich fürchte, doch.«

»Ach du Scheiße.«

»Wir haben bisher nur einen Führerschein. Wir können also noch nicht sicher sein. Ich werde runtergehen und ihn mir anschauen, bevor wir ihn rausholen.«

»Jetzt halt, zum Teufel, noch mal, die Luft an«, sagte er. »Warum mußt du unbedingt so was machen? Können das nicht andere erledigen?«

»Ich muß ihn sehen, bevor er bewegt wird«, wiederholte ich.

Marino war sehr ungehalten, weil er stets viel zu besorgt war um mich. Er brauchte gar kein Wort mehr zu sagen, um mir das zu vermitteln.

»Ich habe mir bloß gedacht, du könntest eventuell seine Wohnung in Richmond überprüfen«, sagte ich ihm.

»Ja ja. Das mache ich todsicher.«

»Ich weiß nicht, was uns erwartet.«

»Also ich wünschte mir, du würdest die das zuerst rausfinden lassen.«

In Chesapeake nahm ich die Ausfahrt Elizabeth River und bog nach links auf die High Street ab, wo ich an Kirchen, Gebrauchtwagenangeboten und Wohnwagensiedlungen vorbeikam. Hinter dem örtlichen Gefängnis und dem Polizeirevier verlor sich die Marinekaserne in weiträumigem, deprimierendem Schrottgelände, das von einem stacheldrahtbewehrten, rostigen Zaun umgeben war. Inmitten dieser riesigen Fläche, wo überall Metall herumlag und das Unkraut nur so wucherte, befand sich ein Kraftwerk, das anscheinend Müll und Kohle verbrannte, um den Schiffsfriedhof mit Energie für sein trostloses und träges Geschäft zu versorgen. Schornsteine und Gleisanlagen waren heute nicht in Betrieb, alle Kräne am Trockendock standen still. Schließlich war Silvester. Ich fuhr auf das Hauptquartier zu, einen Bau aus langweiligen, rotgrauen Hohlblocksteinen, hinter dem sich lange, gepflasterte Kais erstreckten. Am Wachtor trat ein junger Mann in Zivilkleidung und mit Schutzhelm aus seinem Häuschen. Ich ließ das Fenster herunter. Am windgepeitschten Himmel wirbelten die Wolken vorbei.

»Dies ist militärischer Sicherheitsbereich.« Er verzog keine Miene.

»Ich bin Dr. Kay Scarpetta, Chief Medical Examiner«, sagte ich und hielt meine Messingplakette hoch, das Symbol dafür, daß ich bei jedem plötzlichen, unbeobachteten, unerklärlichen oder gewaltsamen Todesfall im Bundesstaat Virginia juristisch zuständig war.

Er beugte sich vor und studierte meine Beglaubigung. Ein paarmal blickte er mir ins Gesicht und starrte auf meinen Wagen.

»Sie sind der Chief Medical Examiner?« fragte er. »Wie kommt es dann, daß Sie keinen Leichenwagen fahren?«

Ich hatte das schon öfter gehört und antwortete geduldig: »Leute, die in Bestattungsunternehmen arbeiten, fahren Leichenwagen. Ich arbeite nicht in einem Bestattungsunternehmen. Ich stelle die Todesursache fest.«

»Ich brauche noch einen anderen Ausweis von Ihnen.«

Ich gab ihm meinen Führerschein und hatte keine Zweifel mehr daran, daß solche Art von Einmischung nicht aufhören würde, nachdem ich eine Durchfahrtsgenehmigung bekommen hatte. Er trat ein paar Schritte von meinem Auto zurück und hob ein Funkgerät an die Lippen.

»Einheit elf an Einheit zwei.« Er drehte sich von mir weg, als würde er gleich eine Geheimsache durchgeben.

»Zwei«, kam krächzend die Antwort.

»Ich hab eine Dr. Scaylatta hier.« Er sprach meinen Namen so falsch wie kaum jemand.

»Ten-four. Bereit.«

»Ma'am«, sagte der Wachtposten zu mir, »fahren Sie einfach geradeaus, dann kommt rechts ein Parkplatz.« Er deutete mit der Hand in die Richtung. »Sie stellen Ihren Wagen dort ab und gehen zur Pier Zwei, wo Sie Captain Green erwartet. An den müssen Sie sich wenden.«

»Und wo finde ich Detective Roche?« fragte ich.

»Sie müssen sich an Captain Green wenden«, sagte er noch einmal.

Ich kurbelte das Fenster wieder hoch, während er ein Tor öffnete, auf dem Schilder mir verkündeten, daß ich nun Gelände betrat, wo Gefahr drohte von Farbsprühfilm, Sicherheitsausrüstung verlangt und Parken nur auf eigenes Risiko erlaubt war. In der Ferne ragten graue Frachter, Panzerlandungsschiffe, Minensucher, Fregatten und Tragflächenboote bedrohlich in den kalten Himmel. Auf der zweiten Pier hatten sich Rettungswagen, Polizeiautos und eine kleine Menschengruppe eingefunden.

Ich stellte meinen Wagen wie befohlen ab und schritt dann forsch auf sie zu. Sie starrten mir entgegen. Ich hatte meine Arzttasche und die Tauchausrüstung im Auto gelassen und lieferte ihnen so das Bild einer Frau mittleren Alters mit leeren Händen, in Wanderstiefeln, Wollhose und armeegrünem Mantel. Kaum hatte ich den Kai betreten, schnitt mir ein kultiviert aussehender, uniformierter Mann mit grauen Schläfen den Weg ab, als wäre ich unbefugt auf das Gelände eingedrungen. Ohne den Anflug eines Lächelns trat er mir entgegen.

»Kann ich Ihnen helfen?« fragte er in einem Ton, der mir

Halt gebot. Der Wind hatte seine Haare aufgerichtet und seine Wangen gerötet.

Ich erklärte noch einmal, wer ich war.

»Ah gut.« Er klang eindeutig nicht so, als meinte er dies. »Ich bin Captain Green vom Navy Investigative Service. Wir müssen wirklich mit der Sache vorankommen. Hör zu«, er wandte sich von mir ab und sprach zu jemand anderem. »Wir müssen diese KDs wegschaffen ...«

»Entschuldigen Sie? Sie sind vom NIS?« schaltete ich mich ein, denn das mußte sofort geklärt werden. »Ich war der Meinung, daß dieses Gelände nicht der Navy gehört. Wenn es Navy-Gelände ist, dann ist meine Anwesenheit nicht erforderlich. Dann ist das ein Navy-Fall, und die Autopsie sollte ein Pathologe der Navy vornehmen.«

»Ma'am«, sagte er, als wollte ich seine Geduld strapazieren, »dieses Gelände untersteht einem Zivilunternehmen und gehört deshalb nicht der Navy. Aber wir haben ein naheliegendes Interesse, weil offenbar jemand unbefugt bei unseren Schiffen getaucht ist.«

»Haben Sie eine Vermutung, warum jemand das getan haben könnte?« Ich blickte mich um.

»Ein Paar Schatzjäger meinen, sie würden im Wasser hier Kanonenkugeln, alte Schiffsglocken und was weiß ich noch alles finden.«

Wir standen zwischen dem Frachter *El Paso* und dem U-Boot *Exploiter,* beide glanzlos und starr im Fluß. Das Wasser sah wie Cappuccino aus, und mir wurde klar, daß die Sicht noch schlechter sein würde, als ich befürchtet hatte. Neben dem U-Boot war eine Tauchplattform. Aber ich sah nichts, was auf das Opfer hindeutete, keine Rettungs- oder Polizeitrupps, die diesen Todesfall bearbeiten sollten. Ich fragte Green danach, während der vom Wasser wehende Wind mir das Gesicht taub werden ließ, und statt einer Antwort bekam ich wieder den Rücken zugedreht.

»Hör mal, ich kann nicht den ganzen Tag auf Stu warten«, sagte er zu einem Mann in einem Overall und einer schmutzigen Skijacke.

»Wir könnten Bo herpfeifen, Captain«, lautete die Antwort.

»Zwecklos, José«, sagte Green, der diese Werftarbeiter gut zu kennen schien. »Bringt nichts, den Kerl herzurufen.«

»Zum Teufel«, sagte ein Mann mit einem langen, krausen Bart. »Wir wissen doch alle, daß er so spät am Vormittag nicht mehr nüchtern ist.«

»Also, wenn da nicht ein Esel den anderen Langohr schimpft«, ließ sich Green vernehmen, und alle lachten.

Der bärtige Mann hatte ein Gesicht wie rohes Hackfleisch. Er beäugte mich verstohlen, derweil er sich eine Zigarette anzündete, mit seinen groben, bloßen Händen den Wind abhaltend.

»Ich hab seit gestern nichts mehr getrunken. Nicht mal Wasser«, schwor er, worauf seine Kumpel wieder lachten. »Verdammt, hier ist es lausig kalt.« Er schlang die Arme um den Körper. »Ich hätte ’nen dickeren Mantel anziehen sollen.«

»Ich sag dir mal, was hier kalt ist: der da unten«, meinte ein anderer Arbeiter, mit klappernden Zähnen. Er sprach von dem toten Taucher. »Der Kerl ist echt kalt.«

»Der spürt nichts mehr.«

Ich zügelte meinen aufsteigenden Unmut, als ich zu Green sagte: »Ich weiß, Sie sind scharf darauf anzufangen, und ich bin es genauso. Aber ich sehe keine Rettungsmannschaften oder Polizisten. Ich habe auch noch nicht das Boot oder den Flußabschnitt gesehen, wo die Leiche sein soll.«

Ich spürte ein halbes Dutzend Augenpaare auf mich gerichtet und musterte die gegerbten Gesichter dieser Männer, die leicht als Piraten in modernem Gewand hätten durchgehen können. Ich war nicht in ihren Geheimbund aufgenommen und fühlte mich an die frühen Jahre erinnert, als Grobheit und Mißachtung mir noch Tränen in die Augen getrieben hatten.

Green antwortete endlich. »Die Polizisten sind drinnen an den Telefonen. Im Hauptgebäude dort drüben, mit dem großen Anker darauf. Die Taucher sind wahrscheinlich auch da drinnen und halten sich warm. Das Rettungsteam ist auf einem Anlegeplatz auf der anderen Flußseite und wartet dort auf Ihre Ankunft. Und es dürfte Sie interessieren, daß an diesem Anleger die Polizei gerade einen Lkw mit Anhänger gefunden hat, der, glauben sie, dem Verstorbenen gehörte. Wenn Sie mir folgen wollen. Ich zeige Ihnen die Stelle, die Sie interessiert. Soviel ich weiß, haben Sie vor, mit den anderen Tauchern nach unten zu gehen.«

»Das stimmt.« Ich schritt neben ihm die Pier entlang.

»Mir ist völlig unklar, was Sie sich davon erwarten.«

»Ich habe schon lange gelernt, keine Erwartungen zu haben, Captain Green.«

Als wir an den alten, müden Schiffen vorbeikamen, fielen mir die vielen dünnen Drähte auf, die davon ins Wasser führten. »Was ist das?« fragte ich.

»KDs – Kathodendrähte«, antwortete er. »Sie sind elektrisch geladen, um die Korrosion zu bremsen.«

»Ich hoffe doch, daß jemand sie ausgeschaltet hat.«

»Ein Elektriker ist schon unterwegs. Er wird die ganze Pier abschalten.«

»Da könnte der Taucher also an die KDs geraten sein. Ich bezweifle, daß sie gut zu sehen waren.«

»Das hätte keine Rolle gespielt. Die Spannung ist sehr gering«, sagte er, als wüßte das jeder. »Das ist so wie ein Schlag von einer Neun-Volt-Batterie. Die KDs haben ihn nicht getötet. Das können Sie schon mal von Ihrer Liste streichen.«

Wir standen am Ende des Kais, wo das Heck des teilweise unter Wasser liegenden U-Boots gut zu sehen war. Keine zehn

Meter davon entfernt ankerte der dunkelgrüne Aluminiumkahn mit dem langen schwarzen Schlauch, der vom Kompressor wegführte und auf der Passagierseite in einer Ummantelung steckte. Der Boden des Bootes war mit Werkzeugen, Tauchausrüstung und anderen Gegenständen übersät, die, wie ich vermutete, jemand ziemlich nachlässig untersucht hatte. Mir wurde eng ums Herz, denn ich war wütender, als ich nach außen hin zeigen wollte.

»Er ist womöglich einfach ersoffen«, sagte Green gerade. »Beinahe jeder Tauchertod, den ich zu Gesicht bekommen habe, ist durch Ertrinken verursacht worden. Man kann selbst in so seichtem Wasser sterben.«

»Auf jeden Fall finde ich seine Ausrüstung ungewöhnlich.« Ich ignorierte seine Anmaßung in medizinischen Fragen.

Er blickte auf den Kahn, der von der Strömung kaum bewegt wurde. »Eine *hookah,* ein Niederdrucktauchgerät. Ja ja, das ist hier ungewöhnlich.«

»Lief sie, als das Boot gefunden wurde?«

»Kein Benzin mehr.«

»Was können Sie mir darüber sagen? Eigenbau?«

»Handelsüblich«, sagte er. »Ein 5-PS-Kompressor mit Benzinmotor, der die Außenluft durch einen Niederdruckschlauch ansaugt, der mit einem Stufenregler verbunden ist. Er hätte vier, fünf Stunden unten bleiben können. So lange, wie das Benzin reichte.« Er blickte immer noch von mir weg.

»Vier oder fünf Stunden? Wofür? Das würde mir einleuchten, wenn jemand auf Hummer oder Abalonen scharf ist.«

Er schwieg.

»Was ist da unten?« fragte ich. »Und sagen Sie jetzt nicht, Bürgerkriegsrelikte, weil wir beide wissen, daß die hier nicht zu finden sind.«

»In Wahrheit ist nicht die Bohne da unten.«

»Aber er hat gedacht, da wäre was«, meinte ich.

»Unglücklicherweise hat er sich geirrt. Sehen Sie bloß diese

Wolken da. Es wird uns ganz bestimmt erwischen.« Er stellte den Mantelkragen hoch. »Ich nehme an, Sie haben einen Tauchschein.«

»Seit vielen Jahren.«

»Sie werden ihn mir vorzeigen müssen.«

Ich blickte hinüber zu dem Kahn und dem nahegelegenen U-Boot, während ich mich fragte, wie unkooperativ diese Leute wohl noch sein würden.

»Sie müssen ihn bei sich haben, wenn Sie da runtergehen wollen«, sagte er. »Ich dachte, Sie wissen das.«

»Aha, aber diese Anlage untersteht nicht dem Militär.«

»Ich kenne die Bestimmungen. Wem sie untersteht, ist nicht maßgeblich.« Er schaute mich an.

»Verstehe.« Ich starrte zurück. »Und vermutlich brauche ich eine Genehmigung, wenn ich mein Auto hier auf diesem Kai abstellen will, damit ich meine Tauchausrüstung nicht einen halben Kilometer schleppen muß.«

»Sie brauchen allerdings eine Genehmigung, um auf dem Kai zu parken.«

»Die habe ich aber nicht. Ich habe meine offizielle Zulassung zum Rettungstauchen oder mein Tauchbuch nicht dabei. Und auch nicht meine Bescheinigungen, daß ich in Virginia, Maryland und Florida als Ärztin tätig sein darf.«

Ich sprach sehr sanft und leise, und weil er mich nicht aus der Ruhe bringen konnte, wurde er nur um so entschiedener. Er blinzelte ein paarmal, und ich konnte seinen Haß spüren.

»Ich werde Sie jetzt ein letztes Mal bitten, mir die Ausübung meines Berufs zu gestatten«, fuhr ich fort. »Es hat hier einen unnatürlichen Todesfall in meinem Zuständigkeitsbereich gegeben. Wenn Sie nicht kooperieren wollen, kann ich gerne die Staatspolizei, den U.S. Marshal oder das FBI anrufen. Die Wahl überlasse ich Ihnen. In zwanzig Minuten kann ich wahrscheinlich jemanden hierherbekommen. Ich habe mein Handy hier in der Tasche.« Ich klopfte darauf.

»Sie wollen tauchen« – er zuckte mit den Achseln – »dann tun Sie das. Aber Sie werden eine Verzichtserklärung unterschreiben müssen, womit Sie den Anlagenbetreiber von aller Verantwortung freisprechen, sollte Ihnen ein Unglück zustoßen. Und ich bezweifle ernsthaft, daß es hier Formblätter dafür gibt.«

»Verstehe. Jetzt muß ich etwas unterschreiben, was Sie nicht haben.«

»Stimmt.«

»Na fein«, sagte ich. »Dann werde ich für Sie eine Verzichtserklärung aufsetzen.«

»Das müßte ein Anwalt machen, und es ist Feiertag.«

»Ich bin Anwältin und arbeite an Feiertagen.«

Seine Kiefer verkrampften sich. Ich wußte, er würde sich nicht mehr mit Formblättern abgeben, da er nun eines bekommen konnte. Wir gingen wieder zurück, und mein Magen zog sich vor Unbehagen zusammen. Ich wollte gar nicht tauchen und mochte auch die Leute nicht, die ich an diesem Tag getroffen hatte. Gewiß hatte ich mich schon früher im bürokratischen Stacheldraht verheddert, wenn die Regierung oder große Firmen mit den Fällen zu tun hatten. Aber das hier war anders.

»Sagen Sie mir eines.« Green sprach wieder in seinem verächtlichen Ton. »Tauchen Leichenbeschauer immer persönlich nach Leichen?«

»Selten.«

»Dann erklären Sie mir, warum Sie es diesmal für nötig halten.«

»Der Schauplatz ist nicht mehr derselbe, wenn die Leiche bewegt worden ist. Ich glaube, die Umstände sind ungewöhnlich genug, um einen Blick darauf zu werfen, solange ich es noch kann. Und im Augenblick betreue ich gerade den Bezirk Tidewater und war zufällig anwesend, als der Anruf kam.«

Er schwieg kurz und raubte mir den letzten Nerv, als er

sagte: »Es hat mir wirklich leid getan, als ich das von Dr. Mants Mutter erfuhr. Wann ist er wieder zurück?«

Ich versuchte, mich an den Anruf von heute morgen zu erinnern und an den Mann, der sich Young nannte, mit seinem auffälligen Südstaatenakzent. Green klang nicht wie ein Südstaatler, aber das tat ich auch nicht, was noch lange nicht hieß, daß einer von uns die Sprechweise nicht nachahmen konnte.

»Ich bin nicht sicher, wann er zurückkehrt«, erwiderte ich vorsichtig. »Aber ich frage mich, woher Sie ihn kennen.«

»Manchmal überschneiden sich Fälle, wohl oder übel.«

Ich war mir nicht sicher, worauf er anspielte.

»Dr. Mant ist so klug, sich nicht einzumischen«, fuhr Green fort. »Mit solchen Leuten läßt es sich gut arbeiten.«

»In was mischt er sich nicht ein, Captain Green?«

»In die Fälle der Navy zum Beispiel, oder wenn es darum geht, ob dieser oder jener zuständig ist. Es gibt viele verschiedene Arten, sich einzumischen. Und das ist jedesmal problematisch und kann Schaden anrichten. Zum Beispiel dieser Taucher. Er hat sich wo rumgetrieben, wo er nichts zu suchen hatte, und Sie sehen ja, was mit ihm passiert ist.«

Ich blieb stehen und starrte ihn ungläubig an. »Es muß an meiner Einbildungskraft liegen«, sagte ich, »aber ich glaube, Sie wollen mir drohen.«

»Holen Sie Ihr Zeug. Sie können hier in der Nähe parken, an dem Zaun dort drüben«, sagte er und ging.

2

Green war schon lange in dem Gebäude mit dem Anker verschwunden, und ich saß auf der Pier und bemühte mich, den dicken Taucheranzug über meinen Unterzieher zu streifen.

Nicht weit von mir machten einige Rettungstaucher ein Boot mit flachem Boden bereit, das an einem Pfahl vertäut war. Arbeiter vom Schiffsfriedhof liefen neugierig herum, und auf der Tauchplattform prüften zwei Männer in königsblauem Neopren Funkgeräte und schienen sehr gründlich die Tauchausrüstung, einschließlich meiner eigenen, zu inspizieren.

Ich sah, daß die Taucher miteinander redeten, aber ich konnte kein Wort verstehen, als sie Schläuche abschraubten und Bleigürtel anlegten. Von Zeit zu Zeit blickten sie in meine Richtung, und ich war überrascht, als einer von ihnen sich entschloß, die Leiter zu meinem Kai hochzuklettern. Er kam auf mich zu und setzte sich neben mich auf das kalte Pflaster.

»Ist der Platz hier noch frei?« Er war ein hübscher junger Schwarzer mit der Statur eines Olympiaschwimmers.

»Es gibt eine Menge Anwärter darauf, aber ich weiß im Moment nicht, wo sie sind.« Ich mühte mich immer noch mit dem Taucheranzug ab. »Verdammt. Ich hasse diese Dinger.«

»Stellen Sie sich doch einfach vor, Sie würden sich einen Luftschlauch überstülpen.«

»Ja, das hilft ungemein.«

»Ich muß mit Ihnen über die Unterwasserkommunikationsgeräte reden. Haben Sie so was schon mal benutzt?« fragte er.

Ich blickte in sein ernstes Gesicht: »Sind Sie von der Polizei?«

»Nee, bloß von der guten alten Navy. Und ich weiß nicht, wie das mit Ihnen ist, aber so habe ich mir Silvester garantiert nicht vorgestellt. Ich habe keine Ahnung, warum jemand in diesem Fluß tauchen will, es sei denn, er hat die fixe Idee, daß er eine blinde Kaulquappe in einer Schlammpfütze ist. Oder er hat vielleicht Eisenmangel und glaubt, der ganze Rost da drin könnte ihm helfen.«

»Von dem ganzen Rost kriegen Sie bloß Tetanus.« Ich

blickte mich um. »Wer tritt sonst noch von der Navy gegen die Polizei an?«

»Die beiden im Rettungsboot sind von der Polizei. Ki Soo da unten auf der Plattform ist der einzige andere von der Navy, außer unserem beherzten Ermittler von der NIS. Ki ist gut. Er ist mein Kumpel.«

Er gab Ki Soo ein Okay-Zeichen, und der gab ihm ein Okay zurück. Ich fand das alles ziemlich interessant und ziemlich anders als meine bisherigen Erfahrungen.

»Jetzt hören Sie mal zu.« Mein neuer Bekannter sprach, als arbeite er schon jahrelang mit mir zusammen. »Die Kommunikationsgeräte können problematisch werden, wenn Sie sie noch nie benutzt haben. Die können echt gefährlich werden.« Sein Gesicht blieb ernst.

»Ich bin damit vertraut«, versicherte ich ihm, unbekümmerter, als mir zumute war.

»Na, Sie müssen mehr als nur vertraut damit sein. Sie müssen sie wie einen Freund sehen, denn wie Ihr Tauchgefährte können sie Ihr Leben retten.« Er schwieg kurz. »Die können Sie auch töten.«

Ich hatte erst einmal eine Unterwasserkommunikationsausrüstung benutzt und war noch nervös, daß mein Mundstück mit Absperrventil durch eine fest versiegelte Maske mit einem Mundstück ohne Spülventil ersetzt werden sollte. Ich hatte Angst, daß Wasser in meine Maske dringen könnte und ich sie abreißen müßte, während ich wie verrückt nach der alternativen Luftversorgung oder gar einem Oktopus griff. Aber das würde ich nicht erwähnen, nicht hier.

»Ich schaff das schon«, versicherte ich ihm erneut.

»Großartig. Ich habe gehört, Sie sind ein Profi«, sagte er. »Übrigens, ich heiße Jerod, und ich weiß bereits, wer Sie sind.« Er saß im Schneidersitz da, warf Kiesel ins Wasser und schien von den sich langsam ausdehnenden Kreisen fasziniert zu sein. »Ich hab 'ne Menge toller Sachen über Sie gehört.

Und wenn meine Frau rausfindet, daß ich Sie kennengelernt habe, wird sie eifersüchtig werden.«

Mir war nicht klar, warum ein Navy-Taucher irgend etwas über mich gehört haben sollte, über das hinaus, was in den Nachrichten war, und das war nicht immer freundlich. Aber seine Worte waren Balsam in meiner aufgewühlten Stimmung, und ich wollte ihm das gerade sagen, als er auf seine Uhr schaute, dann auf die Plattform starrte und Ki Soos Blick auffing.

»Dr. Scarpetta.« Jerod stand auf. »Ich glaube, wir sind bereit zu einem Tänzchen. Wie steht's mit Ihnen?«

»Ich bin soweit fertig.« Ich stand ebenfalls auf. »Was ist der beste Zugang?«

»Der beste, eigentlich der einzige, ist der, seinem Schlauch nach unten zu folgen.«

Wir gingen zum Rand des Kais, und er deutete auf den Kahn.

»Ich bin schon einmal unten gewesen, und wenn Sie nicht dem Schlauch folgen, werden Sie ihn nie finden. Mußten Sie schon mal ohne Licht durch einen Abwasserkanal waten?«

»Nicht daß ich wüßte.«

»Nun, da können Sie einen Scheiß sehen. Und das hier ist genauso.«

»Soweit Sie wissen, hat niemand etwas an der Leiche verändert«, sagte ich.

»Außer mir ist niemand in ihre Nähe gekommen.«

Er sah zu, wie ich meine Weste aufhob und eine Lampe in meine Tasche steckte.

»Damit würde ich mich nicht herumplagen. Unter den Bedingungen ist Ihnen eine Taschenlampe nur im Weg.«

Aber ich wollte sie dennoch mitnehmen, weil ich jeden nur möglichen Vorteil nutzen wollte. Jerod und ich stiegen die Leiter zur Tauchplattform hinunter, um die Vorbereitungen abzuschließen. Ich ignorierte das Starren der Leute am Kai, als ich mir Cremespülung ins Haar rieb und die Neoprenhaube überstreifte. Ich schnallte mir ein Messer an die Innenseite des rechten Unterschenkels und griff dann nach beiden Enden des fünfzehn Pfund schweren Bleigürtels, den ich rasch um die Hüfte schnallte. Ich überprüfte die Sicherheitsventile und streifte die Handschuhe über.

»Bereit«, sagte ich zu Ki Soo.

Er brachte die Kommunikationsgeräte und mein Mundstück.

»Ich schließe Ihren Luftschlauch an die Gesichtsmaske an.« Er sprach akzentfrei. »Soviel ich weiß, haben Sie so ein Gerät schon mal benutzt.«

»Das stimmt«, erwiderte ich.

Er hockte sich neben mich und senkte die Stimme, als wären wir Verschwörer. »Sie, Jerod und ich sind über die Sprechgeräte in ständigem Kontakt.«

Sie sahen wie rote Gasmasken aus und hatten fünf Gurte zum Anlegen. Jerod stellte sich hinter mich und half mir beim Überziehen der Weste und der Tauchflasche, während sein Kumpel weitersprach.

»Wie Sie wissen«, sagte Ki Soo gerade, »atmen Sie normal und verwenden den Druckknopf am Mundstück zum Sprechen, wenn Sie etwas mitteilen wollen.« Er führte es vor. »Jetzt müssen wir das ordentlich und sicher über Ihr Kopfteil tun und anlegen. Jetzt stopfen wir die herausspitzenden Haare noch rein, und lassen Sie mich noch einmal zur Sicherheit überprüfen, daß es hinten richtig fest sitzt.«

Ich haßte die Sprechgeräte am meisten, wenn ich nicht im Wasser war, weil das Atmen so schwerfiel. Ich saugte, so gut ich konnte, Luft ein, während ich durch das Plastik auf diese beiden Taucher spähte, denen ich gerade mein Leben anvertraut hatte.

»Zwei Rettungsmänner sind in einem Boot und überwachen uns mit einem Energieumwandler, der ins Wasser gelassen wird. Alles, was Sie sagen, wird von allen gehört, die an der Oberfläche lauschen. Haben Sie verstanden?« Ki Soo sah mich an, und ich wußte, daß ich gerade eine Warnung erhalten hatte.

Ich nickte. Mein Atem klang laut in meinen Ohren.

»Wollen Sie jetzt Ihre Flossen anziehen?«

Ich schüttelte den Kopf und deutete aufs Wasser.

»Dann gehen Sie erst rein, und ich werfe sie Ihnen zu.«

Mit mindestens achtzig Pfund mehr Gewicht als vorher bewegte ich mich vorsichtig an den Rand der Tauchplattform und überprüfte noch einmal den Sitz meiner Maske am Kopfteil. Kathodendrähte hingen wie Welsbarten von den riesigen, schlafenden Schiffen, der Wind kräuselte das Wasser. Ich stählte mich für den zermürbendsten Riesenschritt, den ich jemals gemacht hatte.

Die Kälte war zuerst ein Schock, und mein Körper brauchte eine Weile, bis er das in meine Gummihaut dringende Wasser erwärmte, als ich meine Taucherflossen anzog. Schlimmer noch war, daß ich meine Computerkonsole und meinen Kompaß nicht sehen konnte. Ich konnte nicht einmal die Hand vor den Augen sehen und verstand erst jetzt, warum es sinnlos war, eine Taschenlampe mitzunehmen. Das schwebende Sediment schluckte das Licht wie ein Löschblatt und zwang mich, häufig aufzutauchen, um mich zu orten, als ich auf den Fleck zuschwamm, wo der Schlauch vom Kahn wegführte und im Fluß verschwand.

»Ten-four?« Ki Soos Stimme ertönte in dem an meinen Schädelknochen gedrückten Empfangsgerät.

»Ten-four«. Ich sprach ins Mundstück und versuchte, mich zu entspannen, während ich knapp unter die Oberfläche paddelte. »Sind Sie am Schlauch?« Diesmal sprach Jerod.

»Ich habe ihn jetzt in den Händen.« Er kam mir seltsam straff vor, und ich achtete darauf, ihn so wenig wie möglich zu verändern.

»Folgen Sie ihm nach unten. Vielleicht zehn Meter. Er sollte direkt über dem Grund schweben.«

Ich begann meinen Abstieg und hielt in Abständen inne, um den Druck in den Ohren auszugleichen, während ich versuchte, nicht in Panik zu geraten. Ich konnte nichts sehen. Mein Herz klopfte, als ich mit aller Willenskraft versuchte, mich zu entspannen und tief durchzuatmen. Einen Augenblick hielt ich an und schwebte, während ich meine Augen schloß und langsam atmete. Ich folgte weiter dem Schlauch, doch dann bekam ich es wieder mit der Angst zu tun, als ein dickes, rostiges Kabel plötzlich vor mir auftauchte.

Ich versuchte, darunter durchzutauchen, aber ich konnte nicht sehen, wo es herkam und wo es hinführte, und außerdem trieb ich mehr ab, als mir lieb war, und hätte mehr Gewicht in meinem Gürtel oder in den Taschen meiner Weste brauchen können. Das Kabel erwischte mich von hinten, stieß hart an mein Sperrventil. Ich spürte ein Ziehen an meinem Lungenautomaten, als würde mich jemand von hinten packen, und der gelockerte Tank glitt an meinem Rücken hinab und zog mich mit sich. Ich riß die Klettverschlüsse meiner Weste auf und entledigte mich ihrer rasch, während ich versuchte, mich nur auf das zu konzentrieren, was ich für so einen Fall zu tun gelernt hatte.

»Ten-four?« ertönte Ki Soos Stimme in meiner Maske.

»Technisches Problem«, sagte ich.

Ich bugsierte den Tank zwischen meine Beine, so daß ich auf ihm treiben konnte, als ritte ich im kalten, dunklen All auf einer Rakete. Ich brachte die Gurte wieder an und bekämpfte meine Angst.

»Brauchen Sie Hilfe?«

»Nein. Muß auf Kabel aufpassen«, sagte ich.

»Sie müssen auf alles mögliche aufpassen«, hörte ich wieder seine Stimme.

Es kam mir in den Sinn, daß es viele Arten gab, hier unten zu sterben, während ich mit den Armen in die Weste schlüpfte. Ich machte eine Rolle rückwärts und klinkte mich wieder fest ein.

»Ten-four?« ertönte wieder Ki Soos Stimme.

»Ten-four. Es gibt Unterbrechungen.«

»Zu viele Interferenzen. All die großen Kähne. Wir sind gleich hinter Ihnen. Sollen wir näher kommen?«

»Noch nicht«, sagte ich.

Sie hielten klug Abstand, weil Sie wußten, daß ich die Leiche sehen wollte, ohne abgelenkt oder gestört zu werden. Wir mußten einander nicht ins Gehege kommen. Langsam ließ ich mich tiefer sinken, und schon beinahe am Grund erkannte ich, daß der Schlauch eingeklemmt sein mußte, weshalb er so straff war. Ich war mir nicht sicher, wohin ich mich wenden sollte, und versuchte, etwas weiter nach links zu gelangen, wo mich etwas streifte. Ich drehte mich um, und da hatte ich ihn direkt vor mir, den toten Mann, dessen Körper torkelte und schwankte. Ich schreckte unwillkürlich zurück. Träge schaukelte und schwebte er am Ende seiner Leine, die gummiumkleideten Arme wie ein Schlafwandler ausgestreckt, als ich durch meine Bewegung ihn hinter mir herzog.

Ich ließ ihn nahe herantreiben, und er schwankte und torkelte noch immer, aber nun hatte ich keine Angst mehr, weil ich nicht mehr überrascht war. Es war so, als versuchte er, meine Aufmerksamkeit zu erregen oder mit mir durch die höllische Dunkelheit des Flusses zu tanzen, der sich ihn geholt hatte. Ich hielt mich in neutraler Schwebe, bewegte kaum die Flossen, weil ich nicht den Grund aufwühlen oder mich an rostigem Schrott schneiden wollte.

»Ich hab ihn. Oder vielleicht sollte ich sagen, er hat mich.« Ich drückte auf den Sprechknopf. »Können Sie mich verstehen?«

»Kaum. Wir sind etwa vier Meter über Ihnen. Warten.«

»Warten Sie noch ein paar Minuten. Dann geht's los.«

Ich probierte für alle Fälle ein letztes Mal die Taschenlampe aus, aber sie blieb nutzlos, und mir war klar, daß ich diese Szenerie mit meinen Händen sehen mußte. Ich steckte die Lampe wieder in die Weste und hielt die Computerkonsole fast direkt an meine Maske. Ich konnte gerade noch erkennen, daß ich mich in fast zehn Meter Tiefe befand und noch mehr als einen halben Tank Luft hatte. Ich schwebte am Kopf des Toten und konnte durch die Düsternis die vagen Konturen seines Gesichts erkennen und die Haare, die um seine Maske trieben.

Während ich ihn an den Schultern festhielt, befühlte ich seine Brust und ertastete den Schlauch. Er war durch seinen Bleigürtel gesteckt, und ich folgte ihm zu der Stelle, wo er festklemmte. In knapp drei Metern tauchte eine rostige Schiffsschraube vor meinen Augen auf. Ich berührte das muschelverkrustete Metall der Schiffswand und versuchte, mich auf der Stelle zu bewegen, um nicht näher heranzutreiben. Ich wollte nicht unter ein Ungetüm von der Größe eines Spielfelds geraten und mich blind nach draußen tasten müssen, bevor mir die Luft ausging.

Der Schlauch war verhakt, und ich fühlte an ihm entlang, um festzustellen, ob er so geknickt oder eingedrückt war, daß die Luftzufuhr abgeschnitten war, fand aber keine Anzeichen dafür. Tatsächlich stellte ich fest, daß es gar nicht schwer war, ihn von der Schraube zu lösen. Ich konnte keinen Grund erkennen, warum der Taucher sich nicht selbst hätte befreien können, und mich beschlich der Verdacht, daß sein Schlauch sich erst nach seinem Tod verfangen hatte.

»Sein Luftschlauch hat sich verheddert«, meldete ich mich wieder. »An einem der Schiffe. Ich weiß nicht, welchem.«

»Brauchen Sie Hilfe?« Das war Jerod.

»Nein, ich hab ihn. Sie können ihn rausholen.«

Ich spürte, wie der Schlauch sich bewegte.

»Okay. Ich werde ihn hinaufgeleiten«, sagte ich. »Ziehen Sie weiter, aber ganz langsam.«

Ich klammerte mich mit den Armen von hinten an die Leiche und konnte wegen der eingeschränkten Bewegungsfreiheit statt mit den Oberschenkeln nur mit Knöcheln und Knien paddeln.

»Vorsichtig«, sprach ich warnend ins Mikrofon, denn ich konnte pro Sekunde nur dreißig Zentimeter hochsteigen. »Langsam, langsam.«

In Abständen schaute ich nach oben, konnte aber nicht sehen, wo ich war, bis wir die Wasseroberfläche durchstießen. Dann war auf einmal der Himmel mit schiefergrauen Wolken überzogen, und das Rettungsboot schaukelte in der Nähe. Ich ließ Luft in meine Weste und in die des Toten, dann drehte ich ihn auf den Bauch und löste seinen Bleigürtel, den ich beinahe fallen ließ, so schwer fühlte er sich an. Aber ich schaffte es, ihn den Rettungsmännern zu geben, die Taucheranzüge trugen und zu wissen schienen, was sie in ihrem alten flachen Boot taten.

Jerod, Ki Soo und ich mußten unsere Masken noch aufbehalten, weil wir noch zur Plattform zu schwimmen hatten. Und so verständigten wir uns über die Sprechgeräte und atmeten die Luft aus den Flaschen ein, während wir die Leiche in einen feinmaschigen Korb bugsierten. Wir schoben ihn direkt ans Boot und halfen dann den Rettungsleuten, ihn hochzuheben.

»Wir müssen ihm die Maske abnehmen«, sagte ich und deutete auf die Rettungsleute.

Sie kamen mir verwirrt vor, und wo auch immer der Energieumwandler sein mochte, bei ihnen war er eindeutig nicht. Sie konnten kein Wort verstehen.

»Brauchen Sie Hilfe beim Abnehmen der Maske?« schrie einer und langte nach mir.

Ich winkte ab und schüttelte den Kopf. Dann griff ich nach der Bootskante und zog mich so weit nach oben, daß ich den Korb erreichte. Ich nahm dem Toten die Maske ab, leerte das

Wasser aus und legte sie neben seinen Kopf mit dem wirren, langen, nassen Haar. Da erkannte ich ihn dann, trotz der ovalen Druckstellen um seine Augen. Ich kannte die gerade Nase und den dunklen Bart um seinen vollen Mund. Ich erkannte den Reporter, der mir gegenüber immer so fair gewesen war.

»Okay?« Einer der Rettungsmänner zuckte mit den Achseln.

Ich signalisierte ihnen okay, obwohl mir klar war, daß sie die Bedeutung meiner Handlung nicht verstanden. Der Grund war rein kosmetischer Natur, denn je länger die Maske Druck auf rasch erschlaffendes Gewebe ausübte, desto geringer war die Chance, daß die Einkerbungen wieder zurückgingen. Für Ermittler und Sanitäter war das nicht von Belang, um so mehr aber für die Angehörigen, die Ted Eddings' Gesicht noch einmal sehen wollten.

»Bin ich zu verstehen?« fragte ich dann Ki Soo und Jerod, als wir im Wasser auf und ab tanzten.

»Prima. Was soll mit dem Schlauch geschehen?« fragte Jerod.

»Schneiden Sie ihn in zirka drei Meter Entfernung von der Leiche durch, und klemmen Sie das Ende ab«, sagte ich. »Versiegeln Sie das und sein Mundstück in einem Plastiksack.«

»Ich habe einen Bergungssack bei mir«, bot Ki Soo an.

»Fein. Nehmen wir den.«

Nachdem wir unser möglichstes getan hatten, ruhten wir uns einen Augenblick lang aus, wobei wir in der Schwebe blieben und über das schlammige Wasser zu dem Boot mit der *hookah* schauten. Als ich guckte, wo ich gewesen war, stellte ich fest, daß die Schraube, an der sich Eddings' Schlauch verfangen hatte, zur *Exploiter* gehörte. Das U-Boot war, wie es aussah, nach dem Zweiten Weltkrieg gebaut worden, vielleicht um die Zeit des Korea-Kriegs, und ich fragte mich, ob es ausgeschlachtet und als Schrott verkauft werden sollte. Ich fragte mich auch, ob Eddings aus einem bestimmten Grund dort getaucht hatte oder ob er nach seinem Tod dorthin getrieben worden war.

Das Rettungsboot war auf halbem Weg zu dem Anleger auf der anderen Flußseite, wo ein Krankenwagen darauf wartete, den Toten ins Leichenschauhaus zu schaffen. Jerod gab mir ein Okay-Zeichen, und ich signalisierte zurück, obwohl sich alles überhaupt nicht okay anfühlte. Die Luft rauschte aus unseren Rettungswesten, und wir tauchten wieder unter. Das Wasser hatte die Farbe alter Münzen.

Eine Leiter führte aus dem Wasser auf die Tauchplattform, und von da ging eine weitere auf die Pier. Mit zitternden Beinen kletterte ich hoch, denn ich war nicht so stark wie Jerod und Ki Soo, die ihre ganze Ausrüstung trugen, als wiege sie kaum schwerer als ihre Haut. Doch ich entledigte mich allein meiner Weste und meiner Tauchflasche und bat nicht um Hilfe. Ein Polizeiwagen rumpelte zu meinem Auto, und jemand zog Eddings' Kahn über den Fluß zum Steg. Er müßte identifiziert werden, aber für mich gab es da keine Zweifel.

»Na, was glauben Sie?« fragte plötzlich eine Stimme von oben.

Als ich aufblickte, stand Captain Green mit einem großen, schlanken Mann auf der Pier. Green hatte jetzt offenbar ritterliche Anwandlungen, denn er streckte mir eine Hand entgegen. »Hier«, sagte er, »geben Sie mir Ihre Flasche.«

»Ich werde erst nach der Untersuchung Genaueres wissen«, sagte ich und hob erst den Tank und dann die übrige Ausrüstung hoch. »Danke. Das Boot sollte mit dem Schlauch und allem direkt ins Leichenschauhaus gebracht werden«, fügte ich hinzu.

»Was haben Sie damit vor?« fragte er.

»Die *hookah* muß auch zur Autopsie.«

»Sie werden Ihr Zeug sehr gründlich abspülen müssen«, sagte der Schlanke, als kenne er sich besser aus als Jacques

Cousteau; seine Stimme kam mir bekannt vor. »Da drin ist alles voller Öl und Rost.«

»Wohl wahr.« Ich kletterte auf den Kai.

»Detective Roche«, stellte er sich vor. Er trug Jeans und eine alte Lederjacke. »Ich habe gehört, wie Sie sagten, sein Schlauch habe sich irgendwo verfangen.«

»Ja, aber ich frage mich, wann Sie mich das haben sagen hören.« Ich stand jetzt auf der Pier und konnte mich nicht mit der Idee anfreunden, mein nasses, schmutziges Zeug wieder zum Auto zu tragen.

»Wir haben selbstverständlich die Bergung der Leiche überwacht.« Das war wieder Green. »Detective Roche und ich haben im Gebäude mitgehört.«

Mir fiel Ki Soos Warnung wieder ein, und ich blickte zur Plattform, wo er mit Jerod noch Geräte aufräumte.

»Der Schlauch war verhakt«, antwortete ich. »Aber ich kann Ihnen nicht sagen, wann das geschehen ist. Vielleicht vor, vielleicht auch nach seinem Tod.«

Roche schien das nicht zu interessieren, denn er starrte mich weiter auf eine Art und Weise an, die mich befangen machte. Er war sehr jung und beinahe hübsch, mit zarten Gesichtszügen, üppigen Lippen und kurzen, dunklen Locken. Nur seine Augen gefielen mir nicht, ich fand seinen Blick stechend und selbstgefällig. Ich zog mir das Kopfteil ab und fuhr mir mit den Fingern durch mein öliges Haar, und er sah zu, wie ich meinen Taucheranzug öffnete und das Oberteil bis zur Hüfte herabzog. Die letzte Schicht war mein Unterzieher. Wasser war durchgedrungen, und meine Haut kühlte rasch ab. Bald würde mir unerträglich kalt sein. Meine Fingernägel waren bereits blau.

»Einer vom Rettungsteam sagt, daß sein Gesicht ganz rot aussieht«, meinte der Captain, während ich mir die Ärmel des Taucheranzugs um die Hüften band. »Ich frage mich, ob das was zu bedeuten hat.«

»Kälteflecken«, erwiderte ich.

Er sah mich erwartungsvoll an.

»Wenn Leichen Kälte ausgesetzt sind, verfärben sie sich hellrot«, sagte ich und fing schon an zu zittern.

»Ach so. Also heißt es nicht ...«

»Nein«, schnitt ich ihm das Wort ab, weil mir viel zu ungemütlich war, als daß ich ihnen weiter zuhören wollte. »Das hat nicht unbedingt etwas zu bedeuten. Sagen Sie, gibt es hier eine Toilette, wo ich mich umziehen kann?« Ich schaute mich um und entdeckte nichts, was danach aussah.

»Dort drüben.« Green deutete auf einen kleinen Bauwagen neben dem Verwaltungsgebäude. »Möchten Sie, daß Detective Roche Sie begleitet und Ihnen alles zeigt?«

»Das ist nicht nötig.«

»Hoffentlich ist nicht zugesperrt«, fügte Green hinzu.

Das wäre mein Glück, dachte ich. Aber dem war nicht so, und drinnen war es schrecklich, nur Toilette und Waschbecken, und nichts schien in letzter Zeit gereinigt worden zu sein. Eine Tür zum Männerklo auf der anderen Seite war durch ein Vorhängeschloß mit einer dicken Kette gesichert, als wäre das eine oder das andere Geschlecht um seine Tugend besorgt.

Es gab auch keine Heizung. Ich zog mich aus, nur um festzustellen, daß es nicht einmal warmes Wasser gab. Ich säuberte mich notdürftig und zog mir schnell einen Trainingsanzug, Moon-Boots und eine Mütze über. Mittlerweile war es halb zwei, und Lucy befand sich wahrscheinlich schon in Mants Haus. Ich hatte noch nicht mal mit der Tomatensoße angefangen. Ich sehnte mich nach einer langen heißen Dusche oder einem Bad.

Green ließ sich nicht abwimmeln und ging mit zu meinem Auto und half mir, meine Tauchausrüstung im Kofferraum zu verstauen. Mittlerweile war das Boot auf einen Anhänger geladen worden und unterwegs zu meinem Büro in Norfolk.

Ich sah weder Jerod noch Ki Soo, und es tat mir leid, daß ich mich nicht von ihnen verabschieden konnte.

»Wann führen Sie die Autopsie durch?« fragte mich Green.

Ich sah ihn an, er gab das typische Bild eines schwachen Mannes ab, der zu Macht oder Ansehen gekommen war. Er hatte alles mögliche versucht, um mich einzuschüchtern, und als das zu nichts führte, hatte er beschlossen, Freundschaft zu schließen.

»Jetzt.« Ich ließ den Wagen an und drehte die Heizung auf.

Er sah überrascht aus. »Das Leichenschauhaus ist heute offen?«

»Ich hab's gerade geöffnet«, sagte ich.

Ich hatte die Tür noch nicht zugemacht, und er stützte die Arme auf den Rahmen und starrte zu mir herab. Er war so dicht vor mir, daß ich die geplatzten Äderchen auf seinen Wangen und Nasenflügeln und die Pigmentveränderungen von der Sonne erkennen konnte.

»Geben Sie mir Ihren Bericht durch?«

»Wenn Todesursache und Todesart klar sind, werde ich das mit Ihnen besprechen«, sagte ich.

»Die Todesart?« Er runzelte die Stirn. »Meinen Sie, es bestehen noch Zweifel an einem Unfalltod?«

»Die können und werden immer da sein, Captain Green. Das gehört zu meinem Job.«

»Nun, wenn Sie ein Messer oder eine Kugel in seinem Rücken finden, rufen Sie mich hoffentlich zuerst an«, sagte er mit leiser Ironie und gab mir seine Karte.

Ich fuhr los, suchte mir die Nummer von Mants Assistenten heraus und hoffte, ihn zu Hause zu erreichen.

»Danny, hier Dr. Scarpetta«, sagte ich.

»Oh, ja, Ma'am«, sagte er überrascht.

Weihnachtslieder erklangen im Hintergrund, und ich hörte erregte Stimmen. Danny Webster war Anfang Zwanzig und wohnte noch bei seinen Eltern.

»Tut mir leid, Sie an Silvester zu stören«, sagte ich, »aber wir haben eine Leiche, die unverzüglich obduziert werden muß. Ich bin jetzt unterwegs zum Büro.«

»Brauchen Sie mich?« Er klang nicht abgeneigt.

»Wenn Sie mir helfen könnten, würde ich Ihnen das ungeheuer hoch anrechnen. Ein Boot und eine Leiche sind unterwegs.«

»Kein Problem, Dr. Scarpetta«, sagte er fröhlich. »Ich bin gleich da.«

Ich probierte es bei meiner derzeitigen Unterkunft, aber Lucy nahm nicht ab, und so gab ich den Code ein, um den Anrufbeantworter abzuhören. Es waren zwei Nachrichten darauf, beide von Freunden Dr. Mants, die ihr Beileid bekundeten. Mittlerweile fiel Schnee vom bleiernen Himmel, auf der vollen Interstate fuhren die Leute schneller, als gut für sie war. Ich fragte mich, ob meine Nichte aufgehalten worden war und warum sie nicht angerufen hatte. Lucy war dreiundzwanzig und hatte gerade ihren Abschluß an der FBI-Academy hinter sich. Ich machte mir immer noch Sorgen um sie, so als ob sie meinen Schutz bräuchte.

Das Bezirksbüro Tidewater befand sich in einem kleinen, voll ausgenutzten Anbau auf dem Gelände des Sentara Norfolk General Hospital. Wir mußten uns das Gebäude mit der Gesundheitsbehörde teilen, wozu unglücklicherweise das Büro zur Untersuchung der Fischqualität gehörte. Bei dem Gestank verwesender Leichen und verrottender Fische war der Parkplatz zu jeder Tages- und Jahreszeit kein besonders angenehmer Aufenthaltsort. Dannys uralter Toyota stand schon da, und als ich den Lagerraum aufsperrte, war zu meiner Freude auch der Kahn bereits eingetroffen.

Ich zog das Tor hinter mir wieder zu und schaute mich um. Der lange Niederdruckschlauch war sauber zusammengerollt, und wie ich es gewünscht hatte, war das eine abgeschnittene Ende mit dem Lungenautomaten daran in Plastik gehüllt. Das andere Ende war noch mit dem kleinen Kompressor verbunden, an dem der Ansaugschlauch angeschlossen war. Daneben befanden sich noch eine Gallone Benzin und das zu erwartende Sortiment an Tauch- und Bootsausrüstung, darunter zusätzliche Gewichte, ein Tank mit Preßluft, ein Paddel, ein Rettungsring, eine Taschenlampe, eine Decke und eine Leuchtpistole.

Eddings hatte auch einen zusätzlichen 5-PS-Schleppmotor angebracht, den er eindeutig dazu benutzt hatte, in den Sicherheitsbereich einzudringen, wo er gestorben war. Der 35-PS-Hauptmotor war hochgeklappt und abgeschlossen, so daß der Propeller nicht im Wasser war, und ich erinnerte mich, daß er in dieser Stellung war, als ich den Kahn am Tatort gesehen hatte. Mehr als alles andere interessierte mich aber ein Behälter aus Hartplastik, der offen auf dem Boden stand. In der Schaumstoffauskleidung lagen Kamerazubehör und Schachteln mit 100-ASA-Kodakfilmen. Aber ich sah keine Kamera und kein Blitzgerät, und so dachte ich mir, daß sie für immer auf dem Grund des Elizabeth River verloren waren.

Ich ging eine Rampe hoch und sperrte eine weitere Tür auf. Da, in dem weiß gekachelten Gang lag Ted Eddings in seinem Sack auf einer Bahre neben dem Röntgenraum. Seine steifen Arme drückten gegen das schwarze Vinyl, als wollte er sich gewaltsam daraus befreien, und Wasser tropfte langsam auf den Boden. Ich wollte gerade nach Danny schauen, als er mit einem Stapel Lappen um die Ecke humpelte. Um sein rechtes Knie trug er eine knallrote Manschette, nach einer Verletzung beim Fußball hatte sein vorderes Kreuzband geflickt werden müssen.

»Wir sollten ihn schleunigst in den Autopsieraum bringen«, sagte ich. »Sie wissen, wie mir zumute ist, wenn Leichen unbeaufsichtigt im Vorraum bleiben.«

»Ich hatte Angst, jemand könne ausrutschen«, sagte er, während er mit den Lappen das Wasser aufwischte.

»Nun, die einzigen hier sind heute Sie und ich.« Ich lächelte ihm zu. »Aber danke für die Aufmerksamkeit, ich will keinesfalls, daß Sie ausrutschen. Wie geht's dem Knie?«

»Ich glaube, es wird nie wieder gut. Es sind jetzt schon drei Monate, und ich kann immer noch kaum eine Treppe hinuntergehen.«

»Nur Geduld, machen Sie mit Ihrer Physiotherapie weiter, und dann wird's schon besser werden«, wiederholte ich meine Worte von früher. »Haben Sie ihn schon geröntgt?«

Danny hatte schon mit Tauchopfern zu tun gehabt. Er wußte, es war höchst unwahrscheinlich, daß wir nach Projektilen oder gebrochenen Knochen suchen würden, aber beim Röntgen könnten ein Pneumothorax oder eine Mittelfellverlagerung sichtbar werden, verursacht durch aus der Lunge ausgetretene Luft infolge eines Barotraumas.

»Ja, Ma'am. Der Film ist im Entwickler.« Er hielt inne, seine Miene verfinsterte sich. »Und Detective Roche von der Polizei Chesapeake ist auf dem Weg hierher. Er will bei der Autopsie dabeisein.«

Auch wenn ich Detectives ansonsten dazu ermunterte, bei Autopsien zuzusehen, wollte ich gerade Roche nicht unbedingt dabeihaben.

»Kennen Sie ihn?« fragte ich.

»Er war schon mal hier. Machen Sie sich selbst ein Urteil von ihm.«

Er richtete sich auf und bündelte sein Haar wieder zu einem Pferdeschwanz, weil einzelne Strähnen ihm in die Augen hingen. Schlank und grazil sah er wie ein junger Cherokee aus, mit einem strahlenden Grinsen. Ich fragte mich oft, warum er hier arbeiten wollte. Ich half ihm, die Leiche in den Autopsieraum zu rollen. Während er sie wog und vermaß, verschwand ich im Umkleideraum und duschte. Als ich gerade meine Arbeitskleidung anzog, meldete sich Marino über meinen Piepser.

»Was gibt's?« fragte ich, als ich ihn am Telefon hatte.

»Er ist's, wie wir geglaubt haben, stimmt's?« fragte er.

»Ein vorsichtiges Ja.«

»Obduzierst du ihn jetzt?«

»Ich wollte gerade anfangen«, sagte ich.

»Gib mir fünfzehn Minuten. Ich bin schon fast da.«

»Du kommst her?« fragte ich erstaunt.

»Ich spreche über Autotelefon. Wir reden später. Ich bin gleich da.«

Ich fragte mich zwar, was das alles sollte, aber gleichzeitig war mir klar, daß Marino in Richmond etwas gefunden haben mußte. Sonst machte es keinen Sinn, daß er nach Norfolk kam. Ted Eddings' Tod fiel nicht in Marinos Zuständigkeit, es sei denn, das FBI war bereits involviert, aber das würde ebenfalls keinen Sinn ergeben.

Marino und ich waren beide Berater für das FBI-Programm zur Ermittlung und Analyse von Verbrechen, besser bekannt als die Spezialeinheit zur Erstellung von Täterprofilen, welche die Polizei bei ungewöhnlich grausigen und schwierigen Fällen unterstützte. Wir wurden routinemäßig zu Fällen außerhalb unseres Zuständigkeitsbereiches hinzugezogen, aber nur auf Anforderung, und daß Chesapeake das FBI eingeschaltet hatte, dafür schien es mir ein bißchen früh.

Detective Roche traf vor Marino ein. Er hatte eine Papiertüte dabei und bestand darauf, daß ich ihm Kittel, Handschuhe, Gesichtsschild, Mütze und Schuhschoner gab. Während er sich im Umkleideraum mit seiner Rüstung abmühte, machten Danny und ich Fotos und sahen uns Eddings an, so wie er bei uns eingeliefert worden war, nämlich noch im Taucheranzug, von dem noch immer langsam Wasser auf den Boden tropfte.

»Er ist schon eine Weile tot«, sagte ich. »Ich habe so das Gefühl, daß ihm schon kurz, nachdem er runtergegangen ist, etwas zugestoßen ist.«

»Wissen wir, wann das war?« fragte Danny, während er den Skalpellhaltern neue Klingen einpaßte.

»Wir nehmen an, irgendwann nach Einbruch der Dunkelheit.«

»Er sieht noch ziemlich jung aus.«

»Zweiunddreißig.«

Er blickte auf Eddings' Gesicht, und er sah betrübt aus. »Das ist so, als wenn Kinder hier eingeliefert werden, oder dieser Basketballspieler, der neulich in der Turnhalle tot umgefallen ist.« Er sah mich an. »Geht Ihnen das manchmal ans Gemüt?«

»Das darf ich nicht zulassen, weil ich hier meinen Job einwandfrei erledigen muß«, sagte ich, während ich mir Notizen machte.

»Und wenn Sie damit fertig sind?« Er blickte auf.

»Wir sind nie damit fertig, Danny«, sagte ich. »Unsere Herzen bleiben gebrochen für den Rest unseres Lebens, und wir werden nie mit den Menschen fertig, die hier herkommen.«

»Weil wir sie nicht vergessen können.« Er kleidete einen Eimer mit einem Organbeutel aus und stellte ihn neben mir auf den Boden. »Zumindest ich kann's nicht.«

»Wenn wir sie vergessen, dann stimmt mit uns was nicht«, sagte ich.

Roche tauchte aus dem Umkleideraum auf. Mit dem Gesichtsschild und dem Papieranzug sah er wie ein Astronaut aus. Er hielt Abstand zur Bahre, mir aber rückte er so nahe wie nur möglich.

Ich sagte zu ihm: »Ich habe einen Blick ins Boot geworfen. Welche Gegenstände haben Sie entfernt?«

»Seine Waffe und seine Brieftasche. Ich habe beides bei mir«, erwiderte er. »Dort drüben im Beutel. Wieviel Paar Handschuhe haben Sie an?«

»Keine Kamera, kein Film oder ähnliches?«

»Es war sonst nichts im Boot. Sieht aus, als hätten Sie mehr als ein Paar Handschuhe an.« Er beugte sich zu mir, seine Schulter preßte sich gegen meine.

»Ich trage zwei Paar.« Ich trat einen Schritt von ihm weg.

»Ich schätze, ich brauche noch ein Paar.«

Ich zog den Reißverschluß von Eddings' nassen Taucherstiefeln auf und sagte: »Die Handschuhe sind drüben im Schrank.«

Mit einem Skalpell trennte ich Taucheranzug und Unterzieher an den Säumen auf, weil sie von der vollkommen starren Leiche zu schwer abzuziehen gewesen wären. Während ich ihn vom Neopren befreite, konnte ich sehen, daß seine Haut durch die Kälte ganz und gar rosig geworden war. Ich zog ihm die knappe Badehose aus, und Danny und ich hoben ihn auf den Autopsietisch, wo wir ihm die erstarrten Arme brachen und weitere Fotos machten.

Eddings hatte keine Verletzungen, bis auf ein paar alte Narben, hauptsächlich an den Knien. Aber die Biologie hatte ihm sehr früh schon einen bösen Streich gespielt; er hatte eine Hypospadie, was bedeutete, daß seine Harnröhrenöffnung an der Unterseite seines Penis statt in der Mitte war. Dieser an sich geringfügige Makel mußte ihm erheblichen Kummer bereitet haben, besonders als Junge. Als Mann mochte er sich so sehr geschämt haben, daß er Scheu vor Sex hatte.

Er war gewiß nie schüchtern oder zurückhaltend gewesen bei beruflichen Treffen. Eigentlich hatte ich ihn immer ziemlich selbstsicher und charmant gefunden, obwohl ich mich von Charme kaum beeindrucken ließ, am wenigsten bei einem Journalisten. Aber ich wußte auch, daß der äußere Schein nichts darüber verriet, wie sich zwei Menschen benahmen, wenn sie allein waren, und dann verbot ich mir weitere Gedanken.

Ich wollte nicht an Ted Eddings, wie ich ihn gekannt hatte, erinnert werden, während ich Bemerkungen und Maße in die Diagramme auf meinem Klemmbrett eintrug. Aber ein Teil meines Gedächtnisses kämpfte mit meinem Willen, und ich dachte an das letzte Mal, das ich ihn gesehen hatte. Es war in der Woche vor Weihnachten gewesen, und ich war in meinem Büro in Richmond, mit dem Rücken zur Tür, und sortierte Dias in ein Karussell. Ich hatte ihn hinter mir nicht gehört, bis er sprach, und als ich mich umdrehte, stand er in der Tür mit einer Topfpaprika, die üppige knallrote Früchte trug.

»Darf ich hereinkommen?« fragte er. »Oder wollen Sie, daß ich damit wieder zu meinem Auto zurückgehe?«

Ich begrüßte ihn und dachte frustriert an mein Empfangspersonal. Sie wußten, daß sie ohne meine Zustimmung keine Reporter hinter die kugelsichere Trennwand in der Lobby lassen durften, aber vor allem die weiblichen Angestellten hatten Eddings ein bißchen zu gern. Er trat ein und stellte die Pflanze auf den Teppich neben meinen Schreibtisch, und er strahlte übers ganze Gesicht.

»Ich habe nur gedacht, hier gehört etwas Lebendiges und Fröhliches hin.« Seine blauen Augen fixierten mich.

»Hoffentlich ist das keine Kritik an meiner Person.« Ich konnte mir ein Lachen nicht verkneifen.

»Können wir ihn jetzt umdrehen?«

Das Diagramm auf meinem Klemmbrett wurde wieder scharf, und ich merkte, daß Danny mit mir sprach.

»Entschuldigung«, brummelte ich.

Er beäugte mich besorgt, während Roche herumwanderte, als wäre er noch nie in einem Leichenschauhaus gewesen, in Glasschränke schaute und immer wieder in meine Richtung blickte. »Alles in Ordnung?« fragte Danny auf seine feinfühlige Art.

»Wir können ihn jetzt umdrehen«, sagte ich.

Meine Gedanken flackerten hin und her, wie eine kleine, heiße Flamme. Eddings hatte an jenem Tag eine Khakihose und einen schwarzen Militärsweater getragen, und ich versuchte, mich an den Ausdruck in seinen Augen zu erinnern.

Ich fragte mich, ob irgend etwas darin gewesen war, das an das hier hätte denken lassen können.

Der vom Wasser ausgekühlte Körper fühlte sich eisig an, und ich entdeckte allmählich weitere Kleinigkeiten an ihm, die das vertraute Bild verzerrten, und das verstörte mich noch mehr. Das Fehlen der vorderen Backenzähne wies auf eine zahnorthopädische Behandlung hin. Er hatte teure, sehr teure Porzellankronen und trug Kontaktlinsen, deren Tönung seinen ohnehin lebhaften Augenausdruck hatten verstärken sollen. Auffälligerweise war die rechte Linse nicht ausgeschwemmt worden, als seine Maske mit Wasser vollief, und sein trüber Blick war verstörend asymmetrisch, als würden zwei Tote aus schläfrigen Lidern starren.

Ich war mit der äußeren Untersuchung beinahe fertig, es blieb nur noch der intimste Teil, der aufdringlichste, denn bei jedem unnatürlichen Tod war es notwendig, nach Hinweisen auf die sexuellen Praktiken des Opfers zu suchen. Selten erhielt ich ein so offensichtliches Zeichen wie eine Tätowierung, welche die eine oder die andere Orientierung offenbarte, und in der Regel würde sich auch niemand, mit dem das Opfer intim gewesen war, freiwillig mit Auskünften melden. Aber es hätte ohnehin keine Rolle gespielt, was mir wer erzählte. Ich würde dennoch nach Spuren von Analverkehr suchen.

»Wonach suchen Sie?« Roche kehrte zum Tisch zurück und stellte sich hinter mich.

»Mastdarmentzündung, kleine Fissuren, Verdickung des Epithels durch Verletzung«, erwiderte ich, während ich weitermachte.

»Sie nehmen also an, er war schwul.« Er spähte mir über die Schulter.

Dannys Wangen verfärbten sich, und aus seinen Augen blitzte Zorn.

»Der Schließmuskel und das Epithel sind unauffällig«, sagte ich und machte mir Notizen. »Mit anderen Worten, er hat keine Verletzung, die zu einem aktiven homosexuellen Leben passen würde. Und, Detective Roche, Sie werden mir ein bißchen mehr Platz machen müssen.«

Ich spürte seinen Atem im Nacken.

»Sie wissen, daß er in dieser Gegend viele Interviews gemacht hat.«

»Was für Interviews?« Er ging mir allmählich ernsthaft auf die Nerven.

»Das weiß ich nicht.«

»Wen hat er interviewt?«

»Letzten Herbst hat er etwas über den Schiffsfriedhof gemacht. Captain Green könnte Ihnen wahrscheinlich mehr erzählen.«

»Ich war gerade bei Captain Green, und er hat mir nichts davon gesagt.«

»Die Geschichte erschien im *Virginian Pilot*, vergangenen Oktober, glaube ich. Keine große Sache. Bloß das übliche Feature«, sagte er. »Meiner persönlichen Meinung nach hat er beschlossen, noch einmal zurückzukommen, um wegen einer größeren Geschichte herumzuschnüffeln.«

»Und was könnte das gewesen sein?«

»Fragen Sie mich nicht. Ich bin kein Reporter.« Er blickte über den Tisch auf Danny. »Ich persönlich hasse die Medien. Sie kommen immer mit diesen wilden Theorien an und versuchen um jeden Preis, sie zu beweisen. Und der Kerl ist hier in der Gegend einigermaßen berühmt, ein bedeutender Reporter für AP und so. Es geht das Gerücht, wenn er mit Mädchen zusammen war, dann war das nur Fassade. Wenn man dahinterschaute, war da nichts, wenn Sie wissen, was ich meine.« Er hatte ein grausames Lächeln im Gesicht, und ich konnte kaum fassen, wie sehr ich ihn verachtete, obwohl ich ihn heute erst kennengelernt hatte.

»Woher haben Sie Ihre Informationen?« fragte ich.

»Mir kommt so einiges zu Ohren.«

»Danny, wir brauchen Proben von Haaren und Fingernägeln«, sagte ich.

»Wissen Sie, ich nehme mir die Zeit, mit den Leuten auf der Straße zu reden«, fügte Roche hinzu. Er streifte meine Hüfte.

»Soll ich von seinem Bart auch etwas abzupfen?« Danny holte sich von einem Instrumentenwagen eine Pinzette und Beutel.

»Meinetwegen.«

»Ich vermute, Sie wollen ihn auch auf HIV testen.« Roche streifte mich wieder.

»Ja«, erwiderte ich.

»Dann glauben Sie also, er könnte eine Tunte gewesen sein.«

Ich hörte mit meiner Arbeit auf, weil ich genug hatte.

»Detective Roche« – ich wandte mich zu ihm um, und meine Stimme war hart – »wenn Sie sich in meinem Leichenschauhaus aufhalten, dann müssen Sie mir Raum zum Arbeiten geben. Sie werden aufhören, sich an mich zu pressen, und Sie werden meine Patienten mit Respekt behandeln. Dieser Mann hat nicht darum gebeten, hier nackt und tot auf dem Tisch zu liegen. Und ich mag das Wort Tunte nicht.«

»Also, egal, wie Sie es nennen, seine sexuelle Orientierung könnte irgendwie wichtig sein.« Er war verblüfft, wenn nicht gar erfreut über meine Gereiztheit.

»Ich weiß nicht mit Sicherheit, ob dieser Mann schwul war oder nicht«, sagte ich. »Aber ich weiß mit Sicherheit, daß er nicht an Aids gestorben ist.«

Ich griff mir ein Skalpell vom Instrumentenwagen, und Roches Betragen änderte sich abrupt. Er trat zurück, bekam auf einmal schwache Nerven, weil ich mit dem Schneiden anfangen wollte, und nun hatte ich auch noch mit diesem Problem zu kämpfen.

»Haben Sie schon bei einer Autopsie zugesehen?« fragte ich ihn.

»Bei einigen.« Er sah aus, als müsse er sich gleich übergeben.

»Warum setzen Sie sich nicht dort drüben hin«, schlug ich nicht gerade freundlich vor, während ich mich fragte, warum Chesapeake ihn mit diesem oder mit irgendeinem Fall betraute. »Oder Sie gehen in den Lagerraum.«

»Es ist bloß heiß hier.«

»Wenn Ihnen schlecht wird, gehen Sie zum nächsten Abfallkübel.« Danny mußte sich mit aller Kraft bemühen, nicht loszulachen.

»Ich setze mich dort drüben eine Weile hin.« Roche ging zu dem Schreibtisch bei der Tür.

Ich führte rasch den Y-Schnitt durch, zog die Klinge von den Schultern zum Brustbein und zum Becken. Als das Blut mit der Luft in Berührung kam, vermeinte ich, einen Geruch wahrzunehmen, der mich sofort innehalten ließ.

»Wissen Sie, bei Lipshaw gibt es einen echt guten Schleifapparat, den ich mir für hier wünsche«, sagte Danny. »Er schleift und wetzt mit Wasser, so daß wir nur die Messer reinstecken und sonst nichts mehr tun müssen.«

Der Geruch war eindeutig, aber ich konnte es nicht glauben.

»Ich hab mir erst neulich den Katalog angesehen«, fuhr er fort. »Machen mich ganz verrückt, all die tollen Sachen, die wir uns nicht leisten können.«

Das konnte nicht mit rechten Dingen zugehen.

»Danny, machen Sie die Türen auf«, sagte ich mit leiser Dringlichkeit, was ihn verblüffte.

»Was ist?« fragte er voll Schreck.

»Wir brauchen viel Luft hier drin. Und zwar sofort«, sagte ich.

Er bewegte sich schnell trotz seines verletzten Knies und öffnete die Doppeltüren, die in die Eingangshalle führten.

»Was ist los?« Roche richtete sich auf.

»Dieser Mann verströmt einen sonderbaren Geruch.« Ich wollte meinen Verdacht jetzt nicht äußern, besonders nicht vor ihm.

»Ich rieche nichts.« Er stand auf und blickte sich um, als wäre dieser mysteriöse Geruch etwas, das er sehen könnte.

Das Blut von Eddings hatte einen Bittermandelgeruch, und es überraschte mich nicht, daß weder Roche noch Danny ihn wahrnahmen. Die Fähigkeit, Zyankali zu riechen, ist eine geschlechtsgebundene, rezessiv vererbte Eigenschaft, die nur weniger als dreißig Prozent der Bevölkerung erben. Ich gehörte zu den wenigen Glücklichen.

»Vertrauen Sie mir.« Ich hob die Haut von den Rippen ab, wobei ich darauf achtete, nicht die Zwischenrippenmuskeln zu durchtrennen. »Er riecht äußerst sonderbar.«

»Und was heißt das?« wollte Roche wissen.

»Das werde ich erst nach Durchführung von Tests beantworten können«, sagte ich. »In der Zwischenzeit werden wir seine ganze Ausrüstung untersuchen, um sicherzugehen, daß alle Geräte funktionierten und er zum Beispiel keine Abgase in seinen Schlauch bekommen hat.«

»Kennen Sie sich mit solchen Geräten aus?« fragte mich Danny, der wieder an den Tisch getreten war, um zu helfen.

»Ich habe nie eines benutzt.«

Ich stieß seitlich unter den mittleren Brusteinschnitt. Indem ich das Gewebe abhob, formte ich eine Hauttasche, die Danny mit Wasser füllte. Dann steckte ich meine Hand hinein und stieß die Skalpellklinge zwischen zwei Rippen. Ich prüfte, ob Blasen aufstiegen, die auf einen Tauchunfall hindeuten würden, bei dem Luft in den Brustkorb ausgetreten war. Aber es kamen keine.

»Schaffen wir die *hookah* und den Schlauch aus dem Boot und bringen sie her«, entschied ich. »Es wäre gut, wenn wir einen Tauchexperten als Gutachter hätten. Kennen Sie jemanden hier, den wir an einem Feiertag erreichen könnten?«

»In der Hampton Road ist ein Taucherladen, den Dr. Mant manchmal konsultiert.«

Er beschaffte sich die Nummern und rief an, aber der Laden war an diesem verschneiten Silvestertag geschlossen, und der Besitzer schien nicht zu Hause zu sein. Dann ging Danny in den Lagerraum, und als er kurze Zeit später zurückkehrte, hörte ich eine vertraute Stimme laut mit ihm sprechen, und schwere Schritte dröhnten über den Flur.

»Sie würden es Ihnen nicht erlauben, wenn Sie ein Cop wären«, drang Pete Marinos Stimme in den Autopsiesaal.

»Ich weiß, aber ich versteh's nicht«, sagte Danny.

»Na ja, ich kann Ihnen einen verdammt guten Grund nennen. Bei so langen Haaren wie Ihren haben die Arschlöcher zusätzlich etwas zum Hinlangen. Ich? Ich würde es abschneiden. Außerdem würden die Mädchen Sie mehr mögen.«

Er war gerade rechtzeitig gekommen, um beim Hereintragen der *hookah* und der Schlauchschlingen zu helfen, und erteilte Danny eine väterliche Lektion. Es war mir nie schwergefallen zu verstehen, warum Marino enorme Probleme mit seinem eigenen erwachsenen Sohn hatte.

»Weißt du etwas über *hookahs?*« fragte ich Marino, als er hereinkam. Er blickte ausdruckslos auf die Leiche.

»Was? Hat er irgendeine Spinnerkrankheit?«

»Was du da trägst, nennt sich eine *hookah*«, erklärte ich.

Er stellte mit Danny die Ausrüstung auf einen leeren Stahltisch neben meinem.

»Sieht so aus, als wären die Tauchergeschäfte für die nächsten paar Tage geschlossen«, fügte ich hinzu. »Aber der Kompressor kommt mir ziemlich simpel vor – eine von einem 5-PS-Motor getriebene Pumpe, die Luft durch ein Einlaßventil mit Filter saugt und dann durch einen Niederdruckschlauch, der mit dem nachgeschalteten Drosselventil verbunden ist. Der Filter sieht in Ordnung aus. Die Benzinleitung ist intakt. Das ist alles, was ich dir sagen kann.«

»Der Tank ist leer«, bemerkte Marino.

»Ich glaube, ihm ist erst nach dem Tod das Benzin ausgegangen.«

»Warum?« Roche war zu uns gekommen und starrte so intensiv auf mich und die Vorderpartie meines Arbeitsanzugs, als wären wir beide die einzigen Menschen im Raum. »Woher wissen Sie, daß er nicht das Zeitgefühl verloren hat und ihm der Treibstoff ausgegangen ist?«

»Weil er immer noch genügend Zeit hatte, an die Oberfläche zu kommen, selbst wenn die Luftversorgung den Geist aufgab. Er war nur in zehn Meter Tiefe«, sagte ich.

»Das ist ein langer Weg mit einem Schlauch, der sich irgendwo verfangen hat.«

»Sicher. Aber in seiner Lage hätte er den Bleigürtel fallenlassen können.«

»Ist der Geruch verschwunden?« fragte er.

»Nein, aber er ist nicht mehr so überwältigend.«

»Was für ein Geruch?« wollte Marino wissen.

»Sein Blut hat einen sonderbaren Geruch.«

»Meinst du so was wie Alkohol?«

»Nein, das nicht gerade.«

Er schnupperte einige Male und zuckte mit den Achseln, als Roche an mir vorbeiging, den Blick abgewandt von dem, was auf dem Tisch lag. Es war nicht zu fassen, aber er streifte mich wieder, obwohl genug Platz war und ich ihn schon gewarnt hatte. Marino, groß und fast kahlköpfig, in einem schaffellgefütterten Mantel, folgte ihm mit den Blicken.

»Und wer ist das?« fragte er mich.

»Ach ja, ich habe euch beide einander ja noch nicht vorgestellt«, sagte ich. »Detective Roche von Chesapeake, das ist Captain Marino, Richmond.«

Roche sah sich die *hookah* sehr genau an, und das Geräusch vom Nebentisch, wo der junge Danny mit einer Knochenschere Rippen durchtrennte, setzte ihm zu. Sein Gesicht hatte wieder die Farbe von Milchglas angenommen, seine Mundwinkel hingen nach unten.

Marino zündete sich eine Zigarette an, und an seiner Miene konnte ich sehen, daß er über Roche sein Urteil gefällt hatte und es ihm nicht vorenthalten würde.

»Ich weiß nichts über Sie«, sagte er zu dem Detective, »aber eines habe ich schon früher entdeckt: Wer einmal in diesen Schuppen gekommen ist, der sieht Leber mit anderen Augen an. Passen Sie auf.« Er steckte das Feuerzeug in seine Hemdtasche. »Ich hab sie mit viel Zwiebeln gemocht.« Er blies Rauch aus. »Jetzt könnten Sie mich nicht mal unter Androhung der Todesstrafe dazu bringen, Leber anzurühren.«

Roche beugte sich tiefer über die *hookah,* vergrub sein Gesicht fast darin, als wäre der Geruch von Gummi und Benzin das Gegengift, das er brauchte. Ich nahm meine Arbeit wieder auf

»He, Danny«, fuhr Marino fort, »haben Sie je so'n Zeug wie Nieren oder Hirn gegessen, seit Sie hier arbeiten?«

»Ich habe in meinem ganzen Leben noch nie so was gegessen«, sagte er, als wir das Brustbein entfernten. »Aber ich weiß, was Sie meinen. Wenn ich Leute sehe, die in Restaurants große Scheiben Leber bestellen, muß ich fast zur Tür stürzen. Besonders, wenn sie so gerade noch rosa ist.«

Der Geruch verstärkte sich, als die Organe freigelegt wurden, und ich beugte mich zurück.

»Riechen Sie es?« fragte Danny.

»Oh ja«, sagte ich.

Roche zog sich in die entfernteste Ecke zurück, und da Marino nun seinen Spaß mit ihm gehabt hatte, kam er her und stellte sich neben mich.

»Du glaubst also, er ist ertrunken?« fragte Marino rasch.

»Im Augenblick glaube ich das nicht. Aber ich werde das sicherlich überprüfen«, sagte ich.

»Wie kannst du herausfinden, daß er nicht ertrunken ist?«

Marino war mit dem Tod durch Ertrinken nicht vertraut, da die Menschen selten einen Mord auf die Art begingen, und so war er ungeheuer neugierig. Er wollte alles verstehen, was ich tat.

»Eigentlich tue ich bereits eine ganze Menge«, sagte ich, während ich weiterarbeitete. »Ich habe bereits seitlich in der Brust eine Hauttasche gebildet, sie mit Wasser gefüllt und eine Klinge in den Thorax gestoßen, um nach Bläschen zu schauen. Ich werde den Herzbeutel mit Wasser füllen und eine Nadel ins Herz einführen, wieder um zu sehen, ob sich Bläschen bilden. Und ich werde das Gehirn auf Blutungen aus den Kapillaren untersuchen und am weichen Gewebe des Mediastinums nach extraalveolärer Luft schauen.«

»Was soll dabei herauskommen?« fragte er.

»Möglicherweise Pneumothorax oder Luftembolie, was in weniger als fünf Meter Wassertiefe eintreten kann, wenn der Taucher nicht richtig atmet. Es kommt daher, daß übermäßiger Druck in den Lungen zu kleinen Rissen an den Lungenbläschen führen kann, was Blutungen und den Austritt von Luft in den Brustraum verursacht.«

»Und das könnte einen schätzungsweise umbringen.«

»Ja«, meinte ich. »Das könnte es ganz bestimmt.«

»Was ist, wenn einer zu schnell aufsteigt oder abtaucht?« Er war auf die andere Seite des Tisches getreten, damit er zusehen konnte.

»Druckveränderungen oder Barotrauma beim Auf- oder Abstieg sind in der Tiefe, in der er sich befand, nicht sehr wahrscheinlich. Und wie du sehen kannst, ist sein Gewebe nicht schwammig, wie ich es erwarten würde, wenn er an Barotrauma gestorben wäre. Willst du Schutzkleidung haben?«

»Damit ich wie ein Kammerjäger aussehe?« Marino blickte in Roches Richtung.

»Beten Sie nur, daß Sie nicht Aids kriegen«, sagte Roche matt von seinem Platz aus.

Marino legte Schürze und Handschuhe an, während ich die einschlägigen Negativbefunde erklärte, die ich benötigte, um auch Tod durch Druckabfall, Caissonkrankheit oder Ertrinken auszuschließen. Als ich dann eine Achtzehner-Nadel in die Luftröhre einführte, um eine Probe für den Zyankalitest zu bekommen, entschied sich Roche zu gehen. Er schritt schnell durch den Raum, und Papier raschelte, als er seine Tüte mit dem Beweismaterial von einem Tisch nahm.

»Wir werden also erst etwas wissen, wenn Sie die Tests durchführen«, sagte er von der Tür her.

»Richtig. Einstweilen sind Ursache und Art des Todes noch nicht geklärt.« Ich hielt inne und schaute ihn an. »Sie erhalten eine Kopie meines Berichts, sobald er vollständig ist. Und ich möchte seine persönlichen Habseligkeiten sehen, bevor Sie gehen.«

Er wollte nicht näher kommen, denn ich stand mit blutigen Händen da.

Ich sah Marino an. »Würdest du vielleicht?«

»Mit dem größten Vergnügen.«

Er ging zu ihm, nahm die Tüte und sagte schroff. »Kommen Sie. Wir werden das in der Vorhalle durchsehen, damit Sie etwas Luft schnappen können.«

Sie gingen nur hinter die Tür, und als ich weiterarbeitete, raschelte wieder Papier. Ich hörte, wie Marino das Magazin aus einer Pistole nahm, den Schlitten öffnete und sich laut beschwerte, daß die Waffe nicht gesichert war.

»Ich kann's nicht fassen, daß Sie das Ding geladen mit sich herumtragen«, dröhnte Marinos Stimme. »Himmelherrgott! Sie wissen doch, das ist kein verdammtes Lunchpaket.«

»Das Ding ist noch nicht auf Fingerabdrücke untersucht worden.«

»Na, dann ziehen Sie eben Handschuhe an und schmeißen die Munition raus, wie ich es Ihnen gerade vorgemacht habe. Und dann leeren Sie die Kammer, wie ich jetzt. Wo kommen

Sie denn her? Von der Polizeiakademie der Keystone Cops, wo Sie auch Ihre feinen Manieren her haben?«

Marino war jetzt in Fahrt, und nun war klar, warum er Roche in den Vorraum geführt hatte, jedenfalls nicht wegen der frischen Luft. Danny blickte mich über den Tisch an und grinste.

Gleich darauf kam Marino kopfschüttelnd wieder herein, Roche war weg. Ich war deutlich erleichtert.

»Guter Gott«, sagte ich. »Was hat der wohl?«

»Er denkt mit dem Kopf, den Gott ihm gegeben hat«, meinte Marino. »Dem zwischen seinen Beinen.«

»Ich hab's ja gesagt«, wiederholte sich Danny, »er ist schon ein paarmal hier gewesen und hat Dr. Mant wegen irgendwelcher Sachen belästigt. Aber ich habe vergessen zu erwähnen, daß er mit ihm immer oben gesprochen hat. Er wollte nie runter in die Leichenhalle kommen.«

»Ich bin geschockt«, sagte Marino im Spaß.

»Ich habe gehört, daß er sich auf der Polizeiakademie an dem Tag krank gemeldet hat, als sie hierher zu einer Autopsievorführung kommen sollten«, fuhr Danny fort. »Außerdem ist er gerade erst von der Abteilung für Jugenddelikte in die Mordkommission versetzt worden. Er ist also erst seit zwei Monaten dabei.«

»Na fein«, meinte Marino. »Genau der Kerl, den wir für so etwas brauchen.«

Ich fragte ihn: »Kannst du das Zyankali riechen?«

»Nee. Momentan rieche ich bloß meine Zigarette, und genau das will ich auch.«

»Danny?«

»Nein, Ma'am.« Er klang enttäuscht.

»Bislang kann ich keine Beweise für einen Tauchunfall erkennen. Keine Bläschen im Herz oder im Brustraum. Keine Emphyseme. Kein Wasser im Magen oder in den Lungen. Ich kann nicht sagen, ob er einen Blutstau hat.« Ich schnitt etwas vom Herz weg. »Nun ja, er hat Blutandrang im Herz. Aber kommt das davon, daß die linke Herzhälfte vor der rechten versagt hat – also schlicht vom Sterben, mit anderen Worten? Und er hat Rötungen im Magen, was zu Zyankali paßt.«

»Doc«, sagte Marino, »wie gut kennst du ihn?«

»Persönlich eigentlich gar nicht.«

»Also dann will ich dir mal erzählen, was in der Tüte war, weil Roche nicht wußte, was er vor sich hatte, und ich wollte es ihm nicht sagen.«

Endlich schlüpfte er aus seinem Mantel und sah sich nach einem sicheren Ort um, wo er ihn ablegen konnte. Er entschied sich für eine Stuhllehne. Dann zündete er sich noch eine Zigarette an.

»Verdammt, diese Böden sind tödlich für meine Füße«, sagte er, als er zu dem Tisch ging, wo *hookah* und Schlauch abgelegt waren, und lehnte sich an die Kante. »Das muß doch auch tödlich für Ihr Knie sein«, sagte er zu Danny.

»Absolut tödlich.«

»Eddings hat eine Neun-Millimeter-Browning in einer sandfarbenen Birdsong-Ausführung.«

»Was ist Birdsong?« Danny legte die Galle in eine Hängewaage.

»Der Rembrandt der Pistolenveredler. Mr. Birdsong ist derjenige, dem du deine Waffe schickst, wenn du sie wasserdicht und so angemalt haben willst, daß sie mit der Umgebung verschmilzt«, antwortete Marino. »Im Grunde zerlegt er sie, strahlt sie ab und besprüht sie dann mit Teflon, das aufgebacken wird. Alle Pistolen des HRT sind Birdsong-Ausführungen.«

Das HRT war das Hostage Rescue Team des FBI, das Geiselrettungsteam. Ich war mir sicher, daß Eddings bei der Menge von Artikeln, die er über Gesetzeshüter geschrieben hatte, mit der FBI-Academy in Quantico und ihren am besten ausgebildeten Agenten in Kontakt gekommen sein mußte.

»Klingt so, als würden Navy-SEALs auch solche haben«, überlegte Danny.

»Die, SWAT-Teams, Terroristenbekämpfer, Leute wie ich.« Marino sah sich wieder die Benzinleitung der *hookah* und die Einsaugventile an. »Und die meisten von uns haben auch die Novak-Visiere, die er hat. Aber wir haben nicht die KTW-Munition, die durch Metall dringt, auch bekannt als Copkiller.«

»Er hat teflonbeschichtete Munition?« Ich blickte auf.

»Siebzehn Patronen, eine in der Kammer. Alle mit rotem Lack um das Zündhütchen zur wasserdichten Versiegelung.«

»Also die Munition, die Panzerungen durchschlägt, hat er hier nicht bekommen. Zumindest nicht legal, weil die seit Jahren in Virginia gesetzlich verboten ist. Und was die Ausführung der Pistole betrifft, bist du sicher, es ist Birdsong, dieselbe Firma, die das FBI benutzt?«

»Sieht mir nach Birdsongs magischer Berührung aus«, erwiderte Marino. »Freilich gibt es andere Firmen, die ähnliche Arbeit liefern.«

Ich öffnete Eddings' Magen, während sich mein eigener Magen wie eine Faust zusammenzog. Eddings hatte sich als Polizeifan ausgegeben. Ich hatte gehört, daß er oft mit der Polizei mitfuhr, zu ihren Picknicks und ihren Bällen ging. Er war mir nie als Waffennarr aufgefallen, und ich war verblüfft, daß er eine Pistole mit illegaler Munition geladen hatte, Munition, die berüchtigt dafür war, daß sie zur Ermordung und Verstümmelung genau der Leute benutzt wurde, die seine Informanten und wohl auch seine Freunde waren.

»Der Mageninhalt besteht nur aus einer kleinen Menge bräunlicher Flüssigkeit«, fuhr ich fort. »Er hat in den letzten Stunden vor dem Tod nicht gegessen, was ich auch nicht erwartet hätte, wenn er vorhatte zu tauchen.«

»Irgendeine Chance, daß er Abgase erwischt haben könnte, sagen wir, wenn der Wind richtig blies?« Marino studierte weiter die *hookah.* »Könnte ihn das nicht auch so rosig aussehen lassen?«

»Sicher, wir werden auch auf Kohlenmonoxyd testen. Aber das erklärt nicht, was ich rieche.«

»Und du bist dir sicher?«

»Ich weiß, was ich rieche«, sagte ich.

»Sie glauben, es ist Mord, nicht wahr?« fragte Danny mich.

»Davon sollten wir nicht sprechen.« Ich zog ein Kabel von einer Spule über den Tisch und steckte die Stryker-Säge ein. »Nicht zur Chesapeake-Polizei. Zu niemand. Nicht, bis alle Tests abgeschlossen sind und ich eine offizielle Verlautbarung herausgegeben habe. Ich weiß nicht, was hier vorgeht. Ich weiß nicht, was am Tatort vor sich ging. Und so müssen wir mehr Vorsicht als sonst walten lassen.«

Marino schaute Danny an. »Wie lange arbeiten Sie schon in dieser Bude?«

»Acht Monate.«

»Sie haben gehört, was sie gerade gesagt hat, ja?«

Danny blickte auf, von Marinos Wechsel im Tonfall überrascht.

»Sie können Ihren Mund halten, ja?« fuhr Marino fort. »Kein Prahlen vor den Jungs, kein Versuch, Ihre Eltern oder Ihre Freundin zu beeindrucken. Kapiert?«

Danny hielt seinen Zorn zurück, während er unten am Hinterkopf einen Einschnitt von Ohr zu Ohr machte.

»Also, wenn irgendwas durchsickert, werden ich und der Doc hier wissen, wo es herkommt«, fuhr Marino in seinem Angriff fort, zu dem niemand ihn provoziert zu haben schien.

Danny klappte die Kopfhaut zurück. Er zog sie über die Augen nach vorn, um den Schädel freizulegen, und Eddings' Gesicht fiel zusammen, traurig und schlaff, als wüßte er, was passierte, und grämte sich. Ich schaltete die Säge ein, und der Raum war erfüllt vom Sirren des Sägeblatts, das durch Knochen drang.

3

Um halb vier war die Sonne tief hinter einen grauen Schleier gesunken, und Schnee lag mehrere Zentimeter hoch und hing wie Rauch in der Luft. Marino und ich folgten Dannys Fußspuren über den Parkplatz, denn der junge Mann war schon gegangen, und ich hatte Gewissensbisse.

»Marino«, sagte ich, »du kannst mit den Leuten nicht so reden. Mein Personal weiß, was Diskretion ist. Danny hat nichts getan, was deine Grobheiten gerechtfertigt hätte, und ich finde das nicht gut.«

»Er ist noch ein Kind«, meinte er. »Wenn du ihn dir richtig erziehst, wird er sich dir gegenüber anständig benehmen. Wir müssen doch an Disziplin glauben.«

»Es ist nicht deine Aufgabe, meine Leute zu erziehen. Und ich habe nie Probleme mit ihm gehabt.«

»Ach ja? Und vielleicht kannst du gerade dieses Mal keine Probleme mit ihm gebrauchen«, erwiderte er.

»Ich würde es wirklich sehr schätzen, wenn du nicht versuchen würdest, mein Büro zu leiten.«

Ich war müde und mißgelaunt, und Lucy ging noch immer nicht ans Telefon in Mants Haus. Marino hatte neben mir geparkt. Ich machte meine Fahrertür auf.

»Na, was macht Lucy über Neujahr?« fragte er, als kenne er meine Sorgen.

»Verbringt es hoffentlich mit mir. Aber ich habe noch nichts von ihr gehört.« Ich stieg ins Auto.

»Der Schnee ist von Norden gekommen, da hat's Quantico zuerst erwischt«, sagte er. »Vielleicht ist sie steckengeblieben. Du weißt doch, wie es auf der 95 zugehen kann.«

»Sie hat ein Autotelefon. Außerdem kommt sie von Charlottesville«, sagte ich.

»Wieso das?«

»Die Academy hat beschlossen, sie wieder an die UVA zu schicken, zu einem weiteren Graduiertenseminar.«

»In was? Raketenkunde für Fortgeschrittene?«

»Anscheinend besucht sie einen Spezialkurs über virtuelle Realität.«

»Ach, vielleicht ist sie irgendwo zwischen hier und Charlottesville hängengeblieben.« Er wollte nicht, daß ich wegfuhr.

»Sie hätte eine Nachricht hinterlassen können.«

Er blickte sich auf dem Parkplatz um. Der Parkplatz war leer bis auf den dunkelblauen, inzwischen schneebedeckten Leichenwagen. Flocken fingen sich in Marinos strähnigen Haaren, und auf seinem kahl werdenden Kopf fühlten sie sich vermutlich kühl an, aber ihm schien es nichts auszumachen.

»Hast du Silvester etwas vor?« Ich ließ den Motor an und betätigte dann die Scheibenwischer, um den Schnee von der Windschutzscheibe zu fegen.

»Ein paar von uns Jungs werden wahrscheinlich Poker spielen und Chili essen.«

»Das klingt nach Spaß.« Ich sah zu seinem großen, geröteten Gesicht hoch, während er weiterhin den Blick abgewandt hielt. »Doc, ich hab Eddings' Apartment drüben in Richmond durchsucht und wollte das vor Danny nicht zur Sprache bringen. Ich glaube, du solltest es dir auch mal ansehen.«

Marino wollte reden. Er wollte weder bei den Jungs noch allein sein. Er wollte mit mir zusammensein, aber das würde er nie zugeben. In all den Jahren, die wir uns kannten, konnte er sich zu seinen Gefühlen für mich nicht bekennen, egal, wie offensichtlich sie sein mochten.

»Mit einer Runde Poker kann ich nicht konkurrieren«, sagte ich zu ihm und schnallte mich an, »aber ich wollte heute abend Lasagne machen. Und es sieht nicht so aus, als würde Lucy kommen. Wenn du also ...«

»Es sieht auch nicht so aus, als wäre es besonders toll, nach

Mitternacht heimzufahren«, unterbrach er mich. Schnee wirbelte in kleinen Böen über den Asphalt.

»Ich habe ein Gästezimmer«, fuhr ich fort.

Er sah auf die Uhr und beschloß, daß es an der Zeit war, eine zu rauchen.

»Außerdem ist jetzt heimzufahren auch keine tolle Idee«, sagte ich. »Und es sieht aus, als müßten wir miteinander reden.«

»Ja ja, schön, du hast wahrscheinlich recht«, sagte er.

Als wir langsam hintereinander her nach Sandbridge fuhren, hatte allerdings keiner von uns damit gerechnet, daß bei unserer Ankunft Rauch aus dem Kamin steigen würde. Lucys grüner Suburban stand schneebedeckt in der Einfahrt, sie war also schon eine Weile hier.

»Ich versteh's nicht«, sagte ich zu Marino, als wir die Wagentüren zuschlugen. »Ich habe dreimal angerufen.«

»Vielleicht sollte ich wieder fahren.« Er stand an seinem Ford und wußte nicht, was er machen sollte.

»Das ist doch lachhaft. Komm schon. Wir finden schon etwas. Es gibt noch eine Couch. Lucy wird begeistert sein, dich zu sehen.«

»Hast du deine Tauchsachen dabei?« fragte er.

»Im Kofferraum.«

Wir holten sie zusammen raus und schleppten sie zu Dr. Mants Haus, das bei diesem Wetter noch kleiner und verlorener aussah. Auf der Rückseite war eine vergitterte Veranda, und dort legten wir meine Ausrüstung auf den Holzboden. Lucy öffnete die Küchentür, und der Duft von Tomaten und Knoblauch umfing uns. Sie sah verblüfft aus, als sie Marino und die Taucherausrüstung erblickte.

»Was, zum Teufel, geht hier vor?« sagte sie.

Ich sah ihr an, daß sie enttäuscht war. Das hätte ein Abend nur für uns werden sollen, und wir hatten in unserem komplizierten Leben nicht viele solcher Abende.

»Das ist eine lange Geschichte.« Ich begegnete ihrem Blick.

Wir folgten ihr nach drinnen, wo ein großer Topf auf dem Herd simmerte. Auf der Anrichte daneben war ein Schneidbrett, und Lucy hatte, als wir ankamen, offenbar gerade Peperoni und Zwiebeln geschnitten. Sie trug einen FBI-Trainingsanzug und Skisocken und sah kerngesund aus, aber ich merkte ihr an, daß sie nicht viel Schlaf bekommen hatte.

»In der Kammer ist ein Schlauch, und gleich bei der Veranda neben einem Wasserhahn ist ein leerer Plastikkübel«, sagte ich zu Marino. »Wenn du den füllst, können wir mein Zeug einweichen.«

»Ich helfe euch«, sagte Lucy.

»Auf keinen Fall.« Ich drückte sie an mich. »Nicht bevor wir uns erst einmal richtig begrüßt haben.«

Wir warteten, bis Marino draußen war, dann zog ich sie an den Herd und hob den Deckel vom Topf. Ein köstlicher Duft stieg auf, und ich war glücklich.

»Das kann ich gar nicht glauben«, sagte ich. »Gott segne dich.«

»Als du um vier noch nicht zurück warst, habe ich mir gedacht, ich sollte lieber schon mal die Soße machen, sonst bekommen wir heute abend keine Lasagne.«

»Da sollte noch ein bißchen mehr Rotwein dran. Und vielleicht noch etwas Basilikum und eine Prise Salz. Ich wollte Artischocken statt Fleisch verwenden, obwohl Marino darüber nicht glücklich sein wird, aber er kann ja noch Prosciutto essen. Wie findest du das?« Ich tat den Deckel wieder auf den Topf.

»Tante Kay, warum ist er hier?« fragte sie.

»Hast du meinen Zettel gesehen?«

»Klar. So bin ich ja reingekommen. Aber da stand nur drauf, daß du zu einem Tatort gefahren bist.«

»Ja, leider. Aber ich habe ein paarmal angerufen.«

»Ich wollte in einem fremden Haus nicht ans Telefon gehen«, sagte sie. »Und du hast keine Nachricht hinterlassen.«

»Ich habe mir eben gedacht, du wärst nicht hier, und so habe ich Marino eingeladen. Ich wollte nicht, daß er bei dem Schnee nach Richmond zurückfährt.«

In ihren intensiv grünen Augen flackerte Enttäuschung auf. »Kein Problem. Solange er und ich nicht im selben Zimmer schlafen müssen«, bemerkte sie trocken. »Aber ich verstehe nicht, was er überhaupt in Tidewater zu tun hatte.«

»Wie gesagt, eine lange Geschichte«, antwortete ich. »Der Fall hat eine Verbindung nach Richmond.«

Wir gingen auf die kalte Veranda hinaus und schwenkten Flossen, Unterzieher, Tauchanzug und anderes Zeug im eisigen Wasser. Dann trugen wir alles auf den Boden, wo nichts gefrieren würde, und legten es auf mehrere Lagen Handtücher. Ich duschte so lange, wie der Warmwasserboiler es zuließ, und es kam mir unwirklich vor, daß Lucy, Marino und ich an einem verschneiten Silvesterabend zusammen in diesem Cottage an der Küste waren.

Als ich aus dem Schlafzimmer kam, tranken sie in der Küche italienisches Bier und beschäftigten sich mit einem Rezept zum Brotbacken.

»Also gut«, sagte ich zu ihnen, »nun übernehme ich.«

»Nimm dich in acht«, sagte Lucy.

Ich scheuchte sie aus dem Weg und gab Mehl, Hefe, ein wenig Zucker und Olivenöl in eine große Schüssel. Ich stellte den Backofen auf niedrige Temperatur und öffnete eine Flasche Côte Rôtie, für die Köchin. Zum Essen würde ich einen Chianti servieren.

»Hast du Eddings' Brieftasche durchsucht?« fragte ich Marino, während ich Steinpilze schnitt.

»Wer ist Eddings?« fragte Lucy.

Sie saß auf einer Anrichte und trank Peroni. In den Fenstern hinter ihr schraffierte der Schnee die einbrechende Dunkelheit. Ich erklärte etwas ausführlicher, was heute geschehen war, und sie stellte keine weiteren Fragen, sondern schwieg, als Marino sprach.

»Mir ist nichts in die Augen gesprungen«, sagte er. »Eine Master-Card, eine Visa, AmEx, Versicherungsbescheinigung. So ein Kram. Und ein paar Quittungen. Sehen nach Restaurantbelegen aus, aber das überprüfen wir. Darf ich mir noch so ein Bier holen?« Er warf seine leere Flasche in den Müll und öffnete den Kühlschrank. »Was sonst noch?« Glas klirrte. »Er hatte nicht viel Bargeld. Siebenundzwanzig Dollar.«

»Was ist mit Fotos?« fragte ich, während ich auf der mehlbestäubten Arbeitsplatte Teig knetete.

»Nichts.« Er machte den Kühlschrank zu. »Und du weißt ja, daß er nicht verheiratet war.«

»Wir wissen nicht, ob er nicht eine Beziehung mit jemandem hatte«, sagte ich.

»Das könnte sein, weil wir jedenfalls verteufelt wenig wissen.« Er sah Lucy an. »Weißt du, was Birdsong ist?«

»Meine Sig hat eine Birdsong-Veredelung.« Sie sah zu mir herüber. »Und die Browning von Tante Kay auch.«

»Nun, der Typ hatte eine Neunmillimeter-Browning, wie deine Tante, in einer sandfarbenen Birdsong-Ausführung. Außerdem ist seine Munition teflonbeschichtet und hat roten Lack auf dem Zündhütchen. Ich meine, damit könnte einer in einem verdammten Wolkenbruch zwölf Telefonbücher durchlöchern.«

Sie war überrascht. »Was macht ein Journalist mit so etwas?«

»Manche Leute sind eben Waffennarren«, sagte ich. »Aber ich wußte nicht, daß Eddings einer war. Er hat es mir gegenüber nie erwähnt – was er nicht unbedingt hätte tun müssen.«

»Ich hab noch nie KTW in Richmond gesehen«, sagte Marino, auf den Hersteller der teflonbeschichteten Patronen anspielend. »Legal oder sonstwie.«

»Hätte er die nicht bei einer Waffenbörse bekommen können?« fragte ich.

»Vielleicht. Eines ist sicher. Der Typ hat einige davon besucht. Ich hab dir noch nicht von seiner Wohnung erzählt.«

Ich deckte ein feuchtes Tuch über den Teig und stellte die Schüssel bei niedrigster Stufe in den Backofen.

»Ich biete euch jetzt nicht die ganze Tour«, fuhr er fort, »bloß das Wichtigste, angefangen bei dem Zimmer, wo er offensichtlich seine eigene Munition geladen hat. Wo er bloß all diese Kugeln verschossen hat, wer weiß. Aber er hat eine Menge Pistolen zur Auswahl, dazu noch ein paar andere Handfeuerwaffen, eine AK-47, eine MP5 und eine M16. Nicht gerade das, was einer zur Ungezieferbekämpfung benutzt. Außerdem hatte er eine ganze Anzahl von Survival-Magazinen abonniert, darunter *Soldier of Fortune, U. S. Cavalry Magazine* und *Brigade Quartermaster*. Schließlich« – Marino trank einen Schluck Bier – »haben wir einige Videos mit Lehrgängen für Scharfschützen gefunden. Weißt du, spezielle Kampfausbildung und so 'n Scheiß.«

Ich vermischte Ricotta mit Eiern und Parmesan.

»Irgendein Hinweis, worin er verwickelt gewesen sein könnte?« Das Geheimnis des Toten wurde immer unergründlicher und brachte mich noch mehr aus der Fassung.

»Nein, aber er ist todsicher hinter etwas her gewesen.«

»Oder etwas hinter ihm«, sagte ich.

»Er war in Panik«, sagte Lucy, als wisse sie Bescheid. »Niemand geht in der Dunkelheit tauchen und hat eine wasserdichte Neunmillimeter mit Panzerknacker-Munition dabei, wenn er nicht in Panik ist. So benimmt sich doch nur einer, der glaubt, er steht auf der Abschußliste.«

Da erst erzählte ich ihnen von meinem seltsamen frühmorgendlichen Anruf von einem Officer Young, der anscheinend nicht existierte. Ich erwähnte Captain Green und beschrieb sein Benehmen.

»Warum sollte er anrufen, wenn er der Täter war?« Marino runzelte die Stirn.

»Er hat mich eindeutig nicht am Tatort haben wollen«, sagte ich. »Und vielleicht hätte ich, wenn mir die Polizei ausführliche Informationen gegeben hätte, bloß gewartet, bis die Leiche eingeliefert wird, wie ich es gewöhnlich tue.«

»Also für mich klingt das, als solltest du eingeschüchtert werden«, sagte Lucy.

»Ich glaube, darauf lief es hinaus«, stimmte ich zu.

»Hast du es unter der Telefonnummer probiert, die dieser nichtexistierende Officer Young dir gegeben hat?« fragte sie.

»Nein«, sagte ich.

»Wo ist sie?«

Ich holte sie ihr, und sie wählte.

»Es ist die Nummer des lokalen Wetterberichts«, sagte sie und legte auf.

Marino zog einen Stuhl unter dem mit einem karierten Tuch bedeckten Frühstückstisch hervor und setzte sich verkehrt herum darauf, die Arme über die Lehne gefaltet. Eine Weile sprach niemand, während wir im Kopf die Daten durchgingen, die von Minute zu Minute seltsamer wurden.

»Hör mal, Doc.« Marino ließ seine Fingergelenke knakken. »Ich muß unbedingt eine rauchen. Darf ich hier drin, oder muß ich rausgehen?«

»Draußen«, sagte Lucy, wies mit dem Daumen zur Tür und sah bissiger aus, als sie in Wirklichkeit war.

»Und wenn ich in eine Schneewehe falle, du kleines Biest?«

»Es liegen da draußen nur zehn Zentimeter Schnee. Die einzige Schneewehe, in die du fällst, ist die in deinem Kopf.«

»Morgen gehen wir an den Strand und schießen auf Dosen«, sagte er. »Hin und wieder brauchst du einen kleinen Dämpfer, Special Agent Lucy.«

»Ihr werdet ganz gewiß auf gar nichts schießen an diesem Strand«, sagte ich zu beiden.

»Ich schätze, wir könnten Pete erlauben, das Fenster zu öffnen und den Rauch rauszublasen«, sagte Lucy. »Aber da sieht man nur mal wieder, wie süchtig du bist.«

»Solange du schnell rauchst«, sagte ich zu ihm. »In diesem Haus ist es schon kalt genug.«

Das Fenster war störrisch, aber Marino war hartnäckiger. Nach heftigem Zerren kriegte er es auf. Er zog den Stuhl ans Fenster, zündete sich eine Zigarette an und blies den Rauch durchs Gitter. Lucy und ich trugen Silberbesteck und Servietten ins Wohnzimmer, da wir beschlossen hatten, es wäre gemütlicher, vor dem Kaminfeuer zu essen statt in Dr. Mants Küche oder im vollgestopften, zugigen Eßzimmer.

»Du hast mir noch gar nicht erzählt, wie es dir geht«, sagte ich zu meiner Nichte, als sie sich mit dem Feuer beschäftigte.

»Mir geht's großartig.«

Funken sprühten in den rußigen Schlund des Kamins, als sie Holz nachlegte, und an ihren Händen stachen die Adern hervor, ihre Rückenmuskeln dehnten sich. Ihre Begabung lag in Computertechnik und seit neuestem in Robotronik, das hatte sie am MIT studiert. Mit diesem Fachwissen war sie sehr attraktiv für das Hostage Rescue Team des FBI, aber von ihr wurde Gehirnarbeit, keine körperliche Leistung erwartet. Keine Frau hatte bisher die mörderischen Anforderungen des HRT erfüllt, und ich machte mir Sorgen, daß sie ihre Grenzen nicht akzeptieren wollte.

»Wie oft trainierst du?« fragte ich sie.

Sie hakte das Funkengitter ein, setzte sich auf den Kaminrand und sah mich an. »Ziemlich oft.«

»Wenn du noch mehr abnimmst, bist du nicht mehr gesund.«

»Ich bin sehr gesund und habe eigentlich zuviel Fett.«

»Wenn du magersüchtig wirst, werde ich nicht den Kopf in den Sand stecken, Lucy. Ich weiß, daß Eßstörungen tödlich sein können. Ich habe die Opfer gesehen.«

»Ich habe keine Eßstörung.«

Ich ging zu ihr und setzte mich neben sie; das Feuer wärmte uns den Rücken.

»Ich schätze, ich muß dir glauben.«

»Gut.«

»Hör zu« – ich klopfte ihr aufs Bein – »du bist dem HRT als technische Beraterin zugeteilt. Niemand verlangt von dir, daß du dich von Hubschraubern abseilen und mit den Männern die Meile in vier Minuten laufen sollst.«

Sie sah mich mit blitzenden Augen an. »Du mußt gerade von Grenzen reden. Ich sehe nicht, daß du dich je aufgrund deines Geschlechts von irgend etwas abhalten läßt.«

»Ich kenne meine Grenzen sehr genau«, wandte ich ein. »Und ich umgehe sie mit meinem Verstand. So habe ich überlebt.«

»Weißt du«, sagte sie aufgebracht, »ich bin es leid, Computer und Roboter zu programmieren, und immer wenn etwas Großes passiert – wie der Bombenanschlag in Oklahoma City –, brechen die Kerle zum Luftwaffenstützpunkt Andrews auf, und mich lassen sie zu Hause. Und selbst wenn ich mit darf, sperren sie mich irgendwo in ein Kämmerchen ein, als wäre ich bloß ein Fachidiot. Ich bin verdammt noch mal kein Fachidiot. Ich will keine Agentin zweiter Klasse sein.«

In ihren Augen schimmerten plötzlich Tränen, und sie drehte sich von mir weg. »Ich schaffe jeden Hinderniskurs, auf den sie mich schicken. Ich kann mich abseilen, aus dem Hinterhalt schießen und tauchen. Und was noch wichtiger ist, ich kann es aushalten, wenn sie sich wie Schweine benehmen. Weißt du, nicht alle sind glücklich darüber, mich dabeizuhaben.«

Daran zweifelte ich nicht. Lucy war immer ein Wesen, das die Leute extrem polarisierte, weil sie hochbegabt war und so schwierig sein konnte. Sie war auch eine Schönheit mit klaren, strengen Zügen, und ich wunderte mich, offen gestanden, wie sie überhaupt in einem Sondereinsatzkommando mit fünfzig Männern überleben konnte, von denen sie mit keinem jemals ausgehen würde.

»Wie geht's Janet?« fragte ich.

»Sie ist ins Washingtoner Büro versetzt worden, um Fälle von Wirtschaftskriminalität zu bearbeiten. Zumindest ist sie so nicht allzu weit weg.«

»Das muß gerade erst gewesen sein.« Ich war verblüfft.

»Ja, gerade.« Lucy stützte ihre Unterarme auf die Knie.

»Und wo ist sie heute abend?«

»Ihre Eltern haben eine Wohnung in Aspen.«

Mein Schweigen bedeutete eine Frage, und sie klang gereizt, als sie die Antwort darauf gab. »Nein, ich bin nicht eingeladen. Und nicht, weil Janet und ich zerstritten sind. Es war einfach keine gute Idee.«

»Verstehe.« Ich zögerte, bevor ich hinzufügte: »Dann wissen es ihre Eltern noch nicht?«

»Verdammt, wer weiß es schon? Meinst du, wir verbergen es bei der Arbeit nicht? Sogar so weit, daß wir gemeinsam irgendwohin gehen, und die eine von uns beiden darf zusehen, wie die andere von Männern angemacht wird. Das ist ein besonderes Vergnügen«, meinte sie verbittert.

»Ich weiß, wie es bei der Arbeit ist«, sagte ich. »Ich habe dir nichts anderes vorausgesagt. Ich bin mehr an Janets Familie interessiert.«

Lucy starrte auf ihre Hände. »Es liegt hauptsächlich an ihrer Mom. Ehrlich gesagt, ich glaube nicht, daß es ihrem Dad etwas ausmachen würde. Er wird nicht annehmen, es käme daher, daß er etwas falsch gemacht hat, wie meine Mutter meint. Bloß glaubt die, es kommt daher, daß du etwas falsch gemacht hast, da du mich ja hauptsächlich großgezogen hast und meine eigentliche Mutter bist, wie sie sagt.«

Es hatte nicht viel Sinn, mich gegen die ignoranten Vorstellungen meiner einzigen Schwester Dorothy zu wehren, die unglücklicherweise Lucys Mutter war.

»Und Mutter hat jetzt noch eine andere Theorie. Sie sagt, du seist die erste Frau gewesen, in die ich mich verliebt habe, und irgendwie erkläre das alles«, fuhr Lucy in ironischem Ton fort. »Egal, ob das nun Inzest genannt wird und du hetero bist. Denk dran, sie schreibt diese verständnisvollen Kinderbücher und ist deshalb eine Expertin in Psychologie, und offensichtlich ist sie auch noch eine Sextherapeutin.«

»Es tut mir leid, daß du zu allem anderen auch noch das durchmachen mußt«, sagte ich mitfühlend. Ich wußte nie genau, was ich tun sollte, wenn wir solche Gespräche führten. Sie waren für mich immer noch neu, und in gewisser Hinsicht machten sie mir auch angst.

»Weißt du« – sie stand auf, als Marino ins Wohnzimmer kam – »mit einigen Dingen mußt du einfach leben.«

»Also, ich habe gute Nachrichten für euch«, verkündete Marino. »Der Wetterbericht sagt, das ganze Zeug schmilzt. Morgen früh sollten wir alle von hier wegkommen.«

»Morgen ist Neujahr«, sagte Lucy. »Ich will mich nicht streiten, aber warum sollten wir weg von hier?«

»Weil ich deine Tante zu Eddings' Bude bringen muß.« Er schwieg, dann fuhr er fort: »Und Benton muß sich auch dorthin auf die Socken machen.«

Ich ließ mir nichts anmerken. Benton Wesley war der Leiter des FBI-Programms für Ermittlung und Analyse, und ich hatte gehofft, ihn während der Feiertage nicht sehen zu müssen.

»Was soll das heißen?« sagte ich leise.

Er setzte sich aufs Sofa und betrachtete mich eine Weile nachdenklich. Dann beantwortete er meine Frage mit einer Gegenfrage. »Eines interessiert mich, Doc. Wie kann man jemand unter Wasser vergiften?«

»Vielleicht ist es nicht unter Wasser passiert«, schlug Lucy vor. »Vielleicht hat er vor dem Tauchen Zyankali geschluckt.«

»Nein. So ist es nicht gewesen«, sagte ich. »Zyankali ist sehr ätzend, und hätte er es oral zu sich genommen, dann hätte ich eine erhebliche Schädigung seines Magens gesehen. Wahrscheinlich auch noch von Mund und Speiseröhre.«

»Was kann also geschehen sein?« fragte Marino.

»Ich glaube, er hat Blausäuregas eingeatmet.«

Er sah verdutzt aus. »Wie? Durch den Kompressor?«

»Der saugt Luft durch ein Einlaßventil an, das mit einem Filter versehen ist«, erinnerte ich ihn. »Jemand hätte dann nur ein bißchen Salzsäure mit einer Zyankalitablette vermischen und das Fläschchen nahe genug an das Einlaßventil halten müssen, damit das Gas eingesaugt wird.«

»Wenn Eddings Blausäuregas eingeatmet hat, während er unten war«, sagte Lucy, »was wäre geschehen?«

»Ein Anfall, dann der Tod. In Sekunden.«

Ich dachte an den verhakten Luftschlauch und fragte mich, ob Eddings bei der Schraube der *Exploiter* gewesen war, als er plötzlich Blausäuregas inhalierte. Das könnte die Position erklären, in der ich ihn gefunden hatte.

»Kannst du die *hookah* auf Zyankalispuren untersuchen?« fragte Lucy.

»Na ja, wir können es probieren«, sagte ich, »aber ich denke nicht, daß ich etwas finde, es sei denn, die Zyankalitablette wurde direkt an den Filter des Ventils gehalten. Aber selbst dann könnte jemand an dem Zeug herumgemacht haben, bis ich hinkam. Mehr Glück könnten wir mit dem Abschnitt des Schlauchs haben, der seinem Körper am nächsten war. Ich werde morgen toxikologische Tests durchführen, wenn ich jemanden dazu bewegen kann, an einem Feiertag ins Labor zu kommen.«

Meine Nichte ging zu einem Fenster und sah hinaus. »Es kommt immer noch ganz schön viel Schnee herunter. Erstaunlich, wie es die Nacht erhellt. Ich kann den Ozean sehen. Er ist diese schwarze Mauer«, sagte sie nachdenklich.

»Was du siehst, ist eine Mauer«, sagte Marino. »Die Backsteinmauer am Ende des Gartens.«

Sie sprach eine Weile nicht, und ich dachte, wie sehr ich sie vermißte. Zwar hatte ich sie während ihres Studiums an der UVA schon wenig gesehen, aber nun sahen wir uns noch seltener, denn selbst wenn ich wegen eines Falls nach Quantico kam, gab es nie eine Garantie, daß wir die Zeit für ein Treffen fanden. Es betrübte mich, daß ihre Kindheit vorbei war, und ein Teil von mir wünschte, sie hätte sich ein Leben und eine Laufbahn ausgesucht, die weniger hart wären.

Dann dachte sie laut nach, während sie noch durch die Scheibe blickte. »Also, da haben wir einen Reporter, der sich mit Survival-Waffen beschäftigt. Irgendwie wird er mit Zyanidgas vergiftet, während er nachts in einem Sperrgebiet an ausrangierten Schiffen taucht.«

»Das ist bloß eine Möglichkeit«, erinnerte ich sie. »Der Fall ist noch offen. Wir sollten das nicht aus den Augen verlieren.«

Sie drehte sich um. »Wo ließe sich Zyankali beschaffen, wenn du jemand vergiften willst? Wäre das schwer?«

»Du könntest es von einer Vielzahl industrieller Einrichtungen bekommen«, sagte ich.

»Zum Beispiel?«

»Na ja, zum Beispiel wird es benutzt, um Gold aus Erz zu extrahieren. Es wird auch beim Galvanisieren verwendet und als Desinfektionsmittel und zur Herstellung von Phosphorsäure aus Knochen«, sagte ich. »Mit anderen Worten könnte jeder, vom Juwelier über einen Industriearbeiter bis zum Kammerjäger, Zugang zu Zyankali haben. Noch dazu sind Zyankali und Salzsäure in jedem Chemielabor zu finden.«

Marino ergriff das Wort. »Also, wenn jemand Eddings vergiftet hat, dann mußte er wissen, daß er mit seinem Boot rausfahren würde. Er mußte wissen, wo und wann.«

»Dieser Jemand mußte vieles wissen«, stimmte ich zu. »Zum Beispiel hätte er wissen müssen, welchen Typ von Atmungsgerät Eddings verwenden wollte, denn wenn er mit einer Flasche statt einer *hookah* getaucht wäre, hätte der Modus operandi vollkommen anders sein müssen.«

»Ich wünschte bloß, wir wüßten, was, zum Teufel, er dort unten gemacht hat.« Marino öffnete das Kamingitter, um das Feuer zu schüren.

»Was es auch war«, sagte ich, »jedenfalls hatte er Fotos machen wollen. Und aufgrund der Kameraausrüstung, die er dabei hatte, sieht es so aus, als wäre es eine ernste Geschichte gewesen.«

»Aber es wurde keine Unterwasserkamera gefunden«, sagte Lucy.

»Nein«, sagte ich. »Die Strömung hätte sie überallhin mitreißen können, oder sie könnte im Schlick begraben sein. Dummerweise ist die Ausrüstung, die er offenbar hatte, nicht an die Oberfläche getrieben.«

»Ich würde wahnsinnig gern den Film in dic Finger kriegen.« Sie blickte noch immer in die Schneenacht hinaus, und ich fragte mich, ob sie an Aspen dachte.

»Eines ist verdammt sicher, er hat keine Fische fotografiert.« Marino schob einen dicken Holzscheit hinein, der etwas zu grün war. »Bleiben eigentlich nur noch Schiffe. Und ich glaube, er war an einer Story dran, von der jemand anderer nicht wollte, daß sie bekannt wird.«

»Er könnte an einer Story gearbeitet haben«, pflichtete ich bei, »aber das heißt nicht, daß sie mit seinem Tod etwas zu tun hat. Jemand könnte die Gelegenheit genutzt haben, um ihn aus einem anderen Grund umzubringen.«

»Wo hast du das Anmachholz?« Er gab es auf mit dem Feuer.

»Draußen unter einer Plane«, antwortete ich. »Dr. Mant will es nicht im Haus haben. Er hat Angst vor Termiten.«

»Na, er sollte mehr Angst vor den Feuern und dem Wind in diesem Moderloch haben.«

»Hinten, gleich bei der Veranda«, sagte ich. »Danke, Marino.«

Er zog sich Handschuhe an, aber keinen Mantel, und ging hinaus, während das Feuer hartnäckig qualmte und der Wind in dem Backsteinkamin ein geisterhaftes ächzendes Geräusch verursachte. Ich sah meiner Nichte zu, die immer noch am Fenster stand.

»Wir sollten uns ans Abendessen machen, meinst du nicht?« sagte ich zu ihr.

»Was macht er denn?« sagte sie mit dem Rücken zu mir.

»Marino?«

»Ja. Der große Tolpatsch hat sich verirrt. Schau, er ist ganz da draußen an der Mauer. Halt mal. Jetzt seh ich ihn nicht mehr. Er hat die Taschenlampe ausgeschaltet. Das ist aber seltsam.«

Bei ihren Worten sträubten sich mir die Nackenhaare. Ich sprang auf, rannte ins Schlafzimmer und schnappte mir meine Pistole vom Nachttisch. Lucy folgte mir auf den Fersen.

»Was ist denn?« rief sie.

»Er hat keine Taschenlampe.«

4

In der Küche riß ich die Tür zur Veranda auf und prallte mit Marino zusammen. Wir rannten einander fast über den Haufen. »Was zum Teufel ...« schrie er hinter einem Armvoll Holz.

»Da draußen ist jemand«, sagte ich mit leisem Nachdruck. Das Feuerholz polterte laut auf den Boden, und er rannte wieder in den Garten, die Pistole gezückt. Mittlerweile hatte auch Lucy ihre Waffe geholt und kam nach draußen. Wir waren gerüstet, mit einem Aufstand fertig zu werden.

»Schaut euch ums Haus herum um«, ordnete Marino an. »Ich gehe dort rüber.«

Ich holte Taschenlampen, und eine Weile gingen Lucy und ich um das Cottage herum, sperrten Augen und Ohren auf, aber nichts war zu sehen oder zu hören, bis auf das Knirschen unserer Schuhsohlen, während wir Spuren im Schnee hinterließen. Ich hörte, wie Marino den Hahn seiner Pistole entspannte, als wir im tiefen Schatten bei der Veranda wieder zusammentrafen.

»Da an der Mauer sind Spuren«, sagte er. Sein Atem bildete eine weiße Fahne. »Das ist wirklich merkwürdig. Sie führen hinunter zum Strand und verschwinden dann einfach am Wasser.« Er blickte sich um. »Hast du irgendwelche Nachbarn, die vielleicht einen Spaziergang gemacht haben?«

»Ich kenne Dr. Mants Nachbarn nicht«, erwiderte ich. »Aber sie sollten sich wohl kaum auf seinem Grundstück herumtreiben. Und wer würde bei diesem Wetter am Strand entlanglaufen, wenn er einigermaßen bei Trost ist?«

»Wo führen die Fußspuren denn hin?« fragte Lucy.

»Sieht so aus, als wäre er über die Mauer gekommen und noch zwei Meter in den Garten gegangen, bevor er wieder umkehrte«, antwortete Marino.

Ich dachte an Lucy, die vor dem Fenster gestanden hatte, vom Feuer und den Lampen angestrahlt. Vielleicht hatte der Eindringling sie entdeckt und war abgeschreckt worden.

Dann fiel mir etwas anderes ein. »Woher wissen wir, daß die Person ein Er war?«

»Wenn nicht, dann tut mir eine Frau mit solchen Kähnen leid«, sagte Marino. »Die Schuhgröße entspricht etwa meiner.«

»Schuhe oder Stiefel?« fragte ich, während ich auf die Mauer zuging.

»Ich weiß es nicht. Sie haben so ein Profil mit Schraffierung.« Er folgte mir.

Die Abdrücke, die ich sah, lösten noch mehr Besorgnis in mir aus. Sie kamen nicht von typischen Stiefeln oder Turnschuhen. »Mein Gott«, sagte ich. »Ich glaube, die Person hat Taucherstiefel oder etwas ähnliches in Mokassin-Form getragen. Schaut.«

Ich wies Lucy und Marino auf das Muster hin. Sie hatten sich neben mir gebückt. Das Licht meiner Taschenlampe fiel schräg auf die Fußspuren.

»Kein Spann«, bemerkte Lucy. »Das sieht eindeutig nach Taucherstiefeln oder Wasserschuhen aus. Das ist ziemlich bizarr.«

Ich erhob mich und starrte über die Mauer auf dunkles, wogendes Wasser. Es schien unfaßbar, daß jemand aus dem Meer gekommen sein könnte.

»Kannst du davon Fotos machen?« fragte ich Marino.

»Klar. Aber ich hab nichts, um Abgüsse zu machen.«

Dann kehrten wir ins Haus zurück. Er klaubte das Holz auf und trug es ins Wohnzimmer, während Lucy und ich unsere Aufmerksamkeit wieder dem Abendessen zuwandten. Ich war mir gar nicht mehr sicher, ob ich etwas essen konnte, so angespannt war ich. Ich goß mir noch ein Glas Wein ein und versuchte, den Eindringling als zufälligen Gast abzutun, jemand, der harmlos umherirrte, weil er Schnee oder gar nächtliches Tauchen liebte.

Aber ich wußte es besser, behielt meine Waffe in Reichweite und schaute häufig aus dem Fenster. Ich fühlte mich bedrückt, als ich die Lasagne in den Backofen schob. Ich nahm den Parmesan aus dem Kühlschrank und rieb ihn. Danach legte ich Feigen und Melonenscheiben auf die Teller und dazu ordentlich Prosciutto für Marino. Lucy machte Salat, und eine Zeitlang werkelten wir stumm vor uns hin.

Als sie schließlich zu reden anfing, klang sie nicht glücklich. »Du bist da echt in etwas hineingeraten, Tante Kay. Warum passiert dir immer so etwas?«

»Wir dürfen unserer Fantasie nicht die Zügel schießen lassen«, sagte ich.

»Du bist hier draußen allein in einer gottverlassenen Gegend, ohne Alarmanlage und mit Schlössern, die so schwach wie Dosenblech sind …«

»Hast du den Champagner schon kalt gestellt?« unterbrach ich. »Es ist bald Mitternacht. Die Lasagne braucht nur etwa zehn Minuten, vielleicht fünfzehn, wenn Dr. Mants Herd nicht so wie alles andere hier funktioniert. Dann könnte es bis nächstes Jahr um diese Zeit dauern. Ich habe nie verstanden, warum die Leute Lasagne stundenlang brutzeln lassen. Und dann wundern sie sich, daß alles zäh wie Leder ist.«

Lucy blickte mich an, ließ ihr Zwiebelmesser neben eine Salatschüssel sinken. Sie hatte genügend Sellerie und Karotten geschnitten, um ein Orchester zu bewirten.

»Eines Tages werde ich wirklich mal Lasagne coi carciofi für dich machen. Mit Artischocken, und statt Marinara kommt Béchamel rein …«

»Tante Kay«, schnitt sie mir ungeduldig das Wort ab. »Ich mag es nicht, wenn du so was tust. Und ich lasse es auch nicht zu. Momentan kümmert mich die Lasagne einen Dreck. Du hast heute früh einen seltsamen Anruf erhalten. Dann gab es einen bizarren Todesfall, und Leute haben dich am Tatort verdächtig behandelt. Und heute nacht hattest du einen Eindringling, der womöglich einen verdammten Taucheranzug getragen hat.«

»Es ist nicht wahrscheinlich, daß der Kerl zurückkommt. Wer es auch war. Es sei denn, er will es mit uns dreien aufnehmen.«

»Tante Kay, du kannst hier nicht bleiben«, sagte sie.

»Ich muß Dr. Mants Bezirk mit übernehmen, und das kann ich nicht von Richmond aus«, sagte ich zu ihr, während ich wieder aus dem Fenster über der Spüle blickte. »Wo ist Marino? Fotografiert er noch draußen?«

»Er ist schon vor einer Weile reingekommen.« Ihre Enttäuschung war so spürbar wie ein aufziehendes Gewitter.

Ich ging ins Wohnzimmer und sah, daß er auf der Couch eingeschlafen war, doch das Feuer loderte. Meine Augen wanderten zu dem Fenster, aus dem Lucy geschaut hatte, und ich ging dorthin. Hinter kaltem Glas schimmerte der verschneite Garten schwach wie unter einem fahlen Mond und war mit elliptischen Schatten, die unsere Füße hinterlassen hatten, betüpfelt. Die Mauer war dunkel, und ich konnte nicht über sie hinaussehen, wo grober Sand ins Meer strudelte.

»Lucy hat recht«, ertönte Marinos verschlafene Stimme in meinem Rücken.

Ich wandte mich um. »Ich dachte, dich hätte es umgehauen.«

»Ich höre und sehe alles, auch wenn es mich umgehauen hat«, sagte er. Ich konnte mir ein Lächeln nicht verkneifen.

»Mach, daß du schleunigst von hier wegkommst. Das ist mein Rat.« Er richtete sich mühsam auf. »Es geht nicht, daß du hier in diesem Kasten mutterseelenallein bleibst. Wenn etwas passiert, hört niemand dich schreien.« Seine Augen fixierten mich. »Bis dich jemand findet, bist du gefriergetrocknet. Wenn dich nicht vorher noch ein Hurrikan aufs Meer hinausweht.«

»Genug«, sagte ich.

Er nahm seine Waffe vom Teetisch, stand auf und steckte sie sich hinten in die Hose. »Du könntest doch einen deiner anderen Ärzte hierherschicken und ihn Tidewater übernehmen lassen.«

»Ich bin die einzige, die keine Familie hat. Ich bin beweglicher, besonders um diese Jahreszeit.«

»Was für ein Riesenschwachsinn. Du brauchst dich nicht dafür zu entschuldigen, daß du geschieden bist und keine Kinder hast.«

»Ich entschuldige mich nicht.«

»Es geht ja auch nicht darum, daß du jemanden bittest, für sechs Monate umzuziehen. Außerdem bist du verdammt noch mal die Chefin. Du solltest andere Leute hierherschicken, Familie hin oder her. Du solltest in deinem eigenen Haus sein.«

»Ich hatte ursprünglich nicht gedacht, daß mein Aufenthalt hier so unerfreulich wird«, sagte ich. »Manche Leute zahlen viel Geld, um in einem Cottage am Ozean zu wohnen.«

Er streckte sich. »Hast du irgendwas Amerikanisches zu trinken hier?«

»Milch.«

»Ich hab eher an so etwas wie ein kühles Miller gedacht.«

»Ich möchte wissen, warum du Benton hinzuziehst. Ich persönlich glaube, es ist zu früh, das FBI einzuschalten.«

»Und ich persönlich glaube nicht, daß du das objektiv beurteilen kannst.«

»Reiz mich nicht«, warnte ich. »Es ist schon sehr spät, und ich bin müde.«

»Ich sag nur, wie es ist.« Er klopfte eine Marlboro aus der Packung und steckte sie sich zwischen die Lippen. »Und er wird nach Richmond kommen. Daran zweifle ich nicht. Er und seine Frau sind über die Feiertage nicht weggefahren, also ist er meiner Vermutung nach gerade jetzt bereit zu einem kleinen Außeneinsatz. Und das wird ein guter sein.«

Ich konnte seinem Blick nicht standhalten und ärgerte mich, daß er wußte, warum.

»Außerdem«, fuhr er fort, »bittet auch nicht Chesapeake das FBI um irgendwas. Ich tue es, und ich bin dazu befugt. Falls du es vergessen hast, ich bin Leiter des Reviers, in dem sich Eddings' Wohnung befindet. Wenn du mich nun fragst, so ist dies eine Ermittlung, die unter mehrere Zuständigkeiten fällt.«

»Der Fall gehört Chesapeake, nicht Richmond«, sagte ich. »In Chesapeake ist die Leiche gefunden worden. Du kannst dir nicht wie ein Bulldozer deinen Weg in ihren Zuständigkeitsbereich bahnen, das weißt du. Du kannst das FBI nicht in ihrem Namen einladen.«

»Schau mal«, fuhr er fort, »nachdem ich Eddings' Wohnung durchsucht und das gefunden ...«

Ich unterbrach ihn. »Was gefunden? Du redest dauernd von dem, was du gefunden hast. Meinst du sein Waffenarsenal?«

»Ich meine mehr als das. Ich meine Schlimmeres. Wir sind dazu noch nicht gekommen.« Er sah mich an und nahm die Zigarette aus dem Mund. »Es läuft darauf hinaus, daß Richmond Grund hat, an diesem Fall Anteil zu nehmen. Betrachte dich also als eingeladen.«

»Ich fürchte, das war ich schon, als Eddings in Virginia starb.«

»Tön jetzt nicht so, als hättest du dich heute früh so wahnsinnig erwünscht gefühlt, als du auf dem Schiffsfriedhof warst.«

Ich sagte nichts, weil er recht hatte.

»Vielleicht ist heute nacht ein Gast auf dein Grundstück gekommen, damit du merkst, wie unerwünscht du bist«, fuhr er fort. »Ich möchte das FBI jetzt hier dabei haben, weil es um mehr geht als um einen Kerl in einem Kahn, den du aus dem Wasser hast fischen müssen.«

»Was hast du noch in Eddings' Wohnung gefunden?« fragte ich ihn.

Ich konnte seinen Widerwillen erkennen, als er versuchte wegzuschauen, verstand ihn aber nicht.

»Ich serviere erst das Abendessen, dann reden wir«, sagte ich.

»Wenn das bis morgen warten könnte, wäre es besser.« Er blickte zur Küche, als sei er besorgt, daß Lucy mithörte.

»Marino, seit wann hast du Bedenken, mir etwas zu erzählen?«

»Das ist anders.« Er rieb sich mit den Händen das Gesicht. »Ich glaube, Eddings hat sich mit den Neuen Zionisten angelegt.«

Die Lasagne war ausgezeichnet, weil ich frischen Mozzarella in Tüchern ausgewrungen hatte, damit der Käse während des Backens nicht zuviel Wasser abgab, und natürlich war die Pasta selbstgemacht. Ich hatte die Lasagne weich serviert, statt sie zu knusprig werden zu lassen, und am Tisch darübergestreuter Parmesan hatte das Ganze abgerundet.

Marino aß praktisch alles Brot, dick mit Butter bestrichen, mit mehreren Lagen Prosciutto belegt und mit Tomatensoße übergossen, während Lucy in der kleinen Portion auf ihrem Teller herumstocherte. Der Schneefall war heftiger geworden, und Marino erzählte uns von der Bibel der Neuen Zionisten, die er gefunden hatte, als plötzlich in Sandbridge Feuerwerk zu hören war.

Ich schob meinen Stuhl zurück. »Es ist Mitternacht. Wir sollten den Champagner aufmachen.«

Ich war verstörter, als ich zugeben mochte, denn was Marino erzählte, war schlimmer, als ich befürchtet hatte. Im Lauf der Jahre hatte ich ziemlich viel von Joel Hand und seinen faschistischen Gefolgsleuten gehört, die sich die Neuen Zionisten nannten. Sie wollten eine neue Ordnung errichten, ein ideales Land schaffen. Ich hatte schon immer befürchtet, daß sie sich hinter den Mauern ihrer Ansiedlung in Virginia so mucksmäuschenstill verhielten, weil sie etwas Verheerendes ausheckten.

»Wir müßten auf der Farm dieses Arschlochs eigentlich eine Razzia machen«, sagte Marino, als er vom Tisch aufstand. »Das hätte schon vor langer Zeit passieren sollen.«

»Welchen plausiblen Grund gäbe es dafür?« sagte Lucy.

»Das fragst du mich, bei Schweinen wie ihm braucht es keinen plausiblen Grund.«

»Oh, gute Idee. Das solltest du Gradecki vorschlagen«, sagte sie schnippisch, auf die Justizministerin anspielend.

»Hör mal, ich kenne einige Leute in Suffolk, wo Hand lebt, und die Nachbarn sagen, dort gehen ein paar wirklich beschissene, merkwürdige Dinge vor.«

»Nachbarn denken immer, merkwürdige, beschissene Dinge gehen bei ihren Nachbarn vor«, sagte sie.

Marino holte den Champagner aus dem Kühlschrank, während ich Gläser bereitstellte.

»Was für merkwürdige Dinge?« fragte ich ihn.

»Barkassen fahren den Nansemond River hinauf und laden Kästen aus, die so groß sind, daß sie Kräne dafür brauchen. Niemand weiß, was dort vorgeht, aber Piloten haben nachts große Feuer entdeckt, als fänden dort okkulte Rituale statt. Die Leute aus dem Ort schwören, daß sie Gewehrschüsse hören, und es seien Morde auf seiner Farm geschehen.«

Ich ging ins Wohnzimmer, wir würden später abspülen.

Ich sagte: »Ich weiß über die Morde in diesem Bundesstaat Bescheid, und ich habe nie etwas von einer Verbindung zu den Neuen Zionisten gehört – und auch nicht in Zusammenhang mit irgendeinem anderen Verbrechen. Bloß von Außenseiterpolitik und abwegigem Extremismus. Sie scheinen Amerika zu hassen und wären wahrscheinlich glücklich, wenn sie irgendwo ihr eigenes kleines Land hätten, wo Hand König sein könnte. Oder Gott. Oder was immer er für sie ist.«

»Soll ich den Korken knallen lassen?« Marino hielt den Champagner hoch.

»Das neue Jahr wird nicht mehr jünger«, sagte ich. »Jetzt muß ich das erst auf die Reihe kriegen.« Ich ließ mich auf der Couch nieder. »Eddings hatte Verbindungen zu den Neuen Zionisten?«

»Nur weil er eine ihrer Bibeln hatte, wie ich dir schon gesagt habe«, meinte Marino. »Ich habe sie gefunden, als ich sein Haus durchsuchte.«

»Und die sollte ich nicht zu Gesicht bekommen?« Ich sah ihn spöttisch an.

»Heute abend ja«, sagte er. »Weil ich eher besorgt bin, daß sie es sieht, wenn du es wissen willst.« Er blickte zu Lucy.

»Pete«, sagte meine Nichte sehr vernünftig, »du brauchst mich nicht mehr zu beschützen, auch wenn ich so etwas schätze.«

Er schwieg.

»Was für eine Bibel?« fragte ich ihn.

»Keine, die du je zur Messe mitnehmen würdest.«

»Satanisch?«

»Nein, das kann man so nicht sagen. Zumindest sieht sie nicht aus wie die, die ich gesehen habe, weil es nicht um die Verehrung Satans geht und nicht die Art von Symbolen darin ist, die man damit verbindet. Aber es ist todsicher nicht das, was du vor dem Einschlafen lesen möchtest.« Er schaute wieder zu Lucy.

»Wo ist sie?« Ich wollte es wissen.

Er wickelte die Folie vom Flaschenhals und löste den Draht. Der Korken knallte laut, und er goß den Champagner so ein, wie er Bier einschenkte, hielt die Gläser schräg, damit kein Schaum entstand.

»Lucy, könntest du meine Aktentasche holen? Sie ist in der Küche«, sagte er. Als sie aus dem Zimmer war, senkte er die Stimme. »Ich hätte sie nicht hergebracht, wenn ich gedacht hätte, daß ich Lucy hier treffen würde.«

»Sie ist eine erwachsene Frau. Sie ist FBI-Agentin, verdammt noch mal«, sagte ich.

»Ja ja, und manchmal dreht sie durch, und das weißt du auch. Sie muß sich so ein gespenstisches Zeug nicht ansehen. Ich sag dir, ich hab sie gelesen, weil ich es mußte, und mir ist es kalt über den Rücken gelaufen. Mir war danach, zur Messe zu gehen, und wann hast du mich das je sagen hören?« Sein Gesicht war angespannt.

So etwas hatte ich noch nie von ihm gehört, und deshalb war ich betroffen. Lucy hatte schwere Zeiten hinter sich, in denen ich mich ernsthaft um sie geängstigt hatte. Sie war selbstzerstörerisch und labil gewesen.

»Ich habe nicht das Recht, sie zu behüten«, sagte ich, als sie ins Wohnzimmer zurückkam.

»Hoffentlich redet ihr nicht über mich«, sagte sie und reichte Marino die Aktentasche.

»Ja, doch, wir haben von dir geredet«, sagte er, »weil ich der Meinung bin, du solltest da nicht reinschauen.«

Der Verschluß schnappte auf.

»Es ist euer Fall.« Ihr Blick war ruhig, als sie sich mir zuwandte. »Er interessiert mich, und ich möchte helfen, wenn ich kann, selbst wenn es nur ein ganz geringer Beitrag ist. Aber ich gehe aus dem Zimmer, wenn ihr wollt.«

Seltsamerweise war dies eine der schwersten Entscheidungen, die ich zu treffen hatte, denn wenn ich ihr Einblick in Ermittlungsunterlagen gestattete, vor denen ich sie eigentlich schützen wollte, bedeutete dies eine Anerkennung ihrer beruflichen Kompetenz. Während der Wind an den Fenstern rüttelte und ums Dach heulte, ein Geräusch wie von verzweifelten Geistern, rückte ich auf der Couch ein Stück zur Seite.

»Du kannst dich neben mich setzen, Lucy«, sagte ich. »Wir schauen es uns zusammen an.«

Die Bibel der Neuen Zionisten hieß in Wirklichkeit *Book of Hand,* denn ihr Verfasser war von Gott inspiriert und hatte das Buch bescheiden nach sich selbst benannt. Es war in Renaissance auf Dünndruckpapier gesetzt, in geprägtes Leder gebunden, das abgenutzt und fleckig war und auf dem ein mir unbekannter Name eingetragen war. Über eine Stunde lehnte Lucy sich an mich, und wir lasen, während Marino herumtigerte, noch mehr Holz heranschaffte und rauchte. Seine Unruhe war so spürbar wie der flackernde Feuerschein.

Wie in der Heiligen Bibel war ein Großteil der Aussage des

Werks in Parabeln, Prophezeiungen und Sprichwörter gefaßt, was den Text bildhaft und menschlich machte. Das war einer der vielen Gründe, warum das Lesen so schwerfiel. Die Seiten waren mit Menschen und Metaphern bevölkert, die an tiefere Bewußtseinsschichten drangen. Das Hand-Buch, wie wir es in diesen ersten Stunden des neuen Jahres einfach nannten, führte in prägnanten Details die Kunst des Tötens, des Verstümmelns, der Einschüchterung, der Gehirnwäsche und der Folter vor. Der ausführliche Abschnitt über die Notwendigkeit von Pogromen, sogar mit Illustrationen, ließ mich erschauern.

Mich erinnerte die Brutalität an die Inquisition, und es wurde sogar erklärt, daß die Neuen Zionisten hier auf Erden seien, um gewissermaßen eine neue Inquisition ins Leben zu rufen.

»Wir leben in einer Zeit, in der die Missetäter aus unserer Mitte getilgt werden müssen«, hatte Hand geschrieben, »und wenn wir das tun, müssen wir laut und auffällig wie Zimbeln sein. Wir müssen ihr minderwertiges Blut kühl auf unserer blanken Haut spüren, wenn wir uns an ihrer Vernichtung weiden. Wir müssen dem Einen in die Herrlichkeit folgen und sogar in den Tod.«

Ich las von Ruin und Runen und überflog merkwürdige Passagen, die sich mit Brennelementen und Benzin beschäftigten, welche dazu benutzt werden könnten, das Gleichgewicht im Land zu stören. Nach Beendigung der Lektüre schien eine schreckliche Finsternis mich und das ganze Haus eingehüllt zu haben. Ich fühlte mich besudelt und krank von der Vorstellung, daß es Menschen in unserer Mitte gab, die so denken mochten.

Schließlich begann Lucy zu sprechen, denn unser Schweigen hatte mehr als eine Stunde gedauert. »Da wird von dem Einen und ihrer Treue zu ihm gesprochen«, sagte sie. »Ist das eine Person oder so etwas wie eine Gottheit?«

»Es ist Hand, der sich verdammt noch mal wahrscheinlich für Jesus Christus hält«, sagte Marino, während er Champagner nachschenkte. »Weißt du noch, wie wir ihn vor Gericht gesehen haben?« Er schaute zu mir.

»Das vergesse ich so schnell nicht mehr«, sagte ich.

»Er ist mit seinem Anhang hereingekommen, darunter ein Anwalt aus Washington mit einer großen goldenen Taschenuhr und einem Stock mit versilbertem Knauf«, berichtete er Lucy. »Hand trägt einen modischen Designeranzug, und er hat langes blondes Haar, zu einem Pferdeschwanz gebunden, und Frauen warten vor dem Gerichtsgebäude, um einen Blick auf ihn zu erhaschen, als wäre er Michael Bolton oder sonst wer, wenn du das in deinen Kopf kriegst.«

»Weswegen stand er vor Gericht?« Lucy sah mich an.

»Er hat Antrag auf Herausgabe von Akten gestellt, was der Staatsanwalt ablehnte, und so kam die Geschichte vor Gericht.«

»Was hat er gewollt?« fragte sie.

»In erster Linie hat er versucht, mich zur Herausgabe von Kopien des Totenscheins von Senator Len Cooper zu zwingen«, sagte ich.

»Warum?«

»Er hat behauptet, der verstorbene Senator sei von politischen Feinden vergiftet worden. Tatsächlich ist Cooper an einer akuten Blutung eines Gehirntumors gestorben. Das Gericht hat Hands Antrag abgelehnt.«

»Ich schätze, Joel Hand mag dich nicht besonders«, sagte sie.

»Wahrscheinlich nicht.« Ich schaute auf das Buch auf dem Teetisch und fragte Marino: »Dieser Name auf dem Einband. Weißt du, wer Dwain Shapiro ist?«

»Darauf wollte ich gerade kommen«, sagte er. »Alles, was wir dem Computer haben entlocken können, ist, daß er in der Siedlung der Neuen Zionisten in Suffolk gelebt hat, aber letzten Herbst abgehauen ist. Etwa einen Monat später ist er bei einem Autoüberfall in Maryland umgekommen.«

Wir schwiegen eine Weile, und die dunklen Fenster des Landhauses kamen mir wie große, viereckige Augen vor.

Dann fragte ich: »Irgendwelche Verdächtigen oder Zeugen?«

»Keine bekannt.«

»Wie ist Eddings an Shapiros Bibel gekommen?« sagte Lucy.

»Das ist offensichtlich die Zwanzigtausend-Dollar-Frage«, erwiderte Marino. »Vielleicht hat Eddings irgendwann mit ihm oder mit seinen Angehörigen gesprochen. Das hier ist nicht irgendeine Kopie, und es heißt auch gleich am Anfang, daß keiner sein Buch jemals aus der Hand geben soll. Und wenn einer mit dem Buch eines anderen erwischt wird, kann er sein Testament machen.«

»Das ist ziemlich genau das, was Eddings passiert ist«, sagte Lucy. Ich wollte das Buch nicht in der Nähe haben und wünschte, ich hätte es ins Feuer werfen können. »Ich mag das nicht«, sagte ich. »Mir gefällt das ganz und gar nicht.«

Lucy schaute mich seltsam an. »Du wirst mir doch nicht abergläubisch, oder?«

»Diese Leute sind im Pakt mit dem Bösen«, sagte ich. »Und ich bin mir bewußt, daß es das Böse in der Welt gibt, und das sollte man nicht zu leicht nehmen. Wo genau in Eddings' Haus hast du dieses scheußliche Buch gefunden?« fragte ich Marino.

»Unter seinem Bett«, sagte er.

»Im Ernst?«

»Ich bin völlig ernst.«

»Und es steht fest, daß Eddings allein gelebt hat?« fragte ich.

»Sieht so aus.«

»Und was ist mit der Familie?«

»Vater tot, ein Bruder ist in Maine, und die Mutter lebt in Richmond. Sogar ganz in der Nähe deines Hauses.«

»Hast du mit ihr gesprochen?« fragte ich.

»Ich habe kurz bei ihr vorbeigeschaut und ihr die traurige Nachricht überbracht und gefragt, ob wir das Haus ihres Sohnes gründlicher durchsuchen dürfen, was wir morgen auch tun werden.« Er blickte auf die Uhr. »Oder besser gesagt, heute.«

Lucy stand auf und ging zum Kamin. Sie stützte einen Ellbogen aufs Knie und legte das Kinn in die Hand. Hinter ihr glühten die Scheite in einem tiefen Aschenbett.

»Woher weißt du, daß diese Bibel ursprünglich von den Neuen Zionisten kam?« sagte sie. »Mir scheint, du weißt nur, daß sie von Shapiro kam, und wie können wir sicher sein, wo er sie her hatte?«

Marino sagte: »Shapiro war bis vor drei Monaten ein Neuer Zionist. Ich habe gehört, daß Hand nicht gerade Verständnis dafür hat, wenn Leute ihn verlassen wollen. Ich frage dich nur eines. Wie viele ehemalige Neue Zionisten kennst du?«

Lucy konnte es nicht sagen. Und ich genausowenig.

»Er hat seit mindestens zehn Jahren seine Jünger. Und nie hören wir etwas davon, daß einer ihn verläßt?« fuhr er fort. »Wie, zum Teufel, sollen wir wissen, wen er alles auf seiner Farm beerdigt hat?«

»Wie kommt es, daß ich nie etwas von ihm gehört habe?« wollte sie wissen.

Marino stand auf, um uns Champagner nachzuschenken. Er sagte: »Weil sie am MIT und an der UVA keine Vorlesungen über ihn halten.«

5

Im Morgengrauen blickte ich vom Bett aus auf Mants hinteres Grundstück. Es lag hoher Schnee, und hinter der Düne warf die aufgehende Sonne ihren Glanz auf das Meer. Ich schloß noch einmal die Augen und dachte an Benton Wesley. Ich fragte mich, was er über meinen derzeitigen Aufenthaltsort sagen würde und was wir einander zu sagen hätten, wenn wir uns später am Tag trafen. Wir hatten seit der zweiten Dezemberwoche nicht mehr miteinander gesprochen, als wir beschlossen hatten, daß wir unsere Beziehung beenden mußten.

Ich drehte mich auf die Seite und zog mir die Decke über die Ohren, als ich leise Schritte hörte. Dann spürte ich, wie Lucy sich auf die Bettkante setzte.

»Guten Morgen, liebste Nichte auf der Welt«, murmelte ich.

»Ich bin deine einzige Nichte auf der Welt.« Sie sagte, was sie immer sagte. »Und wie hast du gewußt, daß ich es bin?«

»Gut, daß du es bist. Allen anderen könnte es übel ergehen.«

»Ich habe dir Kaffee gebracht«, sagte sie.

»Du bist ein Engel.«

»Das sagen alle.«

»Ich wollte nur nett sein.« Ich gähnte.

Sie beugte sich zu mir, um mich in den Arm zu nehmen, und ich roch die englische Seife, die ich in ihr Badezimmer gelegt hatte. Ich spürte Lucys Stärke und Spannkraft und fühlte mich alt.

»Wenn ich dich sehe, fühle ich mich ganz scheußlich.« Ich drehte mich auf den Rücken und verschränkte die Hände hinter dem Kopf.

»Warum sagst du so etwas?« Sie trug einen meiner weiten Flanellpyjamas und sah verdutzt drein.

»Weil ich glaube, daß ich nicht mal mehr die Yellow Brick Road schaffen würde.« Das war der Hinderniskurs in Quantico.

»Ich habe noch nie gehört, daß jemand sie leicht genannt hätte.«

»Für dich ist sie es aber.«

Sie zögerte. »Na ja, inzwischen schon. Aber du mußt ja nicht beim HRT Dienst schieben.«

»Dafür bin ich dankbar.«

Sie schwieg kurz und fügte dann mit einem Seufzer hinzu: »Weißt du, zuerst war ich sauer, als die Academy beschlossen hat, mich für einen Monat wieder auf die UVA zu schicken. Aber schließlich könnte es eine Erholung sein. Ich kann im Labor arbeiten, Fahrrad fahren und auf dem Campus joggen – wie ein normaler Mensch.«

Lucy war kein normaler Mensch und würde es nie sein. Ich hatte irgendwann beschlossen, daß Individuen mit einem IQ, der so hoch war wie ihrer, sich leider in vieler Hinsicht genauso sehr von anderen unterschieden wie geistig Behinderte. Sie sah aus dem Fenster, und der Schnee wurde hell. Ihr Haar leuchtete im scheuen Morgenlicht rosagold, und ich war erstaunt, daß eine so schöne Person mit mir verwandt sein konnte.

»Es mag eine Befreiung sein, gerade jetzt nicht in Quantico zu sein.« Sie hielt inne, ihr Gesicht war sehr ernst, als sie sich mir wieder zuwandte. »Tante Kay, da ist etwas, das ich dir sagen muß. Ich bin nicht sicher, ob du das wirklich gern hören willst. Oder vielleicht wäre es für dich leichter, wenn du es nicht hörst. Ich hätte es dir gestern gesagt, wenn Marino nicht dagewesen wäre.«

»Ich höre.« Sofort fühlte ich mich angespannt.

Sie schwieg wieder kurz. »Besonders, da du Wesley heute triffst, glaube ich, du mußt es wissen. Es geht das Gerücht im FBI, daß er und Connie sich getrennt haben.«

Ich wußte nicht, was ich sagen sollte. »Ob es stimmt, kann ich freilich nicht sagen«, fuhr sie fort. »Aber ich habe so einiges gehört. Und etwas davon betrifft auch dich.«

»Warum sollten irgendwelche Gerüchte mich betreffen?« sagte ich ein wenig zu rasch.

»Ach, komm.« Unsere Blicke begegneten sich. »Es hat schon Vermutungen gegeben, seit du angefangen hast, so viele Fälle mit ihm zu bearbeiten. Einige Agenten denken, daß du nur deshalb zugestimmt hast, als Beraterin tätig zu sein. Damit du bei ihm sein, mit ihm reisen konntest, weißt du.«

»Das ist ganz offensichtlich die Unwahrheit«, sagte ich erbost, während ich mich aufsetzte. »Ich habe zugesagt, als beratende forensische Pathologin zu arbeiten, weil der Direktor Benton gefragt hat, der mich wiederum gebeten hat, nicht umgekehrt. Ich assistiere bei Fällen, ich tue dem FBI einen Gefallen, und ...«

»Tante Kay«, unterbrach sie mich. »Du brauchst dich nicht zu verteidigen.«

Aber ich wollte mich nicht besänftigen lassen. »Das ist absolut ungeheuerlich, wenn das jemand sagt. Ich habe nie zugelassen, daß eine Freundschaft meine berufliche Integrität beeinträchtigt.«

Lucy blieb still, sprach dann aber wieder. »Wir reden hier nicht von bloßer Freundschaft.«

»Benton und ich sind sehr gute Freunde.«

»Ihr seid mehr als befreundet.«

»Im Augenblick nicht. Und das geht dich auch nichts an.«

Sie stand ungeduldig vom Bett auf. »Du hast kein Recht, auf mich böse zu werden.«

Sie schaute mich an, aber ich konnte nicht sprechen, weil ich den Tränen nahe war.

»Ich habe doch nichts anderes getan, als dir zu erzählen, was ich gehört habe, damit du es nicht am Ende von jemand anderem hörst«, sagte sie.

Ich sagte immer noch nichts, und sie wollte gehen.

Ich griff nach ihrer Hand. »Ich bin nicht böse auf dich. Bitte versuch zu verstehen. Ich kann es nicht verhindern, daß ich darauf reagiere, wenn ich so etwas höre. Ich bin mir sicher, dir ginge es genauso.«

Sie entzog sich mir. »Wie kommst du darauf, daß ich nicht reagiert habe, als ich es hörte?«

Ich sah frustriert zu, wie sie aus dem Zimmer stolzierte, und hielt sie für den schwierigsten Menschen, den ich kannte. Unser ganzes Leben lang hatten wir miteinander gekämpft. Sie gab nie nach, bis ich nicht so lange gelitten hatte, wie sie es für richtig hielt, und sie mitbekam, wie sehr sie mir am Herzen lag. Es war so unfair, sagte ich mir, als ich meine Füße auf den Boden setzte.

Ich fuhr mir mit den Fingern durchs Haar, während ich mich innerlich rüstete, aufzustehen und mich dem Tag zu stellen. Etwas lag mir schwer auf dem Gemüt, dunkle Schatten von Träumen, die sich zwar schon wieder verflüchtigt hatten, aber von meinem Gefühl her sonderbar gewesen waren. Sie handelten von Wasser und grausamen Leuten, und ich hatte nichts ausrichten können und war verängstigt gewesen. Ich ging ins Badezimmer, duschte, griff mir einen Bademantel vom Haken und zog meine Hausschuhe an. Marino und meine Nichte saßen bereits angezogen in der Küche, als ich schließlich auftauchte.

»Guten Morgen«, verkündete ich, als hätte ich Lucy heute noch nicht gesehen.

»Der Morgen hat schon gut angefangen.« Marino sah aus, als wäre er die ganze Nacht aufgewesen und fühlte sich nun abscheulich.

Ich zog einen Stuhl heran und setzte mich zu ihnen an den Frühstückstisch. Mittlerweile war die Sonne aufgegangen, der Schnee schien Feuer zu fangen.

»Stimmt etwas nicht?« Meine Nervenanspannung stieg.

»Erinnerst du dich an die Spuren draußen an der Mauer letzte Nacht?« Sein Gesicht war glühend rot.

»Natürlich.«

»Nun, jetzt haben wir noch ein paar mehr.« Er stellte seine Kaffeetasse ab. »Bloß sind sie diesmal bei unseren Autos und stammen von gewöhnlichen Stiefeln mit Vibram-Profil. Und rate mal, Doc?« fragte er, als mir bereits eine bange Ahnung kam. »Wir drei fahren heute nirgendwohin, ehe nicht ein Abschleppwagen kommt.«

Ich schwieg.

»Jemand hat unsere Reifen aufgeschlitzt.« Lucys Miene war versteinert. »Jeden einzelnen verdammten Reifen. Mit irgendeiner breiten Klinge, wie es aussieht. Ein großes Messer oder eine Machete vielleicht.«

»Die Moral von der Geschichte ist, daß todsicher kein irregeleiteter Nachbar oder nächtlicher Taucher auf dem Grundstück hier war«, fuhr er fort. »Ich glaube, hier hat jemand einen Auftrag. Und nachdem wir ihn verscheucht haben, ist er oder jemand anderes zurückgekommen.«

Ich holte mir Kaffee. »Wie lange wird es dauern, unsere Autos in Ordnung bringen zu lassen?«

»Heute?« sagte er. »Ich glaube nicht, daß jemand eure Karren heute repariert.«

»Es muß gehen«, meinte ich nüchtern. »Wir müssen von hier weg, Marino. Wir müssen zu Eddings' Haus. Und gerade jetzt scheint es in diesem Haus hier nicht besonders sicher zu sein.«

»Das nenne ich eine treffende Einschätzung«, sagte Lucy.

Ich trat dicht an das Fenster über der Spüle und konnte deutlich unsere Wagen sehen; die Reifen sahen wie schwarze Pfützen im Schnee aus.

»Sie sind an der Seite und nicht am Profil aufgeschlitzt und können nicht geflickt werden«, sagte Marino.

»Also, was sollen wir dann tun?« fragte ich.

»Richmond hat ein Hilfsabkommen auf Gegenseitigkeit mit anderen Polizeidezernaten, und ich habe bereits mit Virginia Beach gesprochen. Sie sind unterwegs.«

Sein Wagen brauchte Polizeireifen und -felgen, während Lucys und mein Auto Goodyears und Michelins benötigten, weil wir, im Gegensatz zu Marino, mit unseren Privatwagen hier waren. Ich führte ihm das alles vor Augen.

»Es ist schon ein Abschleppwagen für euch unterwegs«, sagte er, als ich mich wieder hinsetzte. »Irgendwann in den nächsten paar Stunden werden sie deinen Benz und Lucys Scheißkiste aufladen und sie zum Bell Tire Service am Virginia Beach Boulevard karren.«

»Das ist keine Scheißkiste«, sagte Lucy.

»Warum, zum Teufel, hast du so ein Ding gekauft, das die Farbe von Papageienscheiße hat? Kommen da deine Miami-Wurzeln zum Vorschein, oder was?«

»Nein, da kommt mein Budget zum Vorschein. Ich hab das Ding für neunhundert Dollar bekommen.«

»Was machen wir in der Zwischenzeit?« fragte ich. »Du weißt, sie werden es nicht eilig haben. Es ist Neujahr.«

»Da hast du recht«, sagte er. »Und ganz einfach, Doc. Wenn du nach Richmond willst, fährst du mit mir.«

»Fein.« Ich wollte mich nicht mit ihm streiten. »Dann erledigen wir mal soviel wie möglich, damit wir aufbrechen können.«

»Dann fang mit dem Packen an«, sagte er zu mir. »Meiner Meinung nach solltest du hier gleich endgültig das Feld räumen.«

»Ich habe keine andere Wahl, als hierzubleiben, bis Dr. Mant aus London zurückkehrt.«

Doch ich packte, als käme ich in diesem Leben nicht wieder in sein Haus. Dann führten wir die forensische Untersuchung durch, so gut es uns möglich war, denn das Aufschlitzen von Reifen war ein Vergehen, und wir wußten, daß die örtliche Polizei unseren Fall nicht allzu begeistert bearbeiten würde. Da wir für das Abnehmen von Abgüssen nicht ausgerüstet waren, machten wir einfach maßstabsgerechte Fotos von den Fußspuren um unsere Autos, obwohl ich den Verdacht hatte, im besten Fall ließe sich daraus nur schließen, daß der Verdächtige groß war und einen handelsüblichen Stiefel oder Schuh mit einem Vibram-Zeichen im Spann der profilstarken Sohle trug.

Als am späten Vormittag ein jugendlicher Polizist namens Sanders und ein roter Abschleppwagen eintrafen, nahm ich zwei ruinierte Gürtelreifen und schloß sie in den Kofferraum von Marinos Wagen. Eine Zeitlang sah ich den Männern zu, die in verblüffendem Tempo Seilwinden abspulten, während die Vorderfront des Ford hoch in die Luft gehoben wurde, als würde Marinos Auto gleich losfliegen. Officer Sanders von der Virginia Beach-Polizei fragte mich, ob meine Stellung als Chief Medical Examiner etwas damit zu tun haben könne, was unseren Fahrzeugen angetan worden war. Ich sagte ihm, daß ich das nicht glaubte.

»Hier wohnt mein Stellvertreter«, erklärte ich. »Dr. Philip Mant. Er ist für etwa einen Monat in London. Ich vertrete ihn nur.«

»Und es weiß niemand, daß Sie hier sind?« fragte Sanders, der nicht auf den Kopf gefallen war.

»Sicher wissen das einige Leute. Ich hab seine Anrufe entgegengenommen.«

»Also meinen Sie nicht, daß dies mit Ihrer Person oder Ihrer Tätigkeit zu tun hat, Ma'am.« Er machte sich Notizen.

»Momentan habe ich keinen Beweis für eine solche Verbindung«, erwiderte ich. »Tatsächlich können wir noch gar nicht sagen, ob der Täter nicht einfach ein Jugendlicher war, der in der Silvesternacht Dampf abgelassen hat.«

Sanders schaute immer wieder zu Lucy, die neben unseren Autos mit Marino sprach. »Wer ist sie?« fragte er.

»Meine Nichte. Sie ist beim FBI«, antwortete ich und buchstabierte ihren Namen.

Während er mit ihr sprach, machte ich einen letzten Ausflug ins Haus. Die Luft war vom Sonnenlicht erwärmt, das durch die Scheiben blitzte, die Möbel fahl erscheinen ließ, und ich konnte immer noch den Knoblauch von unserem nächtlichen Mahl riechen. In meinem Schlafzimmer schaute ich mich noch einmal um, öffnete Schubladen und kramte in den im Schrank hängenden Kleidern herum. Die Entzauberung betrübte mich. Anfangs hatte ich gedacht, mir würde es hier gefallen.

Ich überprüfte das Zimmer am Ende des Flurs, wo Lucy geschlafen hatte, ging dann weiter ins Wohnzimmer, wo wir bis in den frühen Morgen gesessen und das *Book of Hand* gelesen hatten. Die Erinnerung daran verstörte mich wie mein Traum, und ich bekam eine Gänsehaut auf den Armen. Die Angst steckte mir in den Knochen, und auf einmal konnte ich keinen Augenblick länger in der schlichten Wohnung meines Kollegen bleiben. Ich rannte zu der abgeschirmten Veranda und durch die Hintertür in den Garten. Im Sonnenlicht fühlte ich mich wieder sicher, und als ich zum Meer blickte, weckte die Mauer nochmals mein Interesse.

Der Schnee drang mir bis an die Stiefelschäfte, als ich darauf zuging. Die Fußabdrücke waren verschwunden. Der Eindringling, dessen Taschenlampe Lucy gesehen hatte, war über die Mauer geklettert und dann schnell abgehauen. Aber er mußte später wieder aufgetaucht sein, oder vielleicht war es auch ein anderer, weil die Spuren um unsere Autos eindeutig erst entstanden waren, nachdem es aufgehört hatte zu schneien, und sie stammten nicht von Taucherstiefeln oder Surferschuhen. Ich schaute über die Mauer zu dem breiten Strand hinter der Düne. Schnee war wie Zuckerwatte aufgehäuft, daraus ragten Strandgräser wie zerzauste Federn. Das Wasser kräuselte sich dunkelblau, und ich sah keine Spur von einem Menschen, als mein Blick die Küste entlangstrich, so weit wie nur möglich.

Ich schaute lange Zeit so hinaus, völlig in Spekulationen und Sorgen versunken. Als ich mich zum Gehen wandte, bemerkte ich zu meinem Schreck Detective Roche so dicht hinter mir, daß er mich hätte packen können.

»Mein Gott«, entfuhr es mir. »Schleichen Sie sich nie wieder so an mich heran.«

»Ich bin in Ihren Spuren gelaufen. Deswegen haben Sie mich nicht gehört.« Er hatte einen Kaugummi im Mund und die Hände in den Taschen seines Ledermantels. »Ich bin gut darin, leise zu sein, wenn ich es darauf anlege.«

Ich starrte ihn an, während meine Abneigung gegen ihn neue Dimensionen erreichte. Er trug eine dunkle Hose und Stiefel, und ich konnte seine Augen hinter der Pilotenbrille nicht sehen. Aber das machte nichts. Ich wußte, was Detective Roche im Sinn hatte. Diesen Typ kannte ich gut.

»Ich habe von dem Vandalismus gehört und bin hergekommen, um zu schauen, ob ich helfen kann«, sagte er.

»Mir war nicht bewußt, daß ich die Polizei von Chesapeake gerufen hatte«, erwiderte ich.

»Virginia Beach und Chesapeake haben eine Leitung zur gegenseitigen Unterstützung, und so habe ich von Ihrem Problem erfahren«, sagte er. »Ich muß gestehen, das erste, was mir einfiel, war, daß es eine Verbindung geben könnte.«

»Was für eine Verbindung?«

»Zu unserem Fall.« Er trat dichter heran. »Sieht aus, als hätte jemand wirklich ein Ding mit ihren Autos gedreht. Klingt wie eine Warnung. Wissen Sie, als würden Sie Ihre Nase in irgend etwas reinstecken, wo sie nach Meinung eines anderen nicht hingehört.«

Mein Blick wanderte zu seinen Füßen, zu seinen Gore-Tex-Schnürstiefeln aus leberbraunem Leder, und ich sah die Abdrücke, die sie im Schnee hinterlassen hatten. Roche hatte große Füße und Hände und trug Vibram-Sohlen. Ich blickte wieder in ein Gesicht, das hübsch gewesen wäre, wenn der Geist dahinter nicht so klein und gemein gewesen wäre. Ich sagte eine Weile kein Wort, aber dann wurde ich sehr direkt.

»Sie klingen ganz wie Captain Green. Darum sagen Sie mir, bedrohen Sie mich auch?«

»Ich gebe nur eine Beobachtung weiter.«

Er trat noch dichter an mich heran, und nun stand ich mit dem Rücken zur Mauer. Der darauf angehäufte schmelzende Schnee tropfte mir in den Mantelkragen, während mein Blut heiß aufwallte.

»Übrigens«, fuhr er fort, sich noch dichter herandrückend, »was gibt's Neues in unserem Fall?«

»Bitte treten Sie einen Schritt zurück«, sagte ich zu ihm.

»Ich bin mir überhaupt nicht sicher, ob Sie mir alles erzählen. Ich glaube, Sie haben eine sehr klare Vorstellung, was mit Ted Eddings passiert ist, und halten Informationen zurück.«

»Wir werden jetzt weder diesen noch irgendeinen anderen Fall diskutieren«, sagte ich.

»Sehen Sie? Da stehe ich aber gar nicht gut da, denn ich muß auch Leuten Rechenschaft ablegen.« Ich konnte es nicht fassen, als er mir eine Hand auf die Schulter legte und hinzufügte: »Ich weiß, Sie möchten mir keine Schwierigkeiten machen.«

»Fassen Sie mich nicht an«, warnte ich ihn. »Treiben Sie es nicht zu weit.«

»Ich glaube, Sie und ich müssen uns einmal zusammensetzen, damit wir unser Kommunikationsproblem überwinden.« Er ließ seine Hand, wo sie war. »Vielleicht können wir uns an einem ruhigen, gemütlichen Plätzchen mal ein Abendessen gönnen. Mögen Sie Meeresfrüchte? Ich kenne ein wirklich intimes Lokal am Sund.«

Ich schwieg, während ich mich fragte, ob ich ihm die Finger in die Luftröhre rammen sollte.

»Seien Sie nicht schüchtern. Vertrauen Sie mir. Es ist schon in Ordnung. Das ist nicht die Hauptstadt der Konföderierten mit all diesen versnobten, abgetakelten Alten, wie ihr sie in Richmond habt. Unsere Devise ist leben und leben lassen. Wissen Sie, was ich meine?«

Ich versuchte, an ihm vorbeizukommen, aber er packte mich am Arm.

»Ich rede mit Ihnen.« Er klang allmählich verärgert. »Sie gehen nicht einfach weg, wenn ich mit Ihnen rede.«

»Lassen Sie mich los«, verlangte ich.

Ich wollte mich losreißen, aber er war überraschend stark.

»Egal, wie viele schicke Titel Sie haben, Sie sind mir nicht gewachsen«, sagte er. Sein Atem roch nach Kaugummi.

Ich starrte in seine Ray-Ban-Gläser.

»Nehmen Sie jetzt sofort die Hände von mir«, sagte ich mit lauter, harter Stimme. »Sofort!« rief ich aus, als würde ich ihn augenblicklich töten.

Roche ließ mich plötzlich los, und ich stiefelte zielstrebig durch den Schnee, während mein Herz raste. Als ich vor dem Haus ankam, blieb ich atemlos und benommen stehen.

»Im Garten hinten sind Fußabdrücke, die fotografiert werden sollten«, sagte ich. »Detective Roches Fußabdrücke. Er ist gerade dahinten gewesen. Und ich möchte meine ganzen Habseligkeiten aus dem Haus haben.«

»Was, zum Teufel, soll das heißen, er war gerade dahinten?« sagte Marino.

»Wir hatten eine Unterredung.«

»Wie, zum Teufel, ist er dorthin gekommen, ohne daß wir ihn gesehen haben?«

Ich ließ meinen Blick über die Straße schweifen und sah kein Auto, das Roche gehören könnte. »Ich weiß nicht, wie er dahingekommen ist«, sagte ich. »Ich schätze, er ist über ein anderes Grundstück gegangen. Oder vielleicht ist er vom Strand hoch gekommen.«

Lucy wußte nicht, was sie denken sollte, als sie mich ansah. »Du wirst nicht mehr hierherkommen?« fragte sie mich. »Überhaupt nicht mehr?«

»Nein«, sagte ich, »ich komme nicht mehr hierher, wenn es nach mir geht.«

Sie half mir beim Packen meiner restlichen Sachen, und ich berichtete von dem eben Geschehenen erst, als wir in Marinos Auto schnell über die 64 West nach Richmond fuhren.

»Scheiße«, rief er. »Der verdammte Bastard hat sich an dir vergriffen. Verflucht noch mal. Warum hast du nicht geschrien?«

»Ich glaube, er sollte mich auf Geheiß eines anderen belästigen«, sagte ich.

»Ist mir doch egal, was er sollte. Er hat sich trotzdem an dir vergriffen. Du solltest einen Haftbefehl erwirken.«

»Jemanden zu belästigen ist nicht gegen das Gesetz«, sagte ich.

»Er hat dich begrabscht.«

»Und deshalb soll ich ihn verhaften lassen, weil er mich am Arm gegrabscht hat?«

»Er hätte überhaupt nichts angrabschen sollen.« Er fuhr aggressiv. »Du hast ihm gesagt, er soll dich loslassen, und er hat's nicht getan. Das ist Entführung. Und zumindest ist das ein einfacher Übergriff. Verdammt, das geht nicht mit rechten Dingen zu.«

»Du mußt ihn der Abteilung für interne Angelegenheiten melden«, sagte Lucy vom Vordersitz, wo sie am Frequenzsuchknopf herumfummelte, weil sie ihre Hände nicht stillhalten konnte. »He, Pete, das Rauschen darf nicht sein«, sagte sie zu ihm. »Und auf Kanal drei ist nichts zu hören. Das ist das dritte Revier, nicht wahr?«

»Was erwartest du denn, wenn ich so verteufelt nah an Williamsburg dran bin? Glaubst du, ich bin von der Staatspolizei?«

»Nein, aber wenn du mit einem von denen reden willst, kann ich das womöglich hinkriegen.«

»Ich bin sicher, du kannst hier sogar das verdammte Space Shuttle reinkriegen«, bemerkte er gereizt.

»Wenn du das kannst«, sagte ich zu ihr, »wie wär's, wenn du mich da raufbeamst?«

6

Wir kamen um halb drei in Richmond an, und ein Mann vom Sicherheitsdienst ließ uns in das bewachte Viertel, in das ich erst vor kurzem gezogen war. Es hatte hier nicht geschneit, das war typisch für diese Ecke Virginias, und von den Bäumen tropfte es heftig, weil der Regen sich in der Nacht in Eis verwandelt hatte. Und nun waren die Temperaturen gestiegen.

Mein Haus lag etwas abseits der Straße auf einem Steilufer, von dem aus man auf eine felsige Biegung des James River blickte. Das baumbestandene Grundstück war von einem schmiedeeisernen Zaun umgeben, durch dessen Gitterstäbe sich Nachbarskinder nicht hindurchzwängen konnten. Ich kannte keinen Menschen in meiner Umgebung und hatte auch nicht die Absicht, daran etwas zu ändern.

Ich hatte die Probleme nicht vorausgesehen, als ich zum ersten Mal in meinem Leben daran dachte zu bauen, aber ob es nun das Schieferdach oder die Farbe meiner Haustür waren, jeder schien etwas daran auszusetzen zu haben. Als es schließlich soweit gekommen war, daß die frustrierten Anrufe meines Bauleiters mich im Leichenschauhaus störten, hatte ich der Anwohnervereinigung mit einem Prozeß gedroht. Natürlich waren die Einladungen zu Festen in dieser Gegend nicht gerade zahlreich.

»Ich bin sicher, deine Nachbarn werden sich freuen, daß du wieder zu Hause bist«, meinte meine Nichte trocken, als wir ausstiegen.

»Ich glaube nicht, daß sie mir noch viel Aufmerksamkeit widmen.« Ich kramte nach meinen Schlüsseln.

»Quatsch«, sagte Marino. »Du bist die einzige Person hier, die ihre Tage an Mordschauplätzen und mit dem Aufschneiden von Leichen zubringt. Wahrscheinlich schauen sie die ganze Zeit, wenn du daheim bist, aus ihren Fenstern. Was weiß ich, die Wächter rufen wahrscheinlich alle nacheinander an, um ihnen mitzuteilen, wenn du wieder im Anrollen bist.«

»Besten Dank«, sagte ich und schloß die Haustür auf. »Und ich war gerade dabei, mich hier ein bißchen mehr aufgehoben zu fühlen.«

Die Alarmanlage summte laut ihre Warnung, daß ich besser rasch die entsprechenden Tasten drückte, und ich blickte mich wie üblich um, weil mir mein Heim immer noch fremd vorkam. Ich fürchtete, das Dach wäre undicht, Putz würde herunterbröckeln oder etwas anderes versagen, und als alles in Ordnung war, empfand ich eine ungeheure Freude an dem, was ich erreicht hatte. Mein Haus war zweistöckig und sehr hell, mit Fenstern, die jedes Photon Licht einfingen. Das Wohnzimmer hatte eine Glasfront, die mir einen grandiosen Blick auf den James River bot, und spät am Tag konnte ich den Sonnenuntergang über den Bäumen am Flußufer beobachten.

Neben meinem Schlafzimmer war ein Büro, das mir endlich genügend Arbeitsraum bot, und ich schaute erst einmal nach, ob irgendwelche Faxe eingetroffen waren. Es lagen vier da.

»Irgendwas Wichtiges?« fragte Lucy, die mir gefolgt war, während Marino Kisten und Taschen holte.

»Sie sind alle für dich, von deiner Mutter.« Ich reichte sie ihr.

Sie runzelte die Stirn. »Warum sollte sie mir hierher faxen?«

»Ich habe ihr nie gesagt, daß ich kurzfristig nach Sandbridge ziehen würde. Du etwa?«

»Nein. Aber Großmutter sollte doch wissen, wo du bist, nicht?« sagte Lucy.

»Natürlich. Aber meine Mutter und deine kommen nicht immer miteinander klar.« Ich schaute auf das, was sie las. »Alles in Ordnung?«

»Sie ist komisch. Weißt du, ich habe ihr ihren Computer mit einem Modem und CD-ROM aufgerüstet und ihr gezeigt, wie man das benutzt. Mein Fehler. Jetzt hat sie andauernd Fragen. In jedem einzelnen dieser Faxe geht es um eine Computerfrage.« Sie ging irritiert die Seiten durch.

Ich verstand mich mit ihrer Mutter Dorothy auch nicht besonders gut. Sie war meine einzige Schwester, aber sie konnte sich nicht einmal dazu durchringen, ihrem einzigen Kind ein frohes Neues Jahr zu wünschen.

»Sie hat sie heute geschickt«, fuhr meine Nichte fort. »Es ist Feiertag, und sie schreibt wieder an einem ihrer dämlichen Kinderbücher.«

»Nur um der Gerechtigkeit willen«, sagte ich, »ihre Bücher sind nicht dämlich.«

»Ja ja, schon recht. Ich weiß nicht, wo sie ihre Recherchen angestellt hat, jedenfalls nicht da, wo ich aufgewachsen bin.«

»Ich wünschte mir, ihr würdet euch nicht so in den Haaren liegen.« Diesen Kommentar gab ich schon Lucys ganzes Leben lang von mir. »Eines Tages wirst du dich mit ihr aussöhnen müssen. Spätestens, wenn sie stirbt.«

»Du denkst immer an den Tod.«

»Das tue ich, weil ich ihn kenne, und der Tod ist die andere Seite des Lebens. Du kannst ihn nicht ignorieren, genausowenig wie die Nacht. Du wirst mit Dorothy zurechtkommen müssen.«

»Nein, muß ich nicht.« Sie schwang meinen Ledersessel herum und setzte sich mir gegenüber. »Das hat keinen Sinn. Sie hat mich noch nie auch nur ein bißchen verstanden.«

Das stimmte vermutlich.

»Du kannst gern meinen Computer benutzen«, sagte ich.

»Es dauert nur eine Minute.«

»Marino holt uns um vier ab«, sagte ich.

»Ich wußte gar nicht, daß er weg ist.«

»Nur kurz.«

Tasten klapperten, als ich in mein Schlafzimmer ging und mit dem Auspacken und Planen begann. Ich brauchte einen Wagen und fragte mich, ob ich einen mieten sollte, und ich mußte die Kleider wechseln, wußte aber nicht, was ich anziehen sollte. Es grämte mich, daß ich bei dem Gedanken an Wesley darüber immer noch in Verlegenheit geriet, und als die Minuten verstrichen, bekam ich richtig Angst, ihn zu sehen.

Marino holte uns zur vereinbarten Zeit ab. Er hatte irgendwo eine Waschanlage gefunden, die offen hatte, und getankt. Wir fuhren die Monument Avenue Richtung Osten in das Viertel, das The Fan genannt wurde, wo Herrenhäuser historische Prachtstraßen anmutig säumten und Collegestudenten alte Häuser mit Leben erfüllten. Beim Denkmal für Robert E. Lee bog er in die Grace Street, wo Ted Eddings in einem weißen Duplex im spanischen Stil gewohnt hatte. Ein rotes Weihnachtsbanner hing über einer Holzveranda mit einer Schaukel. Leuchtgelbe Tatortabsperrungen gingen von Pfosten zu Pfosten, morbide Parodie einer weihnachtlichen Verpackung. In fetten schwarzen Buchstaben wurden Neugierige davor gewarnt, sich dem Haus zu nähern.

»Unter den gegebenen Umständen wollte ich keinen hier drin haben, und ich wußte nicht, wer noch einen Schlüssel hat«, erklärte Marino, als er die Haustür aufschloß. »Ich kann keinen naseweisen Vermieter brauchen, der sein verdammtes Inventar überprüfen will.«

Es war noch keine Spur von Wesley zu sehen, und ich kam schon zu dem Entschluß, daß er nicht auftauchen würde, als ich das Geräusch seines grauen BMW hörte. Er parkte am Straßenrand, und ich sah, wie die Antenne eingefahren wurde, als er den Motor abstellte.

»Doc, ich warte auf ihn, wenn du schon reingehen willst«, sagte Marino zu mir.

»Ich muß mit ihm reden.« Lucy kam die Treppe herunter.

»Ich bin drinnen«, sagte ich, als würde ich Wesley nicht kennen, und streifte mir Baumwollhandschuhe über.

Ich betrat Eddings' Flur, und seine Präsenz überwältigte mich, wohin ich auch blickte. Seine penible Art war zu spüren an dem minimalistischen Mobiliar, den indianischen Teppichen und polierten Böden, seine Wärme war zu ahnen angesichts der sonnig gelben Wände mit den gewagten Drucken. Feine Staubschichten hatten sich gebildet, die überall dort aufgewirbelt waren, wo die Polizei vor kurzem Schränke oder Schubladen geöffnet hatte. Begonien, Ficus, Kriechfeige und Alpenveilchen schienen den Verlust ihres Herrn zu betrauern, und ich schaute mich nach einer Gießkanne um. Als ich in der Wäschekammer eine fand, füllte ich sie und begann, die Pflanzen zu gießen, weil ich es für unsinnig hielt, sie sterben zu lassen. Ich hörte Benton Wesley nicht hereinkommen.

»Kay?« Seine Stimme war leise hinter mir.

Ich drehte mich um, und er bekam Besorgnis mit, die nicht ihm galt.

»Was machst du da?« Er sah zu, wie ich Wasser in einen Topf goß.

»Genau das, wonach es ausschaut.«

Er verstummte, sah mich aber weiter an.

»Ich kannte ihn, kannte Ted«, sagte ich. »Nicht besonders gut. Aber er war beliebt bei meinen Leuten. Er hat mich oft interviewt, und ich habe ihn respektiert ... Also ...« Ich verlor den Faden.

Wesley war dünn, wodurch seine Züge noch schärfer hervortraten. Sein Haar war mittlerweile völlig weiß, obwohl er nicht viel älter war als ich. Er sah müde aus, aber alle, die ich kannte, sahen müde aus, und die Trennung war ihm nicht ins Gesicht geschrieben. Er sah nicht elend aus, weil er nicht mehr mit seiner Frau oder mit mir zusammen war.

»Pete hat mir das mit euren Autos erzählt«, sagte er.

»Ziemlich unglaublich«, sagte ich, während ich weiter die Pflanzen goß.

»Und der Detective. Wie heißt er noch? Roche? Ich muß mit seinem Chef reden. Wir warten zwar immer, bis die anderen anrufen, aber sobald wir in Verbindung sind, werde ich etwas sagen.«

»Dazu brauche ich dich nicht.«

»Mir macht es garantiert nichts aus«, sagte er.

»Mir wäre lieber, du würdest nichts unternehmen.«

»Na gut.« Er hob ergeben die Hände und sah sich im Zimmer um. »Er hatte Geld und war viel unterwegs«, sagte er.

»Jemand hat sich um seine Pflanzen gekümmert«, erwiderte ich.

»Wie oft?« Er betrachtete sie.

»Um die Grünpflanzen mindestens einmal die Woche, um die blühenden jeden zweiten Tag. Hängt davon ab, wie warm es hier drin wird.«

»Und die hier sind eine Woche lang nicht gegossen worden?«

»Oder länger«, sagte ich.

Inzwischen waren Lucy und Marino ins Haus und den Flur entlang gekommen.

»Ich möchte mir die Küche ansehen«, fügte ich hinzu, als ich die Gießkanne hinstellte.

»Gute Idee.«

Die Küche war klein und sah aus, als wäre sie seit den Sechzigern nicht mehr renoviert worden. In den Schränken fand ich altes Geschirr und Dutzende von Büchsen, Thunfisch und Suppen, und kleine Snacks, Brezeln und so. Im Kühlschrank hatte Eddings hauptsächlich Bier. Mich aber interessierte eine einzelne Flasche Champagner, Louis Roederer Cristal, die mit einer großen roten Schleife versehen war.

»Was gefunden?« Wesley schaute unter die Spüle.

»Vielleicht.« Ich spähte immer noch in den Kühlschrank. »Die kostet dich in einem Restaurant etwa hundertfünfzig Dollar, vielleicht hundertzwanzig im Laden.«

»Wissen wir, wieviel dieser Kerl verdient hat?«

»Ich weiß es nicht. Aber ich vermute, es war nicht gerade viel.«

»Da unten hat er eine Menge Schuhcreme und Reinigungsmittel, und das ist schon alles«, sagte Wesley und stand auf.

Ich drehte die Flasche um und las das Preisschild auf dem Etikett. »Hundertdreißig Dollar, aber nicht hier gekauft. Soweit ich weiß, gibt es in Richmond keinen Weinladen mit dem Namen The Wine Merchant.«

»Vielleicht ein Geschenk. Würde die Schleife erklären.«

»Wie wär's mit D. C.?«

»Ich weiß nicht. Ich kaufe in letzter Zeit wenig Wein in D. C.«, sagte er.

Ich machte die Kühlschranktür zu, insgeheim erfreut, denn er und ich hatten immer gern Wein getrunken. Früher hatten wir uns gern einen guten Wein gegönnt, während wir eng nebeneinander auf der Couch oder im Bett saßen.

»Er hat nicht viel eingekauft«, sagte ich. »Es sieht nicht danach aus, als hätte er je hier gegessen.«

»Es sieht mir nicht einmal danach aus, als sei er überhaupt je hier gewesen«, meinte er.

Ich spürte seine Nähe, als er zu mir trat, und es war fast nicht auszuhalten. Sein Rasierwasser duftete immer dezent nach Zimt und Holz, und immer wenn ich es irgendwo roch, war ich einen kurzen Augenblick gebannt, so wie jetzt.

»Geht es dir gut?« fragte er in einem Ton, der nur für mich bestimmt war, als er im Türrahmen stehenblieb.

»Nein«, sagte ich. »Das ist alles ziemlich schrecklich.« Ich schloß eine Schranktür ein wenig zu energisch.

Er trat in den Flur. »Nun, wir müssen uns seine Finanzen sehr genau anschauen, um zu sehen, wo er das Geld für Restaurants und teuren Champagner her hatte.«

Die Unterlagen waren in seinem Büro, und die Polizei hatte sie noch nicht durchgesehen, weil es offiziell kein Verbrechen gegeben hatte. Ungeachtet meiner Vermutungen über Eddings' Tod und der seltsamen Ereignisse im Gefolge, hatten wir im Augenblick, rechtlich gesehen, noch keinen Mordfall.

»Ist jemand schon an seinem Computer gewesen?« fragte Lucy, die den 486er auf seinem Schreibtisch ansah.

»Nee«, sagte Marino, der Akten in einem grünen Metallschrank durchging. »Einer der Leute hat gesagt, wir kämen nicht rein.«

Sie betätigte die Maus, und ein Paßwortfenster tauchte auf dem Bildschirm auf.

»Okay«, sagte sie. »Er hat ein Paßwort, was nichts Ungewöhnliches ist. Sonderbar ist aber, daß er keine Diskette in seinem Laufwerk hat. He, Pete? Habt ihr irgendwelche Disketten hier gefunden?«

»Ja, schon, da oben ist eine ganze Schachtel.« Er deutete auf ein Regal mit Büchern über den Bürgerkrieg und einer umfangreichen, in Leder gebundenen Enzyklopädie.

Lucy holte die Schachtel herunter und öffnete sie.

»Nein. Da sind Programmdisketten für WordPerfect.« Sie sah uns an. »Ich will damit bloß sagen, daß die meisten Leute ihre Texte noch mal abspeichern, vorausgesetzt, er hat zu Hause an etwas gearbeitet.«

Das konnte keiner sagen. Wir wußten nur, daß Eddings in dem AP-Büro in der Fourth Street angestellt war. Wir wußten nicht, was er zu Hause machte, bis Lucy seinen Computer neu startete, herumzauberte und irgendwie in die Programmdateien gelangte. Sie setzte den Bildschirmschoner außer Funktion und suchte dann in den WordPerfect-Ordnern herum, die alle leer waren. Eddings hatte keine einzige Datei.

»Scheiße«, sagte sie. »Das ist ziemlich bizarr, es sei denn, er hat seinen Computer nie benutzt.«

»Das kann ich mir nicht vorstellen«, sagte ich. »Selbst wenn er in der Innenstadt arbeitete, muß er doch zu Hause bestimmt ein Büro gehabt haben.«

Sie tippte noch etwas herum, während Marino und Wesley verschiedene Abrechnungen durchgingen, die Eddings ordentlich in einer Ablage in einer Schublade seines Aktenschranks aufbewahrt hatte.

»Ich hoffe bloß, er hat nicht sein ganzes Unterverzeichnis gelöscht«, sagte Lucy, die nun im Betriebssystem war. »Das kann ich ohne Backup nicht wiederherstellen, und er scheint kein Backup zu haben.«

Ich sah ihr zu, wie sie *undelete *.** eintippte und die Enter-Taste drückte. Wie durch Zauber erschien eine Datei namens *killdrug.old,* und als sie dies bestätigte, folgte ein weiterer Name. Als sie fertig war, hatte sie sechsundzwanzig Dateien wiederhergestellt, während wir verblüfft zusahen.

»Das ist das Tolle an DOS 6«, sagte sie nur, als sie den Drucker startete.

»Können Sie sagen, wann sie gelöscht wurden?« fragte Wesley.

»Zeit und Datum auf den Dateien sind alle gleich«, erwiderte sie. »Verdammt. 31. Dezember, zwischen ein Uhr eins und ein Uhr fünfunddreißig. Da ist er vermutlich doch schon tot gewesen.«

»Das hängt davon ab, wann er nach Chesapeake gefahren ist«, sagte ich. »Sein Boot ist um sechs Uhr entdeckt worden.«

»Übrigens ist die Uhr auf dem Computer richtig eingestellt. Also sollten diese Zeiten stimmen«, fügte sie hinzu.

»Würde es länger als eine halbe Stunde dauern, so viele Dateien zu löschen?« fragte ich.

»Nein. Das ginge in Minuten.«

»Dann dürfte sie jemand gelesen haben, bevor er sie löschte«, sagte ich.

»Das machen viele Leute. Wir brauchen mehr Papier für den Drucker. Wartet, ich klaue mir was vom Faxgerät.«

»Wo wir gerade davon reden«, sagte ich, »können wir davon einen Sendebericht haben?«

»Sicher.«

Sie produzierte eine Liste mit bedeutungslosen Faxdiagnosen und Telefonnummern, die ich später überprüfen wollte. Aber zumindest wußten wir mit Sicherheit, daß um die Zeit, da Eddings starb, jemand in seinen Computer eingedrungen war und jede einzelne Datei gelöscht hatte. Wer dafür verantwortlich war, konnte nicht schrecklich gewieft gewesen sein, erklärte Lucy, weil ein Computerexperte auch das Dateien-Unterverzeichnis entfernt hätte, so daß sie den Befehl zum Wiederherstellen nicht mehr hätte ausführen können.

»Das ergibt keinen Sinn«, sagte ich. »Ein Autor sichert seine Texte doch. Was ist mit seinem Waffensafe?« fragte ich Marino. »Hast du dort Disketten gefunden?«

»Nee.«

»Wobei immer noch offen bleibt, ob nicht jemand da drangegangen oder überhaupt ins Haus gekommen ist«, sagte ich.

»Wenn ja, dann muß der Betreffende die Kombination des Safes und den Code für die Alarmanlage gekannt haben.«

»Sind die identisch?« fragte ich.

»Ja. Er verwendet für alles sein Geburtsdatum.«

»Und wie hast du das herausgefunden?«

»Seine Mutter«, sagte er.

»Wie sieht's mit Schlüsseln aus?« sagte ich. »Bei der Leiche waren keine. Er muß welche gehabt haben, um seinen Transporter zu fahren.«

»Roche meinte, da wären keine«, sagte Marino, und ich fand das ebenfalls auffällig.

Wesley schaute sich den Ausdruck der wiederhergestellten Dateien an. »Das sieht alles nach Zeitungsartikeln aus«, sagte er.

»Veröffentlichten?« fragte ich.

»Einige davon sind wahrscheinlich veröffentlicht, weil sie ziemlich alt aussehen. Das Flugzeug, das auf das Weiße Haus gestürzt ist, zum Beispiel. Und Vince Fosters Selbstmord.«

»Vielleicht hat Eddings bloß aufgeräumt«, schlug Lucy vor.

»Oh, jetzt geht's los.« Marino überprüfte einen Kontoauszug. »Am 10. Dezember wurden dreitausend Dollar auf sein Konto überwiesen.« Er öffnete einen weiteren Umschlag. »Im November das gleiche.«

Das traf auch für den Oktober und den Rest des Jahres zu, und aufgrund anderer Unterlagen mußte Eddings eindeutig ein zusätzliches Einkommen gehabt haben. Seine Hypothekenrate betrug tausend Dollar im Monat, seine monatlichen Kreditkartenabrechnungen waren teilweise genauso hoch, doch sein Jahresgehalt betrug knapp fünfundvierzigtausend Dollar.

»Scheiße. Mit dem ganzen zusätzlichen Geld hatte er beinahe achtzigtausend im Jahr«, sagte Marino. »Nicht übel.«

Wesley kam vom Drucker zu mir und gab mir wortlos eine Seite in die Hand.

»Der Nachruf auf Dwain Shapiro«, sagte er. »*Washington Post* vom 16. Oktober letzten Jahres.«

Der Artikel war kurz und berichtete schlicht, daß Shapiro Mechaniker bei einem Ford-Händler in Washington gewesen war und bei einem Autoüberfall erschossen wurde, als er spät in der Nacht von einer Bar heimfuhr. Seine Angehörigen lebten nicht in Virginia, und die Neuen Zionisten wurden nicht erwähnt.

»Das hat Eddings nicht geschrieben«, sagte ich. »Das war ein Reporter der *Post.*«

»Aber wie ist er dann an das Buch gekommen?« sagte Marino. »Und wie, zum Teufel, kam es unter sein Bett?«

»Vielleicht hat er darin gelesen«, antwortete ich einfach. »Und vielleicht wollte er nicht, daß jemand anderes, eine Haushälterin etwa, es sah.«

»Jetzt kommen Aufzeichnungen.« Lucy hing vor dem Bildschirm, öffnete eine Datei nach der anderen und gab den Druckbefehl ein. »Okay, jetzt kommen wir zu den interessanten Sachen. Verdammt.« Sie wurde immer aufgeregter, als weiterer Text erschien und der LaserJet summte und klickte. »Irre.« Sie hielt in ihrer Tätigkeit inne und drehte sich zu Wesley um. »Er hat all das Zeug über Nordkorea und, dahineingestreut, Infos über Joel Hand und die Neuen Zionisten.«

»Was ist mit Nordkorea?« Er las gerade einige Seiten durch, während Marino noch eine Schublade inspizierte.

»Die Probleme, die unsere Regierung vor einiger Zeit mit denen hatte, als die versucht haben, waffenfähiges Plutonium in einem ihrer Atomkraftwerke herzustellen.«

»Vermutlich ist Hand sehr interessiert an Fusion, Energie, so Sachen«, sagte ich. »Im Buch wird darauf Bezug genommen.«

»Okay«, sagte Wesley, »dann ist das vielleicht ein großer Bericht über ihn. Oder, besser gesagt, die Rohfassung einer großen Geschichte über ihn.«

»Warum sollte Eddings die Datei eines Artikels löschen, den er noch nicht beendet hat?« wollte ich wissen. »Und ist es Zufall, daß er das in der Nacht seines Todes getan hat?«

»Das könnte auf jemanden zutreffen, der Selbstmord begehen wollte«, sagte Wesley. »Und wir können nicht wirklich sicher sein, daß er das nicht getan hat.«

»Gut«, sagte Lucy. »Er löscht all seine Texte, damit nach

seinem Ableben niemand etwas sieht, was er nicht sehen soll. Dann inszeniert er seinen Tod wie einen Unfall. Vielleicht war ihm sehr daran gelegen, daß die Leute nicht glauben, er habe Selbstmord begangen.«

»Eine nicht zu unterschätzende Möglichkeit«, pflichtete Wesley ihr bei. »Er hätte in irgend etwas verwickelt sein können, wo er nicht mehr herauskam. Damit würden die monatlichen Überweisungen auf sein Konto einen Sinn ergeben. Oder er könnte unter Depressionen gelitten oder einen schweren persönlichen Verlust erlebt haben, von dem wir nichts wissen.«

»Ein anderer könnte doch die Dateien gelöscht und alle Speicherdisketten oder Ausdrucke mitgenommen haben«, sagte ich. »Die Person könnte es getan haben, nachdem Eddings bereits tot war.«

»Dann hatte diese Person einen Schlüssel, kannte die Codes und Kombinationen«, sagte er. »Und wußte, daß Eddings nicht daheim war und auch nicht nach Hause kommen würde.« Er sah mich an.

»Ja«, sagte ich.

»Das klingt ziemlich kompliziert.«

»Der Fall ist äußerst kompliziert«, sagte ich, »aber ich kann dir mit Sicherheit sagen, daß Eddings, wenn er unter Wasser mit Blausäuregas vergiftet worden ist, das nicht selbst zustande gebracht haben kann. Und ich möchte wissen, warum er so viele Waffen besaß. Ich möchte wissen, warum die, die er im Boot gehabt hat, eine Birdsong-Veredelung hatte und mit KTWs geladen war.«

Wesley sah mich wieder an, und es traf mich, daß er völlig ungerührt war. »Sicherlich ließen sich seine Survival-Neigungen als Anzeichen von Instabilität interpretieren«, sagte er.

»Oder Angst, ermordet zu werden«, sagte ich.

Dann gingen wir in sein Zimmer. In einem Gestell an

der Wand waren Maschinengewehre, Pistolen und Revolver, und Munition befand sich in dem Browning-Safe, den die Polizei heute früh geöffnet hatte. Ted Eddings hatte ein kleines Schlafzimmer mit einer Bolzenpresse, einer Digitalwaage, einem Kapselschneider, einem Ladestock und allem anderen ausgestattet, was zur Versorgung mit Patronen notwendig war. Kupferhülsen und Zündhütchen lagerten in einer Schublade. Schießpulver war in einer alten Militärtruhe, und es schien, als wäre er in Laservisiere und Zielfernrohre vernarrt gewesen.

»Ich glaube, das zeigt eine abseitige Geistesverfassung.« Das sagte Lucy, als sie sich vor den Safe hockte und Waffenkisten aus Hartplastik öffnete. »Ich würde das alles mehr als nur ein bißchen paranoid nennen. Er muß gedacht haben, eine Armee sei im Anmarsch.«

»Paranoia ist ganz gesund, wenn wirklich jemand hinter dir her ist«, sagte ich.

»Also ich glaube allmählich, der Kerl war übergeschnappt«, erwiderte Marino.

Mich fochten ihre Theorien nicht an. »Ich habe Zyankali im Leichenschauhaus gerochen«, erinnerte ich sie, denn mein Geduldsfaden wurde immer dünner. »Er hat sich nicht selbst vergast, bevor er in den Fluß ist, sonst wäre er schon beim Eintauchen tot gewesen.«

»Du hast Zyankali gerochen«, sagte Wesley betont, »aber sonst niemand, und wir haben noch keinen toxikologischen Befund.«

»Worauf willst du hinaus? Daß er sich ertränkt hat?« Ich starrte ihn an.

»Ich weiß es nicht.«

»Ich habe nichts gesehen, was auf Ertrinken hindeutet«, sagte ich.

»Siehst du immer Anzeichen, wenn jemand ertrunken ist?« fragte er mit gutem Grund. »Ich habe gedacht, Tod durch Ertrinken sei notorisch schwer festzustellen, was erklärt, warum oft Sachverständige aus Süd-Florida eingeflogen werden, um bei solchen Fällen zu helfen.«

»Ich habe meine Laufbahn in Süd-Florida begonnen und gelte als Sachverständige bei Tod durch Ertrinken«, sagte ich scharf. Wir diskutierten draußen auf dem Gehsteig vor seinem Auto weiter, weil ich wollte, daß er mich nach Hause fuhr, damit wir die Auseinandersetzung beenden konnten. Der Mond war fahl, die nächste Straßenlampe einen Block entfernt, und wir konnten einander nicht besonders gut sehen.

»Um Himmels willen, Kay, ich habe nicht andeuten wollen, daß du dein Handwerk nicht verstehst«, sagte er gerade.

»Das hast du aber.« Ich stand an der Fahrertür, als ob das Auto mir gehörte und ich gleich wegfahren würde. »Du hackst auf mir herum. Du benimmst dich wie ein Arschloch.«

»Wir untersuchen einen Todesfall«, sagte er mit seiner beherrschten Stimme. »Das sind nicht die Zeit und der Ort, etwas persönlich zu nehmen.«

»Dann laß dir sagen, Benton, daß Menschen keine Maschinen sind. Sie nehmen Dinge persönlich.«

»Und darum geht es in Wirklichkeit.« Er trat neben mich und schloß die Tür auf. »Du reagierst persönlich meinetwegen. Ich bin mir nicht sicher, ob es eine gute Idee war.« Knöpfe sausten hoch. »Vielleicht hätte ich heute nicht herkommen sollen.« Er glitt auf den Fahrersitz. »Aber ich habe es für wichtig gehalten. Ich wollte das Richtige tun und dachte, du würdest das auch machen.«

Ich ging auf die andere Seite und stieg ein, wobei ich mich fragte, warum er mir nicht wie sonst die Tür aufgehalten hatte. Plötzlich fühlte ich mich ziemlich fertig und hatte Angst, in Tränen auszubrechen.

»Es ist wichtig, und du hast das Richtige getan«, sagte ich. »Ein Mann ist tot. Ich glaube nicht nur, daß er ermordet wurde, sondern meine auch, er war in etwas Größeres verwickelt, etwas sehr Häßliches, wie ich befürchte. Ich glaube nicht, daß er seine eigenen Computerdateien gelöscht und alle gespeicherten Daten beseitigt hat, denn das würde nahelegen, daß er von seinem bevorstehenden Tod wußte.«

»Ja. Das würde auf Selbstmord deuten.«

»Was es nicht ist.«

Wir blickten uns im Dunkeln an.

»Ich glaube, jemand ist spät in der Nacht seines Todes in sein Haus eingedrungen.«

»Jemand, den er kannte.«

»Oder jemand, der wieder einen kannte, der Zugang hatte. Zum Beispiel ein Kollege oder guter Freund oder sonst jemand, der wichtig für ihn war. Denn was die Schlüssel angeht, so fehlen seine.«

»Du meinst, das Ganze hat mit den Neuen Zionisten zu tun.« Er wurde allmählich milder gestimmt.

»Ich befürchte es. Und jemand warnt mich, ich soll mich da raushalten.«

»Das würde die Chesapeake-Polizei miteinbeziehen.«

»Vielleicht nicht die ganze Abteilung«, sagte ich. »Vielleicht nur Roche.«

»Wenn das stimmt, was du sagst, dann spielt er dabei nur eine oberflächliche Rolle, eine weit vom eigentlichen Kern entfernte Randfigur. Sein Interesse an dir ist ein Fall für sich, vermute ich.«

»Sein einziges Interesse ist einzuschüchtern und zu drangsalieren«, sagte ich. »Und deshalb, vermute ich, besteht ein Zusammenhang.«

Wesley verstummte und blickte durch die Windschutzscheibe. Für einen Augenblick gestattete ich mir, ihn anzuschauen.

Dann wandte er sich mir zu. »Kay, hat Dr. Mant jemals etwas gesagt, er werde bedroht?«

»Nicht zu mir. Aber ich weiß nicht, ob er überhaupt etwas sagen würde. Besonders, wenn er Angst hatte.«

»Wovor? Das kann ich mir schwer vorstellen«, sagte er, als er den Wagen anließ und aus der Parklücke fuhr. »Wenn Eddings Verbindungen zu den Neuen Zionisten hatte, was könnte das wohl mit Dr. Mant zu tun haben?«

Ich wußte es nicht und schwieg, während er fuhr.

Er redete wieder. »Irgendeine Möglichkeit, daß dein britischer Kollege einfach aus der Stadt abgehauen ist? Weißt du sicher, daß seine Mutter gestorben ist?«

Ich dachte an meinen Leichenschauhaus-Aufseher, der vor Weihnachten ohne Vorwarnung oder Begründung gekündigt hatte. Dann war Mant auch plötzlich weggewesen.

»Ich weiß nur, was er mir gesagt hat«, meinte ich. »Aber ich habe keinen Anlaß zu glauben, daß er mich angelogen hat.«

»Wann kommt deine andere Stellvertreterin wieder, die im Mutterschaftsurlaub ist?«

»Sie hat gerade erst ihr Baby bekommen.«

»Also, das läßt sich ein bißchen schwer vortäuschen«, sagte er.

Wir kamen nach Malvern, und der Regen hinterließ winzige Nadelstiche auf den Scheiben. Mir drängten sich Worte auf, die ich nicht äußern konnte, und als wir in die Cary Street einbogen, überkam mich Verzweiflung. Ich wollte Wesley sagen, daß wir die richtige Entscheidung getroffen hatten, aber daß das Ende einer Beziehung nicht gleich das Ende der Gefühle bedeutet. Ich wollte mich nach Connie, seiner Frau, erkundigen. Ich wollte ihn, so wie früher, zu mir ins Haus einladen und ihn fragen, warum er mich nicht mehr anrief. Die Old Locke Lane war nicht beleuchtet, als wir ihr zum Fluß folgten, und er fuhr langsam in einem niedrigen Gang.

»Fährst du heute abend zurück nach Fredericksburg?« fragte ich.

Er schwieg erst, sagte aber dann: »Connie und ich lassen uns scheiden.«

Ich sagte nichts.

»Es ist eine lange Geschichte, und vermutlich wird es eine verworrene, sich lang hinziehende Sache werden. Gott sei Dank sind die Kinder schon fast erwachsen.« Er ließ das Seitenfenster herunter, und der Wächter winkte uns durch.

»Das tut mir leid, Benton«, sagte ich. Sein BMW dröhnte laut auf meiner leeren, nassen Straße.

»Nun, man könnte wahrscheinlich sagen, ich habe bekommen, was ich verdient habe. Sie hat sich seit fast einem Jahr mit einem anderen Mann getroffen, und ich hatte keine Ahnung davon. Was bin ich doch für ein Psychologe.«

»Wer ist es?«

»Ein Bauunternehmer aus Fredericksburg, der etwas am Haus gemacht hat.«

»Weiß sie von uns?« Die Frage fiel mir schwer, denn ich hatte Connie immer gemocht und war sicher, sie würde mich hassen, wenn sie die Wahrheit erfuhr.

Wir bogen in meine Einfahrt ein, und er antwortete nicht, bis wir vor der Haustür geparkt hatten.

»Ich weiß nicht.« Er holte tief Luft und schaute auf seine Hände, die auf dem Steuer lagen. »Sie hat wahrscheinlich Gerüchte gehört, aber sie hört eigentlich nicht auf Gerüchte, noch weniger glaubt sie daran.« Er verstummte. »Sie weiß, daß wir viel Zeit miteinander verbracht, Reisen gemacht haben, solche Sachen. Aber ich gehe davon aus, sie glaubt, das wäre einzig wegen der Arbeit gewesen.«

»Ich habe ein ganz schlechtes Gefühl bei dem Ganzen.«

Er sagte nichts.

»Wohnst du noch zu Hause?« fragte ich.

»Sie wollte ausziehen«, erwiderte er. »Sie hat sich eine Wohnung genommen, wo sie sich vermutlich regelmäßig mit Doug treffen kann.«

»Das ist der Bauunternehmer.«

Sein Gesicht war hart, er starrte durch die Windschutzscheibe. Ich griff sanft nach seiner Hand.

»Hör mal«, sagte ich leise. »Ich möchte dir, so gut ich kann, helfen. Aber du mußt mir sagen, was ich tun kann.«

Er schaute mich an, und einen Sekundenbruchteil glänzten seine Augen vor Tränen, die, wie ich glaubte, ihr galten. Er liebte seine Frau immer noch, und obwohl ich das verstand, wollte ich es nicht sehen.

»Deine Hilfe kann ich kaum in Anspruch nehmen.« Er räusperte sich. »Gerade jetzt nicht. Für die meiste Zeit des nächsten Jahres. Der Kerl, mit dem sie zusammen ist, mag Geld und weiß, daß ich ein bißchen Geld habe, von meiner Familie. Ich möchte nicht alles verlieren.«

»Ich sehe nicht, wieso du das solltest, nach alldem, was sie getan hat.«

»Es ist kompliziert. Ich muß vorsichtig sein. Ich möchte, daß meine Kinder mich immer noch mögen, mich achten.« Er schaute mich an und entzog mir seine Hand. »Du weißt, wie mir zumute ist. Bitte versuch, alles erst einmal auf sich beruhen zu lassen.«

»Hast du im Dezember über sie Bescheid gewußt, als wir beschlossen, unsere ...«

Er unterbrach mich. »Ja, hab ich.«

»Verstehe.« Meine Stimme klang angespannt. »Ich wünschte, du hättest es mir gesagt. Es hätte alles etwas leichter gemacht.«

»Ich glaube nicht, daß irgend etwas es leichter gemacht hätte.«

»Gute Nacht, Benton«, sagte ich und stieg aus. Ich sah ihm nicht nach, als er wegfuhr.

Drinnen hatte Lucy Melissa Etheridge aufgelegt, und ich war froh, daß meine Nichte hier war und Musik im Haus ertönte. Ich zwang mich, nicht an ihn zu denken, so als könne ich mich in eine andere Kammer meines Gemüts begeben und ihn aussperren. Lucy war in der Küche, und ich zog meinen Mantel aus und legte mein Notizbuch auf die Anrichte.

»Alles in Ordnung?« Sie machte den Kühlschrank mit der Schulter zu und trug Eier zur Spüle.

»Eigentlich ist alles ganz schön furchtbar«, sagte ich.

»Du brauchst jetzt etwas zu essen, und zum Glück koche ich gerade etwas.«

»Lucy« – ich lehnte mich an die Anrichte – »wenn jemand versucht, Eddings' Tod als Unfall oder Selbstmord zu tarnen, dann kann ich verstehen, daß spätere Drohungen oder Intrigen gegen mein Büro in Norfolk einen Sinn machen. Aber warum sind Leute, die für mich arbeiten, schon vorher bedroht worden? Du bist gut darin, Schlußfolgerungen zu ziehen. Erklär mir das.«

Sie schlug Eischnee in einer Schüssel und taute ein Bagel in der Mikrowelle auf. Ihre Ernährungsgewohnheiten waren deprimierend, und ich verstand nicht, wie sie ihre fettfreie Diät einhalten konnte.

»Du weißt doch nicht sicher, daß jemand schon früher bedroht wurde«, sagte sie nüchtern.

»Mit ist klar, daß ich es nicht weiß, zumindest zu diesem Zeitpunkt noch nicht.« Ich machte mir einen Kaffee. »Aber ich versuche nur, das vernünftig aufzuarbeiten. Ich suche nach einem Motiv und stehe mir leeren Händen da. Warum gibst du nicht ein paar Zwiebeln, ein bißchen Petersilie und gemahlenen Pfeffer dazu? Eine Prise Salz kann auch nicht schaden.«

»Soll ich dir etwas machen?« fragte sie, während sie die Eier schlug.

»Ich bin nicht so hungrig. Vielleicht esse ich später.«

Sie sah mich an. »Tut mir leid, daß alles so schrecklich ist.«

Ich wußte, das bezog sich auf Wesley, aber sie wußte auch, daß ich über ihn nicht sprechen wollte.

»Die Mutter von Eddings wohnt hier in der Nähe«, sagte ich. »Ich glaube, ich sollte mit ihr reden.«

»Heute abend? So spät noch?« Der Schneebesen schlug leicht an den Schüsselrand.

»Vielleicht will sie sehr wohl heute abend reden, so spät noch«, sagte ich. »Man hat ihr gesagt, daß ihr Sohn tot ist, und das war auch schon alles.«

»Ja, ja«, murmelte Lucy. »Frohes Neues Jahr.«

7

Ich brauchte niemanden nach einer Meldeliste oder Telefonnummer zu fragen, weil die Mutter des toten Reporters die einzige Person mit dem Namen Eddings war, die in Windsor Farms wohnte. Laut Adreßbuch wohnte sie in der hübschen, von Bäumen gesäumten Sulgrave Street, die bekannt war wegen der Luxusvillen und der Tudor-Häuser, mit Namen wie Virginia House und Agecroft, die in den zwanziger Jahren in Kisten aus England herübergeschifft worden waren. Die Nacht war gerade erst angebrochen, als ich anrief, aber die Frau am Telefon klang, als hätte sie geschlafen.

»Mrs. Eddings?« sagte ich und nannte ihr meinen Namen.

»Verzeihen Sie, ich fürchte, ich bin kurz eingenickt.« Sie klang ängstlich. »Ich sitze hier im Wohnzimmer und schaue fern. Meine Güte, ich weiß nicht einmal, was jetzt läuft. Vorher gab es *My Brilliant Career* auf PBS. Haben Sie das gesehen?«

»Mrs. Eddings«, hob ich wieder an, »ich habe ein paar Fragen über Ihren Sohn Ted. Ich bin die für diesen Fall zuständige Gerichtspathologin. Und ich hatte gehofft, wir könnten reden. Ich wohne nur ein paar Blocks von Ihnen entfernt.«

»Das hat man mir schon gesagt.« Ihre Stimme mit dem

schweren Südstaatenakzent klang noch schleppender, tränenschwer. »Daß Sie in der Nähe wohnen.«

»Würde es Ihnen jetzt gleich passen, Mrs. Eddings?« fragte ich nach einer Pause.

»Ja, das wäre mir sehr recht. Und mein Name ist Elizabeth Glenn«, sagte sie und begann zu weinen.

Ich erreichte Marino zu Hause. Sein Fernseher lief so laut, daß ich nicht verstand, wie er noch irgend etwas anderes hören konnte. Er hatte noch jemanden in der anderen Leitung und wollte diesen Anrufer eindeutig nicht warten lassen.

»Sicher, guck, was du herausfinden kannst«, sagte er, als ich ihm von meinem Vorhaben berichtete. »Ich selber stecke gerade bis zum Hals in einer Geschichte drin. Ich habe in Mosby Court eine Situation, die sich zu einem Aufstand entwickeln könnte.«

»Hat uns gerade noch gefehlt«, sagte ich.

»Ich bin auf dem Weg dorthin. Sonst würde ich mitkommen.«

Ich legte auf und zog mich dem Wetter entsprechend an, weil ich ja noch immer kein Auto hatte. Lucy telefonierte von meinem Büro aus mit Janet, wie ich aufgrund ihrer angespannten Haltung und ihres leisen Tonfalls vermutete. Ich winkte ihr vom Flur aus zu und deutete auf meine Uhr, daß ich in etwa einer Stunde zurück sei. Als ich das Haus verließ und in die kalte, feuchte Dunkelheit aufbrach, verkrochen sich meine Lebensgeister allmählich, wie eine Kreatur, die sich verstecken will. Nach einer Tragödie die Angehörigen zu treffen, blieb eine der grausamsten Begleiterscheinungen meines Berufs.

Im Lauf der Jahre hatte ich die unterschiedlichsten Reaktionen erfahren, war schon zum Sündenbock gemacht worden, oder Familien hatten gebettelt, daß ich den Tod irgendwie ungeschehen machte. Ich hatte Menschen weinen, klagen, lärmen, toben oder überhaupt nicht reagieren sehen, und bei allem war ich immer die Ärztin, stets angemessen leidenschaftslos, aber freundlich, denn so hatte ich es gelernt.

Meine eigenen Gefühle mußte ich für mich behalten. Niemand bekam sie zu sehen, auch nicht während meiner Ehe, als ich eine Kunst daraus gemacht hatte, meine Stimmung zu verbergen oder unter der Dusche zu weinen. Ich erinnerte mich, daß ich einmal im Jahr einen großen Ausbruch hatte und Tony erzählte, ich sei allergisch gegen Pflanzen, Schalentiere, das Sulfid in Rotwein. Mein früherer Ehemann blieb ganz unbekümmert, weil er es nicht hören wollte.

Windsor Farms lag in unheimlicher Stille, als ich vom Fluß her dorthin kam. Nebel hing um die viktorianischen Eisenlaternen, die an England erinnerten, und obwohl in den meisten der herrschaftlichen Anwesen die Fenster erleuchtet waren, schien es so, als sei niemand auf. Laub lag wie feuchtes Zeitungspapier auf dem Pflaster, während der Regen herabklatschte und zu gefrieren begann. Erst jetzt fiel mir ein, daß ich dummerweise keinen Regenschirm mitgenommen hatte.

Als ich die Adresse in der Sulgrave erreicht hatte, war sie mir vertraut, weil ich den Richter kannte, der nebenan wohnte; ich war auf vielen seiner Partys gewesen. Das Eddings-Anwesen war dreistöckig, im Konföderierten-Stil, mit Zwillingsschornsteinen, halbrunden Giebelfenstern und einer Lünette über der holzgetäfelten Haustür. Links von der Eingangstreppe war noch immer der steinerne Löwe, der schon seit Jahren hier Wache hielt. Ich ging die glatten Stufen hinauf und mußte zweimal klingeln, bevor hinter der dicken Holztäfelung schwach eine Stimme ertönte.

»Ich bin's, Dr. Scarpetta«, sagte ich, und die Tür ging langsam auf.

»Ich habe mir gedacht, daß Sie es sind.« Ein ängstliches Gesicht spähte heraus. »Bitte kommen Sie herein, und wärmen Sie sich auf. Eine fürchterliche Nacht.«

»Es wird ziemlich eisig«, sagte ich beim Eintreten.

Mrs. Eddings war attraktiv auf eine wohlerzogene, eitle Weise, sie hatte feine Gesichtszüge und feines weißes Haar, das aus der hohen, glatten Stirn gekämmt war. Sie trug ein schwarzes Kostüm und einen Kaschmirpullover, als hätte sie den ganzen Tag Besuch empfangen. Aber ihre Augen konnten den unwiderruflichen Verlust nicht verbergen, und als sie vor mir herging, war ihr Gang unsicher, und ich hatte den Verdacht, daß sie getrunken hatte.

»Ein wunderschönes Haus«, sagte ich, als sie mir den Mantel abnahm. »Ich bin schon so oft daran vorbeigegangen oder vorbeigefahren, ohne eine Ahnung zu haben, wer hier wohnt.«

»Und wo wohnen Sie?«

»Dort drüben. Westlich von Windsor Farms.« Ich deutete in die Richtung. »Mein Haus ist neu. Ich bin erst letzten Herbst eingezogen.«

»Ach ja, ich weiß, wo das ist.« Sie schloß die Tür des Garderobenschranks und führte mich in die Halle. »Ich kenne ziemlich viele Leute dort drüben.«

Der Salon war ein Museum mit Perserteppichen, Tiffanylampen und Biedermeiermöbeln. Ich setzte mich auf eine schwarz bezogene Couch, die hübsch, aber steif war, und fragte mich schon, wie gut die Mutter mit dem Sohn ausgekommen war. Die Einrichtung ihrer beider Wohnungen vermittelte das Bild von Menschen, die starrköpfig und einzelgängerisch sein konnten.

»Ihr Sohn hat mich ein paarmal interviewt«, begann ich das Gespräch, nachdem wir Platz genommen hatten.

»Ach ja?« Sie versuchte zu lächeln, aber ihre Gesichtszüge entgleisten.

»Es tut mir leid. Ich weiß, es ist schwer«, sagte ich sanft, als sie in ihrem roten Ledersessel versuchte, die Fassung zu bewahren. »Ted gehörte zu den Leuten, die ich ziemlich gern hatte. Meine Angestellten mochten ihn auch.«

»Alle mögen Ted«, sagte sie. »Vom ersten Tag an konnte er die Menschen bezaubern. Ich erinnere mich an das erste große Interview, das er in Richmond machte.« Sie starrte ins Feuer, die Hände fest ineinander verschränkt. »Mit Gouverneur Meadows, Sie kennen ihn sicher noch. Ted hat ihn zum Reden gebracht, alle anderen hatten das nicht geschafft. Das war, als es überall hieß, der Gouverneur nehme Drogen und gebe sich mit unmoralischen Frauen ab.«

»O ja«, erwiderte ich, als wäre das gleiche nicht schon von anderen Gouverneuren behauptet worden.

Sie blickte mit Verzweiflung im Gesicht von mir weg, und die Hand, mit der sie ihr Haar zurückstrich, zitterte. »Wie konnte das geschehen? Mein Gott, wieso ist er ertrunken?«

»Mrs. Eddings, ich glaube nicht, daß er ertrunken ist.«

Sie starrte mich mit großen Augen an. »Was ist dann geschehen?«

»Ich bin noch nicht sicher. Es müssen noch Tests durchgeführt werden.«

»Was könnte es sonst sein?« Sie tupfte sich die Tränen mit einem Papiertaschentuch ab. »Der Polizist, der mich aufsuchte, hat gesagt, es sei unter Wasser geschehen. Ted tauchte mit seiner Vorrichtung im Fluß.«

»Da gäbe es eine Reihe von Ursachen«, antwortete ich. »Beispielsweise ein Defekt des Atemgeräts, das er benutzte. Er könnte Abgase inhaliert haben. Im Augenblick weiß ich es nicht.«

»Ich habe ihm gesagt, er soll das Ding nicht benutzen. Ich weiß gar nicht, wie oft ich ihn gebeten habe, nicht mit diesem Gerät zum Tauchen zu gehen.«

»Dann hat er es früher schon benutzt.«

»Er hat sehr gern nach Reliquien aus dem Bürgerkrieg gesucht. Er ist fast überall mit so einem Metalldetektor getaucht. Ich glaube, letztes Jahr hat er ein paar Kanonenkugeln im James River gefunden. Komisch, daß Sie das nicht wußten. Er hat mehrere Geschichten über seine Abenteuer geschrieben.«

»Im allgemeinen haben Taucher einen Begleiter dabei, einen Kumpel«, sagte ich. »Wissen Sie, mit wem er normalerweise tauchen ging?«

»Na ja, ab und zu hat er wohl mal jemanden mitgenommen. Ich weiß es wirklich nicht, weil er mit mir nicht sehr viel über seine Freunde sprach.«

»Hat er Ihnen etwas davon gesagt, daß er im Elizabeth River tauchen wollte, um nach Bürgerkriegsandenken zu suchen?« fragte ich.

»Ich weiß gar nichts davon, daß er dorthin wollte. Er hat es mir gegenüber nie erwähnt. Ich dachte, er würde heute herkommen.« Sie schloß die Augen, runzelte die Stirn, und ihr Busen hob und senkte sich mächtig, als ob nicht genug Luft zum Atmen in dem Zimmer wäre.

»Was ist mit den Stücken, die er gesammelt hat?« fragte ich weiter. »Wissen Sie, wo er sie aufgehoben hat?«

Sie antwortete nicht.

»Mrs. Eddings«, fuhr ich fort, »wir haben nichts dergleichen in seinem Haus gefunden. Nicht einen Knopf, keine Gürtelschnalle oder Kanonenkugel. Und wir haben auch keinen Metalldetektor gefunden.«

Sie schwieg. Ihre Hände, die das Papiertaschentuch umklammerten, zitterten.

»Wir müssen unbedingt herausbekommen, was Ihr Sohn auf dem Schiffsfriedhof in Chesapeake getan haben könnte«, redete ich ihr zu. »Er tauchte in einem militärischen Sicherheitsbereich bei ausrangierten Marineschiffen, und niemand scheint zu wissen, warum. Es ist schwer vorstellbar, daß er dort nach Überbleibseln aus dem Bürgerkrieg gesucht hat.«

Sie starrte ins Feuer und sagte mit beinahe unbeteiligter Stimme: »Ted macht so Phasen durch. Einmal hat er Schmetterlinge gesammelt. Als er zehn war. Dann hat er sie alle verschenkt und angefangen, Edelsteine zu sammeln. Ich weiß noch, daß er an den merkwürdigsten Orten zum Goldwaschen ging und Granate mit einer Pinzette vom Straßenrand aufklaubte. Dann verlegte er sich auf Münzen, aber die hat er meist ausgegeben, weil die Cola-Maschine nicht merkt, ob der Vierteldollar aus reinem Silber ist oder nicht. Baseballkarten, Briefmarken, Mädchen. Er ist nie lange bei einer Sache geblieben. Er hat mir einmal gesagt, daß er den Journalismus mag, weil er immer etwas anderes zu bieten hat.«

Sie sprach weiter, tiefbewegt.

»Ich glaube, er hätte seine Mutter gegen eine andere eingetauscht, wenn sich das hätte machen lassen.« Eine Träne kullerte ihr über die Wange. »Er muß mich ziemlich satt gehabt haben.«

»So sehr, daß er auf Ihre finanzielle Unterstützung verzichtete, Mrs. Eddings?« sagte ich behutsam.

Sie hob das Kinn. »Jetzt werden Sie, glaube ich, ein bißchen zu persönlich.«

»Ja, und ich bedauere, daß ich Sie dem aussetzen muß, aber ich bin Ärztin, und nun ist Ihr Sohn mein Patient. Es ist meine Pflicht, alles in meiner Macht Stehende zu tun, um herauszufinden, was ihm geschehen sein kann.«

Sie holte tief Luft, sie zitterte und fingerte am obersten Knopf ihrer Jacke herum. Sie kämpfte die Tränen nieder.

»Ich habe ihm jeden Monat Geld geschickt. Sie wissen ja, wie die Erbschaftssteuern sind, und Ted war es gewohnt, über seine Verhältnisse zu leben. Ich schätze, daran sind sein Vater und ich schuld.« Sie konnte kaum fortfahren. »Das Leben war für meine Söhne nicht besonders hart, nicht hart genug. Ich denke, für mich war es auch nicht sehr schwer. Bis Arthur starb.«

»Was hat Ihr Mann gemacht?«

»Er war in der Tabakbranche. Wir haben uns während des Krieges kennengelernt, als die meisten Zigaretten auf der Welt hier in der Gegend hergestellt wurden, und kaum eine war aufzutreiben, genausowenig wie Strümpfe.«

Die Erinnerung besänftigte sie, und ich unterbrach sie nicht.

»Eines Abends ging ich auf ein Fest im Offiziersclub im Jefferson Hotel. Arthur war Captain in einer Armee-Einheit, die sich Richmond Grays nannte, und er konnte tanzen.« Sie lächelte. »Oh, er konnte tanzen, als hätte er die Musik mit der Muttermilch eingesogen, als hätte er sie in seinen Adern, und ich habe ihn gleich entdeckt. Unsere Blicke brauchten sich nur einmal zu begegnen, und schon waren wir unzertrennlich.«

Sie schaute weg, und das Feuer knisterte und flackerte, als hätte es etwas Bedeutendes mitzuteilen.

»Das war freilich ein Teil des Problems«, fuhr sie fort. »Arthur und ich waren immer vollkommen aufeinander fixiert, und ich glaube, die Jungen hatten manchmal das Gefühl, im Weg zu sein.« Sie schaute mich nun direkt an. »Ich habe nicht einmal gefragt, ob Sie Tee möchten, oder vielleicht etwas Stärkeres.«

»Nein, danke. Stand Ted seinem Bruder sehr nahe?«

»Ich habe dem Polizisten bereits Jeffs Nummer gegeben. Wie hieß er noch? Martino oder so ähnlich. Ich fand ihn eigentlich ziemlich grob. Wissen Sie, ein kleiner Goldschlager tut gut an so einem Abend.«

»Nein, vielen Dank.«

»Den habe ich durch Ted entdeckt«, sprach sie mit brüchiger Stimme weiter, während ihr plötzlich Tränen die Wangen hinabliefen. »Er hat ihn entdeckt, als er Skifahren war im Westen, und brachte eine Flasche mit. Er schmeckt wie flüssiges Feuer, mit einer Prise Zimt. Das hat er gesagt, als er ihn mir schenkte. Er hat mir immer irgend etwas mitgebracht.«

»Hat er Ihnen je Champagner mitgebracht?«

Sie schneuzte sich dezent.

»Sie sagten, er wollte Sie heute besuchen«, erinnerte ich sie.

»Er sollte zum Mittagessen kommen«, sagte sie.

»In seinem Kühlschrank steht eine nette Flasche Champagner. Mit einer Schleife darum, und ich frage mich, ob er sie Ihnen zum Mittagessen mitbringen wollte.«

»Ach Gott.« Ihre Stimme zitterte. »Das muß für eine andere Feier gewesen sein. Ich trinke keinen Champagner. Davon bekomme ich Kopfschmerzen.«

»Wir suchen nach seinen Computerdisketten«, sagte ich. »Wir suchen nach allen möglichen Aufzeichnungen im Zusammenhang mit seinen letzten Geschichten. Hat er Sie je gebeten, etwas für ihn hier aufzubewahren?«

»Ein Teil von seiner Sportausrüstung ist auf dem Boden, aber die ist so alt wie Methusalem.« Sie mußte sich räuspern. »Und Papiere aus der Schulzeit.«

»Wissen Sie vielleicht, ob er ein Bankschließfach hatte?«

»Nein.« Sie schüttelte den Kopf.

»Könnte er diese Sachen einem Freund anvertraut haben?«

»Ich weiß nichts von seinen Freunden«, sagte sie, während gefrierender Regen gegen die Scheiben klirrte.

»Und er hat nie etwas von irgendwelchen Liebesgeschichten erzählt? Sie sagen, er hatte keine?«

Sie preßte die Lippen fest zusammen.

»Bitte sagen Sie es mir, wenn ich etwas falsch verstanden habe.«

»Da war ein Mädchen, vor ein paar Monaten hat er sie einmal mitgebracht. Ich schätze, es war im Sommer, und offenbar ist sie irgendeine Wissenschaftlerin.« Sie hielt inne. »Anscheinend war er an einer Story dran, so haben sie sich kennengelernt. Wir hatten ihretwegen eine kleine Meinungsverschiedenheit.«

»Warum?«

»Sie war attraktiv und so ein akademischer Typ. Vielleicht eine Professorin. Ich weiß nicht mehr, aber sie kommt irgendwo aus Übersee.«

Ich wartete, aber sie hatte nichts mehr zu sagen.

»Worum ging es bei Ihrer Meinungsverschiedenheit?« fragte ich.

»Ich wußte vom ersten Augenblick an, daß sie keinen guten Charakter hatte, und sie durfte mir nicht mehr ins Haus kommen«, erwiderte Mrs. Eddings.

»Wohnt sie hier in der Gegend?« fragte ich.

»Anzunehmen, aber ich wüßte nicht, wo.«

»Aber er hat sich immer noch mit ihr getroffen?«

»Ich habe keine Ahnung, mit wem Ted sich getroffen hat«, sagte sie, und ich war sicher, daß sie log.

»Mrs. Eddings«, sagte ich, »allem Anschein nach hielt sich Ihr Sohn nicht allzuhäufig zu Hause auf.

Sie sah mich bloß an.

»Hatte er eine Haushälterin? Jemand, der sich um seine Pflanzen kümmerte?«

»Ich habe meine Haushälterin hingeschickt, wenn es nötig war«, sagte sie. »Corian. Manchmal bringt sie ihm Essen. Ted hält nicht viel vom Kochen.«

»Wann ist sie zuletzt dort gewesen?«

»Ich weiß nicht«, meinte sie, und ich merkte, daß sie der Fragen müde war. »Irgendwann vor Weihnachten, glaube ich, weil sie die Grippe bekam.«

»Hat Corian Ihnen je erzählt, was er in seinem Haus hatte?«

»Ich nehme an, Sie meinen seine Waffen«, sagte sie. »Auch wieder so etwas, das er zu sammeln anfing, vor einem Jahr oder so. Das war das einzige, was er zum Geburtstag wollte – einen Geschenkgutschein für einen dieser Waffenläden hier. Als ob eine Frau sich je in so einen Laden wagen würde.«

Es war sinnlos, weiter nachzuforschen, denn sie hatte nichts als den Wunsch, daß ihr Sohn noch am Leben wäre. Darüber hinaus war jede Anstrengung oder Nachfrage schlicht eine Belästigung, der sie unbedingt ausweichen wollte. Kurz vor zehn machte ich mich auf den Heimweg und rutschte zweimal beinahe aus auf den leeren Straßen, wo es zu finster war, um etwas zu erkennen. Die Nacht war bitterkalt und voll scharfer Geräusche. Eis überzog die Bäume und ließ den Boden gefrieren.

Ich fühlte mich entmutigt, weil es nicht so aussah, als würde jemand Eddings mehr als oberflächlich oder nicht nur aus seiner Vergangenheit kennen. Ich hatte erfahren, daß er Münzen und Schmetterlinge sammelte und immer reizend gewesen war. Er war ein ehrgeiziger Reporter mit einem begrenzten Aufmerksamkeitsrahmen, und ich fand es merkwürdig, daß ich bei diesem Wetter durch sein altes Viertel ging, um über diesen Mann zu reden. Ich fragte mich, was er wohl von mir erwartet hätte, und ich fühlte mich sehr traurig.

Ich wollte mit niemandem reden, als ich nach Hause kam, und ging deshalb gleich in mein Zimmer. Ich wärmte mir die Hände unterm heißen Wasser und wusch mir das Gesicht, als Lucy in der Tür auftauchte. Ich wußte sofort, daß sie einen ihrer Durchhänger hatte.

»Hast du genug gegessen?« Ich schaute in ihr Gesicht im Spiegel über dem Waschbecken.

»Ich krieg nie genug zu essen«, erwiderte sie gereizt. »Ein gewisser Danny aus deinem Büro in Norfolk hat angerufen. Er hat gesagt, der Auftragsdienst hat sich wegen unserer Autos gemeldet.«

Einen Augenblick lang fühlte ich völlige Leere im Kopf. Dann fiel es mir wieder ein. »Ich habe der Abschleppfirma die Büronummer gegeben.« Ich trocknete mir das Gesicht mit einem Handtuch ab. »Deshalb hat der Auftragsdienst wohl Danny zu Hause erreicht.«

»Egal. Er will, daß du zurückrufst.« Sie starrte mich im Spiegel an, als hätte ich etwas falsch gemacht.

»Was ist?« Ich starrte ausdruckslos zurück.

»Ich muß bloß von hier weg.«

»Ich werde versuchen, die Autos morgen herzubekommen«, sagte ich leicht säuerlich.

Ich ging aus dem Badezimmer, und sie folgte mir.

»Ich muß wieder an die UVA.«

»Natürlich, Lucy«, sagte ich.

»Du verstehst das nicht. Ich habe so viel zu tun.«

»Ich habe nicht gewußt, daß du schon mit deiner Studie angefangen hast.« Ich ging ins Wohnzimmer und steuerte die Bar an.

»Es spielt keine Rolle, ob ich schon damit angefangen habe. Ich muß einen Haufen vorbereiten. Und ich begreife nicht, wie du die Autos herbekommen willst. Vielleicht kann Marino mich mitnehmen, damit ich meines holen kann.«

»Marino ist sehr beschäftigt, und das alles ist ganz einfach«, sagte ich. »Danny bringt meinen Wagen nach Richmond, und er hat einen zuverlässigen Freund, der deinen Suburban fahren wird. Dann nehmen Danny und sein Freund den Bus zurück nach Norfolk.«

»Wann?«

»Das ist der einzige Haken. Ich kann Danny nur gestatten, das nach Dienstschluß zu machen, weil er meinen Privatwagen nicht während der Dienstzeit herbringen kann.« Ich öffnete eine Flasche Chardonnay.

»Mist«, sagte Lucy ungeduldig. »Also habe ich morgen immer noch keinen fahrbaren Untersatz?«

»Ich fürchte, ich auch nicht«, sagte ich.

»Und was machst du dann?«

Ich reichte ihr ein Glas Wein. »Ich werde ins Büro gehen und wahrscheinlich viel Zeit am Telefon verbringen. Kannst du vielleicht irgend etwas in eurem Büro hier erledigen?«

Sie zuckte mit den Achseln. »Ich kenne ein paar Leute, die mit mir auf der Academy waren.«

Zumindest konnte sie sich von einem anderen Agenten

ins Fitneßstudio mitnehmen lassen, damit sie ihre schlechte Laune ausschwitzte, wollte ich gerade sagen, hielt meine Zunge aber im Zaum.

»Ich mag keinen Wein.« Sie stellte das Glas auf die Bar. »Ich glaube, ich werde erst mal ein Bier trinken.«

»Warum bist du so aufgebracht?«

»Ich bin nicht aufgebracht.« Sie holte sich ein Beck's Light aus dem kleinen Kühlschrank und öffnete es.

»Willst du dich nicht hinsetzen?«

»Nein«, sagte sie. »Übrigens, ich habe das Buch, also reg dich nicht auf, wenn du es nicht in deiner Aktentasche findest.«

»Was soll das heißen, du hast es?« Ich sah sie unbehaglich an.

»Ich habe darin gelesen, während du mit Mrs. Eddings gesprochen hast.« Sie trank einen Schluck Bier. »Ich habe gedacht, es wäre gut, es noch einmal durchzugehen, falls wir etwas übersehen haben sollten.«

»Ich denke, du hast es dir lange genug angesehen«, sagte ich schlicht. »Wir alle haben das.«

»Da ist eine Menge alttestamentarisches Zeug drin. Ich meine, es ist eigentlich nicht wirklich Satanskult oder so.«

Ich beobachtete sie schweigend, während ich mich fragte, was wirklich in diesem unglaublich komplizierten Hirn vorging.

»Ich finde es eigentlich ziemlich interessant und glaube, es hat nur Macht über dich, wenn du ihm diese Macht zugestehst. Das tue ich nicht, also macht es mir keine Bange«, sagte sie.

Ich stellte mein Glas ab. »Aber irgendwas beunruhigt dich schon.«

»Das einzige, was mich beunruhigt, ist, daß ich hier gestrandet und müde bin. Deshalb werde ich wohl einfach ins Bett gehen«, sagte sie. »Ich hoffe, du kannst schlafen.«

Das konnte ich nicht. Statt dessen saß ich vor dem Feuer und machte mir Sorgen um sie, denn ich kannte meine Nichte vermutlich besser als irgendein anderer. Vielleicht hatten Janet und sie einfach Streit gehabt, und am Morgen würde alles wieder in Ordnung kommen, oder vielleicht hatte sie wirklich zuviel zu tun, und daß sie nicht nach Charlottesville zurückkehren konnte, war ein größeres Problem, als ich annahm.

Ich ließ das Feuer ausgehen und überprüfte noch einmal die Alarmanlage, um sicher zu sein, daß sie angeschaltet war, dann ging ich wieder in mein Schlafzimmer und schloß die Tür. Ich konnte immer noch nicht schlafen, also setzte ich mich unter die Lampe und lauschte auf den Regen, während ich den Ausdruck von Eddings' Faxgerät durchsah. In den vergangenen zwei Wochen waren achtzehn Nummern angewählt worden, und alle ließen darauf schließen, daß er auf jeden Fall zumindest einen Teil der Zeit zu Hause gewesen war und dort gearbeitet hatte.

Aber wenn er zu Hause gearbeitet hatte, das fiel mir gleich auf, hätte es einige Faxe an das AP-Büro geben müssen. Seit Mitte Dezember jedoch hatte er nur zweimal sein Büro angefaxt, von dem Gerät zumindest, das wir im Haus gefunden hatten. Das ließ sich halbwegs leicht feststellen, weil er eine Kurzwahl eingegeben hatte, und deshalb tauchte »AP DESK« in der Empfängerspalte des Ausdrucks auf, zusammen mit weniger offensichtlichen Kürzeln wie »NVSE«, »DRMS«, »CPT« und »LM«. Drei dieser Adressen hatten mir bekannte Vorwahlnummern aus der näheren Umgebung, während die Vorwahl für DRMS die von Memphis, Tennessee war.

Ich versuchte einzuschlafen, aber Informationen tanzten vor meinen Augen, Fragen stellten sich, weil ich sie nicht ausblenden konnte. Ich fragte mich, wen Eddings in diesen Orten zu erreichen versucht hatte oder ob das überhaupt eine Rolle spielte. Aber am allerwenigsten konnte ich von dem Ort seines Todes loskommen. Ich konnte noch immer seinen im trüben Wasser des Flusses treibenden Körper sehen, von einem nutzlosen Schlauch an eine rostige Schiffsschraube gebunden. Ich konnte seine Starre spüren, als ich ihn in den Armen hielt und ihn mit mir hochzog. Schon bevor ich die Wasseroberfläche erreicht hatte, war mir klar gewesen, daß er seit vielen Stunden tot war.

Um drei Uhr früh setzte ich mich im Bett auf und starrte in die Dunkelheit. Das Haus war still bis auf die üblichen vagen Geräusche, aber ich konnte meinen Verstand einfach nicht abschalten. Widerstrebend stand ich auf, mein Herz schlug heftig, als wäre es verblüfft, daß ich mich um diese Zeit noch rührte. In meinem Büro schloß ich die Tür und schrieb einen kurzen Brief:

An alle, die es angeht:

Ich weiß, dies ist eine Faxnummer, sonst würde ich persönlich anrufen. Ich benötige Ihre Identität, da Ihre Nummer in dem Sendebericht des Faxgeräts einer kürzlich verstorbenen Person aufgetaucht ist. Bitte setzen Sie sich möglichst schnell mit mir in Verbindung. Wenn Sie sich die Authentizität dieser Mitteilung bestätigen lassen wollen, wenden Sie sich an Captain Pete Marino von der Polizei Richmond.

Ich gab die Telefonnummern an und setzte meinen Titel und meinen Namen darunter. Dann faxte ich den Brief an alle in Eddings' Liste aufgeführten Kurzwahlnummern, außer, natürlich, an Associated Press. Ich blieb noch eine Weile am Schreibtisch sitzen und starrte vor mich hin, als könnte mein Faxgerät diesen Fall augenblicklich lösen. Aber es blieb still, während ich las und wartete. Zu halbwegs christlicher Zeit, um sechs Uhr, rief ich Marino an.

»Es hat also keine Unruhen gegeben«, sagte ich, nachdem

der Hörer schepperte und herunterfiel und seine Stimme verschlafen über die Leitung kam. »Gut, daß du wach bist«, setzte ich hinzu.

»Wieviel Uhr ist es?« Er klang, als wäre er völlig benommen.

»Zeit für dich, aus den Federn zu kommen.«

»Wir haben ungefähr fünf Leute eingelocht. Die anderen haben sich danach beruhigt und zurückgezogen. Wieso bist du schon wach?«

»Ich bin immer wach. Und außerdem bräuchte ich heute eine Fahrgelegenheit zur Arbeit, und ich brauche auch ein paar Lebensmittel.«

»Na, dann setz mal Kaffee auf«, sagte er. »Schätze, daß ich rüber komme.«

8

Als Marino eintraf, lag Lucy noch im Bett, und ich machte gerade Kaffee. Ich ließ ihn rein, völlig verzagt, nachdem ich einen Blick auf meine Straße geworfen hatte. Über Nacht war Richmond eine Stadt aus Glas geworden. Ich hatte schon in den Nachrichten gehört, daß herabstürzende Äste und Bäume in verschiedenen Gegenden der Stadt Stromleitungen zerstört hatten.

»Hattest du Schwierigkeiten?« fragte ich und schloß die Haustür.

»Hängt davon ab, was du meinst.« Marino stellte die Einkaufstüte ab, zog seinen Mantel aus und gab ihn mir.

»Beim Fahren.«

»Ich habe Ketten. Aber ich war bis nach Mitternacht unterwegs und bin höllisch müde.«

»Du kriegst gleich einen Kaffee.«

»Aber nicht so ein bleifreies Gesöff.«

»Der hat genug Koffein für dich.«

»Wo ist die Kleine?«

»Schläft.«

»Ja. Muß was Schönes sein.« Er gähnte wieder.

Ich machte in meiner Küche einen Fruchtsalat. Durch die Fenster sah der Fluß wie zähflüssiges Zinn aus. Die Felsen waren wie mit Zuckerguß überzogen, die Bäume funkelten im fahlen Morgenlicht wie in einem Märchenwald. Marino nahm sich Kaffee und dazu viel Zucker und Sahne.

»Magst du auch einen?« fragte er.

»Schwarz, bitte.«

»Ich glaube, das brauchst du mir mittlerweile nicht mehr zu sagen.«

»Ich verlasse mich nie auf irgendwelche Annahmen«, sagte ich, während ich Teller aus dem Schrank holte. »Und besonders nicht bei Männern, die haben per Mendelsches Gesetz keine Erinnerung an Details, die für Frauen wichtig sind.«

»Schon gut, aber ich könnte dir eine lange Liste all der Dinge nennen, die Doris nie behalten hat. Angefangen damit, daß sie meine Werkzeuge benutzt und nie wieder zurückgelegt hat.« Er redete von seiner Ex-Frau.

Ich stand an der Anrichte, während er sich umschaute, als wolle er rauchen. Das würde ich nicht zulassen.

»Ich schätze, Tony hat dir nie Kaffee gemacht«, sagte er.

»Tony hat nie viel gemacht, außer daß er versucht hat, mich zu schwängern.«

»Dann hat er da auch nicht viel gebracht, es sei denn, du wolltest keine Kinder.«

»Nein, nicht von ihm.«

»Und wie ist das jetzt?«

»Ich will immer noch keine von ihm. Hier.« Ich reichte Marino einen Teller. »Setzen wir uns.«

»Augenblick mal. Das ist alles?«

»Was willst du sonst noch?«

»Verdammt, Doc. Das ist kein Essen. Und was, zum Teufel, sind diese kleinen grünen Scheiben mit den schwarzen Punkten?«

»Die Kiwis, die du mir besorgt hast. Ich bin sicher, du hast die schon mal gegessen«, sagte ich geduldig. »Ich hab Bagels im Eisfach.«

»Oh ja, das klingt gut. Mit Cream Cheese. Und hast du vielleicht Mohnsamen?«

»Wenn du heute einen Drogentest machen müßtest, würden sie bei dir Morphine nachweisen.«

»Und komm mir nicht mit dem fettarmen Zeug. Das schmeckt doch wie Pappe.«

»Nein«, sagte ich. »Pappe schmeckt besser.«

Ich ließ die Butter weg, da ich entschlossen war, ihn noch eine Weile am Leben zu halten. Mittlerweile waren Marino und ich mehr als Partner oder Freunde. Wir waren voneinander abhängig auf eine Art, die keiner von uns erklären konnte.

»Nun erzähl mir mal, was du alles gemacht hast«, sagte er, als wir vor einem der großen Fenster am Frühstückstisch saßen. »Ich weiß, daß du die ganze Nacht auf gewesen bist.« Er biß herzhaft in sein Bagel und langte nach seinem Saft.

Ich erzählte ihm von meinem Besuch bei Mrs. Eddings und von dem Fax, das ich geschrieben und an die Nummern geschickt hatte, die zu irgendwelchen Anschlüssen gehörten, die ich nicht kannte.

»Es ist schon komisch, daß er überallhin gefaxt hat, bloß nicht an sein Büro.«

»Er hat zwei Faxe ans Büro geschickt«, erinnerte ich ihn.

»Ich muß mit den Leuten reden.«

»Viel Glück. Denk dran, es sind Reporter.«

»Das macht mir ja gerade angst. Für diese Schmarotzer ist Eddings' Tod bloß eine weitere Story. Die sind doch bloß daran interessiert, was sie mit der Nachricht anfangen können. Je schrecklicher sein Tod ist, um so besser gefällt es ihnen.«

»Na ja, ich weiß nicht. Aber ich habe den Verdacht, wer auch immer mit ihm in diesem Büro zu tun hatte, wird äußerst genau auf seine Worte achten. Und ich kann sie nicht unbedingt verurteilen. Ermittlungen in einem Todesfall sind immer beängstigend für Leute, die nicht darum gebeten haben, hineingezogen zu werden.«

»Wie sieht's mit dem toxikologischen Befund aus?« fragte Marino.

»Kommt hoffentlich heute«, sagte ich.

»Gut. Wenn sich dein Verdacht auf Zyankali bestätigt, dann können wir den Fall vielleicht bearbeiten, wie es sich gehört. Im Augenblick versuche ich, dem Leiter der Sondereinheit abergläubische Vorstellungen zu erklären und frage mich, was, zum Teufel, ich mit diesen Kindergarten-Cops in Chesapeake machen soll. Und wenn ich Wesley sage, es war Mord, verlangt er Beweise, weil er auch in den Startlöchern ist.«

Die Erwähnung seines Namens verstörte mich, und ich schaute aus dem Fenster auf nicht mehr schiffbares Wasser, das sich zäh zwischen den großen, dunklen Felsen bewegte. Die Sonne erhellte graue Wolken im Osten, und ich hörte das Geräusch der Dusche im hinteren Teil des Hauses, wo Lucy sich aufhielt.

»Klingt, als wäre Dornröschen erwacht«, sagte Marino. »Sollen wir sie in die Stadt mitnehmen?«

»Ich glaube, sie hat heute irgend etwas mit dem Außenbüro zu erledigen. Wir sollten los«, fügte ich hinzu, denn die Dienstbesprechung in meinem Büro war immer um halb neun.

Er half mir, das Geschirr in die Spüle zu stellen. Minuten später stand ich im Mantel, mit meiner Arzttasche und dem Aktenkoffer in der Hand da, als meine Nichte im Flur auftauchte, das Haar noch naß, den Morgenmantel eng um sich geschlungen.

»Ich habe geträumt«, sagte sie mit niedergeschlagener Stimme. »Jemand hat uns im Schlaf erschossen. Eine Neunmillimeter gegen den Hinterkopf. Es sollte wie ein Raubüberfall aussehen.«

»Ach, wirklich?« fragte Marino, derweil er seine fellgefütterten Handschuhe anzog. »Und wo war meine Wenigkeit? Denn so was passiert nicht, wenn ich im Haus bin.«

»Du warst nicht da.«

Er sah sie sonderbar an, als er merkte, daß sie es ernst meinte. »Was, zum Teufel, hast du gestern abend gegessen?«

»Es war wie im Kino. Und es muß Stunden gedauert haben.« Sie sah mich an, ihre Augen waren verquollen und trüb.

»Möchtest du mit mir ins Büro kommen?« fragte ich.

»Nein, nein. Ist schon in Ordnung. Das letzte, was ich um mich haben möchte, ist ein Haufen Leichen.«

»Triffst du dich mit einem der Agenten, die du hier kennst?« fragte ich unsicher.

»Ich weiß nicht. Wir sollten eine Übung mit Sauerstoffgeräten machen, aber ich glaube nicht, daß mir danach ist, einen Taucheranzug anzuziehen und mich in einem Hallenschwimmbad herumzutreiben, das nach Chlor stinkt. Ich glaube, ich werde hier einfach auf meinen Wagen warten und dann abbauen.«

Marino und ich redeten nicht viel während der Fahrt in die Stadt. Die mächtigen Reifen seines Autos frästen sich mit rasselnden Ketten durch die vereisten Straßen. Ich wußte, er machte sich Sorgen um Lucy. So sehr er über sie herzog, er wäre jedem anderen, der dies versuchte, mit seinen großen bloßen Händen an die Gurgel gefahren. Er hatte sie schon als Zehnjährige gekannt. Und Marino hatte ihr beigebracht, einen Fünf-Gang-Transporter zu fahren und eine Waffe zu benutzen.

»Doc, ich muß dich was fragen«, sagte er endlich, als der Rhythmus der Schneeketten sich vor dem Mauthäuschen verlangsamte. »Meinst du, daß es Lucy gutgeht?«

»Jeder hat mal Alpträume«, sagte ich.

»He, Bonita«, rief er der Kassiererin zu, als er ihr durchs Fenster seinen Dienstausweis reichte, »wann unternehmen Sie endlich etwas gegen dieses Wetter?«

»Schieben Sie nicht mir die Schuld zu, Captain.« Sie gab ihm den Ausweis zurück, und die Schranke ging auf. »Sie haben mir gesagt, Sie sind zuständig.«

Ihre fröhliche Stimme folgte uns, und ich dachte, wie traurig es doch war, daß wir in einer Zeit lebten, wo sogar Mautkassiererinnen Plastikhandschuhe tragen mußten, um nicht mit der Haut eines anderen in Berührung zu kommen. Ich fragte mich, ob es noch so weit kommen würde, daß wir alle in Kunststoffblasen leben müßten, damit wir nicht am Ebola-Virus oder an Aids starben.

»Ich meine nur, daß sie sich ein bißchen seltsam aufführt.« Marino kurbelte das Seitenfenster hoch. Nach einer Pause fragte er: »Wo ist Janet?«

»Bei ihren Eltern in Aspen, glaube ich.«

Er blickte starr geradeaus.

»Nach alldem, was in Dr. Mants Haus passiert ist, kann ich es Lucy nicht übelnehmen, daß sie ein bißchen durcheinander ist«, fügte ich hinzu.

»Zum Teufel, normalerweise ist sie diejenige, die Gefahr sucht«, sagte er. »Sie gerät nicht so leicht in Verwirrung. Deshalb läßt das FBI sie beim HRT mitmachen. Man darf einfach nicht in Verwirrung geraten, wenn man sich mit weißen Herrenmenschen und Terroristen abgibt. Man meldet sich nicht krank, bloß weil man einen bösen Traum gehabt hat.«

Er nahm die Ausfahrt an der 7. Straße und bog in die alten Kopfsteinpflasterstraßen von Shockoe Slip ein und nach links in die 14. Straße, wo ich jeden Tag zur Arbeit ging, wenn ich in der Stadt war. Der Sitz des Chief Medical Examiner von Virginia war ein flacher Zementblock mit winzigen, dunklen Fenstern, die mich an abstoßende, argwöhnische Augen erinnerten. Sie blickten auf Slums im Osten und das Bankenviertel im Westen, und darüber schwebten Highways und Bahngleise, die den Himmel durchschnitten.

Marino steuerte den hinteren Parkplatz an, wo angesichts der Straßenverhältnisse schon eine beeindruckende Zahl von Autos stand. Ich stieg vor dem verschlossenen Tor aus, wo die Leichen eingeliefert wurden, und öffnete eine Seitentür. Ich folgte der Rampe für die Bahren und betrat das Leichenschauhaus. Am Ende des Flurs konnte ich die Geräusche arbeitender Menschen hören. Der Autopsieraum war hinter dem Kühlraum, und die Türen standen weit offen. Ich trat ein, als Fielding, mein Stellvertreter, gerade zahlreiche Schläuche und einen Katheter aus der Leiche einer jungen Frau auf dem zweiten Tisch entfernte.

»Sind Sie auf Schlittschuhen gekommen?« fragte er und schien gar nicht überrascht, mich zu sehen.

»Fast. Ich muß wahrscheinlich heute den Kombi ausleihen. Im Augenblick habe ich kein Auto.«

Er beugte sich dichter über seine Patientin, runzelte etwas die Stirn, als er die Klapperschlangen-Tätowierung studierte, die sich um die schlaffe linke Brust der Toten ringelte; das geöffnete Maul der Schlange schnappte nach ihrem Nippel.

»Sagen Sie mir bloß einmal, warum sich jemand so etwas machen läßt«, meinte Fielding.

»Ich würde sagen, der Tätowierkünstler hat am meisten davon gehabt«, sagte ich. »Schauen Sie auf der Innenseite der Unterlippe nach. Sie hat dort wahrscheinlich auch eine Tätowierung.« Er zog ihr die Unterlippe herunter, und da stand in großen, krummen Buchstaben *Fuck You*.

Fielding sah mich erstaunt an. »Woher haben Sie das gewußt?«

»Die Tätowierungen sind Amateurarbeit, sie sieht wie eine Motorradbraut aus, und ich nehme an, daß ihr das Gefängnis nicht fremd war.«

»In allen Punkten richtig.« Er schnappte sich ein sauberes Handtuch und wischte sich übers Gesicht.

Mein athletischer Arbeitskollege sah immer so aus, als würde er seinen Kittel sprengen, und er schwitzte, während uns anderen nie ganz warm wurde. Aber er war ein kompetenter forensischer Pathologe. Er war angenehm und aufmerksam, und ich hielt ihn für loyal.

»Wahrscheinlich eine Überdosis«, erklärte er, während er die Tätowierung auf eine Karteikarte skizzierte. »Ich schätze, ihr Silvester war ein bißchen zu ausgelassen.«

»Jack«, sagte ich zu ihm, »wie oft hatten Sie mit der Polizei von Chesapeake zu tun?«

Er zeichnete weiter. »Nicht allzu oft.«

»In letzter Zeit nicht?« fragte ich.

»Ich glaube, wirklich nicht. Warum?« Er blickte zu mir auf.

»Ich hatte eine ziemlich seltsame Begegnung mit einem der Beamten dort.«

»In Zusammenhang mit Eddings?« Er fing an, die Leiche abzuspritzen, und langes, dunkles Haar schlängelte sich über glänzenden Stahl.

»Genau.«

»Wissen Sie, das ist komisch, aber Eddings hat mich erst vor kurzem angerufen. Es muß einen Tag vor seinem Tod gewesen sein«, sagte Fielding, während er mit dem Schlauch hantierte.

»Was hat er gewollt?« fragte ich.

»Ich habe hier unten gerade einen Fall bearbeitet und deshalb gar nicht mit ihm gesprochen. Nun wünschte ich, ich hätte es getan.« Er stieg auf eine Trittleiter und machte Aufnahmen mit einer Polaroidkamera. »Sind Sie länger in der Stadt?«

»Ich weiß nicht«, sagte ich.

»Also, wenn Sie mich in Tidewater brauchen, ich helfe Ihnen gerne aus.« Das Blitzlicht erlosch, und er wartete auf das Foto. »Ich weiß nicht, ob ich es Ihnen gesagt habe, aber Ginny ist wieder schwanger und würde womöglich gern ein bißchen aus dem Haus kommen. Und sie liebt das Meer. Sagen Sie mir den Namen des Detectives, der Ihnen Sorgen macht, und ich werde mich um ihn kümmern.«

»Ich wünschte, das täte jemand«, sagte ich.

Das Blitzlicht flammte wieder auf, und ich dachte an Mants Cottage und konnte mir nicht vorstellen, Fielding und seine Frau dorthin oder auch nur in die Nähe zu versetzen.

»Es spricht jedenfalls einiges dafür, daß Sie hier bleiben«, fügte er hinzu. »Und hoffentlich bleibt Dr. Mant nicht ewig in England.«

»Danke«, sagte ich erleichtert zu ihm. »Vielleicht könnten Sie einfach ein paarmal in der Woche pendeln.«

»Kein Problem. Könnten Sie mir die Nikon geben?«

»Welche?«

»Die N-50 mit der Spiegelreflexlinse. Ich glaube, sie ist in dem Schrank dort drüben.« Er deutete mit dem Finger in die Richtung.

»Wir werden einen Zeitplan ausarbeiten«, sagte ich, während ich ihm die Kamera holte. »Aber Sie und Ginny sollen nicht in Dr. Mants Haus wohnen, in diesem Punkt müssen Sie mir einfach vertrauen.«

»Gab es da irgendwelche Schwierigkeiten?« Er zog eine weitere Aufnahme heraus und reichte sie mir.

»Für Marino, Lucy und mich hat das neue Jahr mit aufgeschlitzten Reifen begonnen.«

Er senkte die Kamera und sah mich erschrocken an. »Scheiße. Glauben Sie, es war Zufall?«

»Nein, das glaube ich nicht«, sagte ich.

Ich nahm den Aufzug zum nächsten Stock, und als ich mein

Büro aufschloß, traf mich der Anblick von Eddings' Weihnachtsgeschenk wie ein Schlag. Ich konnte die Paprika nicht auf dem kleinen Tisch stehen lassen, und so hob ich sie auf und wußte nicht, wohin ich sie stellen sollte. Eine Weile ging ich verwirrt und irritiert damit umher, bis ich sie schließlich wieder an ihren alten Platz stellte, weil ich sie nicht hinauswerfen konnte oder ein anderes Mitglied meiner Abteilung diesen Erinnerungen aussetzen wollte.

Als ich in Roses Zimmer nebenan blickte, war ich nicht überrascht, daß sie nicht da war. Meine Sekretärin war schon in leicht vorgerücktem Alter und fuhr nicht einmal an sehr schönen Tagen gern in die Stadt. Als ich meinen Mantel aufgehängt hatte, sah ich mich sorgfältig um, zufrieden, daß alles in Ordnung schien, bis auf die Putzarbeiten, die nach Dienstschluß erledigt wurden. Aber von den Reinigungstechnikern, wie sie offiziell genannt wurden, wollte keiner in diesem Gebäude arbeiten. Nur wenige blieben lang, und niemand wollte nach unten gehen, ins Leichenschauhaus.

Ich hatte mein Büro vom vorigen Chef geerbt, aber bis auf die Täfelung war nichts mehr so wie in jenen zigarrenrauchgeschwängerten Tagen, als forensische Pathologen wie Cagney mit Cops und Bestattungsunternehmern zusammensaßen, Bourbon tranken und die Leichen mit bloßen Händen anfaßten. Mein Vorgänger hatte sich nicht viel um Lichtquellen und DNS gekümmert.

Ich erinnerte mich daran, wie ich zum erstenmal sein Reich betreten hatte, nach seinem Tod, als ich zu einem Vorstellungsgespräch hier war. Ich hatte mir die Macho-Memorabilien angesehen, die er stolz ausgestellt hatte, und als ich das Silikon-Brustimplantat einer Frau erblickte, die vergewaltigt und ermordet worden war, hatte ich großes Verlangen verspürt, in Miami zu bleiben.

Ich glaubte nicht, daß der frühere Chief sein Büro jetzt mögen würde, denn Rauchen war verboten, und Mißachtung und

Angebertum hatten leider draußen zu bleiben. Die Eichenmöbel waren nicht Staatseigentum, sondern gehörten mir, und ich hatte den Fliesenboden mit einem persischen Gebetsteppich bedeckt, der zwar maschinell hergestellt, aber farbenfroh war. Da waren Maispflanzen und ein Ficus, aber mit Kunst hatte ich nichts zu schaffen, denn ich wollte wie ein Psychiater nichts Provokantes an den Wänden, und offen gestanden brauchte ich soviel Platz wie möglich für Aktenschränke und Bücher. Was Trophäen anbelangte, so wäre Cagney nicht besonders beeindruckt gewesen von den Spielzeugautos, den Lastwagen- und Zugmodellen, die ich dazu benutzte, Ermittlern bei der Rekonstruktion von Unfällen zu helfen.

Ich brauchte einige Minuten, um den Eingangskorb durchzusehen, der gefüllt war mit rotgeränderten Totenscheinen für die Fälle, die uns betrafen, und mit grüngeränderten für die anderen, die nicht in unseren Verantwortlichkeitsbereich fielen. Einige Berichte mußten abgezeichnet werden, und auf meinem Computerbildschirm war eine Meldung, ich solle meine Mailbox überprüfen. Das alles konnte warten, dachte ich, und ging wieder auf den Flur, um zu schauen, wer noch da war. Nur Cleta, entdeckte ich, als ich das Eingangsbüro erreichte, aber gerade sie mußte ich sprechen.

»Dr. Scarpetta«, sagte sie verblüfft. »Ich wußte nicht, daß Sie hier sind.«

»Ich dachte, es sei eine gute Idee, gerade jetzt nach Richmond zurückzukehren«, sagte ich und zog mir einen Stuhl an ihren Schreibtisch. »Dr. Fielding und ich werden den Bezirk Tidewater von hier aus betreuen.«

Cleta stammte aus Florence, South Carolina, und trug ihr Make-up immer zu dick auf, und ihre Röcke waren zu kurz, weil sie glaubte, das Glück winke nur den Hübschen – zu denen sie nie gehören würde. Sie saß kerzengerade auf ihrem Stuhl und war vollkommen damit beschäftigt, abschreckende Fotos nach Fallnummern zu sortieren. Sie hatte ein Vergrößerungsglas in der Hand und eine Brille mit Bifokalgläsern auf der Nase. Auf einer Serviette lag ein Salami-Sandwich, das sie sich wahrscheinlich aus der Cafeteria nebenan geholt hatte, und sie trank Wasser.

»Also ich glaube, auf den Straßen taut es«, ließ sie mich wissen.

»Gut.« Ich lächelte. »Ich bin froh, daß Sie hier sind.«

Sie schien sich zu freuen und nahm weitere Fotos aus der flachen Schachtel.

»Cleta«, sagte ich, »Sie erinnern sich doch an Ted Eddings, nicht wahr?«

»Oh ja, Ma'am.« Sie sah auf einmal aus, als würde sie gleich weinen. »Er war immer so nett, wenn er hierherkam. Ich kann's noch immer nicht glauben.« Sie biß sich auf die Unterlippe.

»Dr. Fielding sagt, Eddings hätte Ende letzter Woche hier angerufen«, sagte ich. »Erinnern Sie sich noch daran?«

Sie nickte. »Ja, Ma'am, natürlich. Der Anruf geht mir gar nicht mehr aus dem Kopf.«

»Hat er mit Ihnen gesprochen?«

»Ja.«

»Wissen Sie noch, was er gesagt hat?«

»Also er hat mit Dr. Fielding sprechen wollen, aber dessen Leitung war besetzt. Also habe ich ihn gefragt, ob ich ihm etwas ausrichten könne, und wir haben ein bißchen herumgealbert. Sie wissen ja, wie er war.« Ihre Augen leuchteten auf, und ihre Stimme flatterte. »Er hat mich gefragt, ob ich immer noch so viel Ahornsirup essen würde, weil ich 'ne Menge davon gegessen haben müßte, um so zu reden. Und er wollte mit mir ausgehen.«

Ich hörte zu und merkte, daß sie rot wurde.

»Natürlich hat er das nicht so gemeint. Wissen Sie, er hat immer gefragt, wann gehen wir mal zusammen aus. Er hat's nicht so gemeint«, sagte sie wieder.

»Es wäre schon in Ordnung gewesen«, sagte ich freundlich zu ihr.

»Aber er hatte schon eine Freundin.«

»Woher wissen Sie das?«

»Er hat gesagt, er würde sie irgendwann mal mitbringen, und ich hatte den Eindruck, es war ihm ziemlich ernst mit ihr. Ich glaube, ihr Name war Loren, aber sonst weiß ich nichts über sie.«

Wenn Eddings solch persönliche Gespräche mit meinem Personal geführt hatte, war es noch weniger erstaunlich, daß er leichter Zugang zu mir erhielt als die meisten Reporter. Ich konnte nicht umhin, mich zu fragen, ob eben dieses Talent zu seinem Ende beigetragen hatte, was ich stark vermutete.

»Hat er Ihnen gegenüber erwähnt, worüber er mit Dr. Fielding sprechen wollte?« sagte ich und stand auf.

Sie dachte einen Moment angestrengt nach und kramte abwesend in den Bildern herum, die nie an die Öffentlichkeit gelangen sollten. »Augenblick mal. Oh, ich weiß es wieder. Es ging um Strahlung. Was die Befunde wären, wenn jemand daran stirbt.«

»Welche Art von Strahlung?« fragte ich.

»Also ich hab mir gedacht, er schreibt einen Artikel über Röntgengeräte. Wissen Sie, in letzter Zeit ist da viel in den Nachrichten gewesen, weil die Leute alle Angst vor so Sachen wie Briefbomben haben.«

Ich konnte mich nicht erinnern, in Eddings' Haus etwas gesehen zu haben, das auf Recherchen in dieser Richtung hinwies. Ich ging wieder in mein Büro, um den Papierkram und die Rückrufe zu erledigen. Stunden danach nahm ich ein spätes Mittagessen an meinem Schreibtisch ein, als Marino hereinspazierte.

»Wie sieht's draußen aus?« sagte ich, überrascht, ihn zu sehen. »Magst du ein halbes Thunfisch-Sandwich?«

Er schloß beide Türen und setzte sich im Mantel hin. Sein

Gesichtsausdruck erschreckte mich. »Hast du mit Lucy gesprochen?« sagte er.

»Nicht, seit ich das Haus verlassen habe.« Ich legte das Sandwich hin. »Warum?«

»Sie hat mich angerufen« – er blickte auf seine Uhr – »so etwa vor einer Stunde. Wollte wissen, wie sie Danny erreichen kann, wegen ihres Autos. Und sie klang betrunken.«

Ich schwieg eine Weile, hielt meine Augen auf ihn gerichtet. Dann sah ich weg. Ich fragte ihn nicht, ob er sicher sei, weil Marino sich in solchen Dingen auskannte und ihm Lucys Vergangenheit vertraut war.

»Sollte ich nach Hause?« fragte ich leise.

»Nee. Ich denke, sie ist in so einer Stimmung und läßt Dampf ab. Wenigstens hat sie kein Auto zur Verfügung.«

Ich holte tief Luft.

»Ich glaube, im Moment ist sie sicher. Aber ich dachte, du solltest es wissen, Doc.«

»Danke«, sagte ich bedrückt.

Ich hatte gehofft, meine Nichte hätte ihren Hang zum Alkohol überwunden, denn seit jenen selbstzerstörerischen Phasen in der Vergangenheit, als sie betrunken Auto gefahren war und beinahe gestorben wäre, hatte ich keine besorgniserregenden Anzeichen mehr wahrgenommen. Allein ihr seltsames Benehmen heute früh und Marinos Enthüllung von eben machten mir klar, daß etwas überhaupt nicht stimmte. Ich war nicht sicher, was ich tun sollte.

»Nur noch eines«, fügte er hinzu, als er aufstand. »Du solltest sie in dem Zustand nicht wieder zur Academy lassen.«

»Nein«, sagte ich. »Natürlich nicht.«

Er ging und eine Weile blieb ich hinter geschlossenen Türen, in Depressionen versunken, in Gedanken, träge, wie der Fluß hinter meinem Haus. Ich war mir nicht klar, ob ich zornig oder voller Angst war, aber als ich daran dachte, wie ich Lucy Wein angeboten oder ihr ein Bier gegeben hatte, fühlte ich mich betrogen. Dann war ich beinahe verzweifelt, als ich überlegte, was sie alles erreicht und was sie zu verlieren hatte, und plötzlich suchten mich noch andere Bilder heim. Ich sah schreckliche Szenen vor mir, von einem Mann niedergeschrieben, der Gott sein wollte, und ich wußte, daß meine Nichte bei all ihrem Scharfsinn diese dunklen Mächte nicht verstand. Sie verstand das Böse nicht, wie ich es verstand.

Ich zog mir Mantel und Handschuhe über, weil ich wußte, wohin ich zu gehen hatte. Ich wollte gerade beim Empfang Bescheid sagen, als mein Telefon klingelte. Ich nahm in der Hoffnung ab, daß es Lucy sei. Aber es war der Polizeichef von Chesapeake, der mir sagte, er heiße Steels und sei gerade von Chicago hierher gezogen.

»Ich bedauere die Umstände, unter denen wir uns kennenlernen«, sagte er, und es klang aufrichtig. »Aber ich muß mit Ihnen über Detective Roche sprechen.«

»Ich muß auch mit Ihnen über ihn reden«, sagte ich. »Vielleicht können Sie mir erklären, was sein Problem ist.«

»Ihm zufolge sind Sie das Problem«, sagte er.

»Das ist lachhaft«, sagte ich, unfähig, meinen Zorn zurückzuhalten. »Um es kurz zu machen, Mr. Steels, Ihr Detective ist unfähig, unprofessionell und behindert diese Ermittlungen. Er darf mein Leichenschauhaus nicht mehr betreten.«

»Ihnen ist klar, daß dies von der Abteilung für innere Angelegenheiten gründlich untersucht werden wird«, sagte er, »und ich muß Sie irgendwann hierherbestellen, damit wir mit Ihnen reden können.«

»Wie genau lautet die Anschuldigung?«

»Sexuelle Belästigung.«

»So etwas ist heutzutage sehr beliebt«, sagte ich ironisch. »Mir war jedenfalls nicht bewußt, daß ich Macht über ihn besaß, da er für Sie arbeitet, nicht für mich, und per definitionem geht es bei sexueller Belästigung um Machtmißbrauch. Aber es scheint so, als wären die Rollen hier vertauscht. Ihr

Detective ist derjenige, der sexuelle Annäherungen gemacht hat, und als sie nicht erwidert wurden, ist er ausfällig geworden.«

Steels sagte nach einer Pause: »Dann klingt das so, als stünde Ihre Aussage gegen seine.«

»Nein, es klingt eher nach einem Haufen Scheiße. Und wenn er mich noch einmal anfaßt, werde ich einen Haftbefehl erwirken und ihn einsperren lassen.«

Er schwieg.

»Mr. Steels«, fuhr ich fort, »ich glaube, im Augenblick hat eine sehr beängstigende Lage in Ihrem Zuständigkeitsbereich vorrangige Bedeutung. Können wir einen Augenblick über Ted Eddings reden?«

Er räusperte sich. »Sicher.«

»Sie sind mit dem Fall vertraut?«

»Absolut. Ich bin gründlich unterrichtet und vollkommen vertraut damit.«

»Gut. Dann werden Sie mir sicher zustimmen, daß wir die Ermittlungen nach unseren besten Kräften führen sollten.«

»Nun, ich glaube, wir sollten uns jeden Todesfall sehr genau anschauen, aber im Fall Eddings ist für mich die Antwort ziemlich klar.«

Ich lauschte, während ich immer aufgebrachter wurde.

»Es dürfte Ihnen bekannt sein oder auch nicht, daß er sich mit Zeug aus dem Bürgerkrieg beschäftigt hat. Offensichtlich haben einige Gefechte nicht weit von der Stelle, wo er getaucht hat, stattgefunden, und es könnte sein, daß er nach Kanonenkugeln oder so etwas gesucht hat.«

Roche mußte mit Mrs. Eddings gesprochen haben, oder vielleicht hatte der Chief einige Zeitungsartikel gesehen, die Eddings angeblich über seine Schatzsuche unter Wasser geschrieben hatte. Ich war keine Historikerin, wußte aber genug, um zu erkennen, wo bei dieser sich herausschälenden, lachhaften Theorie der Knackpunkt lag.

Ich sagte zu Steels: »Die größte Schlacht auf dem Wasser oder am Wasser in Ihrem Gebiet war die zwischen der *Merrimac* und der *Monitor*. Und das war meilenweit weg in Hampton Roads. Ich habe noch nie von irgendwelchen Gefechten in dem Teil des Elizabeth River gelesen, wo der Schiffsfriedhof liegt.«

»Aber Dr. Scarpetta, wir wissen es doch wirklich nicht, oder?« sagte er nachdenklich. »Könnte doch sein, daß damals irgend etwas abgefeuert wurde, irgendein Müll hineingeschmissen und irgendwer an irgendeinem Platz getötet wurde. Damals gab es ja keine Fernsehkameras oder Reporterschwärme überall. Bloß Mathew Brady, und übrigens bin ich ein Geschichtsfan und habe viel über den Bürgerkrieg gelesen. Ich persönlich glaube, daß dieser Eddings in diesem Schiffsfriedhof getaucht ist, damit er den Grund des Flußes nach Reliquien durchkämmen konnte. Er hat Gase aus seiner Maschine eingeatmet und ist gestorben, und was er auch immer in Händen gehabt hat – einen Metalldetektor zum Beispiel –, ist im Schlick verlorengegangen.«

»Ich behandele diesen Fall als möglichen Mordfall«, sagte ich nachdrücklich.

»Da stimme ich mit Ihnen nicht überein, aufgrund dessen, was mir berichtet wurde.«

»Ich nehme an, die Staatsanwältin ist meiner Meinung, wenn ich mit ihr rede.«

Darauf sagte der Chief nichts.

»Ich darf wohl annehmen, daß Sie nicht vorhaben, das FBI hinzuzuziehen«, fügte ich noch hinzu. »Da Sie ja entschieden haben, daß wir es mit einem Unfall zu tun haben.«

»Zum gegenwärtigen Zeitpunkt sehe ich weit und breit keinen Grund, das FBI zu behelligen. Und das habe ich denen auch gesagt.«

»Also für mich gibt es jede Menge Gründe«, antwortete ich. Das war alles, was ich tun konnte, bevor ich auflegte.

»Verdammt, verdammt, verdammt!« brummelte ich, packte wütend meine Sachen und marschierte zur Tür hinaus.

Unten in der Leichenhalle nahm ich einen Schlüsselbund von der Wand und ging auf den Parkplatz hinaus. Ich schloß die Fahrertür des dunkelblauen Kombis auf, den wir manchmal benutzten, um Leichen zu transportieren. Er fiel nicht so auf wie ein Leichenwagen, war aber auch nicht gerade das, was man in der Einfahrt des Nachbarn erwartete. Er war sehr groß, hatte getönte Scheiben, die mit Jalousien, ähnlich wie bei offiziellen Leichenwagen, verdunkelt waren, und wo sonst die Rücksitze waren, lag eine Sperrholzplatte, in die Halterungen eingelassen waren, damit Bahren während des Transports nicht verrutschten. Mein Leichenhallenaufseher hatte Raumdeodorants an den Rückspiegel gehängt, und der Geruch nach Zedern war widerlich.

Ich öffnete mein Fenster ein Stück und fuhr auf die Main Street, dankbar, daß mittlerweile die Straßen nur noch naß waren und der Stoßverkehr nicht zu schlimm war. Die feuchte, kühle Luft tat mir gut, und ich wußte, was ich zu tun hatte.

Es war schon eine Weile her, daß ich auf dem Heimweg bei einer Kirche angehalten hatte, denn ich dachte nur daran, wenn ich in einer Krise steckte, wenn das Leben mich mal wieder an die Grenze getrieben hatte. An der Ecke Three Chopt Road und Grove Avenue fuhr ich auf den Parkplatz der St. Bridget's Church, ein Gebäude aus Backstein und Schiefer, dessen Türen abends nicht mehr wie früher unverschlossen waren, seit die Welt so geworden war, wie sie war. Aber um diese Zeit trafen sich die Anonymen Alkoholiker dort, und ich wußte immer, wie ich unbehelligt hineinkommen konnte.

Ich ging durch eine Seitentür hinein, besprengte mich mit Weihwasser und schritt dann ins Kirchenschiff mit seinen Heiligenstatuen und den Kreuzigungsszenen in leuchtendem

Bleiglas. Ich ging in die letzte Reihe, und ich hätte mir Kerzen gewünscht, aber dieses Ritual hatte hier mit dem Zweiten Vatikanischen Konzil aufgehört. Während ich niederkniete, betete ich für Ted Eddings und seine Mutter. Ich betete für Marino und Wesley. In meinem privaten, dunklen Refugium betete ich auch für meine Nichte. Dann saß ich stumm, mit geschlossenen Augen da und spürte, wie die Spannung allmählich von mir wich.

Es war schon fast sechs Uhr, als ich mich wieder aufmachte, aber in der Vorhalle hielt ich inne, weil ich am Ende eines Gangs die erleuchtete Türöffnung der Bibliothek sah. Ich wußte nicht, was mich in diese Richtung lenkte, aber mir fiel ein, daß ein böses Buch durch ein heiliges in Bann gehalten werden könnte. Einige Augenblicke mit dem Katechismus wären genau das, was der Priester verschreiben würde. Als ich eintrat, war da eine ältere Frau, die Bücher in die Regale räumte.

»Dr. Scarpetta?« fragte sie und schien zugleich überrascht und erfreut.

»Guten Abend.« Ich schämte mich, daß mir ihr Name nicht mehr einfiel.

»Ich bin Mrs. Edwards.«

Ich erinnerte mich, daß sie die sozialen Dienste der Kirche leitete und Konvertiten Unterricht im Katholizismus gab. Eines Tages, dachte ich, würde auch ich dazugehören, da ich so selten zur Messe ging. Sie war klein und etwas pummelig, und sie war nie im Kloster gewesen, flößte mir aber dennoch das gleiche Schuldgefühl ein wie die guten Nonnen, als ich ein Kind war.

»Ich sehe Sie nicht oft hier zu dieser Stunde«, sagte sie.

»Ich bin bloß vorbeigekommen«, antwortete ich. »Nach der Arbeit. Ich habe leider das Abendgebet versäumt.«

»Das war am Sonntag.«

»Natürlich.«

»Aber ich freue mich, daß ich Sie auf dem Weg nach draußen noch getroffen habe.« Ihr Blick verweilte auf meinem Gesicht, und ich wußte, daß sie meine Not spürte.

Ich sah die Bücherregale durch.

»Kann ich Ihnen helfen, suchen Sie etwas Bestimmtes?« fragte sie.

»Eine Ausgabe des Katechismus«, sagte ich.

Sie durchquerte den Raum, zog eine aus dem Regal und gab sie mir. Es war ein großer Band, und ich fragte mich, ob ich die richtige Entscheidung getroffen hatte, denn ich war im Augenblick sehr müde und bezweifelte, ob Lucy in der Verfassung war, so etwas zu lesen.

»Vielleicht kann ich Ihnen mit noch etwas behilflich sein.« Ihre Stimme klang gütig.

»Wenn ich vielleicht einen Augenblick mit dem Priester sprechen könnte, das wäre gut«, sagte ich.

»Pater O'Connor macht Krankenbesuche.« Ihre Augen forschten weiter. »Kann ich Ihnen irgendwie helfen?«

»Vielleicht ja.«

»Wir können uns hierhinsetzen«, schlug sie vor.

Wir zogen Stühle unter einem schlichten Holztisch hervor, der mich an die Tische erinnerte, an denen ich als Mädchen in Miami in der Gemeindeschule gesessen hatte. Plötzlich fielen mir die Wunder ein, die mich auf den Seiten jener Bücher erwartet hatten, denn ich liebte es zu lernen, und jede geistige Flucht von daheim war ein Segen gewesen. Mrs. Edwards und ich saßen einander wie alte Freundinnen gegenüber, aber es fiel mir schwer, die Worte herauszubringen, da ich selten so offen sprach.

»Ich kann nicht sehr ins Detail gehen, weil mein Problem mit einem Fall zu tun hat, an dem ich gerade arbeite«, hob ich an.

»Ich verstehe.« Sie nickte.

»Aber soviel kann ich sagen, daß ich an so etwas wie eine

satanische Bibel gekommen bin. Nicht Teufelsanbetung an sich, aber etwas Böses.«

Sie reagierte nicht, sondern schaute mir weiter in die Augen.

»Und Lucy ebenfalls, meine dreiundzwanzigjährige Nichte. Sie hat das Buch auch gelesen.«

»Und deshalb haben Sie Probleme?« fragte Mrs. Edwards.

Ich holte tief Luft und fühlte mich ziemlich töricht. »Ich weiß, das klingt seltsam.«

»Natürlich nicht«, sagte sie. »Wir dürfen die Macht des Bösen nie unterschätzen, und wir sollten es, wenn wir können, vermeiden, damit in Berührung zu kommen.«

»Ich kann das nicht immer vermeiden«, sagte ich. »Das Böse bringt mir üblicherweise die Patienten ins Haus. Aber selten muß ich mir Dokumente wie das ansehen, von dem ich gerade spreche. Ich habe Alpträume gehabt, und meine Nichte benimmt sich unberechenbar und hat viel Zeit mit dem Buch verbracht. Ich bin tatsächlich ihretwegen besorgt. Deshalb bin ich hier.«

»›Doch fahre fort in dem, was du gelernt hast und dessen Du Dir sicher bist‹«, zitierte sie. »Es ist wirklich so einfach.« Sie lächelte.

»Ich bin nicht sicher, ob ich das begriffen habe.«

»Dr. Scarpetta, für das, was Sie mir eben anvertraut haben, gibt es kein Heilmittel. Ich kann nicht Hand auflegen und Ihnen die Dunkelheit und die schlimmen Träume vertreiben. Und Pater O'Connor kann das genausowenig. Wir haben kein Ritual und keine Zeremonie, die da helfen. Wir können für Sie beten, und das werden wir tun. Aber Sie und Lucy müssen jetzt einfach zu Ihrem Glauben zurückkehren. Sie müssen das tun, was Ihnen in der Vergangenheit Kraft gegeben hat.«

»Deswegen bin ich heute hergekommen«, sagte ich wieder.

»Gut. Sagen Sie Lucy, sie soll wieder in die Gemeinde zurückkehren und beten. Sie sollte in die Kirche gehen.«

Was für ein Tag, dachte ich auf der Heimfahrt, und meine Ängste verstärkten sich nur noch, als ich zur Haustür hereinkam. Es war noch nicht ganz sieben, und Lucy war schon im Bett.

»Schläfst du schon?« Ich setzte mich im Dunkeln neben sie und legte ihr die Hand auf den Rücken. »Lucy?«

Sie antwortete nicht, und ich war dankbar, daß unsere Autos noch nicht eingetroffen waren. Sie hätte vielleicht versucht, zurück nach Charlottesville zu fahren. Ich hatte Angst, sie würde jeden schrecklichen Fehler von einst wiederholen.

»Lucy?« sagte ich noch mal.

Sie drehte sich langsam zu mir herum. »Was?«

»Ich wollte nur wissen, was mit dir ist«, sagte ich in gedämpftem Ton.

Ich sah, wie sie sich die Augen rieb, und erkannte, daß sie nicht schlief, sondern weinte.

»Was hast du denn?« sagte ich.

»Nichts.«

»Ich weiß, daß du was hast. Und es wird Zeit, daß wir miteinander reden. Du warst nicht ganz bei dir, und ich möchte helfen.«

Sie wollte nicht antworten.

»Lucy, ich werde so lange hier sitzen bleiben, bis du mit mir sprichst.«

Sie schwieg noch eine Weile, und ich konnte die Bewegung ihrer Augenlider sehen, während sie zur Decke starrte. »Janet hat es ihnen gesagt«, meinte sie. »Sie hat es ihren Eltern gesagt. Sie haben sich mit ihr gestritten, als wüßten sie mehr über ihre Gefühle als Janet selber. Als täuschte sie sich über sich selber.«

Ihre Stimme wurde zorniger, und sie richtete sich auf und stopfte sich Kissen hinter den Rücken.

»Sie wollen, daß sie zu einer Beratung geht«, fügte sie hinzu.

»Es tut mir leid«, sagte ich. »Ich weiß nicht so genau, was ich sagen soll, außer daß das Problem bei ihnen liegt und nicht bei euch beiden.«

»Ich weiß nicht, was sie tun wird. Es ist schon schlimm genug, daß wir uns Sorgen darüber machen müssen, daß das FBI etwas herausbekommt.«

»Du mußt stark und treu dir selbst gegenüber bleiben.«

»An manchen Tagen weiß ich echt nicht mehr, wer ich bin.« Sie wurde noch aufgebrachter. »Ich hasse das. Es ist so schwer. Es ist so unfair.« Sie lehnte den Kopf an meine Schulter. »Warum habe ich nicht so werden können wie du? Warum konnte es nicht leicht sein?«

»Ich bin nicht sicher, ob du wie ich sein willst«, sagte ich. »Mein Leben ist sicher nicht einfach, und nichts, was wirklich zählt, ist leicht. Du und Janet, ihr könnt das doch klären, wenn ihr es wirklich wollt. Und wenn ihr euch wirklich liebt.«

Sie holte tief Luft und atmete langsam wieder aus.

»Kein destruktives Benehmen mehr.« Ich stand im Schatten ihres Zimmers vom Bett auf. »Wo ist das Buch?«

»Auf dem Schreibtisch«, sagte sie.

»In meinem Büro?«

»Ja. Ich hab's dort hingelegt.«

Wir sahen einander an, und ihre Augen glänzten. Sie schniefte laut und schneuzte sich.

»Verstehst du, warum es nicht gut ist, sich auf so etwas länger einzulassen?« fragte ich.

»Vergiß nicht, womit du dich die ganze Zeit abgeben mußt. Da fällt das doch nicht ins Gewicht.«

»Nein«, sagte ich, »was ins Gewicht fällt, ist das Wissen, wo man steht und wo man nicht stehen soll. Du mußt die Macht eines Feindes in dem Maße respektieren, wie du sie verachtest. Sonst wirst du verlieren, Lucy. Das solltest du lieber im Kopf behalten.«

»Ich verstehe«, sagte sie leise und griff nach dem Katechismus, den ich ans Fußende gelegt hatte. »Was ist das, muß ich das alles heute nacht lesen?«

»Das habe ich in der Kirche für dich mitgenommen. Ich dachte, du würdest da vielleicht gern mal reinschauen.«

»Vergiß die Kirche«, sagte sie.

»Warum?«

»Weil sie mich vergessen hat. Die Kirche hält Leute wie mich für anormal, als müßte ich für meine Orientierung in die Hölle oder ins Gefängnis. Davon rede ich. Du kennst nicht das Gefühl, isoliert zu sein.«

»Lucy, ich bin die meiste Zeit meines Lebens isoliert gewesen. Du weißt doch erst, was Diskriminierung ist, wenn du eine von nur drei Frauen in deinem Medizinseminar bist. Oder wenn beim Jurastudium die Männer dir nicht ihre Mitschriften zur Verfügung stellen wollen, wenn du krank warst und die Vorlesung versäumt hast. Deshalb werde ich nicht krank. Deshalb betrinke ich mich nicht und verstecke mich nicht im Bett.« Ich schlug einen scharfen Ton an, weil ich wußte, das war notwendig.

»Das ist was anderes«, sagte sie.

»Ich glaube, du willst dir einreden, es sei etwas anderes, damit du Ausflüchte machen und dich selbst bemitleiden kannst«, sagte ich. »Mir scheint, wenn hier jemand vergißt und abweist, dann bist du es. Es ist nicht die Kirche. Es ist nicht die Gesellschaft. Es sind nicht einmal Janets Eltern, die es einfach nicht begreifen mögen. Ich dachte, du wärst stärker.«

»Ich bin stark.«

»Also, mir reicht's«, sagte ich. »Du kommst hierher, besäufst dich und ziehst dir die Decke über den Kopf, so daß ich mir den ganzen Tag Sorgen um dich mache. Und wenn ich dir dann helfen will, stößt du mich und alle anderen weg.«

Sie sah mich schweigend an. Endlich sagte sie: »Bist du wirklich meinetwegen in die Kirche gegangen?«

»Ich bin meinetwegen hin«, sagte ich. »Aber du bist das Hauptgesprächsthema gewesen.«

Sie schlug die Bettdecke zurück. »›Das höchste Ziel eines Menschen ist, Gott ewiglich zu rühmen und zu preisen‹«, sagte sie, als sie aufstand.

Ich wartete im Türrahmen.

»Katechismus. Ich hatte an der UVA ein Religionsseminar. Magst du zu Abend essen?«

»Was hättest du denn gern?«

»Was schnell geht.« Sie kam zu mir und drückte mich an sich. »Tante Kay, es tut mir leid«, sagte sie.

In der Küche öffnete ich erst die Gefriertruhe, sah aber nichts Verlockendes. Dann schaute ich in den Kühlschrank, aber mein Appetit hatte sich mit meinem Seelenfrieden verflüchtigt. Ich aß eine Banane und machte eine Kanne Kaffee. Um halb neun meldete sich unvermutet das Funkgerät auf der Anrichte.

»Einheit sechshundert an Basisstation eins«, ertönte Marinos Stimme.

Ich nahm das Mikrophon und antwortete ihm: »Basisstation eins.«

»Kannst du mich anrufen?«

»Gib mir die Nummer«, sagte ich. Ich hatte ein ungutes Gefühl. Es war denkbar, daß die von meinem Büro benutzte Funkfrequenz eventuell abgehört wurde, und immer wenn ein Fall besonderes Fingerspitzengefühl verlangte, versuchten die Detectives, uns alle aus dem Funkverkehr herauszuhalten. Die Nummer, die mir Marino gab, war ein öffentlicher Fernsprecher.

Als er sich meldete, sagte er: »Entschuldige, ich hatte kein Kleingeld.«

»Was ist los?« Ich verschwendete keine Zeit.

»Ich übergehe gerade den diensthabenden Pathologen, weil ich wußte, du möchtest, daß wir dich zuerst informieren.«

»Was ist?«

»Scheiße, Doc, es tut mir echt leid. Aber wir haben Danny.«

»Danny?« sagte ich bestürzt.

»Danny Webster. Aus deinem Büro in Norfolk.«

»Was soll das heißen, ihr habt Danny?« Furcht ergriff mich. »Was hat er getan?« Ich stellte mir vor, daß er in meinem Auto festgenommen worden war. Oder vielleicht hatte er es zu Schrott gefahren.

Marino sagte nur: »Doc, er ist tot.«

Dann herrschte Schweigen auf beiden Enden der Leitung.

»Oh Gott.« Ich lehnte mich an die Anrichte und schloß die Augen. »Oh, mein Gott«, sagte ich. »Was ist geschehen?«

»Hör zu, das beste wär, glaub ich, du kommst hierher.«

»Wo bist du?«

»Sugar Bottom, bei dem alten Eisenbahntunnel. Dein Wagen ist einen Häuserblock entfernt oben am Libby Hill Park.«

Ich stellte keine Fragen mehr, sondern sagte Lucy, ich müsse weg und käme wahrscheinlich erst spät wieder heim. Ich griff nach meiner Arzttasche und meiner Pistole, denn ich kannte das Kneipenviertel der Stadt, wo sich der Tunnel befand, konnte mir aber nicht vorstellen, was Danny dorthin gelockt haben könnte. Er und sein Freund hätten mein Auto und Lucys Suburban zu meinem Büro fahren sollen, wo mein Verwalter sie treffen und zur Bushaltestelle hätte fahren sollen. Church Hill war gewiß nicht weit vom Büro entfernt, aber ich konnte mir nicht vorstellen, warum Danny in meinem Mercedes irgendwo andershin hätte fahren sollen als zum vereinbarten Treffpunkt. Er schien mir nicht der Typ zu sein, der mein Vertrauen mißbrauchte.

Ich fuhr eilig die West Cary Street hinunter, vorbei an großen Backsteinhäusern mit kupfer- oder schiefergedeckten Dächern und Einfahrten, die von hohen, schwarzen Toren aus Schmiedeeisen versperrt waren. Mir kam es surreal vor, im Wagen des Leichenschauhauses durch diesen vornehmen Stadtteil zu fahren, während einer meiner Angestellten getötet worden war, und es quälte mich, daß ich Lucy wieder hatte allein lassen müssen. Ich konnte mich nicht erinnern, ob ich beim Weggehen die Alarmanlage eingeschaltet und die Sensoren ausgeschaltet hatte. Meine Hände zitterten, und ich sehnte mich nach einer Zigarette.

Libby Hill Park, einer von Richmonds sieben Hügeln, lag in einer Gegend, die mittlerweile als beste Wohnlage galt. Hundert Jahre alte Reihenhäuser und Gebäude im neoklassizistischen Stil waren glänzend restauriert worden, von Leuten, die mutig genug waren, einen historischen Teil der Stadt dem Verfall und dem Verbrechen zu entreißen. Für die meisten Anwohner hatte sich das Risiko gelohnt, aber ich wußte, daß ich nicht in der Nähe von Sozialwohnungen und heruntergekommenen Vierteln leben könnte, wo Drogen den Haupterwerbszweig bildeten. Ich wollte keine Fälle aus meiner Nachbarschaft zu bearbeiten haben.

Streifenwagen mit rot und blau blinkenden Lichtern säumten beide Seiten der Franklin Street. Es war ansonsten stockfinster, und ich konnte kaum den achteckigen Musikpavillon oder den Bronzesoldaten auf seinem hohen Podest gegenüber dem James River ausmachen. Um meinen Mercedes standen Polizisten und ein Fernsehteam, und die Leute waren auf ihre großen Veranden getreten, um zu gaffen. Als ich langsam vorbeifuhr, konnte ich nicht erkennen, ob mein Wagen beschädigt war, aber die Fahrertür war offen und das Innenlicht angeschaltet.

Hinter der 29. Straße führte die Fahrbahn in eine Senke, die Sugar Bottom hieß, benannt nach den Prostituierten, die einstmals den feinen Herren Virginias zu Diensten gewesen waren, oder vielleicht auch nach einer Schwarzbrennerei. Ich kannte mich in der Überlieferung nicht so aus. Restaurierte Häuser wichen abrupt den Wohnungen von

Ghetto-Miethaien und schiefen Wellblechhütten, und jenseits des Gehsteigs, auf halbem Weg den steilen Hang hinab, befand sich ein dichter Wald, wo in den zwanziger Jahren der Eisenbahntunnel eingefallen war.

Mir fiel ein, daß ich einmal in einem Hubschrauber der Staatspolizei über diese Gegend geflogen war, wo die schwarze Tunnelöffnung zwischen den Bäumen klaffte, das Gleisbett eine schlammige Narbe, die zum Fluß führte. Ich dachte an die Eisenbahnwagen und die Arbeiter, die da drinnen vermutlich noch begraben waren. Ich konnte mir immer noch nicht vorstellen, warum Danny hier freiwillig hergekommen sein könnte. Wenn schon aus keinem anderen Grund, dann hätte er sich auf jeden Fall um sein verletztes Knie Sorgen gemacht. Ich parkte so dicht wie möglich bei Marinos Ford und wurde augenblicklich von Reportern entdeckt.

»Dr. Scarpetta, stimmt es, daß das da oben am Hang Ihr Wagen ist?« fragte eine Journalistin. »Soviel ich weiß, ist der Mercedes auf Sie angemeldet. Welche Farbe hat er? Schwarz?« beharrte sie, als ich keine Antwort gab.

»Können Sie erklären, wie er hierhergekommen ist?« Ein Mann hielt mir ein Mikrophon unter die Nase.

»Sind Sie darin gefahren?« fragte ein anderer.

»Ist er Ihnen gestohlen worden? Hat das Opfer ihn entwendet? Glauben Sie, es geht um Drogen?«

Stimmen überlagerten sich, da niemand wartete, bis er dran war, und ich nicht sprechen wollte. Als einige Uniformierte bemerkten, daß ich eingetroffen war, intervenierten sie lautstark.

»Zurücktreten.«

»Sofort, haben Sie nicht gehört.«

»Lassen Sie die Dame durch.«

»Kommen Sie schon. Wir haben hier am Tatort zu tun. Sie haben hoffentlich nichts dagegen.«

Marino hatte sich plötzlich bei mir untergehakt. »Elendes

Pack«, sagte er und glotzte sie an. »Paß gut auf, wo du hintrittst. Wir müssen fast durch den ganzen Wald bis zum Tunnel. Was hast du für Schuhe an?«

»Es wird schon gehen.«

Ein langer, steiler Pfad führte von der Straße hinab zum Tunnel. Scheinwerfer waren aufgestellt worden, um den Weg zu beleuchten, und sie zogen eine Lichterschnur wie der Mond auf einer gefährlichen Bahn. Am Rand verlor sich der Wald in der Schwärze, wo sich leise der Wind regte.

»Paß bloß auf«, sagte er und noch einmal. »Es ist schlammig, und überall liegt Dreck herum.«

»Was für Dreck?« fragte ich.

Ich schaltete meine Taschenlampe ein und richtete sie direkt auf den schmalen, schlammigen Pfad mit Glassplittern, verrottendem Papier und weggeworfenen Schuhen, der unter dem Dorngestrüpp und den nackten Bäumen in verwaschenem Weiß glitzerte und glänzte.

»Die Anwohner haben versucht, das hier in eine Müllhalde zu verwandeln«, sagte er.

»Er wäre mit seinem bösen Knie da gar nicht hinuntergegangen«, sagte ich. »Wie kommen wir am besten dorthin?«

»An meinem Arm.«

»Nein. Ich muß mir das allein ansehen.«

»Also allein wirst du da nicht runtergehen. Wir wissen nicht, ob irgendeiner noch irgendwo dort unten ist.«

»Da ist Blut.« Ich schwenkte die Taschenlampe auf die Stelle. In etwa zwei Meter Entfernung glitzerten einige große Tropfen auf altem Laub.

»Davon ist hier oben eine Menge.«

»Und an der Straße?«

»Nein. Es sieht so aus, als hätte es wohl genau hier angefangen. Aber wir haben den ganzen Pfad entlang bis zu der Stelle, wo er liegt, Blut entdeckt.«

Die Polizei hatte gelbes Band von Baum zu Baum geschlungen, um soviel Gelände wie möglich abzusichern, denn im Augenblick wußten wir noch nicht, wie groß dieser Tatort war. Ich konnte die Leiche nicht sehen, bis ich aus dem Wald auf eine Lichtung trat, wo das alte Gleisbett zum Fluß südlich von mir führte und in der gähnenden Öffnung des Tunnels im Westen verschwand. Danny Webster lag halb auf dem Rücken, halb auf der Seite, Arme und Beine ungewöhnlich verrenkt. Unter seinem Kopf hatte sich eine große Blutlache gebildet. Ich ließ den Lichtstrahl langsam über ihn wandern und sah an seinem Pullover und seiner Jeans überall Schmutz und Gras. Laubreste und anderer Unrat hatten sich in seinem blutverkrusteten Haar verfangen.

»Er ist den Hang hinabgerollt«, sagte ich, als mir auffiel, daß einige Halterungen an seiner roten Knieschiene aufgegangen waren und Unrat im Klettverschluß hing. »Er war bereits tot oder beinahe tot, als er hier liegenblieb.«

»Ja ja, ich glaube, es ist ziemlich eindeutig, daß er dort oben erschossen wurde«, sagte Marino. »Meine erste Frage war, ob er geblutet hat, während er zu entkommen versuchte. Und er schafft es etwa bis dahin, bricht dann zusammen und rollt den Rest der Strecke.«

»Oder vielleicht wurde er in dem Glauben gelassen, er hätte eine Chance zu entkommen.« Gefühl schlich sich in meine Stimme. »Siehst du seine Knieschiene? Kannst du dir ungefähr vorstellen, wie langsam er sich bewegt haben muß, als er versuchte, den Pfad hinabzugelangen? Weißt du, wie es ist, mit einem maroden Bein sich hier runterzuquälen?«

»Da hat irgendein Arschloch auf Fische in der Tonne geschossen«, sagte Marino.

Ich antwortete ihm nicht, sondern richtete den Lichtstrahl auf Gras und Müll am Hang zur Straße. Blutstropfen glitzerten dunkelrot auf einem plattgedrückten Milchkarton, der schon von Wind und Wetter ausgebleicht war.

»Was ist mit seiner Brieftasche?« fragte ich.

»Die war in seiner Gesäßtasche. Elf Dollar und Kreditkarten noch drin«, sagte Marino, dessen Augen in ständiger Bewegung waren.

Ich machte Aufnahmen, kniete mich dann neben die Leiche und drehte sie so, daß ich mir Dannys zerschmetterten Hinterkopf besser ansehen konnte. Ich befühlte seinen Nacken, der noch warm war. Das Blut unter ihm gerann noch. Ich öffnete meine Arzttasche.

»Hier.« Ich entfaltete eine Plastikplane und gab sie Marino. »Halt das mal, während ich seine Temperatur messe.«

Er schützte die Leiche vor fremden Blicken, während ich Jeans und Unterhose herunterstreifte, wobei ich feststellte, daß beide besudelt waren. Obwohl es nicht ungewöhnlich war, daß Menschen im Augenblick des Todes urinierten und defäkierten, so reagierte der Körper damit manchmal auch auf entsetzliche Angstzustände.

»Hast du eine Ahnung, ob er mit Drogen herumgemacht hat?« fragte Marino.

»Ich habe keinen Anlaß zu dieser Vermutung«, sagte ich. »Aber keine Ahnung.«

»Sah es bei ihm, zum Beispiel, so aus, als würde er über seine Verhältnisse leben? Ich meine, wieviel hat er verdient?«

»Er hat etwa einundzwanzigtausend Dollar im Jahr verdient. Ich weiß nicht, ob er über seine Verhältnisse gelebt hat. Er hat noch zu Hause gewohnt.«

Die Körpertemperatur betrug 35 Grad, und ich plazierte das Thermometer auf meine Tasche, um auch die Temperatur der umgebenden Luft zu messen. Ich bewegte Arme und Beine; die Totenstarre hatte erst in kleinen Muskeln eingesetzt, an Fingern und Augen. Danny war noch warm und beweglich wie zu Lebzeiten, und als ich mich dicht über ihn beugte, konnte ich immer noch sein Rasierwasser riechen und wußte, ich würde es auf ewig wiedererkennen. Ich vergewisserte mich, daß die Plane völlig unter ihm lag, dann drehte ich ihn auf den Rücken, und als ich nach anderen Wunden suchte, trat noch Blut aus.

»Wann bist du angerufen worden?« fragte ich Marino, der sich langsam auf den Tunnel zubewegte, das wirre Gestrüpp aus Ranken und Büschen mit der Lampe ausleuchtend.

»Einer der Anwohner hat einen Schuß in dieser Gegend gehört und um neunzehn Uhr fünf die Polizei verständigt. Wir haben dein Auto und ihn etwa fünfzehn Minuten später gefunden. Es handelt sich also um etwa zwei Stunden. Stimmt das mit deinen Erkenntnissen überein?«

»Die Temperatur ist nahe dem Gefrierpunkt. Er ist dick angezogen und hat nur etwa zwei Grad verloren. Ja, das kommt hin. Könntest du mir mal die Tüten da reichen? Wissen wir, was mit dem Freund passiert ist, der Lucys Suburban fahren sollte?«

Ich stülpte mir die braunen Papiertüten über die Hände und befestigte sie mit Gummis an den Gelenken, um fragile Beweismaterialien zu erhalten, wie Schmauchspuren oder Fasern unter den Fingernägeln, falls er mit seinem Angreifer gerungen hatte. Aber das hielt ich nicht für wahrscheinlich. Was auch geschehen war, ich vermutete, daß Danny genau das getan hatte, was ihm befohlen worden war.

»Zum gegenwärtigen Zeitpunkt wissen wir gar nicht, wer sein Freund überhaupt ist«, sagte Marino. »Ich kann eine Einheit zu deinem Büro schicken, um das zu überprüfen.«

»Das halte ich für eine gute Idee, denn wir wissen ja noch nicht, ob der Freund nicht irgendwie etwas damit zu tun hat.«

»Einhundert«, sprach Marino in sein Funkgerät, während ich weitere Aufnahmen machte.

»Einhundert«, antwortete die Zentrale.

»Benachrichtigen Sie irgendeine Einheit, die im Bereich des Leichenschauhauses Ecke Vierzehnte und Franklin ist.«

Danny war von hinten erschossen worden, aus nächster Nähe, wenn es nicht sogar ein aufgesetzter Schuß war. Ich wollte Marino gerade nach Patronenhülsen fragen, als ich einen mir nur zu bekannten Lärm hörte.

»Oh, nein«, sagte ich, als das ratternde Geräusch lauter wurde. »Marino, laß sie nicht näher kommen.«

Aber es war zu spät, und wir blickten hoch, als ein Hubschrauber erschien und in geringer Höhe kreiste. Seine Suchscheinwerfer strichen über den Tunnel und den kalten, harten Boden, wo ich kniete, Hirnmasse und Blut an den Händen. Ich schirmte meine Augen mit den Händen gegen den blendenden Glanz ab, während Laub und Dreck aufgewirbelt wurden und die kahlen Bäume schwankten. Ich konnte nicht hören, was Marino brüllte, während er wütend seine Taschenlampe in den Himmel schwenkte und ich die Leiche so gut wie möglich mit dem eigenen Körper schützte.

Ich hüllte Dannys Kopf in einen Plastikbeutel und legte eine Decke über ihn, während das Team von Channel 7 den Tatort verunstaltete, weil es keine Ahnung hatte oder sich nicht darum scherte, oder vielleicht beides. Die eine Tür des Hubschraubers war zurückgezogen worden, und der Kameramann hing in der Nacht und hielt mich für die Elf-Uhr-Nachrichten fest. Dann verschwand das Rotorengeräusch.

»Gottverdammter Schweinehund!« brüllte Marino und warf die Fäuste in die Luft. »Ich sollte dir den Arsch vom Himmel runterputzen!«

9

Während wir auf einen Wagen warteten, packte ich die Leiche in einen Sack. Als ich mich wieder aufrichtete, wurde mir schwindelig. Für einen Augenblick mußte ich mich ziemlich zusammennehmen, das Blut wich mir aus dem Gesicht, und mir wurde schwarz vor den Augen.

»Die Leute vom Einsatzteam können ihn bergen«, sagte ich zu Marino. »Kann nicht jemand dafür sorgen, daß die verfluchten Fernsehkameras verschwinden?«

Die grellen Scheinwerfer schwebten wie Satelliten über der dunklen Straße, sie hatten auf unser Erscheinen gewartet. Marino warf mir bloß einen Blick zu, weil wir beide wußten, daß niemand etwas gegen die Reporter mit ihren Aufzeichnungsgeräten unternehmen konnte. Solange sie nichts am Tatort veränderten, konnten sie tun, was sie wollten, besonders wenn sie in Hubschraubern waren, die wir nicht aufhalten oder herunterholen konnten.

»Wirst du ihn selbst transportieren?« fragte er mich.

»Nein. Es ist ja schon ein Einsatztrupp da«, sagte ich. »Und wir brauchen Hilfe, um ihn raufzuschaffen. Sag ihnen, sie sollen jetzt kommen.«

Er funkte sie an, während wir mit unseren Taschenlampen weiter über Müll, Laub und mit schlammigem Wasser gefüllte kleine Gruben strichen.

Dann sagte Marino zu mir: »Ich werde ein paar Leute hierlassen, damit sie noch eine Weile herumsuchen. Wenn der Täter seine Patronenhülse nicht eingesammelt hat, muß sie hier irgendwo sein.« Er blickte den Hügel hinauf. »Das Problem ist nur, einige dieser Trommeln haben einen weiten Ausstoß, und dieser verfluchte Hubschrauber hat das Zeug wer weiß wohin verweht.«

Innerhalb von Minuten kamen Sanitäter mit einer Tragbahre herunter, Füße knirschten auf zerbrochenem Glas, Metall schepperte. Wir warteten, bis sie die Leiche aufgehoben hatten, dann untersuchte ich die Stelle, wo sie gelegen hatte. Ich blickte in die schwarze Öffnung eines Tunnels, der vor langer Zeit in einen Bergstock getrieben wurde, der zu weich war, und näherte mich ihm, bis ich gerade in dem Schlund war. Weiter innen war er durch eine Mauer versiegelt, und im Licht meiner Taschenlampe glitzerten weißgekalkte Backsteine. Rostige Schienennägel stachen aus modernden und mit Schlamm überzogenen Schwellen hervor, und überall waren alte Reifen und Flaschen verstreut.

»Doc, da drin ist nichts.« Marino ging mit behutsamen Schritten direkt hinter mir. »Scheiße.« Er rutschte beinahe aus. »Wir haben schon nachgesehen.«

»Offensichtlich kann er nicht hier durchgeflüchtet sein«, sagte ich, als meine Lampe auf Schotter und Unkraut leuchtete. »Und hier kann sich auch niemand verstecken. Und ein Durchschnittsbürger dürfte von diesem Ort auch nichts gewußt haben.«

»Komm.« Marinos Stimme war sanft, aber bestimmt, als er meinen Arm berührte.

»Das ist kein Zufall. Kaum jemand weiß überhaupt von diesem Ort.« Ich ließ die Lampe noch weiter umherstreifen. »Das war jemand, der genau wußte, was er tat.«

»Doc«, sagte er, als Wasser tropfte. »Hier ist es nicht sicher.«

»Ich bezweifle, ob Danny von dem Ort hier wußte. Das war kaltblütig und wohlüberlegt.« Meine Stimme hallte von alten, dunklen Wänden wider.

Marino hielt nun meinen Arm fest, und ich leistete keinen Widerstand. »Du hast alles getan, was möglich war. Gehen wir.«

Morast saugte an meinen Stiefeln und quoll über seine schwarzen Militärschuhe, als wir dem verrottenden Gleisbett in die Nacht hinaus folgten. Gemeinsam erklommen wir den schmutzübersäten Hang, vermieden es sorgfältig, auf Blutspuren zu treten, die von Danny stammten, als er wie Abfall den steilen Abhang heruntergeschubst worden war. Viel war vom heftigen Wind des Hubschraubers fortgeweht worden, und das könnte eines Tages von Belang sein, wenn es ein Verteidiger für nötig hielt. Ich wandte mein Gesicht vom blendenden Schein der Kameras und Blitzlichter ab. Marino und ich gingen ihnen aus dem Weg, und wir sprachen mit niemandem.

»Ich möchte meinen Wagen sehen«, sagte ich zu ihm, als sein Funkgerät piepste.

»Einhundert«, meldete er sich und hielt das Gerät dicht an den Mund.

»Eins-siebzehn«, kam es von der Zentrale, an jemand anderen gerichtet.

»Ich habe das Grundstück von vorn bis hinten durchsucht, Captain«, sagte Einheit 117 zu Marino. »Keine Spur von dem Fahrzeug, das Sie beschrieben haben.«

»Ten-four.« Marino ließ das Funkgerät sinken und sah sehr verstimmt aus. »Lucys Suburban ist nicht bei deinem Büro. Ich kapier das nicht«, sagte er mir. »Das ergibt doch alles keinen Sinn.«

Wir schritten, weil wir reden wollten, auf den Libby Hill Park zu, der nicht weit war.

»Für mich sieht es so aus, als ob Danny unterwegs jemanden mitgenommen hat«, sagte Marino, während er sich eine Zigarette anzündete. »Sieht eindeutig nach Drogen aus.«

»Das würde er nicht tun, wenn er mein Auto abliefert«, sagte ich und wußte, daß ich naiv klang. »Er würde niemanden mitnehmen.«

Marino wandte sich mir zu. »Ach komm«, sagte er, »das weißt du doch nicht.«

»Ich hatte nie Anlaß zu der Vermutung, daß er verantwortungslos ist, was mit Drogen zu tun hat oder sonst was.«

»Also ich meine, es ist offensichtlich, daß er ein Alternativer war, wie man das so nennt.«

»Davon weiß ich nichts.« Ich war dieses Gesprächs müde.

»Das solltest du besser herausfinden, weil du eine Menge Blut an dir hast.«

»Das macht mir heutzutage grundsätzlich Sorgen, egal, um wen es sich handelt.«

»Hör mal, ich will damit sagen, daß Leute, die du kennst, ganz schön krumme Sachen machen«, fuhr er fort, während sich unter uns die Lichter der Stadt ausbreiteten. »Und manchmal sind Menschen, die du nicht besonders gut kennst, schlimmer als diejenigen, die du gar nicht kennst. Du hast Danny vertraut, weil du ihn gemocht und gedacht hast, er macht seinen Job gut. Aber er hätte sich hinter deinem Rücken mit allem möglichen abgeben können, und du hättest es nie erfahren.«

Ich erwiderte nichts. Was er sagte, stimmte.

»Er ist ein gutaussehender Junge, ein hübscher Kerl. Und nun fährt er diesen unglaublichen Wagen. Die Besten wären versucht gewesen, vielleicht noch eine Spritztour zu machen, bevor sie das Auto der Chefin ablieferten. Oder vielleicht wollte er bloß ein bißchen Stoff besorgen.«

Es beschäftigte mich mehr, daß Danny Opfer eines versuchten Autodiebstahls geworden war, und ich wies darauf hin, daß dies in letzter Zeit in der Innenstadt und in dieser Gegend häufig vorgekommen war.

»Vielleicht«, sagte Marino, als mein Auto in Sicht kam. »Aber dein Wagen ist noch da. Warum sollte ihn jemand die Straße runterführen und ihn abknallen und das Auto einfach stehenlassen? Warum es nicht stehlen? Vielleicht sollten wir uns darüber Gedanken machen, ob es ein Streit unter Schwulen war. Hast du daran schon gedacht?«

Wir waren angekommen, und Reporter machten noch mehr Aufnahmen und stellten noch mehr Fragen, als wäre dies das größte Verbrechen aller Zeiten. Wir ignorierten sie, als wir zur offenen Fahrertür gingen und in meinen Mercedes S-320 hineinschauten. Ich betrachtete Armlehne, Aschenbecher, Armaturenbrett und die mit Leder überzogenen Sitze. Nichts erschien mir ungewöhnlich. Keine Spuren eines Kampfes, nur die Fußmatte auf der Beifahrerseite war dreckig. Mir fielen die schwachen Schuhabdrücke auf.

»Ist er so aufgefunden worden?« fragte ich. »Was bedeutet die geöffnete Tür?«

»Die Tür haben wir aufgemacht. Sie war nicht versperrt.«

»Ist irgendwer rein?«

»Nein.«

»Das war vorher nicht da.« Ich deutete auf die Fußmatte.

»Was?« fragte Marino.

»Siehst du die Schuhabdrücke und den Schmutz?« Ich sprach leise, damit die Reporter nichts hörten. »Es hätte niemand auf dem Beifahrersitz sein sollen. Nicht solange Danny fuhr, und auch nicht vorher bei der Reparatur in Virginia Beach.«

»Was ist mit Lucy?«

»Nein. Sie ist in letzter Zeit nicht mit mir gefahren. Mir fällt auch sonst niemand ein, seit er das letzte Mal gereinigt wurde.«

»Keine Sorge, wir werden alles absaugen.« Er blickte von mir weg und fügte zögernd hinzu: »Du weißt, daß wir ihn in Verwahrung nehmen müssen, Doc?«

»Ist mir klar«, sagte ich, und wir machten uns wieder auf den Weg zu der Straße beim Tunnel, wo wir geparkt hatten.

»Ich frage mich, ob Danny sich in Richmond ausgekannt hat«, sagte Marino.

»Er ist schon in meinem Büro gewesen«, erwiderte ich, und mir wurde schwer ums Herz. »Als er eingestellt wurde, hat er bei uns sogar ein einwöchiges medizinisches Praktikum gemacht. Ich weiß nicht mehr, wo er untergebracht war, aber ich glaube, in dem Comfort Inn an der Broad Street.«

Wir gingen eine Weile schweigend weiter, dann fügte ich hinzu: »Er hat offenkundig die Gegend um mein Büro gekannt.«

»Ja, ja, und das schließt das hier mit ein, da dein Büro nur etwa fünfzehn Blocks entfernt ist.«

Mir fiel etwas ein. »Wir wissen nicht, ob er heute abend

nicht einfach hierhergefahren ist, um vor der Heimfahrt mit dem Bus noch etwas zu essen. Woher wissen wir, daß er nicht etwas so Profanes getan hat?«

Bei unseren Autos standen ein paar Streifenwagen und ein Ermittlungsfahrzeug, aber die Reporter waren weg. Ich schloß die Tür des Kombis auf und stieg ein. Marino stand mit den Händen in den Taschen da, einen skeptischen Ausdruck im Gesicht, weil er mich so gut kannte.

»Du wirst ihn doch nicht diese Nacht noch untersuchen?« fragte er.

»Nein.« Das war nicht notwendig, und ich wollte mir das auch nicht antun.

»Und du willst auch nicht nach Hause. Das spür ich.«

»Es gibt einiges zu erledigen«, sagte ich. »Je länger wir warten, desto mehr haben wir zu verlieren.«

»Wo willst du es probieren?« fragte er, weil er wußte, wie es war, wenn ein Kollege ermordet wurde.

»Na ja, gleich hier sind viele Lokale. Millie's, zum Beispiel.«

»Nee, zu teuer. Das gleiche gilt für Patrick Henry's und die meisten Schuppen im Slip and Shockoe Bottom. Denk dran, Danny hatte nicht viel Geld, es sei denn, er kriegte es von irgendwoher, wovon wir nichts wissen.«

»Nehmen wir an, er hat von nirgendwoher Geld erhalten«, sagte ich. »Nehmen wir an, er suchte eine Kneipe, die auf direktem Weg zu meinem Büro war, und ist auf der Broad Street geblieben.«

»Poe's, das ist nicht auf der Broad Street, aber sehr nahe am Libby Hill Park. Und natürlich ist da das Café«, sagte er.

»Das meine ich auch.«

Als wir das Poe's betraten, machte der Geschäftsführer gerade die Rechnung für den letzten Gast dieses Abends fertig. Wir warteten eine ganze Weile, wie uns schien, und erfuhren dann bloß, daß das Abendgeschäft flau gewesen und niemand, der Danny ähnlich sah, hereingekommen war. Auf dem Rückweg zu unseren Autos gingen wir in östlicher Richtung auf der Broad Street weiter zum Hill Café an der 28. Straße, und mein Puls beschleunigte sich, als ich erkannte, daß das Restaurant nur eine Straße entfernt war von der Stelle, wo mein Mercedes gefunden worden war.

Das Café, bekannt für seine Bloody Marys und sein Chili, befand sich an der Ecke und war seit Jahren ein bei Cops beliebter Treffpunkt. Ich war schon ein paarmal hier gewesen, meist mit Marino. Es war die typische Kneipe um die Ecke, und um diese Zeit waren die Tische noch gut besetzt, Rauch hing dick in der Luft, und im Fernsehen lief laut eine Sportsendung auf ESPN. Hinter der Bar trocknete Daigo Gläser ab, als sie Marino erblickte und ihm ein blitzendes Lächeln schenkte.

»Na, was machst du hier so spät?« sagte sie, als wäre das vorher noch nie passiert. »Wo warst du denn früher am Abend, als es hier hoch herging?«

»Sag mal«, wandte sich Marino an sie, »wie war denn in der Kneipe mit dem besten Steaksandwich der Stadt so das Geschäft?« Er rückte näher heran, damit andere nicht hören konnten, was er zu sagen hatte.

Daigo war eine drahtige Schwarze, und sie beäugte mich so, als hätte sie mich schon einmal gesehen. »Sie sind vorhin aus allen Ecken hierhergekrochen«, meinte sie. »Ich dachte schon, ich fall um. Kann ich etwas für dich und deine Freundin holen, Captain?«

»Vielleicht«, sagte er. »Du kennst doch den Doc hier, oder?«

Sie runzelte die Stirn, und dann leuchtete ein Wiedererkennen in ihren Augen auf. »Ich wußte doch, ich hab Sie schon hier gesehen. Mit ihm. Seid ihr schon verheiratet?« Sie lachte, als sei dies das Witzigste, das sie je gesagt hatte.

»Hör mal, Daigo«, fuhr Marino fort, »wir möchten wissen, ob ein Jugendlicher heute hergekommen ist. Weiß, langes dunkles Haar, sieht echt gut aus. Müßte eine Lederjacke, Jeans, Pullover, Tennisschuhe und eine leuchtend rote Knieschiene getragen haben. Etwa fünfundzwanzig Jahre alt. Er hat einen schwarzen Mercedes Benz mit einer Menge Antennen drauf gefahren.«

Ihre Augen verengten sich, und ihre Miene wurde grimmig, als Marino weiterredete. Das Geschirrtuch hing schlaff in ihrer Hand. Ich vermutete, daß die Polizei ihr schon früher Fragen über andere unerfreuliche Angelegenheiten gestellt hatte, und ich sah es ihrem verkniffenen Mund an, daß sie nichts übrig hatte für faule, böse Menschen, die nichts dabei empfanden, wenn sie anständiger Leute Leben ruinierten.

»Oh, ich weiß genau, wen du meinst«, sagte sie.

Ihre Worte wirkten wie ein Pistolenschuß. Sie hatte unsere volle Aufmerksamkeit; wir waren beide verblüfft.

»Er ist reingekommen, so um fünf, schätze ich, weil es noch früh war«, sagte sie. »Wissen Sie, ein paar waren zum Biertrinken hier, so wie immer. Aber nicht so viele zum Abendessen. Er hat sich da drüben hingesetzt.«

Sie wies auf einen leeren Tisch ganz hinten unter einer Hängepflanze, wo das Bild eines Hahns die weiße Wand zierte. Als ich auf den Tisch blickte, an dem Danny seine letzte Mahlzeit eingenommen hatte, weil er meinetwegen in der Stadt war, sah ich ihn im Geist vor mir. Ein lebhafter und hilfsbereiter Junge, mit seinen klaren Zügen und dem glänzend schwarzen Haar, und dann lag er blutig und schmutzig an einem dunklen Hang voller Müll. Es versetzte mir einen Stich in der Brust, und einen Augenblick lang mußte ich wegschauen. Ich mußte meine Augen irgendwie anders beschäftigen.

Als ich mich wieder gefaßt hatte, wandte ich mich zu Daigo und sagte: »Er hat für mich gearbeitet. Er hieß Danny Webster.«

Sie blickte mich lange an und verstand sehr genau. »Ach so«, sagte sie mit leiser Stimme, »er war das. Herr im Himmel, ich kann's nicht glauben. Es war überall in den Nachrichten, die Leute hier haben den ganzen Abend darüber geredet, weil es bloß am anderen Ende der Straße war.«

»Ja«, sagte ich.

Sie sah Marino mit einem fast bittenden Blick an. »Er war doch bloß ein Junge. Kommt hier völlig arglos rein und hat nur ein Seemannssandwich gegessen, und dann bringt ihn jemand um! Ich sag euch« – sie wischte zornig über den Tresen – »es gibt zuviel Böses. Verdammt zuviel! Mich kotzt das an. Versteht ihr? Die Leute töten und morden, als wäre es gar nichts.«

Ein paar Essensgäste in der Nähe hörten unsere Unterhaltung mit, aber sie behelligten uns nicht mit Blicken oder Bemerkungen. Marino war in Uniform. Er war eindeutig der Vertreter des Gesetzes, und das veranlaßte die Menschen, sich um ihre eigenen Angelegenheiten zu kümmern. Wir warteten, bis Daigo ihrem Unmut genügend Luft gemacht hatte, und setzten uns dann an einen Tisch in der ruhigsten Ecke der Bar. Dann nickte sie einer Bedienung zu.

»Was möchten Sie, meine Liebe?« fragte Daigo.

Ich glaubte, ich würde nie wieder essen können, und bestellte einen Kräutertee, aber das ließ sie nicht gelten.

»Laß dir sagen, bring dem Chief hier eine Schale von meinem Brotpudding mit Jack Daniel's-Soße, aber keine Bange, der Whiskey ist verkocht«, sagte sie, und nun war sie die Ärztin. »Und eine Tasse starken Kaffee. Captain?« Sie blickte Marino an. »Für dich das Übliche, Honey? Aha«, sagte sie, bevor er antworten konnte. »Das ist dann ein Steaksandwich, medium, mit Röstzwiebeln und einer Extraportion Pommes frites. Und er mag dazu Ketchup, Senf und Mayo. Kein Nachtisch. Wir wollen ja, daß dieser Mann am Leben bleibt.«

»Macht's dir was aus?« Marino holte seine Zigaretten heraus, als brauchte er heute noch den letzten Nagel zu seinem Sarg.

Daigo zündete sich ebenfalls eine Zigarette an und erzählte, was sie noch wußte, und sie wußte eigentlich alles, weil das Hill Café eine Bar war, wo Fremde auffielen. Danny, sagte sie, war nicht länger als eine Stunde geblieben. Er war allein gekommen und gegangen, und er hatte nicht so ausgesehen, als ob er auf jemanden wartete. Er schien sehr auf die Zeit zu achten, weil er häufig auf die Uhr blickte, und hatte ein Seemannssandwich mit Pommes frites und eine Pepsi bestellt. Danny Websters letzte Mahlzeit hatte fünf Dollar und siebenundzwanzig Cents gekostet. Seine Bedienung hieß Cissy, und er hatte ihr einen Dollar Trinkgeld gegeben.

»Und du hast niemanden gesehen, bei dem deine Antennen angingen? Zu keinem Zeitpunkt heute?« fragte Marino.

Daigo schüttelte den Kopf. »Nein, Sir. Das heißt aber nicht, daß da nicht irgendso ein verdammtes Schwein auf der Straße draußen herumhing. Denn die sind da draußen. Da brauchst du nicht weit zu gehen, um auf sie zu stoßen. Aber wenn da jemand war, so habe ich ihn nicht gesehen. Und niemand, der hier reingekommen ist, hat sich über irgend jemanden da draußen beschwert.«

»Nun ja, wir müssen deine Gäste überprüfen, so viele wie möglich«, sagte Marino. »Vielleicht ist um die Zeit, als Danny wegging, jemandem ein Auto aufgefallen.«

»Wir haben die Rechnungen.« Sie zupfte an ihrem Haar, das mittlerweile recht wild aussah. »Die meisten Leute hier kennen wir sowieso.«

Wir wollten gerade gehen, als mir noch eine Kleinigkeit einfiel. »Daigo«, sagte ich, »hat er sich irgend etwas mitgenommen?«

Sie sah verdutzt drein und stand auf. »Da muß ich fragen.«

Marino drückte die nächste Zigarette aus, und sein Gesicht war dunkelrot.

»Geht es dir gut?« fragte ich.

Er wischte sich mit einer Serviette über das Gesicht. »Es ist höllisch heiß hier.«

»Cissy sagt, er hat sein Sandwich und seinen Krautsalat gegessen, aber sie hat fast seine ganzen Pommes eingepackt«, meldete Daigo bei ihrer Rückkehr. »Und als er an der Kasse war, hat er noch eine Großpackung Kaugummi gekauft.«

»Welche Sorte?« fragte ich.

»Sie ist sich ziemlich sicher, daß es Dentyne war.«

Als Marino und ich hinausgingen, lockerte er den Kragen seines weißen Uniformhemdes und zerrte sich den Schlips vom Hals. »Verdammt, manchmal wünsche ich mir, ich hätte das Dezernat A nie verlassen«, sagte er, denn als Chief der Detectives hatte er Zivil getragen. »Mir ist egal, wer zusieht«, brummelte er. »Ich komme fast um.«

»Sag mir bitte, ob das wirklich dein Ernst ist«, erwiderte ich.

»Keine Sorge, ich bin noch nicht reif für einen deiner Tische. Ich habe nur zuviel gegessen.«

»Ja«, meinte ich. »Und du hast zuviel geraucht. Aber das bringt die Leute auf meine Tische, verdammt noch mal. Denkst du nie ans Sterben? Ich hab genug davon, daß Leute sterben.«

Wir hatten meinen Kombi erreicht, und er schaute mich an, suchte nach etwas, das ich vor ihm nicht zeigen wollte. »Bist du in Ordnung?«

»Was glaubst du wohl? Danny hat für mich gearbeitet.« Mir zitterte die Hand, als ich mit dem Schlüssel herumhantierte. »Er kam mir nett und anständig vor. Es schien so, als würde er stets das Richtige zu tun versuchen. Er hat meinen Wagen von Virginia Beach hergefahren, weil ich ihn darum gebeten habe, und nun fehlt ihm der Hinterkopf. Wie, zum Teufel, meinst du, soll ich mich da fühlen?«

»Ich glaube, du denkst, es wäre irgendwie deine Schuld.«

»Vielleicht ist es meine Schuld.«

Wir schauten uns im Dunkeln an.

»Nein, ist es nicht«, sagte er. »Es ist die Schuld des Arschlochs, das den Abzug gedrückt hat. Du hast nichts damit zu tun. Aber wenn ich du wäre, würde ich mich genauso fühlen.«

»Mein Gott«, sagte ich auf einmal.

»Was?« Er war erschrocken und schaute sich um.

»Seine Essenstüte. Was ist damit passiert? Sie war nicht in meinem Mercedes. Es war nichts drin, was mir aufgefallen ist. Nicht einmal Kaugummipapier«, sagte ich.

»Verdammt, du hast recht. Und ich habe auch nichts auf der Straße gesehen, wo deine Karre parkte. Genausowenig bei der Leiche oder irgendwo am Tatort.«

Es gab eine Stelle, wo niemand gesucht hatte, und das war genau hier, wo wir uns befanden, auf dieser Straße beim Restaurant. Und so holten Marino und ich Taschenlampen heraus und suchten. Wir schauten auf der Broad Street herum, doch auf der 28. Straße direkt am Bordstein fanden wir schließlich eine kleine weiße Tüte, während ein großer Hund in einem Hof zu bellen anfing. Die Fundstelle ließ darauf schließen, daß Danny meinen Wagen so nahe wie möglich am Café geparkt hatte, weil in dieser Gegend Gebäude und Bäume lange Schatten warfen und es wenig Lampen gab.

»Hast du ein paar Bleistifte oder Kugelschreiber in deiner Handtasche?« Marino kauerte bei der Tüte, worin vermutlich die Überreste von Dannys Abendessen waren.

Ich fand einen Stift und einen Kamm mit langem Griff und reichte sie ihm. Mit Hilfe dieser schlichten Instrumente öffnete er die Tüte, ohne sie dabei mit den Fingern zu berühren. Drinnen waren, in Alufolie gewickelt, kalte Pommes frites und eine Großpackung Dentyne. Der Anblick rüttelte uns auf und erzählte eine schreckliche Geschichte. Danny war von jemandem angesprochen worden, als er vom Café zu meinem Auto ging. Vermutlich tauchte jemand aus dem Schatten auf und zückte eine Waffe, als Danny die Tür aufsperrte. Wir wußten es nicht, aber wahrscheinlich war er gezwungen worden, eine Straße weiter zu fahren, wo er zu einem abgelegenen Waldhang geführt wurde, um zu sterben.

»Ich wünschte, dieser verdammte Hund würde still sein«, sagte Marino, als er sich aufrichtete. »Geh nicht weg. Ich bin gleich wieder da.«

Er ging über die Straße zu seinem Wagen und öffnete den Kofferraum. Er kam mit der üblichen braunen Papiertüte zurück, welche die Polizei für Beweismaterial benutzte. Während ich sie aufhielt, kriegte er es mit Kamm und Stift zustande, die Reste von Dannys Mahlzeit hineinzukippen.

»Ich weiß, ich sollte das in die Requisitenkammer bringen, aber Essen mögen sie dort nicht. Außerdem gibt's dort keinen Kühlschrank.« Papier raschelte, als er die Beweismitteltüte zufaltete. Unsere Füße verursachten ein scharrendes Geräusch, als wir weggingen.

»Verdammt, hier draußen ist es kälter als in einem Kühlschrank«, fuhr er fort. »Wenn wir Fingerabdrücke bekommen, sind es wahrscheinlich seine. Aber ich werde das Zeug auf alle Fälle vom Labor prüfen lassen.«

Er legte die Tüte in seinen Kofferraum, wo er schon viele Male Beweismaterialien verstaut hatte. Marinos Abneigung gegen die Einhaltung der Dienstvorschriften äußerte sich nicht nur in seiner Kleidung.

Ich blickte mich in der dunklen Straße mit den zahlreichen Autos am Rand um. »Was auch immer geschehen ist, hat direkt hier begonnen«, sagte ich.

Marino schwieg, während er sich ebenfalls umschaute. Dann fragte er: »Meinst du, es war dein Benz? Glaubst du, das war das Motiv?«

»Ich weiß nicht«, erwiderte ich.

»Na ja, es könnte ein Raubüberfall sein. Mit dem Auto sah er nach Geld aus, wenn es auch nicht so war.«

Ich wurde erneut von Schuldgefühlen überwältigt.

»Aber ich glaube immer noch, er könnte jemanden getroffen haben, den er mitnehmen wollte.«

»Vielleicht wäre es einfacher, wenn er Ungutes im Sinn gehabt hätte«, sagte ich. »Vielleicht wäre es leichter für uns alle, weil wir dann ihm die Schuld für seine Ermordung in die Schuhe schieben können.«

Marino sah mich schweigend an. »Fahr heim und schlaf ein bißchen. Soll ich hinter dir herfahren?«

»Danke. Es geht schon.«

Doch eigentlich ging es nicht. Der Weg war länger und dunkler, als ich ihn in Erinnerung hatte, und ich fühlte mich ungewöhnlich ungeschickt bei allem, was ich tat. Selbst das Herunterkurbeln des Fensters beim Kassenhäuschen und das Heraussuchen der richtigen Münzen fiel mir schwer. Dann verfehlte ich mit der Marke den Schlitz, und als jemand hinter mir hupte, fuhr ich zusammen. Ich war so entnervt, daß mir nichts einfiel, was mich beruhigen konnte, nicht einmal Whiskey würde helfen. Ich war erst kurz vor eins in meiner Gegend, und der Wächter, der mich durchließ, blickte düster drein, ich schätzte, er hatte auch die Nachrichten gehört und wußte, wo ich gewesen war. Als ich bei meinem Haus ankam, war ich verblüfft, Lucys Suburban in der Auffahrt stehen zu sehen.

Sie war noch auf und sah aus, als hätte sie sich erholt, im Wohnzimmer auf der Couch ausgestreckt. Der Kamin war an, und sie hatte eine Decke über den Beinen, im Fernsehen lief eine Robin-Williams-Show.

»Was ist passiert?« Ich setzte mich zu ihr in einen Sessel. »Wie ist dein Auto hergekommen?«

Sie hatte ihre Brille auf und las irgendein FBI-Handbuch. »Dein Auftragsdienst hat angerufen«, sagte sie. »Der Typ, der mein Auto gefahren hat, rief in deinem Büro in der Innenstadt an, und dein Assistent ist nicht aufgetaucht. Wie heißt er, Danny? Und so ruft der Typ in meinem Wagen an, und dann klingelt hier das Telefon. Ich hab ihn zum Wachhäuschen bestellt und ihn dort getroffen.«

»Aber was ist passiert?« fragte ich wieder. »Ich weiß nicht einmal seinen Namen. Es sollte ein Bekannter von Danny sein. Danny hat meinen Wagen gefahren. Sie sollten beide Fahrzeuge hinter meinem Büro abstellen.« Ich hielt inne und starrte einfach vor mich hin. »Lucy, hast du eine Ahnung, was hier vorgeht? Weißt du, warum ich so spät nach Hause komme?«

Sie griff nach der Fernbedienung und stellte den Fernseher ab. »Ich weiß nur, daß du zu einem Fall gerufen wurdest. Das hast du mir direkt, bevor du los bist, gesagt.«

Und so erzählte ich es ihr. Ich erzählte ihr, wer Danny war, daß er ermordet worden war, und erklärte die Sache mit meinem Auto. Ich berichtete ihr jedes Detail.

»Lucy, hast du eine Ahnung, wer der Mensch war, der dein Auto abgeliefert hat?« sagte ich darauf.

»Ich weiß nicht.« Sie hatte sich aufgesetzt. »So ein hispanischer Typ namens Rick. Er trug einen Ohrring, hatte kurze Haare und sah vielleicht wie zweiundzwanzig, dreiundzwanzig aus. Er war sehr höflich, nett.«

»Wo ist er jetzt?« sagte ich. »Du hast doch nicht bloß dein Auto von ihm in Empfang genommen.«

»Oh nein. Ich hab ihn zum Busbahnhof gefahren, nachdem mir George den Weg dorthin erklärt hat.«

»George?«

»Der Typ, der um die Zeit Wachdienst hatte, am Tor. Ich schätze, es muß kurz vor neun gewesen sein.«

»Dann ist Rick zurück nach Norfolk.«

»Ich weiß nicht, was er gemacht hat«, sagte sie. »Er hat mir auf der Fahrt erzählt, Danny würde sicher noch aufkreuzen. Er hat wahrscheinlich keine Ahnung.«

»Mein Gott. Hoffen wir, daß er es noch nicht in den Nachrichten gehört hat. Hoffen wir, daß er nicht dort war«, sagte ich.

Der Gedanke, daß Lucy mit diesem Fremden gewesen war, erfüllte mich mit Entsetzen. Vor meinem geistigen Auge sah ich Dannys Kopf, und ich fühlte zerschmetterte Knochen unter den blutverschmierten Handschuhen.

»Ist Rick ein Verdächtiger?« Sie war überrascht.

»Im Augenblick ist so gut wie jeder verdächtig.«

Ich nahm das Telefon an der Bar ab. Marino war auch eben erst heimgekommen, und bevor ich etwas sagen konnte, fing er an. »Wir haben die Patronenhülse gefunden.«

»Gut«, sagte ich erleichtert. »Wo?«

»Wenn du auf der Straße mit Blick zum Tunnel stehst, dann war es in einem Gestrüpp etwa drei Meter rechts vom Pfad, wo die Blutspuren begannen.«

»Also rechts ausgeworfen«, sagte ich.

»Muß so sein, es sei denn, sowohl Danny wie sein Mörder sind rückwärts den Hang hinuntergegangen. Und dieses Arschloch hat es ernst gemeint. Er hat mit einer Fünfundvierziger geschossen. Mit Winchester-Munition.«

»Overkill«, sagte ich.

»Da hast du recht. Jemand wollte absolut sichergehen, daß er tot ist.«

»Marino«, sagte ich, »Lucy hat Dannys Freund heute abend getroffen.«

»Du meinst den Typ, der ihr Auto gefahren hat?«

»Ja«, und ich erzählte, was ich wußte.

»Vielleicht ergibt das ein bißchen mehr Sinn«, sagte er. »Die beiden sind auf der Straße getrennt worden, aber Danny machte es nichts aus, weil er seinem Kumpel Wegbeschreibung und Telefonnummer gegeben hat.«

»Kann jemand herausfinden, wer Rick ist, bevor er verschwindet? Ihn vielleicht beim Aussteigen aus dem Bus abfangen?« fragte ich.

»Ich werde das Revier in Norfolk anrufen. Da muß ich sowieso hin, weil jemand zu Danny nach Hause gehen und seine Familie benachrichtigen muß, bevor sie es aus den Medien erfahren.«

»Seine Familie wohnt in Chesapeake«, teilte ich ihm die schlechte Nachricht mit und wußte, ich würde auch mit ihnen reden müssen.

»Scheiße«, sagte Marino.

»Sprich nicht mit Detective Roche darüber, denn ich will nicht, daß er in die Nähe von Dannys Eltern kommt.«

»Keine Bange. Und du solltest besser Dr. Mant zu erreichen versuchen.«

Ich wählte die Nummer seiner Mutter in London, aber niemand hob ab, und so hinterließ ich eine dringende Nachricht. Ich hatte so viele Anrufe zu machen und fühlte mich ausgelaugt. Ich setzte mich neben Lucy auf die Couch.

»Wie geht es dir?« sagte ich.

»Na ja, ich hab in den Katechismus reingeschaut, aber ich glaube nicht, daß ich zur Konfirmation bereit bin.«

»Hoffentlich bist du das eines Tages.«

»Ich hab Kopfschmerzen, die nicht weggehen.«

»Die hast du verdient.«

»Du hast völlig recht.« Sie rieb sich die Schläfen.

»Warum tust du so etwas, nach allem, was du durchgemacht hast?« Ich konnte mir die Frage nicht verkneifen.

»Ich weiß nicht immer, warum. Vielleicht weil ich mich die ganze Zeit so zusammenreißen muß. Das ist bei vielen Agenten so. Wir laufen und stemmen und machen alles richtig. Dann lassen wir am Freitagabend Dampf ab.«

»Nun ja, dafür warst du diesmal wenigstens an einem sicheren Ort.«

»Verlierst du nie die Kontrolle?« Sie suchte meinen Blick. »Weil ich das nie bei dir gesehen habe.«

»Ich wollte nie, daß du es siehst«, antwortete ich. »Das

hast du doch dauernd bei deiner Mutter erlebt, und du hast jemanden gebraucht, bei dem du dich sicher fühlst.«

»Aber du hast meine Frage nicht beantwortet.« Sie hielt meinem Blick stand.

»Was? Ob ich je betrunken war?«

Sie nickte.

»Das ist nichts, worauf man stolz sein könnte, und ich gehe jetzt ins Bett.« Ich stand auf.

»Mehr als einmal?« Ihre Stimme folgte mir, als ich hinausging.

Ich blieb in der Tür stehen und wandte mich zu ihr um. »Lucy, in meinem langen, harten Leben gibt es nicht viel, das ich nicht getan habe. Und ich habe dich nie für irgend etwas verurteilt. Ich habe mir nur Sorgen gemacht, wenn ich dachte, dein Benehmen könnte dich ins Unglück stürzen.« Ich untertrieb mal wieder.

»Machst du dir im Augenblick Sorgen um mich?«

Ich lächelte ein wenig. »Ich werde mir den Rest meines Lebens Sorgen um dich machen.«

Ich ging in mein Zimmer und schloß die Tür. Ich legte meinen Browning neben das Bett und nahm eine Benadryl, weil ich sonst die paar Stunden, die ich noch hatte, nicht schlafen würde. Als ich im Morgengrauen aufwachte, saß ich bei brennendem Licht da, das *Journal of the American Bar Association,* das Mitteilungsblatt der Anwaltsvereinigung, noch im Schoß. Ich erhob mich und ging auf den Flur, wo Lucys Zimmertür überraschenderweise offenstand. Ihr Bett war nicht gemacht. Sie war nicht im Wohnzimmer auf der Couch, und so eilte ich nach vorn ins Eßzimmer. Ich blickte aus den Fenstern auf eine leere Fläche mit reifüberzogenem Kopfsteinpflaster und Gras. Offensichtlich war der Suburban schon einige Zeit weg.

»Lucy«, murmelte ich, als könnte sie mich hören. »Gnade dir, Lucy.«

10

Ich kam zehn Minuten zu spät zur Dienstbesprechung, was ungewöhnlich war, aber niemand sagte etwas, niemand schien es zu beanstanden. Der Mord an Danny Webster lastete auf allen in dem Raum, als würde das Verhängnis plötzlich über jeden von uns hereinbrechen. Meine Belegschaft war schwerfällig und benommen, niemand dachte besonders klar. Rose hatte mir Kaffee gebracht und nach all den Jahren vergessen, daß ich ihn schwarz trank.

Das Konferenzzimmer, das kürzlich erst neu eingerichtet worden war, wirkte sehr gemütlich mit seinem dunkelblauen Teppich, dem langen Tisch und der dunklen Täfelung. Aber anatomische Modelle und das Skelett hinter seiner Plastikhülle erinnerten an die harte Realität, um die es hier ging. Natürlich gab es keine Fenster, und die einzige künstlerische Gestaltung des Raums bestand aus den Porträts der früheren Chiefs, sämtlich Männer, die uns streng von der Wand anblickten.

Neben mir saßen mein Hauptverwalter und sein Stellvertreter sowie der Cheftoxikologe von der Abteilung für forensische Forschung ein Stockwerk höher. Fielding zu meiner Linken aß mit einem Plastiklöffel ein Joghurt, neben ihm saßen der Pathologieassistent und die neue Praktikantin.

»Ich weiß, Sie haben alle die schreckliche Nachricht über Danny Webster erfahren«, bemerkte ich bedrückt, vom Kopfende des Tisches, wo ich immer saß. »Es erübrigt sich zu sagen, wie sehr ein so sinnloser Tod uns allen nahegeht.«

»Dr. Scarpetta«, meldete sich der Pathologieassistent, »gibt es etwas Neues?«

»Im Augenblick wissen wir folgendes«, sagte ich und gab ihnen mein ganzes Wissen bekannt. »Am Tatort sah es so aus, als hätte er mindestens eine Schußwunde am Hinterkopf«, schloß ich.

»Wie sieht's mit Patronenhülsen aus?« fragte Fielding.

»Die Polizei hat eine im Gestrüpp nicht weit von der Straße sichergestellt.«

»Also ist er dort in Sugar Bottom erschossen worden und nicht im oder am Auto.«

»Es sieht nicht danach aus, als wäre er im Auto erschossen worden«, sagte ich.

»In wessen Auto?« fragte die Praktikantin, die sehr spät angefangen hatte, Medizin zu studieren, und viel zu ernst war.

»In meinem Auto. Dem Mercedes.«

Die Praktikantin schien sehr verwirrt, bis ich ihr den Hergang noch mal erklärte. Dann machte sie eine ziemlich bestechende Bemerkung. »Besteht irgendeine Möglichkeit, daß Sie das Opfer sein sollten?«

»Herrgott.« Fielding stellte gereizt den Joghurtbecher hin. »Sie sollten so etwas nicht sagen.«

»Die Realität ist nicht immer erfreulich«, sagte die Praktikantin, die zwar sehr schlau, aber ebenso umständlich war. »Ich äußere nur die Vermutung, wenn Dr. Scarpettas Auto vor dem Restaurant parkte, das sie einige Male vorher aufgesucht hat, ob da nicht vielleicht jemand auf sie gewartet hat und überrascht wurde. Oder vielleicht war jemand dem Auto gefolgt und wußte nicht, daß nicht sie drin saß, da es dunkel war, als Danny hierher unterwegs war.«

»Gehen wir zu den anderen Fällen von heute morgen über«, sagte ich und nahm einen Schluck von Roses Kaffee, der mit Saccharin gesüßt und mit Dosenmilch versetzt war.

Fielding nahm die vor ihm liegende Liste und ging sie in seinem üblichen ungeduldigen Ton durch. Zusätzlich zu Danny hatten wir drei Autopsien. Es handelte sich um ein Brandopfer, einen Gefangenen, der schon länger herzkrank gewesen war, und eine siebzigjährige Frau mit einem Schrittmacher.

»Sie ist schon früher depressiv gewesen, hauptsächlich wegen ihrer Herzprobleme«, sagte Fielding gerade, »und heute morgen gegen drei Uhr hörte ihr Mann, wie sie aufstand. Offenbar ist sie ins Wohnzimmer gegangen und hat sich in die Brust geschossen.«

In Betracht kamen noch andere armen Seelen, die während der Nacht an Herzinfarkten gestorben oder bei Autounfällen ums Leben gekommen waren. Eine ältere Frau, die eindeutig an Krebs gestorben war, und einen Sozialhilfeempfänger, der an einer Herzkranzgefäßerkrankung gelitten hatte, wies ich ab. Schließlich schoben wir die Stühle zurück und gingen nach unten. Mein Personal bedrängte mich nicht mit Fragen. Niemand sprach im Aufzug, als ich starr auf die geschlossenen Türen sah, und im Umkleideraum legten wir Kittel an und wuschen uns schweigend die Hände. Ich zog mir die Schuhschoner und Handschuhe über, als Fielding an mich herantrat und mir ins Ohr flüsterte.

»Warum lassen Sie nicht mich an ihm arbeiten?« Seine Augen blickten ernst.

»Ich kriege es schon hin«, sagte ich. »Aber vielen Dank.«

»Dr. Scarpetta, tun Sie sich das nicht an. Ich war in der Woche, als er hier war, nicht da. Ich bin ihm nie begegnet.«

»Ist schon in Ordnung, Jack.« Ich schritt davon.

Es war nicht das erste Mal, daß ich Menschen obduzierte, die ich gekannt hatte, und die meisten Polizisten und selbst andere Ärzte verstanden das nicht immer. Sie wandten ein, die Ergebnisse seien objektiver, wenn ein anderer den Fall bearbeitete, aber das stimmte einfach nicht, solange Zeugen dabei waren. Ich hatte Danny ja auch nicht näher oder länger gekannt, aber er hatte für mich gearbeitet und war gewissermaßen für mich gestorben. Ich würde ihm die beste Behandlung zuteil werden lassen.

Er lag auf der Bahre neben Tisch eins, wo ich gewöhnlich meine Fälle bearbeitete, und sein Anblick an diesem Morgen war noch schlimmer und traf mich mit aller Macht. Der Körper war erkaltet, und vollkommene Leichenstarre war eingetreten, als hätte alles Menschliche in ihm während der Nacht aufgegeben, nachdem ich ihn verlassen hatte. Getrocknetes Blut war über sein Gesicht verschmiert, und seine Lippen waren geöffnet, als hätte er versucht zu reden, als das Leben aus ihm wich. Seine Augen hatten den trüben, schmalen Totenblick, und ich sah seine rote Knieschiene und erinnerte mich daran, wie er den Boden aufgewischt hatte. Ich dachte an seine Fröhlichkeit und den traurigen Blick auf seinem Gesicht, als er von Ted Eddings und anderen jungen Leuten gesprochen hatte, die plötzlich verstarben.

»Jack.« Ich winkte Fielding her.

Er kam beinahe im Laufschritt zu mir. »Ja, Ma'am«, sagte er.

»Ich werde auf Ihr Angebot zurückkommen.« Ich begann, Teströhrchen auf einem Besteckwagen zu beschriften. »Ich könnte Ihre Hilfe gebrauchen, wenn Sie sicher sind, Sie können es aushalten.«

»Was soll ich machen?«

»Wir werden ihn gemeinsam bearbeiten.«

»Kein Problem. Soll ich die Notizen machen?«

»Fotografieren wir ihn, wie er ist, aber als erstes sollten wir ein Tuch auf den Tisch legen«, sagte ich.

Dannys Fall hatte die Nummer ME-3096, was bedeutete, daß er der dreißigste Fall im neuen Jahr in Virginia war. Nach stundenlanger Auskühlung war er nicht sehr kooperativ, und als wir ihn auf den Tisch hoben, polterten Arme und Beine laut auf den Edelstahl, als protestierte er gegen das, was wir mit ihm vorhatten. Wir entfernten die schmutzige, blutige Kleidung. Die Arme wollten nicht aus den Ärmeln, und die enge Jeans war widerspenstig. Ich steckte die Hand in die Taschen und brachte siebenundzwanzig Cents, eine Lippenpomade und einen Schlüsselbund zum Vorschein.

»Das ist sonderbar«, sagte ich, als wir die Kleidungsstücke

falteten und sie auf der mit einem Wegwerftuch belegten Bahre stapelten. »Was ist mit meinem Autoschlüssel passiert?«

»War es einer mit Fernbedienung?«

»Ja, genau.« Der Klettverschluß knirschte, als ich die Knieschiene entfernte.

»Und offenkundig befand er sich nirgendwo am Tatort.«

»Wir haben ihn nicht gefunden. Und da er nicht in der Zündung steckte, nahm ich an, Danny hätte ihn.« Ich zog ihm die dicken Sportsocken aus.

»Na ja, ich schätze, der Mörder hat ihn an sich genommen, oder er könnte verlorengegangen sein.«

Ich dachte an den Hubschrauber, der noch größeres Unheil angerichtet hatte. Ich hatte auch gehört, daß Marino in die Nachrichten gekommen war. Er ballte vor aller Welt deutlich die Faust und brüllte etwas, und ich war auch zu sehen.

»Okay, er ist tätowiert.« Fielding griff sich das Klemmbrett.

Danny hatte ein Würfelpaar auf die Oberseite der Füße tätowiert.

»Schlangenaugen«, sagte Fielding. »Das muß weh getan haben.« Ich entdeckte eine schwache Narbe von einer Blinddarmoperation und eine weitere alte Vernarbung an Dannys linkem Knie, die von einem Unfall in seiner Kindheit herrühren mochte. Auf dem rechten Knie waren die Narben von dem erst kürzlich erfolgten arthroskopischen Eingriff violett, die Muskeln in diesem Bein zeigten eine geringfügige Atrophie. Ich nahm Proben von Fingernägeln und Haaren und sah auf einen Blick, daß nichts auf einen Kampf hinwies. Nichts deutete darauf hin, daß er Widerstand geleistet hatte, als ihn eine unbekannte Person vor dem Hill Café angesprochen und er die Tüte mit den Essensresten hatte fallen lassen.

»Drehen wir ihn um«, sagte ich.

Fielding hielt die Beine, während ich die Arme unterfaßte. Wir legten ihn auf den Bauch. Ich untersuchte seinen Hinterkopf mit einem Vergrößerungsglas und einer starken Lampe. In dem langen dunklen Haar klebten verkrustetes Blut und Unrat. Ich tastete den Schädel noch weiter ab.

»Ich muß das hier rasieren, um sicher zu sein. Aber es sieht so aus, als hätten wir es mit einer Verwundung hinter dem rechten Ohr durch einen aufgesetzten Schuß zu tun. Wo sind seine Filme?«

»Die sollten fertig sein.« Fielding sah sich um.

»Wir müssen das rekonstruieren.«

»Scheiße.« Er half mir dabei, eine tiefe, sternförmige Wunde zusammenzuhalten, die wegen ihrer Größe eher wie eine Austrittsöffnung aussah.

»Das ist definitiv ein Einschußloch« verkündete ich, als ich mit der Skalpellschneide den Schädelbereich rasiert hatte. »Schauen Sie, hier ist sogar ein schwacher Mündungsabdruck. Sehr schwach. Genau da.« Ich zeichnete ihn mit dem behandschuhten, blutigen Finger nach. »Das sieht verheerend aus. Beinahe wie von einer Flinte.«

»Fünfundvierziger?«

»Das Loch ist einen Zentimeter groß«, sagte ich mehr zu mir selbst, während ich das Lineal benutzte. »Ja, das paßt eindeutig zu einer Fünfundvierziger.«

Ich entfernte gerade nach und nach die Schädeldecke, um mir das Hirn anzusehen, als ein Autopsietechniker auftauchte und Filme auf einen Leuchttisch knallte. Die glänzendweiße Kugel steckte im frontalen Sinus, sieben Zentimeter von der Schädeldecke entfernt.

»Mein Gott«, flüsterte ich, während ich sie mir ansah.

»Was, zum Teufel, ist das?« fragte Fielding. Wir beide verließen den Tisch, um dichter ranzugehen.

Die verformte Kugel war groß und hatte scharfe, wie Klauen zurückgebogene Ausfransungen.

»Sieht nicht so aus wie Hydra-Shok«, sagte mein Stellvertreter.

»Nein. Das ist irgendeine spezielle, hochwirksame Munition.«

»Vielleicht Starfire oder Golden Sabre?«

»Etwas in der Art, ja«, antwortete ich. Solche Munition hatte ich noch nie im Leichenschauhaus gesehen. »Aber ich denke, es war Black Talon, weil die Patronenhülse weder von PMC noch von Remington kam, sondern von Winchester. Und Winchester hat Black Talon hergestellt, bis es vom Markt genommen wurde.«

»Winchester produziert auch Silvertip.«

»Das ist eindeutig keine Silvertip«, erwiderte ich. »Haben Sie schon mal eine Black Talon gesehen?«

»Nur in Zeitschriften.«

»Schwarz überzogen, mit einer Messinghülle, die eine gekerbte Höhlung aufweist, die sich so auffaltet. Schauen Sie auf die Punkte da.« Ich zeigte sie ihm auf dem Film. »Die Wirkung ist unglaublich zerstörerisch. Die fräst sich durch wie eine Elektrosäge. Gut für Polizisten, aber in den falschen Händen ein Alptraum.«

»Herrgott«, sagte Fielding verblüfft. »Die sieht wie eine verdammte Krake aus.«

Ich streifte mir die Latexhandschuhe ab und zog statt dessen dichtgewebte Stoffhandschuhe über, denn eine Munition wie Black Talon war in der Notaufnahme und im Leichenschauhaus gefährlich. Sie war eine größere Bedrohung als eine Spritze, und ich wußte ja noch nicht, ob Danny Hepatitis oder Aids hatte. Ich wollte mich nicht an dem gezackten Metall schneiden, das ihn getötet hatte; sonst hätte der Täter am Ende zwei Leben auf dem Gewissen gehabt.

Fielding zog ein Paar blaue Nitrile-Handschuhe über, die fester als Latex waren, aber nicht ausreichten.

»Die können Sie für die Aufzeichnungen tragen«, sagte ich, »aber für mehr nicht.«

»So schlimm?«

»Ja«, sagte ich, während ich die Autopsiesäge anschloß. »Wenn Sie die tragen und an ihm herumhantieren, dann schneiden Sie sich.«

»Das scheint mir nicht nach einem Autoüberfall auszusehen. Da muß es jemand sehr ernst gemeint haben.«

»Glauben Sie mir«, ich mußte die Stimme heben, um das laute Sirren der Säge zu übertönen, »ernster kann man es nicht meinen.«

Was unter der Schädeldecke lag, erzählte eine noch schlimmere Geschichte. Die Kugel hatte das Schläfenbein, die Hinterhauptschuppe, das Scheitelbein und das Stirnbein durchschlagen. Hätte sie ihre Kraft nicht beim Fragmentieren der dicken Felsenbeinpyramide verloren, wäre die gezackte Klaue sogar wieder ausgetreten, und wir hätten ein sehr wichtiges Beweisstück verloren. Was die Black Talon dem Gehirn angetan hatte, war scheußlich. Die Explosion von Gas und die zerfetzende Wirkung von Kupfer und Blei hatten eine schreckliche Spur durch die wundersame Materie gezogen, die Danny zu dem gemacht hatte, der er gewesen war. Ich spülte die Kugel ab und reinigte sie dann gründlich in einer schwachen Clorox-Lösung, denn Körperflüssigkeiten können infektiös sein und sind bekannt dafür, daß sie Metallteile oxidieren.

Es war schon beinahe Mittag, als ich sie in Plastikhüllen steckte und nach oben ins Waffenlabor brachte, wo Waffen aller Art gekennzeichnet und auf Regalen gelagert oder in braune Papiertüten gesteckt wurden. Da gab es Messer, die überprüft werden mußten, Maschinenpistolen und sogar ein Schwert. Henry Frost, der neu in Richmond, aber auf seinem Gebiet höchst anerkannt war, blickte starr auf einen Computerbildschirm.

»Ist Marino hier oben gewesen?« fragte ich ihn, als ich eintrat.

Frost blickte auf, seine braunen Augen mußten sich erst an mich gewöhnen, als sei er gerade von einem fernen Ort gekommen, wo ich noch nie gewesen war. »Vor etwa zwei Stunden.« Er drückte auf einige Tasten.

»Dann hat er Ihnen die Patronenhülse gegeben.« Ich trat an seinen Stuhl.

»Ich arbeite gerade daran«, sagte er. »Es heißt, dieser Fall hat oberste Priorität.«

Frost war etwa in meinem Alter, schätzte ich, und war mindestens zweimal geschieden. Er war attraktiv und athletisch, mit wohlproportionierten Zügen und kurzem, schwarzem Haar. Den Legenden zufolge, die Menschen über ihresgleichen verbreiteten, machte er Marathonläufe, war im Wildwasserfahren ungeheuer geschickt und konnte noch auf hundert Schritte eine Fliege von einem Elefanten schießen. Ich wußte aus persönlicher Beobachtung, daß er seinen Beruf mehr liebte als je eine Frau und über nichts lieber redete als über Waffen.

»Sie haben die Fünfundvierziger eingegeben?« fragte ich ihn.

»Wir wissen doch nicht hundertprozentig, ob sie mit dem Verbrechen zu tun hat, oder?« Er blickte mich an.

»Nein«, sagte ich, »hundertprozentig wissen wir es nicht.« Ich fand in der Nähe einen Stuhl auf Rollen, den ich mir herzog. »Die Patronenhülse wurde etwa drei Meter von der Stelle entfernt gefunden, wo er vermutlich erschossen wurde. Im Wald. Sie ist sauber. Sie sieht neu aus. Und ich habe noch etwas für Sie.« Ich griff in die Tasche meines Laborkittels und zog den Umschlag mit der Black-Talon-Kugel heraus.

»Wow«, sagte er.

»Paßt das zu einer Winchester fünfundvierzig?«

»Mein Gott. Es gibt immer ein erstes Mal.« Er öffnete den Umschlag und wurde plötzlich ganz aufgeregt. »Ich messe die Rücken und Rillen und sage Ihnen in einer Minute, ob es eine Fünfundvierziger ist.«

Er ging an das Vergleichsmikroskop und montierte mit

Wachs die Kugel so auf den Objektträger, daß er keine Spuren auf dem Metall hinterließ, die nicht schon drauf waren.

»Okay«, sprach er, ohne aufzublicken, »der Zug geht nach links, und wir haben sechs Rücken und Rillen.« Er benutzte zum Messen eine Mikrometerschraube. »Rückenkerben sind 0,074, Rillenkerben sind 0,153. Ich werde das in die GRC eingeben«, sagte er. Er meinte die im Computer gespeicherten General Rifling Characteristics des FBI. »Jetzt wollen wir mal das Kaliber bestimmen«, meinte er ganz versunken, während er tippte.

Während der Computer die Dateien durchkämmte, prüfte Frost die Kugel mit einer Vernier-Schublehre. Es überraschte mich nicht, als er das Kaliber mit .45 bestimmte. Dann erhielt er aus den GRC eine Liste mit zwölf Schußwaffentypen, aus denen sie abgefeuert worden sein konnte. Alle bis auf Sig Sauer und einige Colts waren Militärpistolen.

»Wie ist es mit der Patronenhülse?« fragte ich. »Wissen wir etwas darüber?«

»Die habe ich schon auf Video, ich habe das nur noch nicht laufen lassen.«

Er ging wieder zu dem Stuhl, wo ich ihn angetroffen hatte, als ich hereinkam, und tippte etwas in eine Station ein, die durch Modem mit DRUGFIRE, dem Aufrufsystem des FBI für sichergestellte Schußwaffen, verbunden war. Das System war Bestandteil des umfangreichen Crime Analysis Network, CAIN genannt, das Lucy entwickelt hatte, und es ließen sich damit Verknüpfungen herstellen bei Verbrechen mit Schußwaffen. Kurz gesagt, ich wollte wissen, ob die Waffe, die Danny getötet hatte, schon vorher bei einem Mord oder einem Anschlag benutzt worden war, vor allem, weil der Munitionstyp darauf hindeutete, daß der Täter kein Novize war.

Die Station war einfach, ein 486er Turbo-PC, der mit einer Videokamera und einem Vergleichsmikroskop verbunden war, womit Bilder in Echtzeit und in Farbe auf einem Monitor wiedergegeben werden konnten. Frost wechselte in ein anderes Menü, und auf dem Bildschirm erschien ein Schachbrett silbriger Scheiben, die andere .45er-Patronenhülsen darstellten, jede mit einzigartigen Merkmalen. Die Verschlußkappe der Winchester .45 aus meinem Fall war links oben, und ich konnte jede Spur sehen, die Verschlußblock, Schlagbolzen, Auswerfer oder irgendein anderes Metallteil der Waffe hinterlassen hatten, aus der die Kugel in Dannys Kopf gefeuert worden war.

»Ihre hat einen starken Zug nach links.« Frost zeigte mir etwas, das wie ein Schwänzchen aussah, das aus der kreisförmigen Einkerbung durch den Schlagbolzen herauskam. »Und da ist noch diese andere Zacke, auch nach links.« Er berührte den Schirm mit dem Finger.

»Auswerfer?« sagte ich.

»Nee, ich würde sagen, das ist vom zurückschnellenden Schlagbolzen.«

»Ungewöhnlich?«

»Nun, es ist lediglich einzigartig für diese Waffe«, erwiderte er, während er weiter geradeaus blickte. »Also können wir das eingeben, wenn Sie wollen.«

»Machen Sie nur.«

Er öffnete ein anderes Fenster auf dem Bildschirm und gab die ihm zur Verfügung stehenden Informationen ein, darunter die halbkreisförmige Einkerbung, die der Schlagbolzen im weichen Metall des Zündhütchens hinterlassen hatte, und die Richtung des Zugs und die parallele Streifung der mikroskopischen Charakteristika der Verschlußkappe. Wir gaben nichts über die Kugel ein, die ich aus Dannys Gehirn geholt hatte, denn wir konnten nicht beweisen, daß die Black Talon und die Patronenhülse zusammengehörten, auch wenn wir das stark vermuteten. Die Untersuchung dieser beiden Beweisstücke war wirklich ohne Zusammenhang, denn Rücken und Rillen und Eindrücke des Schlagbolzens sind so unterschiedlich wie Fingerabdrücke und Schuhabnutzung. Man konnte nur hoffen, daß diese leblosen Zeugen die gleichen Geschichten erzählten.

Erstaunlicherweise taten sie es in diesem Fall. Als Frost die Suche aufrief, brauchten wir nur eine oder zwei Minuten zu warten, bis DRUGFIRE uns mitteilte, daß es einige Kandidaten gab, die zu dem kleinen nickelüberzogenen Zylinder paßten, der drei Meter von Dannys Blutspuren entfernt gefunden worden war.

»Schauen wir mal, was wir hier haben.« Frost sprach mit sich selber, während er die Liste auf seinem Monitor holte. »Das ist Ihr Spitzenreiter.« Er fuhr mit dem Finger über den Bildschirm. »Konkurrenzlos. Weit vor dem übrigen Feld.«

»Eine Sig fünfundvierzig P220«, sagte ich und sah ihn verwundert an. »Die Patronenhülse paßt zu einer Waffe. Im Gegensatz zu einer anderen Patronenhülse?«

»Ja. Müßte mit dem Teufel zugehen, wenn es nicht stimmt. Herrgott noch mal.«

»Ich will sichergehen, daß ich alles verstehe.« Was ich da sah, konnte ich gar nicht glauben. »Die Charakteristika einer Schußwaffe wären ja nicht in DRUGFIRE, wenn diese Waffe nicht in ein Labor gebracht worden wäre. Von der Polizei, aus irgendeinem Grund.«

»So läuft das«, stimmte Frost zu, während er die Detailfenster auszudrucken begann. »Diese Sig 45, die im Computer ist, stellt sich als genau die heraus, aus der die Patrone abgefeuert ist, die bei Danny Websters Leiche gefunden wurde. Soviel wissen wir in diesem Augenblick. Ich muß jetzt nur noch die Patronenhülse aufrufen, die zum Test abgefeuert wurde, als wir die Waffe erhalten haben.« Er stand auf.

Ich rührte mich nicht, sondern starrte weiter auf die DRUGFIRE-Liste mit ihren Symbolen und Abkürzungen, die uns alles über diese Waffe berichteten. Sie hinterließen

Rückschlag- und Zugspuren – quasi ihre Fingerabdrücke – auf den Patronenhülsen jedes Geschosses, das man damit abfeuerte. Ich dachte an Ted Eddings' steifen Körper im kalten Wasser des Elizabeth River. Ich dachte an Danny, tot neben einem Tunnel, der nirgend wohin mehr führte.

»Dann ist diese Waffe irgendwie wieder in den Verkehr gelangt«, sagte ich.

Frost schürzte die Lippen, während er Aktenschubladen aufmachte. »Es scheint so. Aber ich kenne wirklich nicht die Einzelheiten, warum sie anfänglich ins System eingegeben worden ist.« Er suchte noch herum, als er hinzufügte: »Ich glaube, das Polizeirevier, das uns die Waffe damals herbrachte, war Henrico County. Schauen wir mal, wo ist CVA5471? Uns geht hier allen Ernstes der Platz aus.«

»Sie wurde letzten Herbst gebracht.« Ich bemerkte das Datum auf dem Monitor. »Am 29. September.«

»Richtig. Das müßte das Datum sein, an dem das Formular ausgestellt wurde.«

»Wissen Sie, warum die Polizei die Waffe brachte?«

»Da müßten Sie anrufen«, sagte Frost.

»Setzen wir Marino darauf an.«

»Gute Idee.«

Ich wählte Marinos Piepser an, während Frost eine Aktenmappe herauszog. Darin waren die üblichen durchsichtigen Plastikhüllen, die wir dazu verwendeten, um die Tausende von Patronenhülsen und Kugeln zu lagern, die jedes Jahr in Virginias Labore wanderten.

»Also los«, sagte er.

»Haben Sie eine Sig P220 hier?« Ich erhob mich nun auch.

»Eine. Sie sollte im Regal bei den anderen Fünfundvierziger-Automatikwaffen sein.«

Während er seine Schußtest-Patronenhülse auf den Objektträger des Mikroskops montierte, ging ich in einen Raum, der entweder ein Alptraum oder ein Spielzeugladen war, je nach

Betrachter. An den Wänden waren Hängeborde, übersät mit Pistolen und Revolvern. Der Gedanke, wie viele Tote die Waffen in diesem vollgestopften Raum repräsentierten und wie viele davon meine Fälle gewesen waren, deprimierte mich. Die Sig Sauer P220 war schwarz und sah der Neunmillimeter der Polizei von Richmond so ähnlich, daß ich sie auf den ersten Blick nicht hätte unterscheiden können. Freilich erschien bei näherem Hinsehen die .45er etwas größer, und ich vermutete, daß auch ihre Mündungsmarkierung anders war.

»Wo ist das Stempelkissen?« fragte ich Frost, während er sich über das Mikroskop beugte und beide Patronenhülsen nebeneinander legte, um sie direkt vergleichen zu können.

»In der obersten Schreibtischschublade«, sagte er, als das Telefon klingelte. »Etwas weiter hinten.«

Ich holte die kleine Dose mit Fingerabdrucktinte heraus und entfaltete ein schneeweißes, sauberes Baumwolltuch, das ich auf ein dünnes, weiches Plastikkissen legte. Frost nahm den Hörer ab.

»He, Kollege. Wir haben einen Treffer bei DRUGFIRE«, sagte er, und ich wußte, er sprach mit Marino. »Können Sie etwas überprüfen?«

Er gab Marino durch, was er wußte. Nachdem er aufgelegt hatte, sagte Frost zu mir: »Er überprüft es sofort bei Henrico.«

»Gut«, sagte ich abwesend, während ich den Lauf der Pistole in die Tinte tauchte und dann auf das Tuch drückte.

»Die sind eindeutig distinktiv«, sagte ich sofort, als ich schwarze Mündungsmarkierungen studierte, die deutlich das vordere Visier, die Laufführung und den Umriß des Schlittens zeigten.

»Glauben Sie, daß wir diesen spezifischen Pistolentyp identifizieren könnten?« fragte er und schaute schon wieder durchs Mikroskop.

»Bei einer Kontaktwunde könnten wir es theoretisch«,

sagte ich. »Das offenkundige Problem ist nur, daß eine mit hochwirksamer Munition geladene Fünfundvierziger so unglaublich zerstörerisch ist, daß wir womöglich kein gutes Muster finden werden, jedenfalls nicht am Kopf.«

Das traf auf Dannys Fall zu, selbst nachdem ich all meine Fähigkeiten in plastischer Chirurgie aufgeboten hatte, um die Einschußwunde so gut wie möglich zu rekonstruieren. Doch als ich das Tuch mit Diagrammen und Fotos verglich, die ich unten im Leichenschauhaus aufgenommen hatte, fand ich nichts, was dagegensprach, daß eine Sig P220 die Mordwaffe gewesen war. Tatsächlich meinte ich, eine Übereinstimmung bei der Visierkante gefunden zu haben, die vom Rand des Einschußlochs vorstand.

»Da haben wir unsere Bestätigung«, sagte Frost, der die Scharfeinstellung regulierte, während er weiter in das Vergleichsmikroskop schaute.

Wir drehten uns beide um, als wir jemand den Flur entlanglaufen hörten.

»Möchten Sie es sehen?« fragte er.

»Ja, klar«, sagte ich, als noch eine Person vorbeirannte, deren Schlüssel am Gürtel wie verrückt klirrten.

»Was ist denn?« Frost stand auf und ging stirnrunzelnd zur Tür. Die Stimmen draußen im Flur waren lauter geworden, und nun rannten wieder Leute vorbei, nur in die andere Richtung. Frost und ich traten in dem Augenblick aus dem Labor, als einige Sicherheitsleute auf dem Weg zu ihren Plätzen vorbeieilten. Wissenschaftler in Laborkitteln blickten aus ihren Türrahmen suchend umher. Jeder fragte jeden, was los war, als über uns plötzlich der Feueralarm losheulte und rote Lichter an den Decken aufleuchteten.

»Was, zum Teufel, ist das, eine Alarmübung?« schrie Frost.

»Es war keine angesetzt.« Ich hielt mir die Ohren zu, während die Leute zu rennen anfingen.

»Heißt das, es brennt?« Er sah verwirrt aus.

Ich rannte nach unten und war gerade durch mehrere Türen auf den Flur in meinem Stock gestürmt, als kühles Halongas in einem weißen Wirbel von der Decke kam. Es klang, als wäre ich von großen Zimbeln umgeben, auf die mit einer Million Stöcken wie verrückt eingeschlagen wurde, während ich in rasender Hast die Zimmer kontrollierte. Fielding war weg, und alle anderen Büros waren so rasch evakuiert worden, daß Schubladen offen standen und Dia-Projektoren sowie Mikroskope noch an waren. Kühle Wolken sanken auf mich hernieder, und ich hatte die surreale Vorstellung, inmitten eines Luftalarms durch einen Hurrikan zu fliegen. Ich rannte in die Bibliothek und in die Toiletten, und als ich zu meiner Zufriedenheit festgestellt hatte, daß alle sicher aus dem Haus waren, lief ich den Flur entlang und stürmte aus den Vordertüren. Ich blieb einen Augenblick stehen, um Luft zu holen und meinen Herzschlag zu beruhigen. Die Vorgehensweise bei einem Alarm oder einer Übung war so streng durchstrukturiert wie die meisten Routineabläufe im Bundesstaat. Ich wußte, ich würde mein Personal im zweiten Stock des Monroe-Tower-Parkhauses auf der anderen Seite der Franklin Street finden. Inzwischen sollten alle Angestellten von Consolidated Lab an ihren vorbestimmten Plätzen sein, außer den Abteilungsleitern und Betriebschefs, und von denen, so schien es, war ich als letzte herausgekommen. Nur der Leiter des Wartungsdienstes, der für mein Gebäude zuständig war, überquerte vor mir rasch die Straße, einen Schutzhelm unter den Arm geklemmt. Als ich nach ihm rief, drehte er sich um und blinzelte, als erkenne er mich überhaupt nicht.

»Was in Gottes Namen geht hier vor?« fragte ich, als ich ihn eingeholt hatte und wir auf die andere Straßenseite wechselten. »Was vorgeht? Sie hätten besser keine Extras in Ihrem Jahresbudget verlangen sollen.« Er war ein alter Mann, der stets gut gekleidet, aber unfreundlich war. Heute war er fuchsteufelswild. Ich blickte auf das Gebäude und sah keinen

Rauch, als ein paar Straßen weiter Feuerwehrautos heulten und hupten.

»Irgendein Idiot hat die verdammte Sprinkleranlage ausgelöst, die nicht aufhört, bis alle Chemikalien versprüht sind.« Er blickte mich so finster an, als trüge ich die Schuld daran. »Ich hatte die verdammte Anlage auf Verzögerung geschaltet, um genau so etwas zu verhindern.«

»Was nicht sehr hilfreich wäre, wenn es ein chemisches Feuer oder eine Explosion in einem Labor gäbe.« Diesen Tadel konnte ich mir nicht verkneifen, weil die meisten seiner Entscheidungen etwa genauso schlimm waren. »Wir können keine Verzögerung von dreißig Sekunden gebrauchen, wenn so etwas passiert.«

»Aber es ist nicht passiert. Haben Sie eine Ahnung, was das alles kosten wird?«

Ich dachte an die Schriftstücke auf meinem Schreibtisch und andere wichtige Dinge, die überall verstreut waren und womöglich beschädigt wurden. »Wieso sollte jemand die Anlage auslösen?« fragte ich.

»Hören Sie, im Augenblick habe ich ungefähr genauso viele Informationen wie Sie.«

»Aber Tausende Liter von Chemikalien sind über alle meine Büros, das Leichenschauhaus und die anatomische Abteilung verteilt.« Wir stiegen eine Treppe hoch, und ich konnte meinen Ärger immer schwerer zurückhalten.

»Sie werden gar nichts davon merken.« Er wiegelte grob meinen Einwand ab. »Die verflüchtigen sich wie Dampf.«

»Die sind über alle Leichen, die wir gerade autopsieren, verteilt, darunter einige Mordopfer. Hoffen wir bloß, daß kein Verteidiger das vor Gericht vorbringt.«

»Sie sollten lieber hoffen, daß wir das irgendwie bezahlen können. Das Auffüllen dieser Tanks wird ein paar hunderttausend Dollar kosten. Das sollte Ihnen schlaflose Nächte bereiten.«

Der zweite Stock des Parkhauses war mit Hunderten von Staatsbediensteten bevölkert, die eine unerwartete Pause einzulegen hatten. Normalerweise waren Übungen und falscher Alarm eine Einladung herumzualbern, und die Leute waren gut gelaunt, solange das Wetter schön war. Aber heute war niemand locker. Es war kalt und grau, und die Menschen sprachen aufgeregt aufeinander ein. Der Betriebsleiter entfernte sich abrupt von mir, um mit einem seiner Gefolgsmänner zu sprechen, und ich sah mich um. Ich hatte gerade meine Leute entdeckt, als ich eine Hand auf meinem Arm fühlte.

»Hoppla, was ist denn los?« fragte Marino, als ich zusammenzuckte. »Hast du ein posttraumatisches Streßsyndrom?«

»Ganz sicher«, sagte ich. »Warst du im Gebäude?«

»Nee, aber nicht weit weg. Ich hab von eurem großen Feueralarm über Funk erfahren und gedacht, ich schau mal vorbei.« Er zog seinen Polizeigürtel mit all dem schweren Zeug daran hoch, während er seinen Blick über die Menge streifen ließ. »Macht es dir was aus, mir zu sagen, was, zum Teufel, hier vorgeht? Hast du endlich einen Fall von Selbstentzündung?«

»Ich weiß nicht genau, was los ist. Aber man hat mir gesagt, daß jemand offenbar falschen Alarm ausgelöst hat, so daß die Sprinkleranlage im gesamten Gebäude anging. Warum bist du hier?«

»Dort drüben ist Fielding.« Marino nickte. »Und Rose. Sie sind alle beisammen. Du siehst verdammt verfroren aus.«

»Du warst gerade in der Gegend?« fragte ich, weil ich wußte, daß es etwas zu bedeuten hatte, wenn er mir auswich.

»Ich habe den verfluchten Alarm schon auf der Broad Street hören können«, sagte er.

Wie auf Stichwort verstummte der entsetzliche Lärm auf der anderen Straßenseite plötzlich. Ich trat näher an die Brüstung des Parkdecks und schaute nach drüben, während ich mir ernsthafte Sorgen machte, was ich vorfinden würde, wenn wir alle wieder in unser Gebäude zurück durften. Feuerwehrautos rumpelten laut auf den Parkplatz, und Feuerwehrmänner in Schutzanzügen betraten das Gebäude durch verschiedene Türen.

»Als ich sah, was los war«, fügte er hinzu, »habe ich damit gerechnet, dich hier zu finden. Und da hab ich mir gedacht, ich komm mal rauf.«

»Richtig gerechnet.« Meine Fingernägel hatten sich blau verfärbt. »Weißt du was über diesen Henrico-Fall, die Fünfundvierziger-Patronenhülse, die anscheinend aus derselben Sig P220 abgefeuert wurde, die Danny getötet hat?« fragte ich, während ich mich weiter an die kalte Betonbrüstung lehnte und auf die Stadt schaute.

»Wie kommst du darauf, daß ich das so schnell herausfinden könnte?«

»Weil jeder Angst vor dir hat.«

»Ja,ja, die sollten sie, zum Teufel, auch haben.«

Marino trat dichter zu mir. Er lehnte sich an die Brüstung, blickte aber in die andere Richtung, denn er stand nicht gern mit dem Rücken zu Menschen, aber das hatte nichts mit guten Manieren zu tun. Er rückte seinen Gürtel wieder zurecht und verschränkte die Arme vor der Brust. Er wich meinem Blick aus, und ich merkte, daß er wütend war.

»Am 11. Dezember«, berichtete er, »machte Henrico eine Verkehrskontrolle auf dem Mechanicsville Turnpike. Als der Henrico-Officer auf den Wagen zuging, sprang der Fahrer raus und rannte weg, und der Beamte hat die Verfolgung zu Fuß aufgenommen. Es war Nacht.« Er nahm sich eine Zigarette. »Die Verfolgungsjagd ging über die County-Grenze in die Stadt und endete schließlich in Whitcomb Court.« Er ließ sein Feuerzeug aufflammen. »Niemand ist sich wirklich sicher, was geschehen ist, aber irgendwann während der ganzen Jagd hat der Beamte seine Waffe verloren.«

Es dauerte eine Weile, bis mir wieder einfiel, daß vor einigen Jahren die Polizei von Henrico County von Neunmillimeter auf die Sig Sauer P220-Pistolen vom Kaliber .45 umgestiegen war.

»Und das ist die fragliche Pistole?« fragte ich unbehaglich.

»Ja.« Er zog den Rauch ein. »Weißt du, in Henrico haben sie diese Politik, daß jede Sig in DRUGFIRE eingegeben wird, für den Fall, daß genau so etwas passiert.«

»Das wußte ich nicht.«

»Richtig. Auch Cops verlieren ihre Waffen oder lassen sie sich klauen, wie andere Leute auch. So läßt sich, wenn eine verschwunden ist, die Spur verfolgen, falls sie beim Begehen einer Straftat benutzt werden.«

»Dann ist die Waffe, die Danny tötete, diejenige, die dieser Beamte aus Henrico verloren hat«, wollte ich mich vergewissern.

»Es sieht so aus.«

»Sie ist vor etwa einem Monat im Dienst verlorengegangen«, fuhr ich fort. »Und nun ist sie zu einem Mord verwendet worden. Sie wurde gegen Danny verwendet.«

Marino wandte sich mir zu und schnippte Asche von seiner Zigarette. »Zumindest bist nicht du in dem Auto vor dem Hill Café gewesen.«

Darauf konnte ich nichts erwidern.

»Dieses Stadtgebiet ist eigentlich nicht weit von Whitcomb Court und anderen üblen Vierteln entfernt«, meinte er. »Deshalb könnte es sich letztlich doch um einen Autoüberfall handeln.«

»Nein.« Ich wollte das immer noch nicht akzeptieren. »Mein Auto ist nicht gestohlen worden.«

»Es könnte etwas dazwischengekommen sein, so daß der Bastard seine Meinung geändert hat«, sagte er.

Ich sagte nichts.

»Es hätte alles mögliche sein können. Ein Nachbar schaltet das Licht an. Eine Sirene ertönt irgendwo. Eine Alarmanlage geht zufällig an. Vielleicht ist er entdeckt worden, nachdem er Danny erschossen hat, und hat alles stehen und liegen lassen.«

»Er hätte ihn nicht erschießen müssen.« Ich sah auf die Straße, auf den langsam dahinrollenden Verkehr. »Er hätte meinen Mercedes vor dem Café stehlen können. Warum mit Danny wegfahren und ihn den Hügel hinunter in den Wald führen?« Meine Stimme wurde härter. »Warum all das für ein Auto, das er schließlich doch nicht mitgenommen hat?«

»Möglich ist alles«, sagte er wieder. »Ich weiß es nicht.«

»Was ist mit dem Abschleppdienst in Virginia Beach?« sagte ich. »Hat jemand bei denen nachgefragt?«

»Danny hat dein Auto gegen halb vier abgeholt, genau um die Zeit, zu der es fertig sein sollte.«

»Was heißt das, es sollte um halb vier fertig sein?«

»Das haben sie dir doch gesagt, als du angerufen hast.«

Ich schaute ihn an. »Ich hab nie dort angerufen.«

Er schnippte Asche weg. »Das behaupten sie aber.«

»Nein.« Ich schüttelte den Kopf. »Danny hat angerufen. Das war sein Job. Er hat mit ihnen und meinem Auftragsdienst verhandelt.«

»Also hat sich jemand als Dr. Scarpetta ausgegeben und dort angerufen. Vielleicht Lucy?«

»Sie würde bestimmt sich nicht für mich ausgeben. War der Anrufer eine Frau?«

Er zögerte. »Gute Frage. Aber du solltest Lucy schon fragen, nur um sicherzugehen, daß sie nicht angerufen hat.«

Feuerwehrleute kamen wieder aus dem Gebäude, und ich wußte, daß wir bald in unsere Büros zurückkehren durften. Wir würden den Rest des Tages damit verbringen, alles zu überprüfen, zu spekulieren und zu klagen, während wir hofften, daß keine neuen Fälle eingeliefert wurden.

»Die Munition macht mir wirklich zu schaffen«, sagte Marino dann.

»Frost sollte bald in seinem Labor zurück sein«, sagte ich, aber Marino schien es nicht zu interessieren.

»Ich rufe ihn an. Bei dem ganzen Durcheinander gehe ich da nicht rauf.«

Ich spürte genau, daß er mich nicht verlassen wollte und daß er im Kopf mit mehr als nur diesem Fall beschäftigt war.

»Irgendwas macht dir Sorgen«, sagte ich.

»Ja, ja, Doc. Irgendwas macht mir immer Sorgen.«

»Und was ist es diesmal?«

Er zog wieder seine Schachtel Marlboro heraus, und ich dachte an meine Mutter, deren ständiger Gefährte nun ein Sauerstoffbehälter war, weil sie früher so schlimm gewesen war wie er.

»Schau mich nicht so an«, sagte er, während er wieder nach seinem Feuerzeug kramte.

»Ich will nicht, daß du dich umbringst. Und heute scheinst du es ernsthaft zu versuchen.«

»Wir müssen alle sterben.«

»Achtung«, ertönte es von einem Feuerwehrwagen. »Hier spricht die Feuerwehr von Richmond. Der Alarm ist beendet. Sie können wieder in das Gebäude«, erklang es aus dem Lautsprecher mit seinem wiederholten schrillen Piepsen und monotonen Rauschen. »Achtung. Der Alarm ist beendet. Sie können wieder ...«

»Ich«, fuhr Marino, nicht auf die Unruhe achtend, fort, »ich will abkratzen, während ich Bier trinke, Nachos mit Chili und Sour Cream esse, rauche, mir Jack Black reinkippe und das Spiel ansehe.«

»Du könntest auch noch Sex dazuzählen, wenn du schon dabei bist.« Ich lächelte nicht, denn ich fand an seinen Gesundheitsrisiken nichts besonders Erheiterndes.

»Doris hat mich vom Sex kuriert.« Auch Marino war jetzt ernst, denn er redete von der Frau, mit der er die meiste Zeit seines Lebens verheiratet gewesen war.

»Wann hast du das letztemal von ihr gehört?« fragte ich, denn ich merkte, daß sie womöglich die Erklärung für seine Laune war.

Er trat von der Brüstung weg und strich sich sein spärliches Haar zurück. Er zog wieder an seinem Gürtel, als haßte er die Insignien seines Berufs und die Fettschichten, die sich roh um sein Leben gelegt hatten. Ich hatte Fotos von ihm gesehen, als er noch Streifenbeamter in New York war, in hohen Lederstiefeln, auf einem Motorrad oder einem Pferd, kräftig und schlank mit dichtem, dunklem Haar. Es mußte eine Zeit gegeben haben, da Doris Pete Marino attraktiv fand.

»Gestern abend. Weißt du, sie ruft hin und wieder an. Hauptsächlich, um über Rocky zu reden.« Rocky war sein Sohn.

Marino musterte die Staatsbediensteten, die auf die Treppe zuströmten. Er streckte Finger und Arme und holte dann tief Luft. Er rieb sich den Nacken, während die Leute das Parkdeck räumten, die meisten verfroren und gereizt, denn nun mußten sie zu retten versuchen, was durch den falschen Alarm vom Tage übrigblieb.

»Was will sie von dir?« fühlte ich mich gezwungen zu fragen.

Er blickte sich weiter um. »Nun, es scheint, daß sie wieder geheiratet hat«, sagte er. »Das ist die Schlagzeile des Tages.«

Ich war ziemlich verdattert. »Marino«, sagte ich leise, »das tut mir echt leid.«

»Sie und der Schmarotzer mit dem großen Wagen mit Ledersitzen. Findest du das nicht toll? Von einer Minute auf die andere haut sie ab. Dann will sie mich wieder zurück. Dann verläßt Molly mich. Und dann heiratet Doris, einfach so.«

»Es tut mir leid«, sagte ich wieder.

»Du solltest lieber wieder reingehen, bevor du dir eine Lungenentzündung holst«, sagte er. »Ich muß zurück aufs Revier und Wesley über alles informieren. Er wird das mit der Waffe wissen wollen, und um ehrlich zu sein« – er schielte im Gehen zu mir herüber – »ich weiß schon, was das FBI sagen wird.«

»Daß Dannys Tod ein dummer Zufall ist«, meinte ich.

»Und ich bin nicht sicher, ob sie nicht ganz recht haben. Es sieht eher danach aus, als habe Danny versucht, sich ein bißchen Crack oder so etwas zu besorgen, und dann ist er an den falschen Typen geraten, der zufällig die Waffe eines Polizisten gefunden hat.«

»Ich glaub das immer noch nicht«, sagte ich.

Wir überquerten die Franklin Street, und ich schaute nach Norden, wo der imposante alte rote Bahnhof im gotischen Stil mit seinem Uhrturm die Sicht auf Church Hill versperrte. Danny war nicht weit von der Strecke abgewichen, die er gestern abend bei der Überführung meines Autos hatte nehmen sollen. Es gab keine Hinweise, daß er mit Drogen zu tun hatte. Ich hatte keine physischen Anzeichen gefunden, daß er Drogen nahm. Natürlich war der toxikologische Befund noch nicht da, aber ich wußte, daß er nicht trank.

»Übrigens«, sagte Marino, als er seinen Ford aufschloß. »Ich habe bei der Außenstelle Ecke Siebte und Duval vorbeigeschaut, und du solltest deinen Mercedes heute nachmittag zurück haben.«

»Haben sie ihn schon untersucht?«

»Ja, klar. Wir haben das gestern nacht gemacht und hatten alles bereit, als heute früh die Labors aufmachten, weil ich denen klargemacht habe, daß wir bei diesem Fall nicht herumtrödeln. Alles andere muß zurückgestellt werden.«

»Was habt ihr gefunden?« fragte ich, und bei dem Gedanken an mein Auto und was darin geschehen war, verlor ich beinahe die Fassung.

»Abdrücke. Von wem, wisssen wir nicht. Wir haben was abgesaugt. Das ist eigentlich schon alles.« Er stieg ein und ließ die Tür offen. »Jedenfalls sorge ich dafür, daß dein Auto hier ist, damit du heimfahren kannst.«

Ich bedankte mich, aber als ich mein Büro betrat, wußte ich, daß ich dieses Auto nicht mehr würde fahren können. Ich wußte, ich könnte nie wieder damit fahren. Ich glaubte nicht einmal, daß ich die Türen aufsperren oder mich hineinsetzen könnte.

Cleta putzte die Lobby, während die Empfangsdame die Möbel mit Tüchern abwischte, und ich versuchte, ihnen zu erklären, daß dies nicht notwendig war. Das gute an einem trägen Gas wie Halon, sagte ich geduldig, sei, daß es Papier oder empfindliche Instrumente nicht beschädige.

»Es verflüchtigt sich und hinterläßt keine Rückstände«, versprach ich. »Sie brauchen nicht zu putzen. Aber die Bilder an den Wänden müßten zurechtgerückt werden, und es sieht so aus, als herrsche auf Megans Schreibtisch ein völliges Chaos.«

Im Empfangsbereich waren Spendenanfragen für die Anatomie und eine Vielzahl anderer Formulare auf dem ganzen Boden verstreut.

»Ich glaube immer noch, irgendwas riecht komisch«, sagte Megan.

»Ja, ja, die Zeitschriften, das riechst du, du blöde Gans«, sagte Cleta. »Die riechen immer komisch.« Sie fragte mich: »Was ist mit den Computern?«

»Die sollten nicht im geringsten in ihrer Funktion beeinträchtigt sein«, sagte ich. »Mir machen Ihre nassen Böden mehr Sorgen. Die sollten Sie schleunigst trocken wischen, damit niemand ausrutscht.«

Mit einem Gefühl wachsender Hoffnungslosigkeit schritt ich vorsichtig über die glitschigen Fliesen, während die beiden fegten und wischten. Als mein Büro in Sicht kam, wappnete ich mich innerlich und blieb im Türrahmen stehen. Meine Sekretärin arbeitete drinnen bereits.

»Okay«, sagte ich zu Rose, »wie schlimm ist es?«

»Kein Problem, außer daß einige Ihrer Schriftstücke in alle Himmelsrichtungen verstreut sind. Ich habe Ihre Pflanzen bereits wieder in Ordnung gebracht.« Sie war eine gebieterische Frau im Pensionsalter, und sie blickte mich über ihre Lesebrille an. »Sie haben Ihre Eingangs- und Ausgangskörbe doch immer leer halten wollen, nun, jetzt sind sie's.«

Wohin ich auch schaute, waren Totenscheine, Gesprächsnotizen und Autopsieberichte wie Herbstlaub verweht worden. Sie lagen auf dem Boden, in den Bücherregalen und hingen in den Zweigen des Ficus.

»Ich bin auch der Meinung, Sie sollten nicht davon ausgehen, bloß weil Sie nichts sehen können, sei alles in Ordnung. Ich glaube, Sie sollten die Papiere lüften. Ich werde hier eine Wäscheleine mit Büroklammern aufspannen.« Sie arbeitete weiter, während sie sprach, ihr graues Haar löste sich aus dem Knoten.

»Ich glaube nicht, daß das nötig ist«, fing ich wieder mit der gleichen alten Leier an. »Halon verschwindet beim Trocknen.«

»Mir ist aufgefallen, daß Sie Ihren Schutzhelm gar nicht aus dem Fach genommen haben.«

»Ich hatte keine Zeit dazu«, sagte ich.

»Wirklich zu dumm, daß wir keine Fenster haben.« Rose sagte dies mindestens einmal in der Woche.

»Also wirklich, wir müssen nur alle Sachen aufheben«, sagte ich. »Ihr seid alle paranoid, alle miteinander.«

»Sind Sie schon mal mit diesem Gas in Berührung gekommen?«

»Nein«, antwortete ich.

»Aha«, meinte sie, während sie einen Stapel Handtücher ablegte. »Dann können wir gar nicht sorgfältig genug sein.«

Ich setzte mich an den Schreibtisch und öffnete die oberste Schublade, um ein paar Schachteln Büroklammern herauszunehmen. Verzweiflung flackerte in meiner Brust auf, und ich hatte Angst, ich würde mich auf der Stelle auflösen. Meine Sekretärin kannte mich besser als meine Mutter, und sie bekam jede Miene von mir mit, hörte aber nicht auf weiterzuarbeiten. Nach langem Schweigen sagte sie: »Dr. Scarpetta, warum gehen Sie nicht heim? Ich kümmere mich um alles.«

»Rose, wir kümmern uns gemeinsam darum«, erwiderte ich störrisch.

»Ich kann das mit dem blöden Wachmann gar nicht glauben.«

»Welchem Wachmann?« Ich hielt inne und schaute sie an.

»Na, der den Alarm ausgelöst hat, weil er glaubte, wir hätten hier oben so etwas wie eine radioaktive Kernschmelze.«

Ich starrte sie an, während sie einen Totenschein vom Teppich aufhob. Mit Büroklammern heftete sie ihn an die Schnur, während ich meinen Schreibtisch in Ordnung brachte.

»Was um alles in der Welt erzählen Sie da?« fragte ich.

»Das ist alles, was ich weiß. Davon haben sie auf dem Parkdeck gesprochen.« Sie faßte sich ins Kreuz und blickte sich um. »Ich kann's nicht fassen, wie schnell das Zeug trocknet. Das ist wie in einem Science-fiction-Film.« Sie hängte einen Totenschein auf. »Ich glaube, alles wird wieder gut.«

Ich gab keinen Kommentar, weil ich wieder an mein Auto dachte. Die Vorstellung, den Mercedes zu sehen, entsetzte mich ernsthaft, und ich bedeckte das Gesicht mit den Händen. Rose wußte nicht ganz genau, was sie machen sollte, weil sie mich nie hatte weinen sehen.

»Kann ich Ihnen einen Kaffee bringen?« fragte sie.

Ich schüttelte den Kopf.

»Das ist so, als ob hier ein kräftiger Sturm durchgeweht wäre. Morgen ist es so, als wäre nichts geschehen.« Sie versuchte, mich aufzuheitern.

Ich war dankbar, als ich sie hinausgehen hörte. Sie schloß leise meine beiden Türen, und ich lehnte mich erschöpft im Stuhl zurück. Ich nahm den Telefonhörer ab und probierte

Marinos Nummer, aber er war nicht da, und so suchte ich die Nummer von McGeorge Mercedes und hoffte, daß Walter nicht verreist war.

Er war da.

»Walter? Hier Dr. Scarpetta«, sagte ich ohne Einleitung. »Können Sie mir bitte einen Wagen besorgen?« stammelte ich. »Ich schätze, ich muß das erklären.«

»Keine Erklärungen nötig. Wie sehr ist er beschädigt?« fragte er. Er hatte eindeutig die Nachrichten gehört.

»Für mich ist es ein Totalschaden«, sagte ich. »Für einen anderen ist er so gut wie neu.«

»Ich verstehe und kann es Ihnen nicht verdenken«, sagte er. »Was wollen Sie machen?«

»Können Sie ihn gleich gegen einen anderen eintauschen?«

»Ich hab einen fast identischen Wagen. Aber der ist gebraucht.«

»Wie gebraucht?«

»Kaum. Er hat meiner Frau gehört. Ein S-500, schwarz mit Lederbezügen.«

»Können Sie jemand damit auf meinen Parkplatz schikken, und wir tauschen?«

»Ich bin schon unterwegs, meine Liebe.«

Er traf um halb sechs ein, als es draußen schon dunkel wurde, für einen Händler eine gute Zeit, um einer so verzweifelten Person wie mir einen Gebrauchtwagen vorzuführen. Aber in Wahrheit hatte ich mit Walter schon seit Jahren Geschäfte gemacht und hätte den Wagen sogar unbesehen gekauft, weil ich ihm so sehr vertraute. Er war ein distinguiert aussehender Mann mit einem makellosen Schnurrbart und kurzgeschorenem Haar. Er war besser gekleidet als die meisten Anwälte, die ich kannte, und trug ein goldenes Armband mit dem Hinweis, daß er gegen Bienen allergisch sei.

»Es tut mir wirklich leid für Sie«, sagte er, während ich meinen Kofferraum leerräumte.

»Mir tut es auch leid.« Ich machte keinen Versuch, freundlich zu sein oder meine Stimmung zu verbergen. »Hier ist ein Schlüssel. Betrachten Sie den anderen als verloren. Und wenn es Ihnen nichts ausmacht, möchte ich sofort losfahren. Ich möchte nicht zusehen, wie Sie in mein Auto steigen. Ich will bloß weg hier. Wir regeln das mit der Funkausrüstung später.«

»Ich verstehe. Wir werden die Einzelheiten ein andermal besprechen.«

Die kümmerten mich momentan überhaupt nicht. Im Augenblick war ich an keiner Kosten-Nutzen-Rechnung interessiert, auch nicht daran, ob dieser Wagen in so gutem Zustand war wie der, den ich in Zahlung gegeben hatte. Ich hätte auch einen Betonmischer fahren können und wäre damit zufrieden gewesen. Mit einem Knopfdruck verriegelte ich die Türen und steckte meine Pistole zwischen die Sitze.

Ich fuhr auf der 14. Straße nach Süden und bog an der Canal auf die Interstate ab, die ich normalerweise benutzte, doch ein paar Ausfahrten später drehte ich wieder um. Ich wollte der Route folgen, die Danny gestern abend vermutlich genommen hatte, und wenn er aus Norfolk gekommen war, mußte er über die 64 West gefahren sein. Die einfachste Abfahrt für ihn wäre die zum Medizincollege von Virginia gewesen, denn die hätte ihn fast bis zum Leichenschauhaus gebracht. Aber ich glaubte nicht, daß er das gemacht hatte.

Bis er Richmond erreicht hatte, mußte er schon ans Essen gedacht haben, und in der Nähe meines Büros gab es nichts Interessantes. Danny mußte das gewußt haben, da er einige Zeit bei uns gearbeitet hatte. Ich vermutete, er war an der 5. Straße rausgefahren, wie ich es gerade tat, und dieser bis zur Broad gefolgt. Es war sehr dunkel, als ich an Baustellen und leeren Grundstücken vorbeifuhr, die bald Virginias biomedizinische Forschungsanstalt beherbergen sollten. Eines Tages würde auch meine Abteilung dorthin verlegt werden.

Einsatzfahrzeuge der Polizei zogen stumm vorbei, und ich hielt an der Ampel beim Marriott hinter einem an. Ich sah, wie der Beamte vor mir sein Innenlicht anknipste und etwas auf eine metallene Schreibunterlage notierte. Er war sehr jung, mit blondem Haar, und griff nach seinem Funkmikro und sprach hinein. Ich konnte die Bewegungen seiner Lippen sehen, als er auf die dunkle Silhouette des kleinen Häuserblocks an der Ecke blickte. Er beendete seinen Funkspruch und trank etwas aus einem Pappbecher, und ich wußte, daß er noch nicht lange bei der Polizei war, weil er seine Umgebung nicht richtig überprüft hatte. Er schien nicht zu merken, daß er beobachtet wurde.

Ich fuhr weiter und bog nach links auf die Broad ab, kam an einem Drogeriemarkt und dem alten Kaufhaus Miller & Rhoads vorbei, das seine Pforten für immer geschlossen hatte, als immer weniger Leute in der Innenstadt einkauften. Auf der einen Straßenseite war die gotische Granitfestung des alten Rathauses zu sehen und auf der anderen der Campus des Medizincolleges, der wohl mir vertraut war, aber nicht Danny. Ich bezweifelte, daß er das Skull & Bones kannte, wo medizinisches Personal und Studenten aßen. Ich bezweifelte, daß er gewußt hätte, wo er mein Auto hier hätte abstellen können.

Ich glaubte, er hatte das getan, was jeder gemacht hätte, der sich in einer Stadt nicht richtig auskannte und den teuren Wagen seiner Chefin fuhr. Er wäre geradeaus gefahren und hätte beim ersten anständigen Lokal angehalten, auf das er stieß. Das war vermutlich das Hill Café. Ich kreiste um den Block, wie er es vermutlich getan hatte, und parkte in südlicher Richtung, wo wir seine Tüte mit den Essensresten gefunden hatten. Als ich unter dem herrlichen Magnolienbaum eingeparkt hatte, stieg ich aus und steckte die Pistole in meine Manteltasche. Augenblicklich setzte das Bellen hinter dem Maschendrahtzaun wieder ein. Es mußte ein großer

Hund sein, der dort so kläffte, als hätte ich mir schon früher seinen Haß zugezogen. Im oberen Stockwerk des kleinen Hauses seines Herrchens gingen Lichter an.

Ich überquerte die Straße und betrat das Café, in dem es wie üblich voll und laut war. Daigo mixte gerade Whiskey Sours und bemerkte mich erst, als ich an der Bar einen Hocker zu mir heranzog.

»Sie sehen aus, als bräuchten Sie heute was Starkes, meine Liebe«, sagte sie und ließ eine Orangenscheibe und eine Kirsche in jedes Glas gleiten.

»Das stimmt, aber ich bin im Dienst«, sagte ich. Das Bellen des Hundes hatte aufgehört.

»Das ist das Problem mit Ihnen und dem Captain. Ihr seid immer im Dienst.« Sie winkte einem Kellner.

Er kam her und holte die Drinks, und Daigo machte sich an die nächste Bestellung.

»Kennen Sie den Hund direkt gegenüber? An der 28. Straße?« fragte ich leise.

»Sie müssen Outlaw meinen. Zumindest nenne ich dieses Mistvieh so. Haben Sie 'ne Ahnung, wie viele Gäste der räudige Köter schon verscheucht hat?« Sie blickte mich an, während sie ärgerlich eine Limone aufschnitt. »Wissen Sie, er ist halb Schäferhund, halb Wolf«, fuhr sie fort, bevor ich etwas sagen konnte. »Hat er Sie belästigt oder so?«

»Er bellt nur sehr wild und laut, und ich frage mich, ob er gestern abend, als Danny Webster wegging, auch gebellt hat. Besonders, da wir annehmen, daß er unter dem Magnolienbaum geparkt hat, der auf dem Grundstück steht, wo der Hund ist.«

»Der verdammte Köter bellt die ganze Zeit.«

»Dann erinnern Sie sich also nicht – ich würde auch gar nicht denken ...«

Sie schnitt mir das Wort ab, während sie eine Bestellung las und eine Bierflasche öffnete. »Freilich erinnere ich mich. Wie schon gesagt, er bellt die ganze Zeit. War auch bei dem armen Jungen nicht anders. Outlaw hat, als er ging, wie verrückt gebellt. Dieser verdammte Köter bellt auch den Wind an.«

»Wie war es, bevor Danny ging?« fragte ich.

Sie überlegte eine Weile, dann leuchteten ihre Augen auf. »Jetzt, da Sie es erwähnen, glaube ich, der Hund hat am frühen Abend beinahe ständig gebellt. Ich habe sogar irgendeine Bemerkung gemacht, daß es mich in den Wahnsinn treibt, und ich hatte schon halb vor, den Besitzer des verdammten Viehs anzurufen.«

»Wie war es mit anderen Gästen?« fragte ich. »Sind viele Leute hereingekommen, als Danny hier war?«

»Nein.« Sie war sich sicher. »Zunächst einmal ist er früh gekommen. Außer den Stammgästen ist niemand hier gewesen, als er kam. Tatsächlich erinnere ich mich, daß bis mindestens sieben niemand zum Essen hereinkam. Und da war er schon weg.«

»Und wie lange hat der Hund noch gebellt, nachdem er weg war?«

»Hin und wieder, den ganzen Abend lang, wie immer.«

»Hin und wieder, aber nicht andauernd?«

»Niemand könnte das den ganzen Abend aushalten. Nicht andauernd.« Sie sah mich verschmitzt an. »Wenn sie sich jetzt fragen, ob der Hund gebellt hat, weil da draußen jemand auf den Jungen gewartet hat« – sie deutete mit dem Messer auf mich – »ich glaub's nicht. Die Sorte von Halsabschneider, die hier aufkreuzen würde, die würde wie der Teufel rennen, wenn der Hund loslegt. Deswegen halten sie ihn ja. Die Leute dort drüben.« Sie deutete wieder mit dem Messer.

Ich dachte nochmals an die gestohlene Sig, die bei dem Mord an Danny verwendet worden war, und daran, wo der Polizist sie verloren hatte, und ich wußte genau, was Daigo meinte. Irgendein Straßenkrimineller würde sich vor einem großen, lauten Hund und der Aufmerksamkeit fürchten, die sein Bellen erregen konnte. Ich dankte ihr und ging wieder hinaus. Einen Augenblick stand ich am Straßenrand und schaute zu den Lichtflecken der Gaslaternen, die weit auseinander standen in den engen, dunklen Straßen. Die Flächen zwischen den Gebäuden und Einfamilienhäusern boten genügend Schatten, wo jemand, ohne gesehen zu werden, warten konnte.

Ich blickte zu meinem neuen Wagen und dem kleinen Grundstück hinüber, wo der Hund lauerte. Er war jetzt still, und ich ging einige Meter auf dem Gehsteig Richtung Norden, um zu schauen, was er wohl machte. Aber er schien kein Interesse zu haben, bis ich mich dem Grundstück näherte. Dann vernahm ich das tiefe, bösartige Knurren, das mir die Haare zu Berge stehen ließ. Als ich meine Wagentür aufsperrte, war er auf den Hinterläufen und rüttelte am Zaun.

»Du bewachst nur dein Reich, nicht wahr, mein Junge?« sagte ich. »Ich wünschte, du könntest mir erzählen, was du gestern abend gesehen hast.«

Ich schaute auf das Häuschen, als ein Fenster im oberen Stock plötzlich aufging.

»Bozo, still!« schrie ein dicker Mann mit wirrem Haar. »Still, du blöder Köter!« Das Fenster knallte zu.

»Schon gut, Bozo«, sagte ich zu dem Hund, der leider nicht wirklich Outlaw hieß. »Ich laß dich jetzt in Ruhe.« Ich schaute mich ein letztes Mal um und stieg in meinen Wagen.

Die Fahrt von Daigos Restaurant zu den restaurierten Häusern an der Franklin, wo die Polizei mein Auto gefunden hatte, dauerte weniger als drei Minuten, wenn ich mich an die vorgeschriebene Geschwindigkeit hielt. Ich wendete an dem Hügel, der nach Sugar Bottom führte, denn es kam nicht in Frage, dorthin zu fahren, besonders nicht in einem Mercedes. Dieser Gedanke brachte mich auf eine andere Idee.

Ich fragte mich, warum der Täter sich entschieden hatte, sich in einem restaurierten Viertel mit einem weithin bekannten Nachbarschaftsüberwachungsprogramm zu Fuß zu bewegen. Church Hill hatte sein eigenes Lokalblatt, und die Anwohner sahen aus ihren Fenstern und zögerten nicht, die Cops zu rufen, besonders, wenn Schüsse gefallen waren. Unter diesen Umständen wäre es doch sicherer gewesen, unauffällig zu meinem Auto zurückzukehren und sich damit ein Stück weit in Sicherheit zu bringen.

Doch der Mörder hatte dies nicht getan, und ich fragte mich, ob er zwar die äußeren Gegebenheiten dieser Gegend, nicht aber ihre sozialen Strukturen kannte, weil er nicht von hier war. Ich fragte mich auch, ob er mein Auto nicht genommen hatte, weil sein eigenes in der Nähe parkte und meines nicht von Interesse für ihn war. Er brauchte es nicht wegen des Geldes oder zur Flucht. Diese Theorie machte Sinn, wenn Danny gezielt verfolgt wurde und nicht ein zufälliges Opfer war. Während er zu Abend aß, hätte sein Angreifer parken, zu Fuß zum Café zurückkehren und im Dunkeln bei dem Mercedes warten können, während der Hund bellte.

Ich fuhr an meinem Gebäude in der Franklin vorbei, als mein Piepser ertönte. Ich holte ihn aus der Tasche und schaltete das Licht an, damit ich sehen konnte. Ich hatte momentan weder Funk noch Telefon im Auto, und so entschied ich mich rasch, auf den hinteren Parkplatz des Leichenschauhauses einzubiegen. Ich betrat das Gebäude durch eine Seitentür, gab meinen Sicherheitscode ein, ging in die Leichenhalle und nahm den Aufzug nach oben. Die Spuren von dem falschen Alarm heute waren verschwunden, doch die Totenscheine, die Rose aufgehängt hatte, waren ein gespenstischer Anblick. Ich setzte mich an den Schreibtisch und rief Marino zurück.

»Wo, zum Teufel, steckst du?« sagte er augenblicklich.

»Im Büro«, sagte ich und starrte auf die Uhr.

»Also ich glaube, das ist der letzte Ort, an dem du dich

jetzt aufhalten solltest. Und ich wette, du bist allein. Hast du schon gegessen?«

»Was soll das heißen, der letzte Ort, an dem ich jetzt sein sollte?«

»Treffen wir uns, dann werd ich's dir erklären.«

Wir verabredeten uns im Linden Row Inn, das in der Innenstadt lag und sehr gemütlich war. Ich ließ mir Zeit, weil Marino auf der anderen Seite des Flusses wohnte, aber er war schnell. Als ich eintraf, saß er bereits an einem Tisch vor dem Kamin. Da er nicht im Dienst war, trank er ein Bier. Der Barkeeper war ein kauziger, älterer Mann mit einer schwarzen Fliege. Er trug gerade einen großen Kübel Eis herein, im Hintergrund erklang Pachelbel.

»Was ist los?« sagte ich zu Marino, als ich mich setzte. »Was ist jetzt schon wieder passiert?«

Er trug ein schwarzes Golfhemd, und sein Bauch drückte gegen den Stoff und schwappte über den Bund seiner Jeans. Der Aschenbecher war bereits mit Kippen übersät, und ich vermutete, das Bier, das er gerade trank, war weder sein erstes noch sein letztes.

»Möchtest du die Geschichte von deinem falschen Alarm heute nachmittag hören, oder hat sie dir schon jemand erzählt?« Er hob den Krug an die Lippen.

»Niemand hat mir besonders viel erzählt. Obwohl ich ein Gerücht gehört habe, über Panik vor Radioaktivität oder so«, sagte ich, als der Barkeeper mit Obst und Käse erschien. »Pellegrino mit Limone, bitte«, bestellte ich.

»Offenbar ist es mehr als ein Gerücht«, sagte Marino.

»Was?« Ich runzelte die Stirn. »Und wieso solltest du mehr über die Vorgänge in meinem Büro wissen als ich?«

»Weil diese Radioaktivität etwas zu tun hat mit Beweismaterial in einem Mordfall in dieser Stadt.« Er trank noch einen Schluck Bier. »Dem Mord an Danny Webster, genauer gesagt.«

Er ließ mir einen Augenblick Zeit, um zu verstehen, was er gesagt hatte, aber ich blieb begriffsstutzig.

»Willst du damit sagen, daß Dannys Leiche radioaktiv war?« fragte ich, als sei er übergeschnappt.

»Nein. Aber der Schmutz, den wir aus deinem Auto gesaugt haben, ist es offenbar. Und ich sage dir, die Leute, die da dran waren, haben eine Heidenangst, und ich bin auch nicht glücklich darüber, weil ich auch in deinem Wagen herumgestöbert habe. Das ist so eine Geschichte, mit der ich verdammte Probleme habe, so wie manche Leute mit Spinnen oder Schlangen. Das ist so wie bei den Typen, die in Vietnam Agent Orange abbekommen haben und nun an Krebs sterben.«

Ich sah ihn ungläubig an. »Du sprichst vom Vordersitz meines schwarzen Mercedes?«

»Ja, ja, und an deiner Stelle würde ich ihn nicht mehr fahren. Wie willst du wissen, daß dieses Zeug nicht über längere Zeit auch an dich kommt?«

»Ich fahre das Auto nicht mehr«, sagte ich. »Keine Sorge. Aber wer hat dir gesagt, daß die abgesaugten Partikel radioaktiv waren?«

»Die Dame mit dem ERM-Dings.«

»Dem Elektronenrastermikroskop.«

»Ja, ja. Das hat Uran aufgespürt, was den Geigerzähler ausgelöst hat. Was noch nie vorgekommen ist, wie ich mir habe sagen lassen.«

»Sicherlich nicht.«

»Und dann entsteht eine Panik unter den Wachleuten, die gleich am Ende des Flurs sind, wie du weißt«, fuhr er fort. »Und einer dieser Wachmänner trifft die folgenschwere Entscheidung, das Gebäude zu evakuieren. Bloß als er die Scheibe im roten Kästchen eindrückt und den Hebel umlegt, vergißt er dummerweise, daß damit auch die Sprinkleranlage in Gang gesetzt wird.«

»Meines Wissens«, sagte ich, »ist sie nie zum Einsatz gekommen. Ich könnte verstehen, daß das jemand vergißt. Er könnte sogar überhaupt nichts davon gewußt haben.« Ich dachte an den Betriebsleiter und wußte, was er dazu sagen würde. »Meine Güte. Das ist alles wegen meines Autos passiert. Meinetwegen, in gewissem Sinne.«

»Nein, Doc.« Marino sah mir mit steinerner Miene in die Augen. »Das ist alles passiert, weil irgendein Arschloch Danny umgebracht hat. Wie oft soll ich dir das noch sagen?«

»Ich glaube, ich möchte ein Glas Wein.«

»Hör auf, dir selber die Schuld zu geben. Ich weiß, was du machst. Ich weiß, wie du dich anstellst.«

Ich schaute mich nach dem Barmann um, und mir wurde am Feuer allmählich zu heiß. Vier Leute saßen in der Nähe und sprachen laut vom »verzauberten Garten« im Innenhof des Gasthauses, wo Edgar Allen Poe gespielt hatte, als er noch ein Kind war in Richmond.

»In einem seiner Gedichte schreibt er davon«, sagte eine Frau gerade.

»Der Krebs-Cocktail soll gut sein hier.«

»Ich mag es nicht, wenn du so wirst«, meldete sich Marino wieder, der sich dichter zu mir beugte und mit dem Finger herumfuchtelte. »Als nächstes fängst du an, auf eigene Faust zu agieren, und ich? Ich kann nicht schlafen.«

Der Barkeeper sah mich und machte schnell einen Umweg in unsere Richtung. Ich wollte doch keinen Chardonnay mehr und bestellte statt dessen einen Scotch. Ich zog meine Jacke aus und hängte sie über den Stuhl. Ich schwitzte und fühlte mich unwohl in meiner Haut.

»Gib mir eine Marlboro«, sagte ich zu Marino.

Ihm klappte die Kinnlade herunter, und er starrte mich schockiert an.

»Bitte.« Ich streckte ihm die Hand hin.

»Oh nein, du kriegst keine.« Er war eisern.

»Ich mache einen Deal mit dir. Ich rauche eine, und du rauchst eine, und dann hören wir beide damit auf.«

Er zögerte. »Das ist doch nicht dein Ernst.«

»Ist es aber, verdammt noch mal.«

»Da springt doch für mich nichts raus.«

»Außer daß du am Leben bleibst. Wenn es nicht schon zu spät ist.«

»Besten Dank. Aber kein Deal.« Er nahm zwei Zigaretten aus der Packung, das Feuerzeug in der Hand.

»Wie lange ist es her?«

»Ich weiß nicht. Drei Jahre vielleicht.« Die Zigarette schmeckte fad, aber es war ein herrliches Gefühl, sie zwischen den Lippen zu haben, als wären die Lippen für so einen Anfall geschaffen.

Der erste Zug traf meine Lungen wie ein Stich, und mir wurde sofort leicht im Kopf. Ich fühlte mich so wie damals, als ich mit sechzehn meine erste Camel rauchte. Das Nikotin drang mir ins Hirn, genauso wie damals, die Welt drehte sich langsamer, und meine Gedanken verschmolzen.

»Mein Gott, habe ich das vermißt«, klagte ich, als ich die Asche abstreifte.

»Dann nörgel' nicht mehr an mir herum.«

»Jemand muß es tun.«

»He, das ist doch kein Marihuana oder so was.«

»Das habe ich nie geraucht. Aber wenn es nicht illegal wäre, würde ich es heute vielleicht probieren.«

»Verdammt. Jetzt jagst du mir aber Angst ein.«

Ich inhalierte ein letztes Mal und drückte die Zigarette aus, während Marino mir mit seltsamer Miene zusah. Er geriet immer leicht in Panik, wenn ich mich auf eine Art und Weise verhielt, die ihm nicht vertraut war.

»Hör zu.« Ich ging wieder zum Job über. »Ich glaube, Danny ist gestern abend verfolgt worden, sein Tod ist kein Zufallsverbrechen, es ging nicht um Raub, Schwulenhetze oder Drogen. Ich glaube, sein Mörder hat auf ihn gewartet, vielleicht über eine Stunde, und ihn dann angesprochen, als er im Schatten bei dem Magnolienbaum an der 28. Straße zu meinem Auto zurückging. Du erinnerst dich doch an den Hund dort? Er hat die ganze Zeit, als Danny im Hill Café war, gebellt, sagt Daigo.«

Marino betrachtete mich einen Augenblick schweigend. »Schau, das ist genau, was ich sage. Du bist heute abend dorthin.«

»Ja, bin ich.«

Seine Kiefermuskeln spannten sich, als er wegblickte. »Das ist genau, was ich meine.«

»Daigo erinnert sich, daß der Hund unaufhörlich gebellt hat.«

Er sagte nichts.

»Ich war vorhin dort, und der Hund bellt nicht, außer du kommst dem Grundstück sehr nahe. Dann dreht er durch. Verstehst du, was ich sage?«

Seine Augen richteten sich wieder auf mich. »Wer sollte sich dort eine Stunde aufhalten, wenn ein Hund sich derartig aufführt? Ach komm, Doc.«

Nicht irgendein gewöhnlicher Mörder, wie du meinst«, antwortete ich, als mein Drink kam. »Darauf will ich ja hinaus.«

Ich wartete, bis der Barmann uns bedient hatte, und nachdem er von unserem Tisch weggegangen war, sagte ich: »Ich glaube, Danny könnte einem professionellen Mordanschlag zum Opfer gefallen sein.«

»Okay«. Er trank sein Bier aus. »Warum? Was, zum Teufel, hat dieser Junge gewußt? Es sei denn, er hatte mit Drogen zu tun oder mit irgendeiner Art von organisiertem Verbrechen.«

»Er hatte mit Tidewater zu tun«, sagte ich. »Er wohnte dort. Er hat in meinem Büro dort gearbeitet. Er war zumindest am Rande mit dem Fall Eddings betraut. Und wir wissen, daß der Mörder von Ted Eddings sehr schlau war. Das lief auch nach einem wohldurchdachten, sorgfältigen Plan ab.«

Marino rieb sich nachdenklich das Gesicht. »Du bist also überzeugt, da gibt es eine Verbindung.«

»Ich glaube, das genau sollten wir nicht herausfinden. Ich glaube, wer auch immer dahintersteckt, wollte, daß es wie ein mißlungener Autoüberfall oder irgendein anderes Straßenverbrechen aussieht.«

»Ja, ja, und das glauben alle.«

»Nicht alle.« Ich hielt seinem Blick stand. »Keineswegs alle.«

»Und du bist überzeugt, Danny war das vorgesehene Opfer, und sagst, es war ein professioneller Mord.«

»Es könnte mir gegolten haben. Sie könnten ihn benutzt haben, um mir Angst einzujagen«, sagte ich. »Das werden wir wohl nie erfahren.«

»Hast du den toxikologischen Befund in der Eddings-Geschichte?« Er gab dem Barmann ein Zeichen, daß wir noch eine Runde wollten.

»Du weißt ja, was heute los war. Hoffentlich erfahre ich morgen etwas. Sag mir, was geht in Chesapeake vor?«

Er zuckte mit den Achseln. »Keine Ahnung.«

»Was heißt, du hast keine Ahnung?« sagte ich ungeduldig. »Die müssen doch dreihundert Beamte haben. Bearbeitet keiner mehr den Tod von Ted Eddings?«

»Und selbst wenn sie dreitausend hätten. Da muß bloß ein Dezernat in Unordnung sein, und in diesem Fall ist es das Morddezernat. Das ist eine Barriere, die wir nicht überwinden können, weil Detective Roche noch an dem Fall dran ist.«

»Ich verstehe das nicht«, sagte ich.

»Nun ja, er ist auch noch an deinem Fall dran.«

Ich hörte nicht zu, denn das war Zeitverschwendung.

»Ich wäre an deiner Stelle auf der Hut.« Er begegnete meinem Blick. »Ich würde das nicht auf die leichte Schulter nehmen.« Er schwieg kurz. »Du weißt doch, was Cops so reden, und ich höre einiges. Und es geht das Gerücht, daß du nach Roche geschlagen hast, und sein Vorgesetzter wird versuchen, dem Gouverneur deine Entlassung nahezulegen.«

»Die Leute können reden, was sie wollen«, sagte ich ungehalten.

»Na ja, das Problem liegt zum Teil darin, daß sie ihn sich anschauen und wie jung er ist, und einigen Leuten fällt es nicht schwer, sich vorzustellen, daß du dich zu ihm hingezogen gefühlt haben könntest.« Er zögerte, und ich merkte, wie sehr er Roche verachtete und daß er ihm eins auswischen wollte. »Ich sage es dir äußerst ungern, aber du würdest sehr viel besser dastehen, wenn er nicht so gut aussähe.«

»Bei Belästigung ist es egal, wie die Leute aussehen, Marino. Aber er hat nichts in der Hand, und ich mache mir keine Sorgen um die Geschichte.«

»Der Punkt ist, daß er dich verletzen will, Doc, und er gibt sich alle Mühe. Auf die eine oder andere Weise wird er dich aufs Kreuz legen, wenn er kann.«

»Er kann sich in einer Reihe anstellen mit all denen, die das wollen.«

»Die Person, die beim Abschleppdienst in Virginia Beach angerufen und sich für dich ausgegeben hat, war ein Mann.« Er blickte mich starr an. »Nur damit du es weißt.«

»Danny hätte das nicht getan«, war alles, was ich sagen konnte.

»Das würde ich auch meinen. Aber vielleicht war es Roche«, erwiderte Marino.

»Was machst du morgen?«

Er seufzte. »Ich habe nicht die Zeit, dir das zu erzählen.«

»Es könnte sein, daß wir einen Ausflug nach Charlottesville machen müssen.«

»Weswegen?« Er runzelte die Stirn. »Sag mir bloß nicht, daß Lucy sich noch merkwürdig benimmt.«

»Deswegen müssen wir nicht hin. Aber vielleicht treffen wir sie auch«, sagte ich.

11

Am nächsten Morgen kümmerte ich mich um mein Beweismaterial, und meine erste Station war das Labor mit dem Elektronenrastermikroskop, wo die forensische Wissenschaftlerin Betsy Eckles gerade ein quadratisches Stück Reifengummi mit einem Spritzüberzug versah. Sie saß mit dem Rücken zu mir, und ich sah ihr zu, wie sie die Probe auf einen Träger legte, der dann in eine gläserne Vakuumkammer gesteckt wurde, damit er mit atomaren Goldpartikeln überzogen werden konnte. Ich bemerkte den Schnitt mitten im Gummi, und er kam mir bekannt vor, aber ich war mir nicht ganz sicher.

»Guten Morgen«, sagte ich.

Sie wandte sich von ihrer einschüchternden Konsole mit Druckmessern, Skalen und Digitalmikroskopen ab, die auf den Monitoren Bilder in Pixeln statt in Linien aufbauten. Die schon leicht ergraute, gut aussehende Frau im langen Laborkittel kam mir an diesem Donnerstag noch gehetzter vor als sonst.

»Oh, guten Morgen, Dr. Scarpetta«, sagte sie, als sie die Probe mit dem zerschnittenen Gummi in die Kammer schob.

»Aufgeschlitzte Reifen?« fragte ich.

»Die von der Waffenabteilung haben mich gebeten, die Probe mit einem Überzug zu versehen. Sie haben gemeint, es müsse sofort sein. Fragen Sie mich nicht, warum.«

Sie war überhaupt nicht glücklich darüber, denn das war eine ungewöhnliche Reaktion auf ein im allgemeinen als nicht besonders schwer betrachtetes Verbrechen. Ich verstand nicht, warum es heute von solcher Dringlichkeit war, da die Labors vollkommen überlastet waren, aber deswegen war ich nicht hier.

»Ich bin gekommen, um mit Ihnen über das Uran zu reden«, sagte ich.

»Das ist das erstemal, daß ich so etwas entdeckt habe.« Sie öffnete einen Plastikumschlag. »Und ich bin schon zweiundzwanzig Jahre dabei.«

»Wir müssen herauskriegen, mit welchem Uran-Isotop wir es zu tun haben«, sagte ich.

»Das meine ich auch, aber da so etwas noch nicht vorgekommen ist, weiß ich nicht genau, wo ich das machen soll. Jedenfalls geht es hier nicht.«

Mit doppelt haftendem Klebeband befestigte sie etwas, das nach Schmutzresten aussah, an einem kurzen Stummel, der in einem Reagenzglas abgelagert werden würde. Sie erhielt jeden Tag solche abgesaugten Partikel und vertat sich nie.

»Wo ist die radioaktive Probe jetzt?« fragte ich.

»Genau dort, wo ich sie gelassen habe. Ich habe diese Kammer nicht wieder aufgemacht und glaube auch nicht, daß ich das will.«

»Dürfte ich sehen, was wir darüber haben?«

»Klar.«

Sie ging zu einem weiteren Digitalmikroskop und schaltete den Monitor an, auf dem ein schwarzes Universum erschien, gesprenkelt von Sternen unterschiedlicher Größe und Form. Einige waren sehr hell, andere dagegen trüb, doch alle waren kaum sichtbar für das ungeübte Auge.

»Ich zoome das auf dreitausend hoch«, sagte sie, während sie an Knöpfen drehte. »Möchten Sie es noch höher?«

»Ich glaube, das wird reichen«, erwiderte ich.

Es war wie in einem Observatorium. Metallkörper sahen wie von kleineren Monden und Sternen umgebene Planeten aus.

»Das ist aus Ihrem Wagen gekommen«, ließ sie mich wissen. »Die hellen Partikel sind Uran. Die trüberen sind Eisenoxid, wie es im Boden gefunden wird. Dann ist noch Aluminium dabei, das heutzutage fast überall verwendet wird. Und Silicium oder Sand.«

»Ziemlich typisch für das, was jemand an seinen Schuhsohlen haben könnte«, sagte ich. »Bis auf das Uran.«

»Da ist noch etwas, auf das ich Sie aufmerksam machen möchte«, fuhr sie fort. »Das Uran hat zwei Formen. Die keuligen oder runden, die aus einem Prozeß stammen, bei dem das Uran geschmolzen wurde. Aber hier« – sie zeigte darauf – »haben wir unregelmäßige Formen mit scharfen Kanten, was bedeutet, daß das Uran in einem maschinellen Prozeß bearbeitet worden ist.«

»CP&L benutzen doch Uran für ihre Atomkraftwerke.« Commonwealth Power & Light versorgten ganz Virginia und einige Gegenden von North Carolina mit Strom.

»Ja.«

»Noch ein Betrieb hier in der Gegend, der dafür in Frage käme?« erkundigte ich mich.

Sie dachte kurz nach. »Hier gibt es keine Minen oder Anreicherungsanlagen. Nun, die UVA hat einen Reaktor, aber ich glaube, nur für den Lehrbetrieb.«

Ich starrte weiter auf das Gestöber radioaktiven Materials, das die Person, die Danny umgebracht hatte, in meinem Auto hinterlassen hatte. Ich dachte an die Black-Talon-Kugel mit ihren wüsten Krallen und an den sonderbaren Anruf, den ich in Sandbridge erhalten hatte, und dann war jemand über die Mauer geklettert. Ich glaubte, Eddings war irgendwie der gemeinsame Nenner, wegen seines Interesses an den Neuen Zionisten.

»Wissen Sie«, sagte ich zu Eckles, »wenn mal ein Geigerzähler ausschlägt, heißt das noch nicht, daß die Radioaktivität gefährlich ist. Und Uran ist eigentlich nicht gefährlich.«

»Das Problem ist, daß wir dafür keinen Präzedenzfall haben«, sagte sie.

Ich erklärte geduldig: »Es ist sehr einfach. Diese Substanz ist Beweismaterial in einem Mordfall. Ich bin die Gerichtspathologin in diesem Fall, für den Captain Marino zuständig ist. Sie müssen diese Proben bloß Marino und mir überlassen. Wir fahren damit zur UVA und lassen den Kernphysiker dort das Isotop bestimmen.«

Freilich ließ sich das nicht ohne eine Telefonkonferenz bewerkstelligen, woran der Direktor der gerichtsmedizinischen Forschungsabteilung sowie der Leiter der Gesundheitsbehörde teilnahmen, der mein direkter Vorgesetzter war. Sie machten sich Sorgen wegen eines möglichen Interessenkonflikts, weil das Uran in meinem Auto gefunden worden war, und natürlich hatte Danny für mich gearbeitet. Als ich darauf hinwies, daß ich in dem Fall keine Verdächtige war, schienen sie beruhigt und schließlich sogar erleichtert, daß sie die radioaktive Probe vom Hals hatten. Ich kehrte zum ERM-Labor zurück, und Eckles öffnete ihre Schreckenskammer, während ich mir Baumwollhandschuhe überstreifte. Vorsichtig entfernte ich das Klebeband von dem kurzen Träger und steckte es in einen Plastikbeutel, den ich versiegelte und beschriftete. Bevor ich ihr Stockwerk verließ, schaute ich noch in der Waffenabteilung vorbei, wo Frost hinter einem Vergleichsmikroskop saß und ein altes Militärbajonett untersuchte. Ich fragte ihn nach dem aufgeschlitzten Gummi, das er mit Gold überziehen ließ, denn ich hatte ein bestimmtes Gefühl.

»Wir haben einen möglichen Verdächtigen in Ihrem Reifenschlitzerfall«, sagte er, während er die Einstellung korrigierte und die Klinge bewegte.

»Dieses Bajonett?« Ich wußte die Antwort, bevor die Frage ausgesprochen war.

»Genau. Es wurde gerade heute früh reingebracht.«

»Von wem?« sagte ich, während mein Argwohn wuchs.

Er schaute zu einer gefalteten Papiertüte auf einem Tisch in der Nähe. Ich sah Fallnummer und Datum und den Nachnamen »Roche«.

»Chesapeake«, erwiderte Frost.

»Wissen Sie, wo es herkam?« Ich spürte Wut in mir aufsteigen.

»Aus einem Kofferraum. Mehr hat man mir nicht gesagt. Offenbar ist es aus irgendeinem Grund höllisch dringend.«

Ich ging nach oben in die Toxikologie, weil ich unbedingt noch eine letzte Runde machen mußte. Aber ich war übler Stimmung und keineswegs erleichtert, als ich endlich jemanden fand, der mir bestätigen konnte, was mir meine Nase im Leichenschauhaus in Norfolk verraten hatte. Dr. Rathbone war ein großer älterer Mann, dessen schwarzes Haar noch wenig Spuren von Grau hatte. Ich fand ihn an seinem Schreibtisch, wo er Laborberichte abzeichnete.

»Ich habe Sie gerade angerufen.« Er blickte zu mir hoch. »Wie haben Sie Neujahr verbracht?«

»Neu und anders. Und Sie?«

»Ich habe einen Sohn in Utah, also sind wir dort gewesen. Ich schwöre, ich würde dorthin ziehen, wenn ich einen Job finden könnte, aber ich schätze, die Mormonen haben für mein Gewerbe nicht viel Verwendung.«

»Ich glaube, Ihr Gewerbe ist überall gefragt«, sagte ich. »Und ich nehme an, Sie haben die Ergebnisse im Eddings-Fall«, fügte ich hinzu, während ich an das Bajonett dachte.

»Die Zyankalikonzentration in seiner Blutprobe ist 0,5 Milligramm pro Liter, was tödlich ist, wie Sie wissen.« Er machte mit seinen Unterschriften weiter.

»Wie sieht's mit dem Ansaugstutzen und den Schläuchen der *hookah* aus?«

»Nicht beweiskräftig.«

Ich war nicht überrascht, und es spielte auch nicht wirklich eine Rolle, weil nun kein Zweifel mehr bestand, daß Eddings mit Blausäuregas vergiftet worden war, es sich also ganz eindeutig um Mord handelte. Ich kannte die Staatsanwältin in Chesapeake und rief sie von meinem Büro aus an, damit sie die Polizei anhalten konnte, die richtigen Schritte zu tun.

»Sie hätten mich deswegen nicht anrufen müssen«, sagte sie.

»Sie haben recht, das wäre nicht nötig gewesen.«

»Denken Sie nicht weiter darüber nach.« Sie klang verärgert. »Was für ein Haufen Idioten. Hat sich das FBI schon eingeschaltet?«

»Chesapeake braucht die Hilfe des FBI nicht.«

»Na schön. Ich schätze, sie beschäftigen sich die ganze Zeit mit Zyanidgas-Anschlägen beim Tauchen. Ich melde mich wieder.« Ich legte auf, holte Mantel und Tasche und schritt hinaus in den Tag. Es versprach ein schöner Tag zu werden. Marinos Wagen stand an der Franklin Street. Er saß bei laufendem Motor und offenem Fenster darin. Als ich auf ihn zusteuerte, machte er die Tür auf und entriegelte den Kofferraum.

»Wo ist es?« sagte er.

Ich hielt eine Versandtasche hoch, und er sah geschockt aus.

»Du hast das bloß da reingetan?« schrie er mit aufgerisssenen Augen. »Ich habe gedacht, du würdest es zumindest in einen dieser metallverkleideten Behälter tun.«

»Mach dich nicht lächerlich«, sagte ich. »Du könntest Uran in deiner blanken Hand halten, ohne dir Schaden zuzufügen.«

Ich legte den Umschlag in den Kofferraum.

»Wie kommt es dann, daß der Geigerzähler ausgeschlagen hat?« argumentierte er weiter, während ich einstieg. »Der ging los, weil das verdammte Zeug radioaktiv ist, nicht wahr?«

»Zweifellos ist Uran radioaktiv, aber von sich aus nicht sehr stark, weil es so eine lange Zerfallzeit hat. Außerdem ist die Probe in deinem Kofferraum extrem klein.«

»Ein bißchen radioaktiv ist in meinen Augen das gleiche wie ein bißchen schwanger oder ein bißchen tot. Und wenn du so unbesorgt bist, wie kommt es dann, daß du deinen Benz verkauft hast?«

»Deswegen habe ich ihn nicht verkauft.«

»Ich will nicht verstrahlt werden, wenn es dir nichts ausmacht«, sagte er gereizt.

»Du wirst nicht verstrahlt werden.«

Aber er ereiferte sich weiter. »Ich kann's nicht glauben, daß du mich und mein Auto dem Uran aussetzt.«

»Marino«, probierte ich es noch mal, »eine Menge meiner Patienten kommen mit sehr üblen Krankheiten wie Tuberkulose, Hepatitis, Meningitis oder Aids ins Leichenschauhaus. Und du warst bei den Autopsien zugegen und hattest bei mir nichts zu befürchten.«

Er fuhr schnell, wechselte andauernd die Spuren auf der Interstate.

»Ich hätte gedacht, du weißt mittlerweile, daß ich dich nie wissentlich in Gefahr bringen würde«, fügte ich hinzu.

»Wissentlich sicher nicht. Aber vielleicht ist das etwas, worüber du nicht Bescheid weißt«, meinte er. »Wann hattest du das letztemal einen Fall von Radioaktivität?«

»Zunächst einmal«, erklärte ich, »ist das kein Fall von Radioaktivität, nur einige mikroskopisch kleine Abfälle sind radioaktiv, die damit in Zusammenhang stehen. Und zweitens kenne ich mich mit Radioaktivität aus. Ich weiß Bescheid über Röntgenstrahlen, Kernspinresonanztomographie und Isotopen wie Kobalt, Jod und Technetium, die bei der Krebsbehandlung eingesetzt werden. Ärzte lernen auf vielen Gebieten etwas, einschließlich Strahlenkrankheiten. Würdest du bitte langsamer fahren und dich für eine Spur entscheiden?«

Ich blickte ihn mit wachsender Besorgnis an, als er vom Gas ging. Schweißperlen standen ihm auf der Stirn und rollten an den Schläfen hinab, sein Gesicht war hochrot. Er hatte die Kiefer zusammengepreßt, hielt das Steuerrad fest umklammert und atmete schwer.

»Fahr an die Seite«, verlangte ich.

Er reagierte nicht.

»Marino, fahr an die Seite. Sofort!« wiederholte ich in einem Ton, der keine Widerrede mehr zuließ.

Der Randstreifen war in diesem Abschnitt der Interstate breit und geteert, und ohne ein Wort stieg ich aus und lief zur Fahrerseite. Ich bedeutete ihm mit dem Daumen, auszusteigen, was er auch tat. Seine Uniform war im Rücken durchgeschwitzt, und darunter zeichnete sich sein Unterhemd ab.

»Ich glaube, ich kriege eine Grippe«, sagte er.

Ich rückte Sitz und Spiegel zurecht.

»Ich weiß nicht, was mit mir los ist.« Er wischte sich mit einem Taschentuch übers Gesicht.

»Du hast einen Panikanfall«, sagte ich. »Atme tief durch und versuche, dich zu beruhigen. Beuge dich vor und berühre deine Zehen. Lockere und entspanne dich.«

»Wenn jemand sieht, daß du meinen Dienstwagen fährst, bin ich dran«, sagte er, während er sich den Gurt über die Brust zog.

»Gerade jetzt sollte die Stadt dankbar sein, daß du nicht fährst«, sagte ich. »Du solltest in diesem Augenblick keine Maschine bedienen. Eigentlich solltest du eher in der Praxis eines Psychiaters sitzen.« Ich sah zu ihm hinüber und spürte, wie sehr er sich schämte.

»Ich weiß nicht, was los ist«, murmelte er, während er aus dem Fenster schaute.

»Bist du immer noch wütend wegen Doris?«

»Ich weiß nicht, ob ich dir je von einer der letzten großen Auseinandersetzungen erzählt habe, die wir vor ihrem Auszug hatten.« Er wischte sich wieder das Gesicht ab. »Es ging um dieses verdammte Geschirr, das sie auf einem Flohmarkt gekauft hat. Ich meine, sie wollte schon lange neue Teller kaufen, weißt du? Da komme ich von der Arbeit heim, und da ist dieses Service mit glänzend orangefarbenen Tellern auf dem Eßzimmertisch.« Er sah mich an. »Hast du schon mal was von Fiesta Ware gehört?«

»Ich erinnere mich vage.«

»Na ja, da war etwas in der Glasur dieser besonderen Linie, bei dem der Geigerzähler ausgeschlagen hat, wie ich herausgefunden habe.«

»Es braucht nicht viel Radioaktivität, um einen Geigerzähler ausschlagen zu lassen.« Ich betonte das abermals.

»Also da sind Artikel über das Zeug erschienen, und es ist vom Markt genommen worden«, fuhr er fort. »Doris wollte nicht auf mich hören. Sie meinte, es sei eine Überreaktion.«

»War es wahrscheinlich auch.«

»Schau mal, Leute haben eine Phobie gegen alles mögliche. Bei mir ist es Strahlung. Du weißt, wie ich es hasse, mit dir im Röntgenraum zu sein, und wenn ich die Mikrowelle einschalte, verlasse ich die Küche. Also hab ich das Geschirr zusammengepackt und weggeworfen, ohne es ihr zu sagen.«

Er verstummte und wischte sich wieder übers Gesicht. Er räusperte sich mehrmals.

Dann sagte er: »Einen Monat später ist sie gegangen.«

»Hör zu«, sagte ich mit sanfterer Stimme, »ich möchte auch nicht von diesen Tellern essen. Selbst wenn ich es besser weiß. Ich kenne mich mit Angst aus, und Angst ist selten rational.«

»Ja, ja, Doc, vielleicht ist das in meinem Fall so.« Er öffnete sein Fenster einen Spalt. »Ich habe Angst vorm Sterben. Jeden Morgen beim Aufstehen denke ich dran, wenn du es wissen willst. Jeden Tag glaube ich, daß ich einen Schlaganfall bekomme oder daß ich Krebs habe. Ich fürchte mich davor, ins

Bett zu gehen, weil ich Angst habe, im Schlaf zu sterben.« Er verstummte und fügte dann mit großer Überwindung hinzu: »Das ist der eigentliche Grund, warum Molly sich nicht mehr mit mir getroffen hat, wenn du es genau wissen willst.«

»Das ist kein besonders netter Grund.« Seine Worte taten mir weh.

»Na ja« – er wurde noch verlegener – »sie ist ein gutes Stück jünger als ich. Und zum Teil ist mir heutzutage danach, nichts zu tun, was mich überanstrengt.«

»Dann hast du Angst vor dem Sex.«

»Scheiße«, sagte er, »warum hängst du's nicht gleich an die große Glocke?«

»Marino, ich bin Ärztin. Ich will dir lediglich helfen, wenn ich kann.«

»Molly hat gemeint, sie fühle sich von mir zurückgewiesen«, redete er weiter.

»Und das war wahrscheinlich auch so. Seit wann hast du dieses Problem schon?«

»Ich weiß nicht. Seit Thanksgiving.«

»Ist da irgendwas Besonderes passiert?«

Er zögerte wieder. »Na ja, weißt du, ich hab meine Medikamente abgesetzt.«

»Welche? Deine Beta-Blocker oder die Enzymhemmer? Und nein, das habe ich noch nicht gewußt.«

»Beides.«

»Also warum hast du so einen Blödsinn gemacht?«

»Weil nichts klappt, wenn ich sie einnehme«, platzte er heraus. »Ich habe sie nicht mehr eingenommen, als ich angefangen habe, mich öfter mit Molly zu treffen. Dann habe ich kurz vor Thanksgiving wieder damit begonnen, nachdem ich mich gründlich habe untersuchen lassen und mein Blutdruck so hoch war und das mit meiner Prostata wieder schlimmer wurde. Das hat mir angst gemacht.«

»Keine Frau ist es wert, für sie zu sterben«, sagte ich. »Und eigentlich geht es hier um eine Depression, und dafür bist du übrigens der perfekte Kandidat.«

»Ja, ja, es ist deprimierend, wenn du es nicht mehr bringst. Das verstehst du nicht.«

»Natürlich verstehe ich das. Es ist deprimierend, wenn dein Körper dir nicht mehr gehorcht, wenn du älter wirst und andere Streßfaktoren wie zum Beispiel Veränderungen in deinem Leben auftauchen. Und du hast in den letzten paar Jahren eine Menge Veränderungen durchmachen müssen.«

»Nein«, sagte er, und seine Stimme wurde lauter, »wirklich deprimierend ist, wenn du ihn nicht mehr hochkriegst. Und dann kriegst du ihn manchmal hoch, und er schlafft nicht mehr ab. Und du kannst nicht pinkeln wenn du das Bedürfnis verspürst, und dann wieder mußt du, wenn du gar nicht das Bedürfnis hast. Und dazu kommt das ganze Problem, daß du nicht in der Stimmung bist, wenn du eine Freundin hast, die vom Alter her beinahe deine Tochter sein könnte.« Er sah mich direkt an, die Adern am Hals stachen heraus. »Ja, ja, ich bin deprimiert. Du hast verdammt recht!«

»Bitte, sei nicht auf mich böse.«

Er schaute weg, atmete schwer.

»Ich möchte, daß du mit deinem Kardiologen und deinem Urologen Termine vereinbarst«, sagte ich.

»Mhm. Geht nicht.« Er schüttelte den Kopf. »Nach unserem verdammten neuen Gesundheitsvorsorgeplan bin ich einer Urologin zugeteilt. Ich kann nicht zu einer Frau gehen und ihr diesen ganzen Mist erzählen.«

»Warum nicht? Mir hast du es doch gerade erzählt.«

Er verstummte und starrte aus dem Fenster. Er schaute in den Außenspiegel und sagte: »Übrigens, da ist seit Richmond so ein Idiot in einem goldenen Lexus hinter uns.«

Ich blickte in den Rückspiegel. Das Auto war ein neueres Modell, und der Fahrer telefonierte gerade.

»Glaubst du, wir werden verfolgt?« fragte ich.

»Was weiß ich, aber ich möchte seine verdammte Telefonrechnung nicht bezahlen müssen.«

Wir waren in der Nähe von Charlottesville, und die sanft gewellte Landschaft, aus der wir kamen, war Hügeln gewichen, in deren winterliches Grau sich das Immergrün der Koniferen mischte. Es war kälter, und es lag mehr Schnee, auch wenn die Interstate trocken war. Ich fragte Marino, ob wir den Sprechfunk abschalten könnten, weil ich es leid war, das Polizeigeschwätz zu hören, und fuhr auf die 29 North zur University of Virginia.

Eine Zeitlang bestand die Landschaft aus nackten Felsblöcken, dazwischen waren Waldstreifen, die bis an den Straßenrand reichten. Dann kamen wir an die äußere Grenze des Campus und vorbei an ganzen Blocks mit Pizzabuden, Lebensmittelläden und Tankstellen. Die Universität hatte immer noch Weihnachtsferien, aber meine Nichte war nicht der einzige Mensch auf der Welt, der dies ignorierte. Beim Scott Stadion bog ich in die Maury Avenue, wo Studenten auf Bänken hockten oder Rad fuhren; sie trugen Rucksäcke oder Mappen, die voller Arbeit zu stecken schienen. Es waren jede Menge Autos da.

»Warst du schon mal bei einem Spiel hier?« Marino hatte sich wieder gefangen.

»Ich müßte lügen.«

»Also das sollte bestraft werden. Du hast eine Nichte hier, und du hast noch nie die Hoos gesehen? Was macht ihr, wenn du in die Stadt kommst? Ich meine, was habt ihr beide gemacht?«

Tatsächlich hatten wir sehr wenig unternommen. Wir verbrachten im allgemeinen unsere Zeit mit langen Spaziergängen auf dem Campus oder mit Gesprächen auf ihrem Zimmer am Lawn. Natürlich hatten wir oft in Restaurants wie The Ivy oder Boar's Head gegessen, und ich hatte ihre Professoren kennengelernt und sogar Vorlesungen besucht. Aber ich hatte nie Freunde von ihr getroffen, und sie hatte ohnehin nur wenige. Und diese, wie auch die Orte, an denen sie sich mit ihnen traf, waren etwas, das sie nicht mit mir teilen wollte.

Ich merkte, daß Marino immer noch redete.

»Ich werde das nie vergessen, als ich ihn spielen sah«, sagte er gerade.

»Entschuldige«, sagte ich.

»Kannst du dir vorstellen, zwei Meter dreißig groß zu sein? Weißt du, jetzt wohnt er in Richmond.«

»Schauen wir mal.« Ich musterte die Gebäude, an denen wir vorbeifuhren. »Wir suchen die School of Engineering, die genau hier anfängt. Aber wir brauchen Mechanical, Aerospace and Nuclear Engineering.«

Ich fuhr langsamer, als ein Backsteingebäude mit weißen Simsen in Sicht kam, und dann sah ich das Schild. Parkplätze waren nicht schwer zu finden; um so schwerer war es, Dr. Alfred Matthews zu finden. Er hatte versprochen, mich um halb zwölf in seinem Büro zu empfangen, hatte es aber offensichtlich vergessen.

»Wo, zum Teufel, ist er dann?« sagte Marino, der immer noch wegen des Umschlags in seinem Kofferraum besorgt war.

»Auf dem Reaktorgelände.« Ich stieg wieder ins Auto.

»Na toll.«

Es hieß in Wahrheit das High Energy Physics Lab und befand sich auf einem Hügel, wo auch ein Observatorium war. Der Kernreaktor der Universität war ein großes Backsteinsilo, von Wald umgeben, mit einem Zaun drumherum, und Marino reagierte wieder phobisch.

»Komm schon. Das wird dich interessieren.« Ich machte die Tür auf.

»Ich habe überhaupt kein Interesse an alldem.«

»Okay. Dann bleib du da, und ich gehe rein.«

»Ich werde mich deswegen nicht mit dir streiten«, erwiderte er. Ich holte die Probe aus dem Kofferraum und klingelte am Haupteingang des Gebäudekomplexes. Jemand löste eine Sperre. Drinnen war eine kleine Lobby, wo ich einem jungen Mann in einer Glaskabine mitteilte, daß ich Dr. Matthews suchte. Eine Liste wurde geprüft, und ich erfuhr, daß der Leiter des Physikseminars, den ich nur entfernt kannte, gerade am Kühlwasserbecken des Reaktors sei. Der junge Mann griff zu einem Haustelefon, während er mir einen Besucherpaß und einen Strahlendetektor hinschob. Ich heftete sie an meine Jacke, und er verließ seinen Posten, um mich durch eine schwere Stahltür zu geleiten. Das rote Licht zeigte an, daß der Reaktor in Betrieb war.

Der Raum mit den hohen Kachelwänden hatte keine Fenster, und jedes Objekt, das ich sah, war mit einem leuchtend gelben Radioaktivitätsaufkleber versehen. An dem einen Ende des beleuchteten Beckens verursachte die Tscherenkow-Strahlung im Wasser ein fantastisches blaues Leuchten, als instabile Atome sich in den Brennstäben acht Meter weiter unten spontan abspalteten. Dr. Matthews unterhielt sich gerade mit einem Studenten, der, wie ich aus ihrem Gespräch heraushörte, Kobalt statt eines Autoklaven zur Sterilisierung von Mikropipetten nahm, die zur In-vitro-Fertilisation benutzt wurden.

»Ich dachte, Sie kämen erst morgen«, sagte der Kernphysiker mit gequälter Miene zu mir.

»Nein, unser Termin war heute. Aber danke, daß Sie mich überhaupt empfangen. Ich habe die Probe dabei.« Ich hielt den Umschlag hoch.

»Okay, George«, sagte er zu dem jungen Mann. »Kommen Sie zurecht?«

»Ja, Sir. Danke.«

»Kommen Sie«, sagte Matthews zu mir. »Wir werden sie jetzt hier runterbringen und anfangen. Wissen Sie, wieviel Sie hier haben?«

»Ich weiß es nicht genau.«

»Wenn wir genug haben, können wir es hinkriegen, während Sie warten.«

Hinter einer schweren Tür gingen wir nach links und hielten vor einem großen Kasten an, der die Strahlung an Händen und Füßen überprüfte. Wir erhielten grünes Licht und gingen zu einer Treppe weiter, die zum Labor für Neutronenradiographie führte, das sich in einem Untergeschoß mit Maschinenräumen und Gabelstaplern sowie großen schwarzen Tonnen befand. Sie enthielten niedrigstrahlenden Abfall, der darauf wartete, verladen zu werden. In beinahe jeder Ecke gab es eine Notfallausrüstung, und im Innern eines Käfigs war ein Kontrollraum. Am weitesten von alldem entfernt war der Raum für die Messung der niedrigen Hintergrundstrahlung. Er war aus dickem Beton und bestückt mit Fünfzig-Gallonen-Kanistern voll flüssigen Stickstoffs, Germaniumdetektoren und Verstärkern und Ziegeln aus Blei.

Die Probenbestimmung war überraschend einfach. Matthews, der keine besondere Schutzkleidung außer Laborkittel und Handschuhen trug, legte das Stück mit dem Klebeband in eine Röhre, die er dann in einen sechzig Zentimeter langen Aluminiumbehälter steckte, der den Germaniumkristall enthielt. Schließlich stapelte er auf allen Seiten die Bleiziegel drumherum, um die Probe vor Hintergrundstrahlung abzuschirmen.

Um den erforderlichen Prozeß in Gang zu setzen, war nur ein einfacher Computerbefehl notwendig, und dann fing ein Zähler am Kanister an, die Radioaktivität zu messen, damit er uns sagen konnte, um welches Isotop es sich handelte. Das war mir alles ziemlich fremd, denn ich war an geheimnisvolle Instrumente wie Elektronenrastermikroskope und Gas-Chromatographen gewöhnt. Dieser Detektor war jedoch ein ziemlich formloses Bleigehäuse, von flüssigem Stickstoff gekühlt, und schien keiner intelligenten Äußerung fähig.

»Wenn Sie mir bitte noch diese Quittung unterschreiben würden«, sagte ich, »dann mache ich mich auf.«

»Es könnte eine oder zwei Stunden dauern. Schwer zu sagen«, antwortete er.

Er unterschrieb das Formular, und ich gab ihm eine Kopie.

»Ich komme noch mal her, wenn ich bei Lucy vorbeigeschaut habe.«

»Kommen Sie, ich werde Sie nach oben begleiten, um sicherzugehen, daß Sie keinen Alarm auslösen. Wie geht es ihr?« fragte er, als wir unbehelligt an Detektoren vorbeigingen. »Hat sie noch weiter am MIT studiert?«

»Sie hat letzten Herbst dort ein Praktikum gemacht«, sagte ich. »Über Roboter. Wissen Sie, sie ist wieder hier. Für mindestens einen Monat.«

»Das wußte ich nicht. Das ist ja wunderbar. Was hat sie belegt?«

»Virtuelle Realität, glaube ich.«

Matthews sah einen Augenblick verdutzt aus. »Hatte sie das nicht belegt, als sie hier studierte?«

»Ich nehme an, das ist ein Fortgeschrittenenseminar.«

»Vermutlich.« Er lächelte. »Ich wünschte, ich hätte in jedem Kurs wenigstens einen Studenten wie sie.«

Lucy war womöglich die einzige Studentin an der UVA, die, ohne Physik im Hauptfach gehabt zu haben, bloß zum Spaß ein Seminar in Kernphysik belegt hatte. Ich ging nach draußen. Marino lehnte rauchend am Auto.

»Und was jetzt?« sagte er und sah immer noch mürrisch drein.

»Ich dachte, ich überrasche meine Nichte und gehe mit ihr essen. Du bist mehr als herzlich dazu eingeladen.«

»Ich werde an der Exxon-Station unten an der Straße vorbeischauen und den öffentlichen Fernsprecher ausprobieren«, sagte er. »Ich muß einige Anrufe erledigen.«

12

Er fuhr mich zur Rotunde, die strahlendweiß im Sonnenlicht leuchtete und mir von den Gebäuden, die Thomas Jefferson entworfen hatte, immer am besten gefiel. Ich schritt durch die Kolonnaden unter uralten Bäumen, wo Pavillons aus dem 19. Jahrhundert zwei Reihen eleganter Wohnbauten bildeten, die The Lawn genannt wurden.

Hier zu wohnen galt als Belohnung für akademische Leistungen, doch manche hätten es als zweifelhafte Ehre empfunden. Duschen und Toiletten waren in einem anderen Gebäude weiter hinten untergebracht, die spärlich möblierten Zimmer waren nicht unbedingt auf Komfort ausgerichtet. Doch ich hatte nie eine Klage von Lucy gehört, denn sie hatte ihre Zeit an der UVA wirklich geliebt.

Sie wohnte im West Lawn in Pavillon III mit den korinthischen Kapitellchen aus Carrara-Marmor, die in Italien fertiggestellt worden waren. Die hölzernen Fensterläden vor Zimmer 11 waren geschlossen, die Morgenzeitung lag immer noch auf der Fußmatte, und ich fragte mich, ein wenig verwundert, ob sie noch nicht aufgestanden war. Ich klopfte mehrmals an die Tür und hörte, wie sich jemand rührte.

»Wer ist da?« kam die Stimme meiner Nichte.

»Ich bin's«, sagte ich.

Es folgte Schweigen, dann ein überraschtes »Tante Kay?«

»Machst du endlich die Tür auf?« Meine gute Laune verflog schnell, denn Lucy klang nicht erfreut.

»Einen Augenblick noch. Ich komme gleich.«

Die Tür wurde entriegelt und ging auf.

»Hallo«, sagte sie und ließ mich herein.

»Hoffentlich habe ich dich nicht geweckt.« Ich reichte ihr die Zeitung.

»Oh, die ist für T. C.«, sagte sie. Das war die Freundin, der das Zimmer eigentlich gehörte. »Sie hat vergessen, sie abzubestellen, bevor sie nach Deutschland geflogen ist.«

Ich betrat ein Apartment, das sich nicht sehr von dem unterschied, in dem ich letztes Jahr meine Nichte besucht hatte. Ein kleiner Raum mit Bett und Waschbecken und vollen Bücherregalen. Der Holzfußboden war blank, und an den Wänden hingen keine Bilder, bis auf ein Poster von Anthony Hopkins in *Shadowlands*. Lucys technische Vorlieben belegten Tische und Stühle. Ein Faxgerät und etwas, das wie ein kleiner Roboter aussah, standen auf dem Boden, ausgeschaltet.

Zusätzliche Telefonleitungen waren installiert worden, die mit Modems verbunden waren, deren grüne Lichter blinkten. Aber ich hatte nicht den Eindruck, daß meine Nichte hier allein wohnte, denn auf dem Waschbecken lagen zwei Zahnbürsten, und eine Lösung für Kontaktlinsen stand da, sie trug keine. Beide Hälften des Doppelbetts waren zerwühlt, und darauf lag eine Aktentasche, die ich auch nicht erkannte.

»Hier.« Sie nahm einen Drucker von einem Stuhl und plazierte mich dicht ans Feuer. »Entschuldige, daß alles so durcheinander ist.« Sie trug ein grell orangefarbenes UVA-Sweatshirt und Jeans, und ihr Haar war noch feucht. »Ich kann Wasser aufsetzen«, sagte sie sehr zerstreut.

»Wenn du mir einen Tee anbietest, sage ich nicht nein.«

Ich sah ihr aufmerksam zu, wie sie Wasser in einen Kocher goß und ihn an die Steckdose anschloß. Auf einer Kommode lagen FBI-Ausweise, eine Pistole und Wagenschlüssel. Ich entdeckte Aktenmappen und vollgekritzelte Zettel, und im Kleiderschrank hingen Sachen, die ich nicht kannte.

»Erzähl mir von T. C.«, sagte ich.

Lucy öffnete eine Teedose. »Sie studiert Deutsch im Hauptfach. Für die nächsten sechs Wochen ist sie in München. Und deshalb hat sie mir vorgeschlagen, hier zu wohnen.«

»Sehr nett von ihr. Soll ich dir helfen, ihre Sachen zusammenzupacken oder ein bißchen mehr Platz zu schaffen?«

»Du sollst jetzt überhaupt nichts tun.«

Ich schaute zum Fenster, da ich jemanden hörte.

»Trinkst du deinen Tee immer noch ohne alles?« fragte Lucy.

Das Feuer prasselte, und es überraschte mich nicht, als die Tür aufging und eine Frau hereinkam. Aber ich hatte nicht Janet erwartet, und sie mich ebensowenig.

»Dr. Scarpetta«, sagte sie erstaunt und schaute dann Lucy an. »Schön, daß Sie vorbeigekommen sind.«

Sie trug Duschsachen und hatte eine Baseballmütze über ihr nasses, fast bis auf die Schultern reichendes Haar gestülpt. In Trainingsanzug und Tennisschuhen sah sie hübsch und gesund aus und wie Lucy jünger, weil sie wieder auf dem Campus einer Universität war.

»Setz dich zu uns«, sagte Lucy zu ihr, während sie mir eine große Tasse Tee reichte.

»Wir waren joggen.« Janet lächelte. »Sie müssen meine Frisur entschuldigen. Und was führt Sie hierher?« fragte sie, nachdem sie sich auf den Boden gesetzt hatte.

»Ich brauche Hilfe bei einem Fall«, sagte ich bloß. »Sind Sie auch in diesem Seminar über virtuelle Realität?« Ich schaute forschend in ihre Gesichter.

»Ja«, sagte Janet. »Lucy und ich sind zusammen hier. Wie Sie vielleicht wissen, bin ich Ende letzten Jahres nach Washington versetzt worden.«

»Lucy hat es erwähnt.«

»Ich bin der Abteilung für Wirtschaftskriminalität zugeteilt worden«, fuhr sie fort. »Kommunikationsvergehen.«

»Was bedeutet das?« fragte ich.

Darauf antwortete Lucy, die sich neben mich setzte. »Eingriff ins Fernmelderecht. Wir haben die einzige Gruppe im Land mit Experten, die mit diesen Fällen umgehen können.«

»Dann hat das FBI euch beide wegen dieser Gruppe zur Fortbildung hierher geschickt.« Ich versuchte zu begreifen.

»Aber irgendwie sehe ich noch nicht ganz ein, was virtuelle Realität mit Hackern zu tun haben könnte, die in größere Datenspeicher eindringen«, fügte ich hinzu.

Janet schwieg. Sie nahm ihre Mütze ab und kämmte ihr Haar, wobei sie ins Feuer starrte. Ich sah ihr an, daß ihr sehr unbehaglich war, und ich fragte mich, wieviel davon mit den Ereignissen in Aspen während der Feiertage zu tun hatte. Meine Nichte ging zum Kamin und setzte sich mir gegenüber.

»Wir sind hier nicht zur Fortbildung, Tante Kay«, sagte sie mit stiller Ernsthaftigkeit. »So soll es bloß für alle anderen aussehen. Ich werde es dir jetzt sagen, obwohl ich es nicht sollte, aber es ist zu spät für noch mehr Lügen.«

»Du brauchst es mir nicht sagen«, sagte ich. »Ich verstehe schon.«

»Nein.« Ihr Blick war eindringlich. »Ich möchte, daß du begreifst, was vorgeht. Ich gebe dir eine kurze, grobe Zusammenfassung. Letzten Herbst hatten Commonwealth Power & Light Probleme, als offenbar ein Hacker in ihr Computersystem eindrang. Die Versuche häuften sich – manchmal waren es vier oder fünf am Tag. Aber es gelang ihnen nicht, den Hacker zu identifizieren, bis er Spuren bei einer Buchprüfung hinterließ, lange nachdem er sich Zugang zu den Informationen über Kundenrechnungen verschafft und sie ausgedruckt hatte. Wir wurden hinzugerufen und haben den Missetäter indirekt bis in die UVA verfolgt.«

»Dann habt ihr den oder die Betreffenden noch nicht geschnappt«, sagte ich.

»Nein«, meldete sich Janet. »Wir haben den Doktoranden befragt, dessen Ausweis benutzt wurde, aber er ist nicht der Hacker. Wir haben Gründe, uns dessen ganz sicher zu sein.«

»Die Sache ist die«, sagte Lucy, »es sind auch anderen Studenten hier Ausweise gestohlen worden, und der Übeltäter hat auch versucht, über den Universitätscomputer und einen Computer in Pittsburgh Zugang zu CP&L zu bekommen.«

»Was heißt ›hat‹?« fragte ich.

»Eigentlich verhält er sich in letzter Zeit ziemlich still, was es uns schwerer macht«, sagte Janet. »Wir haben ihn hauptsächlich im Universitätscomputer gejagt.«

»Richtig«, ergänzte Lucy. »Wir haben ihn seit fast einer Woche nicht mehr im Computer von CP&L aufgespürt. Ich schätze, wegen der Feiertage.«

»Warum sollte jemand so etwas tun?« fragte ich. »Habt ihr eine Theorie?«

»Ein Power-Trip, und das ist nicht bloß ein Wortspiel«, sagte Janet.

»Vielleicht damit er in ganz Virginia und den Carolinas die Lichter ein- und ausschalten kann. Wer weiß?«

»Aber wir glauben, der Betreffende ist auf dem Campus und dringt übers Internet und eine andere Verbindung namens Telnet in ihren Computer ein«, sagte Lucy und fügte zuversichtlich hinzu: »Wir werden ihn schnappen.«

»Darf ich fragen, was die Geheimniskrämerei bedeutet?« sagte ich zu meiner Nichte. »Warum hast du nicht einfach gesagt, ihr seid an einem Fall dran, über den ihr nicht sprechen könnt?«

Sie zögerte, bevor sie antwortete: »Du gehörst zur Fakultät, Tante Kay.«

Das stimmte, aber ich hatte gar nicht daran gedacht. Obwohl ich nur Gastprofessorin für Pathologie und Rechtsmedizin war, mußte ich einräumen, daß Lucy ganz recht hatte, und in gewisser Weise konnte ich es ihr auch nicht verdenken, daß sie mich noch aus einem anderen Grund da herausgehalten hatte. Sie wollte ihre Unabhängigkeit, besonders an diesem Ort, wo während ihrer ersten Semester alle gewußt hatten, daß sie mit mir verwandt war.

Ich sah sie an. »Hast du deshalb letzte Nacht Richmond so überstürzt verlassen?«

»Ich bin angepiepst worden.«

»Von mir«, sagte Janet. »Ich bin von Aspen hergeflogen, hatte Verspätung und so weiter. Lucy hat mich vom Flughafen abgeholt, und wir sind hierher gefahren.«

»Und hat es weitere Versuche an den Feiertagen gegeben?«

»Ein paar. Das System wird ständig überwacht«, sagte Lucy. »Wir sind keineswegs allein. Wir haben nur diesen Undercover-Job, damit wir ein bißchen handfeste Detektivarbeit leisten.«

»Willst du nicht mit mir zur Rotunde gehen?« Ich stand auf, sie ebenfalls. »Marino dürfte mit dem Wagen zurück sein.« Ich umarmte Janet, deren Haar nach Zitrone roch. »Passen Sie auf sich auf, und besuchen Sie mich öfter mal«, sagte ich zu ihr. »Ich betrachte Sie als Familienmitglied. Es ist, weiß Gott, an der Zeit, daß ich etwas Hilfe bei der Betreuung von ihr hier bekomme.« Ich lächelte und legte den Arm um Lucy.

Draußen in der Sonne war es warm genug, um ohne Jacke herumzulaufen, und ich wünschte mir, ich hätte länger bleiben können. Lucy trödelte nicht bei unserem kurzen Spaziergang, und ich merkte ihr an, daß sie sich Sorgen machte, jemand könne uns zusammen sehen.

»Es ist genau wie früher«, sagte ich leichthin, um meine Verletztheit zu verbergen.

»Wieso?« fragte sie.

»Deine Ambivalenz, daß uns jemand zusammen sehen könnte.«

»Das stimmt nicht. Früher war ich stolz darauf.«

»Und jetzt nicht mehr«, sagte ich ironisch.

»Vielleicht wünsche ich mir, daß du stolz bist, mit mir gesehen zu werden«, sagte sie. »Statt andersherum. Das habe ich gemeint.«

»Ich bin schon immer stolz auf dich gewesen, selbst wenn du so ungezogen warst, daß ich dich manchmal in den Keller sperren wollte.«

»Ich glaube, das nennt man Kindesmißhandlung.«

»Nein, in deinem Fall würden die Geschworenen auf Tantenmißhandlung erkennen. Das kannst du mir glauben«, sagte ich. »Und ich bin froh, daß du dich mit Janet verstehst. Es freut mich, daß sie wieder aus Aspen zurück ist und ihr beide zusammen seid.«

Meine Nichte blieb stehen und sah mich in der Sonne blinzelnd an. »Danke für das, was du ihr gesagt hast. Das bedeutet ihr gerade jetzt eine Menge.«

»Ich habe die Wahrheit gesagt, das ist alles. Vielleicht wird das ihre Familie eines Tages auch tun.«

Marinos Wagen kam in Sicht. Er saß darin und rauchte wie üblich.

Lucy ging zu seiner Tür. »He, Pete«, sagte sie, »du mußt deine Karre mal waschen.«

»Nein, muß ich nicht«, grummelte er, warf augenblicklich die Zigarette weg und stieg aus.

Er blickte sich um, und wie er so dastand, sich die Hose hochzog und sein Auto inspizierte, weil er sich nicht zu helfen wußte, das war zuviel für uns. Lucy und ich lachten los, und er versuchte, ein Lächeln zu verbergen. In Wahrheit genoß er es insgeheim, wenn wir ihn aufzogen. Wir alberten noch eine Weile herum, und dann verabschiedete sich Lucy, als ein goldener Lexus, neuestes Modell mit getönten Scheiben, vorbeifuhr. Es war derselbe, den wir vorher auf der Straße gesehen hatten, aber der Fahrer war durch die Reflexion des Sonnenlichts nicht zu erkennen.

»Das geht mir allmählich auf die Nerven.« Marino folgte dem Wagen mit seinem Blick.

»Vielleicht solltest du das Autokennzeichen überprüfen lassen«, schlug ich das Naheliegende vor.

»Oh, das habe ich bereits versucht.« Er ließ den Wagen an und setzte zurück. »Der Computer ist tot.«

Der Computer der Zulassungsstelle war anscheinend sehr

häufig außer Betrieb. Wir fuhren wieder zum Reaktorgelände, und dort weigerte sich Marino abermals mitzukommen. Deshalb ließ ich ihn auf dem Parkplatz zurück, und diesmal sagte mir der junge Mann im Kontrollraum, ich könne einfach reingehen.

»Er ist im Untergeschoß«, sagte er, den Blick auf den Computerbildschirm gerichtet.

Ich fand Matthews wieder im Raum für die Messung der niedrigen Hintergrundstrahlung, wo er vor einem Monitor saß, der ein Spektrum in Schwarz und Weiß zeigte.

»Oh, hallo«, sagte er, als er merkte, daß ich neben ihm stand.

»Sieht aus, als hätten Sie Glück gehabt«, sagte ich. »Obwohl ich nicht sicher bin, was ich da sehe. Und vielleicht bin ich zu früh dran.«

»Nein, nein, Sie sind nicht zu früh. Diese senkrechten Linien hier zeigen die Ladungen der signifikanten Gamma-Strahlen. Eine Linie entspricht einer Ladung. Aber die meisten Linien, die hier zu sehen sind, geben die Hintergrundstrahlung an.« Er zeigte es mir auf dem Monitor. »Wissen Sie, nicht einmal die Bleiziegel blenden alles ab.«

Ich setzte mich neben ihn.

»Ich denke, was ich Ihnen zu zeigen versuche, ist, daß Ihre Probe beim Zerfall keine Gamma-Strahlen mit hoher Ladung abgibt. Wenn Sie sich hier das Energiespektrum anschauen« – er starrte auf den Bildschirm – »sieht es so aus, als käme diese charakteristische Gamma-Strahlung von Uran zwei-fünfunddreißig.« Er tippte auf eine Säule.

»Okay«, sagte ich. »Und was bedeutet das?«

»Das ist das gute Zeug.« Er blickte zu mir her.

»Das in Atomreaktoren verwendet wird«, sagte ich.

»Genau. Das nehmen wir zur Herstellung von Brennelementen. Aber wie Sie wahrscheinlich wissen, sind nur 0,3 Prozent Uran zwei-fünfunddreißig. Der Rest ist erschöpft.«

»Richtig. Der Rest ist Uran zwei-achtunddreißig«, sagte ich.

»Und das haben wir hier.«

»Wenn es keine Gamma-Strahlen mit hoher Ladung abgibt«, sagte ich, »wie können Sie das dann aus diesem Energiespektrum feststellen?«

»Weil der Germaniumkristall Uran zwei-fünfunddreißig aufspürt. Und da der Prozentsatz hier so niedrig ist, zeigt das an, daß die betreffende Probe abgereichertes Uran sein muß.«

»Es könnte kein verbrauchter Brennstoff aus einem Reaktor sein«, dachte ich laut.

»Nein«, sagte er. »Es sind bei Ihrer Probe keine Spaltprodukte beigemischt. Kein Strontium, Cäsium, Jod, Barium. Das hätten Sie bereits im Elektronenrastermikroskop gesehen.«

»Solche Isotope sind nicht aufgetaucht«, stimmte ich zu. »Nur Uran und andere unwichtige Elemente, wie sie in Bodenbestandteilen, die an Schuhsohlen haftengeblieben sind, vorkommen.« Ich schaute auf die Gipfel und Täler, die ein beängstigendes Kardiogramm hätten sein können, während Matthews sich Notizen machte.

»Möchten Sie von alldem einen Ausdruck haben?« fragte er.

»Bitte. Wozu wird abgereichertes Uran verwendet?«

»Im allgemeinen ist es wertlos.« Er drückte verschiedene Tasten.

»Wenn es nicht aus einem Atomkraftwerk kommt, woher dann?«

»Höchstwahrscheinlich aus einer Einrichtung, die Isotopentrennung durchführt.«

»Wie Oak Ridge, Tennessee«, schlug ich vor.

»Nun, die machen das nicht mehr. Aber sie haben es sicher jahrzehntelang gemacht und müssen ganze Lagerhallen mit

Uranmetall haben. Jetzt gibt es auch Anlagen in Portsmouth, Ohio und Paducah, Kentucky.«

»Dr. Matthews«, sagte ich. »Es sieht so aus, als habe jemand an seinen Schuhsohlen abgereichertes Uranmetall gehabt, das er in mein Auto geschleppt hat. Fällt Ihnen eine logische Erklärung über das Wie und Warum ein?«

»Nein.« Seine Miene war ausdruckslos. »Ich glaube nicht.«

Ich dachte an die gezackten und kugeligen Formen, die mir das Elektronenrastermikroskop gezeigt hatte, und versuchte es noch einmal. »Warum sollte jemand Uran zweiachtunddreißig schmelzen? Warum sollte er es mit einer Maschine bearbeiten?«

Er schien immer noch keinen Anhaltspunkt zu finden.

»Wird abgereichertes Uran überhaupt für etwas verwendet?« fragte ich dann.

»Generell wird in der Großindustrie kein Uranmetall verwendet«, antwortete er. »Nicht einmal in Atomreaktoren, weil die Brennstäbe aus keramischem Uranoxid verwenden.«

»Dann sollte ich vielleicht fragen, wofür abgereichertes Uranmetall theoretisch verwendet werden könnte«, faßte ich nach.

»Früher einmal hat das Verteidigungsministerium überlegt, es zur Armierung von Panzern zu verwenden. Und es gab den Vorschlag, es zur Herstellung von Kugeln oder anderen Projektilen zu benutzen. Schauen wir mal. Ich schätze, wir wissen sonst nur noch, daß es sich gut zur Abschirmung von radioaktivem Material eignet.«

»Was für radioaktives Material?« sagte ich, mein Adrenalinpegel stieg. »Etwa verbrauchte Brennstäbe?«

»Das wäre eine Möglichkeit, wenn wir wüßten, wie wir nukleare Abfälle in diesem Land loswerden könnten«, sagte er und verzog das Gesicht. »Wissen Sie, wenn wir sie entfernen könnten, um sie beispielsweise Hunderte von Metern unter dem Yucca Mountain in Nevada zu vergraben, dann ließe sich U-238 zur Auskleidung der Transportbehälter verwenden.«

»Mit anderen Worten«, sagte ich, »wenn verbrauchte Brennstäbe aus einem Atomkraftwerk entfernt werden sollen, müssen sie in etwas hineingetan werden, und abgereichertes Uran bietet eine bessere Abschirmung als Blei.«

Genau das habe er gemeint, sagte er, und übergab mir die Probe wieder, denn sie war Beweismaterial, das eines Tages vor Gericht gebraucht werden könnte. Ich konnte sie also nicht hier lassen, obwohl ich wußte, wie Marino reagieren würde, wenn ich das Zeug wieder in seinen Kofferraum tat. Als ich zum Auto zurückkam, hatte er die Sonnenbrille aufgesetzt und lief nervös herum.

»Was nun?« sagte er.

»Bitte öffne den Kofferraum.«

Er langte in sein Auto und betätigte einen Hebel. »Ich sage es dir gleich jetzt, daß es in keinen Schrank in meinem Dezernat oder im Hauptdezernat kommt. Niemand wird dabei mitmachen, selbst wenn ich es wollte.«

»Es muß aufbewahrt werden«, sagte ich schlicht. »Da ist eine Kiste Bier drin.«

»Ich wollte später nicht noch einmal deshalb anhalten.«

»Eines Tages bekommst du noch Schwierigkeiten.« Ich schloß den Kofferraum seines Polizeiautos.

»Wie wär's denn, wenn du das Uran in deinem Büro lagerst?« sagte er.

»Fein.« Ich stieg ein. »Das kann ich machen.«

»Und, wie war's?« fragte er, während er den Motor anließ.

Ich gab ihm einen kurzen Überblick und verzichtete dabei auf so viele wissenschaftliche Details wie möglich.

»Du willst mir erklären, daß jemand atomaren Abfall in deinen Benz geschleppt hat?« fragte er verdutzt.

»So sieht es aus. Ich muß noch mal anhalten und mit Lucy sprechen.«

»Warum? Was hat sie damit zu tun?«

»Das ist mir noch nicht ganz klar«, sagte ich, als er den Hügel hinabfuhr. »Ich habe eine ziemlich verrückte Idee.«

»Ich hasse es, wenn du diese Ideen kriegst.«

Janet sah besorgt aus, als ich wieder an ihrer Tür war, diesmal mit Marino.

»Ist alles in Ordnung?« fragte sie und ließ uns herein.

»Ich glaube, ich brauche eure Hilfe«, sagte ich. »Das heißt, wir beide brauchen sie.«

Lucy saß auf dem Bett, ein Notebook auf dem Schoß. Sie sah Marino an. »Schieß los. Aber wir verlangen Beraterhonorar.«

Er setzte sich zum Feuer, und ich zog mir einen Stuhl neben ihn.

»Dieser Hacker, der in den Computer von CP&L eingedrungen ist«, fing ich an, »wißt ihr, worin er noch eingedrungen ist, außer in die Kundenrechnungen?«

»Ich kann nicht behaupten, daß wir alles wissen«, erwiderte Lucy. »Aber das mit den Rechnungen ist sicher. Und Kundeninformationen allgemein.«

»Was heißt das?« fragte Marino.

»Das heißt, daß die Kundeninformationen die Rechnungsadressen, Telefonnummern, Sonderdienste, den durchschnittlichen Energieverbrauch beinhalten, und einige Kunden besitzen auch Aktienanteile ...«

»Reden wir von den Aktien«, unterbrach ich sie. »Ich mache bei diesem Programm auch mit. Ein Teil meines monatlichen Schecks dient zum Kauf von CP&L-Aktien, und deshalb hat die Firma einige Finanzinformationen über mich, einschließlich meiner Konto- und meiner Sozialversicherungsnummer.« Ich hielt inne und dachte nach.

»Könnte so etwas für den Hacker interessant sein?«

»Theoretisch ja«, sagte Lucy. »Denn du mußt bedenken, daß eine riesige Datenbank wie die von CP&L nicht nur an einem Platz ist. Sie haben andere Systeme, zu denen Datenleitungen führen, was das Interesse des Hackers an der Zentrale in Pittsburgh erklären könnte.«

»Vielleicht sagt dir das was«, meinte Marino, der bei Lucys Computer-Kauderwelsch immer ungeduldig wurde. »Aber mir sagt das einen Scheiß.«

»Wenn du die Datenleitungen als größere Zugangswege auf einer Karte ansiehst – wie etwa die I-95«, erklärte sie geduldig, »dann kannst du theoretisch, wenn du von einem zum anderen dich bewegst, im globalen Netz herumkurven. Du könntest dich in alles mögliche einklinken.«

»Gib mir ein Beispiel, das ich verstehe.«

Sie klappte das Notebook auf ihrem Schoß zu und zuckte mit den Achseln. »Wenn ich in den Pittsburgh-Computer eindringe, wäre ich mit dem nächsten Schritt bei AT&T drin.«

»Dieser Computer hat einen Zugang zum Telefonsystem?« fragte ich.

»Das ist nur einer davon. Aber Jan und ich haben immer mehr den Verdacht, daß dieser Hacker Möglichkeiten ausprobiert, um Strom und Telefoneinheiten zu stehlen.«

»Natürlich ist das im Augenblick nur eine Theorie«, sagte Janet. »Bislang ist noch nichts aufgetaucht, was uns etwas über das Motiv des Hackers verrät. Aber aus der Sicht des FBI sind die Einbrüche gesetzeswidrig. Das allein zählt.«

»Wißt ihr, welche Kundenregister der CP&L angezapft wurden?« fragte ich.

»Wir wissen, daß diese Person Zugang zu allen Kunden hat«, erwiderte Lucy. »Und das sind Millionen. Aber was die individuellen Aufstellungen betrifft, die genauer studiert wurden, so waren das nur wenige. Und die haben wir.«

»Ob ich sie sehen könnte?« fragte ich.

Lucy und Janet schwiegen.

»Wozu?« fragte Marino, der mich die ganze Zeit ansah. »Worauf willst du hinaus, Doc?«

»Ich will darauf hinaus, daß mit Uran Atomkraftwerke betrieben werden, und CP&L hat zwei davon in Virginia und eins in Delaware. In ihren Hauptdatenspeicher ist eingebrochen worden. Ted Eddings hat mein Personal über Radioaktivität ausgefragt. Auf seinem PC daheim hatte er alle möglichen Dateien über Nordkorea und die Vermutungen, daß dort versucht wird, waffenfähiges Plutonium in einem Atomreaktor herzustellen.«

»Und sobald wir in Sandbridge Nachforschungen anstellen, schleicht jemand ums Haus herum«, fügte Lucy hinzu. »Dann schlitzt uns jemand die Reifen auf, und Detective Roche bedroht dich. Und Danny Webster fährt nach Richmond und kommt zu Tode, und nun sieht es so aus, als habe der Mörder Uran in dein Auto geschleppt.« Sie schaute mich an. »Sag mir, was du sehen mußt.«

Ich brauchte keine vollständige Kundenliste, denn die würde praktisch ganz Virginia umfassen, einschließlich meines Leichenschauhauses und meiner selbst. Aber ich war interessiert an allen detaillierten Rechnungsunterlagen, die angezapft worden waren. Was ich zu sehen bekam, war sonderbar, aber nicht sehr umfangreich. Von fünf Namen war mir nur einer unbekannt.

»Weiß jemand, wer Joshua Hayes ist? Er hat ein Postfach in Suffolk«, sagte ich.

»Wir wissen bis jetzt nur, daß er ein Farmer ist«, sagte Janet.

»In Ordnung.« Ich machte weiter. »Dann haben wir Brett West, der im Vorstand von CP&L sitzt. Mir fällt sein Titel nicht ein.« Ich sah mir den Ausdruck an.

»Vizepräsident«, sagte Janet.

»Er wohnt in einer dieser Backsteinvillen in deiner Nähe, Doc«, sagte Marino. »In Windsor Farms.«

»Er wohnte dort. Wenn Sie seine Rechnungsadresse anschauen«, hob Janet hervor, »dann sehen Sie, daß sie sich letzten Oktober geändert hat. Sieht so aus, als wäre er nach Williamsburg gezogen.«

Es gab noch zwei CP&L-Vorstandsmitglieder, deren Unterlagen von dem illegalen Eindringling aus dem Internet benutzt worden waren. Der eine war der Generaldirektor, der andere der Präsident.

Aber wirklich erschreckte mich die Identität des fünften elektronischen Opfers.

»Captain Green.« Ich blickte Marino verdutzt an.

Er verzog keine Miene. »Ich hab keine Ahnung, von wem du sprichst.«

»Er war auf dem Schiffsfriedhof, als ich Eddings' Leiche aus dem Wasser holte«, sagte ich. »Er ist beim Ermittlungsdienst der Navy.«

»Jetzt kapiere ich.« Marinos Ausdruck verfinsterte sich, und Lucys und Janets Hacker-Fall nahm dramatisch andere Formen an.

»Es überrascht mich eigentlich nicht, daß dieser Eindringling sich für die Führungskräfte des Unternehmens interessiert, in das er einbricht, aber ich sehe nicht, wie da die Navy reinpaßt«, sagte Janet.

»Ich bin nicht sicher, ob ich wissen will, wie das zusammenpassen könnte«, sagte ich. »Aber wenn das zutrifft, was Lucy von den Datenleitungen sagt, dann will dieser Hacker wohl letztendlich die Telefondaten bestimmter Leute.«

»Warum?« fragte Marino.

»Um zu schauen, wen sie anrufen.« Ich schwieg kurz. »Die Art von Information, an der beispielsweise ein Reporter interessiert sein könnte.«

Ich stand von meinem Stuhl auf und ging hin und her, während Angst an meinen Nerven zerrte. Ich dachte an Eddings, an Black Talons und an Uran, und mir fiel ein, daß Joel Hands Farm irgendwo in Tidewater war.

»Dieser Mann namens Dwain Shapiro, dem die Bibel gehörte, die du in Eddings' Haus gefunden hast«, sagte ich zu Marino. »Er ist angeblich bei einem Autoüberfall gestorben. Gibt es mehr Informationen darüber?«

»Im Moment nicht.«

»Dannys Tod ließe sich ähnlich darstellen«, sagte ich.

»Es hätten auch Sie sein können. Besonders bei dem Wagentyp. Wenn es ein Anschlag war, wußte der Angreifer vielleicht nicht, daß Dr. Scarpetta kein Mann ist«, sagte Janet. »Vielleicht war der Schütze voreilig und wußte nur, was für ein Auto Sie fahren.«

Ich blieb am Kamin stehen, als sie weiterredete.

»Oder vielleicht hat der Mörder nicht gemerkt, daß Danny bloß Danny war, bis es zu spät war. Dann mußte etwas mit ihm geschehen.«

»Warum ich?« sagte ich. »Was könnte das Motiv sein?«

Darauf antwortete Lucy. »Offenbar glauben sie, daß du etwas weißt.«

»Sie?«

»Vielleicht die Neuen Zionisten. Der gleiche Grund, warum sie Ted Eddings umbrachten«, sagte sie. »Sie dachten, er wußte etwas oder könnte etwas aufdecken.«

Ich sah meine Nichte und Janet an, und meine Ängste erhielten neue Nahrung.

»Um Gottes Willen«, sagte ich eindringlich zu ihnen. »Arbeitet nicht mehr weiter an dem Fall, ehe ihr nicht mit Benton oder sonst jemandem gesprochen habt. Verdammt! Ich will nicht, daß sie denken, ihr wißt auch etwas.«

Aber ich wußte, daß zumindest Lucy nicht auf mich hören würde. Sobald ich die Tür hinter mir geschlossen hätte, würde sie mit frischen Kräften wieder über die Tastatur herfallen.

»Janet?« Ich fixierte die einzige Person, bei der ich auf Vorsicht im Umgang mit der Geschichte hoffen konnte. »Euer Hacker steht möglicherweise mit Leuten in Verbindung, die ermordet wurden.«

»Dr. Scarpetta«, sagte sie, »ich verstehe.«

Marino und ich verließen die UVA, und der goldene Lexus, den wir schon zweimal an diesem Tag gesehen hatten, hielt sich den ganzen Weg zurück nach Richmond hinter uns. Marino sah beim Fahren dauernd in den Rückspiegel. Er schwitzte und war sauer, weil der Computer der Zulassungsstelle immer noch nicht funktionierte. Der Mann im Wagen hinter uns war ein junger Weißer. Er trug eine dunkle Brille und eine Kappe. »Es ist ihm egal, ob wir wissen, wer er ist«, sagte ich. »Sonst würde er sich nicht so auffällig verhalten, Marino. Das ist nur ein weiterer Einschüchterungsversuch.«

»Ja, ja, aber schauen wir doch mal, wer hier wen einschüchtert«, sagte er und ging vom Gas.

Er starrte wieder in den Rückspiegel und fuhr noch langsamer, und der Wagen kam näher. Plötzlich trat er fest auf die Bremse. Ich wußte nicht, wer mehr geschockt war, unser Verfolger oder ich, als die Bremsen des Lexus kreischten, überall Hupen ertönten und das Auto auf Marinos Ford aufprallte.

»Aha«, sagte er. »Sieht so aus, als wäre jemand gerade einem Polizisten hinten draufgefahren.«

Er stieg aus und öffnete unauffällig sein Halfter, während ich ungläubig zuschaute. Ich griff nach meiner Pistole, ließ sie in die Manteltasche gleiten und beschloß, ebenfalls auszusteigen, da ich keine Ahnung hatte, was passieren würde. Marino stand an der Fahrertür des Lexus, beobachtete den Verkehr hinter sich und sprach in sein Funkgerät.

»Halten Sie Ihre Hände so, daß ich sie die ganze Zeit sehen kann«, befahl er dem Fahrer ein zweites Mal mit lauter, autoritärer Stimme. »Nun geben Sie mir Ihren Führerschein. Langsam.«

Ich stand auf der anderen Seite des Autos an der Beifahrertür und wußte, wer der Verkehrssünder war, noch bevor Marino seinen Führerschein zu Gesicht bekam.

»So, so, Detective Roche«, übertönte Marinos Stimme den

Verkehrslärm. »Schon komisch, daß wir auf Sie stoßen. Oder eher umgekehrt.« Sein Ton wurde hart. »Steigen Sie aus. Sofort. Tragen Sie eine Waffe bei sich?«

»Die ist zwischen den Sitzen. Für alle sichtbar«, sagte Roche kalt. Dann stieg er langsam aus. Er wirkte groß und schlank in seiner Militärhose und der Jeansjacke, er trug Stiefel und hatte eine große schwarze Taucheruhr um das Handgelenk. Marino befahl ihm, sich langsam umzudrehen und seine Hände weiterhin gut sichtbar zu halten. Ich blieb an meinem Platz stehen, während Roche mich durch die Sonnenbrille fixierte; ein überheblicher Zug war um seinen Mund.

»Nun erzählen Sie mir mal, Detective Cock-Roche«, sagte Marino, »für wen Sie heute spitzeln? Haben Sie vielleicht mit Captain Green über Ihr Handy gesprochen? Haben Sie ihm erzählt, wo wir heute überall gewesen sind, was wir gemacht haben und wie sehr Sie uns Angst eingejagt haben, als wir Sie in unserem Spiegel entdeckten? Oder verhalten Sie sich bloß so auffällig, weil Sie ein dummer Scheißkerl sind?«

Roche sagte nichts, seine Miene war versteinert.

»Haben Sie das mit Danny auch gemacht? Sie haben den Abschleppdienst angerufen, sich für den Doc ausgegeben und wissen wollen, wann Sie den Wagen abholen können. Dann haben Sie die Information weitergegeben, bloß hat es sich ergeben, daß der Doc an jenem Abend nicht selbst gefahren ist. Und nun fehlt einem jungen Mann der halbe Schädel, weil irgendein Glücksritter nicht wußte, daß der Doc hier kein Mann ist, oder er Danny vielleicht für einen Gerichtspathologen hielt.«

»Sie können gar nichts beweisen«, sagte Roche mit demselben anzüglichen Grinsen.

»Wir werden schon sehen, was ich beweisen kann, wenn ich Ihre Handy-Rechnungen in die Finger kriege.« Marino trat dichter an ihn heran, so daß Roche seine Präsenz übermächtig spürte und sein Bauch ihn fast berührte. »Und wenn ich was entdecke, müssen Sie sich um sehr viel mehr Sorgen machen als um eine Strafe wegen Verkehrsvergehen. Zumindest werde ich Ihren hübschen Arsch schon mal wegen Beihilfe zum Mord festnageln. Das dürfte Ihnen etwa fünfzig Jahre einbringen.

Inzwischen« – Marino fuchtelte mit einem feisten Finger vor Roches Gesicht – »sollten Sie mindestens eine Meile von mir Abstand halten. Und ich würde Ihnen auch nicht empfehlen, sich irgendwo in die Nähe von Dr. Scarpetta zu begeben. Sie haben sie noch nicht gesehen, wenn sie gereizt ist.«

Marino nahm sein Funkgerät und erkundigte sich, ob ein Beamter an den Schauplatz des Geschehens kommen könne. Noch während seine Anfrage über Funk ging, tauchte ein Streifenwagen auf. Er hielt hinter uns in der Bucht, und eine uniformierte Sergeantin von der Polizei Richmond stieg aus. Sie kam zielsicher auf uns zu und hielt die Hand unauffällig an ihre Waffe.

»Guten Tag, Captain.« Sie drehte die Lautstärke des Funkgeräts an ihrem Gürtel leiser. »Was liegt an?«

»Also, Sergeant Schroeder, es scheint, daß dieser Mensch uns den Großteil des Tages verfolgt hat«, sagte Marino. »Und dummerweise ist er mir hinten draufgefahren, als ich gezwungen war, auf die Bremse zu treten, wegen eines weißen Hundes, der mir vors Auto lief.«

»War es derselbe weiße Hund?« fragte die Sergeantin, ohne die Spur eines Lächelns.

»Sah genauso aus wie der, mit dem wir schon früher Probleme hatten.«

Sie machten weiter mit dem wohl ältesten Polizeiwitz, denn an Unfällen mit nur zwei Beteiligten schien stets ein allgegenwärtiger weißer Hund schuld zu sein. Er sprang vor Fahrzeuge und war dann verschwunden, bis er wieder vor dem nächsten schlechten Fahrer auftauchte und abermals die Schuld zugewiesen bekam.

»Er hat mindestens eine Feuerwaffe in seinem Fahrzeug«, fügte Marino in seinem ernsthaftesten Polizistenton hinzu. »Ich möchte, daß er gründlich durchsucht wird, bevor wir ihn einbuchten.«

»Sir, spreizen Sie Arme und Beine.«

»Ich bin Polizist«, schnauzte Roche sie an.

»Ja, Sir, deshalb sollten Sie genau wissen, was ich mache«, stellte Sergeant Schroeder nüchtern fest.

Sie tastete ihn ab und entdeckte an der linken Beininnenseite ein Knöchelhalfter.

»Na, ist das nicht süß«, meinte Marino.

»Sir«, sagte die Beamtin etwas lauter, während noch ein ziviler Einsatzwagen anhielt. »Ich werde Sie bitten müssen, die Pistole aus Ihrem Knöchelhalfter zu nehmen und sie in Ihr Fahrzeug zu legen.«

Ein Deputy Chief stieg aus, in glitzerndem Lackleder, mit viel Marineblau und Messing. Er schien nicht gerade begeistert. Aber die Vorschrift verlangte sein Erscheinen, sobald ein Captain in eine Polizeiangelegenheit, egal wie geringfügig, involviert war. Er schaute stumm zu, als Roche einen .380er Colt aus dem schwarzen Nylonhalfter zog. Er legte ihn in seinen Lexus und war rot vor Zorn, als er auf dem Rücksitz des Streifenwagens Platz zu nehmen hatte und befragt wurde, während ich im lädierten Ford wartete.

»Was nun?« fragte ich Marino, als er zurückkam.

»Er wird wegen zu dichten Auffahrens belangt und unter Strafandrohung freigelassen.« Er schnallte sich an und schien hocherfreut.

»Das ist alles?«

»Bis auf die Verhandlung. Die gute Nachricht ist, daß wir ihm den Tag verdorben haben. Die bessere ist, daß wir jetzt gegen ihn ermitteln können, was ihn eventuell in den Knast bringt, wo er, so süß, wie er aussieht, viele neue Freunde finden wird.«

»Hast du gewußt, daß er es war, bevor er uns reingefahren ist?« fragte ich.

»Nee. Ich hatte keine Ahnung.« Wir fädelten uns wieder in den Verkehr ein.

»Und was hat er bei der Befragung gesagt?«

»Was zu erwarten war. Ich hätte plötzlich gebremst.«

»Hast du ja auch.«

»Und rechtlich geht das in Ordnung.«

»Und daß er uns verfolgt hat? Hatte er dafür eine Erklärung?«

»Er war den ganzen Tag unterwegs, um Besorgungen zu machen. Ist durch die Gegend gefahren. Er weiß nicht, wovon wir sprechen.«

»Verstehe. Wenn jemand Besorgungen erledigt, muß er mindestens zwei Waffen mitnehmen.«

»Kannst du mir sagen, wie, zum Teufel, er sich ein Auto wie das leisten kann?« Marino blickte zu mir herüber. »Er verdient wahrscheinlich nicht halb soviel wie ich, und sein Lexus kostete wahrscheinlich an die fünfzigtausend.«

»Der Colt, den er getragen hat, ist auch nicht billig«, sagte ich. »Er bekommt von irgendwoher Geld.«

»Das bekommen Spitzel immer.«

»Meinst du, er ist bloß ein Spitzel?«

»Ja, ja, hauptsächlich. Ich glaube, er macht die Drecksarbeit, wahrscheinlich für Green.«

Das Funkgerät unterbrach uns plötzlich mit dem lauten Plärren eines Alarmrufs, und dann erhielten wir ein paar Antworten, die noch schlimmer waren, als wir je befürchtet hatten.

»An alle Einheiten. Wir haben soeben ein Fernschreiben von der Staatspolizei mit folgenden Informationen erhalten«, wiederholte der Diensthabende in der Zentrale. »Das Atomkraftwerk in Old Point ist von Terroristen besetzt worden. Es sind Schüsse gefallen, und es hat Tote gegeben.«

Ich war sprachlos vor Entsetzen, als die Meldung weiterging.

»Der Polizeichef hat angeordnet, dem Notfallplan A zu folgen. Bis auf weitere Anweisungen werden alle Tagesschichten auf ihren Posten bleiben. Mehr Informationen folgen. Alle Einsatzleiter haben sich augenblicklich bei ihren Posten in der Polizeiakademie zu melden.«

»Ach zum Teufel, nein«, sagte Marino, als er das Gaspedal durchdrückte. »Wir fahren zu deinem Büro.«

13

Der Überfall auf das Atomkraftwerk Old Point war in einem entsetzlichen Handstreich erfolgt, und wir hörten ungläubig die Nachrichten, während Marino durch die Stadt raste. Wir brachten kein Wort heraus, als ein fast schon hysterischer Reporter vor Ort, mit einer Stimme etliche Oktaven über seinem Normalton, Bericht erstattete.

»Das Atomkraftwerk Old Point ist von Terroristen überfallen worden«, wiederholte er. »Es geschah vor etwa einer Dreiviertelstunde, als ein Bus mit mindestens zwanzig Männern eintraf, die sich als Angestellte von CP&L ausgaben und das Gebäude der Hauptverwaltung stürmten. Dabei sind vermutlich mindestens drei Unbeteiligte ums Leben gekommen.« Seine Stimme zitterte, und wir konnten die Geräusche von Hubschraubern über ihm in der Luft hören. »Ich sehe überall Polizei- und Feuerwehrfahrzeuge, aber sie kommen nicht nahe genug heran. Oh, mein Gott, es ist entsetzlich ...«

Marino parkte vor meinem Gebäude. Eine Zeitlang konnten wir uns nicht rühren und lauschten nur immer wieder den gleichen Informationen. Es kam mir so unwirklich vor, denn weniger als hundertfünfzig Kilometer von Old Point entfernt, hier in Richmond, war es ein strahlender Nachmittag. Der Verkehr war normal, und die Menschen spazierten auf den Bürgersteigen, als wäre nichts geschehen. Ich starrte ins Leere, überflog in Gedanken Listen, was ich zu tun hatte.

»Komm schon, Doc.« Marino stellte den Motor ab. »Gehen wir rein. Ich muß telefonieren, um einen meiner Lieutenants zu erwischen. Ich muß ein paar Dinge in Bewegung setzen für den Fall, daß in Richmond die Lichter ausgehen oder Schlimmeres passiert.«

Ich mußte selbst einiges in Bewegung setzen und begann damit, alle im Konferenzraum zu versammeln, wo ich für den ganzen Bundesstaat den Ausnahmezustand erklärte.

»Jeder Bezirk muß in Bereitschaft sein, um jederzeit seinen Teil des Katastrophenplans zu erfüllen«, verkündete ich allen im Raum. »Eine Atomkatastrophe könnte alle Bezirke betreffen. Tidewater ist natürlich am meisten gefährdet und am schlechtesten besetzt. Dr. Fielding«, sagte ich zu meinem Stellvertreter, »ich möchte Sie mit der Leitung von Tidewater betrauen. Sie haben Weisungsbefugnis, wenn ich nicht dort sein kann.«

»Ich werde mein möglichstes tun«, sagte er tapfer, obwohl kein vernünftiger Mensch den Posten hätte haben wollen, den ich ihm gerade übertragen hatte.

»Nun, ich werde nicht immer vorher genau sagen können, wo ich während dieser Geschichte sein werde.« Ich schaute in die besorgten Gesichter. »Hier läuft der Betrieb weiter wie normal, aber ich möchte, daß alle Leichen hierhergebracht werden. Alle Leichen aus Old Point, meine ich, angefangen mit den Opfern des Schußwechsels.«

»Wie ist es mit anderen Fällen aus Tidewater?« wollte Fielding wissen.

»Routinefälle werden wie üblich behandelt. Soviel ich weiß, haben wir einen weiteren Autopsietechniker, der einspringen kann, bis wir einen festen Ersatz haben.«

»Besteht die Möglichkeit, daß die Leichen, die Sie hier haben wollen, eventuell kontaminiert sind?« fragte mein Verwalter, der sich stets Sorgen machte.

»Bis jetzt geht es nur um Opfer einer Schießerei«, sagte ich. »Und die können nicht kontaminiert sein.«

»Nein.«

»Aber wie ist es dann später?« beharrte er.

»Geringfügige Kontaminierung ist kein Problem. Wir schrubben die Leichen bloß ab und entsorgen das Seifenwasser und die Kleidung. Akute Strahlenexposition ist etwas anderes, besonders wenn die Leichen schwere Verbrennungen haben, wenn Unrat in sie eingebrannt ist, wie es in Tschernobyl war. Diese Leichen müssen in einem speziellen Kühlwagen abgeschirmt werden, und alle Beteiligten tragen bleigefütterte Anzüge.«

»Verbrennen wir diese Leichen?«

»Das würde ich empfehlen. Was ein weiterer Grund dafür ist, sie hierher nach Richmond zu bringen. Wir können das Krematorium in der Anatomieabteilung benutzen.«

Marino steckte seinen Kopf ins Konferenzzimmer. »Doc?«

Ich erhob mich. Wir redeten im Vorraum.

»Benton möchte, daß wir sofort nach Quantico kommen«, sagte Marino.

»Also, sofort geht es nicht«, meinte ich.

Ich blickte in das Konferenzzimmer. Durch die Türöffnung sah ich, wie Fielding etwas vortrug, während einer der anderen Ärzte angespannt und unglücklich aussah.

»Hast du ein paar Sachen, falls wir übernachten müssen?« fuhr Marino fort. Er wußte eigentlich, daß ich hier immer eine Tasche gepackt hatte.

»Ist das wirklich notwendig?« wandte ich ein.

»Wenn es nicht so wäre, würde ich es dir sagen.«

»Gib mir noch fünfzehn Minuten, um diese Sitzung zu beenden.«

Ich versuchte, Verwirrung und Furcht so gut wie möglich einzudämmen, und sagte den anderen Ärzten, daß ich vielleicht einige Tage weg sei, da man mich gerade nach Quantico bestellt habe. Aber sie könnten mich über meinen Piepser erreichen. Dann nahmen Marino und ich meinen Wagen, da er für seinen schon einen Werkstattermin zur Reparatur der Stoßstange ausgemacht hatte. Wir rasten auf der 95 nach Norden. Wir hatten das Radio an, und mittlerweile hatten wir die Geschichte so oft gehört, daß wir sie genauso gut wie die Reporter kannten.

In den vergangenen zwei Stunden war in Old Point niemand mehr gestorben, zumindest war nichts dergleichen bekannt, und die Terroristen hatten Dutzende von Menschen freigelassen. Diese Glücklichen durften zu zweit und zu dritt weggehen, hieß es in den Nachrichten. Rettungsmannschaften, die Staatspolizei und das FBI fingen sie ab, um sie zu untersuchen und zu befragen.

Wir kamen gegen fünf Uhr in Quantico an, und Marines in Tarnanzügen versuchten nach Kräften, den raschen Einbruch der Nacht zu vereiteln. Sie waren in Scharen auf dem Gelände, auf Lastwagen und hinter Sandsäcken, und als wir nahe bei einer Gruppe an der Straße vorbeifuhren, erfüllten mich ihre jungen Gesichter mit Schmerz. Hinter einer Kurve ragten plötzlich hohe, braune Backsteinbauten über die Bäume. Der Komplex sah nicht militärisch aus, es hätte eine Universität sein können, wenn da nicht die vielen Antennen auf den Dächern gewesen wären. Eine Zufahrtstraße war auf halber Strecke an einem Eingangstor blockiert, wo Eisenspitzen den Leuten, die in die falsche Richtung fuhren, die Zähne bleckten.

Ein bewaffneter Posten kam aus seinem Häuschen und lächelte, weil wir ihm nicht fremd waren. Er ließ uns durch. Wir parkten auf dem großen Platz gegenüber dem höchsten Gebäude, dem Jefferson, das im wesentlichen das Versorgungszentrum der Acadamy beherbergte. Dazu gehörten das Postamt, die unterirdische Schießanlage, die Kantine und der PX. In den oberen Stockwerken waren Schlafzimmer, auch Sicherheitstrakte für unter Personenschutz gestellte Zeugen und Spione.

Neue Agenten in Khaki und Dunkelblau brachten in der Waffenreinigungskammer ihre Schießeisen auf Vordermann. Mir kam es so vor, als hätte ich die Lösungsmittel schon mein Leben lang gerochen, und ich konnte jederzeit im Geist hören, wie Druckluft durch Trommeln und andere Waffenteile zischte. Meine Geschichte war mit diesem Ort verknüpft. Es gab kaum eine Ecke, die nicht irgendein Gefühl in mir weckte, denn ich war hier verliebt gewesen, und ich hatte meine schrecklichsten Fälle in dieses Gebäude gebracht. Ich hatte in ihren Unterrichtsräumen gelehrt und beraten und ihnen unabsichtlich meine Nichte überlassen.

»Gott weiß, in was wir da hineingeraten«, sagte Marino, als wir in den Aufzug stiegen.

»Wir werden es nach und nach auf uns zukommen lassen«, sagte ich, als die neuen Agenten mit ihren FBI-Kappen hinter den sich schließenden Stahltüren verschwanden.

Er drückte auf den Knopf für das Untergeschoß, das zu einer anderen Zeit Hoovers Bunker gewesen war. Die Einheit zur Erstellung von Täterprofilen, wie alle Welt sie noch immer nannte, war dreißig Meter unter der Erde. Es gab keine Fenster oder andere Entlastungen von dem Schrecken, den sie barg. Ich konnte es, offen gesagt, nicht verstehen, wie Wesley es Jahr für Jahr hier aushalten konnte, denn nach jeder Sitzung, die länger als einen Tag dauerte, drehte ich fast durch. Ich mußte spazierengehen oder Auto fahren. Ich mußte einfach weg.

»Nach und nach?« wiederholte Marino, als der Aufzug anhielt. »Unter diesen Umständen kaum möglich. Wir sind einen Tag zu spät und um einen Dollar zu knapp. Wir haben erst damit angefangen, die Teile zusammenzusetzen, als das Scheißspiel schon aus war.«

»Es ist nicht aus«, sagte ich.

Wir gingen an der Rezeption vorbei und um eine Ecke, wo ein langer Flur zum Büro des Leiters der Einheit führte.

»Ja, ja, hoffen wir bloß, daß es nicht mit einem großen Knall endet. Scheiße. Wenn wir das nur früher herausbekommen hätten.« Er machte große, zornige Schritte.

»Marino, wir konnten es nicht wissen. In keiner Weise.«

»Na ja, ich glaube, ein bißchen was hätten wir schon früher herauskriegen können. Etwa in Sandbridge, als du den merkwürdigen Anruf erhalten hast, und alles andere.«

»Ach, um Himmels willen«, sagte ich. »Wie? Ein Anruf hätte uns ein Hinweis sein sollen, daß Terroristen ein Atomkraftwerk überfallen wollen?«

Wesleys Sekretärin war nett, und ich konnte mich an ihren Namen nicht erinnern.

»Guten Tag«, sagte ich zu ihr, »ist er da?«

»Wen darf ich melden?« fragte sie lächelnd.

Wir sagten es ihr und faßten uns in Geduld, während sie ihn anrief. Sie sprachen nicht lange.

Als sie uns wieder ansah, sagte sie: »Sie können rein.«

Wesley war hinter seinem Schreibtisch und stand auf, als wir eintraten. Er sah in seinem grauen Fischgrätanzug mit der grauschwarzen Krawatte wie üblich sehr professionell und düster aus. »Wir können ins Konferenzzimmer gehen.«

»Warum?« Marino nahm sich einen Stuhl. »Hast du noch andere herbestellt?«

»So ist es«, erwiderte er.

Ich blieb an meinem Platz stehen und sah ihn nicht länger an, als schicklich war.

»Ach was«, überlegte er es sich anders. »Wir können auch hier drin bleiben. Wartet mal.« Er ging zur Tür. »Emily, können Sie noch einen Stuhl auftreiben?«

Wir ließen uns nieder, während sie noch einen Stuhl hereintrug. Wesley fiel es schwer, seine Gedanken beisammenzuhalten und Entscheidungen zu treffen. Ich wußte, wie er war, wenn etwas auf ihn einstürzte. Ich wußte es, wenn er Angst hatte.

»Ihr seid über alles unterrichtet«, sagte er, so als wüßten wir Bescheid.

»Wir wissen, was alle wissen«, erwiderte ich. »Wir haben dieselben Nachrichten im Radio wahrscheinlich hundertmal gehört.«

»Wie wär's damit, ganz von vorn zu beginnen?« meinte Marino.

»CP&L hat ein Bezirksbüro in Suffolk«, fing Wesley an. »Mindestens zwanzig Personen sind heute nachmittag von dort in einem Bus aufgebrochen zu angeblichen Wartungsarbeiten im Übungskontrollraum des Kraftwerks Old Point. Es waren alles Männer, Weiße zwischen dreißig und vierzig, die sich als Angestellte ausgaben. Und sie haben es geschafft, ins Hauptgebäude zu gelangen, wo die Schaltzentrale ist.«

»Sie waren bewaffnet«, sagte ich.

»Ja. Als sie im Hauptgebäude durch die Röntgenkontrolle und andere Detektoren gehen sollten, zogen sie halbautomatische Waffen. Wie ihr wißt, sind Leute getötet worden – wir glauben, mindestens drei Angestellte von CP&L, darunter ein Kernphysiker, der nur zufällig heute das Werksgelände besucht hat und zur falschen Zeit durch die Sicherheitsschleusen ging.«

»Wie lauten ihre Forderungen?« fragte ich, denn ich wollte herauskriegen, wieviel Wesley gewußt hatte und seit wann. »Haben sie gesagt, was sie wollen?«

Er begegnete meinem Blick. »Das macht uns die größten Sorgen. Wir wissen nicht, was sie wollen.«

»Aber sie lassen Leute frei«, sagte Marino.

»Ja. Und auch das bereitet mir Kummer«, stellte Wesley

fest. »Terroristen tun das normalerweise nicht.« Sein Telefon klingelte. »Das hier ist anders.« Er nahm den Hörer ab. »Ja«, sagte er. »Gut. Schicken Sie ihn rein.«

Major General Lynwood Sessions trug seine Navy-Uniform. Er gab jedem von uns die Hand. Er war schwarz, ungefähr fünfundvierzig und auf eine Art attraktiv, die nicht zu übersehen war. Er legte sein Jackett nicht ab und öffnete nicht einmal einen Knopf, als er förmlich Platz nahm und eine dicke Aktentasche neben seinen Stuhl stellte.

»General, ich danke Ihnen, daß Sie gekommen sind«, fing Wesley an.

»Ich wünschte, es gäbe einen freudigeren Anlaß«, sagte er und bückte sich, um einen Aktenordner und einen Notizblock herauszuholen.

»Das geht uns allen so«, sagte Wesley. »Das sind Captain Pete Marino aus Richmond und Dr. Kay Scarpetta, Chief Medical Examiner von Virginia.« Er sah mich an und hielt meinem Blick stand. »Sie arbeiten mit uns zusammen. Dr. Scarpetta ist die zuständige Pathologin für die Fälle, die unserer Vermutung nach mit dem, was heute geschehen ist, zusammenhängen.«

General Sessions nickte kommentarlos.

Wesley sagte zu Marino und mir: »Laßt mich mal berichten, was wir über die unmittelbare Krise hinaus wissen. Wir haben Grund zu der Annahme, daß Schiffe aus dem Schiffsfriedhof an Länder verkauft werden, in die sie nicht gelangen sollten. Dazu gehören Iran, Irak, Libyen, Nordkorea und Algerien.«

»Was für Schiffe?« fragte Marino.

»Hauptsächlich U-Boote. Wir vermuten auch, daß diese Werft Schiffe von Ländern wie Rußland kauft und sie dann weiterverscherbelt.«

»Und warum hat man uns das nicht schon früher gesagt?« fragte ich.

Wesley zögerte. »Niemand hatte Beweise.«

»Ted Eddings tauchte in dem Schiffsfriedhof und starb«, sagte ich. »Er befand sich in der Nähe eines U-Boots.«

Niemand antwortete mir.

Dann sagte der General. »Er war Reporter. Es wurde angenommen, daß er nach Relikten aus dem Bürgerkrieg gesucht haben könnte.«

»Und was hat Danny getan?« Ich wog meine Worte ab, weil ich der Sache überdrüssig wurde. »Hat der einen alten Eisenbahntunnel in Richmond erkundet?«

»Es läßt sich schwer sagen, womit Danny Webster etwas zu tun hatte«, sagte Wesley. »Aber soviel ich weiß, hat die Chesapeake-Polizei im Kofferraum seines Autos ein Bajonett gefunden, das zu den Schnittstellen an euren aufgeschlitzten Reifen paßt.«

Ich sah ihn lange an. »Ich weiß nicht, woher du deine Informationen hast, aber wenn es stimmt, was du sagst, dann vermute ich, daß Detective Roche das Belastungsmaterial geliefert hat.«

»Ja, ich glaube, er hat das Bajonett gebracht.«

»Ich glaube, wir alle in diesem Zimmer sind vertrauenswürdig.« Ich hielt meinen Blick auf ihn gerichtet. »Wenn es zu einer Atomkatastrophe kommt, bin ich von Gesetz wegen verpflichtet, mich um die Toten zu kümmern. Es gibt schon zu viele Tote in Old Point.« Ich schwieg kurz. »General Sessions, jetzt wäre es an der Zeit, mit der Wahrheit herauszurücken.«

Die Männer schwiegen eine Weile.

Dann sagte der General: »NAVSEA hat sich schon seit einer Weile Sorgen um diesen Schiffsfriedhof gemacht.«

»NAVSEA? Was, zum Teufel, ist das?« fragte Marino.

»Naval Sea Systems Command«, sagte Sessions. »Das sind die Leute, in deren Verantwortung es liegt, die Einhaltung der entsprechenden Vorschriften auf solchen Schiffsfriedhöfen zu überwachen.«

»Eddings hatte das Kürzel N-V-S-E in sein Faxgerät einprogrammiert«, sagte ich. »Stand er mit ihnen in Verbindung?«

»Er hat Fragen gestellt«, sagte General Sessions. »Wir wußten von Mr. Eddings. Aber wir konnten ihm nicht die verlangten Antworten geben. Genauso wie wir Ihnen, Dr. Scarpetta, nicht antworten konnten, als Sie uns ein Fax mit der Frage schickten, wer wir seien.« Sein Gesichtsausdruck war undurchdringlich. »Ich bin sicher, Sie haben dafür Verständnis.«

»Was ist D-R-M-S in Memphis?« fragte ich dann.

»Eine weitere Faxnummer, die Eddings angerufen hat, und Sie auch«, sagte er. »Defense Reutilization Marketing Service. Über die laufen alle Verkäufe aus alten Beständen, die von der NAVSEA genehmigt werden müssen.«

»Das ergibt einen Sinn«, sagte ich. »Ich sehe ein, warum Eddings sich mit diesen Leuten in Verbindung gesetzt hat. Er war dem, was im Schiffsfriedhof vor sich ging, auf der Spur und wußte, daß die Vorschriften der Navy auf ziemlich empörende Art und Weise verletzt wurden. Und er stellte Nachforschungen für seine Story an.«

»Sagen Sie mir mehr über diese Vorschriften«, bat Marino. »Was genau hatte der Schiffsfriedhof für Regeln einzuhalten?«

»Ich gebe Ihnen ein Beispiel. Wenn Jacksonville die *Saratoga* oder einen anderen Flugzeugträger will, dann stellt die NAVSEA sicher, daß bei allen Arbeiten daran die Vorschriften der Navy befolgt werden.«

»In welcher Weise etwa?«

»Beispielsweise muß die Stadt über die fünf Millionen für das Herrichten und die zwei Millionen jährlich für die Instandhaltung verfügen. Und das Wasser im Hafen muß mindestens zehn Meter tief sein. Andererseits wird an der Stelle, wo das Schiff liegt, jemand von der NAVSEA, wahrscheinlich ein Zivilist, einmal im Monat aufkreuzen und die Arbeit inspizieren, die an dem Schiff erledigt wird.«

»Und das ist im Schiffsfriedhof passiert?« fragte ich.

»Also im Augenblick sind wir uns bei dem Betreffenden nicht sicher.« Der General blickte mich direkt an.

Dann ließ sich Wesley vernehmen. »Das ist das Problem. Überall gibt es Zivilisten, einige von ihnen Söldner, die unter absoluter Geringschätzung der nationalen Sicherheit alles kaufen oder verkaufen würden. Wie Sie wissen, wird der Schiffsfriedhof von einem Privatunternehmen betrieben. Es inspiziert die Schiffe, die an Städte oder zum Abwracken verkauft werden.«

»Was ist mit dem U-Boot, der *Exploiter?*« fragte ich. »Das ich gesehen habe, als ich Eddings' Leiche heraufholte?«

»Ein Raketenträger der Zulu-V-Klasse. Zehn Torpedorohre und zwei Raketenschächte. Die wurden zwischen 1955 und 1957 gebaut«, sagte General Sessions. »Seit den Sechzigern sind alle in den Vereinigten Staaten gebauten U-Boote atomgetrieben.«

»Also ist das betreffende U-Boot alt«, sagte Marino. »Es ist nicht atomgetrieben.«

Der General erwiderte: »Es kann nicht atomgetrieben sein. Aber es läßt sich jeder beliebige Sprengkopf auf eine Rakete oder ein Torpedo montieren.«

»Wollen Sie damit sagen, daß das U-Boot, bei dem ich tauchte, für die Aufrüstung mit Kernwaffen umgebaut werden könnte?« fragte ich, während dieses Schreckgespenst immer bedrohlichere Formen annahm.

»Dr. Scarpetta«, sagte der General und beugte sich zu mir. »Wir nehmen nicht an, daß dieses U-Boot hier in den Vereinigten Staaten umgerüstet worden ist. Es hätte aber nur wieder aufgemöbelt und auf See geschickt zu werden brauchen, wo es unter eine fremde Flagge geraten könnte. Die Arbeit ließe sich dort erledigen. Aber Irak oder Algerien können auf eigenem Boden nicht selbständig waffenfähiges Plutonium herstellen.«

»Und wo soll das herkommen?« fragte Marino. »Das ist doch nicht von einem Kraftwerk zu kriegen. Und wenn die Terroristen anderer Meinung sind, dann, schätze ich, handelt es sich um einen Haufen von vollkommenen Idioten.«

»Es wäre extrem schwer, wenn nicht nahezu unmöglich, Plutonium von Old Point zu bekommen«, pflichtete ich bei.

»Ein Anarchist wie Joel Hand denkt nicht darüber nach, wie schwer es sein könnte«, sagte Wesley.

»Und es ist möglich«, fügte Sessions hinzu. »Für zwei Monate nach dem Austausch der Brennstäbe in einem Reaktor. Während dieses Zeitfensters kann man Plutonium bekommen.«

»Wie oft werden die Stäbe ausgetauscht?« fragte Marino.

»Old Point tauscht alle fünfzehn Monate ein Drittel aus. Das sind achtzig Brennelemente oder etwa drei Atombomben, wenn Sie die Reaktoren abschalten und die Elemente während dieses Zweimonats-Fensters herausschaffen.«

»Dann mußte Hand den Zeitplan kennen«, sagte ich.

»Oh ja.«

Ich dachte an die Telefonlisten der CP&L Bosse, die jemand wie Eddings illegal hätte anzapfen können.

»Jemand ist also auf dem Sprung gewesen«, sagte ich.

»Wir glauben zu wissen, wer, jemand in einer hohen Stellung«, sagte Sessions. »Jemand, der bei der Entscheidung, das Außenbüro von CP&L auf einem Grundstück neben Hands Farm einzurichten, eine Menge zu sagen hatte.«

»Eine Farm, die Joshua Hayes gehört?«

»Scheiße«, sagte Marino. »Hand muß das schon seit Jahren geplant haben, und er hat todsicher von irgendwoher einen Haufen Kohle gekriegt.«

»Beides steht außer Frage«, pflichtete der General bei. »So etwas mußte über Jahre geplant werden, und jemand hat dafür bezahlt.«

»Sie müssen im Gedächtnis behalten«, sagte Wesley, »daß

ein Fanatiker wie Hand ja einen Religionskrieg von ewiger Bedeutung führt. Er kann sich Geduld leisten.«

»General Sessions«, sponn ich den Faden weiter, »wenn das U-Boot, von dem die Rede ist, für einen fernen Hafen bestimmt ist, würde die NAVSEA davon erfahren?«

»Mit Sicherheit.«

»Wie?« wollte Marino wissen.

»Da ist einiges«, sagte er. »Zum Beispiel werden, wenn Schiffe im Schiffsfriedhof festmachen, ihre Raketen- und Torpedoschächte außen am Rumpf mit Stahlplatten bedeckt. Und eine Platte wird im Schiffsinnern über die Antriebswelle geschweißt, damit die Schraube fixiert bleibt. Es versteht sich, daß alle Waffen und Kommunikationseinrichtungen entfernt werden.«

»Was heißt, daß eine Übertretung zumindest einer dieser Regelungen von außen überprüft werden könnte«, sagte ich. »Das wäre zu erkennen, wenn sich jemand das Schiff im Wasser näher anschaut.«

Er sah mich an und erfaßte genau, was ich meinte: »Ja, das wäre zu erkennen.«

»Jemand könnte um dieses U-Boot herumtauchen und feststellen, daß beispielsweise die Torpedoschächte nicht versiegelt sind. Er könnte sogar erkennen, daß die Schraube nicht zugeschweißt ist.«

»Ja«, sagte er wieder. »Das alles ließe sich erkennen.«

»Das hat Ted Eddings getan.«

»Ich fürchte, ja.« Das kam von Wesley. »Taucher haben seine Kamera sichergestellt, und wir haben uns den Film angesehen, auf dem nur drei Aufnahmen waren. Alles verschwommene Fotos von der Schraube der *Exloiter*. Es sieht also nicht so aus, als wäre er vor seinem Tod lange im Wasser gewesen.«

»Und wo ist das U-Boot jetzt?« fragte ich.

Der General schwieg kurz. »Man könnte sagen, daß wir ihm dicht auf den Fersen sind.«

»Also ist es verschwunden.«

»Ich fürchte, es hat den Hafen etwa um dieselbe Zeit verlassen, als das Atomkraftwerk gestürmt wurde.«

Ich sah die drei Männer an. »Also ich glaube, jetzt wissen wir sicher, warum Eddings immer paranoider um seinen Schutz besorgt war.«

»Jemand muß das geplant haben«, sagte Marino. »Niemand kann einfach so beschließen, einen Menschen mit Zyanid zu vergiften.«

»Der Mord war von langer Hand geplant und wurde von jemandem ausgeführt, dem er vertraut haben muß«, meinte Wesley. »Er hätte nicht jedem x-Beliebigen erzählt, was er in jener Nacht vorhatte.«

Ich dachte an ein anderes Kürzel in Eddings Faxgerät. CPT konnte Captain heißen, und ich brachte Captain Green ins Gespräch.

»Also Eddings muß mindestens eine interne Quelle für seine Story gehabt haben«, lautete Wesleys Kommentar. »Jemand hat Informationen an ihn weitergegeben, und ich vermute, derselbe Jemand hat ihn in die Falle gelockt oder wenigstens dabei mitgeholfen.« Er sah mich an. »Und wir wissen aus seinen Telefonrechnungen, daß er sich in den vergangenen Monaten über Telefon und Fax häufig mit Green in Verbindung gesetzt hat. Das muß letzten Herbst angefangen haben, als Eddings einen ziemlich harmlosen Artikel über den Schiffsfriedhof schrieb.«

»Dann hat er seine Nase zu tief reingesteckt«, sagte ich.

»Seine Neugier hat uns eigentlich geholfen«, sagte General Sessions. »Wir haben auch angefangen, unsere Nasen tiefer hineinzustecken. Wir haben diese Sache schon länger unter Beobachtung, als Sie vielleicht glauben.« Er hielt inne und lächelte ein wenig. »Dr. Scarpetta, Sie standen mit einigen Punkten tatsächlich gar nicht so allein da, wie Sie vielleicht gedacht haben.«

»Ich hoffe aufrichtig, daß Sie Jerod und Ki Soo meinen Dank übermitteln«, sagte ich in der Annahme, sie gehörten zur Navy. Aber nun antwortete Wesley. »Mache ich, oder vielleicht kannst du ihnen selber danken, wenn du das nächste Mal das HRT besuchst.«

»General Sessions«, griff ich ein scheinbar profaneres Thema auf, »wissen Sie vielleicht, ob Ratten auf abgewrackten Schiffen ein Problem darstellen?«

»Ratten sind auf jedem Schiff immer eine Plage«, sagte er.

»Und Zyankali wird unter anderem dafür verwendet, Nagetiere im Schiffsinnern auszurotten«, sagte ich. »Der Schiffsfriedhof hat wohl einiges davon auf Lager.«

»Wie schon angedeutet, hat Captain Green unsere größte Aufmerksamkeit.« Er wußte genau, was ich meinte.

»Im Gegensatz zu den Neuen Zionisten?« fragte ich.

»Nein«, antwortete Wesley für ihn. »Im Zusammenhang mit ihnen. Ich vermute, daß Green die direkte Verbindung der Neuen Zionisten zum militärischen Bereich ist, wie etwa dem Schiffsfriedhof, während Roche bloß sein Büttel ist. Roche ist derjenige, der belästigt, herumschnüffelt und andere verrät.«

»Er hat Danny nicht umgebracht«, sagte ich.

»Danny wurde von einem Psychopathen ermordet, der sozial einigermaßen angepaßt ist, so daß er, als er vor dem Hill Café wartete, keine Aufmerksamkeit auf sich zog. Ich würde sagen, ein männlicher Weißer, zwischen dreißig und vierzig, der allgemein Erfahrungen mit der Jagd und mit Waffen hat.«

»Klingt wie das exakte Ebenbild der Kerle, die Old Point besetzt haben«, bemerkte Marino.

»Ja«, sagte Wesley. »Der Mord an Danny, ob er nun das eigentliche Ziel war oder nicht, war ein Jagdauftrag, wie auf Wild. Der Täter hat die Sig vermutlich bei derselben Waffenbörse gekauft, wo er die Black Talons bekommen hat.«

»Ich dachte, Sie sagten, die Sig hat mal einem Cop gehört«, erinnerte ihn der General.

»Richtig. Sie geht verloren, landet auf der Straße und wird schließlich als gebraucht verkauft«, meinte Wesley.

»An einen Jünger von Hand«, sagte Marino. »Einen wie den, der Shapiro in Maryland umgelegt hat.«

»Genau die Sorte.«

»Die große Frage ist, was glauben die, was Sie wissen«, fragte mich der General.

»Darüber habe ich viel nachgedacht und komme auf nichts«, erwiderte ich.

»Du mußt wie sie denken«, sagte Wesley zu mir. »Was weißt du, was andere nicht wissen?«

»Sie könnten annehmen, daß ich das Hand-Buch habe«, sagte ich, weil mir nichts anderes in den Sinn kam. »Und offenbar ist es ihnen so heilig wie eine indianische Begräbnisstätte.«

»Was steht da drin, das kein anderer erfahren darf?« fragte Sessions.

»Man sollte annehmen, daß die gefährlichste Enthüllung für sie die des Plans ist, den sie bereits ausgeführt haben«, erwiderte ich.

»Natürlich.« Wesley sah mich an, tausend Gedanken in den Augen. »Was weiß Dr. Mant?«

»Ich hatte noch keine Gelegenheit, ihn zu fragen. Er beantwortet meine Anrufe nicht, und ich habe schon zahlreiche Nachrichten hinterlassen.«

»Findest du nicht, daß das ziemlich seltsam ist?«

»Ich halte das absolut für seltsam«, sagte ich zu ihm. »Aber ich glaube nicht, daß etwas Außergewöhnliches vorgefallen ist, sonst hätten wir davon erfahren. Ich glaube, er hat Angst.«

Wesley erklärte dem General: »Mant ist der Gerichtspathologe für den Bezirk Tidewater.«

»Dann sollten Sie ihn vielleicht aufsuchen«, schlug mir der General vor.

»Unter den gegebenen Umständen scheint das nicht der günstigste Zeitpunkt zu sein«, sagte ich.

»Ganz im Gegenteil«, sagte der General. »Ich glaube, das ist der ideale Zeitpunkt.«

»Sie könnten recht haben«, pflichtete Wesley bei. »Unsere einzige Hoffnung ist, in die Köpfe dieser Leute einzudringen. Vielleicht verfügt Mant über Informationen, die hilfreich wären. Vielleicht versteckt er sich deswegen.«

General Sessions rutschte auf seinem Stuhl herum. »Also ich bin dafür«, sagte er. »Zum einen müssen wir uns Sorgen machen, daß so etwas auch dort passiert, wie Sie und ich schon besprochen haben, Benton. Das steht also ohnehin an, nicht wahr? Es wäre keine große Angelegenheit, wenn noch eine Person mitkäme, vorausgesetzt, British Airways hat nichts dagegen, wenn wir sie so kurzfristig behelligen.« Er schien ironisch zu lächeln. »Wenn sie etwas dagegen haben, dann muß ich das Pentagon anrufen, schätze ich.«

»Kay«, erklärte mir Wesley, während Marino wütend vor sich hinstarrte, »wir wissen nicht, ob so etwas wie in Old Point nicht bereits abläuft in Europa, denn das, was in Virginia vor sich geht, ist nicht von gestern auf heute passiert. Wir machen uns Sorgen um die größeren Städte.«

»Willst du damit sagen, daß diese Neuen Zionisten auch in England sind?« Die Frage kam von Marino, der kurz vor dem Überkochen war.

»Uns ist nichts bekannt, aber unglücklicherweise gibt es eine Menge anderer, die ihren Platz einnehmen könnten«, sagte Wesley.

»Also ich will auch mal was sagen.« Marino sah mich anklagend an. »Uns steht möglicherweise eine Atomkatastrophe ins Haus. Meinst du nicht, du solltest hier bleiben?«

»Das würde ich vorziehen.«

Der General traf den springenden Punkt: »Wenn Sie uns behilflich sind, wird es hoffentlich nicht notwendig sein, daß

Sie hier anwesend sind, weil es für Sie nichts zu tun geben wird.«

»Ich verstehe das auch«, sagte ich. »Niemand glaubt mehr an Prävention als ich.«

»Kannst du das regeln?« fragte Wesley.

»Meine Büros machen sich schon bereit, um mit allem fertig zu werden, was passiert«, sagte ich. »Die anderen Ärzte wissen, was zu tun ist. Du weißt ja, ich will in jeder Weise helfen.«

Aber Marino ließ sich nicht besänftigen. »Es ist nicht sicher.« Er schaute nun Wesley an. »Du kannst sie doch nicht auf Flughäfen und sonstwohin schicken, wenn wir nicht wissen, wer sich alles da draußen herumtreibt und was die wollen.«

»Du hast recht, Pete«, sagte Wesley nachdenklich. »Das werden wir auch nicht tun.«

14

An jenem Abend fuhr ich nach Hause, weil ich Kleider brauchte und meinen Reisepaß aus dem Safe holen mußte. Ich packte nervös meine Sachen, während ich darauf wartete, daß mein Piepser sich meldete. Fielding hatte mich pünktlich angerufen, um den neuesten Stand zu erfahren und seinen Befürchtungen Luft zu machen. Die Leichen in Old Point blieben dort, wo die Verbrecher sie gelassen hatten, soviel wir wußten, und wir hatten keine Ahnung, wie viele Leute drinnen gefangen waren.

Ich schlief schlecht, obwohl ein Polizeiauto in meiner Straße postiert war, und um fünf Uhr früh riß mich der Wecker hoch. Anderthalb Stunden später wartete ein Learjet am Millionärs-Terminal in Henrico County auf mich, wo die reichsten Geschäftsleute der Gegend ihre Hubschrauber und Firmenflugzeuge geparkt hatten. Wesley und ich begrüßten uns höflich und reserviert, und es fiel mir schwer zu glauben, daß wir zusammen nach Europa fliegen sollten. Aber schon bevor der Vorschlag kam, ich solle nach London fahren, war geplant gewesen, daß er die Botschaft dort besuchte, und General Sessions wußte nichts über uns beide. Zumindest wählte ich diese Sichtweise auf eine Situation, die mir entglitten war.

»Ich bin mir nicht sicher, ob ich deinen Beweggründen trauen darf«, sagte ich zu Wesley, als der Jet abhob, wie ein Rennwagen mit Flügeln. »Und was ist damit?« Ich blickte mich um. »Seit wann benutzt das FBI Learjets, oder hat das auch das Pentagon arrangiert?«

»Wir nehmen uns, was wir brauchen«, sagte er. »CP&L hat uns alle ihnen verfügbaren Mittel zugänglich gemacht, um diese Krise zu bewältigen. Der Learjet gehört ihnen.«

Der weiße Jet sah mit seinen Sitzen aus Leder und Holz elegant aus, aber es war laut, so daß wir nicht leise sprechen konnten.

»Du brauchst dir keine Gedanken zu machen, wenn du ihre Mittel nutzt?« sagte ich.

»Sie sind über all das genauso unglücklich wie wir. Soweit wir wissen, trifft CP&L keine Schuld, mit Ausnahme von einen oder zwei faulen Äpfeln. Im Grunde sind die Firma und ihre Angestellten eindeutig diejenigen, die es am härtesten trifft.«

Er blickte nach vorn ins Cockpit und zu den beiden durchtrainierten Piloten in Anzügen. »Außerdem sind die Piloten vom HRT«, fügte er hinzu. »Und wir haben vor dem Abflug jede Mutter und jeden Bolzen in diesem Ding überprüft. Keine Bange. Und daß ich mit dir reise« – er sah mich an – »das sage ich noch einmal: Das läuft alles nach Einsatzplan. Der Ball ist ans HRT weitergegeben worden. Ich werde gebraucht, wenn die Terroristen mit uns Verbindung aufnehmen, wenn wir sie endlich identifizieren können. Aber ich glaube nicht, daß das in den nächsten Tagen passiert.«

»Wie kannst du das wissen?« Ich schenkte mir Kaffee ein.

Er nahm mir die Tasse aus der Hand, und unsere Finger berührten sich. »Das weiß ich, weil sie beschäftigt sind. Sie brauchen diese Brennelemente, und sie können pro Tag nur eine bestimmte Anzahl bekommen.«

»Sind die Reaktoren abgeschaltet worden?«

»Dem Unternehmen zufolge haben die Terroristen die Reaktoren unmittelbar nach Stürmung des Kraftwerks abgeschaltet. Sie wissen also, was sie wollen, und sie machen Ernst.«

»Und es sind zwanzig.«

»Schätzungsweise zwanzig sind wegen des angeblichen Seminars in den Übungskontrollraum gegangen. Aber wir können nicht ganz sicher sein, wie viele jetzt drin sind.«

»Diese Tour«, fragte ich, »wann ist sie geplant worden?«

»Das Elektrizitätswerk hat gesagt, sie wäre ursprünglich Anfang Dezember für Ende Februar geplant worden.«

»Dann wurde sie vorverlegt.« Ich war nicht überrascht angesichts dessen, was in letzter Zeit geschehen war.

»Ja«, sagte er. »Sie ist plötzlich verlegt worden, ein paar Tage vor dem Mord an Eddings.«

»Das klingt, als wären sie verzweifelt, Benton.«

»Und wahrscheinlich um so gnadenloser und nicht so gut vorbereitet«, sagte er. »Und das ist besser und schlechter zugleich für uns.«

»Und wie ist es mit den Geiseln? Ist es deiner Erfahrung nach wahrscheinlich, daß sie alle gehen lassen?«

»Ich weiß nicht«, sagte er und schaute aus dem Fenster. Im sanften Seitenlicht war seine Miene grimmig.

»Herrgott«, meinte ich, »wenn sie versuchen, den Brennstoff herauszuholen, droht uns eine nationale Katastrophe. Und ich begreife nicht, wie sie sich den Abtransport denken.

Diese Brennelemente wiegen womöglich jeweils mehrere Tonnen und sind so radioaktiv, daß es augenblicklich zum Tode führt, wenn ihnen jemand nahe kommt. Und wie wollen sie die von Old Point wegschaffen?«

»Das Kraftwerk ist von Wasser umgeben, um die Reaktoren zu kühlen. Und auf dem James River in der Nähe beobachten wir einen großen Lastkahn, der unserer Ansicht nach ihnen gehört.«

Mir fiel ein, daß Marino mir etwas von Lastkähnen erzählt hatte, die große Kästen zum Anwesen der Neuen Zionisten lieferten, und ich sagte: »Können wir ihn uns schnappen?«

»Nein. Wir können uns jetzt keine Schiffe, U-Boote und nichts schnappen. Nicht bevor wir diese Geiseln herausbekommen haben.« Er trank seinen Kaffee. Der Horizont leuchtete allmählich golden.

»Dann ist das günstigste Szenario für uns, daß sie sich das holen, was sie wollen, und abziehen, ohne noch jemanden zu töten«, schlug ich vor, obwohl ich nicht glaubte, daß dies geschehen könnte.

»Nein. Das günstigste Szenario ist, daß wir sie dort aufhalten.« Er sah mich an. »Wir wollen kein Schiff voll mit hochradioaktivem Material auf den Flüssen Virginias oder auf See. Was sollen wir tun, wenn sie es zu versenken drohen? Außerdem vermute ich, daß sie Geiseln mitnehmen werden.« Er schwieg kurz. »Am Ende werden sie alle erschießen.«

Ich mußte an all diese armen Leute denken, die mit jedem Atemzug von Todesangst befallen wurden. Ich wußte um die körperlichen und geistigen Anzeichen von Angst, hatte die Bilder vor Augen und kochte innerlich. Ich spürte eine Woge des Hasses auf diese Männer, die sich die Neuen Zionisten nannten, und ballte meine Fäuste.

Wesley blickte auf meine weißen Knöchel und dachte, ich hätte Flugangst. »Es sind nur noch ein paar Minuten«, sagte er. »Wir beginnen schon mit der Landung.«

Wir landeten auf dem Kennedy Airport, und ein Shuttle wartete auf der Rollbahn auf uns. Er wurde von zwei anderen durchtrainierten Männern in Anzügen gefahren, und ich fragte Wesley nicht nach ihnen, weil ich es bereits wußte. Einer von ihnen begleitete uns zum Terminal von British Airways, die so nett gewesen waren, mit dem FBI zusammenzuarbeiten, oder vielleicht war es das Pentagon, indem sie uns zwei Plätze auf der nächsten Concorde nach London zur Verfügung gestellt hatten. Am Schalter zeigten wir diskret unsere Ausweise und versicherten, daß wir keine Waffen dabei hatten. Der Agent, der uns bewachen sollte, ging mit uns in die Lounge, und als ich das nächstemal nach ihm sah, blätterte er in einem Stapel ausländischer Zeitungen.

Wesley und ich fanden einen Platz vor breiten Fenstern, die auf das Rollfeld gingen, wo das Überschallflugzeug wie ein riesiger weißer Reiher wartete, während ihm über einen dicken Schlauch an der Seite Treibstoff zugeführt wurde. Die Concorde erinnerte mehr als alle anderen Flugzeuge, die ich gesehen hatte, an eine Rakete. Es kam mir so vor, als machte das oder auch alles andere auf die meisten Passagiere gar keinen Eindruck mehr. Sie nahmen sich Gebäck und Obst, und einige mixten sich schon Bloody Marys und Mimosas.

Wesley und ich sprachen wenig und musterten beständig die Menge, während wir Zeitungen vor uns hielten, wie jeder sprichwörtliche Spion oder Verbrecher auf der Flucht. Ich merkte, daß er vor allem Leute aus dem Mittleren Osten ins Auge faßte, während ich mehr auf die achtete, die wie wir aussahen, denn ich erinnerte mich an Joel Hand, als ich ihn vor Gericht gesehen und ihn attraktiv und elegant gefunden hatte. Wenn er jetzt neben mir säße und ich ihn nicht kennen würde, er würde eher als wir in diese Lounge passen.

»Wie geht es dir?« Wesley ließ seine Zeitung sinken.

»Ich weiß nicht.« Ich war aufgeregt. »Sag mir, sind wir allein oder ist dein Freund noch da?«

In seinen Augen lag ein Lächeln.

»Ich verstehe nicht, was daran erheiternd sein soll.«

»Du hast also geglaubt, der Geheimdienst wäre in der Nähe. Oder Undercover-Agenten.«

»Verstehe. Ich nehme an, der Mann im Anzug, der uns hierher gebracht hat, gehört zu einem Spezialservice von British Airways.«

»Laß mich deine Frage so beantworten. Wenn wir nicht allein sind, Kay, werde ich dir das nicht sagen.«

Wir sahen uns einen Augenblick länger an. Noch nie waren wir zusammen ins Ausland gereist, und dies schien nicht der günstigste Zeitpunkt, damit zu beginnen. Benton trug einen blauen Anzug, so dunkelblau, daß er fast schwarz war, sein übliches weißes Hemd und eine konservative Krawatte. Ich hatte mich ebenso seriös angezogen, und wir beide hatten unsere Brillen aufgesetzt. Ich dachte, wir sähen wie die Partner einer Anwaltskanzlei aus, und als mir andere Frauen im Raum auffielen, wurde ich daran erinnert, daß ich keinesfalls wie eine Ehefrau aussah.

Papier raschelte, als er die *Times* zusammenfaltete und auf seine Uhr blickte. »Ich glaube, das sind wir«, sagte er und stand auf, als Flug Nr. 2 erneut aufgerufen wurde.

In der Concorde nahmen hundert Menschen in zwei Kabinen mit zwei Sitzen auf jeder Seite des Ganges Platz. Die vorherrschende Farbe war ein gedämpftes Grau für Teppichboden und Ledersitze, und die Raumschiffenster waren zu klein, um hinausschauen zu können. Die Stewardessen und Stewards waren von britischer Höflichkeit, und wenn sie wußten, daß wir die beiden Passagiere vom FBI, von der Navy oder, wer weiß, der CIA waren, zeigten sie das in keiner Weise. Ihre einzige Sorge schien unseren Getränkewünschen zu gelten, und ich bestellte Whiskey.

»Ein bißchen früh, oder?« sagte Wesley.

»In London nicht. Dort ist es fünf Stunden später.«

»Danke. Ich werde meine Uhr umstellen«, sagte er trocken, als sei er in seinem ganzen Leben noch nie irgendwo gewesen. »Ich denke, ich nehme ein Bier«, sagte er zu der Stewardeß.

»So, da wir jetzt in der richtigen Zeitzone sind, fällt das Trinken leichter.« Ich konnte die kleine Schärfe aus meiner Stimme nicht heraushalten.

Er wandte sich mir zu und begegnete meinem Blick. »Du klingst wütend.«

»Deshalb erstellst du Profile, weil du solche Sachen herausfinden kannst.«

Er blickte sich verstohlen um, aber auf der anderen Gangseite saß niemand, und mir war es ziemlich egal, wer hinter uns saß.

»Können wir vernünftig reden?« fragte er leise.

»Es ist schwer, vernünftig zu bleiben, Benton, wenn du immer erst nach vollendeten Tatsachen reden willst.«

»Ich bin nicht sicher, ob ich verstehe, was du meinst. Ich glaube, da ist irgendwo ein Kommunikationsproblem.«

Ich wollte es ihm heimzahlen. »Alle wußten von deiner Trennung, außer mir«, sagte ich. »Lucy mußte es mir erzählen, weil sie es von anderen Agenten gehört hat. Ich möchte einfach einmal an unserer Beziehung beteiligt werden.«

»Herrgott, mir wäre lieber, du würdest dich nicht so aufregen.«

»Ich rege mich nicht halb so sehr auf wie mir wirklich zumute ist.«

»Ich hab's dir nicht gesagt, weil ich von dir nicht beeinflußt werden wollte«, sagte er.

Wir sprachen leise, leicht zueinander gebeugt, so daß sich unsere Schultern berührten. Trotz der ernsten Umstände nahm ich jede seiner Bewegungen wahr und die Gefühle, die sie in mir auslösten. Ich roch die Wolle seiner Jacke und das Rasierwasser, das er gerne benutzte.

»Jede Entscheidung über meine Ehe darf dich nicht einbeziehen«, fuhr er fort, als die Getränke kamen. »Das mußt du verstehen, weißt du.«

Mein Körper war um diese Stunde keinen Alkohol gewöhnt, und die Wirkung war rasch und stark. Ich entspannte mich augenblicklich und schloß die Augen während des Startlärms, als der Jet vibrierend in die Luft donnerte. Von da an war die Welt unten nichts als ein verschwommener Horizont, wenn ich überhaupt etwas aus dem Fenster erkennen konnte. Das Geräusch der Triebwerke blieb laut und zwang uns, weiterhin sehr dicht aneinanderzurücken, während wir weiterredeten.

»Ich weiß, was ich für dich empfinde«, sagte Wesley. »Ich weiß das schon sehr lange.«

»Du hast kein Recht«, meinte ich. »Du hattest nie ein Recht.«

»Und was ist mit dir? Hattest du ein Recht, das zu tun, was du getan hast, Kay? Oder war ich der einzige im Bett?«

»Zumindest bin ich nicht verheiratet oder mit jemandem zusammen«, sagte ich. »Aber nein, ich hätte es nicht tun sollen.«

Er trank weiter sein Bier, und keiner von uns war interessiert an Kanapees und Kaviar, die nur die erste Runde einer langen Gourmetveranstaltung bildeten. Eine Zeitlang schwiegen wir, blätterten in Illustrierten und Fachzeitschriften, und beinahe alle anderen in unserer Kabine taten das gleiche. Mir fiel auf, daß die Menschen in der Concorde nicht viel miteinander redeten, und ich beschloß, daß reich, berühmt oder von Adel zu sein, ziemlich langweilig sein mußte.

»Also ich schätze, den Punkt haben wir geklärt«, begann Wesley wieder, der sich näher zu mir beugte, während ich ein Stück Spargel aufspießte.

»Welchen Punkt?« Ich ließ meine Gabel sinken, weil ich Linkshänderin und er mir im Weg war.

»Du weißt schon. Was wir tun und nicht tun sollten.« Er

streifte mit dem Arm gegen meine Brust, und dann blieb sein Arm dort, als ob alles, was wir vorher gesagt hatten, bei doppelter Schallgeschwindigkeit ungültig geworden sei.

»Ja«, sagte ich.

»Ja?« Seine Stimme klang neugierig. »Was soll das heißen, ja?«

»Ja zu dem, was du gerade gesagt hast.« Mit jedem Atemzug drückte sich mein Körper gegen ihn. »Daß wir die Dinge klären müssen.«

»Dann machen wir das«, pflichtete er bei.

»Selbstverständlich«, sagte ich, nicht ganz sicher, was wir gerade vereinbart hatten. »Noch eines«, fügte ich hinzu. »Wenn du je geschieden wirst und wir uns wieder sehen wollen, fangen wir von vorn an.«

»Ganz klar. Das ist goldrichtig.«

»In der Zwischenzeit bleiben wir Kollegen und Freunde.«

»Das ist genau das, was ich will«, meinte er.

Um halb sieben fuhren wir durch die Park Lane. Wir saßen stumm auf dem Rücksitz eines Rover, der von einem Beamten der Metropolitan Police gefahren wurde. Aus der Dunkelheit des Wagens betrachtete ich die Lichter Londons, war desorientiert und hellwach. Der Hyde Park war wie ein schwarzer See, mit blassen Lampenflecken an den gewundenen Wegen.

Die Wohnung, in der wir untergebracht waren, lag ziemlich in der Nähe des Dorchester, und gegen den Besuch ihres Premierministers protestierende Pakistanis scharten sich an diesem Abend um das Luxushotel. Bereitschaftspolizisten mit Hunden waren zahlreich vertreten, aber unser Fahrer schien sich darum nicht zu kümmern.

»Da ist ein Concierge«, sagte er, als er vor einem hohen Gebäude anhielt, das ziemlich neu aussah. »Gehen Sie einfach rein, und weisen Sie sich aus, dann wird er Sie zu Ihrer Unterkunft bringen. Soll ich Ihnen mit dem Gepäck helfen?«

Wesley öffnete seine Tür. »Danke. Nicht nötig.«

Wir stiegen aus und betraten einen kleinen Empfangsraum, wo ein agiler älterer Herr hinter einem eleganten Tisch uns freundlich zulächelte.

»Ja, richtig. Ich habe Sie erwartet«, sagte er.

Er stand auf und nahm unsere Taschen. »Wenn Sie mir zum Lift folgen wollen.«

Wir fuhren mit dem Aufzug in den fünften Stock, wo wir ein Dreizimmer-Apartment mit großen Fenstern, hellen Vorhängen und afrikanischer Kunst gezeigt bekamen. Mein Zimmer war komfortabel eingerichtet, es verfügte über die typisch englische Badewanne, die groß genug war, um darin zu ertrinken, und eine Toilette mit Kettenspülung. Die Möbel waren viktorianisch, der Boden aus Hartholz, mit abgenutzten türkischen Teppichen darauf. Ich ging zum Fenster und drehte die Heizung an. Ich schaltete die Lampen aus und blickte auf die vorbeirauschenden Autos und die im Wind schwankenden dunklen Bäume des Parks.

Wesleys Zimmer war am anderen Ende des Flurs, und ich hörte ihn nicht hereinkommen, bis er sprach.

»Kay?« Er wartete in der Tür, und ich hörte Eis leise klirren. »Wer auch immer hier lebt, hat einen sehr guten Scotch. Ich habe gehört, wir sollen uns bedienen.«

Er kam herein und stellte Whiskygläser auf das Fensterbrett. »Versuchst du, mich betrunken zu machen?« fragte ich.

»Das ist früher nie notwendig gewesen.«

Er stand neben mir, und wir tranken und lehnten uns aneinander, während wir zusammen hinausschauten. Lange Zeit sprachen wir in kurzen, leisen Sätzen, und dann berührte er mein Haar, küßte mein Ohr und meine Wange. Ich berührte ihn ebenfalls, und mit jedem Kuß und jeder Umarmung wurde unser Begehren heftiger.

»Ich habe dich so vermißt«, flüsterte er, während wir uns aus den Kleidern schälten.

Wir schliefen miteinander, weil wir nicht anders konnten. Das war unsere einzige Entschuldigung, und sie hätte vor keinem Gericht Bestand gehabt. Die Trennung war hart gewesen, so waren wir die ganze Nacht hungrig nacheinander. Im Morgengrauen schlief ich dann ein, und als ich aufwachte, war er verschwunden, als wäre alles ein Traum gewesen. Die Bilder in meinem Kopf waren träge und lyrisch. Lichter tanzten unter meinen Lidern, und mir war so, als wiegte mich jemand sanft, als wäre ich wieder ein kleines Mädchen, und mein Vater würde nicht an einer Krankheit sterben, die ich damals noch nicht begriff.

Ich war nie darüber hinweggekommen und nahm an, in all meinen Beziehungen zu Männern war traurigerweise das Verlustgefühl wiederaufgelebt, daß er mich verlassen hatte. Es war ein Tanz, in dem ich mich mühelos bewegte, um mich dann im Schweigen des leeren Zimmers meines ganz privaten Lebens wiederzufinden. Ich erkannte, wie sehr Lucy und ich einander ähnlich waren. Wir beide liebten im geheimen und wollten über Schmerz nicht sprechen.

Ich traf Wesley im Wohnzimmer an, wo er Kaffee trank und in einen bewölkten Tag hinausblickte. Er trug Anzug und Krawatte und schien gar nicht müde zu sein.

»Der Kaffee ist noch heiß«, sagte er. »Soll ich dir welchen bringen?«

»Danke, ich hole ihn mir schon.« Ich ging in die Küche. »Bist du schon lange auf?«

»Eine Weile.«

Er machte einen sehr starken Kaffee, und es fiel mir auf, daß es so viele häusliche Details gab, die ich bei ihm nicht kannte. Wir kochten nicht zusammen oder machten nicht gemeinsam Urlaub oder Sport, wo ich doch wußte, daß wir beide ähnliche Dinge liebten. Ich ging ins Wohnzimmer zurück und stellte meine Tasse mit der Untertasse auf das Fensterbrett, weil ich in den Park schauen wollte.

»Wie geht es dir?« Sein Blick ruhte auf mir.

»Mir geht's gut. Und dir?«

»Du siehst nicht gut aus.«

»Du weißt immer das Richtige zu sagen.«

»Du siehst aus, als hättest du nicht viel geschlafen. Das habe ich gemeint.«

»Ich habe praktisch keinen Schlaf gehabt, und daran bist du schuld.«

Er lächelte. »Ich und der Jetlag.«

»Du bist schlimmer, Special Agent Wesley.«

Der Verkehr rauschte schon laut vorbei und wurde immer wieder von der sonderbaren Kakophonie der englischen Sirenen unterbrochen. Im kalten Morgenlicht schritten die Menschen flott über die Gehsteige, einige joggten sogar. Wesley stand aus seinem Stuhl auf.

»Wir sollten bald aufbrechen.« Er strich mir über den Nacken und küßte ihn. »Wir sollten eine Kleinigkeit essen. Es wird ein langer Tag werden.«

»Benton, ich mag nicht so leben«, sagte ich, als er die Tür schloß. Wir gingen die Park Lane entlang am Dorchester vorbei, wo einige Pakistanis immer noch ausharrten. Dann bogen wir von der Mount Street in die South Audley ein, wo wir ein kleines Restaurant namens Richoux offen fanden. Drinnen gab es exotisches französisches Gebäck und Pralinenschachteln, die schön wie Kunstwerke waren. Die Leute trugen Businesskleidung und lasen an kleinen Tischen Zeitung. Ich trank frischgepreßten Orangensaft und bekam Hunger. Wir verwirrten die philippinische Kellnerin, weil Wesley nur Toast essen wollte, während ich Eier mit Speck und Pilzen und Tomaten bestellte.

»Möchten Sie sich das teilen?« fragte sie.

»Nein danke.« Ich lächelte.

Kurz vor zehn gingen wir von der South Audley weiter zum Grosvenor Square, wo die amerikanische Botschaft sich als unschöner Granitblock im Stil der fünfziger Jahre präsentierte, der von einem auffliegenden Bronzeadler bewacht wurde. Die Sicherheitsvorkehrungen waren äußerst streng, überall standen düster blickende Wachposten. Wir zeigten unsere Reisepässe und Beglaubigungen vor, und es wurden Fotos von uns gemacht. Schließlich wurden wir in den zweiten Stock eskortiert, wo wir den obersten juristischen Attaché des FBI für Großbritannien treffen sollten. Chuck Olsons Eckbüro bot einen perfekten Blick auf Menschen, die in langen Schlangen auf ein Visum oder eine Green card warteten. Er war ein untersetzter Mann in einem dunklen Anzug, sein korrekt frisiertes Haar war so silbrig wie das von Wesley.

»Freut mich«, sagte er, als wir uns die Hände schüttelten. »Bitte setzen Sie sich. Möchten Sie Kaffee?«

Wesley und ich setzten uns auf eine Couch gegenüber dem Schreibtisch, der bis auf einen Notizblock und Aktenmappen leer war. Auf einer Korkwand hinter Olson waren Zeichnungen, die vermutlich von seinen Kindern stammten, und darüber hing ein großes Siegel des Justizministeriums. Abgesehen von den Bücherregalen und zahlreichen Urkunden wirkte das Büro wie der schlichte Raum eines vielbeschäftigten Menschen, der von seinem Posten oder von sich selbst nicht beeindruckt war.

»Chuck«, begann Wesley, »Sie wissen sicher bereits, daß Dr. Scarpetta unsere beratende forensische Pathologin ist, und obwohl sie bereits in Virginia genug zu tun hat, könnte sie später noch einmal hierhergerufen werden.«

»Gott bewahre«, sagte Olson, denn wenn es eine atomare Katastrophe in England oder sonstwo in Europa gäbe, würde ich eventuell hierhergebracht werden, um beim Umgang mit den Toten zu helfen.

»Könnten Sie ihr daher ein klareres Bild von unseren Sorgen vermitteln«, sagte Wesley.

»Nun«, sagte Olson zu mir, »etwa ein Drittel der Elektrizität in England wird durch Atomkraft erzeugt. Wir befürchten einen ähnlichen Terroranschlag und wissen nicht, ob nicht tatsächlich von denselben Leuten schon einer geplant ist.«

»Aber die Neuen Zionisten sitzen in Virginia«, sagte ich. »Heißt das, daß sie internationale Verbindungen haben?«

»Sie sind nicht die treibende Kraft dabei«, sagte er. »Sie sind nicht diejenigen, die das Plutonium wollen.«

»Wer dann?« sagte ich.

»Libyen.«

»Ich glaube, das weiß die Welt schon eine Weile«, erwiderte ich.

»Nun, jetzt passiert es«, sagte Wesley. »Es passiert in Old Point.«

»Wie Sie zweifellos wissen«, fuhr Olson fort, »will Gaddafi schon sehr lange Atomwaffen und ist bisher bei jedem Versuch gescheitert. Es sieht so aus, als habe er endlich einen Weg gefunden. Er hat die Neuen Zionisten in Virginia ausfindig gemacht, und bestimmt gibt es auch hier Extremisten, die er einsetzen könnte. Hier leben auch viele Araber.«

»Woher wissen Sie, daß es Libyen ist?« fragte ich.

Darauf antwortete Wesley. »Zum einen haben wir Joel Hands Telefonrechnungen durchgesehen, und darin sind zahlreiche Anrufe während der letzten zwei Jahre hauptsächlich nach Tripolis und Bengasi registriert.«

»Aber Sie wissen nicht, ob Gaddafi etwas hier in London plant«, sagte ich.

»Wir haben Angst davor, wie verletzlich wir hier wären. London ist das Sprungbrett nach Europa, nach den USA und dem Mittleren Osten. Es ist ein riesiges Finanzzentrum. Bloß weil Libyen von den USA Feuer stiehlt, heißt das nicht, daß die Vereinigten Staaten das letzte Ziel sind.«

»Feuer?« fragte ich.

»Wie im Prometheus-Mythos. Feuer ist unser Deckname für Plutonium.«

»Ich verstehe«, sagte ich. »Was Sie sagen, macht erschrekkenden Sinn. Erzählen Sie mir, was ich tun kann.«

»Nun ja, wir müssen das Gedankengut dahinter erforschen, wegen der Dinge, die gerade geschehen, und der, die noch geschehen können«, erklärte Olson. »Wir müssen mit der Denkweise dieser Terroristen besser zurechtkommen, und das ist offensichtlich Wesleys Abteilung. Sie müssen uns Informationen beschaffen. Soviel ich weiß, haben Sie einen Kollegen hier, der sich als nützlich erweisen könnte.«

»Wir können nur hoffen«, sagte ich. »Aber ich habe vor, mit ihm zu sprechen.«

»Wie sieht es mit der Sicherheit aus?« fragte Wesley ihn. »Müssen wir ihr jemand mitschicken?«

Olson sah mich sonderbar an, als wolle er meine Stärke abschätzen, als wäre ich nicht ich selber, sondern ein Objekt oder ein Kämpfer, der in den Ring steigen soll.

»Nein«, sagte er. »Ich glaube, sie ist hier absolut sicher, es sei denn, Sie haben andere Informationen.«

»Ich bin nicht ganz sicher«, sagte Wesley, während auch er mich ansah. »Vielleicht sollten wir jemand mitschicken.«

»Auf gar keinen Fall. Niemand weiß, daß ich in London bin«, sagte ich. »Und Dr. Mant ist schon ziemlich abweisend, wenn nicht zu Tode geängstigt, und er wird sicherlich mir gegenüber nicht offen sein, wenn ein anderer dabei ist. Dann war diese Reise umsonst.«

»Gut«, sagte Wesley widerstrebend. »Wir müssen nur immer wissen, wo du bist, und wir dürfen uns nicht später als vier treffen, wenn wir das Flugzeug erwischen sollen.«

»Ich rufe dich an, wenn ich aufgehalten werde«, versprach ich. »Werden Sie hier sein?«

»Wenn wir nicht da sind, wird meine Sekretärin wissen, wo wir zu finden sind«, sagte Olson.

Ich ging in die Lobby hinunter, wo Wasser laut in einen Springbrunnen plätscherte und ein bronzener Lincoln zwischen Wänden thronte, an denen Porträts früherer Repräsentanten der Vereinigten Staaten hingen. Die Wachleute überprüften Reisepässe und Besucher streng. Mich ließen sie mit kühlen Blicken passieren, und ich spürte, wie sie mir mit den Augen zur Tür hinaus folgten. Auf der Straße, an diesem kalten, feuchten Vormittag, winkte ich nach einem Taxi und nannte dem Fahrer eine Adresse, die nicht weit weg in Belgravia, in der Nähe des Eaton Square war.

Die alte Mrs. Mant hatte in Ebury Mews in einem dreigeschossigen Stadthaus gewohnt, das in Apartments aufgeteilt worden war. Ihr Gebäude war stuckverziert, mit hohen roten Schornsteinen auf dem scheckigen Schindeldach. Die Fenstersimse waren geschmückt mit Narzissen, Krokussen und Efeu. Ich ging in den zweiten Stock und klopfte an ihre Tür, aber es war nicht mein Stellvertreter, der mir aufmachte. Die matronenhafte Frau, die mich anblinzelte, schaute so verwirrt drein wie ich.

»Entschuldigen Sie«, sagte ich zu ihr. »Ich vermute, die Wohnung ist schon verkauft worden.«

»Nein, tut mir leid. Sie steht überhaupt nicht zum Verkauf«, sagte sie bestimmt.

»Ich suche Dr. Philip Mant«, redete ich weiter. »Ich muß mich wohl in der Tür ...«

»Oh«, sagte sie. »Philip ist mein Bruder.« Sie lächelte freundlich. »Er ist gerade zur Arbeit gegangen. Sie haben ihn knapp verpaßt.«

»Arbeit?« brachte ich nur heraus.

»Oh ja, er geht immer ziemlich genau um diese Zeit aus dem Haus. Um dem Verkehr auszuweichen, wissen Sie. Obwohl ich nicht glaube, daß das möglich ist.« Sie zögerte, war sich plötzlich der Fremden vor ihr bewußt. »Darf ich ihm sagen, wer vorbeigeschaut hat?«

»Dr. Kay Scarpetta«, sagte ich. »Und ich muß ihn unbedingt sprechen.«

»Aber selbstverständlich.« Sie schien genauso erfreut wie überrascht zu sein. »Er hat von Ihnen erzählt. Er mag Sie ungeheuer gern und wird sich riesig freuen, wenn er hört, daß Sie vorbeigekommen sind. Was führt Sie nach London?«

»Ich lasse nie die Gelegenheit aus, einen Abstecher hierher zu machen. Könnten Sie mir sagen, wo ich ihn finden kann?« fragte ich weiter.

»Selbstverständlich. Das amtliche Leichenschauhaus Westminster in der Horseferry Road.« Sie zögerte unsicher. »Ich dachte, er hat Ihnen Bescheid gesagt.«

»Ja.« Ich lächelte. »Und es freut mich sehr für ihn.«

Ich war mir nicht klar, was ich da sagte, aber sie schien sich ebenfalls zu freuen.

»Sagen Sie ihm nicht, daß ich komme«, fuhr ich fort. »Ich möchte ihn überraschen.«

»Oh, das ist wunderbar. Er wird absolut begeistert sein.«

Ich schnappte mir wieder ein Taxi, und dachte darüber nach, wie ich ihre Worte eben zu verstehen hatte. Egal, was Mant für Gründe für sein Tun hatte, ich konnte nicht umhin, leicht wütend zu sein.

»Müssen Sie zum Gericht, Ma'am?« fragte der Fahrer. »Das ist da drüben.« Er wies durch das offene Fenster auf ein hübsches Backsteingebäude.

»Nein, ich muß ins Leichenschauhaus«, sagte ich.

»In Ordnung. Das ist dort drüben. Besser, hineinzugehen als hineingetragen zu werden«, sagte er mit einem heiseren Lachen.

Ich zückte meinen Geldbeutel, als er vor einem Gebäude anhielt, das nach Londoner Maßstäben klein war. Es war aus rotem Backstein mit einem Granitsims und einer seltsamen Brüstung am Dach und umgeben von einem verschnörkelten, schmiedeeisernen Zaun, der rostfarben gestrichen war. Dem Schild am Eingang zufolge war das Leichenschauhaus mehr als hundert Jahre alt, und ich dachte, wie grauenhaft es damals gewesen sein mußte, Gerichtsmedizin zu praktizieren. Die einzigen Zeugen waren die Lebenden, und ich fragte mich, ob die Leute in früheren Zeiten weniger gelogen hatten.

Der Empfangsbereich des Leichenschauhauses war klein, aber nett eingerichtet, wie die Lobby einer ganz normalen Firma. Hinter einer offenen Tür erstreckte sich ein Korridor, und da ich niemanden sah, ging ich in diese Richtung, gerade als eine Frau mit großformatigen Büchern auf dem Arm aus einem Zimmer trat.

»Entschuldigung«, sagte sie verblüfft, »aber hierhin dürfen Sie nicht.«

»Ich suche Dr. Mant«, sagte ich.

Sie trug ein locker sitzendes langes Kleid und einen Pullover und sprach mit schottischem Akzent. »Und wen darf ich melden?« fragte sie höflich.

Ich zeigte ihr meinen Dienstausweis.

»Oh, sehr wohl. Ich verstehe. Dann erwartet er Sie.«

»Das glaube ich nicht«, sagte ich.

»Ach so.« Sie verlagerte die Bücher auf den anderen Arm und war sehr verwirrt.

»Er hat früher in den Staaten bei mir gearbeitet«, sagte ich. »Ich möchte ihn gern überraschen, deshalb würde ich ihn lieber gleich persönlich aufsuchen, wenn Sie mir bloß sagen könnten, wo ich ihn finde.«

»Du liebe Zeit, er müßte jetzt im Verwesungsraum sein. Wenn Sie durch diese Tür hier gehen«, – sie deutete mit dem Kinn in die Richtung – »dann sehen Sie links vom Hauptgang Umkleidekabinen. Da finden Sie alles, was Sie brauchen. Dann wenden Sie sich wieder nach links durch noch ein paar Türen, und dann ist es genau dahinter. Alles klar?« Sie lächelte.

»Vielen Dank«, sagte ich.

Im Umkleideraum zog ich Stiefel, Handschuhe und Gesichtsmaske über und band mir locker einen Kittel um, damit der Geruch nicht an meine Kleidung kam. Ich ging durch einen gekachelten Raum, wo sechs Stahltische und eine Wand voller weißer Kühlkammern blitzten. Die Ärzte trugen Blau, und Westminster hielt sie an diesem Morgen beschäftigt. Sie schauten kaum nach mir, als ich vorbeiging. Am Ende der Halle fand ich meinen Stellvertreter in hohen Gummistiefeln. Er stand auf einem Schemel und arbeitete an einer übel verwesten Leiche, die, wie ich vermutete, eine Weile im Wasser gelegen hatte. Der Gestank war entsetzlich, und ich schloß hinter mir die Tür.

»Dr. Mant«, sagte ich.

Er drehte sich um und schien einen Augenblick lang nicht zu wissen, wer ich war und wo er war. Dann sah er einfach geschockt aus.

»Dr. Scarpetta? Mein Gott, ja, verdammt noch mal.« Er stieg schwerfällig vom Schemel, denn er war nicht gerade klein. »Da bin ich aber überrascht. Ich bin direkt sprachlos!« Er stotterte, und in seinen Augen flackerte Angst auf.

»Ich bin auch überrascht«, sagte ich finster.

»Das kann ich mir gut vorstellen. Kommen Sie. Wir sollten hier bei diesem ziemlich gräßlichen Treibgut nicht reden. Wurde gestern nachmittag in der Themse gefunden. Sieht so aus, als sei sie erstochen worden, aber wir haben ihre Identität noch nicht. Wir sollten in den Aufenthaltsraum gehen«, sprach er nervös weiter.

Philip Mant war ein reizender alter Herr, dem man unmöglich gram sein konnte. Er hatte dichtes, weißes Haar und buschige Brauen über wachsamen, blassen Augen. Er führte mich um die Ecke zu den Duschen, wo wir unsere Füße desinfizierten, Handschuhe und Masken abstreiften und die Arbeitskittel in einen Mülleimer stopften. Dann gingen wir in den Aufenthaltsraum, der auf den Parkplatz hinausblickte. Wie alles andere in London hatte auch der abgestandene Rauch in diesem Zimmer eine lange Geschichte.

»Darf ich Ihnen etwas anbieten?« fragte er, während er eine Schachtel Players herauszog. »Ich weiß, daß Sie nicht mehr rauchen, also werde ich Ihnen keine Zigarette anbieten.«

»Ich brauche überhaupt nichts, bis auf ein paar Antworten von Ihnen«, sagte ich.

Seine Hände zitterten leicht, als er ein Streichholz anzündete.

»Dr. Mant, was in Gottes Namen tun Sie hier?« begann ich. »Sie sollten in London sein, weil Sie einen Todesfall in der Familie hatten.«

»Hatte ich. Zufälligerweise.«

»Zufälligerweise?« sagte ich. »Und was heißt das?«

»Dr. Scarpetta, ich hatte sowieso die Absicht wegzugehen, und dann starb plötzlich meine Mutter, und das erleichterte mir die Wahl des Zeitpunkts.«

»Dann hatten Sie gar nicht vor zurückzukehren«, sagte ich aufgebracht.

»Es tut mir ausgesprochen leid. Aber, nein, ich hatte nicht vor, zurückzukommen.« Er schnippte taktvoll Asche weg.

»Sie hätten es mir wenigstens sagen können, damit ich mich schon nach einem Nachfolger hätte umsehen können. Ich habe immer wieder versucht, Sie anzurufen.«

»Ich habe es Ihnen nicht gesagt und Sie nicht zurückgerufen, weil ich nicht wollte, daß die es erfahren.«

»Die?« Das Wort hing in der Luft. »Wen genau meinen Sie, Dr. Mant?«

Er war sehr sachlich, er rauchte, hatte die Beine übereinandergeschlagen, wobei sein Bauch sich rundlich über seinen Gürtel schob. »Ich habe keine Ahnung, wer sie sind, aber sie wissen genau, wer wir sind. Das hat mich aufgeschreckt. Ich kann Ihnen genau sagen, wann alles anfing. Am 13. Oktober, und Sie erinnern sich vielleicht an den Fall, oder auch nicht.«

Ich hatte keine Ahnung, wovon er sprach.

»Also, die Navy hat die Autopsie durchgeführt, weil der Tote auf ihrem Schiffsfriedhof in Norfolk gefunden worden war.«

»Der Mann, der unglücklicherweise in einem Trockendock zerquetscht wurde?« Ich erinnerte mich schwach.

»Genau der.«

»Sie haben recht. Das war ein Fall für die Navy, nicht für uns«, sagte ich, während ich schon ahnte, was er zu sagen hatte. »Erklären Sie mir, was das mit uns zu tun hat.«

»Wissen Sie, das Rettungsteam hat einen Fehler gemacht«, fuhr er fort. »Statt die Leiche ins Marinekrankenhaus in Portsmouth zu bringen, wo sie hingehörte, brachten sie sie zu mir, und der junge Danny hatte keine Ahnung. Er fing an, Blut abzunehmen, die Formulare auszufüllen, all diese Sachen, und dabei fand er etwas äußerst Ungewöhnliches unter den Habseligkeiten des Verstorbenen.«

Ich merkte, daß er von Danny nichts wußte.

»Das Opfer hatte eine Segeltuchtasche dabei«, fuhr er fort. »Und die vom Rettungsteam hatten sie einfach auf die Leiche gelegt und alles mit einer Plane abgedeckt. Das mag ein Schnitzer gewesen sein, aber wenn das nicht passiert wäre, hätten wir keinen Anhaltspunkt gehabt, schätze ich.«

»Was für einen Anhaltspunkt?«

»Dieser Kerl hatte offenbar eine ziemlich düstere Bibel, die, wie ich später erst herausfand, mit einem Kult zu tun hatte. Den Neuen Zionisten. Ein absolut schreckliches Ding, dieses Buch, beschreibt in allen Einzelheiten Folter, Mord und so. Es war in meinen Augen entsetzlich verstörend.«

»Hieß es das *Book of Hand?*« fragte ich.

»Aber ja.« Seine Augen leuchteten auf. »So hieß es.«

»War es in schwarzes Leder gebunden?«

»Ich glaube, ja. Mit einem Namen darauf, der merkwürdigerweise nicht der des Verstorbenen war. Shapiro oder so ähnlich.«

»Dwain Shapiro.«

»Ja«, sagte er. »Dann wissen Sie bereits davon.«

»Ich weiß von dem Buch, aber nicht, warum dieser Mensch es besaß. Sein Name war sicher nicht Dwain Shapiro.«

Er hielt inne und rieb sich das Gesicht. »Ich glaube, er hieß Catlett.«

»Aber er könnte Dwain Shapiros Mörder gewesen sein«, sagte ich. »So könnte er in den Besitz der Bibel gekommen sein.«

Mant wußte es nicht. »Als ich erkannte, daß wir in unserer Leichenhalle einen Fall für die Navy hatten«, sagte er, »ließ ich Danny die Leiche nach Portsmouth transportieren. Die Habseligkeiten des armen Mannes hätten eindeutig mit ihm abgeliefert werden sollen.«

»Aber Danny hat das Buch behalten«, sagte ich.

»Ich fürchte, ja.« Er beugte sich vor und drückte die Zigarette in einem Aschenbecher auf dem kleinen Tisch aus.

»Warum hat er das getan?«

»Ich bin zufällig in sein Büro gekommen und habe es entdeckt, und dann fragte ich ihn, warum um alles in der Welt er es behalten hatte. Seine Erklärung lautete, daß er sich fragte, ob nicht jemand das Buch am Tatort einfach zufällig mitgenommen hatte, da es den Namen eines anderen trug. Daß vielleicht auch die Tasche jemand anderem gehörte.« Er hielt inne. »Wissen Sie, er war noch ziemlich neu, und ich denke, er hat einfach nur in gutem Glauben gehandelt.«

»Sagen Sie mir eines«, meinte ich. »Haben damals irgendwelche Reporter im Büro angerufen oder Sie aufgesucht? Hat sich beispielsweise jemand nach dem Mann erkundigt, der auf dem Schiffsfriedhof zu Tode gequetscht worden war?«

»Oh ja. Mr. Eddings ist aufgetaucht. Ich erinnere mich daran, weil er ziemlich scharf darauf war, jede Einzelheit in Erfahrung zu bringen, was mich etwas verwunderte. Meines Wissens hat er nie darüber geschrieben.«

»Könnte Danny mit Eddings gesprochen haben?«

Mant starrte gedankenverloren vor sich hin. »Ich glaube, ich habe die beiden miteinander reden sehen. Aber Danny war sicher klug genug, ihm nichts anzuvertrauen.«

»Könnte er Eddings das Buch gegeben haben, in der Annahme, Eddings würde an einem Artikel über die Neuen Zionisten arbeiten?«

»Das weiß ich nicht genau. Ich sah das Buch nie wieder und nahm an, daß Danny es der Navy zurückgegeben hatte. Ich vermisse den Jungen. Wie geht es ihm übrigens? Was macht sein Knie? Ich hab ihn Hoppler genannt, wissen Sie.« Er lachte.

Aber weder beantwortete ich seine Frage, noch lächelte ich. »Sagen Sie mir, was danach geschah. Was hat Ihnen angst gemacht?«

»Sonderbare Vorkommnisse. Anrufer, die gleich wieder auflegten. Ich hatte das Gefühl, verfolgt zu werden. Mein Leichenschauhaus-Aufseher ist ganz abrupt, wie Sie sich erinnern, ohne eine vernünftige Erklärung abgehauen. Und als ich eines Tages auf den Parkplatz kam, war Blut über die Windschutzscheibe meines Autos verschmiert. Ich habe es sogar im Labor testen lassen, und es stammte aus einem Metzgerladen. Von einer Kuh, mit anderen Worten.«

»Ich nehme an, Sie haben Detective Roche kennengelernt«, sagte ich.

»Unglücklicherweise. Ich kann ihn überhaupt nicht leiden.«

»Hat er je versucht, von Ihnen Informationen zu erhalten?«

»Er ist immer wieder vorbeigekommen. Natürlich nicht zu Autopsien. Er hat dafür nicht die Nerven.«

»Was hat er wissen wollen?«

»Nun ja, was über den Navy-Toten, von dem wir gesprochen haben. Dazu hatte er Fragen.«

»Hat er sich nach seinen persönlichen Sachen erkundigt?

Der Tasche, die unabsichtlich mit der Leiche zusammen ins Leichenschauhaus kam?«

Mant versuchte, sich zu erinnern. »Also, wo Sie nun in meinem eher armseligen Gedächtnis herumstochern, scheint mir, ich kann mich erinnern, daß er nach der Tasche gefragt hat. Und ich habe ihn an Danny verwiesen, glaube ich.«

»Aber Danny hat sie ihm eindeutig nie gegeben«, meinte ich. »Oder zumindest nicht das Buch, weil das inzwischen aufgetaucht ist.«

Ich sagte ihm nicht wie, weil ich ihn nicht aufregen wollte.

»Dieses verdammte Buch muß für irgend jemanden schrecklich wichtig sein«, sinnierte er.

Ich schwieg, während er wieder rauchte. Dann meinte ich: »Warum haben Sie mir nichts gesagt? Warum sind Sie einfach davongerannt und haben nie ein Wort gesagt?«

»Ehrlich gesagt wollte ich Sie nicht dahineinziehen. Und es klang alles ziemlich fantastisch.« Er hielt inne, und ich sah seinem Gesicht an, daß er spürte, daß andere schlimme Dinge seit seinem Weggang aus Virginia geschehen waren. »Dr. Scarpetta, ich bin kein junger Mann mehr. Ich will nur in Frieden noch ein bißchen meiner Arbeit nachgehen, bevor ich in den Ruhestand trete.«

Ich wollte ihn nicht weiter kritisieren, weil ich Verständnis für sein Tun hatte. Ich konnte ihm ehrlich keine Vorwürfe machen und war froh, daß er geflohen war, denn er hatte womöglich sein Leben damit gerettet. Ironischerweise hatte er nichts von Bedeutung gewußt, und wäre er ermordet worden, wäre das grundlos geschehen, so wie es für den Mord an Danny keinen Grund gab.

Dann sagte ich ihm die Wahrheit, während ich die Bilder von einer Knieschiene, die so hellrot wie Blut war, und von Laub und Unrat zu verdrängen suchte, die an blutverkrustetem Haar hafteten. Ich erinnerte mich an Dannys strahlendes Lächeln, und nie würde ich die kleine weiße Tüte vergessen, die er aus dem Café am Hügel mitgenommen hatte, wo ein Hund die halbe Nacht gebellt hatte. Im Geist würde ich immer die Trauer und die Furcht in seinen Augen sehen, als er mir bei dem ermordeten Ted Eddings half, den er, wie mir jetzt klar war, gekannt hatte. Unbeabsichtigt hatten die beiden jungen Männer einander gegenseitig ihrem gewaltsamen Ende einen Schritt näher gebracht.

»Mein Gott. Der arme Junge«, konnte Mant nur herausbringen. Er bedeckte seine Augen mit einem Taschentuch, und als ich ihn verließ, weinte er immer noch.

15

Wesley und ich flogen noch in derselben Nacht zurück nach New York und trafen früh ein, weil wir Rückenwinde von mehr als hundert Knoten gehabt hatten. Wir holten unser Gepäck und gingen durch den Zoll, und dann erwartete uns wieder derselbe Wagen für die Fahrt zum Privatflughafen, wo der Learjet bereitstand.

Es war plötzlich warm und regnerisch geworden, und wir flogen zwischen kolossalen schwarzen Wolken hindurch, die wie Ambosse waren, auf denen gewalttätige Gedanken geschmiedet wurden. Das Gewitter krachte und blitzte, als wir dahindurchflogen, wie durch eine Himmelsfehde. Ich war über den gegenwärtigen Stand der Dinge ein wenig unterrichtet worden, und es überraschte mich nicht, daß das FBI einen Außenposten eingerichtet hatte, wie die Polizei und die Rettungsmannschaften.

Lucy war von ihrem Einsatz zurückberufen worden, hörte ich zu meiner Erleichterung, und arbeitete wieder in der Engineering Research Facility oder ERF, wo sie in Sicherheit war. Doch erst, als wir die Academy erreichten, erzählte mir Wesley, daß sie mit dem Rest des HRT in Bereitschaft versetzt worden war und nicht lange in Quantico bleiben würde.

»Kommt nicht in Frage«, sagte ich zu ihm, wie eine Mutter, die ihre Erlaubnis verweigerte.

»Ich fürchte, dabei hast du nichts zu sagen«, erwiderte er.

Er half mir, meine Tasche durch die Lobby des Jefferson zu tragen, die an diesem Samstagabend ganz leer war. Wir winkten den jungen Frauen an der Rezeption zu, während wir uns weiterstritten.

»Um Gottes Willen«, fuhr ich fort, »sie ist ganz neu. Ihr könnt sie nicht mitten in eine atomare Krise werfen.«

»Wir werfen sie nirgendwo hinein.« Er drückte Glastüren auf. »Wir brauchen nur ihre technischen Fähigkeiten. Sie wird nicht zu den Scharfschützen gehen oder aus Flugzeugen abspringen.«

»Wo ist sie jetzt?« fragte ich, als wir in den Aufzug stiegen.

»Hoffentlich im Bett.«

»Oh.« Ich schaute auf meine Uhr. »Ich schätze, es ist Mitternacht. Ich habe gedacht, es wäre schon morgen und ich sollte aufstehen.«

»Ich weiß. Ich bin auch durcheinander.«

Unsere Blicke trafen sich, und ich schaute weg. »Ich denke, wir sollten so tun, als wäre nichts geschehen«, sagte ich mit leicht unsicherer Stimme, denn wir hatten nicht über das gesprochen, was zwischen uns vorgefallen war.

Wir gingen in den Flur, und er gab einen Code ein. Ein Schloß ging auf, und er öffnete eine weitere Glastür.

»Was würde es nützen, wenn wir uns und anderen was vormachen?« sagte er, während er wieder einen Code eingab und eine weitere Tür öffnete.

»Dann sag mir, was du tun willst«, meinte ich.

Wir befanden uns im Sicherheitstrakt, wo ich gewöhnlich wohnte, wenn Arbeit oder Gefahr mich über Nacht hier festhielten. Er trug meine Taschen ins Schlafzimmer, während ich die Vorhänge an dem großen Fenster im Wohnzimmer zuzog. Die Ausstattung war bequem, aber schlicht, und als Wesley nicht antwortete, fiel mir ein, daß es wahrscheinlich nicht sicher war, an diesem Ort, wo zumindest die Telefone abgehört wurden, intime Angelegenheiten zu besprechen. Ich folgte ihm in den Flur und wiederholte meine Frage.

»Hab Geduld«, sagte er und sah traurig aus, oder vielleicht war er nur müde. »Schau, Kay, ich muß nach Hause. Morgen früh haben wir als erstes eine Lufterkundung mit Marcia Gradecki und Senator Lord.«

Gradecki war die amerikanische Justizministerin, und Frank Lord war der Vorsitzende des Justizausschusses und ein alter Freund.

»Ich möchte dich gern dabei haben, da du insgesamt mehr als alle anderen über das zu wissen scheinst, was da vorgeht. Vielleicht kannst du ihnen erklären, wic schr diese Hohlköpfe an ihre Bibel glauben. Daß sie dafür morden. Daß sie dafür sterben werden.«

Er seufzte und rieb sich die Augen. »Und wir müssen darüber reden, wie wir, Gott bewahre, mit den kontaminierten Toten umgehen sollen, wenn diese verdammten Arschlöcher beschließen, die Reaktoren in die Luft zu jagen.« Er sah mich wieder an. »Wir können es lediglich probieren«, sagte er, und ich wußte, daß er sich auf mehr als die gegenwärtige Krise bezog.

»Das tue ich ja, Benton«, sagte ich und ging wieder in meine Gemächer.

Ich rief bei der Vermittlung an und bat sie, in Lucys Zimmer anzuläuten, und als keine Antwort kam, wußte ich, was das hieß. Sie war in der ERF, und dort konnte ich nicht anrufen, weil ich nicht wußte, wo in diesem fußballfeldgroßen Gebäude sie sich aufhielt. Und so zog ich meinen Mantel an und ging aus dem Jefferson, weil ich nicht schlafen konnte, bevor ich nicht meine Nichte gesehen hatte.

Die ERF hatte ihre eigenen Wachtposten, nicht weit von dem am Eingang zur Academy, und die meisten FBI-Polizisten kannten mich mittlerweile recht gut. Der diensthabende Wachmann sah überrascht aus, als ich auftauchte, und er kam heraus, um zu schauen, was ich wollte.

»Ich glaube, meine Nichte arbeitet noch spät«, begann ich zu erklären.

»Ja, Ma'am. Ich habe sie vorhin reingehen sehen.«

»Gibt es eine Möglichkeit, sie zu erreichen?«

»Hm.« Er runzelte die Stirn. »Haben Sie vielleicht eine Ahnung, in welchem Bereich sie sich wohl aufhält?«

»Vielleicht im Computerraum.«

Er probierte es, ohne Erfolg. Dann sah er mich an. »Es ist wohl wichtig.«

»Ja, allerdings«, ging ich dankbar darauf ein.

Er hob das Funkgerät an den Mund.

»Einheit zweiundvierzig an Zentrale«, sprach er.

»Zweiundvierzig, kommen.«

»Könnten Sie mich am Tor der ERF aufsuchen?«

»Ten-four.«

Wir warteten auf das Eintreffen des Wachmanns, und er ging in das Häuschen, während sein Kollege mich ins Gebäude ließ. Für eine Weile durchschritten wir lange, leere Flure, probierten es an versperrten Türen, die zu Maschinenräumen und Laboratorien führten, wo meine Nichte sein konnte. Nach etwa fünfzehn Minuten hatten wir Glück. Er versuchte es an einer Tür, die sich in einen großflächigen Raum öffnete, der eine Zauberwerkstatt wissenschaftlicher Aktivität war.

Im Zentrum all dessen war Lucy, die einen Datenhandschuh und einen Cyberhelm trug, der mit langen, dicken Kabeln verbunden war, die sich über den Boden ringelten.

»Kommen Sie zurecht?« fragte mich der Wachmann.

»Ja«, antwortete ich. »Haben Sie vielen Dank.«

Mitarbeiter in Laborkitteln und Overalls waren an Computern, Interface-Einrichtungen und großen Bildschirmen beschäftigt, und sie alle sahen mich eintreten. Doch Lucy war blind. Sie war eigentlich nicht in diesem Raum, sondern in der von den Kathodenstrahlröhren vor ihren Augen erzeugten Welt, wo sie einen virtuellen Spaziergang auf einem Steg, vermutlich im Atomreaktor Old Point, unternahm.

»Ich werde jetzt heranzoomen«, sagte sie gerade, während sie einen Knopf an ihrem Handschuh drückte.

Der Bereich auf dem Bildschirm wurde auf einmal größer, als die Gestalt, die Lucy war, an einer steilen Gittertreppe stehen blieb.

»Scheiße, ich zoome raus«, sagte sie ungeduldig. »Das funktioniert auf keinen Fall.«

»Ich verspreche, das tut es«, sagte ein junger Mann, der einen großen, schwarzen Kasten überwachte. »Aber es ist vertrackt.«

Sie nahm eine weitere Angleichung vor. »Ich weiß nicht, Jim, sind es die hochsensiblen Daten, oder liegt es an mir?«

»Ich glaube, es liegt an dir.«

»Vielleicht werde ich cyberkrank«, sagte meine Nichte dann, als sie sich zwischen Förderbändern und riesigen Turbinen, wie mir schien, bewegte, die ich auf dem Bildschirm sehen konnte.

»Ich schau mir mal den Algorithmus an.«

»Weißt du«, sagte sie, während sie eine virtuelle Treppe hinabstieg, »vielleicht sollten wir es bloß in C-Code eingeben und von einer Verzögerung von vierunddreißig auf dreihundertundvier Mikrosekunden gehen und so weiter.«

»Ja. Die Transfersequenzen sind weg«, sagte jemand anderes. »Wir müssen die Zeitschlaufen anpassen.«

»Wir können uns nicht den Luxus leisten, das hier zu sehr zu hätscheln«, ertönte eine weitere Meinung. »Und Lucy, deine Tante ist hier.«

Sie legte eine kurze Pause ein und machte dann weiter, als hätte sie nicht gehört, was die Person gerade gesagt hatte.

»Weißt du, ich werde den C-Code bis morgen früh eingeben. Wir müssen exakt sein, sonst bleibt Toto am Ende stecken oder fällt eine Treppe hinunter. Und dann sind wir völlig am Arsch.«

Toto, konnte ich nur folgern, war der merkwürdige Kugelkopf mit einem Videoauge, der auf einen kastenförmigen Stahlkörper von kaum einem Meter Höhe montiert war. Die Beine bestanden aus Laufketten, die Arme hatten Greifer, und insgesamt erinnerte er mich an einen kleinen, belebten Panzer. Toto stand auf der einen Seite, nicht weit von seiner Herrin, die ihren Helm abnahm.

»Wir müssen die Bio-Adaptoren an diesem Handschuh ändern«, sagte sie, während sie ihn vorsichtig auszog. »Ich bin's gewöhnt, daß ein Finger vorwärts bedeutet und zwei Finger zurück. Nicht umgekehrt. Ich kann mir keine Verwechslung leisten, wenn wir im Einsatz sind.«

»Das ist leicht«, sagte Jim, ging zu ihr und nahm den Handschuh.

Lucy sah irrsinnig aufgedreht aus, als sie mich bei der Tür traf. »Wie bist du reingekommen?« Sie zeigte nicht die Spur von Freundlichkeit.

»Durch einen der Wachmänner.«

»Gut, daß sie dich kennen.«

»Benton hat mir gesagt, daß sie dich hierhergebracht haben, daß das HRT dich braucht«, sagte ich.

Sie sah zu, wie ihre Kollegen weiterarbeiteten. »Die meisten Leute sind schon dort.«

»In Old Point«, sagte ich.

»Wir haben Taucher in der Gegend, Scharfschützen in der Nähe postiert, und Hubschrauber sind in Bereitschaft. Aber das bringt alles nichts, wenn wir nicht mindestens eine Person einschleusen können.«

»Aber offensichtlich bist das nicht du«, sagte ich, denn ich wußte, würde sie etwas anderes behaupten, dann würde ich das gesamte FBI, alle auf einmal, umbringen.

»In gewisser Weise gehe ich schon rein«, sagte meine Nichte. »Ich werde Toto steuern. He, Jim«, rief sie. »Wenn du schon dabei bist, kannst du noch einen Flugbefehl in die Steuerung eingeben.«

»Damit Toto Flügel kriegt«, kicherte einer. »Gute Idee. Wir werden einen schlauen Schutzengel brauchen.«

»Lucy, hast du eine Ahnung, wie gefährlich diese Leute sind?« platzte ich heraus.

Sie sah mich an und seufzte. »Also, was meinst du denn, Tante Kay? Glaubst du, ich bin bloß ein Kind, das mit einem Technobaukasten spielt?«

»Ich glaube, ich kann nicht anders, ich bin einfach sehr besorgt.«

»Wir sollten im Augenblick alle besorgt sein«, sagte sie erschöpft. »Schau, ich muß weiterarbeiten.« Sie sah auf ihre Uhr und atmete lange aus. »Möchtest du eine rasche Übersicht über meinen Plan, damit du zumindest weißt, was abläuft?«

»Bitte.«

»Es fängt damit an.« Sie setzte sich auf den Boden, und ich ließ mich neben ihr nieder, mit dem Rücken gegen die Wand. »Normalerweise wird ein Roboter wie Toto über Funk gesteuert, was in einem Kraftwerk mit soviel Beton und Stahl nie funktionieren würde. Und so habe ich mir etwas Besseres ausgedacht, wie ich meine. In der Hauptsache wird er eine Spule mit Glasfaserkabel tragen, das er wie eine Schneckenspur hinter sich herziehen wird, wenn er sich herumbewegt.«

»Und wo wird er sich herumbewegen?« fragte ich. »Im Kraftwerk?«

»Wir versuchen, das momentan festzulegen«, sagte sie. »Aber viel wird davon abhängen, was geschieht. Wir könnten verdeckt arbeiten, wie etwa zum Sammeln von Informationen. Oder wir könnten schließlich eine offene Aktion haben, wenn zum Beispiel die Terroristen ein Geiseltelefon wollen, worauf wir setzen. Toto muß bereit sein, auf der Stelle überallhin zu gehen.«

»Außer über Treppen.«

»Er bewältigt Treppen. Einige besser als andere.«

»Das Glasfaserkabel wird dein Auge sein?« sagte ich.

»Es wird direkt an meine Datenhandschuhe angeschlossen sein.« Sie hielt beide Hände hoch. »Und ich werde mich so bewegen, als wäre ich an Totos Stelle unterwegs. Die virtuelle Realität wird es mir ermöglichen, aus der Ferne dabei zu sein, damit ich augenblicklich auf alles reagieren kann, was seine Sensoren wahrnehmen. Und übrigens, die meisten sind in dem netten Grauton, den wir ihm verpaßt haben.« Sie deutete auf ihren Freund im Raum. »Seine schlaue Farbe hilft ihm dabei, nicht irgendwo anzurempeln«, fügte sie hinzu, als würde sie etwas für ihn empfinden.

»Ist Janet mit dir zurückgekommen?« fragte ich dann.

»Sie bringt die Geschichte in Charlottesville zu Ende.«

»Zu Ende?«

»Wir wissen, wer in den Computer von CP&L eingebrochen ist«, sagte sie. »Eine wissenschaftliche Assistentin aus der Kernphysik. Da bist du überrascht, was?«

»Wie heißt sie?«

»Loren irgendwas.« Sie rieb sich das Gesicht. »Gott, ich hätte mich nicht hinsetzen sollen. Weißt du, im Cyberspace kann dir echt schwindlig werden, wenn du zu lang drin bleibst. Eben ist mir wirklich beinahe schlecht geworden. Ah.« Sie schnippte mehrmals mit den Fingern. »McComb. Loren McComb.«

»Und wie alt ist sie?« fragte ich, weil mir einfiel, daß Cleta gesagt hatte, der Name von Eddings' Freundin sei Loren.

»Ende Zwanzig.«

»Wo ist sie her?«

»England. Aber eigentlich ist sie Südafrikanerin. Eine Schwarze.«

»Was den schlechten Charakter erklärt, von dem Mrs. Eddings redete.«

»Was?« Lucy sah mich verstört an.

»Wie sieht es mit einer Verbindung zu den Neuen Zionisten aus?« fragte ich.

»Offenbar ist sie über das Netz mit ihnen in Berührung gekommen. Sie ist sehr militant und regierungsfeindlich. Meine Theorie ist, daß sie ihr im Laufe ihrer Kommunikation eine Gehirnwäsche verpaßt haben.«

»Lucy«, sagte ich, »ich glaube, sie war Eddings' Freundin und Informationsquelle, und am Ende dürfte sie den Neuen Zionisten dabei geholfen haben, ihn umzubringen, wahrscheinlich über Captain Green.«

»Warum sollte sie ihm helfen und dann so etwas tun?«

»Vielleicht hat sie geglaubt, daß sie keine andere Wahl hat. Wenn sie ihm Informationen beschafft hat, die Hands Sache hätten schaden können, dann könnte sie in der Überzeugung gehandelt haben, ihnen zu helfen; oder sie ist von ihnen bedroht worden.«

Ich dachte an den Champagner in Eddings' Kühlschrank und fragte mich, ob er vorgehabt hatte, Silvester mit seiner Freundin zu feiern.

»Wie hätte sie ihnen helfen können?« fragte Lucy.

»Sie hat womöglich den Code seiner Alarmanlage gekannt, vielleicht sogar die Kombination seines Safes.« Mein letzter Gedanke war der schlimmste. »Vielleicht war sie in der Nacht seines Todes bei ihm. Was das betrifft, wissen wir nicht, ob nicht sie ihn vergiftet hat. Schließlich ist sie Wissenschaftlerin.«

»Verdammt.«

»Ich nehme an, du hast sie verhört«, sagte ich.

»Das hat Janet getan. McComb behauptet, sie sei vor etwa achtzehn Monaten im Internet auf eine Notiz in einer Bulletinseite gestoßen. Angeblich soll ein Produzent an einem Film gearbeitet haben, der mit Terroristen zu tun hatte, die ein Atomkraftwerk stürmen, damit sie die gleiche Situation wie in Nordkorea schaffen und waffenfähiges Plutonium bekommen könnten und so weiter und so weiter. Dieser angebliche Produzent brauchte technische Hilfe, für die er bezahlen wollte.«

»Hat sie einen Namen genannt?« fragte ich.

»Er hat sich immer ›Alias‹ genannt, als wolle er, daß man ihn für einen berühmten Mann hielt. Sie hat gedacht, sie hätte das große Los gezogen, und so fing die Beziehung an. Sie schickte ihm Informationen aus Diplomarbeiten, an die sie durch ihre Assistentenstelle herankam. Sie gab diesem Alias-Arschloch jedes Rezept, das du dir denken kannst, um am Ende Old Point zu stürmen und Brennelemente an die Araber zu verschiffen.«

»Wie sieht es mit der Herstellung von Kästen aus?«

»Richtig. Klau tonnenweise abgereichertes Uran aus Oak Ridge. Schick es in den Irak, nach Algerien, egal wohin, und laß es in Hundertfünfundzwanzig-Tonnen-Kästen umbauen. Dann werden sie wieder hierher verschifft, wo sie bis zum großen Tag gelagert werden. Dann hat sie sich ausführlich darüber ausgelassen, wann sich das Uran in einem Reaktor in Plutonium umwandelt.« Lucy unterbrach sich und sah zu mir rüber. »Sie behauptet, es wäre ihr nie in den Sinn gekommen, daß sie sich mit etwas Realem beschäftigt hat.«

»Und war es real für sie, als sie sich in den Computer von CP&L eingeloggt hat?«

»Das ist etwas, das sie nicht erklären kann, genausowenig wie sie ein Motiv angeben will.«

»Das Motiv ist wohl einfach«, sagte ich. »Eddings war an allen Anrufen in arabische Länder interessiert, die bestimmte

Leute gemacht haben dürften. Und er hat seine Liste über den Zugang in Pittsburgh bekommen.«

»Du glaubst nicht, sie hätte einsehen müssen, daß es den Neuen Zionisten wenig gefallen würde, wenn sie ihrem Freund half, der zufällig Reporter war?«

»Ich glaube, das war ihr egal«, sagte ich wütend. »Ich vermute, sie hat das Drama genossen, für beide Seiten zu spielen. Damit allein muß sie sich schon sehr wichtig gefühlt haben, was ihr in ihrer ruhigen akademischen Welt wahrscheinlich noch nicht untergekommen ist. Ich bezweifle, ob die Realität sie eingeholt hat, bevor Eddings bei der NAVSEA, in Captain Greens Büro oder sonstwo herumgeschnüffelt hat; und dann bekamen die Neuen Zionisten Wind davon, daß ihre Quelle, Mrs. McComb, das gesamte Unternehmen bedrohte.«

»Wenn Eddings es herausgefunden hätte«, meinte Lucy, »hätten sie es nie durchziehen können.«

»Sehr richtig«, sagte ich. »Wenn jemand von uns es rechtzeitig herausbekommen hätte, würde das jetzt nicht passieren.« Ich sah einer Frau im Laborkittel zu, wie sie Totos Arme so steuerte, daß sie eine Schachtel aufhoben. »Sag mir«, fragte ich, »wie hat sich Loren McComb benommen, als Janet sie verhört hat?«

»Abgeklärt. Absolut keine Emotionen.«

»Hands Leute sind sehr mächtig.«

»Das stimmt wohl, wenn du in der einen Minute deinem Freund helfen kannst und sie dich in der nächsten dazu verleiten, ihn umzubringen.« Lucy sah ebenfalls ihrem Roboter zu und schien von dem, was sie sah, nicht erfreut zu sein.

»Also, wo auch immer das FBI Mrs. McComb festhält, es ist hoffentlich ein Ort, an dem die Neuen Zionisten sie nicht aufspüren können.«

»Sie ist in Sicherheitsunterbringung«, sagte Lucy, als Toto plötzlich auf seinem Weg stehenblieb und die Schachtel schwer auf den Boden plumpste. »Auf wieviel Umdrehungen pro Minute habt ihr das Schultergelenk eingestellt?« rief sie.

»Acht.«

»Senkt auf fünf. Verdammt.« Sie rieb sich wieder das Gesicht. »Mehr brauchen wir nicht.«

»Also, ich gehe jetzt wieder zurück ins Jefferson«, sagte ich und stand auf.

Sie blickte mich sonderbar an. »Übernachtest du wie üblich im Sicherheitstrakt?« fragte sie.

»Ja.«

»Ich schätze, das tut nichts zur Sache, aber dort ist auch Loren McComb untergebracht«, sagte sie.

Tatsächlich befanden sich meine Räumlichkeiten neben ihren, aber im Gegensatz zu mir war sie eingeschlossen. Als ich mich im Bett aufsetzte, um noch ein bißchen zu lesen, konnte ich ihren Fernseher durch die Wand hören. Ich hörte, wie sie durch die Programme zappte, und erkannte dann die Klänge von »Star Trek«. Sie schaute sich die Wiederholung einer alten Folge an.

Für einige Stunden waren wir nur ein paar Meter voneinander entfernt, doch sie wußte es nicht. Ich stellte sie mir vor, wie sie Salzsäure und Zyankali in einer Flasche mischte und Gas in den Einsaugstutzen des Kompressors einleitete. Fast gleichzeitig mußte der lange, schwarze Schlauch im Wasser heftig gezuckt haben, und dann hatte ihn wohl nur noch die träge Strömung des Flusses bewegt.

»Sieh das im Schlaf«, sagte ich zu ihr, obwohl sie mich nicht hören konnte. »Für den Rest deines Lebens sollst du das im Schlaf sehen. Jede einzelne verdammte Nacht.« Zornig schaltete ich meine Lampe aus.

16

Früh am nächsten Morgen lag dichter Nebel unter meinen Fenstern, und in Quantico war es ruhiger als sonst. Ich hörte keinen einzigen Schuß von den Schießanlagen, und es schien, als würden die Marines ausschlafen. Als ich durch die doppelten Glastüren zu den Aufzügen ging, hörte ich, wie die Sicherheitsschlösser an der Tür neben meinem Zimmer klickten.

Ich drückte den Abwärts-Knopf und schaute mich um. Zwei Agentinnen in Hosenanzügen flankierten eine hellhäutige Schwarze, die mir direkt ins Gesicht starrte, als wären wir einander schon begegnet. Loren McComb hatte herausfordernde dunkle Augen, und sie war innerlich von Stolz erfüllt, als wäre das die Quelle, die ihr das Überleben ermöglichte und alles, was sie tat, zum Gedeihen brachte.

»Guten Morgen«, sagte ich unbeteiligt.

»Dr. Scarpetta«, begrüßte mich eine der Agentinnen ernst, als wir vier in den Aufzug traten.

Wir schwiegen bis zum Erdgeschoß, und ich roch die säuerlichen Ausdünstungen der Frau, die Joel Hand das Bombenbasteln beigebracht hatte. Sie trug enge, verwaschene Jeans, Turnschuhe und eine großzügig geschnittene weiße Bluse, die dennoch den eindrucksvollen Körperbau nicht verbergen konnte, der mit zu Eddings' fatalem Irrtum beigetragen haben mußte. Ich stand hinter ihr und ihren Bewacherinnen und sah nur einen schmalen Ausschnitt ihres Gesichts. Sie leckte sich oft die Lippen, starrte stur geradeaus auf Türen, die sich mir nicht schnell genug öffnen konnten.

Das Schweigen breitete sich so dicht aus wie der Nebel draußen, und dann wurden wir ins Erdgeschoß entlassen. Ich ließ mir Zeit mit dem Weggehen und beobachtete die beiden Agentinnen, wie sie McComb abführten, ohne sie mit einem

Finger zu berühren. Das brauchten sie auch nicht, denn wenn nötig, konnten sie das sofort tun. Sie eskortierten Loren McComb über einen Korridor und bogen dann in einen der unzähligen überdachten Flure ab, die Mäusegänge genannt wurden. Ich war überrascht, als sie innehielt, um mich noch einmal anzusehen. Sie begegnete meinem unfreundlichen Blick und ging weiter, einer langen Pilgerreise im Zuchthaus entgegen, wie ich hoffte.

Über eine Treppe erreichte ich die Cafeteria, wo die Flaggen aller Bundesstaaten an den Wänden hingen. Ich traf Wesley in einer Ecke unter Rhode Island.

»Ich habe gerade Loren McComb gesehen«, sagte ich, als ich mein Tablett abstellte.

Er blickte auf seine Uhr. »Sie wird den größten Teil des Tages verhört.«

»Meinst du, sie könnte uns etwas mitteilen, was uns hilft?«

Er schob Salz und Pfeffer zu mir. »Nein. Dazu ist es zu spät«, sagte er bloß.

Ich aß Rühreier und trockenen Toast und trank meinen Kaffee schwarz, während ich neuen Agenten und Cops der National Academy zusah, wie sie sich Omeletts und Waffeln zubereiteten. Einige machten sich Sandwiches mit Speck und Wurst, und ich dachte, wie langweilig es war, alt zu werden.

»Wir sollten aufbrechen.« Ich nahm mein Tablett, denn manchmal lohnte sich eine Mahlzeit nicht.

»Ich bin mit dem Essen noch nicht fertig, Chief.« Er spielte mit seinem Löffel herum.

»Du hast dein Granola verputzt.«

»Ich könnte mir noch was holen.«

»Nein, tust du nicht«, sagte ich.

»Ich bin noch am Überlegen.«

»Na gut.« Ich sah ihn an, neugierig, was er zu sagen hatte.

»Wie wichtig ist dieses Buch von Hand wirklich?«

»Sehr wichtig. Zum Teil begannen die Schwierigkeiten ja

erst, als Danny eines an sich nahm und es wahrscheinlich Eddings gab.«

»Warum hältst du es für so wichtig?«

»Du bist der Psychologe. Du solltest es wissen. Es sagt uns, wie sie sich verhalten werden. Das Buch macht sie durchschaubar.«

»Ein erschreckender Gedanke«, sagte er.

Um neun Uhr schritten wir an den Schießständen vorbei zu einer Grasfläche neben dem Reifenhaus, das dem HRT für genau die Manöverübungen gedient hatte, die jetzt wichtig waren. An diesem Morgen war niemand zu sehen, sie waren alle in Old Point, bis auf unseren Piloten, Whit. Er war schweigsam wie immer und stand in seinem schwarzen Fliegerdress neben einem weißblauen Bell 222, einem zweimotorigen Firmenhubschrauber von CP&L.

»Whit.« Wesley nickte ihm zu.

»Guten Morgen«, sagte er, als wir an Bord gingen.

Der Hubschrauber hatte vier Sitze, und es sah aus wie in der Kabine eines kleinen Flugzeuges. Der Copilot studierte eifrig eine Landkarte. Senator Lord war völlig in seine Lektüre vertieft, die Justizministerin ihm gegenüber ebenfalls mit Schriftstücken beschäftigt. Sie waren in Washington abgeholt worden und sahen nicht danach aus, als hätten sie in den letzten Nächten viel Schlaf gefunden.

»Wie geht es dir, Kay?« Der Senator blickte nicht auf.

Er trug einen dunklen Anzug und ein weißes Hemd mit einem steifen Kragen. Seine Krawatte war dunkelrot, und auf seinen Manschettenknöpfen war das Senatsemblem. Marcia Gradecki hingegen trug ein schlichtes blaßblaues Kostüm und Perlen. Sie war eine ehrfurchtgebietende Frau, attraktiv, weil sie Stärke und Dynamik ausstrahlte. Obwohl ihr Aufstieg in Virginia begonnen hatte, waren wir uns bis heute nicht begegnet.

Wesley machte uns miteinander bekannt, während der

Hubschrauber sich in einen vollkommen blauen Himmel erhob. Wir flogen über gelbe Schulbusse hinweg, die um diese Tageszeit leer waren, dann wichen die Gebäude rasch Sümpfen mit Entenkolonien und ausgedehnten Waldgebieten. Das Sonnenlicht malte Pfade durch die Baumwipfel, und als wir dem James River folgten, flog unser Spiegelbild uns übers Wasser hinterher.

»Gleich überfliegen wir Governor's Landing«, sagte Wesley. Wir brauchten nur, wenn wir mit den Piloten sprechen wollten, Kopfhörer, für Gespräche untereinander nicht. »Das ist der Immobilienarm von CP&L, und dort lebt auch Brett West. Er ist der Vizepräsident, dem die Betriebsleitung untersteht, und er wohnt in einem Neunhunderttausend-Dollar-Haus dort unten.« Er schwieg, während alle hinunterschauten. »Sie können es schon sehen. Dort. Das große Haus mit dem Pool und dem Basketballfeld dahinter.«

Zu der Siedlung gehörten viele große Häuser mit Pool und ergreifend junger Vegetation. Es gab auch einen Golfplatz und einen Yachtclub, wo, wie wir erfuhren, West ein Boot besaß, das im Augenblick nicht dort war.

»Und wo ist dieser Mr. West?« fragte die Justizministerin, als unsere Piloten nach Norden abdrehten, wo der Chickahominy in den James River mündete.

»Im Augenblick wissen wir es nicht.« Wesley schaute weiter aus dem Fenster.

»Ich nehme an, Sie glauben, er steckt in der Sache mit drin«, sagte der Senator.

»Ohne Frage. Als CP&L nämlich beschloß, ein Bezirksbüro in Suffolk zu eröffnen, bauten sie es auf Grund und Boden, den sie von einem Farmer namens Joshua Hayes gekauft hatten.«

»In seine Computerdaten wurde ebenfalls eingebrochen«, warf ich ein.

»Von der Hackerin«, sagte Gradecki.

»Richtig.«

»Und Sie haben sie in Verwahrung«, sagte sie.

»Ja. Offenbar hatte sie ein Verhältnis mit Ted Eddings, und so ist er dahineingeraten und schließlich ermordet worden.« Wesleys Miene war versteinert. »Also, ich bin davon überzeugt, daß West von Anfang an ein Komplize von Joel Hand war. Sie können jetzt das Bezirksbüro sehen.« Er deutete darauf. »Und wissen Sie was«, fügte er ironisch hinzu, »es liegt direkt neben Hands Gelände.«

Das Bezirksbüro bestand in der Hauptsache aus einem großen Parkplatz mit Nutzfahrzeugen und Zapfsäulen sowie Fertigbauten, auf deren Dächern rot CP&L aufgemalt war. Als wir darüber gekreist und über eine Baumgruppe geflogen waren, sahen wir auf dem Gelände unter uns plötzlich die fünfzig Morgen Land am Nansemond River, wo Joel Hand hinter hohen Metallzäunen lebte, die der Legende nach elektrisch geladen waren.

Seine Siedlung bestand aus einer Anhäufung unterschiedlicher kleinerer Häuser und Baracken; sein eigenes Herrenhaus war verwittert und hatte hohe weiße Säulen. Doch diese Gebäude machten uns keine Sorgen, sondern andere, die wir erblickten, lange Holzschuppen, die wie Lagerhallen aussahen und an Gleisen aufgereiht waren, die zu einem gewaltigen privaten Verladedock mit hohen Kränen am Wasser führten.

»Das sind keine normalen Scheunen«, bemerkte die Justizministerin. »Was ist von seiner Farm verschifft worden?«

»Oder dorthin«, warf der Senator ein.

Ich erinnerte sie an das, was Dannys Mörder auf der Fußmatte meines früheren Mercedes hinterlassen hatte. »Dort könnten die Kästen gelagert worden sein«, fügte ich hinzu. »Die Gebäude sind groß genug, und sie brauchen Kräne und Züge oder Lastwagen.«

»Das würde dann sicherlich eine Verbindung ergeben zwischen den Neuen Zionisten und dem Mord an Danny Webster«, sagte die Justizministerin zu mir, während sie nervös an ihren Perlen fingerte.

»Oder zumindest eine Verbindung zu jemandem, der in den Lagerhallen, wo die Kästen sind, ein- und ausging«, antwortete ich. »Mikroskopisch kleine Partikel abgereicherten Urans wären dort überall, was bedeutet, daß die Kästen tatsächlich mit Uran ausgekleidet sind.«

»Und so könnte diese Person Uran an den Schuhsohlen gehabt haben, ohne es zu wissen«, sagte Senator Lord.

»Ohne Zweifel.«

»Also, wir müssen eine Razzia auf dem Gelände machen und schauen, was wir finden«, meinte er noch.

»Ja, Sir«, pflichtete Wesley bei. »Wenn wir können.«

»Frank, bislang haben sie noch nichts getan, was wir ihnen nachweisen können«, sagte Gradecki zu ihm. »Wir haben keine hinreichenden Verdachtsmomente. Die Neuen Zionisten haben sich noch nicht dazu bekannt.«

»Also, ich weiß doch auch, wie das funktioniert, aber es ist lächerlich«, sagte Lord und schaute hinaus. »Da unten ist niemand, bloß ein paar Hunde, so wie es für mich aussieht. Haben Sie dafür eine Erklärung, wenn die Neuen Zionisten nicht beteiligt sind? Wo sind sie denn alle? Also ich glaube, wir wissen das verdammt genau.«

Dobermann-Pinscher in einem Zwinger bellten und sprangen in die Luft, die von uns aufgewirbelt wurde.

»Herrgott«, sagte Wesley. »Ich habe nie gedacht, daß sie alle in Old Point sein könnten.«

Das hatte ich auch nicht gedacht, und mir kam ein äußerst erschreckender Gedanke.

»Wir sind davon ausgegangen, daß die Zahl der Neuen Zionisten sich in den letzten Jahren nicht verändert hat«, fuhr Wesley fort. »Aber vielleicht ist das nicht der Fall. Vielleicht waren schließlich die einzigen Leute hier diejenigen, die für den Überfall ausgebildet wurden.«

»Und das würde Joel Hand mit einbeziehen.« Ich sah Wesley an.

»Wir wissen, daß er hier lebt«, sagte er. »Ich glaube, es ist sehr gut möglich, daß er im Bus war. Er ist wahrscheinlich mit den anderen zusammen im Kraftwerk. Er ist ihr Anführer.«

»Nein«, sagte ich, »er ist ihr Gott.«

Ein langes Schweigen entstand.

Dann sagte Gradecki: »Das Problem ist, daß er verrückt ist.«

»Nein«, wandte ich ein. »Das Problem ist, daß er es nicht ist. Hand ist böse, und das ist weit schlimmer.«

»Und dieser Fanatismus wird sich auf alles auswirken, was er dort tut«, fügte Wesley hinzu. »Wenn er da drin ist« – er wog seine Worte sorgfältig ab – »dann droht uns noch unverhältnismäßig mehr als eine Flucht mit einer Barkasse voller Brennelemente. Dann könnte das jederzeit zu einem Selbstmordkommando werden.«

»Mit ist nicht klar, warum Sie das sagen«, meinte Gradecki, die das überhaupt nicht hören wollte. »Das Motiv ist eindeutig.«

Ich dachte an das *Book of Hand,* und wie schwer es für einen Uneingeweihten zu begreifen war, wozu ein Mann wie dessen Verfasser fähig war. Ich sah die Justizministerin an, während wir über Reihen alter grauer Tanker und Frachter flogen, bekannt als »Tote Flotte« der Navy. Sie waren im James River verankert, und aus der Ferne sah es aus, als wäre Virginia unter Belagerung, und in gewisser Weise traf das auch zu.

»Ich glaube nicht, daß ich so etwas schon mal gesehen habe«, murmelte sie verwundert, als sie hinabschaute.

»Das sollten Sie aber«, erwiderte Senator Lord. »Ihr Demokraten seid für die Stillegung der halben Flotte der Navy verantwortlich. Wir haben schon gar keinen Platz mehr, um die Schiffe unterzubringen. Sie sind hier und da verteilt, Gespenster ihres früheren Selbst, und sind keinen verdammten Pfifferling wert, wenn wir rasch seetüchtige Schiffe brauchen. Bis sie die alten Kähne wieder flott gemacht haben, wäre der Golfkrieg schon so lange Geschichte wie jener andere Krieg, der hier ausgefochten wurde.«

»Frank, Sie haben sich deutlich genug ausgedrückt«, sagte sie spröde. »Ich glaube, wir haben uns heute vormittag um andere Angelegenheiten zu kümmern.«

Wesley hatte sich Kopfhörer aufgesetzt, um mit den Piloten zu sprechen. Er fragte nach den neuesten Meldungen und lauschte dann lange, während er auf Jamestown und die Fähre hinunterschaute. Als er die Verbindung beendete, machte er eine bedenkliche Miene.

»Wir werden in wenigen Minuten in Old Point sein. Die Terroristen weigern sich immer noch, Kontakt aufzunehmen, und wir wissen nicht, wie viele Opfer es drinnen gegeben hat.«

»Ich höre noch mehr Hubschrauber«, sagte ich.

Wir schwiegen, und da war unüberhörbar der Klang dröhnender Rotoren. Wesley stellte die Sprechverbindung wieder her.

»Hören Sie, verdammt noch mal, die Luftfahrtbehörde sollte diesen Bereich doch sperren.« Er hielt inne und lauschte. »Absolut nicht. Im Umkreis von einer Meile hat niemand Flugerlaubnis ...« Er wurde erneut unterbrochen und lauschte. »Ja, schon recht.« Sein Zorn wuchs. »Herrgott«, rief er, als der Lärm lauter wurde.

Zwei Hueys und zwei Black Hawks dröhnten laut an uns vorbei, und Wesley öffnete den Sicherheitsgurt, als wolle er irgendwohin aufbrechen. Wutentbrannt stand er auf und ging auf die andere Seite der Kabine, um aus dem Fenster zu blicken.

Er stand mit dem Rücken zum Senator, als er mit kaum verhaltenem Zorn sagte: »Sir, Sie hätten die Nationalgarde nicht hinzuziehen sollen. Wir haben hier ein sehr delikates Unternehmen, und wir können uns, ich wiederhole, wir können uns keine Einmischung leisten, weder in unsere Planung noch in unseren Luftraum. Und ich darf Sie daran erinnern, daß hier die Polizei, nicht das Militär zuständig ist. Wir sind doch in den Vereinigten Staaten ...«

Senator Lord schaltete sich ein. »Ich habe sie nicht gerufen und bin völlig Ihrer Meinung.«

»Wer dann?« fragte Gradecki, die Wesleys oberste Vorgesetzte war.

»Womöglich dein Gouverneur«, sagte Lord mit einem Blick zu mir, und ich merkte an seinem Verhalten, daß er auch wütend war. »Er ist imstande, so etwas Dummes zu tun, weil er nur an die nächste Wahl denkt. Schalten Sie mich in sein Büro durch, und zwar sofort.«

Der Senator setzte sich die Kopfhörer auf und scherte sich nicht darum, wer mithörte, als er ein paar Minuten später loslegte.

»Um Gottes willen, Dick, hast du den Verstand verloren?« sagte er zu dem Mann, der Virginias höchstes Staatsamt bekleidete. »Nein, nein, bemüh dich nicht, mir so was zu erzählen«, bellte er. »Du mischst dich da in unsere Operation ein, und wenn es Leben kostet, kannst du sicher sein, daß ich bekanntmache, wer die Schuld ...«

Er verstummte kurz, und während er zuhörte, wurde sein Gesichtsausdruck bedenklich. Dann brachte er weitere überzeugende Argumente vor, während der Gouverneur die Nationalgarde zurückbeorderte. Am Ende landeten ihre Hubschrauber gar nicht, sondern änderten plötzlich ihre Formation und stiegen höher auf. Sie flogen an Old Point vorbei, worauf wir nun sehen konnten. Die Kühltürme aus Beton ragten in die klare blaue Luft.

»Es tut mir schrecklich leid«, entschuldigte sich der Senator bei uns, denn er war vor allem ein Gentleman.

Wir blickten hinab auf Scharen von Polizei- und Einsatzfahrzeugen, Kranken- und Feuerwehrwagen, Satellitenschüsseln und Übertragungswagen. Zu Dutzenden standen Menschen draußen, als wollten sie den herrlich frischen Tag genießen, und Wesley informierte uns, daß dort, wo sie versammelt waren, das Besucherzentrum war, das als Befehlszentrale für den äußeren Ring diente.

»Wie Sie sehen«, erklärte er, »ist es nicht weiter als eine halbe Meile vom Kraftwerk und von dem Hauptgebäude dort entfernt.« Er deutete darauf.

»Im Hauptgebäude ist auch der Kontrollraum?« fragte ich.

»Richtig. Das dreigeschossige helle Backsteingebäude da. Dort sind sie, zumindest die meisten, glauben wir, einschließlich der Geiseln.«

»Nun, dort müssen sie sein, wenn sie etwas mit den Reaktoren vorhatten, etwa sie abzuschalten, was sie ja schon getan haben, wie wir wissen«, bemerkte Senator Lord.

»Und was dann?« fragte die Justizministerin.

»Es gibt Notgeneratoren, damit niemand ohne Strom ist. Und das Kraftwerk selbst hat eine Notstromversorgung«, sagte Lord, ein glühender Verfechter der Atomenergie.

Breite Wasserstraßen liefen an zwei Seiten des Kraftwerks entlang; die eine vom James River, die andere zu einem künstlichen See in der Nähe. Über weite Flächen waren Transformatoren und Stromleitungen verteilt sowie Parkplätze mit vielen Autos, die den Geiseln und den Menschen gehörten, die zu Hilfe geeilt waren. Es schien keinen einfachen Weg zu geben, sich dem Hauptgebäude ungesehen zu nähern, denn jedes Atomkraftwerk ist mit den striktesten Sicherheitsvorkehrungen geplant. Jeder Unbefugte soll ferngehalten werden, und dummerweise gehörten jetzt wir dazu. Ein Einstieg über das Dach etwa würde es erforderlich machen, Löcher in Metall und Beton zu bohren, und das ging nicht ohne das Risiko, entdeckt zu werden.

Ich hatte den Verdacht, daß Wesley möglicherweise über einen Zugang auf dem Wasserweg nachdachte, denn HRT-Taucher könnten unbemerkt sowohl in den Fluß als auch in den See gelangen und über den Kanal sehr nahe an das Hauptgebäude herankommen. Es sah mir danach aus, als könnten sie bis auf zwanzig Meter an die Tür heranschwimmen, die die Terroristen gestürmt hatten, aber wie die Agenten dann an Land unbemerkt bleiben sollten, das konnte ich mir nicht vorstellen.

Wesley äußerte nichts über irgendeinen Plan, denn der Senator und die Ministerin waren zwar Verbündete, sogar Freunde, aber sie waren auch Politiker. Weder das FBI noch die Polizei wollten, daß Washington sich in ihr Unternehmen einschaltete. Was der Gouverneur vorhin getan hatte, war schon schlimm genug.

»Wenn Sie sich nun die großen weißen Übertragungswagen in der Nähe des Hauptgebäudes ansehen«, sagte Wesley, »das ist unsere Befehlszentrale für den inneren Ring.«

»Ich dachte, die gehören zu einem Nachrichtenteam«, kommentierte die Ministerin.

»Dort versuchen wir, eine Verbindung zu Mr. Hand und seinen Spießgesellen herzustellen.«

»Wie?«

»Zunächst einmal möchte ich mit ihnen reden«, sagte Wesley.

»Hat noch niemand mit ihnen gesprochen?« fragte der Senator. »Bislang schienen sie sich überhaupt nicht für uns zu interessieren«, sagte er.

Der Bell 222 senkte sich langsam, aber laut herab, während sich Reporterteams neben einer Landefläche gegenüber des Besucherzentrums versammelten. Wir nahmen unsere Aktenmappen und Taschen und stiegen im starken Wind der Rotoren aus. Wesley und ich schritten rasch und wortlos aus.

Ich blickte nur einmal zurück und sah Senator Lord, von Mikrophonen umgeben, während die mächtigste Juristin unseres Landes gefühlsbetonte Äußerungen von sich gab.

Wir gingen ins Besucherzentrum mit seinen vielen Schautafeln für Schulkinder und Neugierige. Derzeit war der gesamte Bereich zwischen der örtlichen und der bundesstaatlichen Polizei aufgeteilt. Die Beamten tranken Limonade, aßen Fast Food und Snacks neben Plänen und Karten auf Ständern, und ich fragte mich, was jemand von uns anderes tun könnte.

»Wo ist dein Außenposten?« fragte mich Wesley.

»Er sollte bei den Einsatzkräften sein. Ich glaube, ich habe unseren Kühlwagen aus der Luft entdeckt.«

Er ließ seinen Blick schweifen, bis er an der Tür der Herrentoilette hängenblieb, die sich öffnete und wieder zuging. Heraus kam Marino, der sich die Hose hochzog. Ich hatte nicht damit gerechnet, ihn hier zu sehen. Ich hätte gedacht, daß schon seine Angst vor Strahlung Grund genug für ihn gewesen wäre, daheim zu bleiben.

»Ich hole mir einen Kaffee«, sagte Wesley. »Mögt ihr auch einen?«

»Ja. Aber einen doppelten.«

»Danke«, sagte ich und wandte mich dann an Marino. »Das ist der letzte Ort, an dem ich dich vermutet hätte.«

»Siehst du all die Kerle, die hier herumlaufen?« meinte er. »Wir gehören zu einer Einsatztruppe, damit alle zuständigen Behörden jemanden hier haben, der daheim anrufen und Bescheid sagen kann, was, zum Teufel, sich hier abspielt. Letztlich sieht es so aus, daß mein Chef mich dazu verdonnert hat, und nein, ich bin darüber gar nicht begeistert. Und übrigens, ich hab deinen Kumpel, Chief Steels, draußen gesehen, und es wird dich freuen zu hören, daß Roche unter Streichung all seiner Bezüge vom Dienst suspendiert worden ist.«

Ich antwortete nicht, denn Roche war im Augenblick nicht wichtig.

»Da könntest du dich doch ein bißchen besser fühlen«, fügte Marino noch hinzu.

Ich sah ihn an. Sein steifer weißer Kragen hatte einen Schweißrand, und sein Gürtel mit all dem Zeug dran knarrte, wenn er sich bewegte.

»Solange ich hier bin, werde ich mein Bestes tun und dich im Auge behalten. Aber ich wüßte es sehr zu schätzen, wenn du nicht ins Fadenkreuz der geladenen Flinte von irgendeinem dieser Spinner spazieren würdest«, fuhr er fort und strich sich mit der großen, feisten Hand die Haare auf den Hinterkopf.

»Ich würde es auch zu schätzen wissen, wenn ich es nicht täte. Ich muß nach meinen Leuten schauen«, sagte ich. »Hast du sie gesehen?«

»Ja, ja. Fielding ist in dem großen Sattelschlepper, den die Leute vom Bestattungsinstitut für dich gekauft haben. Er hat gerade in der Küche Eier gekocht, als wäre er beim Zelten oder so. Und ein Kühlwagen ist auch da.«

»Gut. Ich weiß genau, wo er ist.«

»Ich werde dich rüberbringen, wenn du willst«, sagte er nonchalant, als würde es ihm nichts ausmachen.

»Ich freue mich, daß du hier bist«, sagte ich, weil ich wußte, daß ich zum Teil der Anlaß dafür war, egal, was er sonst behauptete.

Wesley kam zurück und balancierte einen Teller mit Doughnuts auf den Kaffeebechern. Marino bediente sich, während ich aus den Fenstern in den klaren, kalten Tag blickte.

»Benton«, sagte ich, »wo ist Lucy?«

Er erwiderte nichts, und so wußte ich es. Meine schlimmsten Befürchtungen hatten sich also bewahrheitet.

»Kay, wir müssen alle unseren Job machen.« Seine Augen waren gütig, aber sein Ton war unmißverständlich.

»Natürlich müssen wir das.« Ich stellte meinen Kaffee hin, weil meine Nerven schon angegriffen genug waren. »Ich werde mal nach dem Rechten sehen.«

»Warte mal«, sagte Marino, der gerade mit seinem zweiten Doughnut angefangen hatte.

»Es geht schon.«

»Ja, ja, ich weiß«, sagte er. »Dafür werde ich sorgen.«

»Du mußt wirklich aufpassen da draußen«, sagte Wesley zu mir. »Wir wissen, daß an jedem Fenster einer ist, und sie könnten einfach anfangen zu schießen, wenn sie wollen.«

Ich schaute auf das Hauptgebäude weiter hinten und drückte die Glastür ins Freie auf. Marino war direkt hinter mir.

»Wo ist das HRT?« fragte ich ihn.

»Wo du es nicht sehen kannst.«

»Sprich nicht in Rätseln. Danach ist mir nicht.«

Ich ging forsch drauf los, und weil ich keine Spur von den Terroristen oder ihren Opfern sah, kam mir diese Zerreißprobe wie eine Übung vor. Die Feuerwehrautos, die Kühl wagen und die Rettungsfahrzeuge erschienen mir wie ein Teil einer Notfallübung, und selbst Fielding, der Katastrophenausrüstung in dem großen weißen Sattelschlepper, meinem Außenposten, aufbaute, kam mir unwirklich vor. Er öffnete gerade eine der blauen Armee-Feldkisten mit dem Stempel des Chief Medical Examiner, und darin war alles, von Achtzehner-Nadeln bis zu gelben Beuteln für die persönlichen Habseligkeiten der Toten.

Er schaute zu mir hoch, als wäre ich die ganze Zeit hier gewesen. »Haben Sie eine Ahnung, wo die Pflöcke sind?« fragte er.

»Die sollten in Extra-Kisten mit Beilen, Pinzetten und Metallschwellen sein«, erwiderte ich.

»Also ich weiß nicht, wo die sind.«

»Was ist mit den gelben Leichensäcken?« Ich überprüfte mit einem Blick die im Sattelschlepper aufgestapelten Kisten und Kästen.

»Ich schätze, die werde ich mir alle von der FEMA besorgen müssen«, sagte er. Von der Federal Emergency Management Agency.

»Wo sind die?« fragte ich, weil hier Hunderte von Leuten von zahllosen Behörden und Abteilungen waren.

»Wenn Sie rausgehen, dann sehen Sie deren Sattelschlepper gleich links neben den Leuten aus Fort Lee. Und die FEMA hat auch die bleigefütterten Anzüge.«

»Beten wir, daß wir die nicht brauchen«, sagte ich.

Fielding sagte zu Marino: »Was gibt's Neues von den Geiseln? Weiß man, wie viele die da drin haben?«

»Wir sind nicht ganz sicher, weil wir nicht wissen, wie viele Beschäftigte genau im Gebäude waren«, sagte er. »Aber die Besatzung war klein, als sie zuschlugen, was sicher zu ihrem Plan gehörte. Sie haben zweiunddreißig Leute freigelassen. Wir glauben, es sind noch etwa ein Dutzend drin. Wir wissen nicht, wie viele von denen noch am Leben sind.«

»Mein Gott.« Fieldings Augen blitzten zornig, und er schüttelte den Kopf. »Wenn Sie mich fragen, sollte jedes von diesen Arschlöchern auf der Stelle erschossen werden.«

»Ja, ja, also von mir werden Sie nicht das Gegenteil hören«, meinte Marino.

»Im Augenblick«, sagte Fielding zu mir, »können wir mit fünfzig umgehen. Das ist das Maximum, zwischen dem Laster hier und unserer Leichenhalle in Richmond, die schon ziemlich voll ist. Darüber hinaus ist das Medizincollege in Bereitschaft, wenn wir es für Einlagerungen brauchen.«

»Die Zahnärzte und Radiologen sind auch mobilisiert«, vermutete ich.

»Richtig. Jenkins, Verner, Silverberg, Rollins. Sie sind alle in Bereitschaft.«

Ich roch Eier mit Speck und wußte nicht, ob ich Hunger oder Übelkeit verspürte. »Ich bin über Funk zu erreichen, wenn Sie mich brauchen«, sagte ich und öffnete die Tür des Anhängers.

»Geh nicht so schnell«, beschwerte sich Marino, als wir wieder draußen waren.

»Hast du dir die mobile Befehlszentrale angesehen?« fragte ich. »Der große blauweiße Funkwagen? Ich hab ihn beim Herflug gesehen.«

»Ich glaube nicht, daß wir dorthin wollen.«

»Ich schon.«

»Doc, das ist der innere Ring.«

»Dort ist das HRT«, sagte ich.

»Wir sollten erst mit Benton sprechen. Ich weiß, du suchst Lucy, aber, um Himmels willen, behalte einen klaren Kopf.«

»Ich habe einen klaren Kopf, und ich suche Lucy.« Ich wurde von Minute zu Minute wütender auf Wesley.

Marino legte mir die Hand auf den Arm und hielt mich fest. Wir blinzelten uns im Sonnenlicht an. »Doc«, sagte er, »hör mir zu. Was da abläuft, ist nichts Persönliches. Niemand kümmert es, daß Lucy deine Nichte ist. Sie ist verdammt noch mal FBI-Agentin, und Wesley ist überhaupt nicht verpflichtet, dir über alle ihre Schritte Bericht zu erstatten.«

Ich sagte nichts, und er brauchte auch nichts hinzuzufügen, damit ich die Wahrheit einsah.

»Sei also nicht sauer auf ihn.« Marino hielt immer noch sanft meinen Arm. »Soll ich dir mal was sagen? Mir gefällt es auch nicht. Ich könnte es nicht ertragen, wenn ihr etwas zustößt. Ich weiß nicht, was ich tun würde, wenn einer von euch beiden etwas passierte. Und im Augenblick hab ich etwa soviel Schiß wie noch nie in meinem gottverdammten Scheißleben. Aber ich habe einen Job zu erledigen, und du genauso.«

»Sie ist im inneren Ring«, sagte ich.

Er schwieg kurz. »Komm schon, Doc. Sprechen wir erst mit Wesley.«

Aber dazu kamen wir nicht, denn als wir das Besucherzentrum betraten, sahen wir ihn am Telefon. Sein Ton war von eherner Ruhe, und er stand angespannt da.

»Tun Sie nichts, bis ich dort bin, und es ist äußerst wichtig, daß sie wissen, daß ich unterwegs bin«, sagte er gerade langsam. »Nein, nein, nein. Tun Sie das nicht. Nehmen Sie ein Megaphon, damit niemand in die Nähe kommt.« Er blickte Marino und mich an. »Bleiben Sie dran. Sagen Sie ihnen, es kommt jemand, der ihnen sofort ein Geiseltelefon bringt. Richtig.«

Er legte auf und eilte auf die Tür zu, wir direkt hinter ihm.

»Was, zum Teufel, ist los?« fragte Marino.

»Sie wollen mit uns sprechen.«

»Was haben sie gemacht? Einen Brief geschickt?«

»Einer von ihnen hat aus einem Fenster gerufen«, erwiderte Wesley. »Sie sind sehr aufgeregt.«

Wir schritten rasch am Hubschrauber-Landeplatz vorbei, und mir fiel auf, daß er leer war. Der Senator und die Justizministerin waren schon lange weg.

»Sie haben also noch kein Telefon?« Ich war sehr überrascht.

»Wir haben die Telefone im Gebäude abgestellt«, sagte Wesley. »Sie müssen ein Telefon von uns bekommen, und bis vor einer Minute haben sie keines gewollt. Jetzt wollen sie plötzlich eines.«

»Dann haben sie ein Problem«, sagte ich.

»Das sehe ich auch so.« Marino war außer Atem.

Wesley erwiderte nichts, aber ich sah ihm an, daß er versteinert war, und das kam äußerst selten vor. Die schmale Straße führte uns durch das Meer der Fahrzeuge und Menschen, die darauf warteten zu helfen. Das bräunliche Gebäude wurde immer größer. Der mobile Kommandoposten auf dem Rasen glitzerte in der Sonne, die konischen Kühltürme und der Kühlkanal waren so nahe, daß ich sie mit einem Steinwurf hätte erreichen können.

Ich hatte keinen Zweifel, daß die Neuen Zionisten uns im Visier hatten und den Abzug auslösen konnten, wenn sie wollten, um uns einen nach dem anderen umzulegen. Die Fenster, von denen aus sie uns beobachteten, wie wir vermuteten, waren offen, aber ich konnte hinter den Gittern nichts erkennen.

Wir gingen zur Vorderseite des Funkwagens, wo ein halbes Dutzend Polizisten und Agenten in Zivil um Lucy herumstanden, und ihr Anblick ließ mein Herz beinahe stillstehen. Sie trug eine schwarze Uniform und Stiefel und war wieder wie in der ERF an Kabel angeschlossen. Nur trug sie diesmal zwei Handschuhe, und Toto stand funktionsbereit am Boden, sein dicker Hals mit einer Spule Glasfaser verbunden, lang genug, um ihn bis nach North Carolina zu bringen.

»Es ist besser, wenn wir den Hörer festkleben«, sagte meine Nichte gerade zu Männern, die sie wegen der Cyberbrille vor ihren Augen nicht sehen konnte.

»Wer hat Klebeband?«

»Warte mal.«

Ein Mann in einem schwarzen Overall griff in eine große Werkzeugkiste und warf einem anderen eine Rolle Klebeband zu. Der riß einige Streifen ab und befestigte den Hörer auf der Gabel eines schlichten schwarzen Telefons in einer Schachtel, die fest in den Greifern des Roboters gehalten wurde.

»Lucy«, sagte Wesley. »Ich bin's, Benton Wesley. Ich bin hier.«

»Hi«, sagte sie, und ich konnte ihre Nervosität spüren.

»Sobald du ihnen das Telefon geliefert hast, werde ich zu reden anfangen. Ich möchte nur, daß du weißt, was ich tue.«

»Sind wir bereit?« fragte sie. Sie hatte keine Ahnung, daß ich hier war.

»Dann also los«, sagte Wesley, spannungsgeladen.

Sie drückte einen Knopf auf ihrem Handschuh, und Toto erwachte mit leisem Surren zum Leben, und das eine Auge in seinem kuppelförmigen Hirn drehte sich, als würde es sich wie eine Kameralinse scharfstellen. Sein Kopf schwang herum, als Lucy einen anderen Knopf auf dem Handschuh drückte, und alle sahen in stummer Erwartung zu, wie die Schöpfung meiner Nichte sich plötzlich in Bewegung setzte. Sie bahnte sich auf Gummiketten ihren Weg, das Telefon fest in den Greifern, während sich Glasfaser und Telefonkabel abspulten.

Lucy dirigierte Totos Reise wie ein Orchester, die Arme ausgestreckt zu sanfter Bewegung. Sicher rollte der Roboter über die Straße, über Kies und durch das Gras, bis er so weit weg war, daß einer der Agenten Feldstecher verteilte. Toto, der nun einem Gehweg folgte, erreichte vier Betonstufen, die zum gläsernen Vordereingang des Hauptgebäudes führten, und blieb stehen. Lucy holte tief Luft, während sie ihren Freund aus Metall und Plastik ihre Telepräsenz spüren ließ. Sie drückte einen weiteren Knopf, worauf sich die Greifer mit ihren Armen ausstreckten. Sie ließen das Telefon langsam sinken und stellten es auf der zweiten Stufe ab. Toto wich zurück und schwang herum, und Lucy schickte ihn auf den Heimweg.

Der Roboter war noch nicht weit gekommen, als wir alle sahen, wie die Glastür aufging und ein bärtiger Mann in Khakihose und Sweater schnell heraustrat. Er griff sich das Telefon von der Stufe und verschwand wieder nach drinnen.

»Gute Arbeit, Lucy«, sagte Wesley, der nun sehr erleichtert klang. »Okay, verflucht noch mal, jetzt ruft an«, fügte er hinzu, nicht an uns, sondern an sie gerichtet. »Lucy«, sagte er noch, »wenn du bereit bist, dann komm mit rein.«

»Ja«, antwortete sie, während ihre Arme Toto sicher über jede Senke und Kuppe dirigierten.

Dann stiegen Marino, Wesley und ich die Stufen hoch in die mobile Befehlszentrale, die grau und blau eingerichtet und mit Tischen und Stühlen ausgestattet war. Es gab eine kleine Küche und ein Bad, und die Scheiben waren getönt, damit man hinaus-, aber nicht hineinsehen konnte. Die Funk- und

Computerausrüstung war im hinteren Teil angebracht, und auf fünf Fernsehgeräten liefen bei gedämpfter Lautstärke die großen Sender und CNN. Ein rotes Telefon auf einem Tisch fing an zu klingeln, als wir den Gang entlangschritten. Es klang dringend und fordernd, und Wesley rannte hin, um abzunehmen.

»Wesley«, meldete er sich, während er aus dem Fenster blickte, und drückte zwei Knöpfe, um den Anruf aufzunehmen und uns mithören zu lassen.

»Wir brauchen einen Arzt.« Die Männerstimme klang nach einem weißen Südstaatler, und er atmete schwer.

»Okay, aber Sie werden uns mehr sagen müssen.«

»Verarschen Sie mich nicht!« schrie er.

»Hören Sie.« Wesley wurde ganz ruhig. »Wir verarschen niemanden, klar? Wir wollen helfen, aber ich brauche mehr Informationen.«

»Er ist ins Becken gefallen und ist nun in einer Art Koma.«

»Wer?«

»Was, zum Teufel, geht Sie das an?«

Wesley zögerte.

»Er stirbt. Wir haben den Ort vermint, verstehen Sie? Wir werden Sie zur Hölle schicken, wenn Sie nicht sofort etwas unternehmen!«

Wir wußten, wen er meinte, und so stellte Wesley keine Fragen mehr. Etwas war mit Joel Hand passiert, und ich wollte mir nicht ausmalen, was seine Anhänger tun würden, wenn er starb.

»Reden Sie mit mir«, sagte Wesley.

»Er kann nicht schwimmen.«

»Ich möchte mich vergewissern, daß ich alles begreife. Jemand ist beinahe ertrunken?«

»Hören Sie. Das Wasser ist radioaktiv. Da drin waren die verdammten Brennelemente, kapieren Sie?«

»Er war in einem der Reaktoren.«

Der Mann schrie wieder. »Sparen Sie sich Ihre verdammten Fragen, und bringen Sie jemanden her zum Helfen. Wenn er stirbt, sterben alle. Kapieren Sie das?« sagte er, während durchs Telefon zu hören war, wie laut ein Gewehr losging, und gleichzeitig vom Gebäude her ein Knall ertönte.

Alle erstarrten, und dann hörten wir im Hintergrund Schreien. Ich hatte das Gefühl, mein Herz sprengte die Rippen.

»Wenn Sie mich noch eine Minute warten lassen«, ertönte die aufgeregte Stimme des Mannes wieder in der Leitung, »dann wird der nächste umgebracht.«

Ich ging ans Telefon, und bevor mich jemand daran hindern konnte, sagte ich: »Ich bin Ärztin. Ich muß genau wissen, was geschah, als er ins Reaktorbecken fiel.«

Schweigen. Dann sagte der Mann: »Er ist fast ertrunken, das ist alles, was ich weiß. Wir haben versucht, das Wasser aus ihm herauszupumpen, aber da war er schon ohnmächtig.«

»Hat er Wasser geschluckt?«

»Ich weiß nicht. Vielleicht ja. Etwas ist ihm aus dem Mund gekommen.« Er wurde immer aufgeregter. »Aber wenn Sie nichts unternehmen, Lady, werde ich Virginia in eine gottverdammte Wüste verwandeln.«

»Ich werde Ihnen helfen«, sagte ich. »Aber ich muß noch ein paar Fragen stellen. Wie ist sein Zustand jetzt?«

»Wie ich schon gesagt habe. Er liegt in einer Art Koma.«

»Wo haben Sie ihn hingebracht?«

»In den Raum hier zu uns.« Er klang verängstigt. »Er reagiert auf gar nichts, egal, was wir tun.«

»Ich werde viel Eis und medizinische Ausrüstung mitbringen müssen«, sagte ich. »Dafür werde ich mehrmals hin- und hergehen müssen, wenn ich keine Hilfe bekomme.«

»Besser, Sie sind nicht vom FBI«, sprach er wieder mit lauterer Stimme.

»Ich bin Ärztin hier draußen mit anderen medizinischen Helfern«, sagte ich. »Ich werde jetzt kommen, um Hilfe zu leisten, aber nicht, wenn Sie es mir zu schwer machen.«

Er schwieg. Dann sagte er: »Okay. Aber kommen Sie allein.«

»Der Roboter wird mir beim Tragen helfen. Derselbe, der Ihnen das Telefon gebracht hat.«

Er legte auf, und als ich auch den Hörer sinken ließ, starrten mich Wesley und Marino an, als hätte ich gerade einen Mord begangen.

»Kommt überhaupt nicht in Frage«, sagte Wesley. »Herr im Himmel, Kay! Hast du den Verstand verloren?«

»Du wirst nicht gehen, verdammt noch mal, und wenn ich dich in Polizeigewahrsam nehmen muß«, schloß sich Marino an.

»Ich muß«, sagte ich einfach. »Er stirbt«, fügte ich hinzu.

»Und das ist genau der Grund, warum du dort nicht hinkannst«, rief Wesley aus.

»Er leidet an akuter Strahlenkrankheit, weil er im Becken Wasser geschluckt hat«, sagte ich. »Er ist nicht zu retten. Er wird bald sterben, und dann, glaube ich, wissen wir, was die Konsequenzen sind. Seine Anhänger werden wahrscheinlich die Sprengladungen zünden«, sagte ich zu Wesley, Marino und dem Kommandanten des HRT. »Versteht ihr nicht? Ich habe ihr Buch gelesen. Er ist ihr Messias, und sie werden nicht einfach abziehen, wenn er stirbt. Diese ganze Sache wird zum Selbstmordkommando, wie du vorausgesagt hast.« Ich sah wieder Wesley an.

»Wir wissen nicht, ob sie das wirklich tun«, sagte er zu mir.

»Und du würdest es darauf ankommen lassen, daß sie es nicht tun?«

»Und wenn er zu sich kommt«, sagte Marino. »Hand wird dich erkennen und all seinen Arschgeigen erzählen, wer du bist. Was dann?«

»Er wird nicht zu sich kommen.«

Wesley sah aus dem Fenster, und obwohl es im Funkwagen nicht sehr heiß war, sah er aus, als wären wir im Sommer. Sein Hemd hing feucht an ihm, und er wischte sich ständig über die Stirn. Er wußte nicht, was er machen sollte. Ich hatte eine Idee, und ich glaubte nicht, daß es eine andere Möglichkeit gab.

»Hört mal zu«, sagte ich. »Ich kann Joel Hand nicht retten, aber ich kann ihnen vorgaukeln, daß er nicht tot ist.«

Alle starrten mich an.

Dann sagte Marino: »Was?«

Ich stand unter wachsendem Druck. »Er könnte jede Minute sterben«, sagte ich. »Ich muß sofort da rein und euch genügend Zeit verschaffen, damit ihr auch reinkönnt.«

»Wir kommen da nicht rein«, sagte Wesley.

»Wenn ich erst einmal drin bin, könnt ihr es vielleicht doch«, meinte ich. »Wir können doch den Roboter benutzen, um einen Weg zu finden. Wir bringen ihn da rein, und dann kann er sie lange genug verblüffen und blenden, so daß eure Leute reinkönnen. Ich weiß, daß ihr die Ausrüstung dafür habt.«

Wesley schaute finster drein, und Marino sah elend aus. Ich verstand zwar, wie sie sich fühlten, aber ich wußte, was zu tun war. Ich ging raus zum nächsten Rettungswagen und holte mir von den Sanitätern, was ich brauchte, während andere Leute Eis auftrieben. Dann rückten Toto und ich unter Lucys Steuerung vor. Der Roboter trug fünfzig Pfund Eis, während ich eine große Arzttasche dabeihatte. Wir gingen auf den Vordereingang des Hauptgebäudes von Old Point zu, als wäre das ein Tag wie jeder andere und ein ganz gewöhnlicher Besuch. Ich dachte nicht an die Männer, die mich im Visier hatten. Ich weigerte mich, mir Sprengstoff oder den Lastkahn vorzustellen, der Material lud, das Libyen beim Bau einer Atombombe helfen sollte.

Als wir an der Tür waren, wurde sie augenblicklich geöffnet, vermutlich von demselben bärtigen Mann, der vor kurzem das Geiseltelefon geholt hatte.

»Rein mit Ihnen«, sagte er grob. Er trug ein Sturmgewehr an einem Gurt.

»Helfen Sie mir mit dem Eis«, sagte ich.

Er starrte auf den Roboter mit seinen fünf Taschen, die fest in den Greifern gehalten wurden. Er war scheu, als wäre Toto ein Pitbull, der ihn plötzlich anfallen könne. Dann langte er nach dem Eis, und Lucy befahl ihrem Freund via Glasfaserkabel, es loszulassen. Dann waren der Mann und ich im Gebäude, und die Tür war zu. Die Sicherheitssperre war zerstört worden, Röntgengeräte und andere Meßinstrumente waren herausgerissen und von Kugeln durchsiebt. Es waren Blutstropfen und Schleifspuren zu sehen, und als ich ihm um eine Ecke folgte, konnte ich die Leichen schon riechen, bevor ich die hingemetzelten Wachen sah, im Vorraum zu einem furchtbaren, blutigen Haufen aufgeschichtet.

Furcht stieg mir, bitter wie Galle, in die Kehle, als wir durch eine rote Tür schritten, und das Rattern der Werksanlagen ging mir durch Mark und Bein und machte es unmöglich, etwas von dem zu verstehen, was dieser Mann, der ein Neuer Zionist war, sagte. Als ich die große Pistole an seinem Gürtel bemerkte, dachte ich an Danny und die .45er, mit der er so kaltblütig umgebracht worden war. Wir stiegen eine rotgestrichene Gittertreppe hoch, und ich sah nicht nach unten, weil mir schwindelig werden würde. Er führte mich über einen Steg zu einer Tür, die sehr schwer und mit Warnungen beschriftet war. Dort gab er einen Code ein, während das Eis schon allmählich auf den Boden tropfte.

»Tun Sie nur, was Ihnen gesagt wird«, hörte ich ihn gerade noch sagen, während wir in den Kontrollraum gingen. »Kapiert?« Er stieß mir sein Gewehr in den Rücken.

»Ja«, sagte ich.

Drinnen waren etwa ein Dutzend Männer, alle in bequemen Hosen und Pullovern oder Jacken. Sie trugen halbautomatische Waffen und Maschinengewehre. Sie waren sehr aufgeregt und zornig und schienen die zehn an einer Wand sitzenden Geiseln gar nicht zu beachten. Deren Hände waren vor dem Körper gefesselt, und ihnen waren Kopfkissenbezüge über die Köpfe gestülpt worden. Durch die Sehschlitze darin konnte ich ihr Entsetzen erkennen. Die Mundöffnungen waren speichelbefleckt, und sie sogen die Luft in schnellen, flachen Stößen ein. Mir fielen auch hier blutige Schleifspuren am Boden auf, nur waren sie frisch und führten hinter eine Konsole, wo das letzte Opfer hingeworfen worden war. Ich fragte mich, wie viele Leichen ich später noch finden sollte, falls ich nicht selbst dann eine Leiche wäre.

»Dort rüber«, befahl mein Begleiter.

Joel Hand lag mit dem Rücken auf dem Boden, von einem Vorhang zugedeckt, den jemand von einem Fenster gerissen hatte. Er war sehr bleich und noch naß vom Becken, wo er Wasser geschluckt hatte, das ihn töten würde, egal, was ich noch unternahm. Ich erkannte sein Gesicht mit den vollen Lippen, von damals, als ich ihn im Gericht gesehen hatte, nur sah er aufgedunsener und älter aus.

»Wie lange ist er schon in diesem Zustand?« Ich sprach mit dem Mann, der mich hereingebracht hatte.

»Vielleicht anderthalb Stunden.«

Er rauchte und ging auf und ab. Er wich meinem Blick aus, eine Hand fingerte nervös an der Trommel seiner Waffe, die auf meinen Kopf gerichtet war, als ich die Arzttasche absetzte. Ich drehte mich um und sah ihn an.

»Richten Sie die nicht auf mich«, sagte ich.

»Du hältst die Klappe.« Er blieb stehen und sah aus, als würde er mir gleich den Schädel einschlagen.

»Ich bin hier, weil Sie mich darum gebeten haben, und versuche zu helfen.« Ich fixierte seine glasigen Augen, und ich klang professionell. »Wenn Sie meine Hilfe nicht wollen, dann können Sie mich gleich erschießen oder mich gehen lassen. Keines von beiden wird ihm helfen. Ich versuche, sein Leben zu retten, und darf dabei nicht von Ihrer gottverdammten Waffe abgelenkt werden.«

Er wußte nicht, was er sagen sollte, und lehnte sich an eine Konsole mit genügend Reglern, um uns zum Mond zu fliegen. Bildschirme an den Wänden zeigten, daß beide Reaktoren abgeschaltet waren, und auf einer Schalttafel leuchtete es rot auf, eine Warnung vor Problemen, die ich nicht begriff.

»He, Wooten, beruhige dich.« Einer seiner Kumpane zündete sich eine Zigarette an.

»Jetzt öffnen wir die Eisbehälter«, sagte ich. »Ich wünschte, wir hätten eine Wanne, aber die haben wir nicht. Da sind ein paar Bücher auf diesen Arbeitsflächen, und es sieht so aus, als gäbe es dort drüben beim Faxgerät mehrere Stapel Papier. Bringen Sie alles her, was Sie auftreiben, damit wir eine Umgrenzung haben.«

Männer brachten mir alle möglichen dicken Handbücher, Papierbündel und Aktentaschen, die, wie ich annahm, den Angestellten gehörten, die sie gefangengenommen hatten. Ich baute eine rechteckige Begrenzung um Hand auf, als wäre ich in meinem Garten und legte ein Blumenbeet an. Dann bedeckte ich ihn mit fünfzig Pfund Eis, ließ nur sein Gesicht und einen Arm frei.

»Wozu ist das gut?« Der Mann namens Wooten war näher gerückt, und er klang, als stamme er irgendwo aus dem Westen.

»Er ist akuter Strahlung ausgesetzt gewesen«, sagte ich. »Sein Organismus wird schwer angegriffen, und der einzige Weg, das aufzuhalten, ist, alle Funktionen zu verlangsamen.«

Ich öffnete die Arzttasche und holte eine Nadel heraus, die ich in den Arm ihres sterbenden Anführers steckte und mit Klebeband fixierte. Ich schloß einen Infusionsschlauch an, der zu einem Beutel an einem Ständer führte, der nichts als eine harmlose Salzlösung enthielt, die gar nichts bewirken würde. Sie begann zu tropfen, während sein Körper unter der zentimeterdicken Eisschicht kühler wurde.

Hand war kaum noch am Leben, und mein Herz hämmerte, als ich auf diese schwitzenden Männer blickte, die glaubten, daß dieser Mann, den ich zu retten vorgab, Gott war. Einer hatte seinen Pullover ausgezogen, und sein Unterhemd war fast grau, die Ärmel von jahrelangem Waschen abgenützt. Ich fragte mich, wo ihre Frauen und Kinder waren, und ich dachte an die Barkasse auf dem Fluß und daran, was in anderen Teilen des Reaktors vor sich gehen mußte.

»Entschuldigung«, ertönte kaum vernehmlich eine zitternde Stimme. Zumindest eine der Geiseln war eine Frau. »Ich muß auf die Toilette.«

»Mullen, bring sie hin. Wir wollen nicht, daß jemand hier reinscheißt.«

»Entschuldigung, aber ich muß auch«, sagte eine weitere Geisel, diesmal ein Mann.

»Ich ebenfalls.«

»In Ordnung, alle der Reihe nach«, sagte Mullen, der jung und groß war.

Ich wußte zumindest eines, was das FBI nicht wußte. Die Neuen Zionisten hatten nie vorgehabt, noch jemanden freizulassen. Terroristen stülpen ihren Geiseln Kapuzen auf, weil es leichter ist, Menschen zu töten, die kein Gesicht haben. Ich holte eine Ampulle Salzlösung heraus und injizierte fünfzig Millimeter in Hands Infusionsschlauch, als würde ich ihm eine magische Dosis verabreichen.

»Wie geht es ihm?« fragte einer der Männer laut, als noch eine Geisel zur Toilette geführt wurde.

»Ich habe ihn für den Augenblick stabilisiert«, log ich.

»Wann wird er wieder zu sich kommen?« fragte ein anderer.

Ich fühlte ihrem Anführer wieder den Puls, aber er war so schwach, daß ich ihn kaum finden konnte. Plötzlich kniete sich der Mann neben mir auf den Boden und befühlte Hands Hals. Er schob die Finger unters Eis, preßte sie aufs Herz, und als er zu mir aufblickte, war er erschrocken und wütend.

»Ich spüre nichts!« kreischte er, ganz rot im Gesicht.

»Sie sollten auch nichts spüren. Es ist ausschlaggebend, daß wir ihn in einem hypothermischen Zustand halten, damit wir das Ausmaß der Strahlenschäden an den Blutgefäßen und Organen eindämmen können«, sagte ich ihm. »Ich habe ihm starke Dosen von Diethylen-Triamin-Pentacetyl-Lösung gegeben, und er ist noch ganz lebendig.«

Er stand mit wildem Blick auf und trat noch einen Schritt auf mich zu, den Finger am Abzug seiner Tec-9. »Woher wissen wir, daß du nicht irgendeinen Scheiß machst und seinen Zustand verschlimmerst?«

»Das wissen Sie nicht.« Ich zeigte keine Gefühlsregung, weil ich mich damit abgefunden hatte, daß ich an diesem Tag sterben würde, und ich hatte keine Angst mehr. »Sie haben keine andere Wahl, als darauf zu vertrauen, daß ich weiß, was ich tue. Ich habe seinen Metabolismus stark verlangsamt. Und er wird so schnell nicht wieder zu sich kommen. Ich versuche nur, ihn am Leben zu erhalten.«

Er wandte den Blick ab.

»He, Bear, bleib ruhig.«

»Laß die Frau in Ruhe.«

Ich kniete weiter bei Hand, während seine Infusion tropfte und unter der Barrikade schmelzendes Eis durchsickerte, das sich über den Boden ausbreitete. Ich prüfte mehrmals seine vitalen Funktionen und machte mir Notizen, damit es so aussah, als sei ich mit seiner Betreuung sehr beschäftigt. Ich konnte es mir nicht verkneifen, immer wieder aus den Fenstern zu blicken und mich wegen meiner Kameraden zu wundern. Kurz vor drei versagten seine Organe, wie Gefolgschaften, die plötzlich ihr Interesse verloren haben. Joel Hand starb ohne ein Zucken oder Geräusch, während kaltes Wasser in kleinen Bächen durchs Zimmer rann.

»Ich brauche Eis und noch mehr Medikamente«, sagte ich und blickte auf.

»Und was dann?« Bear kam näher.

»Dann müssen Sie ihn irgendwann in ein Krankenhaus bringen.«

Niemand antwortete.

»Wenn Sie mir das, was ich verlangt habe, nicht besorgen, kann ich nichts mehr für ihn tun«, stellte ich nüchtern fest.

Bear ging ans Geiseltelefon, das auf einem Tisch stand. Er gab durch, daß wir Eis und mehr Medikamente brauchten. Ich wußte, nun mußten Lucy und ihr Team aber handeln, sonst würde ich womöglich erschossen werden. Ich entfernte mich von der immer größer werdenden Pfütze um Hand, und als ich in sein Gesicht blickte, fiel es mir schwer zu glauben, daß er so viel Macht über andere besessen hatte. Aber alle in diesem Raum und auch die im Reaktor und auf dem Lastkahn würden für ihn töten. Sie hatten es bereits getan.

»Der Roboter bringt das Zeug. Ich geh raus, um es zu holen«, sagte Bear, während er aus dem Fenster schaute. »Er ist jetzt auf dem Weg hierher.«

»Wenn du da rausgehst, brennen sie dir womöglich eins auf den Pelz.«

»Nicht, wenn sie hier ist.« Bears Blick war feindselig und irr.

»Der Roboter kann es Ihnen bringen«, überraschte ich sie.

Bear lachte. »Denk doch an all diese Stufen! Glaubst du, daß dieser Blecharsch die bewältigt?«

»Der schafft das ausgezeichnet«, sagte ich und hoffte, daß es stimmte.

»He, laß ihn das Zeug reinbringen, damit niemand rauszugehen braucht«, sagte ein anderer Mann.

Bear holte Wesley wieder ans Geiseltelefon. »Lassen Sie den Roboter die Sachen in den Kontrollraum bringen. Wir gehen nicht raus.« Er knallte den Hörer auf und erkannte nicht, was er gerade in Gang gesetzt hatte.

Ich dachte an meine Nichte und betete für sie, denn ich wußte, dies war ihre schwerste Herausforderung. Ich zuckte zusammen, als ich plötzlich einen Gewehrlauf im Nacken spürte.

»Wenn du ihn sterben läßt, bist du auch tot. Kapiert, du Hure?«

Ich rührte mich nicht.

»Bald werden wir von hier absegeln, und es wäre besser, wenn er bei uns ist.«

»Solange Sie mich mit dem Notwendigen versorgen, werde ich ihn am Leben halten können«, sagte ich ruhig.

Er nahm das Gewehr aus meinem Nacken, und ich injizierte die letzte Ampulle Salzlösung in den Infusionsschlauch ihres toten Anführers. Schweißperlen rollten mir über den Rücken, und der Kittel, den ich über meine Kleider gezogen hatte, war naß. Ich stellte mir gerade Lucy draußen in der mobilen Einsatzstelle in ihrem Cyberhelm vor. Ich malte mir aus, wie sie Finger und Arme bewegte und hierhin und dahin schritt, während das Glasfaser es ihr ermöglichte, jeden Zentimeter des Terrains auf ihrer Videobrille zu erkennen. Ihre Telepräsenz war die einzige Hoffnung, daß Toto nicht in einer Ecke steckenblieb oder hinfiel.

Die Männer schauten aus dem Fenster und gaben ihre Kommentare dazu, als die Gliederketten den Roboter über die Behindertenrampe hinaufzogen und er hineinging.

»So einen hätte ich auch gern«, sagte einer von ihnen.

»Du bist zu blöd, um zu kapieren, wie man ihn steuert.«

»Überhaupt nicht. Dieses Baby ist nicht über Funk gesteuert. Keine Funksteuerung würde hier funktionieren. Hast du eine Ahnung, wie dick die Wände sind?«

»Er wäre toll zum Reintragen von Brennholz, wenn so ein Sauwetter ist.«

»Entschuldigung, ich muß mal die Toilette benutzen«, sagte eine der Geiseln ängstlich.

»Scheiße. Nicht schon wieder.«

Meine Spannung wurde unerträglich, als ich mir voller Angst ausmalte, was geschehen würde, wenn sie hinausgingen und nicht zurück wären bei Totos Auftauchen.

»He, laß ihn noch warten. Verdammt, ich wünsch mir, wir könnten diese Fenster schließen. Es ist scheißkalt hier drin.«

»Eine so saubere, kalte Luft wirst du aber in Tripolis nicht mehr haben. Genieß sie lieber, solange du noch kannst.«

Einige von ihnen lachten, als gleichzeitig die Tür aufging und ein Mann hereinkam, den ich noch nicht gesehen hatte. Er war dunkelhäutig und bärtig, trug eine schwere Jacke und Arbeitskleidung, und er war zornig.

»Wir haben erst fünfzehn Brennelemente draußen und in den Kästen auf dem Kahn«, sagte er nachdrücklich. Er sprach mit schwerem Akzent. »Ihr müßt uns mehr Zeit geben. Dann können wir mehr holen.«

»Fünfzehn sind schon gewaltig viel«, sagte Bear, der sich von diesem Mann anscheinend nicht beeindrucken ließ.

»Wir brauchen aber mindestens fünfundzwanzig Brennelemente! Das war so vereinbart.«

»Das hat mir keiner gesagt.«

»Er weiß es.« Der Mann mit dem Akzent schaute auf Hands Leiche am Boden.

»Aber er steht dir für eine Diskussion gerade nicht zur Verfügung.« Bear drückte mit dem Stiefelabsatz eine Zigarette aus.

»Begreifst du?« Der fremde Mann wurde wütend. »Jedes Brennelement wiegt eine Tonne, und der Kran muß es von dem gefluteten Reaktor ins Becken ziehen und dann in einen Kasten verfrachten. Das geht sehr langsam und schwierig. Es ist sehr gefährlich. Du hast versprochen, wir würden mindestens fünfundzwanzig kriegen. Jetzt drängelst du wegen ihm und wirst nachlässig.« Der Mann deutete erzürnt auf Hand. »Wir haben eine Abmachung!«

»Die einzige Abmachung, die ich habe, ist die, mich um ihn zu kümmern. Wir müssen ihn auf den Kahn bringen und die Ärztin mitnehmen. Dann bringen wir ihn in ein Krankenhaus.«

»Das ist Unsinn! Er sieht mir jetzt schon tot aus! Ihr seid verrückt.«

»Er ist nicht tot.«

»Schau ihn doch an. Er ist schneeweiß und atmet nicht. Er ist tot!«

Sie brüllten einander an, und Bear ging mit polternden Stiefeln auf mich zu und wollte wissen: »Er ist nicht tot, oder?«

»Nein«, sagte ich.

Schweiß strömte ihm übers Gesicht, als er die Pistole aus seinem Gürtel zog und sie zuerst auf mich richtete. Dann zielte er auf die Geiseln, und alle duckten sich. Jemand fing zu weinen an.

»Nein, bitte. Ach, bitte«, bettelte ein Mann.

»Wer muß so dringend aufs Klo?« brüllte Bear.

Sie schwiegen zitternd, während ihr Atem die Kapuzen leicht bewegte und weiße Augen daraus starrten.

»Warst du das?« Die Waffe zielte auf einen anderen.

Die Tür zum Kontrollraum war offengelassen worden, und ich konnte das Surren von Toto im Gang hören. Er hatte es über die Treppe und den Steg geschafft und würde in Sekunden hier sein. Ich nahm ein langes metallenes Blitzgerät, das von der ERF entworfen worden war und das meine Nichte mir in die Arzttasche gesteckt hatte.

»Verdammt, ich will wissen, ob er tot ist«, sagte einer der Männer, und ich wußte, mein Täuschungsmanöver war zu Ende.

»Ich zeige es Ihnen«, sagte ich, als das Surren lauter wurde.

Ich richtete das Blitzgerät auf Bear und drückte auf den Knopf. Er kreischte bei der betäubenden Lichtexplosion auf und griff sich an die Augen, während ich den schweren Blitz wie einen Baseballschläger herumschwang. Knochen in seinem Handgelenk krachten, die Pistole klapperte auf den Boden, und der Roboter rollte mit leeren Greifern herein. Ich warf mich flach auf den Boden, bedeckte Augen und Ohren so gut wie möglich, als der Raum in blendend weißem Licht explodierte und eine Druckwelle den oberen Teil von Totos Kopf wegriß. Schreiend und fluchend fielen die Terroristen gegen die Konsolen und übereinander, und sie konnten nichts hören oder sehen, als Dutzende von HRT-Agenten hereinstürmten.

»Keine Bewegung, ihr Schweine.«

»Keine Bewegung, oder ich puste euch eure verdammten Gehirne weg!«

»Keiner rührt sich!«

Ich rührte mich nicht in Joel Hands eisigem Grab, als Hubschrauber die Fenster erzittern ließen und die sich rasch abseilenden Agenten die Gitter eintraten. Handschellen schnappten zu, und Waffen schepperten über den Boden, als sie aus dem Weg geschubst wurden. Ich hörte Menschen weinen und merkte, es waren die Geiseln, die weggebracht wurden.

»Es ist alles in Ordnung. Sie sind jetzt in Sicherheit.«

»Oh, mein Gott. Oh Gott, dank dir!«

»Los jetzt. Wir müssen Sie hier rausbringen.«

Als ich endlich eine kalte Hand an meinem Hals spürte, merkte ich, daß die Person nach Lebenszeichen suchte, weil ich wie tot aussah.

»Tante Kay?« Es war Lucys angespannte Stimme.

Ich drehte mich um und setzte mich langsam auf. Meine Hände und die Gesichtshälfte, die im Wasser gewesen war, waren taub, und ich blickte mich benommen um. Es schüttelte mich so, daß meine Zähne klapperten, während sie sich neben mich hockte, die Waffe in der Hand. Sie blickte sich im Raum um, während andere Agenten in schwarzen Kampfanzügen die letzten Gefangenen herausbrachten.

»Komm, ich helf dir auf«, sagte sie.

Sie reichte mir ihre Hand, und meine Muskeln zitterten, als bekäme ich gleich einen Anfall. Mir wurde nicht wärmer, und das Dröhnen in meinen Ohren wollte nicht aufhören. Als ich endlich stand, sah ich Toto neben der Tür. Sein Auge war versengt, sein Kopf geschwärzt und die Kuppel verschwunden. Er stand still am Ende seiner kalten Glasfaserspur, und keiner beachtete ihn, als die Neuen Zionisten einer nach dem anderen abgeführt wurden.

Lucy blickte auf die kalte Leiche am Boden, das Wasser und das Infusionsgerät, die Spritzen und die leeren Salzlösungsbeutel.

»Gott«, sagte sie.

»Können wir jetzt gefahrlos raus?« Ich hatte Tränen in den Augen.

»Wir haben gerade die Kontrolle über den Sicherheitsbereich übernommen und den Lastkahn in derselben Minute gestürmt, als wir den Kontrollraum einnahmen. Einige von ihnen wurden erschossen, weil sie ihre Waffen nicht fallen ließen. Marino hat einen auf dem Parkplatz erwischt.«

»Er hat einen von ihnen erschossen?«

»Mußte er«, sagte sie. »Wir glauben, wir haben alle – schätzungsweise dreißig –, aber wir nehmen uns noch in acht. Alles hier ist mit Sprengstoff ausgelegt. Komm jetzt, kannst du gehen?«

»Natürlich.«

Ich öffnete meinen nassen Kittel und riß ihn mir herunter, weil ich ihn nicht mehr ertragen konnte. Ich warf ihn auf den Boden, zog mir die Handschuhe aus, und wir gingen rasch aus dem Kontrollraum. Sie schnappte sich das Funkgerät aus dem Gürtel, und ihre Stiefel tönten laut auf dem Steg und der Treppe, die Toto so gut überwunden hatte.

»Einheit einundzwanzig an Mobileinheit eins«, sagte sie.

»Eins.«

»Wir kommen jetzt raus. Alles sicher?«

»Hast du das Päckchen?« Ich erkannte Benton Wesleys Stimme.

»Ten-four. Päckchen ist wohlbehalten.«

»Gott sei Dank«, kam die für einen Funkspruch ungewöhnlich emotionsgeladene Antwort. »Sag dem Päckchen, wir warten.«

»Ten-four, Sir«, sagte Lucy. »Ich glaube, das Päckchen weiß das.«

Wir schritten rasch an Leichen und geronnenem Blut vorbei und betraten eine Lobby, die keinen mehr empfangen und keinen mehr abweisen konnte. Sie zog eine Glastür auf, und der Nachmittag war so strahlend, daß ich die Hände vor die Augen halten mußte.

Ich wußte nicht, wo ich hintreten sollte, und fühlte mich sehr unsicher auf den Beinen.

»Vorsicht, Stufe.« Lucy legte mir den Arm um die Hüfte. »Tante Kay«, sagte sie. »Halt dich einfach an mir fest.«

Der Keim des Verderbens

Deutsch von Tina Hohl

Für Esther Newberg

Vision, No Fear

Und es erschien mir einer der sieben Engel,
die die sieben Schalen mit den letzten
sieben Plagen hatten …

OFFENBARUNG 21,9

1

Die Nacht brach klar und kalt herein in Dublin, und der Sturm heulte draußen vor meinem Zimmer wie tausend Orgelpfeifen. Windstöße ließen alte Fensterscheiben mit einem Klang erzittern, als huschten Geister vorbei, während ich zum wiederholten Male die Kissen zurechtrückte und mich schließlich in einem Gewirr irischen Leinens auf den Rücken legte. Doch ich fand keinen Schlaf, und die Bilder des Tages kehrten zurück. Ich sah kopflose Körper ohne Gliedmaßen vor mir und setzte mich schwitzend auf.

Ich machte Licht, und plötzlich umgab mich das Shelbourne Hotel mit der warmen Ausstrahlung kostbarer alter Hölzer und dunkelroter Plaids. Während ich einen Morgenmantel anzog, verweilte mein Blick auf dem Telefon neben dem Bett, in dem ich mich so unruhig hin und her gewälzt hatte. Es war fast zwei Uhr morgens. In Richmond, Virginia, war es erst neun Uhr abends, und Pete Marino, Chef der Mordkommission des städtischen Police Departments, war bestimmt noch wach. Vermutlich sah er gerade fern, rauchte und aß irgendwas Ungesundes, falls er nicht auf den Straßen unterwegs war.

Ich wählte seine Nummer, und er nahm ab, als habe er direkt neben dem Telefon gesessen.

»Spendieren oder schikanieren?« Er sprach laut und war ziemlich angetrunken.

»Du bist ein bißchen früh dran«, sagte ich und bereute meinen Anruf bereits. »Halloween ist erst in ein paar Wochen.«

»Doc?« Er hielt verwirrt inne. »Bist du das? Wieder in Richmond?«

»Immer noch in Dublin. Was ist das für ein Lärm?«

»Bloß ein paar von den Jungs. Unsere Antlitze sind derart verunstaltet, wir brauchen keine Masken. Bei uns ist jeden Tag Halloween. He! Bubba blufft!« brüllte er.

»Immer glaubst du, daß alle bluffen«, gab eine Stimme zurück. »Das kommt, weil du schon zu lange Kriminalbeamter bist.«

»Quatsch! Marinos kriminalistischer Spürsinn reicht doch noch nicht mal aus, um seinen eigenen Schweißgeruch zu bemerken.«

Im Hintergrund ertönte lautes Gelächter, und das betrunkene Sprücheklopfen ging weiter.

»Wir spielen Poker«, sagte Marino zu mir. »Verdammt, wie spät ist es eigentlich bei dir?«

»Das sag' ich lieber nicht«, antwortete ich. »Ich habe dir etwas Unerfreuliches mitzuteilen, aber ich glaube kaum, daß jetzt der richtige Zeitpunkt dafür ist.«

»Nein. Nein, warte. Ich nehm' nur eben das Telefon mit raus. Mist. Immer muß diese Scheißschnur sich verheddern, kennst du das? Verdammte Kacke.« Ich hörte seine schweren Schritte und das Rücken eines Stuhls. »Okay, Doc. Was zum Teufel ist denn los?«

»Ich habe den Großteil des Tages damit zugebracht, mit meiner hiesigen Kollegin die Deponiemorde zu erörtern. Ich habe immer mehr den Verdacht, daß die Serie von Zerstückelungen in Irland und die Morde in Virginia das Werk ein und derselben Person sind.«

Er brüllte: »Ruhe da drinnen, Leute!«

Während ich die Bettdecke um mich herum zurechtzog, hörte ich, wie er den Raum verließ. Ich griff nach dem letzten Schluck Black-Bush-Whiskey, den ich mit ans Bett genommen hatte.

»Dr. Foley hat die fünf Fälle in Dublin bearbeitet«, fuhr ich fort. »Ich habe mir alle Akten angesehen. Rümpfe ohne Gliedmaßen. Die Wirbelsäule am unteren Ende des fünften Nackenwirbelkörpers horizontal durchtrennt. Arme und Beine an den Gelenken abgetrennt, was, wie gesagt, ungewöhnlich ist. Die Opfer sind unterschiedlicher Hautfarbe, Alter schätzungsweise zwischen achtzehn und fünfunddreißig. Keines der Opfer konnte identifiziert werden, und der Totenschein lautet bei allen auf Mord, Todesursache unbekannt. In keinem der Fälle hat man je Kopf oder Gliedmaßen gefunden. Die Rümpfe wurden allesamt auf privaten Mülldeponien entdeckt.«

»Das kommt mir verdammt bekannt vor«, sagte er.

»Da sind noch andere Einzelheiten. Aber die Parallelen sind in der Tat unübersehbar.«

»Also ist dieser Wahnsinnige jetzt vielleicht in den Staaten«, sagte er. »Dann war es wohl doch genau richtig, daß du rübergeflogen bist.«

Anfangs war er keineswegs dieser Ansicht gewesen. Ebenso wie alle anderen. Ich war Chief Medical Examiner von Virginia, und als das Royal College of Surgeons mich eingeladen hatte, an der medizinischen Hochschule von Trinity eine Reihe von Vorlesungen zu halten, konnte ich mir die Gelegenheit, nebenher die Dubliner Mordfälle zu untersuchen, einfach nicht entgehen lassen. Marino hielt das für Zeitverschwendung, und das FBI war der Meinung, die Recherchen hätten lediglich statistischen Wert.

Ihre Zweifel waren verständlich. Die Mordfälle in Irland lagen über zehn Jahre zurück, und ebenso wie bei den Fällen in Virginia gab es nur sehr wenige Anhaltspunkte. Wir hatten keine Fingerabdrücke, keine Gebisse, keine Schädel und keine Zeugen, die die Leichen identifizieren konnten. Wir hatten keine körpereigenen Proben von vermißten Personen, deren genetischen Fingerabdruck wir mit dem der Opfer vergleichen konnten. Wir wußten nicht, womit diese Menschen umgebracht worden waren. Es war daher sehr schwer, Genaueres über den Täter zu sagen. Ich vermutete, daß er Erfahrung im Umgang mit der Knochensäge hatte und sie möglicherweise beruflich benutzte oder benutzt hatte. »Der letzte uns bekannte Fall in Irland ist zehn Jahre her«, sagte ich ins Telefon. »In Virginia hatten wir in den letzten beiden Jahren vier.«

»Du glaubst also, daß er acht Jahre lang nicht in Aktion getreten ist?« sagte er. »Warum? Vielleicht weil er wegen einer anderen Straftat im Gefängnis saß?«

»Ich weiß es nicht. Vielleicht hat er woanders sein Unwesen getrieben, und zwischen den Fällen ist nie ein Zusammenhang hergestellt worden«, antwortete ich, während der Wind schaurige Geräusche machte.

»Da sind diese Serienmorde in Südafrika«, sinnierte er dumpf.« In Florenz, Deutschland, Rußland, Australien. Scheiße, wenn man sich's recht überlegt, gibt's so was einfach überall. He!« Er hielt die Sprechmuschel zu. »Raucht verdammt noch mal eure eigenen Zigaretten! Was glaubt ihr eigentlich, wo ihr hier seid? Bei der Wohlfahrt vielleicht?«

Männerstimmen dröhnten im Hintergrund, und irgend jemand hatte Randy Travis aufgelegt.

»Hört sich an, als würdest du dich prima amüsieren«, sagte ich trocken. »Danke, daß ich nicht eingeladen bin.«

»Tiere sind das«, grummelte er. »Frag' mich nicht, warum ich das tue. Die trinken mir jedesmal die Haare vom Kopf. Und sie mogeln beim Kartenspielen.«

»Der Modus operandi bei diesen Fällen ist sehr charakteristisch.« Mein Tonfall sollte ihn ernüchtern.

»Okay«, sagte er, »wenn dieser Kerl also in Dublin mit dem Morden angefangen hat, suchen wir vielleicht einen Iren. Ich finde, du solltest dich schnellstens auf den Heimweg machen.« Er rülpste. »Klingt, als müßten wir nach Quantico fahren und uns an die Arbeit machen. Weiß Benton schon Bescheid?«

Benton Wesley war der Chef des Child Abduction Serial Killer Unit, kurz CASKU, der Abteilung für Kindesentführung und Serienmorde des FBI, für die sowohl Marino als auch ich als Berater tätig waren.

»Ich bin noch nicht dazu gekommen«, erwiderte ich zögernd. »Vielleicht kannst du ihn schon mal vorwarnen. Ich komme nach Haus, so schnell ich kann«.

»Morgen wäre gut.«

»Ich bin mit meiner Vorlesungsreihe hier noch nicht fertig«, sagte ich.

»Deine Vorlesungen sind auf der ganzen Welt gefragt. Wahrscheinlich machst du bald nichts anderes mehr«, sagte er, und ich wußte, daß er gleich nachbohren würde.

»Wir exportieren unsere Kriminalität in andere Länder«, sagte ich. »Da ist es doch das mindeste, daß wir denen beibringen, was wir wissen, was wir in all den Jahren, die wir uns mit solchen Verbrechen befassen, gelernt haben ...«

»Du bist doch nicht wegen der Vorlesungen im Land der Kobolde, Doc«, unterbrach er mich, und ein Kronkorken zischte. »Die sind nicht der Grund, und das weißt du auch.«

»Marino«, warnte ich. »Laß das.«

Doch er ließ sich nicht beirren. »Seit Wesleys Scheidung findest du immer wieder irgendwelche Gründe mit fliegenden Fahnen die Stadt zu verlassen. Und jetzt willst du nicht wieder nach Hause, das merk' ich doch. Weil du nicht bereit bist, dich auf ein Spiel einzulassen, bei dem du vorher nicht weißt, wie's ausgeht. Ich sag' dir was. Irgendwann kommt der Tag, an dem du Farbe bekennen mußt ...«

»Werd's mir merken«, unterbrach ich sanft seine bierselige Anteilnahme. »Marino, bleib' bitte nicht die ganze Nacht auf.«

Die Gerichtsmedizin befand sich in der Store Street Nr. 3, gegenüber vom Zollamt und dem Busbahnhof, in der Nähe der Docks und des Flusses Liffey. Das Backsteingebäude war klein und alt, die Durchfahrt, die hinters Haus führte, von einem schweren schwarzen Tor versperrt, auf dem in großen weißen Buchstaben LEICHENSCHAUHAUS stand. Ich stieg die Stufen zu dem georgianischen Portal hinauf, läutete und wartete im Nebel.

Es war kühl an diesem Dienstagmorgen, die Bäume begannen herbstlich auszusehen. Mein Schlafmangel machte sich bemerkbar. Meine Augen brannten, ich hatte ein dumpfes Gefühl im Kopf und war noch aufgewühlt von dem, was Marino gesagt hatte, bevor ich fast mitten im Gespräch aufgelegt hatte.

»Hallo.« Gutgelaunt machte mir der Verwalter die Tür auf. »Wie geht's uns denn heute morgen, Dr. Scarpetta?«

Sein Name war Jimmy Shaw. Er war sehr jung, ein Bilderbuch-Ire mit feuerrotem Haar und himmelblauen Augen.

»Nicht besonders«, gestand ich.

»Nun, ich war gerade beim Teekochen«, sagte er, während er die Tür hinter uns schloß. Wir gingen einen engen, schwachbeleuchteten Flur entlang zu seinem Büro. »Hört sich an, als könnten Sie eine Tasse vertragen.«

»Das wäre reizend, Jimmy«, sagte ich.

»Die Frau Doktor ist im Moment noch vor Gericht.« Als wir seine unaufgeräumte kleine Kammer betraten, warf er einen Blick auf seine Uhr. »Sie müßte eigentlich gleich zurück sein.«

Auf seinem Schreibtisch stach ein mächtiges Sektionsbuch ins Auge, schwarz und in dickes Leder gebunden. Vor meiner Ankunft hatte er in einer Steve-McQueen-Biographie gelesen und Toast gegessen. Ohne zu fragen, wie ich ihn trank, denn das wußte er inzwischen, stellte er einen Becher Tee vor mich hin.

»Einen Marmeladentoast?« fragte er wie jeden Morgen.

»Danke, ich habe schon im Hotel gefrühstückt«, antwortete ich wie immer, während er hinter seinem Schreibtisch Platz nahm.

»Mich würde das nicht davon abhalten, noch was zu essen.« Er lächelte und setzte seine Brille auf. »Dann wollen wir doch mal einen Blick auf Ihren Stundenplan werfen. Sie halten heute morgen um elf eine Vorlesung und dann noch eine um eins. Beide im College, im alten Pathologiegebäude. Ich schätze, daß zu jeder etwa fünfundsiebzig Studenten kommen werden, aber vielleicht werden es auch mehr. Ich weiß nicht, Sie sind hier schrecklich beliebt, Dr. Kay Scarpetta«, sagte er vergnügt. »Oder vielleicht liegt es auch nur daran, daß amerikanische Kriminalität für uns so etwas Exotisches ist.«

»Das ist beinahe so, als würde man die Pest als exotisch bezeichnen«, erwiderte ich.

»Nun ja – wir finden es einfach faszinierend, was Sie so alles zu Gesicht bekommen.«

»Genau das ist es, was mir Sorgen macht«, sagte ich freundlich, aber mit einem unheilvollen Unterton. »Sie sollten es nicht allzu faszinierend finden.«

Wir wurden vom Telefon unterbrochen, und er griff mit der Ungeduld eines Menschen, der zu oft angerufen wird, zum Hörer.

Nachdem er einen Moment lang zugehört hatte, sagte er brüsk: »Schon klar. Aber wir können im Moment einfach keinen solchen Auftrag erteilen. Ich werde Sie zurückrufen.«

»Seit Jahren will ich hier Computer haben«, beschwerte er sich bei mir, als er auflegte. »Aber da wir nach der Pfeife der Sozialisten tanzen müssen, gibt es eben kein Geld.«

»Es wird nie genug Geld geben. Tote gehen nun mal nicht zur Wahl.«

»Das ist leider wahr. Also, was ist heute das Thema?« wollte er wissen.

»Der Sexualmord«, antwortete ich. »Im besonderen die Rolle, die der genetische Fingerabdruck dabei spielen kann.«

»Diese Verstümmelungen, für die Sie sich so interessieren.« Er nahm einen Schluck Tee. »Glauben Sie, daß sie sexueller

Natur sind? Ich meine, könnte das bei einem Menschen, der so etwas tut, das Motiv sein?« Seine Augen leuchteten wißbegierig.

»Das spielt sicherlich eine Rolle«, antwortete ich.

»Aber woher wollen Sie das wissen, wo doch keins der Opfer jemals identifiziert wurde? Könnte es nicht einfach jemand sein, für den Töten ein Sport ist? Wie zum Beispiel der Son of Sam bei Ihnen in Amerika?«

»Auch die Morde des Son of Sam hatten eine sexuelle Komponente«, sagte ich und sah mich nach meiner Freundin, der Pathologin, um. »Was glauben Sie, wie lange sie noch brauchen wird? Ich bin leider ein bißchen in Eile.«

Shaw sah nochmals auf die Uhr. »Sehen Sie doch mal nach. Oder vielleicht ist sie auch gleich ins Leichenschauhaus gegangen. Wir sollten einen Fall reinbekommen. Ein junger Mann, Verdacht auf Selbstmord.«

»Ich seh' mal nach, ob ich sie finde.« Ich stand auf.

Der Gerichtssaal, in dem die gerichtlichen Untersuchungen der Todesursache bei nichtnatürlichen Todesfällen, also Betriebs- und Verkehrsunfällen, Morden und Selbstmorden, abgehalten wurden, befand sich in der Nähe des Eingangs. Die Verfahren fanden unter Ausschluß der Öffentlichkeit statt, denn die irische Presse sollte nicht allzu eingehend darüber berichten. Ich schlüpfte in den kahlen, kalten Raum voller lackierter Bänke und nackter Wände und stieß drinnen auf mehrere Männer, die Papiere in Aktenkoffer stopften.

»Ich suche die Leichenbeschauerin«, sagte ich.

»Sie ist vor etwa zwanzig Minuten gegangen. Mußte zu einer Identifizierung, glaube ich«, sagte einer von ihnen.

Ich verließ das Gebäude durch die Hintertür. Als ich gerade den kleinen Parkplatz überquert hatte und auf das Leichenschauhaus zusteuerte, kam ein alter Mann zur Tür heraus. Er machte einen desorientierten Eindruck und verlor beinahe das Gleichgewicht, als er sich benommen umschaute. Einen Moment lang starrte er mich an, als wäre ich die Antwort auf irgend etwas. Er tat mir leid. Was immer ihn hierhergeführt hatte, es konnte unmöglich etwas Angenehmes sein. Ich beobachtete, wie er zum Tor eilte, als plötzlich Dr. Margaret Foley aufgelöst, mit wirren grauen Haaren hinter ihm auftauchte.

»Mein Gott!« Sie rannte mich fast um. »Ich hab' ihm nur einen Moment den Rücken zugedreht, und schon war er auf und davon.«

Der Mann riß das Tor weit auf und flüchtete. Foley trabte über den Parkplatz, um es wieder zu schließen und zu verriegeln. Als sie zu mir zurückkam, war sie außer Atem und stolperte beinahe über einen Buckel im Asphalt.

»Na, du bist ja früh auf den Beinen, Kay«, sagte sie.

»Ein Verwandter?« fragte ich.

»Der Vater. Ist abgehauen, ohne ihn zu identifizieren. Ich bin noch nicht mal dazu gekommen, ihm das Laken vom Gesicht zu ziehen. Der Tag ist für mich gelaufen.«

Sie führte mich in das kleine Backsteingebäude mit den weißen Porzellan-Autopsietischen, die wohl eigentlich in ein medizinhistorisches Museum gehörten, und einem alten eisernen Ofen, der nicht mehr benutzt wurde. Die Luft war kalt wie in einer Kühlkammer, und elektrische Autopsiesägen waren die einzigen modernen Geräte, die es gab. Dünnes graues Licht drang durch Milchglas-Oberlichter herein und erhellte nur schwach das weiße Papierlaken über dem Leichnam, den zu sehen ein Vater nicht hatte ertragen können. »Das ist immer das Bitterste am Ganzen«, sagte sie. »Niemand sollte sich hier jemals jemanden anschauen müssen.«

Ich folgte ihr in einen kleinen Lagerraum und half ihr, Kartons voller neuer Spritzen, OP-Masken und Handschuhe hinauszutragen.

»Hat sich an den Dachbalken der Scheune erhängt«, fuhr sie fort, während wir arbeiteten. »War wegen Alkoholproblemen und Depressionen in Behandlung. Immer das gleiche. Arbeitslosigkeit, Frauen, Drogen. Sie hängen sich auf oder springen von einer Brücke.« Sie warf mir einen Blick zu, während wir einen Sektionswagen neu bestückten. »Gott sei Dank gibt es bei uns keine Schußwaffen. Zumal ich kein Röntgengerät habe.«

Foley war eine zierliche Frau mit einer altmodischen dicken Brille und einer Vorliebe für Tweed. Wir hatten uns vor Jahren bei einer internationalen Kriminalistikkonferenz in Wien kennengelernt, als weibliche Gerichtsmediziner noch eine seltene Spezies waren, vor allem außerhalb Amerikas. Wir waren schnell Freundinnen geworden.

»Margaret, ich muß früher zurück in die Staaten, als ich dachte«, sagte ich, holte tief Luft und schaute mich unkonzentriert um. »Ich hab' letzte Nacht so gut wie gar nicht geschlafen.« Sie zündete sich eine Zigarette an und musterte mich. »Ich kann dir Kopien von allem besorgen, was du haben willst. Wie schnell brauchst du sie? Fotos dauern vielleicht ein paar Tage, aber die kann ich dir nachsenden.«

»Ich stehe immer unter einem gewissen Zeitdruck, wenn so jemand frei herumläuft«, sagte ich.

»Ich bin auch nicht froh darüber, daß du ihn jetzt am Hals hast. Ich hatte gehofft, daß er nach all diesen Jahren endlich aufgehört hätte.« Gereizt aschte sie ihre Zigarette ab und stieß den starken Qualm von britischem Tabak aus. »Komm, wir setzen uns mal einen Augenblick hin. Meine Füße sind so geschwollen, daß mir schon die Schuhe zu eng werden. Auf so einem verdammt harten Fußboden alt zu werden ist die Hölle.«

Zwei klobige Holzstühle in einer Ecke stellten den Aufenthaltsraum dar. Auf einer Bahre hatte Foley ihren Aschenbecher stehen. Sie legte die Füße auf eine Kiste und gab sich ihrem Laster hin.

»Ich kann diese armen Menschen einfach nicht vergessen.«

Sie sprach wieder über die Serienmorde. »Als der erste bei mir ankam, hatte ich die IRA in Verdacht. Außer bei Bombenanschlägen hatte ich noch nie einen derart zerfetzten Leichnam gesehen.«

Es war mir gar nicht recht, auf solche Weise an Mark erinnert zu werden. Ich mußte an die Zeit denken, als er noch am Leben war und wir uns liebten. Plötzlich sah ich ihn wieder vor mir. Er lächelte, und in seinen Augen war dieser strahlende Glanz, der schelmisch aufblitzte, wenn er lachte und mich neckte. Wir hatten an der juristischen Fakultät in Georgetown viel Spaß miteinander gehabt, leidenschaftlich diskutiert und unzählige Nächte durchgemacht. Unser Verlangen nacheinander war unstillbar. Im Lauf der Zeit heirateten wir andere Menschen, ließen uns wieder scheiden und versuchten es von neuem miteinander. Er war mein Leitmotiv – mal da, mal dort, dann wieder am Telefon oder vor meiner Tür, um mir das Herz zu brechen und mein Bett zu verwüsten. Ich kam einfach nicht von ihm los. Ich konnte es immer noch nicht glauben, daß ein Bombenanschlag auf einen Londoner Bahnhof das Ende unserer stürmischen Beziehung gewesen sein sollte. Die Vorstellung, daß er tot war, war für mich nicht faßbar, denn es gab kein letztes Bild, das mir Frieden geben konnte. Ich hatte seinen Leichnam nie gesehen, hatte vor jeglicher Gelegenheit, ihn mir anzuschauen, Reißaus genommen, genau wie der alte Dubliner, der den Anblick seines Sohns nicht ertragen konnte. Mir wurde bewußt, daß Foley etwas zu mir sagte.

»Tut mir leid«, wiederholte sie mit traurigem Blick, denn sie kannte die ganze Geschichte. »Ich wollte keine unangenehmen Erinnerungen wachrufen. Du wirkst heute morgen schon melancholisch genug.«

»Das ist interessant, was du eben gesagt hast.« Ich versuchte, tapfer zu sein. »Ich schätze, der Mörder, nach dem wir suchen, ist einem Bombenattentäter gar nicht unähnlich. Es ist ihm egal, wen er tötet. Seine Opfer sind Menschen ohne Gesichter und ohne Namen. Sie sind nichts als Symbole seines persönlichen grausamen Credos.«

»Wäre es dir sehr unangenehm, wenn ich dich etwas wegen Mark fragen würde?« sagte sie.

»Frag, was du willst.« Ich lächelte. »Du tust es ja sowieso.«

»Warst du jemals dort, wo es passiert ist? Hast du den Ort besucht, an dem er gestorben ist?«

»Ich weiß nicht, wo es passiert ist«, antwortete ich schnell.

Rauchend sah sie mich an.

»Ich meine, ich weiß nicht, wo genau auf dem Bahnhof«, wand ich mich und stotterte fast dabei.

Sie sagte immer noch nichts und zerdrückte die Zigarette unter ihrem Fuß.

»Soweit ich mich erinnere«, fuhr ich fort, »bin ich seit seinem Tod nicht mehr in Victoria gewesen, jedenfalls nicht auf dem Bahnhof. Es gab keinen Grund, von dort aus einen Zug zu nehmen. Oder dort anzukommen. Zuletzt war ich, glaube ich, in Waterloo.«

»Der einzige Tatort, den zu besichtigen die große Dr. Kay Scarpetta sich weigert.« Sie klopfte eine weitere Consulate aus der Packung. »Möchtest du eine?«

»Und wie. Aber ich darf nicht.«

Sie seufzte. »Das erinnert mich an Wien. All diese Männer dort, und wir beide haben mehr geraucht als sie alle zusammen.«

»Wahrscheinlich haben wir *wegen* all der Männer soviel geraucht«, sagte ich.

»Kann sein. Für mich scheint es jedenfalls keine Heilung zu geben. Das zeigt nur mal wieder, daß unser Handeln sich nicht danach richtet, was wir wissen, und daß unsere Gefühle keinen Verstand haben.« Sie pustete ein Streichholz aus. »Ich habe Raucherlungen gesehen. Und ich habe jede Menge Fettlebern gesehen.«

»Meinen Lungen geht es besser, seit ich aufgehört habe. Für meine Leber möchte ich lieber nicht die Hand ins Feuer legen«, sagte ich. »Den Whiskey hab' ich noch nicht aufgegeben.«

»Um Gottes willen, tu das bloß nicht. Dann hätte man ja gar keinen Spaß mehr mit dir.« Sie hielt inne und fügte dann mit Nachdruck hinzu: »Natürlich lassen sich Gefühle lenken, dressieren, so daß sie sich nicht gegen uns verschwören.«

»Ich werde wahrscheinlich morgen fliegen«, kehrte ich wieder zum Thema zurück.

»Du mußt in London umsteigen.« Sie sah mir in die Augen. »Bleib ein bißchen dort. Einen Tag.«

»Wie bitte?«

»Du mußt die Sache zu Ende bringen, Kay. Das spüre ich schon lange. Du mußt Mark James begraben.«

»Margaret, wie kommst du denn plötzlich darauf?« Ich geriet schon wieder ins Stottern.

»Ich merke doch, wenn jemand vor etwas davonläuft. Und das tust du, ganz genau wie dieser Mörder.«

»Na, das klingt ja tröstlich«, erwiderte ich. Die Unterhaltung paßte mir gar nicht.

Aber diesmal ließ sie nicht locker. »Und zwar einerseits aus ganz anderen, andererseits aber auch aus ganz ähnlichen Gründen wie er. Er ist ein Verbrecher, du nicht. Aber ihr wollt beide entkommen.«

Ich konnte nicht verbergen, wie sehr mir ihre Worte an die Nieren gingen.

»Und wer oder was ist deiner Meinung nach hinter mir her?« Meine Stimme klang unbeschwert, aber ich war den Tränen bedrohlich nahe.

»Momentan Benton Wesley, nehme ich an.«

Ich schaute weg, vorbei an der Bahre, über die ein bleicher Fuß mit einem Schild hinausragte. Wolken schoben sich vor die Sonne, und das von oben kommende Licht veränderte sich nach und nach. Der Geruch des Todes, der in den Fliesen und Steinen hing, war hundert Jahre alt.

»Kay, was willst du tun?« fragte sie sanft, während ich mir die Tränen aus den Augen wischte.

»Er will mich heiraten«, sagte ich.

Ich flog heim nach Richmond. Aus Tagen wurden Wochen, und die Temperatur kühlte ab. Die Morgenstunden waren mit Frost überzuckert, und die Abende verbrachte ich grübelnd vor dem Kamin. So vieles war ungelöst und unausgesprochen, und wie üblich bestand meine Reaktion darin, mich immer tiefer ins Labyrinth meiner Arbeit zu vergraben, bis ich den Ausgang nicht mehr fand. Meine Sekretärin brachte das zur Weißglut.

»Dr. Scarpetta?« rief sie meinen Namen. Laut und energisch hallten ihre Schritte über den gefliesten Boden des Autopsiesaals.

»Hier drinnen«, übertönte ich das Geräusch fließenden Wassers.

Es war der 30. Oktober. Ich stand im Umkleideraum des Leichenschauhauses und desinfizierte meine Hände.

»Wo waren Sie denn?« frage Rose, als sie hereinkam.

»Ich habe an einem Gehirn gearbeitet. Der plötzliche Tod von neulich.«

Sie blätterte in meinem Kalender. Ihr graues Haar war fein säuberlich zurückgesteckt, und sie trug ein dunkelrotes Kostüm, das offenbar zu ihrer Stimmung paßte. Rose war äußerst böse auf mich, weil ich nach Dublin geflogen war, ohne mich zu verabschieden. Und dann hatte ich, als ich wieder zurück war, auch noch ihren Geburtstag vergessen. Ich drehte den Wasserhahn zu und trocknete mir die Hände ab.

»Schwellung mit Erweiterung der Hirnwindungen bei gleichzeitiger Verschmälerung der Hirnfurchen. Das spricht alles für einen Hirnschaden aufgrund mangelhafter Blutversorgung, hervorgerufen durch seine schwere Hypertonie«, deklamierte ich.

»Ich habe Sie überall gesucht«, sagte sie. Sie war mit ihrer Geduld am Ende.

»Was hab' ich diesmal angestellt?« Ich nahm die Hände hoch.

»Sie waren mit Jon zum Mittagessen im Skull and Bones verabredet.«

»Oh, Gott«, stöhnte ich beim Gedanken an ihn und andere Medizintutoren, für die ich so wenig Zeit hatte.

»Ich habe Sie heute morgen noch daran erinnert. Letzte Woche haben Sie ihn auch schon versetzt. Er muß dringend wegen seiner Assistenzarztstelle an der Cleveland Clinic mit Ihnen sprechen.«

»Ich weiß, ich weiß.« Mit furchtbar schlechtem Gewissen sah ich auf meine Armbanduhr. »Es ist halb zwei. Vielleicht kann er auf einen Kaffee in mein Büro kommen?«

»Um zwei haben Sie eine Aussage zu machen, und für drei ist eine Konferenzschaltung im Fall Norfolk-Southern angesetzt. Um vier halten Sie an der gerichtsmedizinischen Akademie eine Vorlesung über Schußwunden, und um fünf haben Sie ein Treffen mit Investigator Ring«, ratterte Rose herunter. Ich mochte weder Ring noch seine naßforsche Art, Fälle zu übernehmen. Er hatte sich in die Ermittlungen eingeschaltet, als der zweite Rumpf gefunden wurde, und offenbar hielt er sich für klüger als das FBI.

»Auf Ring kann ich gut und gern verzichten«, sagte ich knapp.

Roses Blick verweilte länger als normal bei mir, während im Autopsiesaal nebenan Schwämme auf Wasser klatschten.

»Ich sage ihm ab, und Sie können sich statt dessen mit Jon treffen.« Sie musterte mich über ihre Brille hinweg wie eine gestrenge Oberlehrerin. »Und dann ruhen Sie sich aus. Das ist ein Befehl. Morgen bleiben Sie zu Hause, Dr. Scarpetta.

Und wehe, Sie stehen plötzlich doch vor der Tür.« Ich wollte protestieren, doch sie schnitt mir das Wort ab.

»Wagen Sie es ja nicht, mir zu widersprechen«, fuhr sie mit fester Stimme fort. »Sie brauchen einen Tag, um sich zu erholen, ein langes Wochenende. Das würde ich nicht sagen, wenn ich es nicht ernst meinte.«

Sie hatte recht. Der Gedanke, einen Tag ganz für mich zu haben, hellte meine Stimmung sofort auf.

»Es gibt keinen Termin, den ich nicht verschieben kann«, fügte sie hinzu. »Außerdem« – sie lächelte – »bekommen wir einen letzten Hauch von Indian Summer. Am Wochenende soll es wunderschön werden, fast dreißig Grad und blauer Himmel. Die Blätter sind jetzt am buntesten, die Pappeln goldgelb. Die Ahornbäume sehen aus, als stünden sie in Flammen. Und übrigens ist Halloween. Sie können einen Kürbis aushöhlen.«

Ich holte mein Kostümjackett und die Schuhe aus meinem Spind. »Sie hätten Juristin werden sollen«, sagte ich.

2

Am nächsten Tag war das Wetter genau so, wie Rose es vorausgesagt hatte, und ich wachte in Hochstimmung auf. Als die Geschäfte öffneten, zog ich los, um Süßigkeiten für Halloween und Sachen fürs Abendessen einzukaufen. Zuerst fuhr ich die Hull Street hinaus zu meinem Lieblingsgartencenter. Die Blumen in meinem Garten waren längst verblüht, und ich konnte den Anblick der verwelkten Stengel nicht mehr ertragen. Nach dem Mittagessen schleppte ich Säcke voll Blumenerde, Kisten voller Pflanzen und eine Gießkanne auf meine Veranda.

Ich öffnete die Tür, damit ich draußen Mozart hören konnte, während ich vorsichtig Stiefmütterchen in ihr fruchtbares neues Beet setzte. Der Brotteig war am Gehen, der Eintopf köchelte auf dem Herd, und der Duft von Knoblauch, Wein und Lehmboden stieg mir beim Arbeiten in die Nase. Marino wollte zum Essen kommen, und wir würden Schokoriegel an meine furchteinflößenden kleinen Nachbarn verteilen. Bis drei Uhr fünfunddreißig war die Welt noch in Ordnung, doch dann vibrierte der Pieper an meiner Taille.

»Mist«, fluchte ich. Er zeigte die Nummer meines Auftragsdienstes an.

Ich eilte ins Haus, wusch mir die Hände und griff nach dem Telefon. Der Auftragsdienst gab mir die Nummer eines Detective Grigg vom Sheriff's Department von Sussex County, und ich rief postwendend zurück.

»Grigg«, sagte ein Mann mit tiefer Stimme.

»Hier ist Dr. Scarpetta«, sagte ich und starrte dabei trübsinnig aus dem Fenster auf die großen Terrakottatöpfe auf der Veranda und den toten Hibiskus darin.

»Ah, sehr gut. Danke für den schnellen Rückruf. Ich steh' hier mit meinem Handy, deshalb will ich's kurz machen.« Er sprach langsam und mit dem rhythmischen Südstaatenakzent.

»Wo genau ist hier?« fragte ich.

»Auf der Atlantic-Waste-Deponie an der Reeves Road. Geht von der 460 East ab. Man hat hier etwas zutage gefördert, das Sie sich bestimmt ansehen möchten.«

»Doch nicht so etwas, wie man es an ähnlichen Orten schon mehrfach gefunden hat?« frage ich sibyllinisch, und der Tag schien sich zu verdunkeln.

»Sieht ganz danach aus, fürchte ich«, sagte er.

»Sagen Sie mir, wie ich hinkomme, und ich fahre gleich los«.

Ich trug schmutzige Drillichhosen und ein FBI-T-Shirt, das mir meine Nichte Lucy geschenkt hatte. Zum Umziehen hatte ich keine Zeit. Wenn ich den Leichnam nicht vor Einbruch der Dunkelheit barg, würde er bis zum Morgen bleiben müssen, wo er war, und das war inakzeptabel. Ich schnappte mir meine Arzttasche und schoß zur Tür hinaus. Erde, Kohlpflanzen und Geranien ließ ich über die Veranda verstreut liegen. Natürlich hatte mein schwarzer Mercedes kaum noch Benzin im Tank. Ich hielt erst einmal bei Amoco und tankte, dann machte ich mich auf den Weg.

Die Fahrt hätte normalerweise eine Stunde gedauert, doch ich fuhr schneller als erlaubt. Das schwächer werdende Licht schimmerte weiß auf der Unterseite der Blätter, und auf Höfen und in Gärten stand braun der Mais. Auf den Feldern kräuselten sich grüne Sojabohnenmeere, und Ziegen grasten ungehindert in den Gärten dahindämmernder Einfamilienhäuser. Grellfarbige, mit bunten Kugeln bestückte Blitzableiter ragten aus jedem Giebel und an jeder Ecke hervor, und ich frage mich immer, welcher Bauernfänger hier sein Unwesen getrieben und dermaßen Kapital aus den Ängsten der Bewohner geschlagen hatte.

Bald kamen die Getreidesilos in Sicht, nach denen Ausschau zu halten Grigg mich angewiesen hatte. Ich bog in die Reeves Road ein und kam an winzigen Backsteinhäuschen und Wohnwagensiedlungen mit Pick-up-Trucks und Hunden ohne Halsband vorbei. Reklametafeln warben für Mountain Dew und das Virginia Diner. Rote Staubwolken stiegen von meinen Reifen empor wie Rauch, als ich über Bahngleise holperte. Vor mir auf der Straße hackten Bussarde auf Lebewesen ein, die nicht schnell genug gewesen waren. Das kam mir wie ein böses Omen vor.

An der Einfahrt zur Atlantic-Waste-Deponie hielt ich an und blickte auf eine weite, kahle Mondlandschaft hinaus, über der gerade die Sonne unterging, als stünde sie in Flammen. Schwere Lastwagen in glänzendem Weiß und poliertem Chrom krochen auf dem Gipfel eines stetig wachsenden Müllbergs umher. Gelbe Raupenbagger erinnerten an angriffslustige Skorpione. Ich saß da und beobachtete, wie eine Staubwolke sich von der Müllhalde entfernte und mit hoher Geschwindigkeit über das unebene Gelände wogte. Als sie mich erreichte, entpuppte sie sich als ein schmutzigroter Ford Explorer, am Steuer ein junger Mann, der sich hier offensichtlich zu Hause fühlte.

»Kann ich Ihnen helfen, Ma'am?« fragte er mit gutturalem Südstaatenakzent. Er wirkte angespannt und aufgeregt.

»Ich bin Dr. Kay Scarpetta«, erwiderte ich und zeigte ihm die Messingplakette in der kleinen schwarzen Hülle, die ich immer zog, wenn ich an einem Tatort niemanden kannte.

Er studierte meinen Ausweis und schaute mich dann mit dunklen Augen an. Sein Jeanshemd war durchgeschwitzt und sein Haar im Nacken und an den Schläfen naß.

»Man hat mir gesagt, der Gerichtsmediziner würde kommen, und ich solle nach ihm Ausschau halten«, sagte er.

»Tja, das bin ich«, antwortete ich kühl.

»Ja, natürlich, Ma'am. Ich wollte damit nicht sagen ...« Er verstummte, und sein Blick wanderte über meinen Mercedes. Er war von einem feinen hartnäckigen Staub bedeckt, der durch alle Ritzen drang. »Ich schlage vor, Sie lassen Ihren Wagen hier und fahren mit mir«, setzte er hinzu.

Ich schaute zur Müllhalde hinauf. Raupenbagger mit drohend aufgerichteten Schaufeln und Planierschilden standen reglos auf dem Gipfel. Zwei zivile Polizeiwagen und ein Krankenwagen erwarteten mich am Ort des Geschehens, und Polizisten hatten sich als winzige Gestalten um das Heck eines Lastwagens versammelt, der kleiner war als die anderen. Daneben stocherte jemand mit einem Stock im Boden herum, und ich wurde langsam ungeduldig.

»Okay«, sagte ich. »Dann mal los.«

Ich parkte meinen Wagen und holte meine Arzttasche und meine Tatortkleidung aus dem Kofferraum. Der junge Mann schwieg und beobachtete neugierig, wie ich, bei weit geöffneter Tür auf meinem Fahrersitz sitzend, Gummistiefel anzog, die von jahrelangem Waten durch Flüsse und Wälder, auf dem Weg zu Mordopfern und Ertrunkenen, stumpf und verschrammt waren. Ich schlüpfte in ein großes, ausgeblichenes Jeanshemd, das ich während meiner Ehe, die mir inzwischen irreal vorkam, meinem Exmann Tony entwendet hatte. Dann stieg ich in den Explorer und streifte zwei Paar Handschuhe über. Ich zog mir eine OP-Maske über den Kopf und ließ sie lose um meinen Hals baumeln.

»Kann ich Ihnen nicht verdenken«, sagte mein Chauffeur. »Der Gestank ist ziemlich übel, das sag' ich Ihnen.«

»Es ist nicht der Gestank«, sagte ich. »Es sind die Mikroorganismen, die mir Sorgen machen.«

»Oje«, sagte er besorgt. »Vielleicht sollte ich auch so ein Ding tragen.«

»Sie sollten ohnehin nicht so dicht rangehen, daß es gefährlich für Sie werden könnte.«

Er gab keine Antwort, und ich war mir sicher, daß das bereits geschehen war. Der Versuchung zu gaffen konnten die meisten Menschen nicht widerstehen. Je grausiger der Fall, desto weniger.

»Tut mir leid, daß es hier so staubig ist«, sagte er, während wir am Ufer eines kleinen, von Enten bevölkerten Löschteichs durch ein Goldrutendickicht fuhren. »Wie Sie sehen, streuen wir gegen den Staub überall eine Schicht Reifenspäne, und ein Straßenreinigungsfahrzeug sprüht sie fest. Aber das scheint alles nicht so richtig zu helfen.« Er hielt nervös inne, bevor er weitersprach. »Wir kriegen hier pro Tag dreitausend Tonnen Müll rein.«

»Wo kommt der her?« fragte ich.

»Aus dem gesamten Gebiet zwischen Littleton, North Carolina, und Chicago.

»Was ist mit Boston?« fragte ich, denn die ersten vier Opfer stammten vermutlich von dort.

»Nein, Ma'am.« Er schüttelte den Kopf. »Kann aber noch werden. Wir sind hier unten sehr viel preiswerter. Fünfundzwanzig Dollar pro Tonne. In New Jersey zahlt man neunundsechzig und in New York achtzig. Außerdem recyceln wir, sortieren Giftmüll aus und fangen das Methangas auf, das beim Verrotten des Mülls entsteht.«

»Wie lange haben Sie geöffnet?«

»Vierundzwanzig Stunden am Tag, sieben Tage die Woche«, sagte er voller Stolz.

»Und Sie haben die Möglichkeit, zurückzuverfolgen, woher die Fahrzeuge kommen?«

»Wir arbeiten mit einem Satellitensystem. Zumindest können wir Ihnen sagen, welche Wagen in dem Bereich, wo die Leiche gefunden wurde, innerhalb einer bestimmten Zeitspanne Müll abgeladen haben.«

Bei ein paar Chemieklos fuhren wir spritzend durch eine tiefe Pfütze und holperten an einer Waschanlage vorbei, in der die Lastwagen auf ihrem Weg zurück auf die Straßen und Autobahnen des Lebens abgespritzt wurden.

»So was haben wir hier noch nicht erlebt«, sagte er. »Aber auf der Shoosmith-Deponie wurden mal Leichenteile gefunden. Zumindest gibt es so ein Gerücht.«

Er warf mir einen Blick zu, als erwartete er von mir eine Bestätigung dieses Gerüchts, aber ich ging nicht darauf ein. Schmatzend fuhr der Explorer durch den mit Gummispänen bestreuten Schlamm, und der saure Gestank faulenden Mülls wehte ins Wageninnere. Ich behielt den kleinen Lkw, den ich seit meiner Ankunft beobachtete, fest im Auge. Meine Gedanken überschlugen sich.

»Übrigens, mein Name ist Keith Pleasants.« Er wischte sich die Hand an der Hose ab und reichte sie mir. »Freut mich, Sie kennenzulernen.«

Ich mußte mir fast den Arm verrenken, um mit meiner behandschuhten Hand die seine zu schütteln, während Männer, die sich Taschentücher und Lappen vor die Nase hielten, uns beim Näherkommen beobachteten. Es waren vier, die sich, wie ich jetzt sehen konnte, um das Heck eines Hydraulik-

Mülltransporters versammelt hatten, mit dem Müllcontainer geleert und Müll zusammengepreßt wurde. *Cole's Trucking Co.* stand auf den Türen.

»Der Typ, der da im Müll herumstochert, ist der zuständige Detective«, erklärte mir Pleasants.

Er war schon etwas älter, hatte keine Jacke an und trug einen Revolver an der Hüfte. Ich hatte das Gefühl, ihn schon einmal irgendwo gesehen zu haben.

»Grigg?« riet ich. So hieß der Detective, mit dem ich telefoniert hatte.

»Genau.« Schweiß lief Pleasants über das Gesicht, und er wurde noch nervöser. »Wissen Sie, ich hatte noch nie etwas mit der Polizei zu tun. Noch nicht mal wegen zu schnellen Fahrens.«

Wir hielten. Ich konnte durch den aufgewühlten Staub kaum etwas sehen. Pleasants langte nach seinem Türgriff.

»Bleiben Sie noch einen Moment sitzen«, bat ich ihn.

Ich wartete, bis der Staub sich gelegt hatte, und verschaffte mir durch die Windschutzscheibe hindurch einen Überblick, wie ich es immer bei meiner Ankunft an einem Tatort tat. Die Baggerschaufel hing wie erstarrt mitten in der Luft, der Müllwagen darunter war noch fast voll. Überall sonst auf der Deponie herrschte Betriebsamkeit. Dieselmotoren liefen. Nur hier wurde nicht gearbeitet. Einen Moment lang sah ich zu, wie kraftvolle weiße Trucks bergauf röhrten, während die Raupenbagger mit ihren Klauen zupackten und Kompaktoren mit ihren Stahlrädern den Boden zermalmten.

Der Krankenwagen, mit dem die Leiche abtransportiert werden sollte, war schon da, und die Sanitäter saßen im klimatisierten Inneren, beobachteten mich durch staubige Fenster und warteten ab, was ich tun würde. Als sie sahen, daß ich die OP-Maske über Nase und Mund zog und meine Tür öffnete, stiegen sie auch aus. Türen knallten. Der Detective kam sofort auf mich zu, um mich zu begrüßen.

»Detective Grigg, Sheriff's Department von Sussex«, sagte er. »Ich habe Sie angerufen.«

»Waren Sie die ganze Zeit hier draußen?« fragte ich ihn.

»Ja, Ma'am, seit wir um zirka dreizehn Uhr benachrichtigt wurden. Ich habe aufgepaßt, daß nichts verändert wurde.«

»Entschuldigen Sie«, sagte einer der Sanitäter zu mir. »Brauchen Sie uns jetzt gleich?«

»Vielleicht in einer Viertelstunde. Es kommt Sie dann jemand holen«, sagte ich, und sie stiegen eiligst wieder in ihren Krankenwagen. »Ich brauche hier mehr Platz«, sagte ich zu den Umstehenden.

Schritte knirschten, als die Leute aus dem Weg traten und den Blick freigaben, was sie bewacht und begafft hatten. Die Hautfarbe war im verlöschenden Licht des Herbstnachmittags unnatürlich bleich, der Rumpf ein grauenerregender Stumpen. Er war aus einer Ladung Müll gefallen und auf dem Rücken gelandet.

Dem Anschein nach war die Leiche weiß, ich war mir aber nicht sicher, und die Maden, von denen es im Genitalbereich wimmelte, machten es schwer, auf den ersten Blick das Geschlecht zu bestimmen. Ich konnte noch nicht einmal mit Sicherheit sagen, ob das Opfer schon die Geschlechtsreife erreicht hatte oder nicht. Der Leichnam war extrem mager, die Rippen stachen unter flachen Brüsten hervor, die vielleicht weiblich waren, vielleicht auch nicht.

Ich hockte mich dicht daneben und öffnete meine Arzttasche. Mit einer Pinzette sammelte ich Maden in ein Glas, damit der Entomologe sie später untersuchen konnte, und stellte bei näherer Betrachtung fest, daß das Opfer tatsächlich eine Frau war. Sie war am unteren Ende der Halswirbelsäule enthauptet, Arme und Beine waren abgetrennt worden. Die Stümpfe waren bereits trocken und dunkel, und ich wußte sofort, daß dieser Fall anders war als die übrigen.

Die Gliedmaßen dieser Frau waren nicht an den Gelenken,

sondern mitten durch die kräftigen Oberarm- und Oberschenkelknochen hindurch abgetrennt worden. Ich spürte, wie die Männer mich anstarrten, als ich ein Skalpell herausholte, an der rechten Seite des Rumpfes einen ein Zentimeter langen Einschnitt machte und ein langes Thermometer einführte. Ein zweites Thermometer legte ich auf meine Tasche.

»Was machen Sie da?« fragte ein Mann in einem karierten Hemd mit einer Baseballkappe auf dem Kopf, der aussah, als würde ihm gleich schlecht.

»Ich brauche die Körpertemperatur, um den Todeszeitpunkt zu bestimmen. Eine Messung im Leberkern ist am genauesten«, erklärte ich geduldig. »Und außerdem muß ich wissen, wie hoch die Außentemperatur hier ist.«

»Sehr hoch, das kann ich ihnen auch so sagen«, sagte ein anderer Mann. »Es ist eine Frau, was?«

»Für solche Feststellungen ist es noch zu früh«, erwiderte ich.

»Ist das Ihr Transporter?«

»Ja.«

Er war jung, hatte dunkle Augen, sehr weiße Zähne und Tätowierungen auf den Fingern, wie ich sie normalerweise mit Leuten assoziierte, die im Gefängnis gesessen hatten. Ein verschwitztes Tuch war um seinen Kopf gebunden und hinten verknotet, und er konnte den Rumpf nicht lange ansehen, ohne den Blick abzuwenden.

»Zur falschen Zeit am falschen Ort«, fügte er hinzu und schüttelte feindselig den Kopf.

»Wie meinen Sie das?« Grigg sah ihn scharf an.

»Von meinem Wagen stammt das nicht. Das weiß ich genau«, sagte der Fahrer, als sei das der wichtigste Satz, den er in seinem ganzen Leben sagen würde. »Das hat der Bagger aufgewühlt, als er meine Ladung verteilt hat.«

»Dann wissen wir also nicht, wann es hier abgeladen wurde?«

Ich blickte in die Gesichter um mich herum.

Pleasants ergriff das Wort. »An dieser Stelle haben seit zehn Uhr dreiundzwanzig Lkws ihren Müll abgeladen, dieser nicht mitgezählt.« Er deutete auf den Mülltransporter.

»Wieso gerade zehn Uhr?« fragte ich, denn das schien mir ein ziemlich willkürlich gewählter Zeitpunkt.

»Weil wir um zehn die letzte Schicht Reifenspäne streuen. Vorher kann das also auf keinen Fall hier abgeladen worden sein«, erklärte Pleasants und starrte auf die Leiche. »Und meiner Meinung nach kann es sowieso nicht lange hier gelegen haben. Sieht nicht so aus, als wär' es von einem Fünfzig-Tonnen-Kompaktor, von Lastwagen oder auch nur von diesem Bagger überrollt worden.«

Er blickte in die Ferne, wo gepreßter Müll von Lkws gehievt und dann von riesigen Traktoren zermalmt und verteilt wurde. Der Fahrer des Mülltransporters wurde immer nervöser.

»Hier oben fahren überall große Maschinen herum«, fügte Pleasants hinzu. »Fast ununterbrochen.«

Ich sah zu dem Mülltransporter und dem leuchtendgelben Bagger mit seiner leeren Kabine hinüber. Ein Fetzen eines schwarzen Müllbeutels flatterte an der aufgerichteten Baggerschaufel.

»Wo ist der Fahrer des Baggers?« fragte ich.

Pleasants zögerte, bevor er antwortete. »Tja, schätze, das bin ich. Es hat sich jemand krank gemeldet, da mußte ich auf der Halde arbeiten.«

Grigg ging näher an den Bagger heran und blickte zu dem Rest des Müllsacks empor, der sich in der heißen, stickigen Luft hin und her bewegte.

»Erzählen Sie mir, was Sie gesehen haben«, forderte ich Pleasants auf.

»Nicht viel. Ich war gerade dabei, seinen Wagen zu entladen.« Er deutete mit einer Kopfbewegung auf den Fahrer. »Da blieb der Müllsack, den Sie da sehen, an meiner Schaufel hängen. Er platzte auf, die Leiche fiel raus und landete dort, wo sie jetzt liegt.« Er hielt inne, wischte sich mit dem Ärmel über das Gesicht und wehrte Fliegen ab.

»Aber Sie wissen nicht genau, wo sie herkam«, versuchte ich es noch einmal. Grigg hörte zu, obwohl er ihre Aussagen vermutlich bereits aufgenommen hatte.

»Schon möglich, daß ich sie mit dem Bagger hochgewühlt hab'«, räumte Pleasants ein. »Ich sag' ja gar nicht, daß es so nicht gewesen sein kann. Ich glaube es nur nicht.«

»Das kommt, weil du es nicht glauben willst.« Wütend starrte der Fahrer ihn an.

»Ich weiß, was ich glaube.« Pleasants zuckte nicht mit der Wimper. »Meine Schaufel hat sie beim Entladen von deinem Laster geholt.«

»Mann, du weißt aber nicht *genau*, ob sie von mir stammt«, gab der Fahrer zurück.

»Nein, absolut sicher bin ich mir nicht. Aber es ist doch logisch.«

»Für dich vielleicht.« Das Gesicht des Fahrers verzerrte sich drohend.

»Ich glaube, das reicht, Jungs«, mahnte Grigg und trat wieder näher an sie heran, damit seine Präsenz sie daran erinnerte, daß er ein kräftiger Mann war und eine Waffe trug.

»Da haben Sie recht«, sagte der Fahrer. »Ich hab' die Nase voll von diesem Mist. Wann kann ich hier weg? Ich bin schon spät dran.«

»So eine Sache bringt für alle Beteiligten Unannehmlichkeiten mit sich«, sagte Grigg und sah ihn dabei fest an.

Der Fahrer verdrehte die Augen, fluchte halblaut, ging steifbeinig davon und zündete sich eine Zigarette an.

Ich zog das Thermometer aus der Leiche und hielt es hoch. Die Kerntemperatur betrug neunundzwanzig Grad, genausoviel wie die Außentemperatur. Ich drehte den Rumpf um und bemerkte eine merkwürdige Ansammlung von mit Flüssigkeit gefüllten Pusteln am unteren Teil des Gesäßes. Bei genauerem Hinsehen fand ich an den Rändern tiefer Schnittwunden im Schulter- und Schenkelbereich Spuren von weiteren Pusteln.

»Verpacken Sie sie doppelt in Leichensäcke«, ordnete ich an. »Ich muß den Müllbeutel haben, in dem sie gefunden wurde, einschließlich des Stücks, das dort oben an dem Bagger hängt. Und ich brauche den Abfall, der unmittelbar unter ihr und um sie herum liegt. Schicken Sie das alles zu mir.«

Grigg faltete einen Fünfundsiebzig-Liter-Müllsack auseinander und schüttelte ihn auf. Er zog Handschuhe aus der Tasche, hockte sich hin und fing an, Abfall aufzusammeln. Inzwischen öffneten die Sanitäter die Hecktüren des Krankenwagens. Der Fahrer des Mülltransporters lehnte an seiner Kabine, und ich spürte seinen Zorn wie Hitze.

»Woher stammt Ihr Wagen?« fragte ich ihn.

»Gucken Sie doch aufs Nummernschild«, entgegnete er patzig.

»Wo in Virginia?« Ich dachte gar nicht daran, mich von ihm aus der Ruhe bringen zu lassen.

Pleasants antwortete an seiner Stelle: »Aus der Gegend von Tidewater, Ma'am. Der Laster gehört uns. Die kann man bei uns leasen.«

Von der Hauptverwaltung der Mülldeponie aus hatte man einen Blick auf den Löschteich. Das Gebäude wirkte in der lauten, staubigen Umgebung seltsam fehl am Platze. Es war apricotfarben verputzt, vor den Fenstern hingen Blumenkästen, und der Plattenweg wurde von kunstvoll geschnittenen Büschen gesäumt. Die Fensterläden waren cremefarben gestrichen, und die Eingangstür zierte ein Messingklopfer in Form einer Ananas. Drinnen empfing mich eine herrlich saubere, kühle Luft, und ich begriff, warum Investigator Percy Ring seine Verhöre lieber hier führte. Ich hätte wetten können, daß er noch gar nicht am Tatort gewesen war.

Er saß mit einem älteren Mann in Hemdsärmeln zusammen im Aufenthaltsraum, trank Diet Coke und schaute sich Computerdiagramme an.

»Das ist Dr. Scarpetta. Entschuldigen Sie«, sagte Pleasants und fügte Ring zugewandt hinzu: »Ich kenne Ihren Vornamen nicht.«

Ring schenkte mir ein breites Lächeln und zwinkerte mir zu. »Die Frau Doktor und ich kennen uns schon recht lange.« Er war blond, trug einen adretten blauen Anzug und verströmte eine jugendliche Unschuld, die äußerst überzeugend wirkte. Mich hatte er jedoch nie täuschen können. Er war ein großmäuliger, zur Faulheit neigender Blender. Außerdem war mir nicht entgangen, daß fortwährend Informationen an die Presse durchsickerten, seit er mit diesen Fällen befaßt war.

»Und dies ist Mr. Kitchen«, sagte Pleasants zu mir. »Der Eigentümer der Deponie.«

Kitchen trug einfache Jeans und Timberland-Boots. Seine Augen waren grau und traurig, als er mir seine große, rauhe Hand reichte.

»Bitte setzen Sie sich«, sagte er und zog einen Stuhl hervor. »Heute ist ein ganz, ganz schlechter Tag. Besonders für diese Person dort draußen, wer immer das auch sein mag.«

»Die hat ihren schlechten Tag ja nun hinter sich«, sagte Ring. »Jetzt muß sie nicht mehr leiden.«

»Sind Sie dort oben gewesen?« fragte ich ihn.

»Ich bin erst vor einer Stunde hier angekommen. Und das hier ist nicht der Tatort, sondern nur der Fundort«, sagte er. »Leiche Nummer fünf.« Er wickelte einen Streifen Juicy Fruit aus. »Er macht nicht mehr so lange Pausen, diesmal liegen nur zwei Monate dazwischen.«

Wie schon so oft wallte Ärger in mir auf. Ring liebte es, vorschnelle Schlüsse zu ziehen und sie mit der Gewißheit eines Menschen zu äußern, der nicht genug weiß, um zu erkennen, daß er falsch liegen könnte. Zum Teil kam das daher, daß er Ergebnisse haben wollte, ohne etwas dafür zu tun.

»Ich habe den Leichnam bisher weder untersucht noch sein Geschlecht bestimmt«, sagte ich in der Hoffnung, ihm würde wieder einfallen, daß sich noch andere Leute im Raum befanden. »Dies ist nicht der richtige Zeitpunkt, Vermutungen anzustellen.«

»Tja, ich geh' dann«, sagte Pleasants nervös und steuerte auf die Tür zu.

»Denken Sie dran: In einer Stunde will ich Ihre Aussage aufnehmen!« rief ihm Ring hinterher.

Kitchen starrte schweigend auf die Diagramme, und dann kam Grigg herein. Er nickte uns zu und nahm sich einen Stuhl.

»Die Feststellung, daß es sich hier um einen Mord handelt, halte ich nicht bloß für eine Vermutung«, sagte Ring zu mir.

»Das kann man so sagen.« Ich hielt seinem Blick stand.

»Und daß alles genauso ist wie bei den anderen Fällen.«

»Das kann man so nicht sagen. Ich habe die Leiche noch nicht untersucht«, entgegnete ich.

Kitchen rutschte unruhig auf seinem Stuhl herum. »Möchte jemand ein Mineralwasser? Kaffee vielleicht?« fragte er. »Die Toiletten sind übrigens auf dem Gang.«

»Die gleiche Geschichte«, sagte Ring zu mir, als hätte er die Weisheit mit Löffeln gefressen. »Wieder ein Rumpf und wieder auf einer Mülldeponie.«

Grigg beobachtete uns mit ausdruckslosem Gesicht und trommelte unruhig auf sein Notizbuch. Er knipste an seinem Kugelschreiber herum und sagte zu Ring: »Ich bin der gleichen Meinung wie Dr. Scarpetta. Wir sollten besser noch keine Verbindung zwischen diesem und irgendwelchen anderen Fällen herstellen. Vor allem nicht vor der Öffentlichkeit.«

»Ach du lieber Gott. Auf diese Art von Publicity kann ich gut verzichten«, schnaufte Kitchen. »Wissen Sie, wenn man in dieser Branche arbeitet, ist einem schon klar, daß so etwas passieren kann, besonders, wenn der Müll aus Orten wie New York, New Jersey oder Chicago stammt. Aber man glaubt doch nie, daß tatsächlich einmal auf der eigenen Deponie eine Leiche gefunden wird.« Er sah Grigg an. »Ich würde gern eine Belohnung aussetzen, damit derjenige, der diese schreckliche Tat begangen hat, möglichst schnell gefaßt wird. Zehntausend Dollar für den Hinweis, der zu seiner Verhaftung führt.«

»Das ist sehr großzügig«, sagte Grigg beeindruckt.

»Gilt das auch für Ermittlungsbeamte?« grinste Ring.

»Es ist mir egal, wer den Fall löst.« Mit unbewegtem Gesicht wandte sich Kitchen mir zu. »Jetzt sagen Sie mir, wie ich Ihnen helfen kann, Ma'am«

»Soweit ich verstanden habe, benutzen Sie ein Satellitenortungssystem«, sagte ich. »Stammen daher diese Diagramme?«

»Ich war gerade dabei, sie zu erläutern«, erwiderte Kitchen. Er schob ein paar zu mir herüber. Die Wellenlinienmuster darauf sahen aus wie Gesteinsquerschnitte und waren mit Koordinaten versehen.

»Das ist die Müllhalde aus der Vogelperspektive«, erklärte Kitchen. »Wir können stündlich, täglich, wöchentlich, wann immer wir wollen, eine Aufnahme davon machen, wenn wir rauskriegen wollen, woher Müll stammt und wo er abgeladen wurde. Mittels dieser Koordinaten lassen sich einzelne Punkte auf der Karte genau bestimmen.« Er tippte auf das Papier. »Das ist so ähnlich wie das Zeichen einer Kurve in Geometrie oder Algebra.« Er blickte zu mir hoch und fügte hinzu: »Ich nehme an, damit hat man Sie in der Schule auch irgendwann gequält.«

»*Gequält* ist das treffende Wort.« Ich lächelte ihn an. »Das heißt also, wenn Sie diese Bilder vergleichen, können Sie sehen, wie sich die Oberfläche der Halde von Ladung zu Ladung verändert.«

Er nickte. »Ja, Ma'am. Kurz gesagt heißt es das.«

»Und zu welchem Ergebnis sind Sie gekommen?«

Er legte acht Karten nebeneinander. Auf jeder sahen die Wellenlinien anders aus, wie unterschiedliche Falten im Gesicht ein und desselben Menschen.

»Jede Linie steht für eine bestimmte Höhe«, sagte er. »Wir können ziemlich genau sagen, welcher Lkw welche Höhenveränderung verursacht hat.«

Ring leerte seine Cola-Dose und warf sie in den Müll. Er blätterte in seinem Notizblock, als suche er irgend etwas.

»Der Leichnam kann nicht sehr tief gelegen haben«, sagte ich. »In Anbetracht der Umstände ist er sehr sauber. Er hat keine postmortalen Verletzungen. Soweit ich draußen gesehen habe, hieven die Raupenbagger Müllballen von den Lastern und zerquetschen sie. Sie verteilen den Müll am Boden, damit der Kompaktor ihn zusammenschieben, zerkleinern und komprimieren kann.«

»Stimmt haargenau.« Kitchen sah mich interessiert an. »Suchen Sie einen Job?«

Mir gingen Bilder von Erdbewegungsmaschinen durch den Kopf, die aussahen wie mechanische Dinosaurier und die ihre Klauen in plastikumhülllte Ballen auf Lkws schlugen. Die Verletzungen der bisherigen Opfer, dieser zerquetschten und zerfetzten menschlichen Überreste, kannte ich in- und auswendig. Abgesehen von dem, was der Mörder ihm angetan hatte, war dieses Opfer unverletzt.

»Es ist schwer, fähige Frauen zu finden«, sagte Kitchen.

»Das können Sie laut sagen, mein Lieber«, erwiderte Ring, während Grigg ihn mit wachsendem Abscheu beobachtete.

»Klingt logisch«, sagte Grigg. »Wenn die Leiche schon länger hier gelegen hätte, wäre sie ziemlich hinüber.«

»Die ersten vier sahen wirklich übel aus«, sagte Ring. »Das

reinste Hackfleisch.« Er schaute mich an. »Macht die hier den Eindruck, als sei sie in eine Müllpresse geraten?«

»Der Leichnam sieht nicht zerquetscht aus«, antwortete ich. »Hm, das ist interessant«, sinnierte er. »Wieso nicht?«

»Sie kommt halt nicht aus einer Transferstation, wo der Müll zu Ballen gepreßt wird«, sagte Kitchen, »sondern aus einem Müllcontainer, der vor dem Transporter geleert wurde.«

»Aber auch im Transporter wird der Müll doch gepreßt«, wandte Ring ein.

»Es kommt darauf an, wo genau im Wagen die Leiche sich befand, als der Müll komprimiert wurde«, sagte ich. »Es kommt auf alle möglichen Dinge an.«

»Oder ob der Müll überhaupt komprimiert wurde, je nachdem, wie voll der Laster war«, sagte Kitchen. »Wenn Sie mich fragen, wo genau die Leiche nun herkam, würde ich sagen, sie stammt von dem Transporter. Höchstens noch von einem der beiden Laster davor.«

»Ich schätze, dann brauche ich die Namen der Fahrer dieser Lastwagen und ihren Herkunftsort«, sagte Ring. »Wir müssen die Fahrer vernehmen.«

»Sie betrachten also die Fahrer als Tatverdächtige«, sagte Grigg kühl. »Ziemlich originell, das muß ich Ihnen lassen. So wie ich das sehe, stammt der Müll nicht von ihnen. Er stammt von den Leuten, die ihn weggeworfen haben. Und ich gehe davon aus, daß einer von denen derjenige ist, den wir suchen.«

Ring sah in völlig ungerührt an. »Ich möchte mir nur anhören, was die Fahrer zu sagen haben. Man kann nie wissen. Vielleicht ist das Ganze nur inszeniert. Man lädt eine Leiche an einem Ort ab, der auf der eigenen Route liegt, und sorgt dafür, daß man sie selbst auf die Deponie bringt. Oder man wirft sie gleich auf den eigenen Laster. Dann wird man von niemandem verdächtigt, stimmt's?«

Grigg stieß seinen Stuhl zurück. Er löste seinen Kragen, und sein Kiefer mahlte, als schmerze er. Sein Hals knackte, dann seine Fingerknöchel. Schließlich knallte er sein Notizbuch auf den Tisch, und alle Blicke richteten sich auf ihn, während er Ring wütend anstarrte.

»Haben Sie was dagegen, wenn ich diese Sache bearbeite?« fauchte er den jungen Ermittlungsbeamten an. »Mir ist sehr daran gelegen, den Job zu machen, für den ich bezahlt werde. Und ich glaube, das hier ist mein Fall und nicht Ihrer.«

»Ich bin nur hier, um zu helfen«, sagte Ring gelassen und zuckte wieder mit den Schultern.

»Ich wußte nicht, daß ich Hilfe brauche«, erwiderte Grigg.

»Als der zweite Rumpf in einem anderen County gefunden wurde als der erste, hat die Polizei von Virginia eine überregionale Sonderkommission gebildet«, sagte Ring. »Sie sind ein bißchen spät dran, mein Lieber. Sieht so aus, als könnten Sie ein paar Informationen von jemandem gebrauchen, der schon länger dabei ist.«

Aber Grigg hörte schon gar nicht mehr hin, sondern sagte zu Kitchen: »Die Fahrzeugdaten hätte ich auch gern.«

»Wie wär's, wenn ich sicherheitshalber die Daten der letzten fünf Lkws besorge, die oben waren?« sagte Kitchen in die Runde.

»Das wäre eine große Hilfe«, sagte ich und stand vom Tisch auf. »Je eher Sie dazu kommen, desto besser.«

»Um wieviel Uhr fangen Sie morgen damit an?« fragte mich Ring, der auf seinem Stuhl sitzen blieb, als gäbe es im Leben wenig zu tun und Zeit im Überfluß.

»Sprechen Sie von der Autopsie?« fragte ich.

»Allerdings.«

»Möglicherweise öffne ich diese Leiche erst in ein paar Tagen.«

»Wieso?«

»Das Wichtigste ist die äußere Leichenschau. Sie wird sehr viel Zeit in Anspruch nehmen.« Ich sah, wie sein Interesse sich verflüchtigte. »Ich muß im Müll nach Spuren suchen,

Knochen mazerieren, einen Entomologen wegen des Alters der Maden zu Rate ziehen, damit ich abschätzen kann, wann die Leiche im Müll gelandet ist, und so weiter.«

»Vielleicht ist es besser, wenn Sie mir dann einfach Ihre Ergebnisse mitteilen«, beschloß er.

Grigg folgte mir zur Tür hinaus, schüttelte den Kopf und sagte in seiner langsamen, leisen Art: »Als ich vor langer Zeit aus der Army entlassen wurde, wollte ich unbedingt zur Staatspolizei. Kaum zu glauben, daß die solche Volltrottel einstellen.«

»Zum Glück sind nicht alle so«, erwiderte ich.

Als wir in die Sonne hinaustraten, bewegte sich der Krankenwagen gerade langsam, von Staubwolken verhüllt, zur Ausfahrt der Mülldeponie. Tuckernde Lastwagen standen Schlange vor der Waschanlage, während der Berg um eine weitere Schicht aus zerkleinerten Resten des modernen Amerika wuchs. Es war schon dunkel, als wir bei unseren Wagen ankamen. Grigg blieb vor meinem stehen und sah ihn sich an. »Ich hab' mich schon gefragt, wem der wohl gehört«, sagte er voller Bewunderung. »Eines schönen Tages werde ich auch so einen fahren. Irgendwann mal.«

Ich lächelte ihm zu und schloß meine Tür auf. »Dem fehlen aber so wichtige Dinge wie Sirene und Blaulicht.«

Er lachte. »Marino und ich sind im selben Kegelclub. Sein Team heißt Balls of Fire, meins Lucky Strikes. Der alte Junge ist so ziemlich der unsportlichste Mensch, den ich kenne. Ist permanent am Spachteln und Biertrinken. Und dann glaubt er auch noch, daß alle mogeln. Letztes Mal hatte er eine Frau dabei.« Er schüttelte den Kopf. »Sie kegelte wie Wilma Feuerstein, und so war sie auch angezogen. So was mit Leopardenmuster. Fehlte bloß noch der Knochen im Haar. Na ja, grüßen Sie ihn von mir.«

Sein Schlüsselbund klirrte, als er davonging.

»Detective Grigg! Danke für Ihre Hilfe«, sagte ich.

Er nickte mir zu und stieg in seinen Caprice.

Beim Entwurf meines Hauses habe ich darauf geachtet, daß die Waschküche direkt von der Garage abgeht, denn nach der Arbeit an Tatorten wie diesem wollte ich den Tod nicht durch die Räume schleppen, in denen sich mein Privatleben abspielt. Wenige Minuten, nachdem ich aus dem Wagen gestiegen war, steckten meine Sachen in der Waschmaschine, und Schuhe und Stiefel lagen in einem extragroßen Spülbecken, wo ich sie mit Waschmittel und einer harten Bürste schrubbte.

Ich zog einen Morgenmantel an, der immer griffbereit an der Tür hing, ging ins Schlafzimmer und nahm eine ausgiebige heiße Dusche. Ich fühlte mich ausgelaugt und mutlos. Im Moment fehlte mir jegliche Energie, mir vorzustellen, wie die Tote hieß oder wer sie gewesen war. Ich verdrängte die Bilder und Gerüche aus meinen Gedanken. Ich machte mir einen Drink und einen Salat, starrte trübsinnig auf die große Schüssel mit Süßigkeiten auf der Theke und dachte an die Pflanzen, die auf der Veranda darauf warteten, eingetopft zu werden. Dann rief ich Marino an.

»Hör mal«, sagte ich, als er abnahm. »Ich finde, Benton sollte morgen früh herkommen.«

Es entstand eine lange Pause. »Okay«, sagte er dann. »Du willst also, daß ich ihm sage, er soll seinen Hintern nach Richmond bewegen. Anstatt es ihm selbst zu sagen.«

»Wenn es dir nichts ausmacht. Ich bin total am Ende.«

»Kein Problem. Um wieviel Uhr?«

»Wann er will. Ich bin den ganzen Tag da.«

Ich ging in mein Arbeitszimmer, um vorm Zubettgehen noch meine E-Mails abzurufen. Lucy rief nur selten an. Statt dessen benutzte sie den Computer, um mir zu sagen, wo sie war und wie es ihr ging. Meine Nichte war FBI-Agentin, die Technikexpertin für das Hostage Rescue Team, kurz HRT, das Spezialteam für Geiselbefreiungen. Sie konnte jederzeit an jeden Ort der Welt beordert werden.

Wie eine besorgte Mutter schaute ich regelmäßig nach, ob ich eine Nachricht von ihr erhalten hatte. Mir graute vor dem Tag, an dem sie angepiept und mit der Truppe zur Andrews Air Force Base geschickt wurde, um mal wieder eine C-141-Frachtmaschine zu besteigen. Ich ging um Stapel von Zeitschriften herum, die darauf warteten, gelesen zu werden, und um dicke Medizinwälzer, die ich kürzlich gekauft und noch nicht ins Regal sortiert hatte, und setzte mich an meinen Schreibtisch. Mein Arbeitszimmer war in meinem Haus der Raum, in dem ich mich am häufigsten aufhielt. Ich hatte einen Kamin einbauen lassen und große Fenster, aus denen man einen Blick auf eine steinige Biegung des James River hatte.

Ich loggte mich bei America Online, kurz AOL, ein und wurde von einer synthetischen männlichen Stimme begrüßt, die verkündete, ich hätte Post. Ich hatte E-Mails über verschiedene Fälle, Verhandlungen, Fachtagungen und Zeitschriftenartikel erhalten und eine Nachricht von jemandem, den ich nicht kannte. Sein Benutzername lautete *deadoc.* Ich verspürte ein mulmiges Gefühl. Es gab keine Beschreibung dessen, was *deadoc* mir geschickt hatte, und als ich die Nachricht öffnete, las ich nur: *zehn.*

Die E-Mail hatte einen Anhang – eine Grafikdatei, die ich herunterlud und entpackte. Ein Farbbild erschien auf meinem Bildschirm, indem es sich Pixelzeile für Pixelzeile aufbaute. Mir wurde bewußt, daß ich das Foto einer hellgrauen Wand und einer Tischkante mit einer blaßblauen Decke vor mir hatte, auf der Flecken und Lachen einer dunkelroten Flüssigkeit zu erkennen waren. Dann erschien eine klaffende rote Wunde auf dem Monitor und schließlich etwas Hautfarbenes, das in blutige Stümpfe und Brustwarzen mündete.

Als das entsetzliche Bild komplett war, starrte ich ungläubig auf den Bildschirm und griff dann zum Telefon.

»Marino, ich glaube, du solltest besser herkommen«, sagte ich mit angsterfüllter Stimme.

»Was ist passiert?« fragte er alarmiert.

»Hier ist etwas, das du dir ansehen mußt.«

»Bist du o.k.?«

»Ich weiß nicht recht.«

»Rühr dich nicht von der Stelle, Doc«, sagte er resolut. »Bin schon unterwegs.«

Ich druckte die Datei aus und sicherte sie auf Diskette, aus Angst, sie könnte sich irgendwie vor meinen Augen in Luft auflösen. Während ich auf Marino wartete, dimmte ich das Licht in meinem Büro, um Einzelheiten und Farben besser erkennen zu können. Ich starrte auf das grausam verstümmelte Etwas, und meine Gedanken drehten sich im Kreis. Das Bild war entsetzlich, aber ein solcher Anblick war eigentlich keine Seltenheit für mich. Ärztekollegen, Wissenschaftler, Juristen und Polizeibeamte schickten mir oft solche Fotos übers Internet. Regelmäßig wurde ich per E-Mail gebeten, Tatorte, Organe, Wunden, Schaubilder, sogar animierte Rekonstruktionen von Fällen, die demnächst vor Gericht kommen sollten, zu untersuchen.

Das Foto hätte ohne weiteres von einem Detective oder einem Kollegen stammen können. Es hätte von einem Staatsanwalt oder der CASKU kommen können. Aber etwas daran war faul. Bisher hatten wir in diesem Fall noch keinen Tatort, nur eine Deponie, auf der das Opfer abgeladen worden war, den Müll aus der unmittelbaren Umgebung der Leiche und den zerfetzten Beutel. Nur der Mörder oder jemand anders, der etwas mit der Tat zu tun hatte, konnte mir diese Datei geschickt haben.

Eine Viertelstunde später, kurz vor Mitternacht, klingelte es an meiner Tür. Ich schoß von meinem Stuhl hoch und lief den Flur hinunter, um Marino hereinzulassen.

»Was zum Teufel ist denn los?« fragte er sofort.

Er trug ein verschwitztes graues Polizei-T-Shirt, das sich eng um seinen massigen Körper und seinen dicken Bauch spannte, weite Shorts, Sportschuhe und Socken, die er bis zu den Waden hochgezogen hatte. Ich roch abgestandenen Schweiß und Zigaretten.

»Komm«, sagte ich.

Er folgte mir den Flur entlang in mein Arbeitszimmer, und als er das Bild auf meinem Monitor sah, setzte er sich auf meinen Stuhl und runzelte finster die Stirn.

»Ach du Scheiße. Ist es das, wofür ich es halte?« fragte er.

»Sieht aus, als sei das Foto an dem Ort entstanden, wo die Leiche zerstückelt wurde.« Ich war es nicht gewohnt, in meinem privaten Arbeitszimmer Besuch zu haben, und ich merkte, wie ich deswegen unruhig wurde.

»Also ist das die Leiche, die heute gefunden wurde.«

»Ja, die Aufnahme wurde kurz nach Eintritt des Todes gemacht«, sagte ich, »aber es ist der Rumpf von der Müllhalde.«

»Wie kannst du da so sicher sein?« fragte Marino.

Während seine Augen gebannt am Bildschirm hingen, rückte er meinen Stuhl zur Seite. Dann schob er mit seinen großen Füßen auf dem Fußboden Bücher aus dem Weg, um bequemer sitzen zu können. Als er ein paar Akten nahm und sie ans andere Ende meines Schreibtischs legte, hielt ich es nicht mehr aus.

»Bei mir hat alles seinen Platz«, sagte ich mit Nachdruck, während ich die Akten wieder dorthin zurücklegte, wo sie auf meinem unaufgeräumten Schreibtisch hingehörten.

»He, immer mit der Ruhe, Doc«, sagte er, als spiele das überhaupt keine Rolle. »Woher sollen wir wissen, daß das hier kein übler Scherz ist?«

Wieder schob er die Akten beiseite, und da wurde ich richtig wütend.

»Marino, steh auf«, sagte ich. »Außer mir darf niemand an meinem Schreibtisch sitzen. Du bringst mich zur Weißglut.« Er warf mir einen wütenden Blick zu und erhob sich. »Kay, tu mir einen Gefallen. Rufe bitte nächstes Mal jemand anders an, wenn du ein Problem hast.«

»Sei doch mal ein bißchen sensibel...«

Aufgebracht schnitt er mir das Wort ab. »Nein. Sei du mal ein bißchen sensibel, und hör verdammt noch mal auf, dich so zickig anzustellen. Kein Wunder, daß Wesley und du Probleme habt.«

»Marino«, sagte ich warnend, »jetzt gehst du aber zu weit.«

Er schwieg und schaute sich schwitzend um.

»Zurück zum Thema.« Ich setzte mich auf meinen Stuhl und stellte ihn wieder richtig ein. »Erstens halte ich das hier nicht für einen Scherz, und zweitens glaube ich, daß es der Rumpf von der Müllhalde ist.«

»Wieso?« Er hatte die Hände in den Taschen und sah an mir vorbei.

»Arme und Beine sind durch die Knochen hindurch abgetrennt worden, nicht an den Gelenken.« Ich tippte auf den Bildschirm. »Es gibt noch andere Übereinstimmungen. Sie ist es, es sei denn, es wurde noch eine andere Frau mit ähnlichem Körperbau auf die gleiche Weise getötet und zerstückelt, und wir haben sie noch nicht gefunden. Und außerdem wüßte ich nicht, wie jemand einen solchen Scherz verübt haben sollte, ohne zu wissen, auf welche Weise das Opfer zerstückelt wurde. Ganz zu schweigen davon, daß dieser Fall noch gar nicht in den Nachrichten war.«

»Scheiße.« Sein Gesicht war tiefrot. »Und, gibt es so etwas wie einen Absender?«

»Ja. Jemand mit einem AOL-Account und dem Namen D E A D O C.«

»Wie *toter Doktor*?« Vor lauter Eifer vergaß er seine Verstimmung.

»Da kann man nur spekulieren. Die Nachricht bestand aus einem einzigen Wort : *zehn*.«

»Das war's?«

»In Kleinbuchstaben.«

Gedankenverloren sah er mich an. »Wenn man die Fälle in

Irland mitzählt, ist dies die Nummer zehn. Hast du hiervon eine Kopie?«

»Ja. Über die Dubliner Fälle und den möglichen Zusammenhang mit den ersten vier hiesigen Morden wurde in den Nachrichten berichtet.« Ich reichte ihm einen Ausdruck. »Jeder könnte darüber Bescheid wissen.«

»Egal. Wenn es derselbe Täter ist und er gerade wieder zugeschlagen hat, weiß er verdammt genau, wie viele er umgebracht hat«, sagte er. »Ich kapier' bloß nicht, woher er wußte, wohin er diese Datei schicken sollte.«

»Meine Adresse bei AOL ist nicht schwer zu erraten. Sie besteht aus meinem Namen.«

»Mein Gott, ich fasse es nicht. Wie kannst du nur?« explodierte er. »Das ist ja, als würde man sein Geburtsdatum als Code für seine Alarmanlage benutzen.«

»E-Mail dient mir fast ausschließlich zur Kommunikation mit Gerichtsmedizinern, Leuten beim Gesundheitsministerium und der Polizei. Die brauchen eine Adresse, die sie sich leicht merken können. Außerdem«, fügte ich hinzu, da er mich weiterhin vorwurfsvoll anstarrte, »war das nie ein Problem.«

»Tja, dafür ist es jetzt ein um so größeres«, sagte er und sah sich den Ausdruck an. »Das Gute daran ist, daß wir hierdurch möglicherweise etwas finden, das uns weiterhilft. Vielleicht hat er im Computer eine Spur hinterlassen.«

»Im Internet«, sagte ich.

»Ja, wo auch immer«, erwiderte er. »Vielleicht solltest du Lucy anrufen.«

»Das muß Benton machen«, erinnerte ich ihn. »Ich kann sie nicht um Hilfe in einem Fall bitten, nur weil ich ihre Tante bin.«

»Na, dann muß ich ihm das wohl auch sagen.« Vorsichtig stakste er durch meine Unordnung zur Tür. »Ich hoffe, du hast Bier in dieser Hütte.« Er blieb stehen und drehte sich zu mir um. »Weißt du, Doc, es geht mich ja nichts an, aber früher oder später mußt du doch mit ihm reden.«

»Du hast recht«, sagte ich, »es geht dich nichts an.«

3

Am nächsten Morgen wurde ich vom gedämpften Trommeln strömenden Regens und dem unerbittlichen Piepen meines Weckers geweckt. Dafür, daß ich eigentlich meinen freien Tag hatte, war es noch recht früh, und mir wurde plötzlich bewußt, daß es über Nacht November geworden war. Der Winter war nicht mehr fern, schon wieder ging ein Jahr zu Ende. Ich zog die Rolläden hoch und schaute aus dem Fenster. Der Boden war mit Blütenblättern von meinen Rosen übersät, der Fluß angeschwollen, und die Felsbrocken darin wirkten schwarz.

Ich hatte ein schlechtes Gewissen wegen Marino. Mir war letzte Nacht der Kragen geplatzt, und ich hatte ihn ohne ein Bier nach Haus geschickt. Aber ich hatte keine Lust, mit ihm über Angelegenheiten zu sprechen, die er sowieso nicht verstand. Für ihn lag der Fall klar. Ich war geschieden. Benton Wesleys Frau hatte ihn wegen eines anderen verlassen. Wir hatten seit geraumer Zeit eine Affäre, also konnten wir ebensogut heiraten. Eine Weile war ich diesem Kurs auch gefolgt. Vergangenen Herbst und Winter waren Wesley und ich Skilaufen gefahren, hatten Tauchurlaub und Einkaufsbummel gemacht, zusammen gekocht und sogar gemeinsam meinen Garten gepflegt. Aber wir kamen schlicht nicht miteinander zurecht. Letztlich wollte ich ihn ebensowenig in meinem Haus haben, wie ich es ertragen konnte, daß Marino an meinem Schreibtisch saß. Wenn Wesley ein Möbelstück verrückte oder auch bloß Geschirr in den falschen Schrank stellte oder Tafelsilber in die falsche Schublade legte, überkam mich zu meiner

Überraschung und Bestürzung eine stille Wut. Ich hatte, als er noch verheiratet war, unsere Beziehung zwar nie für korrekt gehalten, aber damals hatten wir einfach mehr Spaß miteinander, vor allem im Bett. Ich fürchtete, daß meine Unfähigkeit, zu empfinden, was ich selbst oder andere womöglich von mir erwarteten, eine Charaktereigenschaft an mir offenbarte, die ich nicht wahrhaben wollte.

Gnadenlos trommelte der Regen aufs Wagendach, als ich mit hektisch hin und her schnellenden Scheibenwischern zur Arbeit fuhr. Noch waren nicht viele Autos auf den Straßen unterwegs, denn es war erst kurz vor sieben. Nach und nach kam im wäßrigen Nebel die Skyline von Richmond in Sicht. Ich mußte wieder an das Foto denken, daran, wie es sich langsam auf meinem Bildschirm aufgebaut hatte. Ein kalter Schauer überlief mich, und die Haare an meinen Armen stellten sich auf. Mit einem Mal kam mir der Gedanke, daß die Person, die mir das Bild geschickt hatte, vielleicht jemand war, den ich kannte, und mich befiel eine undefinierbare Angst.

Ich nahm die Ausfahrt Seventh Street und fuhr den gewundenen Shockoe Slip mit seinem nassen Kopfsteinpflaster entlang, vorbei an den trendigen Restaurants, die um diese Zeit geschlossen hatten, und an Parkplätzen, die sich gerade erst zu füllen begannen. Als ich in die Einfahrt hinter dem viergeschossigen Bürogebäude einbog, in dem ich arbeitete, stellte ich fassungslos fest, daß mein Parkplatz trotz des unübersehbaren CHIEF MEDICAL EXAMINER-Schilds von einem Übertragungswagen des Fernsehens besetzt war. Das Nachrichtenteam wußte ganz genau, daß ich früher oder später dort auftauchen würde.

Als ich dichter heranfuhr und ihnen bedeutete, sie sollten wegfahren, glitt die Tür des Transporters auf. Ein Kameramann in Regenkleidung sprang heraus und kam mit einer mikrofonbewehrten Reporterin im Schlepptau auf mich zu. Ich ließ mein Fenster ein paar Zentimeter herunter.

»Weg da«, sagte ich alles andere als freundlich. »Sie stehen auf meinem Parkplatz.«

Nichts passierte. Statt dessen stieg noch ein Mensch mit Scheinwerfern aus dem Wagen. Starr vor Wut saß ich einen Moment lang da und glotzte die Leute an. Die Reporterin blockierte meine Tür und stieß ihr Mikrofon durch den Fensterschlitz.

»Dr. Scarpetta, stimmt es, daß der Schlächter wieder zugeschlagen hat?« fragte sie laut, während die Kamera lief und die Scheinwerfer brannten.

»Fahren Sie Ihren Wagen weg«, befahl ich ihr mit eiserner Ruhe in die Kamera.

»Ist es wahr, daß man einen weiteren Rumpf gefunden hat?« Regenwasser lief von ihrer Kapuze hinunter, während sie das Mikro weiter in den Wagen hineinschob.

»Ich bitte Sie jetzt zum letzten Mal, Ihren Wagen von meinem Parkplatz zu entfernen«, sagte ich wie ein Richter, der drauf und dran ist, jemanden wegen Mißachtung des Gerichts zu verdonnern. »Der hat hier nichts zu suchen.«

Der Kameramann wählte eine neue Perspektive und zoomte mich heran. Unbarmherziges Scheinwerferlicht blendete mich.

»Wurde die Leiche auf die gleiche Weise zerstückelt wie die anderen?«

Sie riß das Mikrofon gerade noch rechtzeitig weg, bevor mein Fenster sich schloß. Ich legte den Gang ein und setzte zurück. Dann machte ich eine Dreihundertsechzig-Grad-Drehung, und die Fernsehleute stoben auseinander. Mit quietschenden Reifen parkte ich direkt hinter dem Van, so daß er zwischen meinem Mercedes und dem Gebäude eingekeilt war.

»Moment mal!«

»He! Das können Sie doch nicht machen!«

Als ich ausstieg, starrten sie mich ungläubig an. Ohne mich

lange mit einem Regenschirm abzumühen, spurtete ich zur Tür und schloß auf.

»He!« ertönte es hinter mir. »Wie sollen wir denn da rauskommen?«

Von dem überdimensionalen rotbraunen Kombi im Verladeraum perlte Wasser auf den Betonfußboden. Ich öffnete eine weitere Tür, trat in den Korridor und schaute nach, wer sonst noch da war. Die weißen Fliesen blitzten vor Sauberkeit, die Luft war von extrastarkem Raumdeo geschwängert, und während ich zum Büro des Leichenschauhauses ging, öffnete sich schmatzend die Kühlraumtür aus massivem, rostfreiem Stahl.

»Guten Morgen!« sagte Wingo mit einem überraschten Lächeln. »Sie sind aber früh dran.«

»Danke, daß Sie den Kombi aus dem Regen geholt haben«, sagte ich.

»Soweit ich weiß, haben wir heute keine Fälle mehr zu erwarten, und da dachte ich, es könnte nicht schaden, ihn unterzustellen.

»Haben Sie draußen jemanden gesehen, als Sie ihn reingefahren haben?« fragte ich.

Er machte ein verwundertes Gesicht. »Nein. Aber das ist schon ungefähr eine Stunde her.«

Wingo war der einzige meiner Mitarbeiter, der für gewöhnlich früher ins Büro kam als ich. Er war ein graziöser, attraktiver junger Mann mit hübschem Gesicht und widerspenstigen dunklen Haaren. Aufgrund eines zwanghaften Sauberkeitswahns bügelte er seine Schürzen, wusch mehrmals wöchentlich den Kombi und die Transporter der Anatomie und polierte ständig sämtliche Edelstahloberflächen, bis man sich in ihnen spiegeln konnte. Er hatte für den geregelten Betrieb des Leichenschauhauses zu sorgen, und das tat er mit der Präzision und dem Stolz eines Generals. Wir beide duldeten hier unten nicht die geringste Achtlosigkeit, und niemand wagte es, infektiösen Abfall unsachgemäß zu entsorgen oder dumme Witze über die Toten zu reißen.

»Der Leichnam von der Mülldeponie liegt noch im Kühlraum«, sagte Wingo zu mir. »Wollen Sie, daß ich ihn rausho-le?«

»Warten wir lieber bis nach der Dienstbesprechung«, erwiderte ich. »Je länger er kühl bleibt, desto besser, und ich möchte nicht, daß hier jemand reinmarschiert und ihn sich anschaut.«

»Das würde ich nie zulassen«, sagte er, als hätte ich ihm gerade unterstellt, er vernachlässige seine Pflichten.

»Ich möchte auch nicht, daß jemand vom Personal aus Neugier hereinschaut.«

»Oh.« Ärger blitzte in seinen Augen auf. »Ich versteh' die Leute einfach nicht.«

Das würde er nie tun, denn er war nicht wie sie.

»Würden Sie bitte den Sicherheitsdienst alarmieren?« sagte ich. »Das Fernsehen steht bereits auf dem Parkplatz.«

»Das gibt's doch nicht. So früh am Tag?«

»Channel Eight wartete schon auf mich, als ich kam.« Ich reichte ihm meinen Autoschlüssel. »Geben Sie ihnen noch ein paar Minuten, und dann lassen Sie sie raus.«

»*Raus?* Wie meinen Sie das?« Er runzelte die Stirn und starrte auf den Fernbedienungsschlüssel in seiner Hand.

»Die stehen auf meinem Parkplatz.« Ich steuerte auf den Aufzug zu.

»Wie bitte?«

»Sie werden schon sehen.« Ich trat in die Kabine. »Wenn die meinen Wagen auch nur anrühren, zeige ich sie wegen Hausfriedensbruch und Sachbeschädigung an. Dann sorge ich dafür, daß der Sender einen Anruf von der Staatsanwaltschaft kriegt. Vielleicht verklage ich sie auch.« Ich lächelte ihm zwischen den sich schließenden Türen hindurch zu.

Mein Büro lag im ersten Stock des Consolidated Lab Building, einem Gebäude aus den siebziger Jahren. Wir und die Wissenschaftler aus dem oberen Stockwerk sollten bald ausziehen, weil wir endlich großzügigere Räumlichkeiten im neuen Biotechnologiepark an der Broad Street bekamen, nicht weit vom Marriott und dem Coliseum entfernt.

Die Bauarbeiten waren bereits im Gange, und ich verbrachte viel zuviel Zeit damit, um Details, Blaupausen und Budgets zu streiten. Das, was jahrelang mein Zuhause gewesen war, war nun in Auflösung begriffen. Kartonstapel säumten die Flure, und die Büroangestellten hatten keine Lust mehr, ihre Akten vernünftig abzulegen, weil ohnehin alles eingepackt werden mußte. Ich verschloß die Augen vor neuen Kartonbergen und ging den Flur hinunter zu meinem Büro. Wie üblich sah mein Schreibtisch aus, als sei eine Lawine darauf niedergegangen.

Ich schaute noch einmal nach E-Mails. Fast rechnete ich mit einer weiteren Mail von einem anonymen Absender, aber es waren die gleichen Nachrichten wie gestern. Ich überflog sie und verschickte kurze Antworten. Die Mail von *deadoc* verharrte still in meiner Mailbox, und ich konnte der Versuchung nicht widerstehen, sie und die dazugehörige Bilddatei zu öffnen. Ich war so konzentriert, daß ich nicht hörte, wie Rose hereinkam.

»Ich glaube, Noah hätte lieber noch eine zweite Arche bauen sollen«, sagte sie.

Ich schrak hoch und sah sie in der Tür stehen, die mein Büro mit ihrem verband. Sie wollte gerade ihren Regenmantel ausziehen und machte ein besorgtes Gesicht.

»Ich wollte Sie nicht erschrecken«, sagte sie.

Zögernd trat sie ein und sah mich scharf an.

»Ich wußte, daß Sie herkommen würden, anstatt auf mich zu hören«, sagte sie. »Sie machen ein Gesicht, als hätten Sie ein Gespenst gesehen.«

»Was tun Sie so früh hier?« fragte ich.

»Ich hatte so ein Gefühl, daß Sie alle Hände voll zu tun haben würden.« Sie legte ihren Regenmantel ab. »Haben Sie heute morgen schon die Zeitung gesehen?«

»Noch nicht.«

Sie öffnete ihre Handtasche und nahm ihre Brille heraus. »Dieses ganze Gerede über den *Schlächter.* Sie können sich ja vorstellen, was da los ist. Auf dem Weg hierher habe ich in den Nachrichten gehört, daß massenhaft Schußwaffen verkauft werden, seit diese Mordserie begonnen hat. Ich frage mich manchmal, ob hinter so etwas nicht die Waffenhandlungen stecken. Erst jagen sie uns eine Mordsangst ein, damit wir dann alle wie die Irren losrennen und uns eine 38er oder eine halbautomatische Pistole kaufen.«

Rose hatte stahlgraue Haare, die sie immer hochgesteckt trug. Ihre scharfen Gesichtszüge hatten etwas Aristokratisches. Es gab nichts, was sie nicht schon gesehen hatte, und niemanden, vor dem sie sich fürchtete. Ich wußte, wie alt sie war, und lebte daher in der ständigen Furcht, daß sie sich pensionieren ließ. Sie brauchte nicht für mich zu arbeiten. Sie blieb nur, weil sie eine gute Seele war und zu Hause niemand auf sie wartete.

»Sehen Sie sich das mal an«, sagte ich und schob meinen Stuhl zurück.

Sie kam auf meine Schreibtischseite herüber und stellte sich so dicht neben mich, daß mir White Musk in die Nase stieg. Es war der Duft sämtlicher Produkte, die sie sich im Bodyshop, dem Laden der Tierversuchsgegner, zusammenmischte. Rose hatte kürzlich den fünften altersschwachen Greyhound bei sich aufgenommen. Sie züchtete Siamkatzen, besaß mehrere Aquarien und wollte jedem, der einen Pelz trug, am liebsten an die Gurgel gehen. Sie starrte auf meinen Computerbildschirm und schien nicht ganz zu begreifen, was sie da vor sich hatte. Dann erstarrte sie plötzlich.

»Mein Gott«, murmelte sie und sah mich über den Rand

ihrer Bifokalbrille hinweg an. »Ist das das, was unten im Kühlraum liegt?«

»Eine frühere Version davon, glaube ich«, sagte ich. »Ich habe es über AOL bekommen.«

Sie schwieg.

»Selbstverständlich verlasse ich mich darauf«, fuhr ich fort, »daß Sie hier aufpassen wie ein Luchs, solange ich unten bin. Sobald irgend jemand die Lobby betritt, den wir nicht kennen oder nicht erwarten, möchte ich, daß der Sicherheitsdienst ihn aufhält. Und kommen Sie ja nicht auf die Idee, rauszugehen und die Leute zu fragen, was sie wollen.« Ich sah sie eindringlich an, schließlich kannte ich sie nur zu gut.

»Sie glauben, er würde hierherkommen?« bemerkte sie sachlich.

»Ich weiß selbst nicht, was ich glauben soll. Aber offenbar hat er das Bedürfnis, Kontakt mit mir aufzunehmen.« Ich schloß die Datei und stand auf. »Und das hat er getan.«

Um kurz vor halb acht rollte Wingo den Leichnam auf die Bodenwaage, und wir begannen mit der Untersuchung, von der ich wußte, daß sie äußerst langwierig und gründlich sein würde. Der Rumpf wog einundzwanzig Kilo und war dreiundfünfzig Zentimenter lang. Rückwärtig fanden sich schwache Totenflecken. Da das Blut, wenn es zu zirkulieren aufhört, der Schwerkraft gehorcht, bedeutete das, daß sie nach Eintritt des Todes stunden- oder tagelang auf dem Rücken gelegen hatte. Ich konnte sie nicht anschauen, ohne das grausige Bild auf meinem Monitor vor mir zu sehen, und war mir immer sicherer, daß es sich um ein und denselben Rumpf handelte.

»Was glauben Sie, wie groß sie war?« Wingo warf mir einen kurzen Blick zu, während er die Bahre parallel zum ersten Autopsietisch abstellte.

»Wir werden ihre Größe anhand der Höhe der Lendenwirbelkörper schätzen, da wir weder auf Schienbeine noch auf Oberschenkelknochen zurückgreifen können«, sagte ich, während ich eine Plastikschürze über meinen Kittel band. »Aber sie wirkt klein. Geradezu schwächlich.«

Kurz darauf waren die Röntgenaufnahmen entwickelt, und er hängte sie an Leuchtkästen. Was ich sah, erzählte eine Geschichte, die keinen Sinn zu ergeben schien. Die Kanten der Schambeinfuge, dort, wo ein Schambein ans andere grenzt, waren nicht mehr uneben und zerfurcht wie in der Jugend. Die Knochen waren vielmehr schwer erodiert und hatten unregelmäßige, aufgebogene Ränder. Auf weiteren Röntgenaufnahmen war zu sehen, daß die Rippen dort, wo sie ans Brustbein ansetzten, unregelmäßige Wucherungen aufwiesen. Die Knochen selbst waren dünnwandig und scharfkantig, und im Bereich von der Lendenwirbelsäule bis zum Kreuzbein fanden sich ebenfalls degenerative Veränderungen.

Wingo war kein Anthropologe, aber auch ihm konnte das Offensichtliche nicht entgehen.

»Wenn ich es nicht besser wüßte, würde ich glauben, daß wir ihre Aufnahmen mit denen von jemand anders vertauscht haben«, sagte er.

»Das hier ist eine alte Frau«, sagte ich.

»Wie alt würden Sie sie schätzen?«

»Ich schätze nicht gern.« Ich studierte ihre Röntgenbilder. »Aber ich würde sagen, mindestens siebzig. Auf jeden Fall zwischen fünfundsechzig und achtzig. Kommen Sie. Wir nehmen uns erst mal den Müll vor.«

Die nächsten zwei Stunden verbrachten wir damit, einen großen Müllbeutel voll Abfall zu durchsuchen, der auf der Deponie direkt unter der Leiche und um sie herum gelegen hatte. Der Müllbeutel, in dem sie vermutlich gesteckt hatte, faßte hundertzwanzig Liter, war schwarz und mit einem gezahnten gelben Plastikstreifen verschlossen gewesen. Mit Masken und Handschuhen ausgerüstet, wühlten Wingo und ich uns durch Reifenspäne und Schaumstoffwatte aus Möbelpolstern. Beides wurde auf der Mülldeponie als Abdeckmaterial benutzt. Wir untersuchten zahllose schmierige Plastik- und Papierfetzen, sammelten Maden und tote Fliegen ab und warfen sie in einen Karton.

Unsere Ausbeute war bescheiden: ein blauer Knopf, der wahrscheinlich in keiner Beziehung zu unserem Fall stand, und – eigentümlicherweise – ein Kinderzahn. Wir fanden einen deformierten Kamm, eine plattgedrückte Batterie, mehrere Porzellanscherben, einen verbogenen Drahtbügel und die Kappe eines Bic-Kugelschreibers. Das meiste – Gummischnipsel, Schaumstoffwatte, schwarze Plastikfetzen und durchweichtes Papier – landete jedoch im Mülleimer. Dann bauten wir helle Scheinwerfer um den Tisch herum auf und legten den Leichnam auf ein sauberes weißes Laken.

Zentimeter für Zentimeter suchte ich sie mit einer Lupe ab. Ihr Körper war eine Müllhalde mikroskopisch kleiner Abfälle. Mit einer Pinzette sammelte ich blasse Fasern von dem dunklen, blutigen Stumpf, der einmal ihr Hals gewesen war, und auf ihrem Rücken fand ich drei grauweiße Haare, etwa fünfunddreißig Zentimeter lang, die an getrocknetem Blut klebten.

»Ich brauche noch einen Umschlag«, sagte ich zu Wingo, denn ich war auf etwas anderes gestoßen, mit dem ich nicht gerechnet hatte.

An den Enden beider Oberarmknochen und auch an den Muskelrändern darum herum hafteten weitere Fasern und winzige Fragmente eines hellblauen Stoffes. Das bedeutete, daß die Säge durch diesen Stoff hindurchgegangen sein mußte.

»Sie war bekleidet oder in irgend etwas eingewickelt, als sie zerstückelt wurde«, sagte ich bestürzt.

Wingo unterbrach seine Tätigkeit und sah mich an. »Das war bei den anderen nicht der Fall.«

Jene Opfer waren dem Anschein nach nackt gewesen, als sie zersägt wurden. Er machte weiter Notizen, während ich, die Lupe vorm Auge, mit meiner Suche fortfuhr.

»Auch an beiden Oberschenkelknochen haften Fasern und Stoffetzen.« Ich sah genauer hin.

»Demnach war sie auch von der Taille abwärts bekleidet oder bedeckt?« fragte er.

»Sieht ganz so aus.«

»Dann hat der Täter sie also erst zerstückelt und danach ausgezogen?« Erschüttert von der Vorstellung sah er mich an.

»Er wollte natürlich nicht, daß wir ihre Kleidung finden. Die hätte uns zu viele Hinweise geben können«, sagte ich.

»Warum hat er sie dann nicht gleich ausgezogen, ausgewickelt oder was auch immer?«

»Vielleicht wollte er sich den Anblick ersparen, während er sie zerstückelte«, sagte ich.

»Ach nein, jetzt macht er plötzlich auf sensibel«, sagte Wingo voll Haß auf den Täter.

»Schreiben Sie bitte mit«, wies ich ihn an. »Die Halswirbelsäule ist in Höhe des fünften Halswirbels durchtrennt. Die verbliebenen Oberschenkelknochen enden auf der rechten Seite fünf Zentimeter und auf der linken sechs Zentimeter unterhalb des unteren Trochanters. Beide weisen sichtbare Sägespuren auf. Die verbliebenen Segmente oder Oberarmknochen sind rechts wie links zweieinhalb Zentimeter lang, mit sichtbaren Sägespuren. Auf der oberen rechten Hüfte befindet sich eine zwei Zentimeter lange, verheilte alte Impfnarbe.«

»Was ist damit?« Er meinte die zahlreichen erhabenen, mit Flüssigkeit gefüllten Bläschen, die über Gesäß, Schultern und Oberschenkel verteilt waren.

»Ich weiß nicht«, sagte ich und griff nach einer Spritze. »Ich schätze, ein Herpes zoster.«

»Puh!« Wingo zuckte vom Tisch zurück. »Hätten Sie mir das nicht früher sagen können?« Er hatte Angst.

»Gürtelrose.« Ich begann, ein Reagenzglas zu beschriften. »Vielleicht. Ich muß allerdings gestehen, daß ich ein wenig irritiert bin.«

»Was wollen Sie damit sagen?« Ihm gingen zusehends die Nerven durch.

»Das Gürtelrosevirus«, erwiderte ich, »greift die sensorischen Nerven an. Die Bläschen bilden sich in Streifen entlang von Nervenbahnen. Unter einer Rippe zum Beispiel. Und sie sind unterschiedlich alt. Aber diese hier treten haufenförmig auf, und sie sehen alle gleich alt aus.«

»Was könnte es denn sonst sein?« fragte er. »Windpocken?«

»Das ist der gleiche Erreger. Kinder bekommen Windpocken. Erwachsene bekommen Gürtelrose.«

»Was ist, wenn ich es kriege?« fragte Wingo.

»Hatten Sie als Kind Windpocken?«

»Keine Ahnung.«

»Sind Sie gegen VZV geimpft?« fragte ich.

»Nein.«

»Nun, wenn Sie keine Antikörper gegen VZV haben, sollten Sie sich impfen lassen.« Ich blickte zu ihm auf. »Ist Ihr Immunsystem denn geschwächt?«

Er antwortete nicht, ging zum Sektionswagen, streifte seine Latexhandschuhe ab und schleuderte sie in den roten Eimer für infektiöse Abfälle. Aufgebracht griff er sich ein neues Paar aus dickerem blauen Nitril. Ich unterbrach meine Tätigkeit und beobachtete ihn, bis er zum Tisch zurückkam.

»Ich finde bloß, Sie hätten mich schon früher warnen können«, sagte er, und seine Stimme klang, als würde er gleich in Tränen ausbrechen. »Ich meine, wir haben schließlich überhaupt keine Möglichkeit, uns zu schützen, durch Impfungen zum Beispiel. Außer gegen Hepatitis B. Also bin ich darauf angewiesen, daß Sie mich darüber aufklären, was wir hier reinkriegen.«

»Beruhigen Sie sich.«

Ich faßte ihn mit Samthandschuhen an. Wingo war so sensibel, daß es schon fast ungesund war, und das stellte auch wirklich das einzige Problem dar, das ich mit ihm hatte.

»Sie können sich bei dieser Frau unmöglich mit Windpocken oder Gürtelrose infizieren, es sei denn durch den Austausch von Körperflüssigkeiten«, sagte ich. »Solange Sie also Handschuhe tragen, ganz normal ihre Arbeit machen und sich nicht schneiden oder mit einer Nadel stechen, kann das Virus Ihnen nichts anhaben.«

Einen Moment lang glänzten seine Augen, und er sah schnell weg.

»Ich fange dann mal mit dem Fotografieren an«, sagte er.

4

Marino und Benton Wesley erschienen am Nachmittag, als die Autopsie bereits voll im Gange war. Die äußere Leichenschau versprach keine weiteren Ergebnisse mehr, und Wingo machte gerade eine verspätete Mittagspause. Ich war also allein. Wesley heftete seinen Blick auf mich, als er zur Tür hereinkam, und an seinem Mantel sah ich, daß es immer noch regnete.

»Nur damit du es weißt«, sagte Marino zur Begrüßung, »wir haben Hochwasseralarm.«

Da es in der Leichenhalle keine Fenster gab, wußte ich nie, wie das Wetter war.

»Wie ernst ist es denn?« fragte ich. Wesley war an den Rumpf herangetreten und sah ihn sich an.

»So ernst, daß langsam mal jemand anfangen sollte, Sandsäcke zu stapeln, wenn das so weitergeht«, erwiderte Marino und stellte seinen Schirm in einer Ecke ab.

Unser Gebäude lag mehrere Blocks vom James River entfernt. Vor Jahren war das untere Geschoß mal überschwemmt gewesen. Leichen, die der Wissenschaft zur Verfügung gestellt worden waren, trieben in überlaufenden Tanks an die Oberfläche, und rosafarben formalinverseuchtes Wasser sickerte in die Leichenhalle und auf den Parkplatz hinterm Haus.

»Muß ich mir große Sorgen machen?« fragte ich beunruhigt. »Es wird schon wieder aufhören«, sagte Wesley, als ließe sich das Wetter vorhersagen wie die nächsten Schritte eines Verbrechers.

Er zog seinen Regenmantel aus, und der Anzug darunter war so dunkelblau, daß er fast schwarz wirkte. Er trug ein gestärktes weißes Hemd und eine konservative Seidenkrawatte. Seine silbergrauen Haare waren ein wenig länger als sonst, aber wohlfrisiert. Seine scharfen Züge ließen ihn generell wachsamer und einschüchternder wirken, als er war, aber heute hatte er ein besonders grimmiges Gesicht aufgesetzt, und zwar nicht nur meinetwegen. Er und Marino gingen zu einem Sektionswagen, um sich Handschuhe anzuziehen und Masken umzubinden.

»Tut mir leid, daß wir so spät kommen«, sagte Wesley zu mir, während ich weiterarbeitete. »Jedesmal wenn ich aus dem Haus wollte, klingelte das Telefon. Diese Sache ist ein echtes Problem.«

»Für diese Frau auf jeden Fall«, sagte ich.

»Scheiße.« Marino starrte auf das, was einmal ein menschlicher Körper gewesen war. »Wie kann man nur so etwas tun?«

»Ganz einfach«, sagte ich, während ich die Milz sezierte. »Man sucht sich eine alte Frau und sorgt dafür, daß sie nicht genug zu trinken und zu essen bekommt, und wenn sie krank wird, vergißt man den Arzt zu holen. Dann erschießt man sie oder schlägt ihr den Kopf ein.« Ich blickte zu ihnen auf. »Ich wette, sie hat einen Schädelbasisbruch. Vielleicht auch irgendein anderes Schädeltrauma.«

Marino machte ein verdutztes Gesicht. »Sie hat doch gar keinen Kopf. Woher willst du das wissen?«

»Das weiß ich, weil sie Blut in der Luftröhre hat.«

Sie traten dichter heran, um zu sehen, was ich meinte.

»Der Grund dafür könnte sein«, fuhr ich fort, »daß ihr nach einem Schädelbasisbruch Blut die Kehle runtergelaufen und beim Atmen in die Luftröhre gelangt ist.«

Wesley musterte die Leiche eingehend, wie es jemand tut, der schon unzählige Male Tod und Verstümmelung vor Augen gehabt hat. Er starrte auf die Stelle, wo der Kopf hätte sein sollen, als könnte er ihn sich dazudenken.

»Sie hat Blutungen im Muskelgewebe.« Ich machte eine bedeutungsvolle Pause. »Sie war noch am Leben, als der Täter anfing, sie zu zerstückeln.«

»Mein Gott«, stieß Marino angewidert aus und zündete sich eine Zigarette an. »Das darf doch nicht wahr sein.«

»Ich sage nicht, daß sie bei Bewußtsein war«, fügte ich hinzu. »Höchstwahrscheinlich trat der Tod kurz darauf ein. Aber sie hatte immer noch einen Blutdruck, so schwach er auch gewesen sein mag. Zumindest in der Halsgegend, nicht jedoch in Armen und Beinen.«

»Dann hat er ihr zuerst den Kopf abgetrennt«, sagte Wesley zu mir.

»Ja.«

Er betrachtete die Röntgenaufnahmen an den Wänden.

»Das paßt viktimologisch nicht zusammen«, sagte er. »Überhaupt nicht.«

»Nichts an diesem Fall paßt«, entgegnete ich. »Außer daß auch hier eine Säge benutzt wurde. Ich habe an den Knochen jedoch auch ein paar Schnitte gefunden, die von einem Messer stammen könnten.«

»Was kannst du uns sonst noch über sie sagen?« fragte Wesley, und ich spürte seinen Blick, während ich einen feingeweblichen Schnitt in den Behälter mit Formalin legte.

»Sie hat eine Art Ausschlag, möglicherweise eine Gürtelrose, und zwei Narben auf der rechten Niere, die auf eine Pyelonephritis, eine Nierenbeckenentzündung, hindeuten. Der Muttermund ist verbreitert und sternförmig, möglicherweise ein Anzeichen dafür, daß sie Kinder geboren hat. Ihr Myocardium, der Herzmuskel, ist weich.«

»Das heißt?«

»Daran können Toxine schuld sein. Giftstoffe, die von Mikroorganismen produziert werden.« Ich schaute zu ihm hoch. »Wie ich schon sagte: Sie war krank.«

Marino wanderte umher und sah sich den Rumpf aus unterschiedlichen Blickwinkeln an. »Hast du irgendeine Ahnung, was sie hatte?«

»Aus der Sekretion in ihren Lungen schließe ich, daß sie eine Bronchitis hatte. Woran sie sonst noch litt, weiß ich momentan noch nicht. Ihre Leber ist allerdings in einem ziemlich üblen Zustand.«

»Vom Alkohol«, sagte Wesley.

»Gelblich und knotig. Ja«, erwiderte ich. »Und ich würde sagen, daß sie früher geraucht hat.«

»Sie ist nur noch Haut und Knochen«, bemerkte Marino.

»Sie hat lange nichts gegessen«, sagte ich. »Ihr Magen ist röhrenförmig, leer und sauber.« Ich zeigte ihnen, wovon ich sprach.

Wesley ging zu einem Schreibtisch und zog einen Stuhl hervor. Er starrte gedankenverloren ins Leere, während ich ein Stromkabel von einer Rolle über mir herabzog und die Stryker-Säge einstöpselte. Marino, dem dieser Teil der Prozedur am wenigsten behagte, trat vom Tisch zurück. Niemand sprach ein Wort, während ich die Enden der Arme und Beine absägte. Knochenstaub schwebte durch die Luft, und die elektrische Säge schrillte lauter als ein Zahnbohrer. Ich legte jeden Schnitt in einen beschrifteten Karton und sprach aus, was ich dachte.

»Ich glaube nicht, daß wir es wieder mit demselben Mörder zu tun haben.«

»Ich weiß nicht, was ich glauben soll«, sagte Marino. »Aber es gibt zwei große Gemeinsamkeiten. Es ist ein Rumpf, und der Fundort ist eine Müllkippe in Zentral-Virginia.«

»Er hat sich noch nie an einen bestimmten Opfertyp gehalten«, sagte Wesley. Die OP-Maske hing los um seinen Hals. »Eine Schwarze, zwei weiße Frauen und ein schwarzer Mann. Die fünf in Dublin waren ähnlich zusammengewürfelt. Aber andererseits waren sie alle jung.«

»Hältst du es also für wahrscheinlich, daß er sich jetzt eine alte Frau sucht?« fragte ich ihn.

»Offen gesagt, nein. Aber im Verhalten solcher Leute gibt es keine Gesetzmäßigkeit, Kay. Wir haben hier jemanden, der zu jeder Zeit tut und läßt, was er will.«

»Die Gliedmaßen der anderen Opfer wurden an den Gelenken amputiert. Hier war es anders«, erinnerte ich die beiden. »Und ich glaube, diese Frau war bekleidet oder in irgend etwas eingewickelt.«

»Vielleicht ist es ihm diesmal schwerer gefallen«, sagte Wesley, nahm die Maske ganz ab und warf sie auf den Schreibtisch. »Vielleicht hat ihn sein Drang zu töten übermannt, und vielleicht war sie ein leichtes Opfer.« Er blickte auf den Rumpf. »Also schlägt er zu, aber es stört ihn, daß sie nicht so jung ist wie seine anderen Opfer. Deshalb ändert sich sein Modus operandi. Er läßt sie zumindest teilweise bedeckt oder bekleidet, weil es ihn nicht anturnt, eine alte Frau zu vergewaltigen und umzubringen. Und er hackt ihr zuerst den Kopf ab, damit er sie nicht ansehen muß.«

»Gibt es irgendwelche Anzeichen für eine Vergewaltigung?« fragte mich Marino.

»Damit ist nicht zu rechnen«, sagte ich. »Ich bin hier gleich fertig. Sie kommt wie die anderen in den Kühlraum. Vielleicht können wir sie ja irgendwann identifizieren. Ich habe Muskelfasern und Knochenmark entnommen, falls wir eines Tages eine Vermißte haben, zu der es einen genetischen Fingerabdruck gibt.«

Es blieb den beiden sicher nicht verborgen, wie entmutigt ich war. Wesley nahm seinen Mantel, den er an eine Tür gehängt hatte und der eine kleine Pfütze auf dem Fußboden hinterließ.

»Ich würde gern das Foto sehen, das man dir über AOL geschickt hat«, sagte er zu mir.

»Das paßt übrigens auch nicht zu seiner sonstigen Vorgehensweise«, sagte ich, während ich den Y-förmigen Körperlängsschnitt zu vernähen begann. »Das ist das erste Mal, daß ich etwas geschickt bekommen habe.«

Marino wurde plötzlich hektisch, als hätte er es eilig. »Ich fahr' mal schnell nach Sussex raus«, sagte er auf dem Weg zur Tür. »Ich muß mich mit unserem wackeren Cowboy treffen, diesem Ring, damit er mir beibringen kann, wie man einen Mordfall löst.

Ich kannte jedoch den wahren Grund für seinen überhasteten Aufbruch. Obwohl er mir ständig predigte, ich solle Wesley heiraten, litt er insgeheim unter unserer Beziehung. Irgendwo im Hinterkopf würde er immer eifersüchtig sein.

»Rose kann dir das Bild zeigen«, sagte ich zu Wesley, während ich den Leichnam mit einem Schlauch abspritzte und mit einem Schwamm wusch. »Sie weiß, wie sie meine E-Mail aufrufen kann.«

Ein Ausdruck von Enttäuschung erschien in seinen Augen, noch bevor er es verbergen konnte. Ich trug die Kartons mit den Knochenenden zu einer Arbeitsfläche am anderen Ende des Raums, wo sie in einer schwach konzentrierten Bleichmittellösung bis zur vollständigen Mazeration gekocht wurden. Er blieb stehen, sah mir zu und wartete, bis ich zurückkam. Ich wollte nicht, daß er ging, aber ich wußte nicht, was ich noch mit ihm reden sollte.

»Können wir nicht miteinander reden, Kay?« sagte er schließlich. Wir sehen uns ja kaum noch. Ich weiß, daß wir beide viel zu tun haben und daß dies kein guter Zeitpunkt ist. Aber ...«

»Benton«, unterbrach ich ihn mit Nachdruck. »Nicht hier.«

»Natürlich nicht. Das wollte ich auch nicht vorschlagen.«

»Es käme doch sowieso nur wieder aufs gleiche hinaus.«

»Diesmal nicht. Versprochen.« Er sah auf die Wanduhr. »Paß auf, es ist schon spät. Ich bleibe einfach in der Stadt, und wir essen zusammen zu Abend. Wie wär das?«

Ich war hin und her gerissen. Einerseits scheute ich mich davor, andererseits wollte ich auch gerne Zeit mit ihm verbringen.

»Na gut«, sagte ich. »Um sieben bei mir. Ich werde etwas improvisieren. Erwarte nichts Besonderes.«

»Wir können auch essen gehen. Ich möchte nicht, daß du dir unnötige Mühe machst.«

»Öffentlichkeit ist das letzte, was ich jetzt brauche«, sagte ich. Sein Blick verweilte noch ein wenig auf mir, während ich Schilder, Röhrchen und verschiedene Arten von Behältern beschriftete. Seine Absätze knallten hart auf den Fliesen, als er ging, und ich hörte, wie sich auf dem Flur die Aufzugtüren öffneten und er mit jemandem sprach. Sekunden später kam Wingo herein.

»Ich wär' ja eher gekommen.« Er ging zu einem Wagen und begann, sich neue Überschuhe und Handschuhe anzuziehen und eine Maske umzubinden. »Aber das ist der reinste Zoo da oben.«

»Was soll das heißen?« fragte ich und löste die Bänder meines OP-Kittels, während er in einen neuen schlüpfte.

»Reporter.« Er setzte eine Schutzbrille auf und sah mich durch transparentes Plastik hindurch an. »In der Lobby. Sie haben mit ihren Übertragungswagen das Gebäude umstellt.« Er machte ein betretenes Gesicht. »Ich sage es Ihnen nur ungern, aber jetzt hat Channel Eight *Sie* eingekeilt. Der Übertragungswagen steht so hinter Ihrem, daß Sie nicht rauskönnen, und niemand sitzt drin.«

Maßlose Wut stieg in mir auf. »Rufen Sie die Polizei und lassen Sie ihn abschleppen!« rief ich ihm aus dem Umkleideraum zu. »Sie machen hier alles fertig. Ich gehe nach oben und kümmere mich um die Journalisten.«

Ich knüllte meinen Kittel zusammen, feuerte ihn in die Wäschetonne und riß mir Handschuhe, Überschuhe und Haube herunter. Energisch schrubbte ich mir mit antibakterieller Seife die Hände und riß dann ungewohnt fahrig meinen Spind auf. Ich war mit den Nerven am Ende: Dieser Fall, die Presse, Wesley, all das setzte mir ganz schön zu.

»Dr. Scarpetta?«

Wingo stand plötzlich in der Tür, während ich noch mit den Knöpfen an meiner Bluse kämpfte. Daß er einfach hereinkam, während ich mich umzog, war nichts Neues. Das war für uns beide die natürlichste Sache der Welt, denn seine Gegenwart störte mich so wenig wie die einer Frau.

»Ich wollte fragen, ob Sie einen Moment Zeit hätten ...« Er zögerte. »Na ja, ich weiß, daß Sie heute sehr beschäftigt sind.« Ich schleuderte die blutigen Reeboks in meinen Spind und schlüpfte in die Schuhe, die ich auf dem Weg zur Arbeit getragen hatte. Dann zog ich meinen Laborkittel an.

»Hören Sie, Wingo« – ich riß mich zusammen, denn ich wollte meine Wut nicht an ihm auslassen – »auch ich würde gern mit Ihnen reden. Wenn Sie hier fertig sind, kommen Sie doch in mein Büro.«

Er brauchte es mir nicht erst zu sagen. Ich hatte das Gefühl, daß ich es bereits wußte. Ich fuhr mit dem Aufzug nach oben, und meine Stimmung verdunkelte sich wie der Himmel vor einem Sturm. Wesley war immer noch in meinem Büro und studierte das Bild auf meinem Monitor. Ohne meinen Schritt zu verlangsamen, ging ich weiter den Flur hinunter. Rose war es, die ich suchte. Am Empfang hatten die Angestellten alle Hände voll zu tun, die Flut eingehender Anrufe zu bewältigen, während meine Sekretärin und mein Verwalter an einem Fenster standen, von dem aus man den Parkplatz vorm Haus sehen konnte.

Der Regen hatte keineswegs nachgelassen, doch offenbar ließ sich kein einziger Journalist, Kameramann oder Fotograf dieser Stadt davon abschrecken. Es grenzte an Massenhysterie: Die Story mußte ja ein Knüller sein, wenn alle deswegen solch einem Regenguß trotzten.

»Wo sind Fielding und Grant?« erkundigte ich mich nach meinem Stellvertreter und dem diesjährigen Referendar.

Mein Verwalter war ein pensionierter Sheriff, der eine Vorliebe für Eau de Cologne und flotte Anzüge hatte. Er trat vom Fenster zurück. Rose hingegen sah weiter hinaus.

»Dr. Fielding ist beim Gericht«, sagte er. »Dr. Grant mußte weg, weil sein Keller unter Wasser steht.«

Rose drehte sich um, und ihre Augen funkelten angriffslustig wie die eines Tieres, das sein Revier verteidigt. »Ich habe Jess in die Registratur geschickt«, sagte sie. Jess war die Rezeptionistin.

»Also ist vorn niemand.« Ich schaute zur Lobby.

»O doch, da sind genug Leute«, sagte meine Sekretärin wutschnaubend, während in einer Tour die Telefone klingelten.

»Ich wollte nicht, daß da draußen bei all diesen Geiern jemand sitzt. Trotz der kugelsicheren Scheiben.«

»Wie viele Reporter sind in der Lobby?«

»Fünfzehn bis zwanzig, als ich das letzte Mal nachgesehen habe«, antwortete mein Verwalter. »Ich bin einmal rausgegangen und habe sie gebeten, das Haus zu verlassen. Sie sagten, sie würden nicht eher gehen, bevor sie nicht eine Stellungnahme von Ihnen bekämen. Ich dachte mir, wir könnten vielleicht irgendwas zu Papier bringen und ...«

»Die sollen ihre Stellungnahme kriegen«, fiel ich ihm ins Wort.

Rose legte ihre Hand auf meinen Arm. »Dr. Scarpetta, ich weiß nicht, ob da so eine gute Idee ist ...«

Auch sie ließ ich nicht ausreden. »Überlassen Sie das mir.«

Die Lobby war klein, und eine dicke Glastrennwand versperrte Unbefugten den Zutritt. Als ich um die Ecke bog, konnte ich kaum fassen, wie viele Menschen sich in dem Raum drängelten. Der Fußboden war voller Fußabdrücke und Dreckpfützen. Sobald die Journalisten mich sahen, flammten Scheinwerfer auf. Reporter begannen zu brüllen und mir Mikrofone und Kassettenrecorder vors Gesicht zu halten. Blitzlichter blendeten mich.

Ich überschrie den Lärm. »Ruhe bitte!«

»Dr. Scarpetta ...«

»Ruhe!« brüllte ich noch lauter und starrte blind in die wütende Meute, ohne irgend jemanden erkennen zu können. »Also – ich möchte Sie höflichst bitten zu gehen«, sagte ich.

»War es wieder der Schlächter?« übertönte eine Frauenstimme die anderen.

»Die Ermittlungen sind noch nicht abgeschlossen«, sagte ich.

»Dr. Scarpetta.«

Ich erkannte die Fernsehreporterin Patty Denver, deren hübsches Gesicht in der ganzen Stadt auf Plakaten zu sehen war.

»Wir wissen aus zuverlässiger Quelle, daß Sie diesen Fall erneut dem Serienmörder zuschreiben«, sagte sie. »Können Sie das bestätigen?«

Ich gab keine Antwort.

»Stimmt es, daß das Opfer asiatischer Herkunft ist und vermutlich noch nicht die Pubertät erreicht hat, und daß der Lkw mit dem es transportiert wurde, hier aus der Gegend stammt?« fuhr sie zu meinem Entsetzen fort. »Und müssen wir davon ausgehen, daß der Mörder sich derzeit in Virginia aufhält?«

»Treibt der Schlächter jetzt in Virginia sein Unwesen?«

»Steckt möglicherweise eine Absicht dahinter, daß die Leichen alle hier gelandet sind?«

Ich hob die Hand, um sie zum Schweigen zu bringen. »Dies ist nicht der richtige Zeitpunkt für Spekulationen«, sagte ich. »Ich kann Ihnen nur sagen, daß wir diesen Fall als Mordfall behandeln. Das Opfer ist eine nicht identifizierte Weiße. Es handelt sich nicht um ein junges Mädchen, sondern um eine alte Frau, und wir bitten Personen, die uns möglicherweise mit Hinweisen dienen können, sich an uns oder das Sheriff's Department von Sussex County zu wenden.«

»Was ist mit dem FBI?«

»Das FBI ist eingeschaltet.«

»Dann halten Sie also den Schlächter...«

Ich drehte mich um, tippte eine Zahlenkombination in ein Tastenfeld ein, und das Schloß öffnete sich klickend. Ich ignorierte die fordernden Stimmen und schloß die Tür hinter mir. Entnervt stürmte ich den Flur hinunter. Als ich mein Büro betrat, war Wesley bereits gegangen. Ich setzte mich an meinen Schreibtisch und wählte die Nummer von Marinos Pieper. Er rief mich sofort zurück.

»Herrgott noch mal, irgend jemand gibt ständig Informationen an die Medien weiter. Das muß aufhören!« brüllte ich ins Telefon.

»Wir wissen verdammt gut, wer das ist«, sagte Marino gereizt. »Ring.« Daran bestand für mich kein Zweifel, nur beweisen konnte ich es nicht.

»Ich war mit der Pfeife auf der Deponie verabredet. Das ist jetzt fast eine Stunde her«, fuhr Marino fort.

»Die Presse hatte offenbar keine Schwierigkeiten, ihn zu finden.«

Ich erzählte ihm, was das Fernsehteam angeblich »aus zuverlässiger Quelle« wußte.

»Dieser gottverdammte Idiot!« sagte er.

»Mache ihn ausfindig und sage ihm, er soll den Mund halten«, sagte ich. »Die Reporter haben uns heute praktisch den ganzen Tag von der Arbeit abgehalten, und jetzt werden die

Leute in der Stadt auch noch glauben, daß ein Serienmörder unter ihnen weilt.«

»Tja, damit könnten sie bedauerlicherweise sogar recht haben«, sagte er.

»Ich kann's einfach nicht glauben.« Ich wurde immer ungehaltener. »Ich muß Informationen herausgeben, um Fehlinformationen entgegenzutreten. Das kann nicht meine Aufgabe sein, Marino.«

»Keine Sorge, ich werde mich darum kümmern und noch um einiges mehr«, versprach er. »Ich nehme an, du weißt es noch nicht.«

»Was?«

»Es geht das Gerücht, Ring hätte etwas mit Patty Denver.«

»Ich dachte, die wäre verheiratet«, sagte ich, während ich mir ihr Äußeres in Erinnerung rief.

»Ist sie auch«, sagte er.

Ich diktierte die Fälle 1930–97 und versuchte mich auf das zu konzentrieren, was ich aus meinen Notizen ablas.

»Der Leichnam wurde in einem versiegelten Leichensack angeliefert«, sprach ich in den Kassettenrecorder und schob ein paar Zettel zurecht, die mit Blut von Wingos Handschuhen verschmiert waren. »Die Haut ist teigig. Die Brüste sind klein, atrophisch und faltig. Über dem Abdomen finden sich Hautfalten, die auf einen früheren Gewichtsverlust hindeuten ...«

»Dr. Scarpetta?« Wingo steckte seinen Kopf durch die Tür. »Oh, Entschuldigung«, sagte er, als er merkte, daß ich gerade beschäftigt war. »Das ist wohl kein so guter Zeitpunkt.«

»Kommen Sie rein«, sagte ich mit einem müden Lächeln. »Und machen Sie ruhig die Tür zu.«

Er schloß auch noch die Tür zwischen meinem und dem Büro von Rose. Nervös zog er einen Stuhl an meinen Schreibtisch. Es fiel ihm schwer, mir in die Augen zu sehen.

»Bevor Sie loslegen, lassen Sie mich etwas sagen«, begann

ich freundlich, aber bestimmt. »Ich kenne Sie seit vielen Jahren, und ich weiß so manches über Sie. Ich habe keine Vorurteile. Ich halte nichts von Schubladendenken. Für mich gibt es auf dieser Welt nur zwei Kategorien von Menschen. Die einen sind gut, die anderen sind es nicht. Aber ich mache mir Sorgen um Sie, weil Sie durch Ihre Neigung einem Risiko ausgesetzt sind.« Er nickte. »Ich weiß«, sagte er, und in seinen Augen schimmerten Tränen.

»Wenn Ihr Immunsystem geschwächt ist«, fuhr ich fort, »müssen Sie es mir sagen. Denn dann sollten Sie lieber nicht in der Leichenhalle arbeiten, zumindest nicht bei bestimmten Fällen.«

»Ich bin HIV-positiv.« Seine Stimme zitterte, und er begann zu weinen. Ich ließ ihn weinen. Er hielt sich die Arme vors Gesicht, als wolle er von niemandem gesehen werden. Seine Schultern bebten, Tränen befleckten seinen grünen Kittel, und seine Nase lief. Ich stand auf und nahm eine Schachtel Papiertücher von meinem Schreibtisch.

»Hier.« Ich stellte die Tücher neben ihn. »Ist ja gut.« Ich legte den Arm um ihn und ließ ihn weinen. »Wingo, ich möchte, daß Sie versuchen, sich zusammenzunehmen, damit wir darüber reden können, okay?«

Er nickte, putzte sich die Nase und trocknete sich die Augen. Einen Moment lang schmiegte er den Kopf an mich, und ich hielt ihn in den Armen wie ein Kind. Nach einer Weile sah ich ihm ins Gesicht und packte ihn an den Schultern.

»Jetzt heißt es tapfer sein, Wingo«, sagte ich. »Lassen Sie uns überlegen, wie wir dagegen angehen können.«

»Ich kann es meinen Eltern nicht sagen«, schluchzte er. »Mein Vater haßt mich sowieso. Und wenn meine Mutter mich verteidigt, läßt er es nur an ihr aus. Verstehen Sie?«

Ich zog einen Stuhl heran. »Was ist mit Ihrem Freund?«

»Wir haben uns getrennt.«

»Aber er weiß Bescheid?«

»Ich weiß es selbst erst seit zwei Wochen.«

»Sie müssen es ihm sagen – und jedem anderen, mit dem Sie intim waren«, mahnte ich. »Das ist nur fair. Wenn jemand das für Sie getan hätte, würden Sie jetzt vielleicht nicht hier sitzen und weinen.«

Er schwieg und starrte auf seine Hände. Dann holte er tief Luft und sagte: »Ich werde sterben, nicht wahr?«

»Wir alle sterben irgendwann«, sagte ich sanft.

»Aber nicht so.«

»Möglich wär's schon«, entgegnete ich. »Ich muß bei jeder ärztlichen Untersuchung einen Aidstest machen. Sie wissen ja, wie leicht man sich hier anstecken kann. Mir könnte es genauso ergehen wie Ihnen.«

Er blickte zu mir auf, und seine Augen und Wangen brannten. »Wenn ich Aids kriege, bringe ich mich um.«

»Das werden Sie nicht tun«, sagte ich.

Er begann wieder zu weinen. »Dr. Scarpetta, ich steh' das nicht durch! Ich will nicht in so einer Sterbeklinik enden, in der Fan Free Clinic, in einem Raum mit lauter anderen Todeskandidaten, die ich nicht kenne!« Tränen flossen, und sein Gesichtsausdruck war verzweifelt und trotzig zugleich. »Ich werde ganz allein sein, wie schon mein ganzes Leben.«

»Hören Sie zu.« Ich wartete, bis er sich beruhigt hatte. »Sie werden nicht allein sein. Sie haben ja mich.«

Er brach wieder in Tränen aus, verbarg sein Gesicht und gab so laute Geräusche von sich, daß man sie mit Sicherheit bis auf den Flur hören konnte.

»Ich werde für Sie da sein«, versprach ich und stand auf. »Und jetzt möchte ich, daß Sie nach Hause gehen. Ich möchte, daß Sie das einzig Richtige tun und es Ihren Freunden sagen. Morgen unterhalten wir uns noch mal darüber und überlegen, wie wir am besten mit der Situation umgehen. Ich brauche den Namen Ihres Arztes und Ihre Erlaubnis, mit ihm zu reden.«

»Dr. Alan Riley. Vom MCV.«

Ich nickte. »Ich kenne ihn. Ich möchte, daß Sie ihn gleich morgen früh anrufen. Sagen Sie ihm, daß ich mich bei ihm melden werde und daß Sie ihm gestatten, mit mir über Sie zu reden.«

»Okay.« Er schaute mich verstohlen an. »Aber Sie werden ... Sie sagen doch niemandem was.«

»Natürlich nicht«, erwiderte ich mit Nachdruck.

»Ich will nicht, daß irgend jemand hier davon weiß. Auch nicht Marino. Auf keinen Fall.«

»Niemand wird es erfahren«, sagte ich. »Zumindest nicht von mir.«

Er stand langsam auf und ging mit so unsicheren Schritten zur Tür, als wäre er betrunken. »Sie werden mich doch nicht feuern, oder?« Seine Hand lag auf dem Türknauf, und er sah mich mit geröteten Augen an.

»Wingo, um Himmels willen«, sagte ich betroffen. »Ich hatte gehofft, Sie würden mehr von mir halten.«

Er öffnete die Tür. »Ich halte mehr von Ihnen als von irgend jemand sonst.« Wieder kamen ihm die Tränen. Er wischte sie mit seinem Hemd ab und entblößte dabei seinen mageren nackten Bauch. »Schon immer.«

Seine Schritte hallten über den Flur, den er beinahe hinunterlief, und dann erklang die Aufzugsglocke. Ich lauschte, wie er das Gebäude verließ, hinaus in eine Welt, der sein Schicksal vollkommen gleichgültig war. Ich stützte die Stirn auf meine Faust und schloß die Augen.

»Lieber Gott«, murmelte ich, »hilf!«

5

Es regnete immer noch heftig, als ich nach Hause fuhr. Auf den Straßen herrschte ein furchtbarer Verkehr, da die I-64 wegen eines Unfalls in beiden Richtungen gesperrt war. Feuerwehrautos und Krankenwagen standen auf der Straße, Rettungsleute brachen Türen auf und eilten mit Tragen und Unterlegbrettern hin und her. Glasscherben glitzerten auf dem nassen Asphalt, Autofahrer fuhren langsamer, weil sie die Verletzten sehen wollten. Ein Wagen hatte sich mehrfach überschlagen und dann Feuer gefangen. Bei einem anderen erblickte ich Blut an der zertrümmerten Windschutzscheibe. Das Lenkrad war verbogen. Was das bedeutete, wußte ich, und ich betete für die Opfer. Ich hoffte, ich würde sie nicht bei mir im Leichenschauhaus wiedersehen.

In Carytown fuhr ich bei P. T. Hasting's vor. Dieser Laden mit seiner Dekoration aus Fischernetzen und Korkschwimmern verkaufte die besten Meeresfrüchte der Stadt. Als ich eintrat, stieg mir der pikante, aromatische Duft von Fisch und Old-Bay-Gewürzmischung in die Nase, und die Filets auf dem Eis der Kühlvitrinen sahen dick und frisch aus. Hummer mit zusammengebundenen Scheren krochen in ihren Aquarien umher. Von mir drohte ihnen keine Gefahr. Ich war nicht dazu imstande, etwas Lebendiges zu kochen, und hätte niemals das Fleisch von Rindern oder Schweinen angerührt, die ich vorher in lebendigem Zustand zu Gesicht bekommen hätte. Ich konnte noch nicht einmal Fische fangen, ohne sie wieder ins Wasser zurückzuwerfen.

Ich überlegte gerade, wonach mir der Sinn stand, als Bev aus der Küche herauskam.

»Was können Sie heute besonders empfehlen?« fragte ich sie. »Na, wen haben wir denn da?« rief sie erfreut und wischte sich die Hände an der Schürze ab. »Da Sie so ziemlich der einzige Mensch sind, der sich bei dem Regen vor die Tür wagt, haben Sie die große Auswahl.«

»Ich hab' nicht viel Zeit. Ich brauche etwas, das leicht zuzubereiten ist und nicht so schwer im Magen liegt.«

Ein Schatten flog über ihr Gesicht, während sie ein Glas Meerrettich öffnete. »Na, ich kann mir denken, was Sie jetzt um die Ohren haben«, sagte sie. »Ich hab's in den Nachrichten gehört.« Sie schüttelte den Kopf. »Ich wette, Sie gehen auf dem Zahnfleisch. Sie kriegen doch bestimmt kein Auge zu. Kommen Sie, ich sag' Ihnen, was Sie sich heute abend Gutes tun.«

Sie ging zu einer Kiste mit gekühlten Blue Crabs hinüber. Ohne mich zu fragen, suchte sie ein Pfund Krabbenfleisch zusammen und legte es in einen Karton.

»Frisch von Tangier Island. Von mir selbst handverlesen. Wenn Sie auch nur das kleinste Stückchen Knorpel oder Schale finden, sagen Sie mir Bescheid. Sie essen doch nicht allein, oder?«

»Nein.«

»Freut mich zu hören.«

Sie zwinkerte mir zu. Ich war schon einmal mit Wesley hier gewesen.

Sie suchte sechs geschälte und von ihren Därmen befreite Riesengarnelen aus und wickelte sie ein. Dann stellte sie ein Glas ihrer selbstgemachten Cocktailsauce neben die Kasse auf den Tresen.

»Beim Meerrettich ist mir ein bißchen die Hand ausgerutscht«, sagte sie. »Ihnen werden die Augen tränen, aber die Sauce ist gut.« Sie tippte meine Einkäufe in die Kasse. »Die Garnelen braten Sie so kurz an, daß ihre kleinen Ärsche kaum die Pfanne berühren, verstanden? Dann stellen Sie sie in den Kühlschrank und servieren sie später als Vorspeise. Die Garnelen und die Sauce gehen übrigens auf Kosten des Hauses.

»Das wär' doch nicht nötig ...«

Sie winkte ab. »Und jetzt zu den Krabben. Hören Sie gut zu, meine Liebe. Ein leicht geschlagenes Ei, ein halber Teelöffel Senfpulver, ein oder zwei Spritzer Worcestersauce, vier zerbröselte ungesalzene Cracker. Hacken Sie eine Zwiebel – eine Vidalia, wenn Sie noch welche vom Sommer übrig haben. Eine grüne Paprika, ebenfalls gehackt. Ein oder zwei Teelöffel Petersilie, und dann mit Salz und Pfeffer abschmecken.«

»Klingt phantastisch«, sagte ich dankbar. »Bev, was würde ich nur ohne Sie machen?«

»Dann vermischen Sie das alles vorsichtig und formen flache Klopse daraus.« Sie führte mir die Handbewegung vor. »Die braten Sie bei mittlerer Hitze in Öl, bis sie leicht gebräunt sind. Vielleicht machen Sie ihm noch einen Salat oder nehmen etwas von meinem Coleslaw mit. Mehr Aufwand würde ich für keinen Mann betreiben.«

Ich beherzigte ihren Rat. Zu Hause angekommen, machte ich mich gleich an die Arbeit. Kurze Zeit später standen die Garnelen im Kühlschrank, ich legte eine Platte auf und stieg in die Badewanne. Ich schüttete ein Aromatherapie-Badesalz gegen Streß ins Wasser und schloß die Augen, während mir der Dampf die beruhigenden Düfte in Atemwege und Poren trug. Ich dachte an Wingo, und mein Herz wurde schwer. Ich konnte die Tränen nicht zurückhalten. Er hatte hier bei mir angefangen, dann aber die Stadt wieder verlassen, um weiterzustudieren. Nun war er wieder zurück und hatte nicht mehr lange zu leben. Es war zum Verzweifeln.

Um sieben Uhr stand ich wieder in der Küche, als Wesley pünktlich wie immer seinen silbernen BMW in meine Auffahrt lenkte. Er trug noch denselben Anzug wie vorhin. In der einen Hand hielt er eine Flasche Cakebread-Chardonnay, in der anderen einen irischen Black-Bush-Whiskey. Der Regen hatte endlich aufgehört, die Wolken zogen weiter an die nächste Front.

»Hi«, sagte er, als ich die Tür öffnete.

»Du hattest recht mit deiner Wettervorhersage.« Ich gab ihm einen Kuß.

»Ich verdiene ja nicht ohne Grund soviel Geld.«

»Das Geld stammt von deiner Familie.« Ich lächelte, während er mir ins Haus folgte. »Ich weiß, was der FBI dir zahlt.«

»Wenn ich so gut mit Geld umgehen könnte wie du, bräuchte ich keins von meiner Familie.«

In meinem Wohnzimmer ging ich gleich zur Bar. Ich wußte, was er gerne trank.

»Black Bush?« vergewisserte ich mich.

»Wenn ich den bei dir kriegen kann. Du hast es doch tatsächlich geschafft, mich danach süchtig zu machen.«

»Solange du ihn aus Washington herschmuggelst, kriegst du ihn bei mir, wann immer du willst«, sagte ich.

Ich servierte den Whiskey auf Eis mit einem Schuß Selters. Dann gingen wir in die Küche und setzten uns an den gemütlichen Tisch vor meinem Panoramafenster, aus dem man auf meinen bewaldeten Garten und den Fluß blickte. Ich hätte ihm gern von Wingo erzählt und davon, wie ich mich seinetwegen fühlte. Aber ich durfte Wingos Vertrauen nicht enttäuschen.

»Kann ich zuerst etwas Dienstliches mit dir besprechen?«

Wesley zog sein Jackett aus und hängte es über eine Stuhllehne.

»Ich hätte da auch noch was auf dem Herzen.«

»Du zuerst.« Er nippte an seinem Drink und schaute mir dabei in die Augen.

Ich erzählte ihm, was der Presse alles zugetragen worden war, und fügte hinzu: »Ring ist wirklich ein Problem. So geht das nicht weiter.«

»Falls er tatsächlich dahintersteckt. Aber das sei dahingestellt. Die Schwierigkeit liegt darin, Beweise zu finden.«

»Für mich besteht da überhaupt kein Zweifel.«

»Kay, das reicht nicht. Wir können niemanden aufgrund von Vermutungen von einem Fall abziehen.«

»Marino sind Gerüchte zu Ohren gekommen, denen zufolge Ring eine Affäre mit einer ziemlich prominenten Frau vom Lokalfernsehen hat«, sagte ich. »Sie arbeitet bei dem Sender, der den Unsinn verbreitet hat, das Opfer sei asiatischer Herkunft.«

Er schwieg. Ich wußte, daß ihm das als Beweis nicht genügte, und er hatte recht. Ich mußte mir eingestehen, daß all das wenig stichhaltig war.

Dann sagte er: »Der Kerl ist nicht zu unterschätzen. Kennst du seinen Background?«

»Ich weiß überhaupt nichts über ihn«, antwortete ich.

»Er hat am William and Mary College ein Doppelstudium in Psychologie und Verwaltungswissenschaft absolviert und mit Auszeichnung abgeschlossen. Der Innenminister ist sein Onkel.« Es wurde immer schlimmer. »Harlow Dershin, übrigens ein ehrbarer Mann. Aber es dürfte wohl klar sein, daß das nicht die besten Voraussetzungen sind, um mit irgendwelchen Anschuldigungen zu kommen, die man nicht hundertprozentig beweisen kann.«

Der Innenminister war der direkte Vorgesetzte des Polizeipräsidenten. Rings Onkel hätte schon Gouverneur sein müssen, um noch einflußreicher zu sein.

»Du meinst also, Ring ist unantastbar«, sagte ich.

»Ich meine, aus seinem Werdegang kann man ersehen, daß er hoch hinaus will. Solche Leute wollen Chief, Commissioner oder Politiker werden. Einfacher Cop zu sein interessiert die nicht.«

»Solche Leute interessieren sich nur für sich selbst«, sagte ich gereizt. »Ring sind die Opfer oder die Hinterbliebenen, die gar nicht wissen, was ihren Angehörigen zugestoßen ist, völlig gleichgültig. Es ist ihm egal, ob es noch weitere Opfer gibt.«

»Beweis!« mahnte er. »Fairneßhalber muß man sagen, daß

es eine Menge Leute gibt, die Informationen an die Presse weitergegeben haben könnten – nicht zuletzt die Männer, die auf der Deponie arbeiten.«

Darauf wußte ich nichts zu entgegnen, aber dennoch konnte mich nichts von meinem Verdacht abbringen.

»Wichtig ist, daß wir diese Fälle lösen«, fuhr er fort, »und das wird uns am ehesten gelingen, wenn sich jeder von uns um seine eigenen Angelegenheiten kümmert und Ring ignoriert, so wie Marino und Grigg es tun. Wir müssen jeder erdenklichen Spur nachgehen, trotz aller Stolpersteine, die uns in den Weg gelegt werden.« Als unsere Blicke sich begegneten, wirkten seine Augen in dem von oben einfallenden Licht weich und bernsteinfarben.

Ich schob meinen Stuhl zurück. »Wir sollten den Tisch decken.«

Er holte das Geschirr aus dem Schrank und öffnete die Weinflasche, während ich die gekühlten Garnelen auf Tellern arrangierte und *Bevs Meerrettichsauce extrascharf* in ein Schälchen füllte. Ich halbierte Zitronen, schlug sie in Gaze ein und formte Krabbenfrikadellen. Als wir die Garnelencocktails aßen, wurde es im Osten bereits dunkel. Es war schon fast Abend.

»Das habe ich vermißt«, sagte er. »Ehrlich – auch wenn du es vielleicht nicht hören willst.«

Ich sagte nichts, denn ich hatte nicht vor, mich wieder auf eine dieser stundenlangen Diskussionen einzulassen, bei denen doch nichts herauskam, außer daß wir am Ende beide total zermürbt waren.

»Wie auch immer.« Er legte die Gabel so auf seinen Teller, wie wohlerzogene Menschen es tun, wenn sie mit dem Essen fertig sind. »Danke. Dr. Scarpetta, Sie haben mir gefehlt.« Er lächelte.

»Ich bin froh, daß Sie hier sind, Special Agent Wesley.«

Ich lächelte zurück und stand auf. Während er den Tisch

abdeckte, schaltete ich den Herd ein und erhitzte in einer Pfanne Öl.

»Und jetzt sage ich dir, was ich mir zu dem Foto überlegt habe«, sagte er. »Zuerst müssen wir den Nachweis erbringen, daß der Leichnam, den es zeigt, tatsächlich derselbe ist, den du heute obduziert hast.«

»Das mache ich Montag.«

»Angenommen, er ist es«, fuhr er fort, »dann läge darin eine eklatante Abweichung vom bisherigen Modus operandi.«

»Nicht nur darin.« Die Krabbenfrikadellen landeten brutzelnd in der Pfanne.

»Stimmt«, sagte er und trug den Coleslaw auf. »Die Abweichungen sind diesmal so auffällig, als wollte er uns mit der Nase darauf stoßen. Und dann paßt die Frau natürlich überhaupt nicht in die Reihe seiner bisherigen Opfer. Das sieht toll aus«, sagte er angesichts meiner Kochkünste.

Als wir uns wieder gesetzt hatten, erklärte ich im Brustton den Überzeugung: »Benton, es ist nicht derselbe Täter.«

Er zögerte, bevor er antwortete: »Wenn ich ehrlich sein soll, halte ich das auch für unwahrscheinlich. Aber ich will es trotzdem nicht ausschließen. Wir wissen nicht, was für Spielchen er möglicherweise mit uns treibt.«

Wieder überfiel mich Resignation. Meine Intuition, mein Instinkt sagten mir, daß ich recht hatte, aber es gab keine Beweise.

»Also, ich glaube nicht, daß es zwischen dem Mord an dieser alten Frau und den bisherigen Fällen hier oder in Irland eine Verbindung gibt. Da will uns jemand irreführen. Ich fürchte, wir haben es mit einem Nachahmungstäter zu tun.«

»Das werden wir bei der Besprechung mit den anderen erörtern. Ich glaube, Donnerstag hatten wir gesagt.« Er probierte eine Krabbenfrikadelle. »Mann, das schmeckt wirklich unglaublich gut.« Seine Augen tränten. »Na, das nenn' ich eine Cocktailsauce!«

»Ein inszenierter Mord. Um die wahren Gründe, aus denen er begangen wurde, zu verschleiern«, sagte ich. »Und lob mich nicht allzusehr. Das Rezept ist von Bev.«

»Das Foto beunruhigt mich«, sagte er.

»Mich auch.«

»Ich habe mit Lucy darüber gesprochen«, sagte er.

Das ließ mich aufhorchen.

»Sag Bescheid, wenn du möchtest, daß sie herkommt.« Er griff nach seinem Weinglas.

»Je eher sie kommt, desto besser.« Ich hielt inne und fügte dann hinzu: »Wie macht sie sich denn so? Nicht, daß sie mir nichts erzählt, aber ich möchte deine Einschätzung hören.«

Ich bemerkte, daß wir noch Wasser brauchten, und stand auf, um welches zu holen. Als ich zurückkehrte, starrte er mich schweigend an. Manchmal fiel es mir schwer, ihm ins Gesicht zu sehen. Meine Gefühle gerieten in Mißklang wie verstimmte Instrumente. Ich liebte seine feingeschnittene Nase mit ihrem schnurgeraden Rücken, seine Augen, die mich in nie gekannte Abgründe ziehen konnten, und seinen Mund mit der sinnlichen Unterlippe. Ich sah aus dem Fenster und konnte den Fluß nicht mehr erkennen.

»Lucy«, erinnerte ich ihn. »Ihre Tante wüßte gern, wie sie sich in ihrem Job so macht.«

»Niemand bereut, daß wir sie engagiert haben«, sagte er trocken, dabei wußte er so gut wie wir alle, daß Lucy ein Genie war. »Das ist vermutlich die Untertreibung des Jahrhunderts. Sie ist einfach phantastisch. Mittlerweile wird sie von den meisten Agenten respektiert. Sie sind froh, daß sie da ist. Das soll nicht heißen, daß es keine Probleme gibt. Nicht jeder findet es gut, daß eine Frau beim HRT arbeitet.«

»Ich mache mir nach wie vor Sorgen, daß sie sich zuviel zumuten könnte«, sagte ich.

»Nun ja, sie ist höllisch fit, soviel steht fest. Ich würde es keinesfalls mit ihr aufnehmen wollen.«

»Das meine ich eben. Sie will mit den anderen mithalten, auch wenn das gar nicht möglich ist. Du kennst sie ja. Sie will sich immer beweisen. Wenn die Männer sich aus Hubschraubern abseilen und mit Dreißig-Kilo-Rucksäcken durch die Berge rennen, glaubt sie, sie müßte da mithalten.

Dabei sollte sie stolz auf ihre technischen Fähigkeiten sein und sich mit ihren Robotern und dem ganzen Kram begnügen.«

»Du vergißt ihren größten Ansporn, ihren größten Dämon«, sagte er.

»Was meinst du?«

»Dich. Sie glaubt, sie müßte dir etwas beweisen, Kay.«

»Dazu hat sie gar keinen Grund.« Seine Worte taten mir weh.

»Ich möchte nicht das Gefühl haben, daß ich daran Schuld bin, wenn sie ihr Leben aufs Spiel setzt.«

»Es geht hier nicht um Schuld«, sagte er und stand vom Tisch auf. »Es geht um die menschliche Natur. Lucy betet dich an. Du bist die einzig vernünftige Mutterfigur, die sie je in ihrem Leben gehabt hat. Sie möchte sein wie du, und sie glaubt, daß die Leute sie mit dir vergleichen. Und da hat sie sich ganz schön was vorgenommen. Sie möchte, daß auch du sie bewunderst, Kay.«

»Meine Güte, ich bewundere sie doch.« Auch ich stand auf, und wir begannen den Tisch abzudecken. »Jetzt mache ich mir erst recht Sorgen.«

Er spülte das Geschirr ab, und ich räumte den Geschirrspüler ein.

»Das solltest du wohl auch.« Er warf mir einen Blick zu. »Ich sag' dir eins, sie ist eine typische Perfektionistin. Sie hört auf niemanden. Abgesehen von dir ist sie der dickköpfigste Mensch, dem ich je begegnet bin.«

»Vielen Dank.«

Er lächelte und legte die Arme um mich, ohne Rücksicht

darauf, daß seine Hände naß waren. »Können wir uns ein bißchen hinsetzen und reden?« sagte er. Sein Körper berührte fast den meinen.« Ich muß bald wieder los.«

»Und dann?«

»Morgen früh spreche ich mit Marino, und nachmittags bekomme ich einen weiteren Fall rein. Aus Arizona. Ich weiß, es ist Sonntag, aber das kann nun mal nicht warten.«

Er redete weiter, während wir mit unseren Weingläsern ins Wohnzimmer gingen.

»Ein zwölfjähriges Mädchen, das auf dem Heimweg von der Schule entführt wurde. Ihre Leiche wurde in der Sonora-Wüste aufgefunden«, sagte er. »Wir glauben, daß der Täter bereits drei andere Kinder umgebracht hat.«

»Da kann man leicht die Hoffnung verlieren, nicht wahr?« sagte ich bitter, als wir uns auf die Couch setzten. »Es nimmt einfach kein Ende.«

»Allerdings«, erwiderte er. »Und ich fürchte, das wird es auch nicht, solange es Menschen auf Erden gibt. Was fängst du mit dem Rest des Wochenendes an?«

»Papierkram erledigen.«

Eine Wand meines Wohnzimmers bestand aus Glasschiebetüren, und dahinter herrschte schwarze Nacht, bis auf den Vollmond, der aussah, als wäre er aus purem Gold. Hauchdünne Wolkenschleier schwebten vorüber.

»Warum bist du so wütend auf mich?« Seine Stimme war sanft, aber er ließ mich spüren, wie verletzt er war.

»Ich weiß es nicht.« Ich vermied es, ihn anzusehen.

»Doch, du weißt es.« Er nahm meine Hand und begann, sie mit seinem Daumen zu massieren. »Ich liebe deine Hände. Sie sehen aus wie die einer Pianistin, nur kräftiger. Als wäre das, was du machst, Kunst.«

»Ist es auch«, sagte ich. Er sprach oft über meine Hände. »Ich glaube fast, du bist ein Handfetischist. Das sollte dir als Profiler zu denken geben.«

Er lachte und küßte meine Knöchel, meine Finger, wie er es oft tat. »Glaub mir, es sind nicht nur deine Hände.«

»Benton.« Ich sah ihn an. »Ich bin wütend auf dich, weil du mein Leben kaputtmachst.«

Zutiefst erschrocken schwieg er.

Ich erhob mich von der Couch und begann, auf und ab zu gehen. »Ich hatte mein Leben genau so eingerichtet, wie ich es haben wollte«, sagte ich, im Widerstreit heftiger Emotionen. »Mein neues Büro ist im Bau. Ja, ich habe mein Geld gut angelegt, habe so klug investiert, daß ich mir das hier leisten kann.« Ich machte eine ausladende Geste. »Mein eigenes Haus, das ich selbst entworfen habe. Alles war so, wie es sein sollte, bis du ...«

»War es das wirklich?« Er sah mich eindringlich an, und in seiner Stimme lagen Schmerz und Wut. »Hat es dir besser gefallen, als ich noch verheiratet war und wir uns immer schlecht dabei fühlten? Als wir noch eine Affäre hatten und immer lügen mußten?«

»Natürlich nicht!« rief ich aus. »Es gefiel mir nur, daß mein Leben mir gehörte.«

»Du hast einfach Angst, dich zu binden. Das ist der springende Punkt. Wie oft muß ich dir das noch vorbeten? Ich glaube, du solltest mal eine Therapie machen. Wirklich. Vielleicht bei Dr. Zenner. Ihr seid doch befreundet. Ich weiß, daß du ihr vertraust.«

»Ich bin nicht diejenige, die einen Psychiater braucht.«

Kaum hatte ich das gesagt, bereute ich es auch schon.

Er stand wütend auf, es sah aus, als wolle er gehen. Es war noch nicht mal neun Uhr.

»Herrgott, ich bin zu alt und zu müde für so etwas«, murmelte ich. »Benton, es tut mir leid. Das war nicht fair. Bitte setz dich wieder hin.«

Doch er blieb vor den Glasschiebetüren stehen und kehrte mir den Rücken zu.

»Ich will dir nicht weh tun, Kay«, sagte er. »Ich komme schließlich nicht mit dem Ziel hierher, dir dein Leben zu zerstören. Ich bewundere, was du leistest. Ich wünschte bloß, du würdest mir eine Chance geben, an deinem Leben teilzuhaben.«

»Ich weiß. Tut mir leid. Bitte geh nicht.«

Blinzelnd kämpfte ich mit den Tränen. Ich setzte mich und starrte an die Decke mit den freiliegenden Balken und den Maurerkellenabdrücken im Putz. Wo ich auch hinschaute, sah ich Details, deren Planung von mir stammte. Einen Moment lang schloß ich die Augen, und Tränen liefen mir übers Gesicht. Ich wischte sie nicht ab. Wesley wußte genau, wann es besser war, mich nicht zu berühren. Er wußte auch, wann es besser war, nichts zu sagen. Schweigend saß er neben mir.

»Ich bin eine Frau mittleren Alters mit eingefahrenen Lebensgewohnheiten«, sagte ich mit zittriger Stimme. »Ich kann's nun mal nicht ändern. Alles, was ich habe, ist das, was ich mir selbst aufgebaut hab'. Ich bin kinderlos. Meine einzige Schwester kann ich nicht ausstehen und sie mich auch nicht. Mein Vater lag während meiner gesamten Kindheit todkrank im Bett und starb, als ich zwölf war. Mutter ist eine unmögliche Person, und jetzt leidet sie an einem Emphysem. Ich kann nicht die gute Ehefrau sein, die du dir wünschst. Ich weiß ja noch nicht einmal, was das überhaupt bedeutet. Ich kann einfach nur ich selbst sein. Und ein Besuch beim Psychiater wird daran nicht das geringste ändern.«

»Und ich liebe dich und möchte dich heiraten. Und daran läßt sich offenbar auch nichts ändern«, sagte er.

Ich antwortete nicht.

Er fügte hinzu: »Und ich dachte, du liebst mich auch.«

Ich war immer noch nicht in der Lage zu sprechen.

»Zumindest hast du das früher getan«, fuhr er fort, und Schmerz erstickte seine Stimme. »Ich gehe jetzt.«

Er schickte sich wieder an aufzustehen, doch ich legte meine Hand auf seinen Arm.

»Nicht so.« Ich sah ihn an. »Tu mir das nicht an.«

»Ich dir?« Er war fassungslos.

Ich dimmte das Licht, bis es fast aus war. Der Mond stand wie eine glänzende Münze vor dem sternenklaren, schwarzen Himmel. Ich holte neuen Wein und machte Feuer, während er jede meiner Bewegungen beobachtete.

»Setz dich näher zu mir«, sagte ich.

Er kam meinem Wunsch nach, und diesmal nahm ich seine Hände.

»Benton, hab Geduld. Dräng mich nicht«, sagte ich. »Bitte. Ich bin nicht wie Connie. Oder wie andere.«

»Das verlange ich doch gar nicht von dir«, sagte er. »Im Gegenteil. Ich bin auch nicht wie andere. Wir sehen und wissen Dinge, die außer uns keiner versteht. Mit Connie konnte ich nie über das reden, was ich den Tag über tue. Mit dir kann ich es.«

Er küßte mich zärtlich, und dann war es um uns geschehen. Unsere Gesichter, unsere Lippen verschmolzen, im Nu entledigten wir uns unserer Kleider und taten das, worin wir früher am besten gewesen waren. Er nahm mich in die Arme und verschlang mich mit seinen Lippen, und wir lagen auf der Couch, bis am frühen Morgen das Licht des Mondes kalt und fahl wurde. Als er nach Hause gefahren war, wanderte ich mit einem Glas Wein durchs Haus. Überall strömte Musik aus Lautsprechern, und ich lief ruhelos hin und her. Schließlich landete ich in meinem Arbeitszimmer, wo es mir immer am leichtesten fiel, mich abzulenken.

Ich blätterte Fachzeitschriften durch und trennte Artikel heraus, die abgeheftet werden mußten. Ich schrieb einen Artikel weiter, den ich bald abliefern mußte. Doch ich war weder für das eine noch das andere in der richtigen Stimmung, und so entschloß ich mich, nach E-Mails zu sehen. Vielleicht hatte Lucy mir mitgeteilt, wann sie nach Richmond kommen konnte. Bei AOL wurde ich mit der Meldung begrüßt, ich hätte Post, und als ich in meiner Mailbox nachsah, traf mich der Schlag. Wie ein Feind, der im Hinterhalt auf mich wartete, stand da der Name *deadoc.*

Die Mail war in Kleinbuchstaben und ohne Satzzeichen verfaßt. Sie lautete: *Sie halten sich wohl für sehr schlau.* Ich öffnete die angehängte Datei und sah ein zweites Mal zu, wie sich ein Farbbild auf meinem Bildschirm aufbaute: Amputierte Füße und Hände lagen nebeneinander auf einem Tisch, der offenbar mit demselben bläulichen Stoff bedeckt war wie der auf dem ersten Foto. Eine Zeitlang starrte ich auf den Monitor und fragte mich, warum dieser Mensch mir das antat. Aber dann kam mir der Gedanke, daß er möglicherweise gerade einen großen Fehler gemacht hatte. Hoffnungsvoll griff ich zum Telefon.

»Marino!« rief ich, als er endlich abnahm.

»Hm? Was ist los?« grunzte er verschlafen. Ich erzählte es ihm.

»Scheiße. Es ist drei Uhr morgens, verdammt noch mal. Schläfst du eigentlich nie?«

Er schien erfreut über meinen Anruf. Wahrscheinlich schloß er daraus, daß Wesley nicht mehr bei mir war.

»Ist mit dir alles in Ordnung?« fragte er dann.

»Hör zu. Die Handflächen zeigen auf dem Bild nach oben«, sagte ich. »Das Foto wurde aus nächster Nähe gemacht. Ich kann allerlei Einzelheiten erkennen.«

»Was denn zum Beispiel? Eine Tätowierung oder so was?«

»Papillarlinien«, sagte ich.

Neils Vander war der Leiter der Abteilung für Daktyloskopie, ein älterer Mann mit schütterem weißen Haar und einem weiten Laborkittel voller violetter und schwarzer Ninhydrin- und Einstäubepulverflecken, die sich schon lange nicht mehr herauswaschen ließen. Er kam aus vornehmem virginischem Hause und war stets beschäftigt und in Eile. Vander hatte mich in all den Jahren, die ich ihn kannte, nie beim Vornamen genannt oder auf private Dinge angesprochen. Doch auf seine ganz persönliche Art zeigte er mir trotzdem, wieviel ihm an mir lag. Manchmal war es ein morgendlicher Doughnut auf meinem Schreibtisch oder im Sommer ein paar Tomaten aus seinem Garten.

Er war dafür bekannt, daß er auf einen Blick sagen konnte, ob zwei Fingerabdrücke übereinstimmten oder nicht. Zudem war er unser Experte für Bildbearbeitung am Computer und hatte sogar eine Ausbildung bei der NASA genossen. Im Laufe der Jahre hatten wir beide auf verschwommenen Fotos unzählige Gesichter hervorgezaubert. Wir hatten Schrift erscheinen lassen, wo vorher keine war, Durchgedrücktes lesbar gemacht und Ausradiertes restauriert. Theoretisch eine simple Sache, in der Praxis jedoch höchst diffizil.

Ein hochauflösendes Bildbearbeitungssystem kann zweihundertsechsundfünfzig Grautöne unterscheiden, das menschliche Auge maximal zweiunddreißig. Daher sieht ein Computer, in den man etwas einscannt, mehr als wir. Möglicherweise hatte *deadoc* uns mit seinen Fotos mehr verraten, als er ahnte. Unsere erste Aufgabe bestand an diesem Morgen darin, dem ersten Bild, das ich per E-Mail erhalten hatte, ein Foto des Rumpfes aus der Leichenhalle gegenüberzustellen.

»Hier mache ich es ein bißchen grauer«, sagte Vander, während er die Computertastatur bearbeitete. »Und das hier drehe ich ein wenig.«

»Schon besser«, stimmte ich zu.

Gebannt saßen wir nebeneinander vor dem Neunzehn-Zoll-Monitor. Daneben lagen beide Fotos auf dem Scanner, und eine Videokamera übermittelte die Bilder live auf den Bildschirm.

»Ein bißchen mehr davon.« Eine weitere Grauschattierung ergoß sich über den Schirm. »Ich glaube, ich geb' dem hier noch einen kleinen Schubs.«

Er langte zum Scanner hinüber und rückte eins der Fotos

zurecht. Dann setzte er einen anderen Filter vor das Objektiv der Kamera.

»Ich weiß nicht recht«, sagte ich, die Augen auf den Monitor geheftet. »Ich finde, vorher war es besser zu erkennen. Vielleicht sollten Sie es etwas mehr nach rechts rücken«, fügte ich hinzu, als wären wir dabei, Bilder aufzuhängen.

»Besser. Aber da ist immer noch ein ziemlich starkes Grundrauschen. Das wäre ich gern los.«

»Ich wünschte, wir hätten das Original. Wie hoch ist die radiometrische Auflösung von dem Ding?« fragte ich und meinte die Zahl der Grautöne, die das System unterscheiden konnte.

»Sehr viel höher als früher. Ich glaube, seit der Anfangszeit hat sich die Anzahl der Pixel, die digitalisiert werden können, verdoppelt.«

Pixel sind, ähnlich wie die Punkte bei einem Matrixdrucker, die kleinsten Elemente eines digitalisierten Bildes, die Moleküle, die impressionistischen Farbtupfer, aus denen sich ein Gemälde zusammensetzt.

»Wir haben staatliche Gelder bewilligt bekommen, wissen Sie. Ich träume davon, daß wir hier eines Tages mit UV-Licht arbeiten werden. Sie können sich gar nicht vorstellen, was ich mit Cyanarcrylat alles anstellen könnte«, fuhr er fort. Er sprach von Superkleber, der mit Bestandteilen des menschlichen Schweißes reagiert und sich hervorragend zur Sichtbarmachung von Fingerabdrücken eignet, die mit bloßem Auge schwer zu erkennen sind.

»Na, dann viel Glück«, sagte ich, denn Geld war immer knapp, egal, wer gerade im Weißen Haus saß.

Er rückte das Foto noch einmal zurecht, setzte einen blauen Filter vor das Objektiv der Kamera und hellte das Bild auf, indem er die helleren Pixelelemente vermehrte. Er hob horizontale Details hervor und schwächte vertikale ab. Die beiden Rümpfe lagen nun Seite an Seite. Schatten tauchten auf, und die grausigen Einzelheiten traten schärfer und kontrastreicher hervor.

»Hier können Sie die Knochenenden sehen.« Ich zeigte sie ihm. »Das linke Bein wurde gleich unterhalb des unteren Trochanters abgetrennt. Das rechte« – ich ließ meinen Finger über den Bildschirm gleiten – »etwa einen Zentimeter tiefer, mitten durch den Knochenschaft.«

»Ich würde zu gern den Aufnahmewinkel und dic perspektivische Verzerrung korrigieren«, murmelte er. Er führte oft Selbstgespräche. »Aber ich kenne ja die ganzen Abmessungen nicht. Schade, daß derjenige, der diese Fotos gemacht hat, nicht freundlicherweise ein Lineal als Maßstab danebengelegt hat.«

»Dann würd' ich es aber wirklich mit der Angst bekommen«, erwiderte ich.

»Das ist genau, was uns fehlt. Ein Mörder, der so ist wie wir.« Er legte die Ränder fest und schob die Fotos noch einmal zurecht. »Mal sehen, was passiert, wenn ich die Bilder übereinanderlege.«

Das Ergebnis war erstaunlich: Die Knochenenden und selbst das zerfetzte Gewebe am durchtrennten Hals stimmten überein.

»Das ist ja wohl eindeutig«, erklärte ich.

»Keine Frage«, stimmte er zu. »Ich drucke das mal eben aus.« Er klickte auf die Maus, und der Laserdrucker begann zu summen. Dann nahm er die Fotos vom Scanner, legte das von den Händen und Füßen obendrauf und schob es so lange hin und her, bis es genau in der Mitte lag. Als er die Darstellung vergrößerte, wurde der Anblick noch haarsträubender. Das Blut, das das Tuch leuchtendrot befleckte, sah aus, als wäre es gerade vergossen worden. Der Mörder hatte die Füße fein säuberlich wie ein Paar Schuhe nebeneinandergestellt, die Hände wie Handschuhe Seite an Seite gelegt.

»Er hätte sie mit der Handfläche nach unten legen sollen«, sagte Vander. »Warum hat er das wohl nicht getan?«

Er begann, alles, was störte, wie das Blut und die Struktur der blauen Tischdecke, herauszufiltern, so daß nur noch die wichtigen Dinge übrigblieben.

»Können Sie die Papillarlinien sichtbar machen?« fragte ich und beugte mich so dicht zu ihm hinüber, daß ich sein würziges After-shave riechen konnte.

»Ich denke schon«, sagte er.

Seine Stimme klang plötzlich beschwingt, denn für ihn gab es keine schönere Beschäftigung als die Entzifferung der Hieroglyphen an Fingern und Füßen. Dieser Mann mit seiner liebenswürdigen, zerstreuten Art hatte Tausende ins Zuchthaus und Dutzende auf den elektrischen Stuhl gebracht. Er vergrößerte das Foto und wies den unterschiedlichen Graustufen willkürlich gewählte Farben zu, damit wir sie besser unterscheiden konnten. Die Daumen waren klein und blaß wie altes Pergament. Es waren Papillarlinien sichtbar.

»Die anderen Finger können wir vergessen«, sagte er und starrte wie in Trance auf den Bildschirm. »Sie sind zu stark verkrümmt, als daß ich etwas erkennen könnte. Aber die Daumen sehen verdammt gut aus. Ich halt' das mal fest.« Er klickte in ein Menü und speicherte das Bild. »Damit werde ich mich jetzt eine Weile beschäftigen.«

Das war mein Stichwort zum Aufbruch, und ich schob meinen Stuhl zurück.

»Sobald ich etwas habe, werde ich es durchs AFIS schicken«, sagte er. Das AFIS ist das Automated Fingerprint Identification System, eine Datenbank, über die man unbekannte Fingerabdrücke mit Millionen anderer vergleichen kann.

»Das wäre großartig«, sagte ich. »Und ich fange mit HALT an.«

Er warf mir einen neugierigen Blick zu, denn das Homicide Assessment and Lead Tracking System ist eine Datenbank zur Aufklärung von Mordfällen, die die Polizei von Virginia in Zusammenarbeit mit dem FBI führt. Sie wird zu Rate gezogen, wenn der Verdacht besteht, daß Opfer oder Täter aus Virginia stammen.

»Wir haben zwar Grund zur Annahme, daß die anderen Opfer nicht von hier sind«, erklärte ich, »doch ich denke, wir sollten alle Möglichkeiten ausschöpfen, die uns zur Verfügung stehen. Einschließlich regionaler Datenbanken.«

Vander justierte immer noch an seinen Geräten herum und starrte auf den Bildschirm.

»Hauptsache, ich muß nicht die Formulare ausfüllen«, antwortete er.

Der Flur war zu beiden Seiten von Kisten und weißen Kartons mit der Aufschrift BEWEISMATERIAL gesäumt, die sich bis zur Decke stapelten. Wissenschaftler eilten geschäftig vorüber, in der Hand Papiere und Präparate, die vielleicht jemanden wegen Mordes vor Gericht bringen würden. Wir grüßten einander, ohne unseren Schritt zu verlangsamen. Ich war auf dem Weg ins Spurensicherungslabor. In dem großen, stillen Raum beugten sich weitere Wissenschaftler in weißen Kitteln über Mikroskope oder arbeiteten an ihren Schreibtischen. Auf schwarzen Arbeitsflächen lagen hier und da geheimnisvolle, in braunes Papier eingewickelte Bündel.

Aaron Koss stand vor einer violett leuchtenden UV-Lampe und untersuchte einen feingeweblichen Schnitt im Mikroskop, um zu sehen, was die reflektierten langwelligen Strahlen ihm verraten würden.

»Guten Morgen«, sagte ich.

»Gleichfalls.« Koss grinste.

Er war dunkelhaarig und attraktiv und wirkte viel zu jung für einen Mikrospurexperten. An diesem Morgen trug er verblichene Jeans und Turnschuhe.

»Kein Gerichtstermin heute?« fragte ich, denn das ließ sich für gewöhnlich an der Kleidung der Leute erkennen.

»Nee, zum Glück nicht«, sagte er. »Ich wette, Sie wollen sich nach Ihren Fasern erkundigen.«

»Ich war gerade in der Nähe«, sagte ich. »Dachte, ich schau' mal vorbei.«

Meine drängelnden Besuche in den Labors waren berüchtigt, doch im großen und ganzen ertrugen die Wissenschaftler meine fordernde Art geduldig und waren letztlich froh darüber. Ich wußte, daß sie auch so schon alle Hände voll zu tun hatten, aber wenn Menschen ermordet und zerstückelt wurden, war rasches Handeln geboten.

»Na, dank Ihnen brauche ich mich mal eine Weile nicht um unseren Rohrbomber zu kümmern«, sagte er und lächelte wieder.

»Dann sind Sie mit dem wohl noch nicht weitergekommen«, vermutete ich.

»Letzte Nacht hat es wieder einen Anschlag gegeben. An der I-195 Nord in der Nähe der Laburnum Avenue, direkt vor der Nase der Spezialeinheit. Sie wissen schon da, wo früher das Revier 3 war. Nicht zu glauben, was?«

»Hoffen wir, daß der auch weiterhin bloß Verkehrsschilder in die Luft jagt«, sagte ich.

»Allerdings.« Er trat von der UV-Lampe zurück und wurde auf einmal sehr ernst. »Bislang habe ich in dem, was Sie mir geschickt haben, folgendes gefunden: textile Fasern, die am Knochen hafteten. Haare. Und am Blut klebten noch andere Rückstände.«

»Ihre Haare?« fragte ich perplex, denn die langen grauen Haare hatte ich gar nicht an Koss geschickt. Das war nicht sein Spezialgebiet.

»Unterm Mikroskop sahen sie mir nicht menschlich aus«, antwortete er. »Möglicherweise stammen sie von zwei verschiedenen Tieren. Ich habe die Haare an Roanoke weitergeleitet.«

Im ganzen Staat gab es nur einen Haarexperten, und der saß in den kriminaltechnischen Labors des westlichen Bezirks.

»Was ist mit den anderen Rückständen?«

»Ich tippe auf Müll von der Deponie. Aber ich möchte mir das noch unter dem Elektronenmikroskop ansehen. Was ich jetzt unter dem UV-Licht habe, sind Fasern«, fuhr er fort. »Eigentlich sind es nur Fragmente. Ich habe sie vorher in ein Ultraschallbad mit destilliertem Wasser gelegt, um das Blut zu entfernen. Wollen Sie mal einen Blick darauf werfen?«

Er machte mir Platz, damit ich durch das Mikroskop sehen konnte, und der Duft von Obsession stieg mir in die Nase. Ich mußte lächeln, denn das erinnerte mich an die Zeit, als ich in seinem Alter war und noch die Energie hatte, mich herauszuputzen. Drei Fragmente, die wie Neonlicht fluoreszierten, lagen auf dem Objektträger. Sie stammten von einem weißen oder eierschalenfarbenen Stoff, und eins war mit einer Art glitzernden Goldpartikeln gesprenkelt.

»Was in aller Welt ist das?« Ich schaute zu ihm hoch.

»Unterm Stereomikroskop sieht es aus wie eine Chemiefaser«, erwiderte er. »Die Fasern sind regelmäßig geformt und von gleichmäßiger Dicke, so als seien sie durch Spinndüsen gepreßt worden. Naturfasern wie Baumwolle sind unregelmäßiger geformt.«

»Und die fluoreszierenden Partikel?« Ich sah immer noch durch das Okular.

»Da wird's interessant«, sagte er. »Ich muß zwar noch weitere Tests machen, aber auf den ersten Blick sieht es aus wie Farbe.«

»Was für Farbe?« fragte ich nach kurzer Überlegung.

»Sie ist nicht so fein und eben wie Autolack, sondern rauher, körniger. Offenbar ein heller Eierschalenton. Ich denke, es handelt sich um Wandfarbe.«

»Sind dies die einzigen Fasern beziehungsweise Fragmente, die Sie untersucht haben?«

»Ich fang' ja gerade erst an.« Er ging zu einem anderen Arbeitstisch und zog einen Hocker darunter hervor. »Ich habe mir alle unter UV-Licht angesehen. Etwa fünfzig Prozent davon sind mit dieser farbähnlichen Substanz getränkt. Ich kann zwar nicht mit Sicherheit sagen, um was für ein Material es sich handelt, aber es steht zumindest fest, daß alle Proben, die Sie mir geschickt haben, gleichen Fabrikats und vermutlich auch gleichen Ursprungs sind.«

Er legte einen Objektträger unter das Objektiv eines Polarisationsmikroskops, das wie eine Ray-Ban-Sonnenbrille störende Reflexe reduziert und Licht in verschiedene Wellen mit unterschiedlichem Brechungsindex aufspaltet. Vielleicht würden wir dadurch einen weiteren Hinweis darauf bekommen, mit was für einem Material wir es hier zu tun hatten.

»Also«, sagte er, während er die Schärfe einstellte und konzentriert ins Mikroskop starrte. »Dies ist das größte Fragment, das wir gefunden haben. Es ist etwa so groß wie ein Zehn-Cent-Stück und hat zwei unterschiedliche Seiten.«

Er machte mir Platz, und ich erkannte Fasern, die an blonde Haare erinnerten, mit rosa und grünen Einsprengseln am Schaft.

»Sieht ganz nach Polyester aus«, erklärte Koss. »Die Einsprengsel sind Mattierungsmittel, die bei der Herstellung verwendet werden, damit das Material nicht glänzt. Ich glaube, außerdem ist noch etwas Kunstseide beigemischt. Aus alldem würde ich normalerweise schließen, daß es sich hier um einen ganz gewöhnlichen Stoff handelt, den man für fast alles verwenden kann, von der Bluse bis zur Tagesdecke. Aber so einfach ist das nicht.«

Er öffnete eine Flasche mit einem flüssigen Lösungsmittel, hob mit einer Pinzette das Deckgläschen hoch und drehte das Fragment behutsam um. Er tropfte Xylol auf das Präparat, deckte es wieder zu und bedeutete mir, ich solle näher kommen.

»Was sehen Sie?« fragte er. Er war stolz auf sich.

»Etwas Gräuliches, Festes. Jedenfalls ist es nicht das gleiche Material wie auf der anderen Seite.« Ich sah ihn überrascht an.

»Der Stoff ist also beschichtet?«

»Mit irgendeinem Thermoplast. Wahrscheinlich Polyethylen-Terephthalat.«

»Und wofür wird das verwendet?« wollte ich wissen.

»Vor allem für Softdrink-Flaschen, Filme und Klarsichtpackungen.«

Ich starrte ihn verblüfft an. Mir war schleierhaft, was solche Produkte mit unserem Fall zu tun haben sollten.

»Was sonst noch?« fragte ich.

Er dachte nach. »Packbänder. Manche dieser Produkte, Flaschen zum Beispiel, können recycelt und dann wieder zu Teppichfasern, Füllstoffen oder Faserplatten verarbeitet werden. Zu allem möglichen.«

»Aber nicht zu Kleiderstoffen.«

Er schüttelte den Kopf und sagte mit Bestimmtheit: »Auf keinen Fall. Der Stoff, von dem wir hier sprechen, ist eine recht ordinäre, grobe Polyestermischung mit einer Beschichtung aus irgendeinem Kunststoff. Von einem derartigen Kleiderstoff habe ich noch nie etwas gehört. Außerdem ist er offenbar mit Farbe durchtränkt.«

»Danke, Aaron«, sagte ich. »Das wirft ein ganz neues Licht auf die Sache.«

Als ich wieder in mein Büro kam, saß zu meiner Überraschung und Verärgerung Percy Ring auf einem Stuhl vor meinem Schreibtisch und blätterte in einem Notizbuch.

»Ich mußte wegen eines Interviews mit Channel Twelve nach Richmond«, sagte er unschuldsvoll, »und da dachte ich, dann kann ich Ihnen eigentlich auch gleich einen Besuch abstatten. Mit Ihnen wollen die übrigens auch reden.« Er lächelte.

Ich antwortete nicht. Statt dessen setzte ich mich auf meinen Stuhl und schwieg vielsagend.

»Ich habe mir gedacht, daß Sie denen kein Interview geben würden. Das habe ich ihnen auch gesagt«, fuhr er in seiner ungezwungenen, leutseligen Art fort.

»Und was genau haben Sie denen diesmal erzählt?« Mein Ton war alles andere als freundlich.

»Wie bitte?« Sein Lächeln erstarb, und sein Blick verhärtete sich. »Was soll das denn heißen?«

»Sie sind der Ermittlungsbeamte. Finden Sie es heraus.« Mein Blick war ebenso hart wie seiner.

Er zuckte mit den Schultern. »Das Übliche. Nur das Wesentlichste über den Fall und die Parallelen zu den anderen.«

»Investigator Ring, lassen Sie mich zum wiederholten Male etwas klarstellen«, sagte ich, ohne aus der Verachtung, die ich für ihn empfand, einen Hehl zu machen. »Es steht keineswegs fest, daß dieser Fall etwas mit den anderen zu tun hat. Und wir sollten den Medien gegenüber nichts dazu verlauten lassen.«

»Tja, da haben wir offenbar unterschiedliche Standpunkte, Dr. Scarpetta.«

In seinem adretten Outfit – dunkler Anzug, Paisley-Hosenträger und Krawatte – wirkte er bemerkenswert vertrauenerweckend. Ich mußte daran denken, was Wesley über Rings Ambitionen und Beziehungen gesagt hatte, und bei dem Gedanken, daß dieser selbstgefällige Schwachkopf eines Tages an der Spitze der Polizei von Virginia stehen oder in den Kongreß gewählt werden könnte, drehte sich mir der Magen um.

»Ich finde, die Öffentlichkeit hat ein Recht, zu erfahren, daß ein Irrer in ihrer Mitte weilt«, sagte er.

»Und das haben Sie auch im Fernsehen gesagt.« Ich kochte vor Wut. »Daß ein Irrer unter uns weilt.«

»An meine genauen Worte kann ich mich nicht mehr erinnern. Der eigentliche Grund, weshalb ich hergekommen bin, ist, daß ich gern wüßte, wann ich eine Kopie des Autopsieberichts bekomme.«

»Die Untersuchung ist noch nicht abgeschlossen.«

»Ich brauche ihn so bald wie möglich.« Er sah mir in die Augen. »Die Staatsanwältin will wissen, was Sache ist.«

Das konnte ja wohl nicht wahr sein. Mit der Staatsanwaltschaft wurde normalerweise erst gesprochen, wenn es einen Verdächtigen gab.

»Was wollen Sie damit sagen?« fragte ich.

»Ich habe Keith Pleasants im Visier.«

Ich war fassungslos.

»Es gibt eine Menge Indizien«, fuhr er fort. »Das ist zum Beispiel die Frage, wie es kommt, daß gerade er den Bagger fuhr, als der Rumpf gefunden wurde. Normalerweise ist das nämlich gar nicht sein Job, und dann sitzt er rein zufällig in genau dem Moment hinterm Steuer?«

»Ich finde, das macht ihn eher zum Opfer als zum Verdächtigen. Wenn er der Mörder wäre«, fuhr ich fort, »sollte man doch meinen, daß er darauf aus wäre, so weit wie möglich von der Deponie entfernt zu sein, wenn die Leiche gefunden wird.«

»Psychopathen sind so«, sagte er, als müsse er es wissen. »Die geilen sich an der Vorstellung auf, dabeizusein, wenn das Opfer gefunden wird. Wie zum Beispiel der Frauenmörder, ein Krankenwagenfahrer, der seine Opfer in der Gegend ablud, für die er zuständig war. Kurz bevor er zum Dienst fuhr, wählte er dann den Notruf, damit er selbst für den Einsatz eingeteilt wurde.«

Offenbar hatte er nicht nur Psychologie studiert, sondern auch noch einen Profiling-Lehrgang besucht. Er wußte einfach über alles Bescheid.

»Keith lebt bei seiner Mutter. Ich habe den Eindruck, er kann sie nicht ausstehen«, fuhr er fort und strich seine Krawatte glatt. »Sie hat ihn erst spät bekommen und ist jetzt über sechzig. Er sorgt für sie.«

»Seine Mutter hat er also schon mal nicht umgebracht.«

»Stimmt. Aber das heißt nicht, daß er seine Aggressionen nicht an irgendeiner anderen armen alten Frau ausgelassen hat. Und hinzu kommt: Sie werden's nicht glauben, aber während der High-School hat er in der Fleischabteilung eines Lebensmittelgeschäfts gearbeitet. Er war Schlachtergehilfe.«

Ich sagte ihm nichts von meiner Vermutung, daß bei diesem Fall keine Fleischersäge verwendet worden war, sondern ließ ihn weiterreden.

»Er ist nie besonders gesellig gewesen, was auch wieder zum Täterprofil paßt.« Er fuhr fort, seine aberwitzigen Theorien auszuspinnen. »Und auf der Deponie geht das Gerücht, er sei homosexuell.«

»Und worauf stützt sich das?«

»Darauf, daß er sich nie mit Frauen trifft und auch kein Interesse zeigt, wenn die anderen Jungs Bemerkungen und Witze über Frauen machen. Sie wissen ja, wie es unter rauhen Jungs so zugeht.«

»Beschreiben Sie mir das Haus, in dem er wohnt.« Ich hatte dabei die Fotos im Sinn, die ich per E-Mail erhalten hatte.

»Zweistöckig, drei Schlafzimmer, Küche, Wohnzimmer. Mittelklasse auf dem absteigenden Ast in die Armut. Möglich, daß sie es früher, als sein Dad noch da war, ganz nett hatten.

»Was ist denn aus dem Vater geworden?«

»Abgehauen, bevor Keith geboren wurde.«

»Geschwister?« fragte ich.

»Längst erwachsen. Keith war wohl gar nicht mehr geplant. Ich habe den Verdacht, daß Mr. Pleasants gar nicht sein Vater ist. Das würde auch erklären, wieso er bereits vor Keiths Geburt fort war.«

»Und worauf gründet sich dieser Verdacht?« fragte ich spitz.

»Das hab' ich im Gefühl.«

»Aha.«

»Sie wohnen ziemlich abgelegen, etwa zehn Meilen von der Deponie entfernt in einer ländlichen Gegend«, sagte er. »Haben einen ziemlich großen Garten und eine Garage.« Er schlug die Beine übereinander und machte eine bedeutungsvolle Pause. »In der Garage steht eine große Werkbank, und dort liegt jede Menge Werkzeug herum. Keith sagt, er sei Heimwerker und benutze die Garage als Werkstatt, wenn es im Haus etwas zu reparieren gebe. Ich habe eine Metallsäge an der Wand hängen sehen und eine Machete, die er angeblich benutzt, um Kudzu und Unkraut zu jäten ...«

Er schlüpfte aus seinem Jackett und breitete es sorgfältig über seinen Schoß, bevor er mit seiner Führung durch Keith Pleasants' Leben fortfuhr.

»Sie konnten sich ja offenbar in aller Ruhe umschauen – und das ganz ohne Durchsuchungsbefehl«, fiel ich ihm ins Wort.

»Er war sehr entgegenkommend«, erwiderte er ungerührt. »Reden wir darüber, was sich hier oben bei ihm abspielt.« Er tippte sich an den Schädel. »Auf jeden Fall ist er ein ganz kluger Kopf. Im ganzen Haus liegen Bücher, Zeitschriften und Zeitungen herum. Und stellen Sie sich vor: Er hat Fernsehberichte über diesen Fall aufgezeichnet und Artikel darüber ausgeschnitten.«

»Das tut vermutlich fast jeder, der auf der Mülldeponie arbeitet«, gab ich zu bedenken.

Aber Ring interessierte sich nicht im geringsten für das, was ich sagte.

»Er liest alle möglichen Krimis. Thriller. *Das Schweigen der Lämmer, Der rote Drache.* Tom Clancy, Ann Rule ...«

Wieder unterbrach ich ihn. Das konnte ich mir keine Sekunde länger anhören. »Sie haben gerade den typischen Lesestoff eines durchschnittlichen Amerikaners aufgezählt. Ich kann Ihnen zwar nicht vorschreiben, wie Sie Ihre Ermittlungen durchzuführen haben, aber ich möchte Sie doch daran erinnern, daß es vielleicht besser wäre, sich an die Beweise zu halten ...«

»Das tue ich doch«, gab er zurück. »Genau das tue ich.«

»Genau das tun Sie nicht. Sie kennen die Beweislage ja noch

nicht einmal. Sie haben noch keinen einzigen Bericht von mir oder aus den Labors erhalten. Sie haben auch noch kein Täterprofil vom FBI bekommen. Haben Sie überhaupt schon mit Marino oder Grigg gesprochen?«

»Wir verpassen uns ständig.« Er stand auf und zog sein Jackett wieder an. »Ich brauche diese Berichte.« Das klang wie ein Befehl. »Die Staatsanwältin wird Sie anrufen. Übrigens, wie geht es Lucy?«

Daß er den Namen meiner Nichte kannte, gefiel mir gar nicht, und mein überraschter, wütender Blick verriet meine Gefühle.

»Ich wußte nicht, daß Sie beide sich kennen«, erwiderte ich kühl.

»Ich habe an einer ihrer Vorlesungen teilgenommen, vor ein paar Monaten, glaube ich. Es ging um CAIN.«

Ich griff mir einen Stapel Totenscheine aus dem Eingangskorb und begann sie abzuzeichnen.

»Danach ist sie mit uns rüber zum HRT gegangen und hat uns ihre Roboter vorgeführt«, sagte er, schon in der Tür. »Hat sie eigentlich einen Freund?«

Ich war sprachlos.

»Ich meine, ich weiß, daß sie mit einer anderen Agentin zusammenlebt. Aber das ist nur ihre Mitbewohnerin, oder?« Es war klar, worauf er hinauswollte. Wie erstarrt schaute ich ihm nach, während er pfeifend davonging. Wutschnaubend klaubte ich ein paar Papiere zusammen und wollte gerade meinen Schreibtisch verlassen, als Rose hereinkam.

»Der kann seine Schuhe unter meinem Bett parken, wann immer er will«, säuselte sie Ring hinterher.

»Also bitte!« Das war zuviel für mich. »Ich habe Sie für eine intelligente Frau gehalten, Rose.«

»Ich glaube, Sie brauchen einen heißen Tee«, sagte sie.

»Kann sein.« Ich seufzte.

»Aber zuerst wäre da noch etwas anderes«, sagte sie in ihrer geschäftsmäßigen Art. »Kennen Sie einen Mann namens Keith Pleasants?«

»Was ist mit ihm?« Für einen Moment standen meine Gedanken still.

»Er sitzt in der Lobby«, sagte sie. »Er ist sehr aufgebracht und will erst wieder gehen, wenn Sie ihn empfangen haben. Ich wollte schon den Sicherheitsdienst rufen, aber ich dachte, ich frage lieber ...« Mein Gesichtsausdruck brachte sie unvermittelt zum Schweigen.

»Großer Gott!« rief ich entsetzt. »Haben er und Ring einander gesehen?«

»Keine Ahnung«, sagte sie, und plötzlich war sie selbst ganz bestürzt. »Ist irgendetwas nicht in Ordnung?«

»Gar nichts ist in Ordnung.« Ich seufzte und ließ die Papiere wieder auf meinen Schreibtisch fallen.

»Soll ich nun den Sicherheitsdienst rufen oder nicht?«

»Nein.« Ich ging rasch an ihr vorbei.

Eiligen Schritts ging ich durch den Flur und bog um eine Ecke in die Lobby, in der es einfach nicht gemütlich werden wollte, egal, wieviel Mühe ich mir damit gab. Weder geschmackvolle Möbel noch Drucke an den Wänden konnten darüber hinwegtäuschen, welche furchtbaren Umstände die Menschen hierherführten. Wie Keith Pleasants saßen sie stocksteif auf einem blaugepolsterten Sofa, das neutral und besänftigend wirken sollte. Paralysiert starrten sie ins Nichts oder weinten.

Als ich die Tür aufstieß, sprang er mit geröteten Augen auf. Er stürzte sich geradezu auf mich, und ich wußte nicht recht, ob Wut oder Panik ihn trieb. Einen Moment lang glaubte ich, er würde mich entweder packen oder schlagen. Aber er ließ die Hände linkisch wieder sinken und starrte mich wütend an. Seine Miene verfinsterte sich, und dann kochte seine Empörung über.

»Sie haben kein Recht, so was über mich zu sagen!« stieß er

mit geballten Fäusten hervor. »Sie kennen mich doch gar nicht! Wissen überhaupt nichts über mich!«

»Regen Sie sich nicht auf, Keith«, sagte ich ruhig, aber bestimmt.

Ich bedeutete ihm, wieder Platz zu nehmen, und zog einen Stuhl heran, so daß ich ihm gegenübersaß. Er atmete schwer und zitterte. Seine Augen waren voller Schmerz und füllten sich mit Zornestränen.

»Sie haben mich doch nur einmal getroffen.« Er riß einen Finger hoch. »Ein einziges Mal bloß, und dann sagen Sie so was.« Seine Stimme bebte. »Ich steh' kurz davor, meinen Job zu verlieren.« Er hielt sich die Faust vor den Mund und wandte den Blick ab, während er um Fassung rang.

»Erstens«, sagte ich, »habe ich mit niemandem über Sie gesprochen. Nicht ein Wort.«

Er blickte auf.

»Ich habe keine Ahnung, wovon Sie sprechen.« Ich sah ihn fest an und sprach mit einer Bestimmtheit, die ihm den Wind aus den Segeln nahm. »Vielleicht könnten Sie mich aufklären?«

Er musterte mich unsicher. In seinen Augen flackerte das Mißtrauen, das Lügen über mich ihm eingeimpft hatten.

»Sie haben nicht mit Investigator Ring über mich gesprochen?« fragte er.

Ich kämpfte meinen Zorn nieder. »Nein.«

»Er war heute morgen bei uns, als meine Mama noch im Bett lag.« Seine Stimme zitterte. »Hat mich verhört, als wäre ich ein Mörder oder so was. Und dann hat er gesagt, ich soll lieber gleich gestehen, denn Sie hätten Erkenntnisse, die auf mich deuteten.«

»Erkenntnisse? Was für Erkenntnisse?« frage ich mit wachsender Entrüstung.

»Sie hätten Fasern gefunden, die Ihrer Ansicht nach von den Sachen stammen könnten, die ich an dem Tag anhatte, als wir uns kennengelernt haben. Sie hätten gesagt, die Person, die diese Leiche zerstückelt hat, sei vermutlich genauso groß wie ich. Er meinte, Sie könnten an dem Druck, mit dem die Säge geführt wurde, sehen, daß der Täter etwa ebenso kräftig war wie ich. Er sagte, Sie würden alle möglichen Dinge von mir verlangen, damit Sie DNS-Tests machen könnten. Und Sie hätten gesagt, ich hätte mich merkwürdig verhalten, als ich Sie zum Tatort fuhr ...«

Ich unterbrach ihn: »Mein Gott, Keith, ich habe noch nie in meinem Leben so einen Blödsinn gehört. Wenn ich auch nur einen Satz davon gesagt hätte, würde ich wegen Unfähigkeit gefeuert.«

»Das kommt noch dazu«, ergriff Pleasants mit flammendem Blick wieder das Wort. »Er hat mit all meinen Kollegen gesprochen! Die fragen sich jetzt, ob ich vielleicht so eine Art Axtmörder bin. Das seh' ich schon an der Art, wie sie mich anschauen.«

Während er in Tränen ausbrach, öffneten sich die Türen, und mehrere Beamte der Staatspolizei betraten den Raum. Sie wurden per Knopfdruck hereingelassen und machten sich, ohne uns zu beachten, auf den Weg zur Leichenhalle, wo Fielding mit einem Verkehrsopfer beschäftigt war. Pleasants war zu erregt, als daß ich die Angelegenheit weiter mit ihm hätte erörtern können, und ich war so wütend auf Ring, daß ich nicht wußte, was ich noch sagen sollte.

»Haben Sie einen Anwalt?« fragte ich ihn.

Er schüttelte den Kopf.

»Ich glaube, Sie sollten sich lieber einen besorgen.«

»Ich kenne keinen.«

»Ich kann Ihnen ein paar nennen«, sagte ich, doch da kam Wingo zur Tür herein. Der Anblick des weinenden Pleasants auf dem Sofa überraschte ihn.

»Ähm, Dr. Scarpetta?« sagte Wingo. »Dr. Fielding läßt fragen, ob er schon mal die persönlichen Gegenstände der Verstorbenen zum Bestattungsunternehmen schicken kann.«

Ich trat dichter an Wingo heran, denn ich wollte nicht, daß Pleasants durch die alltäglichen Vorgänge in der Gerichtsmedizin noch mehr aus der Fassung gebracht wurde.

»Die Staatspolizei ist schon unterwegs«, sagte ich mit leiser Stimme. »Wenn die die Sachen nicht wollen, dann können Sie sie ans Bestattungsunternehmen schicken.«

Er musterte Pleasants eingehend, als kenne er ihn von irgendwoher.

»Hören Sie«, sagte ich zu Wingo. »Suchen Sie bitte Adresse und Telefonnummer von Jameson und Higgins heraus.«

Das waren zwei sehr gute Anwälte in der Stadt, die ich als meine Freunde betrachtete.

»Und dann begleiten Sie Mr. Pleasants bitte hinaus.«

Wingo starrte ihn immer noch wie hypnotisiert an.

»Wingo?« Ich sah ihn fragend an, denn er schien mich nicht gehört zu haben.

»Ja, Ma'am.« Er schaute zu mir herüber.

Ich ging an ihm vorbei und machte mich auf den Weg nach unten. Ich mußte mit Wesley reden, aber vorher wollte ich noch versuchen, Marino zu erreichen. Im Aufzug nach unten überlegte ich, ob ich die Staatsanwältin in Sussex anrufen sollte, um sie vor Ring zu warnen. Während mir all dies durch den Kopf ging, dachte ich an Pleasants. Er tat mir schrecklich leid. Ich hatte Angst um ihn. So weit hergeholt es auch schien – mir war klar, daß man ihm eine Mordanklage anhängen konnte.

In der Leichenhalle betrachteten Fielding und die Beamten der Staatspolizei das Verkehrsopfer auf Tisch eins. Die üblichen Sprüche blieben aus, denn die Tote war die neunjährige Tochter eines Mitglieds des Stadtrats. Sie war frühmorgens zur Bushaltestelle gegangen, als ein Autofahrer mit hohem Tempo von der Straße abkam. Der Wagen hatte das Mädchen von hinten erfaßt. Das Fehlen von Bremsspuren deutete darauf hin, daß er noch nicht einmal das Tempo gedrosselt hatte.

»Wie sieht's aus?« fragte ich, als ich zu ihnen stieß.

»Das ist eine böse Geschichte«, sagte einer der Polizisten mit ernstem Gesicht.

»Der Vater dreht total durch«, erklärte mir Fielding, während er den bekleideten Leichnam mit einer Lupe auf Spuren absuchte.

»Haben Sie Lackpartikel gefunden?« fragte ich. Mit Hilfe eines Lacksplitters lassen sich Automarke und -modell identifizieren.

»Bislang nicht.« Mein Stellvertreter war äußerst übellaunig. Er haßte es, Kinder zu obduzieren.

Ich ließ meinen Blick über die zerrissene, blutige Jeans und den teilweise erkennbaren Abdruck eines Kühlergrills wandern, der sich in Gesäßhöhe auf dem Stoff abzeichnete. Die vordere Stoßstange hatte sie in die Kniekehlen getroffen, und ihr Kopf war auf die Windschutzscheibe aufgeschlagen. Sie hatte einen kleinen roten Rucksack auf dem Rücken gehabt. Das Lunchpaket und die Bücher, Zettel und Stifte, die herausgenommen worden waren, versetzten mir einen Stich. Das Herz wurde mir schwer.

»Der Abdruck des Kühlergrills ist ziemlich weit oben«, bemerkte ich.

»Kommt mir auch so vor«, sagte ein anderer Polizist. »Wie von einem Pick-up-Truck oder einem Geländewagen. Etwa zur Zeit des Unfalls wurde ein schwarzer Jeep Cherokee in der Gegend gesehen, der mit hoher Geschwindigkeit unterwegs war.«

»Ihr Vater ruft alle halbe Stunde an.« Fielding warf mir einen Blick zu. »Er glaubt, es war kein Unfall.«

»Was will er damit andeuten?« fragte ich.

»Daß es ein Anschlag war.« Er machte sich wieder daran, Fasern und Schmutzpartikel von der Leiche abzusammeln. »Mord.«

»Du lieber Gott, das wollen wir doch nicht hoffen«, sagte

ich und wandte mich zum Gehen. »Es ist so schon schlimm genug.«

Auf einem Stahltisch ganz hinten in der Leichenhalle stand ein elektrischer Wasserkocher, in dem wir die Knochen mazerierten. Das war eine äußerst unangenehme Prozedur, bei der die Leichenteile in einer zehnprozentigen Bleichmittellösung gekocht werden mußten. Das Scheppern des großen Stahltopfes und der Gestank waren entsetzlich. Normalerweise erledigte ich diese Arbeit an Abenden und Wochenenden, an denen es unwahrscheinlich war, daß Besucher die Gerichtsmedizin betraten.

Am Vortag hatte ich die Knochenenden, die ich vom Rumpf abgetrennt hatte, in den Topf gelegt und über Nacht kochen lassen. Sie waren fertig, und ich schaltete den Kocher aus. Ich schüttete das stinkende, dampfende Wasser in den Ausguß und wartete, bis die Knochen so weit abgekühlt waren, daß man sie anfassen konnte. Sie waren sauber und weiß, etwa fünf Zentimeter lang. Die Schnitt- und Sägespuren waren deutlich zu erkennen. Während ich jedes einzelne Segment sorgfältig untersuchte, überlief mich plötzlich ein eisiger Schauer.

Ich konnte nicht unterscheiden, welche Sägespuren vom Mörder stammten und welche von mir.

»Jack!« rief ich nach Fielding. »Können Sie mal einen Moment kommen?«

Er unterbrach seine Tätigkeit und kam zu mir herüber.

»Was ist los?« fragte er.

Ich reichte ihm einen der Knochen. »Können Sie erkennen, welches Ende mit der Stryker-Säge abgesägt wurde?«

Er drehte und wendete ihn wieder und wieder, ließ seinen Blick von einem Ende zum anderen wandern und runzelte die Stirn. »Haben Sie es markiert?«

»Nur, welches der rechte und welches der linke ist«, sagte ich. »Sonst nicht. Ich hätt's natürlich tun sollen. Aber normalerweise lassen sich die Enden so leicht auseinanderhalten, daß es einfach nicht nötig ist.«

»Ich bin kein Experte, aber wenn ich es nicht besser wüßte, würde ich sagen, daß alle Schnitte von derselben Säge stammen.« Er gab mir die Knochen wieder zurück, die ich daraufhin eintütete. »Sie müssen mit den Knochen doch ohnehin zu Canter, oder?«

»Der wird nicht zufrieden mit mir sein«, sagte ich.

6

Mein Haus lag am Rande von Windsor Farms, einem altehrwürdigen Viertel von Richmond. Hier hatten die Straßen englische Namen, und die Häuser waren prächtige Villen im Georgian- oder Tudorstil. In den Fenstern, an denen ich vorbeifuhr, war Licht, und hinter den Scheiben konnte ich edle Möbel, Kronleuchter und Menschen sehen, die umhergingen oder vorm Fernseher saßen. Offenbar zog außer mir niemand in dieser Stadt die Vorhänge zu. Die Blätter hatten zu fallen begonnen. Es war kühl und bedeckt. Als ich in meine Einfahrt einbog, stieg Rauch aus dem Schornstein auf, und der grüne Suburban meiner Nichte parkte vorm Haus. »Lucy?« rief ich, während ich die Tür aufschloß und die Alarmanlage abstellte.

»Hier bin ich«, antwortete sie aus dem Flügel des Hauses, in dem sie immer wohnte, wenn sie bei mir war.

Als ich auf mein Arbeitszimmer zusteuerte, um meinen Aktenkoffer und den Stapel Arbeit abzulegen, den ich für den Abend mit nach Hause genommen hatte, kam sie aus ihrem Zimmer. Sie zog sich gerade ein leuchtend orangefarbenes Sweatshirt der University of Virginia über den Kopf.

»Hi«. Sie umarmte mich lächelnd. Es gab kaum etwas an ihr, das sich weich anfühlte.

Ich hielt sie auf Armeslänge von mir fern und musterte sie erst einmal von oben bis unten, wie ich es immer tat.

»Oh-oh«, sagte sie scherzhaft. »Große Inspektion.« Sie streckte die Arme von sich weg und drehte sich im Kreis, als erwartete sie, durchsucht zu werden.

»Schlaukopf«, sagte ich.

Tatsächlich wäre mir lieber gewesen, wenn sie ein bißchen fülliger gewesen wäre, aber sie sah ausgesprochen hübsch und gesund aus. Ihr kastanienbraunes Haar war kurz, aber weich frisiert. Ich konnte sie immer noch nicht anschauen, ohne in ihr die frühreife, widerspenstige Zehnjährige zu sehen, die niemanden hatte außer mir.

»Bestanden«, sagte ich.

»Tut mir leid, daß ich erst so spät gekommen bin.«

»Was war es doch gleich, das dich aufgehalten hat?« fragte ich. Sie hatte mich tagsüber angerufen, um mir zu sagen, daß sie es nicht vorm Abendessen schaffen würde.

»Ein Staatsanwalt vom Oberlandesgericht ist auf die Idee gekommen, uns mit seinem Gefolge einen Besuch abzustatten. Und die haben natürlich erwartet, daß sie wie üblich vom HRT was geboten bekommen.«

Wir gingen in die Küche.

»Ich hab' ihnen Toto und Tin Man vorgeführt«, fügte sie hinzu.

Das waren zwei Roboter.

»Ein bißchen Glasfaseroptik und Virtual Reality. Das Übliche eben, aber es ist schon ziemlich cool. Erst sind die Roboter mit Fallschirmen aus einem Helikopter abgesprungen, und dann habe ich sie per Fernsteuerung mit Laserstrahlen eine Metalltür durchschmoren lassen.«

»Doch hoffentlich keine Flugkunststücke mit dem Helikopter«, sagte ich.

»Dafür waren die Jungs zuständig. Ich hab' meinen Kram vom Boden aus gemacht.« Froh war sie darüber nicht.

Dummerweise wollte Lucy nämlich gern Flugkunststücke mit dem Hubschrauber machen. Das HRT bestand aus fünfzig Agenten. Sie war die einzige Frau, und sie reagierte überaus empfindlich, wenn man sie keine gefährlichen Dinge tun ließ. Meiner Meinung nach war das auch nicht das richtige für sie, aber natürlich war ich nicht gerade objektiv.

»Mir ist es nur recht, wenn du bei deinen Robotern bleibst«, sagte ich. »Irgendwas riecht hier gut. Was hast du einer müden alten Tante zu essen gemacht?«

»Frischen Spinat, mit Knoblauch in etwas Olivenöl angebraten, und dann werd' ich noch ein paar Filets grillen. Heute ist der einzige Tag in der Woche, an dem ich Rindfleisch esse. Dein Pech, wenn du keins willst. Ich hab' sogar eine Flasche richtig guten Wein besorgt. Den haben Janet und ich neulich entdeckt.«

»Seit wann können sich FBI-Agenten guten Wein leisten?«

»He«, sagte sie, »so schlecht verdiene ich gar nicht. Außerdem hab' ich viel zuviel zu tun, um das Geld auszugeben.«

Kleidung kaufte sie sich dafür jedenfalls nicht. Wann immer ich sie sah, trug sie entweder Drillich oder einen Jogginganzug. Nur gelegentlich waren es mal Jeans und eine abgerissene Jacke oder ein Blazer. Wenn ich ihr anbot, ihr irgendwas von meinen Sachen abzutreten, lachte sie mich aus. Meine Juristinnenkostüme und Stehkragenblusen trug sie nun wirklich nicht, und ehrlich gesagt war sie mit ihrer durchtrainierten Figur auch schlanker als ich. Vermutlich hätte ihr sowieso nichts von meiner Garderobe gepaßt.

Ein riesengroßer Mond stand tief am wolkigen, dunklen Himmel. Wir zogen uns Jacken an, setzten uns auf die Terrasse und tranken Wein, während Lucy grillte. Da die Kartoffeln, die sie zum Backen in die Glut gelegt hatte, eine Weile brauchten, hatten wir Zeit, uns zu unterhalten. In den letzten Jahren hatte sich das, was früher fast ein Mutter-Tochter-Verhältnis gewesen war, immer mehr zu einer Beziehung zwischen Kolleginnen und Freundinnen entwickelt. Das war nicht leicht für mich: Plötzlich war sie meine Lehrerin und arbeitete sogar an einigen meiner Fälle mit. Ich fühlte mich seltsam orientierungslos, denn ich wußte nicht mehr, welche Rolle ich in ihrem Leben spielte und welchen Einfluß ich noch auf sie hatte.

»Wesley will, daß ich diese E-Mails zurückverfolge«, sagte sie. »Die Polizei von Sussex möchte unbedingt die CASKU hinzuziehen.«

»Kennst du Percy Ring?« fragte ich, und bei dem Gedanken an seine Worte in meinem Büro stieg Wut in mir auf.

»Er war in einem meiner Kurse. Ein unangenehmer Typ, hat in einer Tour dazwischengequatscht.« Sie griff nach der Weinflasche. »Ein ziemlicher Affe.«

Sie schenkte den Wein ein. Dann lüftete sie den Deckel des Grills und piekste mit einer Gabel in die Kartoffeln. »Ich glaube, die sind fertig«, sagte sie zufrieden.

Kurz darauf kam sie mit den Filets aus dem Haus. Es zischte, als sie sie auf den Grill legte. »Irgendwie hat er rausgekriegt, daß du meine Tante bist.« Sie sprach wieder von Ring. »Ist ja kein Geheimnis. Er hat mich mal nach einer Vorlesung über dich ausgefragt – ob ich viel von dir gelernt hätte und ob du mir bei meinen Fällen helfen würdest. Weißt du, als ob ich meinen Job unmöglich allein machen könnte. Ich glaube einfach, er hat es auf mich abgesehen, weil ich neu beim FBI bin und dazu noch eine Frau.«

»Da ist er aber an die Falsche geraten«, sagte ich.

»Außerdem wollte er wissen, ob ich verheiratet bin.« Da die Verandalampen nur eine Seite ihres Gesichts beleuchteten, lagen ihre Augen im Schatten.

»Ich mache mir Sorgen, worauf er wirklich aus ist«, bemerkte ich.

Sie warf mir einen Blick zu und grillte weiter. »Das Übliche.« Solche Anmachen prallten an ihr ab. Schließlich war sie ständig von Männern umgeben und nahm ihre Sprüche und Blicke kaum noch wahr.

»Lucy, er hat heute in meinem Büro so eine Bemerkung über dich gemacht«, sagte ich. »Eine versteckte Anspielung.«

»Worauf?«

»Daß du keinen Freund hast. Und auf deine Mitbewohnerin.«

Gleichgültig, wie oft und wie diskret wir das Thema behandelten, immer reagierte sie genervt und ungeduldig.

»Ob ich nun lesbisch bin oder nicht«, sagte sie, und das Zischen des Grills war die passende Untermalung für ihren Tonfall, »die würden sich auf jeden Fall das Maul über mich zerreißen, einfach, weil ich als Frau beim FBI arbeite. Es ist absolut lächerlich. Diese Typen halten sogar verheiratete Frauen und Mütter für lesbisch, bloß weil sie bei der Polizei, beim FBI, bei der Nationalgarde oder beim Geheimdienst sind. Manche Leute glauben sogar, daß du eine Lesbe bist. Aus dem gleichen Grund. Weil du erfolgreich bist und etwas erreicht hast.«

»Hier geht es nicht um Anschuldigungen«, gab ich sanft zu bedenken. »Es geht darum, ob dir jemand schaden könnte. Ring ist aalglatt und ein Mann, dem man zuerst einmal glaubt, was er sagt. Ich nehme an, es ärgert ihn, daß du beim FBI bist, beim HRT, und er nicht.«

»Na, das ist ja wohl nicht zu übersehen.« Ihre Stimme klang hart.

»Ich will nur hoffen, daß sich dieser Knallkopf nicht ständig mit dir verabreden will.«

»Oh, damit hat er mich schon ein paarmal genervt.« Sie setzte sich. »Er hat es sogar schon mal bei Janet versucht. Unglaublich, was?« Sie lachte. »Manche Leute kapieren es einfach nicht.«

»Das ist ja gerade das Problem: Ich glaube, er kapiert es sehr wohl«, sagte ich unheilvoll. »Mir kommt es so vor, als würde er belastendes Material gegen dich sammeln.«

»Ach, soll er doch.« Abrupt wechselte sie das Thema. »Erzähl mir, was heute sonst noch so los war.«

Ich berichtete ihr, was ich in den Labors erfahren hatte, und während wir die Steaks und den Wein hineintrugen, redeten wir über Textilspuren und Koss' Analyse der Fasern. Wir setzten uns an den Küchentisch, zündeten eine Kerze an und beschäftigten uns mit Themen, die kaum jemand sonst beim Essen besprechen würde.

»Vorhänge aus einem billigen Motel könnten so eine Beschichtung haben«, sagte Lucy.

»Ja, oder eine Art Abdeckplane. Das würde auch die farbähnliche Substanz erklären«, erwiderte ich. »Der Spinat ist wunderbar. Wo hast du den gekauft?«

»Bei Ukrops. Wenn ich doch bloß auch so einen Laden bei mir in der Nachbarschaft hätte! Der Täter hat das Opfer also in eine Abdeckplane gewickelt und es dann durch die Plane hindurch zerstückelt?« fragte sie, während sie ihr Fleisch zerkleinerte.

»So sieht es jedenfalls aus.«

»Was sagt Wesley?« Unsere Blicke trafen sich.

»Ich habe ihn bisher noch nicht erreicht.« Das stimmte nicht ganz. Ich hatte ihn noch gar nicht angerufen.

Lucy schwieg kurz. Sie stand auf und holte eine Flasche Evian. »Wie lange willst du noch vor ihm davonlaufen?«

In der Hoffnung, sie würde mich in Ruhe lassen, tat ich so, als hätte ich nicht zugehört.

»Du weißt doch selbst, daß du das tust. Du hast Angst.«

»Das steht nun wirklich nicht zur Debatte«, sagte ich. »Vor allem, wo wir doch gerade so einen netten Abend haben.«

Sie griff nach ihrem Wein.

»Der ist übrigens sehr gut«, sagte ich. »Ich mag Pinot Noir, der ist nicht so schwer wie ein Merlot. Momentan bin ich nicht in der Stimmung für einen schweren Wein. Du hast also eine gute Wahl getroffen.«

Sie verstand den Wink und spießte ein weiteres Stück Steak auf die Gabel.

»Wie läuft es denn eigentlich bei Janet?« fuhr ich fort. »Ist sie immer noch soviel in Washington und verfolgt Wirtschaftskriminelle? Oder hat sie mittlerweile mehr bei der ERF zu tun?« Lucy starrte aus dem Fenster den Mond an und ließ langsam den Wein in ihrem Glas kreisen. »Ich setz' mich mal besser an deinen Computer.«

Während ich aufräumte, verschwand sie in meinem Arbeitszimmer. Ich ließ sie eine ganze Weile in Ruhe, wenn auch nur deshalb, weil ich wußte, daß sie sauer auf mich war. Sie wollte, daß zwischen uns absolute Offenheit herrschte, doch darin war ich noch nie gut gewesen, mit niemandem. Ich hatte ein schlechtes Gewissen, als hätte ich alle, die mir nahestanden, enttäuscht. Ich saß eine Weile in der Küche und telefonierte mit Marino, dann rief ich im Krankenhaus an, um mich nach meiner Mutter zu erkundigen. Ich setzte eine Kanne koffeinfreien Kaffee auf und ging mit zwei Bechern den Flur hinunter.

Die Brille auf der Nase und die junge, glatte Stirn leicht gerunzelt, arbeitete Lucy konzentriert an meinem Computer. Ich stellte ihren Kaffee ab und sah mir über ihre Schulter hinweg an, was sie da eintippte. Wie üblich verstand ich überhaupt nichts.

»Na, wie sieht's aus?« fragte ich.

Ich sah, wie sich mein Gesicht im Monitor spiegelte, während sie auf die Enter-Taste drückte und damit einen weiteren UNIX-Befehl ausführte.

»So lala«, antwortete sie mit einem genervten Seufzer. »Das Problem bei Programmen wie AOL ist, daß man Dateien nur dann zurückverfolgen kann, wenn man sich – wie ich es gerade tue – auf die Ebene der ursprünglichen Programmiersprache begibt. Und das ist, als würde man eine Stecknadel im Heuhaufen suchen.«

Ich zog einen Stuhl heran und setzte mich neben sie. »Lucy«, sagte ich, »wie mußte der Absender vorgehen, um mir diese Fotos zu schicken? Kannst du mir das Schritt für Schritt erklären?«

Sie hörte auf zu tippen, nahm die Brille ab und legte sie auf den Schreibtisch. Dann rieb sie sich das Gesicht und massierte sich die Schläfen, als habe sie Kopfschmerzen.

»Hast du Tylenol für mich?« fragte sie.

»Kein Paracetamol auf Alkohol.« Ich öffnete eine Schublade und holte statt dessen ein Fläschchen Motrin heraus.

»Zuerst einmal«, sagte sie und nahm zwei Tabletten, »wäre das nicht so leicht gewesen, wenn dein AOL-Name nicht deinem richtigen Namen entsprechen würde: KSCARPETTA.«

»Das ist *Absicht.* So ist es für meine Kollegen leichter, mir Mails zu schicken«, erklärte ich zum wiederholten Mal.

»Damit ist es für jeden leicht, dir welche zu schicken.« Sie sah mich vorwurfsvoll an. »Hat dir früher schon mal jemand so einen Streich gespielt?«

»Ich finde, das hier ist mehr als ein Streich.«

»Bitte beantworte meine Frage.«

»Ein paarmal. Es war aber immer nur harmloses Zeug.« Ich hielt inne und fuhr dann fort. »Meistens nach einem großen Fall oder einem Sensationsprozeß, der für Aufsehen gesorgt hat.«

»Du solltest deinen User-Namen ändern.«

»Nein«, sagte ich. »Vielleicht hat *deadoc* vor, mir noch mal zu mailen. Ich kann die Adresse jetzt nicht ändern.«

»Na toll.« Sie setzte die Brille wieder auf. »Jetzt willst du also eine Brieffreundschaft mit ihm anfangen.«

»Lucy, bitte«, sagte ich leise. Mittlerweile bekam auch ich Kopfschmerzen. »Laß uns einfach unsere Arbeit machen, ja?«

Sie war einen Moment still. Dann entschuldigte sie sich. »Ich schätze, ich mache mir genauso übertriebene Sorgen um dich, wie du sie dir früher um mich gemacht hast.«

»Das tue ich auch heute noch.« Ich tätschelte ihr Knie. »Okay, dann hat er meinen User-Namen also aus dem Mitgliederverzeichnis von AOL, richtig?«

Sie nickte. »Erzähl mir mal was über dein AOL-Profil.«

»Da steht bloß meine Berufsbezeichnung drin sowie Telefonnummer und Adresse meines Büros«, sagte ich. »Ich habe keinerlei private Angaben gemacht, wie etwas Familienstand, Geburtsdatum, Hobbys und so weiter. So dumm bin ich nun auch wieder nicht.«

»Hast du dir sein Profil angesehen?« fragte sie. »Das von *deadoc*?«

»Ehrlich gesagt wäre ich nie darauf gekommen, daß er eins haben könnte«, sagte ich.

Deprimiert dachte ich an die Sägespuren, die ich nicht mehr auseinanderhalten konnte, und hatte das Gefühl, daß das nicht der einzige Fehler war, den ich an diesem Tag gemacht hatte.

»Und ob er das hat!« Lucy tippte schon wieder. »Er will, daß du weißt, wer er ist. Darum hat er eins erstellt.«

Sie klickte das Mitgliederverzeichnis an, und als sie *deadocs* Profil aufrief, war ich vom Donner gerührt. Die Stichwörter, die ich da auf dem Monitor sah, waren für jeden zugänglich, der per Suchfunktion andere User mit bestimmten Charakteristika ausfindig machen wollte.

Anwalt, Arzt, Autopsie, Chef, Chief Medical Examiner, Cornell, FBI, forensisch, Frau, Georgetown, gerichtlich, italienisch, Johns Hopkins, Jurist, Leiche, medizinisch, Mörder, Pathologe, Sporttauchen, Tod, Virginia, Zerstückelung.

Die Liste ging noch weiter. Die beruflichen und privaten Informationen, die Hobbys, das alles war eine Beschreibung meiner Person.

»Es scheint fast so, als wollte *deadoc* damit sagen, er sei du«, sagte Lucy.

Ich war fassungslos, und plötzlich wurde mir eiskalt. »Das ist ja Wahnsinn.«

Lucy schob ihren Stuhl zurück und sah mich an. »Er hat dein Profil. Im Cyberspace, im World Wide Web, seid ihr beide ein und dieselbe Person. Ihr habt nur unterschiedliche Namen.«

»Wir sind nicht ein und dieselbe Person. Wie kannst du nur so etwas sagen!« Ich sah sie schockiert an.

»Die Fotos stammen von dir, und du hast sie dir selbst geschickt. Das war ganz leicht. Du brauchtest sie nur in deinen Computer einzuscannen. Keine große Sache. Für vier- bis fünfhundert Mäuse kriegt man heute schon einen tragbaren Farbscanner. Dann brauchtest du die Datei nur noch an eine Mail mit dem Wortlaut *zehn* anzuhängen und sie an KSCARPETTA, mit anderen Worten: an dich selbst zu schicken ...«

»Lucy«, unterbrach ich sie, »um Himmels willen, es reicht.«

Sie schwieg mit ausdruckslosem Gesicht.

»Das ist ja wohl die Höhe. Was fällt dir eigentlich ein?« Entrüstet stand ich auf.

»Wenn sich deine Fingerabdrücke auf der Mordwaffe befänden«, erwiderte sie, »würdest du doch auch wollen, daß ich es dir sage.«

»Meine Fingerabdrücke sind nirgendwo drauf.«

»Tante Kay, ich will damit doch nur sagen, daß sich da draußen – im Internet – jemand für dich ausgibt. Natürlich hast du nichts dergleichen getan. Was ich dir verständlich zu machen versuche, ist, daß jeder, der bei AOL nach bestimmten Stichwörtern sucht, weil er sich Rat bei einer Expertin wie dir holen will, auch auf *deadocs* Namen stößt.«

»Woher weiß er das alles über mich?« fuhr ich fort. »In meinem Profil steht es jedenfalls nicht. Weder, wo ich Jura noch wo ich Medizin studiert habe, und auch nicht, daß ich italienischer Abstammung bin.«

»Vielleicht aus all den Artikeln, die im Lauf der Jahre über dich geschrieben worden sind.«

»Wahrscheinlich.« Ich fühlte mich, als würde ich krank. »Möchtest du einen Schlummertrunk? Ich bin sehr müde.«

Aber sie war schon wieder in das geheimnisvolle Reich der UNIX-Umgebung mit ihren seltsamen Symbolen und Befehlen wie *cat, :q!* oder *vi* abgetaucht.

»Wie lautet dein Paßwort bei AOL, Tante Kay?« fragte sie.

»Ich hab' nur ein Paßwort für alles«, gestand ich und wußte, daß sie wieder mit mir schimpfen würde.

»Ach du Scheiße. Sag bloß, du benutzt immer noch *Sindbad.*«

Sie blickte zu mir hoch.

»Der verdammte Kater meiner Mutter ist nie in irgendeinem Artikel über mich erwähnt worden«, verteidigte ich mich.

Ich sah zu, wie sie den Befehl *password* tippte und *Sindbad* eingab.

»Betreibst du Paßworterneuerung?« fragte sie, als ob jeder wissen müßte, was das bedeutete.

»Ich hab' keine Ahnung, wovon du redest.«

»Das bedeutet, daß man sein Paßwort mindestens einmal im Monat ändert.«

»Nein«, sagte ich.

»Wer außer dir kennt dein Paßwort?«

»Rose kennt es. Und jetzt natürlich du«, sagte ich. »Aber *deadoc* – auf keinen Fall.«

»Das läßt sich immer irgendwie rauskriegen. Er könnte zum Beispiel mit einem Unix-Paßwort-Verschlüsselungsprogramm alle Wörter aus einem Wörterbuch verschlüsseln und dann jedes verschlüsselte Wort mit deinem Paßwort vergleichen ...«

»So kompliziert war das nicht«, erklärte ich mit Bestimmtheit. »Ich wette, wer immer das getan hat, hat keine Ahnung von UNIX.«

Lucy schwang sich auf ihrem Stuhl herum und sah mich neugierig an. »Wie kommst du darauf?«

»Er hätte die Leiche vorher waschen können, damit keine Mikrospuren am Blut festkleben. Und er hätte uns kein Foto von ihren Händen schicken dürfen, denn jetzt haben wir möglicherweise ihre Fingerabdrücke.« Ich lehnte am Türrahmen und hielt mir den schmerzenden Kopf. »So clever ist er gar nicht.«

»Vielleicht glaubt er, daß ihre Fingerabdrücke nie eine Rolle spielen werden«, sagte sie und stand auf. »Übrigens«, fügte sie hinzu, als sie an mir vorbeiging: »In praktisch jedem Computerhandbuch steht, daß es unklug ist, als Paßwort den Namen seiner besseren Hälfte oder seiner Katze zu nehmen.«

»Sindbad ist nicht meine Katze. Ich würde mich hüten, mir so einen übellaunigen Siamkater anzuschaffen. Jedesmal, wenn ich das Haus meiner Mutter betrete, belauert er mich in einer Tour und glotzt mich fies an.«

»Na, so schlimm kann's ja nicht sein, sonst hättest du es ja nicht so eingerichtet, daß du jedesmal, wenn du dich per Computer irgendwo einloggst, an ihn denken mußt«, sagte sie vom Flur aus.

»Ich kann ihn nicht ausstehen«, entgegnete ich.

Am nächsten Morgen war die Luft klar und frisch wie ein Herbstapfel, der Himmel stand voller Sterne, und auf den Straßen waren hauptsächlich Fernfahrer unterwegs. Ich bog kurz vor dem Messegelände Virginias auf die 64. East ein und fuhr Minuten später die Kurzzeitparkplätze am Richmond International Airport ab. Ich wählte einen Platz im Sektor S, denn das konnte ich mir leicht merken. Wieder musste ich an mein Paßwort und an andere Dinge denken, bei denen ich offensichtlich unbedacht gehandelt hatte.

Als ich meine Tasche aus dem Kofferraum hob, hörte ich Schritte hinter mir. Ich fuhr herum.

»Nicht schießen.« Marino nahm die Hände hoch. Es war so kalt, daß ich seinen Atem sehen konnte.

»Kannst du nicht pfeifen oder rufen, wenn du dich im Dunkeln an mich ranschleichst?« herrschte ich ihn an und knallte den Kofferraumdeckel zu.

»Ach. Böse Menschen pfeifen also nicht. Nur gute wie ich.« Er griff sich meinen Koffer. »Soll ich den auch nehmen?« Er streckte die Hand nach dem schwarzen Hartschalenkoffer aus, den ich heute, wie schon so oft, mit nach Memphis nehmen würde. Er enthielt menschliche Wirbelkörper und Knochen, Beweismittel, die ich nicht aus der Hand geben durfte.

»Der bleibt mit Handschellen an mich gekettet«, sagte ich und nahm beide Koffer in die Hand. »Tut mir wirklich leid, daß ich dir solche Umstände mache, Marino. Hältst du es wirklich für nötig, mitzukommen?«

Das Thema hatten wir schon mehrfach diskutiert. Ich war keineswegs der Ansicht, daß er mich begleiten mußte.

»Wie gesagt, irgend so ein Spinner treibt mit dir sein Spielchen«, sagte er. »Ich, Wesley, Lucy, das ganze verdammte FBI ist der Meinung, daß ich dich begleiten sollte. Erstens ist diese Reise schon Routine für dich. Der Täter kann sich also darauf verlassen, daß du sie auch diesmal unternehmen wirst. Und zweitens hat es sogar schon in der Zeitung gestanden, daß du mit diesem Typen von der UT zusammenarbeitest.« Die Parkplätze waren hell beleuchtet. Viele waren besetzt, und ich nahm aus dem Augenwinkel wahr, wie die Leute langsam vorüberfuhren und nach einem Platz suchten, der nicht meilenweit vom Terminal entfernt war. Ich fragte mich, was *deadoc* sonst noch alles über mich wußte, und wünschte, ich hätte etwas Wärmeres als einen Trenchcoat an. Mir war kalt, und ich hatte meine Handschuhe vergessen.

»Im übrigen«, fügte Marino hinzu, »wollte ich schon immer mal Graceland sehen.«

Zuerst dachte ich, das sei ein Witz.

»Das steht noch auf meiner Liste«, fuhr er fort.

»Welcher Liste?«

»Der Liste, die ich mir schon als Kind gemacht habe. Alaska, Las Vegas und die Grand Ole Opry«, sagte er, als erfülle der Gedanke ihn mit Freude. »Gibt es keinen Ort, den du gerne aufsuchen würdest, wenn du tun könntest, was du willst?«

Mittlerweile waren wir am Terminal angelangt, und er hielt mir die Tür auf.

»Doch«, sagte ich. »Mein Bett bei mir zu Haus.«

Ich ging zum Delta-Schalter, holte unsere Tickets ab und begab mich nach oben. Wie immer um diese Zeit war außer dem Schalter der Flughafenpolizei nichts geöffnet. Als ich meinen Hartschalenkoffer zur Durchleuchtung aufs Laufband legte, wußte ich bereits, was passieren würde.

»Ma'am, ich muß Sie bitten, den Koffer zu öffnen«, sagte die Sicherheitsbeamtin.

Ich schloß ihn auf und ließ die Verschlüsse aufschnappen. Im Innern schmiegten sich beschriftete Plastikbeutel mit Knochen darin in die Schaumstoffpolster. Die Beamtin machte große Augen.

»Das ist nicht das erste Mal, daß ich mit solchem Gepäck die Kontrolle passiere«, erklärte ich geduldig.

Sie machte Anstalten, nach einem der Plastikbeutel zu greifen.

»Bitte fassen Sie nichts an«, warnte ich sie. »Das sind Beweismittel in einem Mordfall.«

Hinter mir standen inzwischen mehrere andere Reisende und spitzten die Ohren.

»Ich muß mir das ansehen.«

»Das geht nicht.« Ich holte meine Gerichtsmedizinermarke hervor und hielt sie ihr vor die Nase. »Falls Sie irgend etwas davon anrühren, muß ich Sie in die Beweiskette aufnehmen, und dann werden Sie, wenn dieser Fall vor Gericht kommt, als Zeugin vorgeladen.«

Weiterer Erklärungen bedurfte es nicht, und sie ließ mich durch.

»Dumm wie Bohnenstroh«, murmelte Marino, während wir gingen.

»Sie macht nur ihren Job«, entgegnete ich.

»Hör mal«, sagte er. »Wir fliegen doch erst morgen zurück. Das heißt, wenn du nicht den ganzen verdammten Tag damit verbringst, dir Knochen anzuschauen, haben wir noch etwas Freizeit.«

»Nach Graceland kannst du alleine fahren. Ich muß noch arbeiten und werde auf meinem Zimmer bleiben. Übrigens sitze ich im Nichtraucherbereich.« Ich suchte mir an unserem Flugsteig einen Platz aus. »Wenn du unbedingt rauchen willst, musst du da drüben hingehen.« Ich zeigte mit dem Finger in die Richtung.

Er ließ seinen Blick über die anderen Passagiere schweifen, die wie wir darauf warteten, an Bord gehen zu können. Dann schaute er mich an.

»Weißt du was, Doc?« sagte er. »Das Problem ist, daß du es haßt, dich zu amüsieren.«

Ich nahm die Morgenzeitung aus meinem Aktenkoffer und schlug sie auf.

Er setzte sich neben mich. »Ich wette, du hast noch nie einen Song von Elvis gehört.«

»Wie hätte ich das denn hinkriegen sollen? Elvis läuft schließlich überall: im Radio, im Fernsehen, im Fahrstuhl ...«

»Er ist der King.«

Ich sah Marino über die Zeitung hinweg an.

»Seine Stimme, einfach alles an ihm. So einen wie ihn hat es nie wieder gegeben«, fuhr Marino ganz verliebt fort. »Ich meine, das ist wie mit klassischer Musik und diesen Malern, die du so magst. Ich glaube, solche Leute gibt es nur alle paar hundert Jahre mal.«

»Du stellst ihn also auf eine Stufe mit Mozart und Monet.«

Gelangweilt von Lokalpolitik und Wirtschaft blätterte ich die Seite um.

»Manchmal bist du wirklich ein verdammter Snob.« Mißmutig stand er auf. »Du könntest ja vielleicht einmal im Leben in Erwägung ziehen, irgendwohin zu gehen, wo es *mir* gefällt. Hast du mir je beim Bowling zugesehen?« Wütend starrte er auf mich herab und holte seine Zigaretten heraus. »Hast du je etwas Nettes über meinen Wagen gesagt? Bist du je mit mir angeln gegangen? Warst du je zum Essen bei mir? Nein, ich muß zu dir kommen, weil du im richtigen Teil der Stadt wohnst.«

»Koch' mir was Leckeres, dann komme ich zu dir«, sagte ich, ohne den Blick von der Zeitung abzuwenden.

Verärgert stapfte er davon, und ich spürte, wie fremde Leute uns anglotzten. Vermutlich hielten sie Marino und mich für ein Paar, das sich schon seit Jahren nicht mehr verstand. Ich lächelte in mich hinein und blätterte weiter. Ich würde nicht nur mit ihm nach Graceland fahren, sondern ihn sogar heute abend zum Barbecue einladen.

Da es von Richmond aus offenbar außer nach Charlotte keine Direktflüge gab, flogen wir über Cincinnati. Gegen Mittag kamen wir in Memphis an und checkten im Peabody Hotel ein. Ich hatte für uns beide einen Sonderpreis für Angestellte des öffentlichen Dienstes von dreiundsiebzig Dollar pro Nacht ausgehandelt. Marino bestaunte die noble Lobby mit den Buntglasscheiben und dem Springbrunnen mit den Stockenten darin.

»Heiliger Strohsack«, sagte er, »ich hab' noch nie ein Hotel gesehen, in dem es lebende Enten gibt. Der Laden ist ja voll davon.«

Wir gingen ins Mallards, das Hotelrestaurant. Überall waren kunstgewerbliche Entenfiguren in Vitrinen ausgestellt, an den Wänden hingen Entengemälde, und auch die grünen Westen und Krawatten des Personals waren mit Enten gemustert.

»Auf dem Dach haben sie einen richtigen Entenpalast«, sagte ich. »Und zweimal am Tag, wenn sie fortfliegen und wenn sie wieder zurückkommen, wird ein roter Teppich für sie ausgerollt und *Stars and Stripes Forever* gespielt.«

»Ach, Quatsch.«

Ich bat die Empfangsdame um einen Tisch für zwei Personen. »Nichtraucher«, fügte ich hinzu.

Das Restaurant war voll von Männern und Frauen, die im Hotel an einer Immobilienmaklertagung teilnahmen und daher große Namensschilder trugen. Wir saßen so dicht beieinander, daß ich in den Unterlagen unserer Tischnachbarn lesen und ihre Gespräche mithören konnte. Ich bestellte einen Teller frisches Obst und Kaffee, während Marino seinen üblichen Hamburger mit Beilagen orderte.

»Medium rare«, sagte er zum Kellner.

»Medium.« Ich zwinkerte Marino zu.

»Ja, ja, schon gut.« Er zuckte mit den Schultern.

»Kolibakterien«, sagte ich zu ihm, als der Kellner sich entfernte. »Glaub mir. Das ist es nicht wert.«

»Hast du denn nie das Bedürfnis etwas zu tun, was schlecht für dich ist?« fragte er.

Er machte ein deprimiertes Gesicht, und wie er mir so gegenübersaß, in diesem schönen Restaurant, in dem die Menschen gut gekleidet waren und mehr verdienten als ein Polizei-Captain aus Richmond, wirkte er auf einmal alt. Marinos Haar bestand nur noch aus widerspenstigen Fransen, die seine Ohren umspielten wie ein heruntergerutschter Heiligenschein aus angelaufenem Silber. Seit ich ihn kannte, hatte er kein Gramm abgenommen. Sein Bauch ragte über seinen Gürtel hervor und stieß an die Tischkante. Es verging kein Tag, an dem ich mir nicht Sorgen um ihn machte. Es war für mich unvorstellbar, nicht bis in alle Ewigkeit mit ihm zusammenzuarbeiten.

Um halb zwei verließen wir per Leihwagen das Hotel. Marino fuhr, denn etwas anderes kam für ihn nicht in Frage. Wir nahmen die Madison Avenue und entfernten uns in östlicher Richtung vom Mississippi. Die Universität war so nah, daß wir auch zu Fuß hätten gehen können. Marino parkte in der Nähe des Haupteingangs der Gerichtsmedizin hinter dem Regional Forensic Center, das gegenüber einer Reifenhandlung und einem Blutspendezentrum lag.

Das Institut, das vom County subventioniert wurde, war etwa so groß wie meine eigene Dienststelle in Richmond. Es gab dort drei forensische Pathologen und außerdem noch zwei forensische Anthropologen, was höchst ungewöhnlich und beneidenswert war. Einen Spezialisten wie Dr. David Canter hätte ich nur zu gern in meinem Team gehabt. Es gab jedoch noch etwas weniger Erfreuliches, wodurch sich das Forensic Center auszeichnete. Sein Chef hatte mit zwei der unrühmlichsten Fälle der amerikanischen Geschichte zu tun gehabt. Er hatte die Autopsie an Martin Luther King durchgeführt und der von Elvis beigewohnt.

»Wenn es dir recht ist«, sagte Marino, als wir aus dem Wagen stiegen, »gehe ich telefonieren, während du mit Canter sprichst.«

»Gut. Die stellen dir hier bestimmt ein Büro zur Verfügung.«

Auf dem Weg zum Haus blinzelte er in den herbstblauen Himmel und schaute sich dann um. »Ich kann's noch gar nicht fassen, daß ich hier bin!« sagte er. »Hier ist also seine Leiche eingeliefert worden.«

»Nein«, erwiderte ich. Ich wußte genau, von wem er sprach. »Elvis Presleys Leiche kam ins Baptist Memorial Hospital. Hier ist er nie gelandet, obwohl er an sich hierhergehört hätte.«

»Wieso nicht?«

»Man tat so, als sei er eines natürlichen Todes gestorben«, antwortete ich.

»Na, das ist er ja auch. Er starb an einem Herzinfarkt.«

»Es stimmt zwar, daß er schwer herzkrank war«, sagte ich. »Aber das hat ihn nicht umgebracht. Sein Tod geht auf das Konto eines riesigen Drogencocktails.«

»Sein Tod geht auf das Konto von Colonel Parker«, murmelte Marino in einem Ton, als hätte er den Mann am liebsten umgebracht.

Ich warf ihm einen Blick zu, während wir das Center betraten. »Elvis hatte zehn unterschiedliche Drogen intus. Sein Tod hätte eigentlich als Unfall deklariert werden müssen. Traurig genug.«

»Steht wirklich fest, daß er es war?« fragte er dann.

»Ach du liebe Güte, Marino!«

»Was denn? Hast du die Fotos gesehen? Bist du absolut sicher?« setzte er hinzu.

»Ich hab' sie gesehen. Ja, ich bin absolut sicher«, sagte ich und blieb am Empfang stehen.

»Und was sieht man darauf?« Er ließ sich nicht beirren.

Eine junge Frau namens Shirley, die sich schon bei meinen früheren Besuchen um mich gekümmert hatte, wartete geduldig, daß Marino und ich aufhörten, uns zu streiten.

»Das geht dich nichts an«, gab ich ihm liebenswürdig zu verstehen. »Shirley, wie geht es Ihnen?«

»Mal wieder im Lande?« Sie lächelte.

»Leider aus einem sehr unerfreulichen Anlaß«, antwortete ich.

Marino begann sich mit einem Taschenmesser die Fingernägel zu maniküren und schaute sich permanent um, als könne jeden Augenblick Elvis zur Tür hereinspazieren.

»Dr. Canter erwartet Sie«, sagte Shirley. »Kommen Sie. Ich bringe Sie zu ihm.«

Während Marino am anderen Ende der Eingangshalle eine Telefonzelle suchte, wurde ich in das bescheidene Büro jenes

Mannes geführt, den ich seit seiner Assistenzarztzeit an der University of Tennessee kannte. Als ich ihn kennenlernte, war Canter so jung gewesen wie Lucy heute.

Er war ein Anhänger des forensischen Anthropologen Dr. Bass, der in Knoxville das auch als »Body Farm« bekannte Institut für Thanatologie gegründet hatte. Die größten Koryphäen des Fachs waren Canters Mentoren gewesen. Er galt als weltweit führender Experte für Sägespuren. Was hatte es nur auf sich mit diesem Staat, der für die Vols und Daniel Boone berühmt war. Tennessee schien ein Monopol auf Experten in der Todeszeitbestimmung und Analyse menschlicher Knochen anzustreben.

»Kay.« Canter erhob sich und streckte die Hand aus.

»Dave, es ist wirklich nett von Ihnen, daß Sie mir mal wieder so kurzfristig einen Termin gegeben haben.« Ich setzte mich auf einen Stuhl vor seinem Schreibtisch.

»Na ja, Sie haben es im Moment ja auch nicht leicht.«

Er trug seine dunklen Haare zurückgekämmt, so daß sie ihm jedesmal, wenn er den Kopf senkte, in die Augen fielen. Offenbar ohne sich dessen bewußt zu sein, war er ständig damit beschäftigt, sie zurückzustreichen. Sein jugendliches Gesicht mit den eng zusammenstehenden Augen, dem kräftigen Kiefer und der großen Nase war auf interessante Weise kantig.

»Wie geht's Jill und den Kindern?« fragte ich.

»Prima. Wir erwarten wieder ein Baby.«

»Herzlichen Glückwunsch. Das dritte?«

»Das vierte.« Sein Lächeln wurde breiter.

»Ich weiß nicht, wie Sie das machen«, sagte ich aufrichtig.

»Es zu machen ist noch die leichteste Übung. Was haben Sie mir denn Schönes mitgebracht?«

Ich stellte den Hartschalenkoffer auf seinen Schreibtisch, öffnete ihn, holte die in Plastik eingepackten Knochenabschnitte heraus und gab sie ihm. Zuerst nahm er sich den linken Oberschenkelknochen vor. Er drehte und wendete ihn langsam hin und her und untersuchte ihn dabei mit seiner Lupe.

»Hmm«, sagte er. »Sie haben also das Ende, das Sie selbst abgesägt haben, nicht markiert.« Er warf mir einen Blick zu. Das war kein Tadel, sondern lediglich eine Feststellung, und wieder packte mich die Wut auf mich selbst. Sonst war ich immer so vorsichtig. Ich war für meine übertriebene Sorgfalt regelrecht verschrien.

»Ich bin von einer falschen Voraussetzung ausgegangen«, sagte ich. »Ich habe nicht damit gerechnet, daß der Mörder eine Säge benutzen würde, die so große Ähnlichkeiten mit meiner aufweist.«

»Normalerweise benutzen Mörder keine Autopsiesägen.« Er schob seinen Stuhl zurück und stand auf. »So einen Fall habe ich noch nie gehabt. Mit dieser Art von Sägespuren habe ich mich bisher nur in der Theorie befaßt, hier im Labor.«

»Dann handelt es sich also tatsächlich um eine Autopsiesäge.« Das hatte ich befürchtet.

»Mit Sicherheit kann ich das erst sagen, wenn ich die Knochen unter dem Mikroskop habe. Aber beide Enden sehen so aus, als seien sie mit einer Stryker-Säge durchtrennt worden.«

Er packte die Knochen wieder zusammen, und ich folgte ihm auf den Gang hinaus. Mir wurde immer mulmiger zumute. Was sollten wir nur tun, wenn die Sägespuren nicht zu unterscheiden waren? Ein derartiger Fehler reichte vor Gericht aus, um einen ganzen Fall zu vermasseln.

»Der Wirbelknochen wird Ihnen ja wahrscheinlich nicht viel nützen«, sagte ich. Wirbelknochen besaßen ein ausgeprägteres Bälkchenwerk und waren substanzärmer als andere Knochen. Zur Analyse von Werkzeugspuren waren sie daher nicht besonders gut geeignet.

»Kann nicht schaden, ihn trotzdem mitzunehmen. Vielleicht haben wir ja Glück«, sagte er, während wir sein Labor betraten.

Der Raum platzte aus allen Nähten. 130-Liter-Fässer mit Mazerationslösung und Polyurethanlack standen überall, wo Platz war. Deckenhohe Regale waren mit eingepackten Knochen vollgestopft, und überall standen Kisten und OP-Wagen mit allen erdenklichen Arten von Sägen herum. Zerstückelungen kommen nur selten vor, und es gab meines Wissens nur drei naheliegende Beweggründe, eine Leiche zu zerteilen: Sie ließ sich so leichter transportieren. Die Identifizierung dauerte länger oder war sogar unmöglich. Oder der Mörder war einfach besonders sadistisch veranlagt.

Canter zog einen Hocker zu einem mit einer Kamera ausgestatteten OP-Mikroskop. Er schob ein Tablett mit gebrochenen Rippen und Schilddrüsenknorpeln beiseite, an denen er offenbar vor meiner Ankunft gearbeitet hatte.

»Dieser Mann hier hat unter anderem einen Tritt in die Kehle abbekommen«, sagte er abwesend, während er sich OP-Handschuhe anzog.

»Was ist das doch für eine schöne Welt, in der wir leben«, bemerkte ich.

Canter öffnete den Beutel mit dem Segment des rechten Oberschenkelknochens. Da das fünf Zentimeter lange Knochenstück nicht auf den Objekttisch des Mikroskops paßte, bat er mich, es an die Tischkante zu halten. Dann hielt er eine 25-Watt-Glasfaserlampe über eine der Schnittflächen.

»Zweifelsohne eine Stryker-Säge«, sagte er, als er durch das Okular schaute. »So einen glatten Schnitt erhält man nur, wenn sich das Sägeblatt ganz schnell hin- und herbewegt. Sieht fast aus wie poliert. Sehen Sie?«

Er trat zur Seite, und ich schaute selbst hindurch. Der Knochen war leicht gewellt und glänzte wie in sanfter Kräuselung gefrorenes Wasser. Im Gegensatz zu anderen elektrischen Sägen besitzt die Stryker ein oszillierendes Sägeblatt mit einem geringen Hub. Es durchtrennt keine Haut, sondern nur harte Oberflächen, zum Beispiel Knochen oder den Gipsverband, den der Orthopäde nach der Heilung eines Arm- oder Beinbruchs entfernt.

»Die waagerechten Schnitte auf dem Mittelschaft stammen natürlich von mir«, sagte ich. »Da habe ich Knochenmark für den DNS-Test entnommen.«

»Die Messerspuren aber nicht.«

»Nein. Auf keinen Fall.«

»Tja, mit denen werden wir nicht viel Glück haben.«

Messer verwischen ihre eigenen Spuren, es sei denn, der Täter sticht oder hackt damit auf die Knochen oder Knorpel des Opfers ein.

»Die gute Nachricht ist jedoch, daß wir hier ein paar Fehlversuche haben, eine breitere Kerbe als auf der anderen Seite und die Zahnteilung«, sagte er und justierte die Schärfe, während ich immer noch den Knochen festhielt.

Ich hatte keine Ahnung von Sägen gehabt, bevor ich mit Canter zusammenarbeitete. Knochen bieten eine exzellente Oberfläche für Werkzeugspuren. Wenn die Zähne einer Säge sich in einen Knochen graben, bleibt eine Rille oder Kerbe zurück. Bei einer mikroskopischen Untersuchung der Seitenwände und des Bodens so einer Kerbe kann man auf der Seite, wo die Säge aus dem Knochen ausgetreten ist, eine typische Splitterung feststellen. Anhand der Zahnform, der Zahnteilung, des Zahnabstands und der Ausformung der Rillen läßt sich das Modell des Sägeblatts bestimmen.

Canter stellte die Glasfaserlampe so ein, daß die winzigen Riefen und Verwerfungen deutlicher zutage traten.

»Man kann die Rundung des Sägeblatts erkennen.« Er deutete auf mehrere Fehlversuche am Schaft, wo jemand das Sägeblatt in den Knochen gedrückt hatte, um es dann an anderer Stelle noch einmal zu probieren.

»Von mir sind die nicht«, sagte ich. »Ich will doch hoffen, daß ich nicht ganz so ungeschickt bin.«

»Da dies auch das Ende ist, an dem sich die meisten Messerspuren befinden, bin ich ebenfalls der Meinung, daß diese Fehlversuche nicht von Ihnen stammen. Der Täter mußte zuerst ein anderes Instrument zum Schneiden benutzen, denn schließlich schneidet ein oszillierendes Sägeblatt kein Fleisch.«

»Was können Sie sonst noch über das Sägeblatt sagen?« fragte ich, denn ich wußte, welches ich selbst verwendet hatte. »Große Zähne, siebzehn pro Zoll. Es handelt sich also um ein rundes, scheibenförmiges Autopsiesägeblatt. Lassen Sie uns den Knochen mal umdrehen.«

Das tat ich, und er richtete die Lampe auf das andere Ende, an dem es keine Anzeichen für Fehlversuche gab. Diese Schnittkante war ebenso glänzend und gewellt wie die andere, aber Canters scharfes Auge ließ sich nicht täuschen.

»Eine elektrische Autopsiesäge mit einem großen Sägeblatt«, sagte er. »Der Schnitt wurde in verschiedenen Richtungen geführt, da der Hub des Blattes zu kurz ist, um den ganzen Knochen mit einem Mal zu durchtrennen. Also, wer auch immer hier am Werke war, hat einfach mehrmals die Richtung geändert und die Säge mit großer Geschicklichkeit aus einem anderen Winkel angesetzt. Die Kerben sind leicht gekrümmt. Der Knochen ist an der Austrittstelle nur minimal gesplittert – ein weiteres Indiz für große Fertigkeit im Umgang mit der Säge. Mal sehen, ob sich Näheres über die Zähne sagen läßt, wenn ich noch etwas stärker vergrößere.«

»Der Abstand zwischen den Zähnen beträgt eins Komma sechs Millimeter. Sechzehn Zähne pro Zoll«, zählte er. »Die Schnittbewegung ist oszillierend, Zähne meißelförmig. Ich würde sagen, diese Spuren stammen von Ihnen.«

»Ertappt«, sagte ich erleichtert. »Ich bekenne mich schuldig.«

»Das hab' ich mir gedacht.« Er schaute immer noch durchs Mikroskop. »Ich nehme an, Sie verwenden überhaupt keine runden Sägeblätter.«

Die großen, runden Autopsiesägeblätter sind schwer und

zerstören durch ihr ständiges Rotieren relativ viel Knochengewebe. Im allgemeinen werden solche Blätter nur in Labors oder Arztpraxen zum Entfernen von Gipsverbänden verwendet.

»Wenn überhaupt, dann nur für Tiere«, sagte ich.

»Von der zwei- oder von der vierbeinigen Sorte?«

»Ich habe schon Kugeln aus Hunden, Vögeln, Katzen und einmal sogar aus einer Python geholt, die bei einer Drogenrazzia erlegt wurde«, antwortete ich.

Canter befaßte sich bereits mit einem anderen Knochen.

»Und ich dachte immer, ich sei der einzige, der Spaß bei der Arbeit hat.«

»Finden Sie es ungewöhnlich, daß jemand viermal eine Fleischersäge zum Zerstückeln verwendet und dann plötzlich zu einer elektrischen Autopsiesäge wechselt?« fragte ich.

»Wenn Sie mit Ihrer Theorie hinsichtlich der Fälle in Irland richtig liegen, wären das insgesamt neun Fälle, bei denen eine Fleischersäge benutzt wurde«, sagte er. »Können Sie das hier mal eben festhalten, damit ich es fotografieren kann?«

Ich hielt das Segment des linken Oberschenkelknochens zwischen den Fingerspitzen, und er drückte auf den Auslöser der Kamera.

»Um Ihre Frage zu beantworten«, sagte er, »ich halte das für höchst ungewöhnlich. Das paßt nicht zusammen. Die Fleischersäge wird mit Muskelkraft von Hand bedient und hat für gewöhnlich zehn Zähne pro Zoll. Sie schneidet auch Gewebe und nimmt bei jedem Schnitt eine Menge Knochensubstanz mit. Die Sägespuren sind gröber und sagen mehr darüber aus, ob jemand geschickt oder kräftig ist. Und außerdem darf man nicht vergessen, daß der Täter in allen früheren Fällen durchs Gelenk gesägt hat und nicht durch den Schaft, was ebenfalls sehr selten ist.«

»Es ist eben nicht derselbe Täter«, tat ich zum wiederholten Mal und mit wachsender Überzeugung kund.

Canter nahm mir den Knochen aus der Hand und sah mich an. »Ganz meine Meinung.«

Als ich zum Empfang der Gerichtsmedizin zurückkehrte, telefonierte Marino immer noch am anderen Ende der Halle. Ich wartete einen Moment, dann ging ich nach draußen, denn ich brauchte Luft. Ich brauchte Sonnenschein und Erholung von den scheußlichen Dingen, die ich die ganze Zeit vor Augen gehabt hatte. Gut zwanzig Minuten vergingen, bis er endlich herauskam und sich beim Wagen zu mir gesellte.

»Ich wußte nicht, daß du schon hier draußen bist«, sagte er. »Wenn mir jemand Bescheid gesagt hätte, hätte ich längst aufgelegt.«

»Schon gut. Was für ein wunderschöner Tag.«

Er schloß den Wagen auf.

»Wie war's?« fragte er und schob sich auf den Fahrersitz.

Während ich kurz die Ergebnisse zusammenfaßte, machte Marino keinerlei Anstalten loszufahren.

»Möchtest du zurück ins Peabody?« fragte er und trommelte nervös mit dem Daumen aufs Lenkrad.

Was *er* wollte, wußte ich genau.

»Nein«, sagte ich. »Graceland ist jetzt vielleicht genau das richtige.«

Er legte den Gang ein und konnte ein breites Grinsen nicht unterdrücken.

»Wir nehmen den Fowler Expressway«, sagte ich. Ich hatte bereits den Stadtplan studiert.

»Ich wünschte, du könntest mir seinen Obduktionsbericht besorgen«, fing er wieder an. »Es läßt mir einfach keine Ruhe. Ich möchte mit eigenen Augen sehen, was mit ihm passiert ist. Dann wüßte ich wenigstens Bescheid.«

»Was möchtest du denn wissen?« Ich sah ihn an.

»Es heißt doch, er sei auf dem Klo gestorben. Stimmt das? Was für eine furchtbare Vorstellung. Weißt du, wie viele derartige Fälle ich gesehen habe?« Er warf mir einen Blick zu.

»Egal, ob du irgendeine kleine Null bist oder der Präsident der Vereinigten Staaten. Du endest mit einem Klobrillenabdruck auf dem Hintern. Ich will bloß hoffen, daß mir das nicht passiert.«

»Elvis wurde auf dem Boden seines Badezimmers gefunden. Er war nackt, und man nimmt tatsächlich an, daß er von seiner schwarzen Porzellantoilette gerutscht ist.«

»Wer hat ihn gefunden?« Marino war hin und her gerissen zwischen Verzückung und Entsetzen.

»Eine Freundin, die sich im Nebenzimmer aufhielt. So heißt es zumindest«, sagte ich.

»Du meinst, er geht ins Bad, fühlt sich prima, und dann setzt er sich hin und – peng? Einfach so, aus heiterem Himmel?

»Ich weiß nur, daß er am frühen Morgen Racquetball gespielt hatte und dabei in guter Verfassung gewesen war«, sagte ich.

»Du willst mich auf den Arm nehmen!« Marinos Neugier war unersättlich. »Das hör' ich zum erstenmal. Ich wußte gar nicht, daß er Racquetball gespielt hat.«

Wir fuhren durch ein Gewerbegebiet mit Güterzügen und Lkws und kamen an lauter zum Verkauf stehenden Wohnwagen vorbei. Graceland lag zwischen billigen Motels und Läden, und in Anbetracht dieses Umfelds machte es keinen besonders noblen Eindruck. Die weiße Säulenvilla wirkte hier total fehl am Platze, wie ein Scherz oder ein Set für einen schlechten Film.

»Meine Fresse«, sagte Marino, als er auf den Parkplatz einbog. »Guck dir das an. Heiliges Kanonenrohr.«

Während er neben einem Bus parkte, führte er sich auf, als hätten wir den Buckingham-Palast vor uns. »Ich hätte ihn zu gern persönlich gekannt«, sagte er verträumt.

»Wenn er etwas gesünder gelebt hätte, hättest du ihn ja vielleicht noch kennengelernt.« Während er sich eine Zigarette anzündete, öffnete ich meine Tür.

Die nächsten zwei Stunden schlenderten wir durch ein vergoldetes Interieur voller Spiegel, Flokatiteppiche und Pfauenfiguren aus Buntglas, immer mit Elvis' Stimme im Ohr. Hunderte von Fans, die in Bussen herangeschafft worden waren, liefen mit Kopfhörern umher und lauschten der Stimme auf dem Band. Ihre leidenschaftliche Verehrung für diesen Mann stand ihnen ins Gesicht geschrieben. Viele von ihnen legten Blumen, Karten und Briefe auf sein Grab. Ein paar weinten, als hätten sie ihn gut gekannt.

Wir besichtigten seine violetten und rosafarbenen Cadillacs, Stutz Blackhawks und anderen antiken Wagen. Wir sahen uns seine Flugzeuge, seinen Schießstand und die Hall of Gold an, mit ihren Schaukästen voller Grammys, Schallplatten in Gold und Platin und anderen Trophäen und Auszeichnungen, die selbst mich in Erstaunen versetzten. Der Saal war mindestens fünfundzwanzig Meter lang. Ich konnte mich von dem prächtigen Gold- und Paillettenanzügen und den Fotos dieses Menschen, der eine wirklich außergewöhnliche, sinnliche Schönheit besaß, nur schwer losreißen. Zentimeter für Zentimeter arbeiteten wir uns durch die Räume vor. Marino starrte hemmungslos alles an, und mit seinem geradezu schmerzverzerrten Gesichtsausdruck erinnerte er mich an einen verliebten Teenager.

»Weißt du, als er das Haus kaufte, waren die Leute hier dagegen, daß er herzog«, erklärte er. Inzwischen waren wir wieder draußen, in der kühlen Luft des strahlenden Herbstnachmittags. »Ein paar von den Snobs in dieser Stadt haben ihn nie akzeptiert. Das hat ihn bestimmt verletzt. Möglicherweise hat es ihn am Ende sogar umgebracht. Vielleicht hat er deshalb die Schmerzmittel genommen.«

»Er hat noch ganz andere Sachen genommen«, wiederholte ich mich.

»Wenn du damals die Leichenbeschauerin gewesen wärst, hättest du ihn dann obduziert?«

»Aber sicher.«

»Und hättest du dabei sein Gesicht etwa nicht bedeckt?« Mit empörtem Gesichtsausdruck betätigte er sein Feuerzeug.

»Natürlich nicht.«

»Das wär' nichts für mich gewesen.« Kopfschüttelnd sog er den Rauch ein. »Ich hätte um keinen Preis dabeisein wollen.«

»Ich wünschte, ich hätte die Obduktion durchführen können«, sagte ich. »Ich hätte nicht ›natürlichen Todes‹ in den Totenschein geschrieben. Die Öffentlichkeit hat ein Recht auf die Wahrheit. Vielleicht würde das den einen oder anderen davon abhalten, solche Mittel einzuwerfen.«

Wir standen mittlerweile vor einem der Andenkenläden. Drinnen hatten sich Menschen um Fernseher versammelt und sahen sich Elvis-Videos an. »Kentucky Rain« drang aus den Lautsprechern auf die Straße. Elvis' Stimme klang so kraftvoll und spielerisch wie keine andere, die ich je gehört hatte. Ich begann weiterzugehen und rückte endlich mit der Wahrheit heraus. »Ich bin selbst Elvis-Fan. Und wenn du es unbedingt wissen willst: Ich habe ziemlich viele CDs von ihm«, sagte ich zu Marino.

Er konnte es kaum fassen. Er war völlig begeistert.

»Und ich wäre dir dankbar, wenn du das nicht überall herumerzählen würdest.«

»Jetzt kennen wir uns schon so viele Jahre, und das hast du mir immer verschwiegen?« rief er aus. »Du nimmst mich doch nicht auf den Arm, oder? Das hätte ich nie gedacht. Nicht in einer Million Jahren. Dann kannst du ja wohl nicht länger behaupten, ich hätte keinen Geschmack.«

Er plapperte in einem fort, während wir auf einen Shuttlebus warteten, der uns zum Parkplatz zurückbringen sollte. Auch im Wagen hörte er nicht auf.

»Ich weiß noch, wie ich ihn einmal als Kind im Fernsehen gesehen habe. Damals wohnten wir noch in New Jersey«, sagte Marino. »Mein Alter kam wie üblich besoffen nach Haus und brüllte mich an, ich solle sofort umschalten. Das werd' ich nie vergessen.«

Er bremste ab und bog zum Peabody Hotel ein.

»Elvis sang ›Hound Dog‹. Es war im Juli 1956, an meinem Geburtstag. Ich weiß es noch wie heute. Mein Vater kommt fluchend rein und stellt den Fernseher aus. Ich stehe auf und stelle ihn wieder an. Er haut mir eine runter und stellt den Fernseher wieder aus. Ich stelle ihn wieder an und gehe auf ihn los. Das war das erste Mal in meinem Leben, daß ich meine Hand gegen ihn erhoben habe. Ich drücke ihn an die Wand, packe ihn beim Kragen und sage dem Mistkerl, wenn er mich oder meine Mutter noch einmal anrührt, bringe ich ihn um.«

»Und, hat er?« fragte ich, als der Hotelpage meine Tür öffnete.

»Oh, nein!«

»Na, da hat Elvis sich ja um deine Familie verdient gemacht«, sagte ich.

7

Zwei Tage später, am Donnerstag, dem 6. November, machte ich mich früh auf den Weg zur FBI Academy in Quantico, Virginia. Die Fahrt dauerte von Richmond normalerweise anderthalb Stunden. Marino und ich fuhren in getrennten Wagen, um unabhängig voneinander zu sein. Es konnte passieren, daß wir zu verschiedenen Tatorten gerufen wurden. Bei mir konnte es ein Flugzeugabsturz oder ein entgleister Zug sein, während er sich mit Lokalpolitikern und Polizeifunktionären herumschlagen mußte. Daher war ich auch nicht überrascht, als kurz vor Fredericksburg mein Autotelefon klingelte. Immer wieder verdeckten Wolken die Sonne, und es schien kalt genug für Schnee.

»Scarpetta«, sagte ich in das Sprechgerät.

Marinos Stimme erfüllte meinen Wagen. »Der Stadtrat ist am Durchdrehen«, sagte er. »Erst wird die Kleine von McKuen von einem Auto überfahren, und jetzt bringen sie in den Zeitungen, im Radio und im Fernsehen noch mehr Bockmist über unseren Fall.«

In den letzten zwei Tagen waren den Medien weitere Informationen zugespielt worden. Angeblich gab es einen Verdächtigen für die Serienmorde, einschließlich der fünf Fälle in Dublin. Eine Verhaftung stünde unmittelbar bevor, hieß es. »Das ist doch nicht zu fassen, oder?« rief Marino. »Wie soll denn das gehen? Der Typ ist erst Mitte Zwanzig und soll auch noch die letzten paar Jahre in Dublin gewesen sein. Jedenfalls hat der Stadtrat auf einmal beschlossen, wegen der Geschichte so was wie ein Bürgerforum einzurichten. Die denken wohl, daß der Fall gelöst sein wird, und wollen natürlich die Lorbeeren dafür einheimsen und den Leuten vormachen, daß sie wenigstens dieses eine Mal nicht ganz untätig waren.« Er wählte seine Worte mit Bedacht, doch innerlich kochte er. »Und deshalb muß ich jetzt umkehren und zusehen, daß ich um zehn im Rathaus bin. Außerdem will der Chef mich sehen.«

Ich behielt seine Rücklichter im Auge, während er die nächste Ausfahrt nahm. An diesem Morgen waren auf der I-95 viele Lkws und Pendler nach Washington unterwegs. Egal wie früh ich losfuhr – immer wenn ich in Richtung Norden unterwegs war, war auf der Straße dichter Verkehr.

»Eigentlich ist es ganz gut, daß du zurückfährst. Dann kannst du mir auch den Rücken decken«, sagte ich zu ihm.

»Ich ruf' dich später an und erzähle dir, wie es gelaufen ist.«

»Okay. Wenn du Ring siehst, dreh' ihm von mir den Hals um«, sagte er.

Als ich bei der Academy ankam, winkte der Wachmann in seinem Häuschen mich gleich durch. Mittlerweile kannte er meinen Wagen und mein Nummernschild. Der Parkplatz war so voll, daß ich mein Auto fast im Wald abstellen mußte. An den Schießständen auf der anderen Seite der Straße war bereits das morgendliche Schußwaffentraining im Gange, und die Agenten des Drogendezernats waren in Tarnanzügen unterwegs und umklammerten mit grimmiger Miene ihre Sturmgewehre. Tau lag schwer auf dem Gras und durchweichte meine Schuhe, als ich eine Abkürzung zum Haupteingang des hellbraunen Backsteingebäudes nahm, das Jefferson Building genannt wurde.

Neben den Sofas und an den Wänden der Eingangshalle stand Reisegepäck. Die Polizeibeamten der National Academy, kurz: N. A., waren offenbar ständig auf dem Sprung. Die Videoanzeige über der Rezeption wünschte allen einen schönen Tag und forderte jeden auf, seine Marke gut sichtbar zu tragen. Meine war noch in meiner Handtasche. Ich holte sie heraus, schlang mir die lange Kette um den Hals und steckte eine Magnetkarte in einen Schlitz neben einer Glastür mit dem Signet des Justizministeriums darauf. Die Tür öffnete sich, und ich betrat einen langen, verglasten Korridor. Ich war so tief in Gedanken versunken, daß ich all die neuen Agenten in Dunkelblau und Khaki und die N. A.-Studenten in Grün kaum wahrnahm. Sie nickten und lächelten mir im Vorbeigehen zu, und ich erwiderte ihre Grüße freundlich, jedoch ohne sie anzusehen. Ich dachte an den Rumpf, daran, wie alt und gebrechlich das Opfer gewesen war, an den elenden Leichensack in der Kühlkammer, in dem die Frau nun jahrelang liegen mußte – zumindest so lange, bis wir ihren Namen kannten. Ich dachte an Keith Pleasants, an *deadoc*, an Sägen und scharfe Sägeblätter.

Als ich durch den Waffenreinigungsraum kam, mit seinen Reihen schwarzer Arbeitstische und den Kompressoren, mit denen die Läufe der Gewehre durchgepustet wurden, stieg mir der Geruch der Reinigungslösung in die Nase. Bei diesen Gerüchen und Geräuschen mußte ich unweigerlich an Wesley und an Mark denken. Eine seltsame Beklemmung überkam mich, als plötzlich eine nur allzu vertraute Stimme meinen Namen rief.

»Sieht aus, als hätten wir den gleichen Weg«, sagte Investigator Ring.

In makelloses Marineblau gekleidet, wartete er auf den Aufzug, der uns zwanzig Meter unter die Erde bringen sollte, dorthin, wo Hoover sich seinen Atombunker gebaut hatte. Ich nahm meinen schweren Aktenkoffer in die andere Hand und klemmte mir den Diakasten fester unter den Arm.

»Guten Morgen«, sagte ich kühl.

»Kommen Sie, ich nehme Ihnen etwas ab.«

Während sich die Aufzugtüren öffneten, streckte er eine Hand aus, und ich bemerkte, daß seine Nägel poliert waren.

»Es geht schon«, sagte ich. Ich brauchte seine Hilfe nicht. Wir stiegen ein und starrten auf der Fahrt hinab zu einem fensterlosen Geschoß direkt unter dem Schießstand beide ins Leere. Ring war bereits bei früheren Besprechungen dabeigewesen und hatte sich ausgiebig Notizen gemacht, von denen allerdings bisher noch nichts in den Nachrichten aufgetaucht war. Dazu war er zu schlau. Wenn Informationen aus einer FBI-Besprechung nach draußen sickerten, war es natürlich allzuleicht, die undichte Stelle zu finden. Da kamen nur wenige von uns in Frage.

»Es gefällt mir gar nicht, was der Presse schon wieder an Informationen zugetragen worden ist«, sagte ich, als wir ausstiegen.

»Ja, ich weiß, was Sie meinen«, sagte Ring mit unschuldiger Miene.

Er hielt mir die Tür zu dem Labyrinth von Gängen auf, in denen sich ehemals die Abteilung für Verhaltensforschung befunden hatte, die dann zur Ermittlungshilfe geworden war und nun CASKU hieß. Die Namen wechselten, aber die Fälle blieben die gleichen. Die Männer und Frauen, die hier arbeiteten, kamen oft schon vor dem Morgengrauen und gingen erst, wenn es schon wieder dunkel war. Viele Tage, Jahre gar verbrachten sie damit, diese Ungeheuer bis ins kleinste Detail zu studieren, jeden Bißabdruck und jede Spur im Schlamm, die Art und Weise, wie sie denken, riechen und hassen.

»Je mehr an die Öffentlichkeit dringt, desto schlimmer«, fuhr Ring fort, während wir uns der Tür zu einem Konferenzraum näherten, in dem ich jeden Monat mindestens ein paar Tage verbrachte. »Einzelheiten bekanntzugeben, durch die wir möglicherweise Unterstützung von der Bevölkerung bekommen, ist eine Sache...«

Er sprach noch weiter, doch ich hörte nicht mehr zu. Drinnen hatte Wesley, die Lesebrille auf der Nase, bereits an der Stirnseite eines spiegelblanken Tisches Platz genommen. Er sichtete gerade einen Haufen großformatiger Fotos mit dem Stempel des Sheriff's Department von Sussex County auf der Rückseite. Grigg saß mit einem Stapel Papiere vor sich ein paar Stühle weiter und betrachtete eine Skizze. Ihm gegenüber hatte Frankel vom Violent Criminal Apprehension Program Platz genommen, der Abteilung zur Dokumentation und Auswertung von Gewaltverbrechen, kurz: VICAP. Am anderen Ende des Tisches saß Lucy. Sie arbeitete an ihrem Laptop und blickte nur kurz auf, ohne mich zu begrüßen.

Ich nahm wie gewohnt rechts von Wesley Platz, öffnete meinen Aktenkoffer und begann meine Unterlagen zu ordnen. Ring setzte sich auf die noch freie Seite und führte unsere Unterhaltung fort.

»Wir müssen davon ausgehen, daß dieser Kerl die ganze Geschichte in den Nachrichten verfolgt«, sagte er. »Dadurch verschafft er sich den letzten Kick.«

Alle Anwesenden hörten ihm zu. Jeder blickte zu ihm, außer seiner Stimme war kein Geräusch zu hören. Er sprach sachlich und leise, als ginge es ihm lediglich darum, einen Sachverhalt darzustellen, ohne sich selbst in den Vordergrund drängen zu wollen. Ring war ein exzellenter Schauspieler, und was er als nächstes vor den Ohren meiner Kollegen zu mir sagte, machte mich unglaublich wütend.

»Ich glaube zum Beispiel, und da muß ich ganz offen sein«, sagte er zu mir, »daß es keine gute Idee war, die Hautfarbe der Leiche, ihr Alter und all das bekanntzugeben. Vielleicht habe ich unrecht,« er blickte in die Runde, »aber momentan ist es doch wohl das beste, so wenig wie möglich zu sagen.«

»Ich hatte keine andere Wahl«, sagte ich ungewollt scharf. »Schließlich hatte bereits jemand Fehlinformationen verbreitet.«

»Aber so etwas passiert doch immer wieder. Ich finde, daß wir uns davon nicht verleiten lassen sollten, zu früh mit Einzelheiten herauszurücken«, sagte er mit gleichbleibender Ernsthaftigkeit.

»Wenn die Öffentlichkeit glaubt, das Opfer sei ein asiatisches Mädchen, das noch nicht die Pubertät erreicht hat, hilft uns das nicht im geringsten.« Ich sah ihm direkt in die Augen. Die anderen beobachteten uns aufmerksam.

»Ganz meine Meinung.« Das war Frankel vom VICAP. »Wir würden aus dem ganzen Land Vermißtenanzeigen erhalten, mit denen wir nichts anfangen könnten. Ein derartiger Fehler muß berichtigt werden.«

»Ein derartiger Fehler hätte gar nicht erst passieren dürfen«, sagte Wesley und ließ den Blick über den Brillenrand hinweg durch den Raum schweifen, wie es seine Art war, wenn er nicht zum Scherzen aufgelegt war. »Unsere Runde wird heute vervollständigt durch Detective Grigg vom Sheriff's Department von Sussex und Special Agent Farinelli.« Er sah zu Lucy hinüber. »Sie ist die Technikspezialistin des HRT und unterhält das Criminal Artificial Intelligence Network, das wir alle unter der Abkürzung CAIN kennen. Sie ist hier, um uns in einer Computerangelegenheit zu helfen.«

Lucy blickte nicht auf, sondern arbeitete mit konzentriertem Gesichtsausdruck weiter. Ring taxierte sie, als wollte er sie auffressen.

»Was für eine Computerangelegenheit?« fragte er, wobei er nicht aufhörte, sie mit den Augen zu verschlingen.

»Dazu kommen wir später«, sagte Wesley und ging rasch zum nächsten Punkt über. »Lassen Sie mich Ihnen zuerst einen Überblick geben, und dann beschäftigen wir uns mit den Einzelheiten. Angesichts der eklatanten Unterschiede, die dieser letzte Mülldeponiemord allein hinsichtlich der Wahl des Opfers zu den vorangegangenen vier aufweist – oder neun, wenn wir die in Irland mitzählen –, komme ich zu dem Schluß, daß wir es hier mit einem anderen Täter zu tun haben. Dr. Scarpetta wird Ihnen ihre medizinischen Ergebnisse vortragen, die meiner Meinung nach keinen Zweifel daran lassen, daß die Vorgehensweise im jetzigen Fall für den bisherigen Täter ganz und gar untypisch ist.«

Bis zum Mittag besprachen wir meine Berichte, Schaubilder und Fotos. Man stellte mir viele Fragen, vor allem Grigg, der sehr viel Wert darauf legte, jeden Aspekt der Mordserie bis ins kleinste zu durchleuchten, um besser beurteilen zu können, inwiefern der neue Fall, der in seinen Dienstbereich fiel, sich von den anderen unterschied.

»Was macht es für einen Unterschied, ob man durch die Gelenke oder durch die Knochen hindurchsägt?« fragte er mich. »Durch die Gelenke zu sägen ist schwieriger«, sagte ich. »Dafür braucht man anatomische Kenntnisse, unter Umständen sogar praktische Erfahrung.«

»Es könnte also ein Schlachter gewesen sein oder jemand, der in einer Fleischfabrik arbeitet.«

»Ja«, antwortete ich.

»Das würde auch die Verwendung einer Fleischersäge erklären«, fügte er hinzu.

»Ja. Und die unterscheidet sich deutlich von einer Autopsiesäge.«

»Inwiefern?« Das war Ring.

»Eine Fleischersäge ist eine Handsäge, die dafür konstruiert ist, Fleisch, Knorpel und Knochen zu schneiden«, fuhr ich fort und blickte in die Runde. »So eine Säge ist in der Regel etwa fünfundreißig Zentimenter lang, hat eine sehr dünne Klinge und zehn meißelförmige Zähne pro Zoll. Der Schnitt erfolgt in der Vorwärtsbewegung und erfordert eine gewisse Kraft seitens des Benutzers. Die Autopsiesäge hingegen schneidet kein Gewebe. Das muß erst mit einem Messer oder etwas Ähnlichem durchtrennt und zurückgeklappt werden.«

»Und eine solche Säge wurde in diesem Fall benutzt«, sagte Wesley zu mir gewandt.

»Auf dem Knochen finden sich Schnittspuren, die charakteristisch für ein Messer sind. Eine Autopsiesäge«, fuhr ich mit meinen Ausführungen fort, »funktioniert nur auf harten Oberflächen. Die Schnittbewegung ist oszillierend mit einem kurzen Hub, das heißt, sie dringt nur sehr allmählich ein. Ich weiß, daß Sie alle damit vertraut sind, aber ich habe trotzdem Fotos mitgebracht.«

Ich öffnete einen Umschlag und holte 18 × 24-Fotos der von Canter untersuchten Knochenenden sowie der vom Mörder darauf hinterlassenen Sägespuren heraus. Ich schob jedem einen Abzug hin.

»Wie Sie sehen können«, fuhr ich fort, »variiert hier die Schnittrichtung, und die Schnittflächen sind sehr glatt.«

»Damit wir uns richtig verstehen«, sagte Grigg. »Es handelt sich also um genau so eine Säge, wie Sie sie bei Ihren Autopsien benutzen.«

»Nein. Nicht ganz«, sagte ich. »Ich verwende normalerweise ein größeres Sägeblatt.«

»Die Spuren stammen aber auf jeden Fall von einer chirurgischen Säge.« Er hielt das Foto hoch.

»Richtig.«

»Wo bekommt ein normaler Mensch so etwas her?«

»Arztpraxen, Krankenhäuser, Leichenhallen, Hersteller medizinischer Geräte«, antwortete ich. »Da gibt es viele Möglichkeiten. Diese Sägen sind für jedermann käuflich.«

»Er könnte sie also bei einem Versandhaus bestellt haben, ohne Mediziner zu sein?«

»Ohne weiteres«, sagte ich.

Ring sagte: »Er könnte sie aber auch gestohlen haben. Vielleicht wollte er diesmal etwas Neues machen, um uns zu verwirren.«

Lucy sah ihn an. Ich wußte, was der Ausdruck in ihren Augen bedeutete. Sie hielt Ring für einen Volltrottel.

»Wenn wir es hier mit demselben Mörder zu tun haben«, sagte sie, »warum verschickt er dann plötzlich Dateien übers Internet, obwohl er auch das vorher noch nie getan hat?«

»Gute Frage.« Frankel nickte.

»Was für Dateien?« fragte Ring sie.

»Dazu kommen wir noch.«

Wesley faßte zusammen. »Also: Die Begehungsweise ist eine andere, und es wurde ein anderes Tatwerkzeug benutzt als bisher.«

»In ihrer Luftröhre befindet sich Blut«, sagte ich und ließ die Autopsieschaubilder und E-Mail-Fotos herumgehen. »Daraus schließen wir, daß sie eine Kopfverletzung erlitten hat. Da wir in den anderen Fällen die genaue Todesursache nicht kennen, wissen wir nicht, ob es in diesem Punkt Übereinstimmungen gibt oder nicht. Die radiologischen und anthropologischen Befunde deuten jedenfalls darauf hin, daß dieses Opfer erheblich älter ist als die anderen. Außerdem haben wir Fasern gefunden, die darauf schließen lassen, daß die Leiche in einer Art Abdeckplane eingewickelt war, als sie zerstückelt wurde. Auch darin unterscheidet sich dieser Fall von den anderen.«

Ich ging noch näher auf die Fasern und die Farbspritzer ein, wobei mir nicht entging, daß Ring die ganze Zeit meine Nichte beobachtete und sich Notizen machte.

»Dann ist also anzunehmen, daß sie in einer Werkstatt oder einer Garage zerstückelt wurde«, sagte Grigg.

»Das kann ich nicht sagen«, erwiderte ich. »Auf den Fotos, die ich per E-Mail erhalten habe, läßt sich nur erkennen, daß sie in einem Raum mit hellgrauen Wänden und einem Tisch entstanden sind.«

»Ich möchte noch einmal darauf hinweisen, daß Keith Pleasants hinter seinem Haus eine Art Werkstatt hat«, erinnerte uns Ring. »Mit einer großen Werkbank darin, und die Wände sind aus unbehandeltem Holz.« Er sah mich an. »Was auf einem Foto hellgrau aussehen könnte.«

»Da wäre es bestimmt verflucht schwer gewesen, das ganze Blut wieder wegzubekommen«, gab Grigg zu bedenken.

»Vielleicht gibt es deswegen kein Blut, weil er eine Abdeckplane mit einer Gummibeschichtung verwendet hat«, sagte Ring. »Das war ja der Sinn – daß nichts durchleckt.«

Alle sahen mich erwartungsvoll an.

»Es wäre schon sehr ungewöhnlich, wenn in so einem Fall nicht alles mit Blut verschmiert worden wäre«, entgegnete ich. »Zumal sie noch einen Blutdruck hatte, als sie enthauptet wurde. Zumindest in der Holzmaserung und in kleinen Rissen auf der Tischplatte müßte Blut zu finden sein.«

»Das können wir doch testen.« Jetzt spielte Ring sich auch noch als Kriminaltechniker auf. »Mit einer Chemikalie wie Luminol zum Beispiel reagiert noch die kleinste Blutspur und leuchtet dann im Dunkeln.«

»Das Problem bei Luminol ist, daß es die Spuren zerstört«, antwortete ich. »Wir brauchen gegebenenfalls einen DNS-Test, um das Opfer identifizieren zu können. Da dürfen wir das bißchen Blut, das wir möglicherweise finden, doch nicht ruinieren.«

»Wir haben ohnehin keinen triftigen Grund, in Pleasants' Werkstatt zu gehen und irgendwelche Tests durchzuführen.« Streitlustig starrte Grigg Ring über den Tisch hinweg an.

»Ich denke schon.« Ring hielt seinem Blick stand.

»Nicht, wenn heute noch dieselben Richtlinien gelten wie gestern.« Grigg sprach langsam und bedächtig.

Wesley beschränkte sich auf die Position des Beobachters. Wie üblich bildete er sich sein eigenes Urteil über die Anwesenden und jedes Wort, das gesprochen wurde, und höchstwahrscheinlich traf es zu. Doch er schwieg, während die Auseinandersetzung ihren Lauf nahm.

»Also, ich ...«, versuchte Lucy das Wort zu ergreifen.

»Es ist zum Beispiel durchaus denkbar, daß wir es mit einem Nachahmungstäter zu tun haben«, sagte Ring.

»Oh, das ist ganz meine Meinung«, sagte Grigg. »Ich halte nur nichts von Ihrer Theorie, was Pleasants betrifft.«

»Lassen Sie mich ausreden.« Lucys durchdringender Blick wanderte von einem zum anderen. »Also, ich erkläre Ihnen jetzt mal, wie die Dateien via America Online an Dr. Scarpettas E-Mail-Adresse geschickt wurden.«

Für meine Ohren klang es immer seltsam, wenn sie mich so nannte.

»Da bin ich aber neugierig.« Ring stützte jetzt sein Kinn in die Hand und musterte Lucy eingehend.

»Als erstes braucht man einen Scanner«, fuhr sie fort. »Ein Farbscanner mit einer passablen Auflösung, also so ab 72 dpi, ist nicht schwer zu bekommen. Aber dies sieht mir nach einer höheren Auflösung aus, vielleicht 300 dpi. Es kann sich um alles mögliche handeln – von einem ganz einfachen Gerät wie einem Handscanner für 399 Dollar bis zu einem 35-Millimeter-Dia-Scanner, dessen Preis in die Tausende gehen kann ...«

»Und an was für einen Computer würde man so etwas anschließen?« fragte Ring.

»Dazu wollte ich gerade kommen.« Lucy war es leid, ständig von ihm unterbrochen zu werden. »Systemanforderungen mindestens acht Megabyte RAM, Farbmonitor, ein Programm mit FotoTouch oder ScanMan und ein Modem. Es könnte ein Macintosh sein, ein Performa 6116 CD oder sogar ein noch älteres Gerät. Der Punkt ist ja, daß es für den Durchschnittsbürger überhaupt kein Problem ist, Dateien in den Computer einzuscannen und übers Internet zu verschicken. Deshalb hält uns die Online-Kriminalität ja heutzutage derart in Atem.«

»Wie zum Beispiel dieser große Fall von Kinderpornographie, den Sie gerade geknackt haben«, sagte Grigg.

»Ja. Fotos werden als Dateien durchs World Wide Web geschickt. Auch da gibt es Pädophilie«, sagte sie. »Interessant an diesem Fall ist, daß es sich um Farbfotos handelt. Das Scannen von Schwarzweißfotos ist nicht weiter schwierig. Bei Farbe hingegen wird es kompliziert. Außerdem sind die Ecken und Kanten auf den Fotos, die Dr. Scarpetta bekommen hat, relativ scharf, es gibt nur ein geringes Rauschen.«

»Klingt, als hätten wir es mit jemandem zu tun, der sich auskennt«, sagte Grigg.

»Ja«, stimmte sie zu. »Aber deswegen muß es noch lange kein Computertechniker oder Grafiker gewesen sein.«

»Heutzutage kann so was jeder, der Zugang zu dem entsprechenden Equipment und ein paar Handbüchern hat«, sagte Frankel, der auch viel mit Computern arbeitete.

»Also gut, die Fotos wurden eingescannt«, sagte ich zu Lucy. »Und dann? Auf welchem Weg sind sie zu mir gekommen?«

»Zuerst lädt man die Datei, in diesem Fall eine Grafik- oder GIF-Datei«, erwiderte sie. »Um sie erfolgreich versenden zu können, muß man normalerweise die Anzahl der Daten- und Stopbits, die Parität und so weiter festlegen, je nachdem, was für eine Konfiguration die Gegenseite verwendet. Das ist alles andere als benutzerfreundlich. Bei AOL geschieht das alles jedoch automatisch. Das Versenden dieser Dateien war also einfach. Man lädt sie, und schon sind sie unterwegs.« Sie sah mich an.

»Und das läuft alles über die Telefonleitung«, sagte Wesley.

»Richtig.«

»Läßt sich das zurückverfolgen?«

»Squad 19 arbeitet bereits daran.« Das war die FBI-Einheit, die in Fällen rechtswidriger Internetnutzung ermittelte.

»Die Frage ist nur, worin dabei das Vergehen bestehen soll«, erklärte Wesley. »Falls die Fotos gefälscht sind, kann man dem Urheber höchstens Obszönität vorwerfen, und die ist leider nicht strafbar.«

»Die Fotos sind nicht gefälscht«, sagte ich.

»Das ist schwer zu beweisen.« Er sah mir fest in die Augen.

»Was ist, wenn sie nicht gefälscht sind?« fragte Ring.

»Dann sind sie Beweisstücke für eine Straftat«, sagte Wesley und fügte nach einer Pause hinzu: »Verstoß gegen Artikel achtzehn, Paragraph acht-sieben-sechs. Briefliche Übermittlung von Drohungen.«

»Wem wird hier gedroht?« fragte Ring.

Wesleys Blick war immer noch auf mich gerichtet. »Dem Empfänger natürlich.«

»Eine offene Drohung war das nicht«, gab ich zu bedenken.

»Hauptsache, es reicht für einen Haftbefehl.«

»Zuerst müssen wir diese Person finden«, sagte Ring. Er gähnte und streckte sich auf seinem Stuhl wie eine Katze.

»Wir warten darauf, daß er sich wieder einloggt«, erwiderte Lucy. »Wir sind rund um die Uhr online.« Sie fuhr fort, auf der Tastatur ihres Laptops herumzutippen und den steten Versand von Botschaften auf ihrem Monitor zu verfolgen. »Sie müssen sich ein weltumspannendes Telefonsystem mit etwa vierzig Millionen Teilnehmern vorstellen, für das es kein Telefonbuch, keine Vermittlung und keine Auskunft gibt – das ist das Internet. Eine Teilnehmerliste existiert nicht. Auch bei AOL gibt es keine, es sei denn, man füllt freiwillig ein Profil aus. Alles, was wir in diesem Fall haben, ist das Pseudonym *deadoc.*«

»Woher wußte er, wohin er Dr. Scarpetta die Mail schicken sollte?« Grigg sah mich an.

Ich erklärte es ihm und fragte dann Lucy: »Und das läuft alles über Kreditkarte?«

Sie nickte. »Soviel haben wir schon herausbekommen. Eine American-Express-Karte auf den Namen Ken L. Perley. Ein pensionierter High-School-Lehrer. Siebzig, lebt allein in Norfolk.«

»Gibt es irgendwelche Hinweise darauf, wie jemand an seine Kreditkarte gekommen sein kann?« fragte Wesley.

»Offenbar benutzt Perley seine Karte nicht oft. Das letzte Mal in einem Restaurant in Norfolk, dem Red Lobster. Das war am zweiten Oktober. Er ist mit seinem Sohn essen gegangen. Die Rechnung betrug siebenundzwanzig Dollar und dreißig Cents, einschließlich Trinkgeld, und er hat mit AmEx gezahlt. Weder er noch sein Sohn können sich erinnern, daß an jenem Abend irgend etwas Ungewöhnliches vorgefallen wäre. Beim Zahlen lag die Kreditkarte allerdings ziemlich lange gut sichtbar auf dem Tisch, weil es im Restaurant sehr voll war. Irgendwann, während die Karte noch dort lag, ging Perley zur Toilette, und der Sohn trat vor die Tür, um eine zu rauchen.«

»Meine Güte. Das war wirklich clever. Hat einer vom Servicepersonal bemerkt, daß jemand zu dem Tisch hinübergegangen ist?« fragte Wesley Lucy.

»Wie gesagt, es war voll. Wir überprüfen jede Rechnung, die an jenem Abend abgebucht wurde, um eine Gästeliste zu erstellen. Schwierig wird's allerdings bei denjenigen, die bar bezahlt haben.«

»Und dafür, daß die AOL-Gebühren schon auf Perleys American-Express-Abrechnungen auftauchen, ist es wohl noch zu früh«, sagte er.

»Stimmt. AOL zufolge wurde der Account erst kürzlich eröffnet. Eine Woche nach dem Essen im Red Lobster, um genau zu sein. Perley ist sehr hilfsbereit«, fügte Lucy hinzu. »Und AOL läßt den Account gebührenfrei weiterlaufen, für den Fall, daß der Täter uns noch etwas schicken will.«

Wesley nickte. »Wir können zwar nicht davon ausgehen, aber wir sollten in Betracht ziehen, daß der Mörder, zumindest der von der Atlantic-Mülldeponie, sich möglicherweise noch vor einem Monat in Norfolk aufhielt.«

»Es deutet alles darauf hin, daß das Opfer aus Virginia stammt«, erklärte ich einmal mehr.

»Wäre es möglich, daß eine der Leichen zwischenzeitlich in einem Kühlraum gelagert wurde?« fragte Ring.

»Diese nicht«, beeilte sich Wesley zu antworten. »Auf keinen Fall. Der Kerl ertrug es nicht, sein Opfer anzusehen. Er mußte es zudecken und durch Stoff hindurchsägen. Ich schätze, er hat keinen weiten Weg gemacht, um sich der Leiche zu entledigen.«

»Erinnert ein bißchen an ›Das verräterische Herz‹«, sagte Ring.

Lucy tippte mit angespanntem Gesicht auf ihrem Laptop herum und las irgend etwas auf dem Monitor. »Wir haben gerade etwas von Squad 19 bekommen«, sagte sie und ging auf dem Bildschirm weiter nach unten. »*Deadoc* hat sich vor sechsundfünfzig Minuten eingeloggt.« Sie sah zu uns auf. »Er hat eine E-Mail an den Präsidenten geschickt.«

Der elektronische Brief war direkt ans Weiße Haus adressiert. Das war kein Kunststück, schließlich handelte es sich um keine Geheimadresse. Jeder Internet-User konnte sie sich besorgen. Wieder war die Nachricht seltsamerweise in Kleinbuchstaben verfaßt, und Leerzeichen ersetzten die Interpunktion. Sie lautete: *ich verlange eine entschuldigung sonst fange ich mit frankreich an.*

»Daraus lassen sich allerlei Schlüsse ziehen«, sagte Wesley zu mir, während am Schießstand über uns gedämpfte Schüsse dröhnten, als würde irgendwo in weiter Ferne Krieg geführt.

»Grund genug, sich Sorgen um dich zu machen.«

Er blieb beim Wasserspender stehen.

»Ich glaube nicht, daß das irgendwas mit mir zu tun hat«, sagte ich. »Hier geht es um den Präsidenten der Vereinigten Staaten.«

»Falls du meine Meinung hören willst: Diese Botschaft ist symbolisch zu verstehen, nicht wörtlich.« Wir gingen weiter. »Ich glaube, der Mörder ist wütend und verärgert. Er glaubt, daß eine oder mehrere Personen in einflußreicher Position für seine persönlichen Probleme verantwortlich sind.«

»So wie der Unabomber«, sagte ich, während wir den Aufzug nach oben bestiegen.

»Ganz ähnlich. Vielleicht dient der ihm sogar in gewisser Weise als Vorbild«, sagte er und warf einen Blick auf seine Uhr.

»Kann ich dich zu einem Bier einladen, bevor du fährst?«

»Nur wenn du mir einen Chauffeur besorgst.« Ich lächelte. »Aber du kannst mich zu einem Kaffee überreden.«

Wir durchquerten den Gewehrreinigungsraum, wo Dutzende von Agenten des FBI und des Drogendezernats ihre Waffen auseinandernahmen, sie abwischten und die Bestandteile durchpusteten. Sie warfen uns neugierige Blicke zu, und ich fragte mich, ob die Gerüchte auch hier schon die Runde gemacht hatten. Meine Beziehung zu Wesley war an der Academy schon seit geraumer Zeit das Gesprächsthema Nummer eins, was mir mehr zu schaffen machte, als ich mir anmerken ließ. Offenbar waren die meisten immer noch der Ansicht, seine Frau hätte ihn meinetwegen verlassen, wo doch in Wirklichkeit ein anderer Mann der Grund gewesen war.

Die Schlange oben im PX, dem Shop für FBI-Angehörige, war lang. Da stand eine mit dem neuesten Jogginganzugsmodell bekleidete Schaufensterpuppe, und in den Fenstern lagen

Thanksgiving-Kürbisse und Truthähne. In der Kantine dahinter lief laut der Fernseher, und ein paar Leute hatten bereits mit Popcorn und Bier den Feierabend eingeläutet. Wir suchten uns einen möglichst entlegenen und ruhigen Platz und nippten beide an unserem Kaffee.

»Was sagst du dazu, daß er jetzt plötzlich Frankreich ins Spiel bringt?« fragte ich.

»Der Täter ist offenbar nicht dumm, und er weiß, was in der Welt los ist. Zur Zeit der französischen Atomwaffentests waren unsere Beziehungen zu Frankreich außerordentlich gespannt. Du erinnerst dich sicher noch an die Ausschreitungen. Französischer Wein und andere Produkte wurden boykottiert. Es gab viele Demonstrationen vor den französischen Botschaften. Und die USA haben da fleißig mitgemischt.«

»Aber das ist schon ein paar Jahre her.«

»Das spielt keine Rolle. Wunden heilen langsam.« Er starrte aus dem Fenster in die einbrechende Dunkelheit. »Aber das Entscheidende ist folgendes: Die Franzosen werden sich bedanken, wenn sie auf einmal unseren Serienmörder am Hals haben. Ich nehme mal an, daß ist es, worauf *deadoc* hinauswill. Die Polizei in Frankreich und in anderen Ländern sorgt sich schon seit Jahren, daß unser Problem irgendwann auf sie übergreifen könnte. Als sei Gewaltkriminalität eine Seuche, die sich ausbreiten kann.«

»Ist sie doch auch.«

Er nickte und griff wieder nach seinem Kaffee.

»Vielleicht ergäbe das Ganze mehr Sinn, wenn wir davon ausgingen, daß es in allen zehn Fällen hier und in Irland derselbe Täter war«, sagte ich.

»Kay, wir können nichts ausschließen.« Er klang müde, als er das einmal mehr betonte.

Ich schüttelte den Kopf. »Erst will er uns weismachen, daß er all diese Morde begangen hat, und jetzt droht er uns auch noch. Wahrscheinlich hat er keine Ahnung, wie sehr sich seine Vorgehensweise von den bisherigen Fällen unterscheidet. Natürlich können wir nichts ausschließen, Benton. Aber meine Ergebnisse lassen in meinen Augen nur diesen einen Schluß zu, und ich glaube, der Schlüssel liegt in der Identität des neuen Opfers.«

»Das glaubst du doch immer.« Er lächelte und spielte mit seinem Kaffeelöffel.

»Ich fühle mich den Opfern gegenüber verpflichtet. Und in diesem Augenblick fühle ich mich der armen Frau verpflichtet, deren Rumpf in meiner Kühlkammer liegt.«

Mittlerweile war es draußen völlig dunkel, und die Kantine füllte sich rasch mit fitneßbewußten Männern und Frauen, deren Status man an der Farbe ihrer Uniformen ablesen konnte. Der Lärm machte es schwer, sich zu unterhalten, und ich mußte noch zu Lucy, bevor ich abfuhr.

»Du magst Ring nicht.« Wesley nahm sein Anzugjackett von der Stuhllehne. »Er ist klug und macht einen ernsthaft engagierten Eindruck.«

»Mit dem zweiten Teil deines Profils liegst du definitiv falsch«, sagte ich und stand auf. »Aber was du zuerst gesagt hast, stimmt. Ich mag ihn nicht.«

»Ich finde, das hast du auch deutlich genug demonstriert.«

Wir wichen Menschen aus, die nach Stühlen Ausschau hielten und Bierkrüge auf Tische stellten.

»Ich halte ihn für gefährlich.«

»Er ist eitel und will sich einen Namen machen«, erwiderte Wesley.

»Und das findest du nicht gefährlich?« Ich schaute ihn von der Seite an.

»Das trifft auf fast jeden zu, mit dem ich je zusammengearbeitet habe.«

»Außer auf mich, hoffe ich.«

»Sie, Dr. Scarpetta, sind natürlich in fast jeder erdenklichen Hinsicht die große Ausnahme.«

Wir gingen durch einen langen Korridor in Richtung Eingangshalle. Ich wollte mich noch nicht von ihm verabschieden. Ich fühlte mich einsam, ohne recht zu wissen, warum.

»Ich würde wahnsinnig gern mit dir zu Abend essen«, sagte ich, »aber Lucy will mir noch etwas zeigen.«

»Und woher willst du wissen, daß ich nicht schon etwas vorhabe?« Er hielt mir die Tür auf.

Dieser Gedanke war mir unangenehm, auch wenn ich wußte, daß er mich nur auf den Arm nehmen wollte.

»Laß uns warten, bis ich hier wegkann«, sagte er. Inzwischen waren wir schon fast auf dem Parkplatz angekommen. »Vielleicht am Wochenende, dann haben wir ein bißchen mehr Ruhe. Diesmal koche ich. Wo steht dein Auto?«

»Da drüben.« Ich richtete meine Fernbedienung auf den Wagen.

Die Türen entriegelten sich selbsttätig, und die Innenbeleuchtung ging an. Wie üblich vermieden wir Körperkontakt. Das hatten wir immer getan, wenn die Möglichkeit bestand, daß uns jemand sah.

»Manchmal macht mich das richtig wütend«, sagte ich und stieg in meinen Wagen. »Wir dürfen uns den ganzen Tag lang über zerstückelte Leichen, Vergewaltigung und Mord unterhalten, aber wenn wir uns umarmen oder bei der Hand halten wollen, darf das um Himmels willen keiner mitbekommen.« Ich ließ den Motor an. »Ist das noch normal? Schließlich ist keiner von uns mehr verheiratet.« Ich zog mir den Sicherheitsgurt über die Brust. »Gibt es da beim FBI vielleicht irgendein Tabu, von dem mir keiner was gesagt hat?«

»Ja.«

Er küßte mich auf den Mund, während ein paar Agenten vorbeigingen. »Also sag niemandem was davon.«

Kurz darauf parkte ich vor der Engineering Research Facility, kurz: ERF, einem riesengroßen, futuristisch anmutenden Gebäude, in dem das FBI seine geheimen technischen Forschungs- und Entwicklungsvorhaben durchführte. Falls Lucy wußte, was in den Labors hier vor sich ging, so erzählte sie mir nichts davon, und selbst in ihrer Begleitung durfte ich nur einige Räume des Gebäudes betreten. Sie wartete neben der Eingangstür, als ich die Fernbedienung auf meinen Wagen richtete, der nicht reagierte.

»Die funktioniert hier nicht«, sagte sie.

Ich sah zu dem Dach voller unheimlich wirkender Antennen und Satellitenschüsseln hinauf und verriegelte die Türen seufzend per Hand.

»Man sollte doch annehmen, daß ich mir das mittlerweile gemerkt habe«, brummte ich.

»Dein Freund Ring hat nach der Sitzung versucht, mich hierher zu begleiten«, sagte sie und ließ ihren Daumen von einem biometrischen Sicherheitsschloß neben der Tür abtasten.

»Er ist nicht mein Freund«, erklärte ich.

Die Eingangshalle mit der hohen Decke war mit Vitrinen voller klobiger, ineffizienter Elektronik- und Funkgeräte vollgestellt, die die Polizei benutzt hatte, bevor es die ERF gab.

»Er wollte sich schon wieder mit mir verabreden«, sagte sie.

Die einfarbig gestrichenen Korridore schienen kein Ende nehmen zu wollen, und wie immer war ich beeindruckt von der Stille und dem Gefühl, daß kein Mensch hier war. Wissenschaftler und Techniker arbeiteten hinter verschlossenen Türen in Räumen, die so groß waren, daß Autos, Hubschrauber und kleine Flugzeuge hineinpaßten. Bei der ERF arbeiten Hunderte von FBI-Beamten, doch obwohl unsere Abteilung sich gleich gegenüber befand, hatten sie mit uns praktisch keinen Kontakt. Wir kannten noch nicht einmal ihre Namen.

»Ich bin sicher, es gibt Millionen von Männern, die gern mit dir ausgehen würden«, sagte ich, während wir einen Aufzug bestiegen und Lucy wieder ihren Daumen in ein biometrisches Schloß steckte.

»Aber nicht, nachdem sie eine Weile mit mir zu tun hatten«, sagte sie.

»Na, ich weiß nicht. Ich halte es schließlich auch immer noch mit dir aus.«

Aber es war ihr durchaus ernst. »Wenn ich erst mal Klartext mit denen rede, drehen die Typen gleich wieder ab. Ring hingegen steht auf Herausforderungen, falls du weißt, was ich meine.«

»Nur allzugut.«

»Er will irgendwas von mir, Tante Kay.«

»Hast du eine Ahnung, was? Und wo bringst du mich eigentlich hin?«

»Ich weiß es nicht. Es ist nur so ein Gefühl.« Sie öffnete eine Tür zum Virtual-Reality-Labor und fügte hinzu: »Mir ist da eine ziemlich interessante Idee gekommen.«

Lucys Ideen waren immer hochinteressant. Meistens waren sie furchterregend. Ich folgte ihr in einen Raum voller Hochleistungsrechner, übereinandergestapelter Grafikcomputer und Arbeitstische, auf denen Werkzeuge, Hauptplatinen, Chips und Peripheriegeräte wie Datenhandschuhe und Monitorhelme verstreut waren. Die Elektrokabel waren zu dicken Strängen gebündelt, um die große, leere Linoleumfläche freizuhalten, auf der Lucy sich sonst im Cyberspace verlor.

Sie nahm eine Fernbedienung in die Hand, und zwei Monitore schalteten sich ein. Ich erkannte die Fotos, die *deadoc* mir geschickt hatte. Groß und in Farbe leuchteten sie auf den Bildschirmen, und ich wurde langsam nervös.

»Die Hauptfrage ist natürlich immer: Bringt es für den Bediener wirklich einen Vorteil, wenn er in einen Kosmos eintauchen kann?« sagte sie, während sie Befehle in einen Computer eingab. »Bisher hattest du noch nicht die Möglichkeit, in diesen Kosmos einzutauchen – den Tatort.«

Gemeinsam starrten wir die blutigen Stümpfe und die aufgereihten Leichenteile auf den Monitoren an, und ein eisiger Schauer kroch mir über den Rücken.

»Angenommen, du hättest jetzt die Gelegenheit dazu«, fuhr Lucy fort. »Angenommen, du könntest *deadocs* Kosmos betreten?«

Ich wollte sie unterbrechen, doch sie redete weiter.

»Was würdest du sehen? Was könntest du tun, was du bisher nicht konntest?« sagte sie. In solchen Momenten konnte sie fast manisch werden. »Was würdest du Neues über Opfer und Täter erfahren?«

»Ich bin nicht sicher, ob ich mit so etwas umgehen kann«, protestierte ich.

»Natürlich kannst du. Ich hatte allerdings noch keine Zeit, den synthetischen Ton hinzuzufügen. Abgesehen von den üblichen akustischen Signalen aus dem Baukasten: Ein Schmatzen heißt, daß sich etwas öffnet, ein Klick ist ein Schalter, den man an- und ausmacht, und ein Pling bedeutet normalerweise, daß man irgendwo gegengerannt ist.«

»Lucy«, sagte ich, als sie meinen linken Arm nahm, »wovon redest du überhaupt?«

Behutsam zog sie einen Datenhandschuh über meine linke Hand und kontrollierte, ob er fest genug saß.

»Zur Kommunikation benutzt der Mensch Gesten. Diese Gesten – oder Stellungen, wie sie bei uns heißen – können wir auch dazu verwenden, mit dem Computer zu kommunizieren«, erklärte sie.

Der Handschuh war aus schwarzem Lycra, und auf seiner Rückseite saßen Glasfasersensoren. Diese waren über ein Kabel mit dem leistungsstarken Zentralrechner verbunden, in den Lucy etwas eingegeben hatte. Als nächstes nahm sie einen Monitorhelm, der ebenfalls an einem Kabel hing, und mein Herz machte vor Angst einen Sprung, als sie damit auf mich zukam.

»Das ist ein VPL Eyephone HRX«, sagte sie gutgelaunt. »Wird auch im Ames Research Center der NASA benutzt. Da habe ich ihn entdeckt.« Sie kontrollierte den Sitz der Kabel und Gurte. »350 000 Farbelemente. Extrem hohe Auflösung und ein besonders großes Gesichtsfeld.«

Sie setzte mir den Helm auf den Kopf. Er war schwer und reichte bis zur Nase.

»Was du jetzt vor dir siehst, sind Flüssigkristall- oder LCD-Bildschirme, also ganz normale Monitore. Ein paar Glasplatten, Elektroden und Moleküle, die alle möglichen coolen Sachen anstellen. Wie fühlst du dich?«

»Als würde ich gleich umfallen und ersticken ...«

Ich war dabei, ähnlich in Panik zu geraten wie damals zu Beginn meines Tauchlehrgangs.

»Du wirst keins von beidem tun.« Sie war sehr geduldig und stützte mich mit der Hand. »Entspann dich. Daß man anfangs in eine Art Angstzustand gerät, ist ganz normal. Ich sag' dir, was du machen mußt. Bleib einfach ruhig stehen und atme tief ein und aus. Ich schicke dich jetzt rein.«

Sie rückte den Helm noch einmal zurecht, schnallte ihn fester und kehrte dann zum Zentralrechner zurück. Ich konnte nichts sehen, und meine Blindheit brachte mich aus dem Gleichgewicht.

»Okay, los geht's«, sagte sie. »Ich weiß nicht, ob das etwas bringt, aber ein Versuch kann nicht schaden.«

Tasten klackten, und ich wurde in diesen Raum hineingeworfen. Sie erklärte mir, was ich mit den Händen machen mußte, um mich vorwärts, schneller oder rückwärts zu bewegen, und wie ich etwas greifen und wieder loslassen konnte. Ich bewegte meinen Zeigefinger, tat so, als würde ich etwas anklicken, führte meinen Daumen an die Handfläche und fuhr mir mit dem Arm über die Brust. Mir brach der Schweiß aus. Gute fünf Minuten hing ich an der Decke und lief gegen Wände. Einmal stand ich auf dem Tisch mit dem Rumpf auf der blutigen, blauen Decke und trampelte auf den Beweismitteln und der Toten herum.

»Ich glaube, ich muß mich gleich übergeben«, sagte ich.

»Halt einfach eine Minute still«, sagte Lucy. »Atme tief durch.«

Ich wollte noch etwas sagen und machte dabei eine Handbewegung, und prompt lag ich wie abgestürzt auf dem virtuellen Fußboden.

»Deshalb hab' ich dir ja gesagt, du sollst stillhalten«, sagte sie, denn sie konnte auf den Monitoren sehen, was ich tat. »Jetzt bewege deine Hand zu dir hin und zeige mit Zeige- und Ringfinger in die Richtung, aus der du meine Stimme kommen hörst. Besser?«

»Besser«, sagte ich.

Nun stand ich aufrecht in dem Raum, als wäre das Foto plötzlich dreidimensional und stark vergrößert zum Leben erwacht. Ich schaute mich um und sah eigentlich nichts, was mir nicht schon aufgefallen war, als Vander das Bild bearbeitet hatte. Doch die Empfindungen, die es jetzt in mir auslöste, veränderten meine Wahrnehmung.

Die Wände waren hellgrau und wiesen schwache Verfärbungen auf, die ich bisher Wasserschäden zugeschrieben hatte, wie sie in einem Keller oder einer Garage vorkommen können. Aber jetzt wirkten sie anders, gleichmäßiger verteilt, einige so blaß, daß ich sie kaum erkennen konnte. Diese hellgrauen Wände waren früher einmal tapeziert gewesen. Die Tapeten waren entfernt, aber nicht ersetzt worden, ebenso wie die Gardinenstange und die Schabracke davor. Über einem Fenster mit einer geschlossenen Jalousie befanden sich kleine Löcher, in denen einmal Träger gesteckt hatten.

»Hier ist es nicht passiert«, sagte ich, und mein Herz schlug schneller.

Lucy schwieg.

»Sie wurde nach der Tat hierhergebracht und fotografiert. Aber ermordet und zerstückelt wurde sie hier nicht.«

»Was siehst du?« fragte sie.

Ich bewegte meine Hand und ging näher an den virtuellen Tisch heran. Ich deutete auf die virtuellen Wände, um Lucy zu zeigen, was ich sah. »Wo soll er denn die Autopsiesäge angeschlossen haben?« fragte ich.

Ich konnte nur eine Steckdose finden, und die befand sich am unteren Ende einer Wand.

»Und die Abdeckplane soll auch von hier stammen?« fuhr ich fort. »Das paßt nicht ins Bild. Keine Farbe, keine Werkzeuge.«

Ich schaute mich weiter um. »Und sieh dir den Fußboden an. Das Holz ist an den Seiten heller, als hätte hier einmal ein Teppich gelegen. Wer legt einen Teppich in eine Werkstatt, tapeziert oder bringt Gardinen an? Wo sind die Steckdosen für die elektrischen Werkzeuge?«

»Wie wirkt es denn auf dich?« fragte sie.

»Auf mich wirkt es so, als sei dies ein Raum in einem Wohnhaus, aus dem die Möbel entfernt wurden. Abgesehen von einer Art Tisch, der mit etwas bedeckt ist. Vielleicht einem Duschvorhang. Ich weiß nicht. Mir kommt es jedenfalls vor wie ein Wohnraum.«

Ich streckte die Hand aus und versuchte, den Rand des Tischtuchs zu berühren, als könnte ich es anheben und enthüllen, was sich darunter befand, und als ich mich umschaute, sah ich ein paar Einzelheiten plötzlich so deutlich, daß ich mich fragte, wie ich sie bis dahin hatte übersehen können. An der Decke direkt über dem Tisch lagen Kabel frei, als ob dort einmal ein Kronleuchter oder eine andere Lampe gehangen hätte.

»Nehme ich Farben anders wahr als sonst?« fragte ich.

»Eigentlich nicht.«

»Dann ist da noch etwas. Diese Wände.« Ich berührte sie.

»Die Farbe wird in diese Richtung heller. Da ist eine Öffnung. Vielleicht eine Tür, durch die Licht dringt.«

»Auf dem Foto sieht man keine Tür«, erinnerte Lucy mich. »Du kannst nur das sehen, was auch da ist.«

Es war seltsam, aber einen Moment lang glaubte ich, ich könnte ihr Blut riechen, den Gestank verwesenden Fleisches, von einer Leiche, die schon seit Tagen tot war. Die teigige Beschaffenheit ihrer Haut fiel mir wieder ein, und der merkwürdige Ausschlag, der mich auf den Gedanken gebracht hatte, sie hätte vielleicht Gürtelrose.

»Sie war kein zufällig gewähltes Opfer«, sagte ich.

»Die anderen schon.«

»Die anderen Fälle haben mit diesem nichts zu tun. Ich sehe plötzlich doppelt. Kannst du das korrigieren?«

»Das ist die typische vertikale Bildverschiebung.«

Dann spürte ich ihre Hand auf meinem Arm.

»Das geht normalerweise nach fünfzehn bis zwanzig Minuten wieder weg«, sagte sie. »Wir sollten mal eine Pause machen.«

»Ich fühl' mich nicht besonders.«

»Mangelhafte Bildausrichtung. Überanstrengung der Augen, Simulationsschwindel, Cyberkrankheit, nenn es, wie du willst«, sagte sie. »Verursacht Sehstörungen, tränende Augen, sogar Übelkeit.«

Ich mußte dringend den Helm loswerden, doch bevor ich mir die LCD-Bildschirme von den Augen gezerrt hatte, lag ich schon wieder auf dem Tisch, mit dem Gesicht im Blut. Meine Hände zitterten, als Lucy mir half, den Handschuh auszuziehen. Ich setzte mich auf den Boden.

»Alles in Ordnung?« fragte sie besorgt.

»Das war entsetzlich«, sagte ich.

»Dann war es gut.« Sie legte den Helm und den Handschuh auf einen Tisch zurück. »Du bist in den Kosmos eingetaucht. So sollte es sein.« Sie reichte mir ein paar Papiertücher, und ich wischte mir das Gesicht ab.

»Was ist mit dem anderen Foto? Willst du das auch noch machen?« fragte sie. »Das mit den Händen und Füßen?«

»Danke, ich hab' genug von diesem Raum«, sagte ich.

8

Noch auf dem Heimweg verfolgten mich die schaurigen Eindrücke aus Lucys Labor. Den größten Teil meines Berufslebens hatte ich damit verbracht, Tatorte zu besuchen, aber noch nie war ich davon heimgesucht worden. Das Gefühl, mich in diesem Foto zu befinden, die Illusion, ich könnte riechen und spüren, was von jenem Leichnam übrig war, hatte mich zutiefst erschüttert. Als ich in meine Garage fuhr, war es beinahe Mitternacht. Hastig schloß ich die Haustür auf. Drinnen stellte ich die Alarmanlage aus und gleich wieder an, nachdem ich die Tür abgeschlossen hatte. Ich sah mich um, um mich zu vergewissern, daß alles genauso war, wie ich es verlassen hatte.

Ich machte Feuer, goß mir einen Drink ein und sehnte mich wieder einmal nach einer Zigarette. Um nicht so allein zu sein, legte ich Musik auf. Dann ging ich in mein Arbeitszimmer, um nachzusehen, was mich dort erwarten mochte. Ich hatte mehrere Faxe bekommen, Nachrichten auf dem Anrufbeantworter und eine weitere E-Mail. Alles, was *deadoc* diesmal zu sagen hatte, war ein erneutes: *Sie halten sich wohl für sehr schlau.* Ich war gerade dabei, die Nachricht auszudrucken und mich zu fragen, ob Squad 19 wohl schon davon wußte, als das Klingeln des Telefons mich aufschreckte.

»Hi«, sagte Wesley. »Ich wollte mich nur vergewissern, daß du gut nach Haus gekommen bist.«

»Ich habe wieder eine Mail gekriegt«, sagte ich und las sie ihm vor.

»Speicher sie ab und geh ins Bett.«

»Es ist schwer, nicht daran zu denken.«

»Das will er ja, daß du die ganze Nacht aufbleibst und daran denkst. Darin besteht ja sein Spiel, seine Macht.«

»Warum ich?« Mir war immer noch übel.

»Weil es eine Herausforderung ist, es mit dir aufzunehmen,

Kay. Sogar für nette Leute wie mich. Geh ins Bett. Wir sprechen uns morgen. Ich liebe dich.«

Ich konnte lange nicht einschlafen. Ein paar Minuten nach vier Uhr morgens klingelte wieder das Telefon. Diesmal war es Dr. Hoyt, ein praktischer Arzt, der die letzten zwanzig Jahre als staatlicher Leichenbeschauer in Norfolk gearbeitet hatte. Er ging auf die Siebzig zu, war aber noch rüstig und geistig voll auf der Höhe. Ich hatte es noch nie erlebt, daß ihn etwas in Aufregung versetzte, doch schon der Klang seiner Stimme war alarmierend.

»Tut mir leid, Dr. Scarpetta«, sagte er. Er sprach sehr schnell. »Ich bin auf Tangier Island.«

Seltsamerweise fielen mir dazu im Moment nur Krabbenfrikadellen ein.

»Was in aller Welt machen Sie da?«

Ich stopfte mir ein paar Kissen in den Rücken und griff nach Notizblock und Stift.

»Ich bin gestern spätabends hergerufen worden und war die halbe Nacht hier draußen. Die Küstenwache mußte mich mit einem ihrer Schiffe herbringen, dabei kann ich Bootsfahrten auf den Tode nicht ausstehen. Auf dem Wasser wird man immer durchgeschüttelt wie in einer Achterbahn. Außerdem war es höllisch kalt.«

Ich hatte keine Ahnung, wovon er sprach.

»Das letzte Mal, daß ich so etwas gesehen hab', war 1949 in Texas«, fuhr er hastig fort, »während meiner Zeit als Assistenzarzt, kurz vor meiner Hochzeit ...«

Mir blieb nichts anderes übrig, als ihn zu unterbrechen. »Immer langsam, Fred«, sagte ich. »Erzählen Sie mir, was passiert ist.«

»Eine zweiundfünfzigjährige Frau von Tangier Island. Liegt wahrscheinlich schon mindestens vierundzwanzig Stunden tot in ihrem Schlafzimmer. Sie ist von oben bis unten mit einem schlimmen Ausschlag bedeckt, bis hin zu Handflächen und Fußsohlen. So verrückt es auch klingen mag: Es sieht ganz nach Pocken aus.«

»Stimmt. Das ist verrückt«, sagte ich, und mein Mund wurde trocken. »Was ist mit Windpocken? Könnte es sein, daß die Frau eine Immunschwäche hatte?«

»Ich weiß gar nichts über sie, aber solche Windpocken habe ich noch nie gesehen. Dieser Ausschlag entspricht dem Erscheinungsbild von Pocken. Er tritt gehäuft auf, die Stellen sind überall etwa gleich alt, und je weiter sie von der Körpermitte entfernt sind, desto flächiger werden sie. Im Gesicht und auf den Extremitäten gehen die einzelnen Flächen ineinander über.«

Ich dachte an den Rumpf, an den Ausschlag, den ich für Gürtelrose gehalten hatte, und ich bekam furchtbare Angst. Ich wußte zwar nicht mit Sicherheit, wo jenes Opfer gestorben war, doch daß der Tatort in Virginia lag, stand für mich so gut wie fest. Auch Tangier Island, eine winzige, der Küste vorgelagerte Insel in der Chesapeake Bay, deren Existenzgrundlage die Krabbenfischerei war, gehörte zu Virginia.

»Es gibt heutzutage eine Menge eigenartiger Viren«, sagte er.

»Ja, allerdings«, stimmte ich zu. »Aber weder Hanta noch Ebola, HIV, Dengue oder ähnliches verursachen die Symptome, die Sie gerade beschrieben haben. Natürlich ist nicht auszuschließen, daß es etwas gibt, von dem wir noch gar nichts wissen.«

»Ich kenne die Pocken, Kay. Ich bin schon so alt, daß ich sie noch mit eigenen Augen gesehen habe. Zwar bin ich kein Experte für Infektionskrankheiten, und mein Wissen ist nicht halb so groß wie Ihres. Aber mit was für einem Erreger wir es hier auch zu tun haben, fest steht: Die Frau ist tot, und sie ist an irgendeinem Pockenvirus gestorben.«

»Offenbar lebte sie allein.«

»Ja.«

»Und wann wurde sie zuletzt lebend gesehen?«

»Das versucht der Polizeichef gerade herauszufinden.«

»Welcher Polizeichef?« fragte ich.

»Das Police Department von Tangier besteht nur aus einem Beamten. Er ist der Polizeichef. Ich befinde mich gerade in seinem Wohnwagen und benutze sein Telefon.«

»Er hört aber nicht mit.«

»Nein, nein. Er ist draußen und spricht mit den Nachbarn. Ich hab' mir alle Mühe gegeben, etwas aus ihnen herauszubekommen, aber besonders viel Glück hatte ich nicht. Waren Sie schon mal hier draußen?«

»Nein.«

»Ich sag's mal so: Die kommen alle aus demselben Stall. Auf der ganzen Insel gibt es vielleicht drei Familiennamen. Die meisten Leute, die hier aufwachsen, ziehen nie weg. Wenn die reden, kann man kaum ein Wort verstehen. Diesen Dialekt hört man wirklich nirgendwo sonst auf der Welt.«

»Niemand soll die Tote anfassen, bis ich mir selbst ein Bild davon gemacht habe, um was es sich hier handelt«, sagte ich, während ich meinen Pyjama aufknöpfte.

»Was soll ich tun?« fragte er.

»Bitten Sie den Polizeichef, das Haus zu bewachen. Niemand darf da rein oder auch nur in die Nähe, bis ich es sage. Fahren Sie nach Hause. Ich rufe Sie dann später an.«

Die Labors hatten die mikrobiologischen Untersuchungen an dem Rumpf noch nicht abgeschlossen, aber jetzt konnte ich nicht länger warten. Hastig kleidete ich mich an, wobei ich mich ständig verhedderte, als hätte ich schwere motorische Störungen. Ich raste auf verwaisten Straßen in die Stadt und stellte den Wagen um kurz vor fünf auf meinem Parkplatz hinter der Leichenhalle ab. Als ich die Tür zum Verladeraum aufschloß, lief mir der Nachtwächter in die Arme.

»Herrje, Dr. Scarpetta«, sagte Evans, der das Gebäude schon so lange bewachte, wie ich hier arbeitete.

»Entschuldigung«, sagte ich mit klopfendem Herzen. »Ich wollte Sie nicht erschrecken.«

»Ich mache gerade meine Runde. Ist alles in Ordnung?«

»Das will ich doch hoffen.« Ich ging an ihm vorbei.

»Bekommen wir jemanden rein?«

Er folgte mir die Laderampe hinauf. Ich öffnete die Tür nach drinnen und sah ihn an.

»Nicht, daß ich wüßte«, erwiderte ich.

Jetzt war er völlig durcheinander. Er verstand nicht, wieso ich um diese Uhrzeit hier war, obwohl wir gar keine Leiche erwarteten. Kopfschüttelnd steuerte er wieder auf die Tür zu, die hinaus auf den Parkplatz führte. Von da aus würde er nach nebenan in die Lobby der Consolidated Labs gehen, wo er dann vor einem kleinen, flackernden Fernseher saß, bis es Zeit war, erneut seine Runde zu machen. Evans weigerte sich, die Leichenhalle zu betreten. Es war ihm unbegreiflich, wie jemand anders empfinden konnte, und ich wußte, daß er Angst vor mir hatte.

»Ich werde nicht lange hier unten bleiben«, sagte ich. »Danach finden Sie mich oben.«

»Ja, Ma'am«, sagte er, immer noch kopfschüttelnd. »Sie wissen ja, wo ich bin.«

Im Autopsietrakt lag auf halber Höhe des Korridors ein Raum, der nicht oft betreten wurde. Dort machte ich zuerst Halt und schloß die Tür auf. Drinnen standen drei riesige Kühlschränke, wie man sie in keinem privaten Haushalt findet. Sie waren aus Edelstahl, und an den Türen befanden sich überdimensionale Digitalthermometer. Auf jedem klebte eine Liste mit Vorgangsnummern, die zu den unidentifizierten Leichen darin gehörten.

Ich öffnete eine Tür. Dicker Nebel quoll heraus, und frostige Luft zwickte mir ins Gesicht. Die alte Frau lag in einem Leichensack auf einem Blech, und ich zog Kittel, Handschuhe und Gesichtsschutz an – jede Schutzschicht, die uns in der Gerichtsmedizin zur Verfügung stand. Mir war klar, daß es für solche Vorsichtsmaßnahmen möglicherweise bereits zu spät war, und der Gedanke daran, wie sehr Wingo aufgrund seines Gesundheitszustands gefährdet war, machte mir angst. Ich holte den schwarzen Vinylsack aus dem Kühlschrank und hob ihn auf einen Edelstahltisch in der Mitte des Raums. Dann öffnete ich den Reißverschluß, so daß der Rumpf der Raumluft ausgesetzt war, ging hinaus und schloß den Autopsiesaal auf.

Nachdem ich ein Skalpell und saubere Objektträger geholt und mir die OP-Maske über Nase und Mund gezogen hatte, kehrte ich in den Kühlraum zurück und schloß die Tür. Die äußere Hautschicht des langsam auftauenden Rumpfes begann feucht zu werden. Ich beschleunigte den Prozeß mit warmen, nassen Handtüchern, um dann die haufenförmig auf ihrer Hüfte und an den zerfetzten Amputationsrändern sitzenden Pusteln zu öffnen.

Mit dem Skalpell kratzte ich die Bläschen bis auf den Boden aus und strich den Inhalt auf die Objektträger. Ich schloß den Sack wieder und versah ihn mit leuchtend orangefarbenen Infektionsgefahr-Warnschildern. Nur mit äußerster Anstrengung und zitternden Armen gelang es mir, den Leichnam wieder in sein Kühlfach zu heben. Außer Evans war niemand da, den ich zu Hilfe rufen konnte, also war ich auf mich gestellt. Anschließend klebte ich weitere Warnschilder an die Tür.

Ich ging in den zweiten Stock hinauf und schloß einen kleinen Raum auf, der an sich wie ein gewöhnliches Labor aussah, wären da nicht allerlei Instrumente gewesen, die nur in der Histologie, das heißt für mikroskopische Gewebeuntersuchungen, benutzt wurden. Auf einem Tisch stand eine Apparatur zur Gewebefixation, mit der man Proben von Leber, Niere oder Milz fixierte und entwässerte, um sie dann mit Paraffin zu infiltrieren. Die so entstandenen Blöcke wurden mit dem Mikrotom in dünne Streifen geschnitten. Das Endprodukt schließlich landete bei mir unterm Mikroskop.

Während die Objektträger an der Luft trockneten, durchsuchte ich die Regale, schob die Gläser voller leuchtend orangefarbener, blauer und rosa Färbelösung beiseite und zog Gram-Färbung zur Sichtbarmachung von Bakterien, Sudanrot für Fett in der Leber, Silbernitrat, Biebrach-Scharlach und Akridinorange hervor. Dabei dachte ich an Tangier Island, wo ich noch nie einen Fall gehabt hatte. Die Kriminalitätsrate dort war allerdings auch recht niedrig, hatte man mir gesagt. Nur mit Trunkenheit hatte die Polizei oft zu tun, aber das war nichts Ungewöhnliches bei Männern, die allein auf See waren. Ich dachte wieder an die Blue Crabs. Im nachhinein wünschte ich irrationalerweise, Bev hätte mir Barsch oder Thunfisch verkauft.

Als ich die Flasche mit der Nicolaou-Färbung gefunden hatte, tauchte ich eine Pipette hinein und tropfte vorsichtig eine winzige Menge der roten Flüssigkeit auf jeden Objektträger. Zum Schluß legte ich die Deckgläschen darauf, verstaute die Präparate sicher in einer stabilen, kartonierten Mappe und ging wieder hinunter in mein Stockwerk. Mittlerweile kamen die ersten Leute zur Arbeit. Sie sahen mich irritiert an, als ich den Flur hinunterging und in Kittel, Maske und Handschuhen in den Aufzug stieg. In meinem Büro sammelte Rose gerade schmutzige Kaffeebecher von meinem Schreibtisch. Bei meinem Anblick erstarrte sie.

»Dr. Scarpetta?« sagte sie. »Was in aller Welt geht hier vor?«

»Genau weiß ich es nicht, aber ich hoffe, nichts«, antwortete ich, während ich mich an meinen Schreibtisch setzte und die Hülle vom Mikroskop abnahm.

Sie blieb in der Tür stehen und sah zu, wie ich eins der Präparate unters Mikroskop legte. Ich brauchte nichts zu sagen – sie merkte auch so, daß etwas nicht stimmte.

»Was kann ich tun?« fragte sie in ruhigem, aber energischem Ton.

Der Abstrich auf dem Objektträger wurde in 450facher

Vergrößerung sichtbar. Als ich einen Tropfen Öl hinzugab, formten sich Wellen von leuchtendroten eosinophilen Einschlüssen innerhalb der infizierten Epithelzellen – zytoplasmatische Guarnieri-Körperchen, die auf eine Pockenvirusart hindeuten. Ich montierte eine hochauflösende Polaroid MicroCam ans Mikroskop und machte Farbfotos von dem Erreger, der die alte Frau vermutlich ohnehin auf grausame Weise dahingerafft hätte. Ihr war kein humaner Tod vergönnt gewesen, aber wenn ich an ihrer Stelle gewesen wäre, hätte ich mich lieber für einen Revolver oder eine Rasierklinge entschieden. »Fragen Sie mal am MCV nach, ob Phyllis schon da ist«, bat ich Rose. »Sagen Sie ihr, die Probe, die ich ihr am Samstag geschickt habe, hat absoluten Vorrang.«

Eine knappe Stunde später hatte Rose mich an der Eleventh, Ecke Marshall Street, abgesetzt, beim Medical College of Virginia, kurz: MCV, wo ich meine Assistenzarztzeit in der Gerichtsmedizin absolviert hatte. Damals war ich kaum älter gewesen als die Studenten, denen ich nun das ganze Jahr über schauerliches Anschauungsmaterial lieferte. Sanger Hall war im Stil der sechziger Jahre erbaut. Die grellblau geflieste Fassade des Gebäudes leuchtete weithin. Ich betrat einen Aufzug voller mir bekannter Ärzte und Studenten, die eben diese Ärzte fürchteten.

»Guten Morgen.«

»Gleichfalls. Vorlesung heute?«

Ich schüttelte den Kopf, um mich herum lauter Laborkittel.

»Ich muß mal Ihr TEM benutzen.«

»Haben Sie von der Autopsie gehört, die wir hier vorgestern hatten?« fragte mich ein Lungenspezialist, als die Türen aufgingen. »Mineralstaublunge. Genauer gesagt Beryllose. Wann sieht man so was hier schon mal?«

Im fünften Stock ging ich rasch zum Elektronenmikroskop-Labor der Pathologie, in dem das einzige Transmissionselektronenmikroskop, kurz: TEM, der Stadt zu finden war. Wie üblich war auf den OP-Wagen und Arbeitstischen kein Zentimeter Platz frei. Alles war mit Foto- und Lichtmikroskopen und anderen hochspezialisierten Geräten vollgestellt, mit denen man die Größe von Zellen bestimmen und Gewebeproben für die Röntgenmikroanalyse mit Kohlenstoff bedampfen konnte.

Das TEM war in der Regel für die Lebenden reserviert und wurde vor allem für Nierenbiopsien und spezielle Tumore benutzt, selten für Viren und so gut wie nie für Untersuchungen im Rahmen einer Autopsie. Es war nicht einfach für mich, das Interesse der Ärzte und Wissenschaftler für meine Belange beziehungsweise die meiner bereits toten Patienten zu wecken, wo doch in den Krankenhausbetten lauter Menschen lagen, die um ihr Leben bangten und auf ein erlösendes Wort von den Ärzten warteten. Daher hatte ich Dr. Phyllis Crowder, die Mikrobiologin, bisher noch nie zeitlich unter Druck gesetzt. Sie wußte, daß es diesmal etwas anderes war. Schon auf dem Gang erkannte ich ihren britischen Akzent. Sie telefonierte.

»Ich weiß. Das verstehe ich ja«, sagte sie gerade, als ich an die offene Tür klopfte, »aber Sie müssen entweder einen neuen Termin ansetzen oder ohne mich weitermachen. Mir ist etwas dazwischengekommen.« Sie lächelte und winkte mich herein.

Ich hatte sie während meiner Assistenzarztzeit kennengelernt und war immer überzeugt gewesen, daß ich den Umstand, überhaupt als Kandidatin berücksichtigt worden zu sein, als der Posten des Chief Medical Examiners von Virginia frei wurde, einem guten Wort von einer Autorität wie ihr zu verdanken hatte. Sie war ungefähr so alt wie ich und war unverheiratet. Ihre kurzen Haare waren vom gleichen Dunkelgrau wie ihre Augen, und sie trug immer dieselbe Kette mit einem antik aussehenden goldenen Kreuz um den Hals. Ihre Eltern waren Amerikaner, doch geboren war sie in England, wo sie studiert hatte und ihre erste Laborstelle gehabt hatte.

»Scheißkonferenzen«, schimpfte sie, als sie auflegte. »Es gibt nichts, was ich mehr hasse. Da sitzen die Leute doch bloß rum und reden, anstatt zu handeln.«

Sie zog Handschuhe aus einer Schachtel und reichte mir ein Paar. Als nächstes gab sie mir eine Maske.

»An der Tür hängt ein Laborkittel, den können Sie nehmen«, fügte sie hinzu.

Ich folgte ihr in den kleinen, dunklen Raum, in dem sie mit etwas beschäftigt gewesen war, bevor das Telefon geklingelt hatte. Ich schlüpfte in den Kittel und suchte mir einen Stuhl, während sie auf einen grün phosphoreszierenden Bildschirm im Innern der gewaltigen Mikroskopierkammer schaute. Das TEM wirkte eher wie ein Gerät aus der Ozeanographie oder Astronomie statt wie ein normales Mikroskop. Die Kammer erinnerte mich immer an den Helm eines Taucheranzugs, durch den man in einem schillernden Meer unheimliche, geisterhafte Bilder sehen konnte.

Durch einen dicken Metallzylinder, der von der Kammer bis zur Decke reichte, traf ein 100 000-Volt-Strahl auf meine Probe, ein Stück Leber von sechs bis sieben Hundertstel Mikrometer Dicke. Abstriche wie die, die ich mir mit dem Lichtmikroskop angesehen hatte, waren einfach zu dick, als daß der Elektronenstrahl sie durchdringen konnte.

Vorausschauend hatte ich bei der Autopsie Leber- und Milzschnitte in Glutaraldehyd fixiert, einer Chemikalie, die sehr schnell ins Gewebe eindringt. Die Proben hatte ich Crowder geschickt, die sie, wie ich wußte, in Kunststoff gegossen und dann mit dem Ultramikrotom sowie dem Diamantmesser geschnitten hatte, worauf sie auf ein winziges Kupfergitter gelegt und mit Uran- und Blei-Ionen angereichert worden waren.

Was wir nun im Licht der fast 100 000fach vergrößerten, grün schimmernden Probe sahen, als wir in die Kammer schauten, hatte keine von uns erwartet. Knöpfe klickten, als sie Spannung, Kontrast und Vergrößerung einstellte. Auf dem Monitor leuchteten rechteckige Viruspartikel mit doppelsträngiger DNS, 200 bis 250 Nanometer groß. Was wir da vor uns hatten, konnten nur Pocken sein.

»Was meinen Sie?« fragte ich in der Hoffnung, sie würde mich eines Besseren belehren.

»Das ist zweifelsohne irgendein Pockenvirus«, sagte sie, da sie sich offenbar nicht festlegen wollte. »Die Frage ist nur, welches. Die Pusteln verlaufen nicht entlang der Nervenbahnen. Außerdem bekommt man in diesem Alter nur selten Windpocken. Große Sorgen macht mir, daß Sie jetzt offenbar noch einen zweiten Fall mit den gleichen Symptomen haben. Es müssen natürlich noch weitere Tests gemacht werden, aber ich würde das hier als medizinischen Notstand einstufen.« Sie sah mich an. »Als internationalen Krisenfall. Ich würde die CDC benachrichtigen.«

»Genau das habe ich vor«, sagte ich und schluckte schwer.

»Können Sie sich einen Reim darauf machen, weshalb wir einen solchen Erreger ausgerechnet auf einer zerstückelten Leiche finden?« fragte sie, während sie in die Kammer schaute und die Einstellungen nachjustierte.

»Überhaupt keinen«, sagte ich und stand auf. Ich fühlte mich schwach.

»Serienmörder hier, Serienmörder in Irland, Vergewaltigungen, Zerstückelungen ...«

Ich sah sie an.

Sie seufzte. »Haben Sie jemals gedacht, Sie hätten lieber bei der klinischen Pathologie bleiben sollen?«

»Die Killer, mit denen Sie es zu tun haben, sind nur schwerer zu erkennen«, entgegnete ich.

Der einzige Weg nach Tangier Island führte übers Wasser oder durch die Luft. Da es auf der Insel nicht viel Tourismus gibt, verkehren nur wenige Fähren und ab Mitte Oktober gar keine mehr. Dann muß man nach Crisfield, Maryland, oder wie ich achtundfünfzig Meilen nach Reedville fahren, wo die Küstenwache mich abholen sollte. Ich verließ das Büro, als die meisten dort bereits ans Mittagessen dachten. Es war ein ungemütlicher Nachmittag, der Himmel war bewölkt, und es wehte ein kräftiger, kalter Wind.

Ich hatte Rose aufgetragen, das Center for Disease Control and Prevention, kurz: CDC, das Zentrum für Seuchenbekämpfung und Prävention in Atlanta, anzurufen. Jedesmal wenn ich es probiert hatte, war ich in der Warteschleife gelandet. Außerdem sollte sie versuchen, Marino und Wesley zu erreichen und ihnen mitteilen, wo ich hinfuhr und daß ich mich mit ihnen in Verbindung setzen würde, sobald ich konnte. Ich nahm die 64. East bis zur 360. und befand mich bald inmitten ländlicher Umgebung.

Der Mais verlieh den Feldern eine gelblichbraune Farbe. Falken stießen herab und schwangen sich wieder empor. In diesem Teil der Welt gab es Baptistenkirchen, die Namen wie *Faith, Victory* oder *Zion* trugen. Die Bäume waren von Kudzu eingehüllt wie von Kettenhemden, und am Northern Neck auf der anderen Seite des Rappahannock River standen weitverstreut Herrenhäuser, die die derzeitige Besitzergeneration sich nicht mehr leisten konnte. Ich kam an vielen Feldern und Sträuchern von Immergrün vorbei und passierte schließlich das Northumberland Courthouse, ein Gebäude, das noch aus der Zeit vor dem Bürgerkrieg stammte.

In Heathsville gab es Friedhöfe mit Plastikblumen und wohlgepflegten Gräbern, und hier und da stand ein bemalter Anker in einem Garten. Ich bog ab und fuhr durch dichte Kiefernwälder und an Maisfeldern vorbei, die so dicht an der schmalen Straße lagen, daß ich die braunen Stengel aus dem Fenster hätte greifen können. An der Buzzard's Point Marina lagen Segelboote und die *Chesapeake Breeze* vertäut, ein rotweiß-blauer Vergnügungsdampfer, der noch bis zum Frühjahr im Hafen bleiben würde. Ohne Probleme fand ich einen Parkplatz, und im Kassenhäuschen saß niemand, der mir Geld abnehmen wollte.

Am Pier wartete ein weißes Boot der Küstenwache auf mich. Die Mannschaft trug hellorange-blaue Wetterschutzanzüge, genannt Mustang-Suits. Einer der Männer kam auf den Pier geklettert. Er war älter als die anderen, hatte dunkle Augen und Haare und trug eine Neun-Millimeter-Beretta an der Hüfte.

»Dr. Scarpetta?« Er strahlte eine natürliche Autorität aus.

»Ja«, sagte ich. Ich hatte mehrere Gepäckstücke dabei, darunter ein schwerer Hartschalenkoffer mit meinem Mikroskop und der MicroCam.

»Kommen Sie, ich nehme Ihnen etwas ab.« Er streckte die Hand aus. »Ich bin Ron Martinez, der Revierleiter vom Stützpunkt Crisfield.«

»Danke. Es ist wirklich nett von Ihnen, daß Sie mich abholen«, sagte ich.

»Das tun wir doch gern.«

Zwischen dem Pier und dem zwölf Meter langen Patrouillenboot tat sich immer wieder ein Abgrund auf, während die Brandung das Schiff gegen den Pier drängte. Ich griff nach der Reling und schwang mich an Bord. Martinez kletterte eine steile Leiter hinab, und ich folgte ihm in einen mit Rettungsgeräten, Feuerwehrschläuchen und riesigen Taurollen vollgestopften Frachtraum. Dieselabgase hingen schwer in der Luft. Er verstaute mein Gepäck in einer sicheren Ecke und vertäute es. Dann reichte er mir einen Mustang-Suit, eine Rettungsweste und Handschuhe.

»Das müssen Sie alles anziehen, für den Fall, daß Sie über Bord gehen. Kein schöner Gedanke, aber es kann passieren. Die Wassertemperatur liegt nur knapp über zehn Grad.« Ich spürte seinen prüfenden Blick. »Vielleicht sollten Sie besser hier unten bleiben«, fügte er hinzu, während das Boot gegen den Pier stieß.

»Ich werde zwar nicht seekrank, aber ich leide unter Platzangst«, erklärte ich, setzte mich auf einen schmalen Absatz und zog mir die Stiefel aus.

»Wie Sie wollen, aber es wird eine rauhe Überfahrt werden.«

Er stieg wieder nach oben, und ich mühte mich mit meinem Anzug ab, dessen Reiß- und Klettverschlüsse mich auf eine harte Geduldsprobe stellten. Er war mit PVC gefüllt, das mich ein wenig länger am Leben halten sollte, falls das Boot kenterte. Ich zog meine Stiefel wieder an und dann die Rettungsweste mitsamt Messer und Pfeife, Signalspiegel und Leuchtraketen. Schließlich kletterte ich wieder zur Kabine hinauf, denn dort unten wollte ich um keinen Preis bleiben. Die Besatzung schloß die Abdeckplatte über dem Maschinenraum, und Martinez schnallte sich auf dem Pilotensitz an.

»Der Wind kommt mit zweiundzwanzig Knoten aus Nordwest«, sagte ein Bootsmann. »Die Wellenhöhe beträgt einen Meter zwanzig.«

Martinez legte ab. »Das ist das Ungünstige an einer Bucht«, sagte er zu mir. »Die Wellen folgen so dicht aufeinander, daß man nie so einen gleichmäßigen Rhythmus findet wie auf dem Meer. Es ist Ihnen ja sicherlich klar, daß wir jederzeit woandershin beordert werden können. Da kein anderes Patrouillenboot im Einsatz ist, kommen wir als einzige in Frage, wenn hier draußen jemand absäuft.«

Wir fuhren jetzt langsam an alten Häusern mit Dachterrassen und Boccia-Spielflächen vorbei.

»Wenn jemand in Seenot ist, müssen wir hin«, fuhr er fort, während ein Besatzungsmitglied die Instrumente überprüfte.

Ich beobachtete, wie ein Fischerboot an uns vorbeifuhr. Ein alter Mann in hüfthohen Stiefeln stand am Steuer des Außenbordmotors. Er starrte uns an, als wären wir Aussätzige. »Das heißt, es könnte sie sonstwohin verschlagen.« Es machte Martinez sichtlich Spaß, auf diesem Punkt herumzureiten.

»Das wäre nicht das erste Mal«, sagte ich. Ein abscheulicher Geruch stieg mir in die Nase.

»Aber irgendwie bringen wir Sie da schon hin, genau wie diesen anderen Arzt. Hab' seinen Namen nicht mitgekriegt. Seit wann arbeiten Sie für ihn?«

»Dr. Hoyt und ich kennen uns schon sehr lange«, sagte ich kühl.

Vor uns lagen rostende Fischverarbeitungsbetriebe, über denen Rauch aufstieg. Als wir näher kamen, bemerkte ich steil in den Himmel ragende Förderbänder mit einer Unmenge von Heringen darauf, die zu Dünger und Öl verarbeitet werden sollten. Möwen kreisten am Himmel, warteten auf Duckdalben und sahen gierig zu, wie die winzigen, stinkenden Fische vorüberzogen, während wir an den Ruinen weiterer Fabriken vorbeikamen, von denen Backsteine in die Bucht bröckelten. Der Gestank war mittlerweile unerträglich, und dabei war ich mit Sicherheit härter im Nehmen als die meisten.

»Katzenfutter«, sagte einer der Männer und verzog das Gesicht.

»Kein Wunder, daß Katzen aus dem Maul stinken.«

»Hier würde ich um keinen Preis wohnen wollen.«

»Fischöl ist sehr kostbar. Die Algonquin-Indianer haben diese ekligen, kleinen Dinger benutzt, um ihren Mais zu düngen.«

»Na, du weißt ja mal wieder bestens Bescheid«, sagte Martinez.

»So was lernte man bei uns in der Schule. Bei euch nicht?«

»Wenigstens muß ich mein Geld nicht in einem derartigen Gestank verdienen. Es sei denn, ich bin mit einem Schlep wie dir hier draußen.«

»Was zum Teufel ist ein Schlep?«

Während das Wortgeplänkel sich fortsetzte, gab Martinez Gas. Die Maschinen rumpelten, und der Bug tauchte ins Wasser ein. Wir schossen an Unterständen für die Entenjagd vorbei und an Bojen, die Krabbenkörbe markierten. In der Gischt hinter uns schillerten Regenbögen. Martinez beschleunigte auf dreiundzwanzig Knoten, und wir bogen ins tiefblaue Wasser der Bucht ein, auf dem an diesem Tag kein einziger Vergnügungsdampfer unterwegs war. Nur ein Ozeanriese dümpelte als dunkler Berg am Horizont.

»Wie weit ist es denn?« fragte ich Martinez. Ich hielt mich krampfhaft an seiner Stuhllehne fest und war froh, daß ich den Anzug anhatte.

»Alles in allem achtzehn Meilen!« schrie er gegen den Lärm an. Wie ein Surfer ritt er die Wellen, glitt seitlich hinein und darüber hinweg, die Augen immer geradeaus. »Normalerweise dauert es nicht lange. Aber heute ist es schlimmer als sonst. Viel schlimmer sogar.«

Die Besatzung behielt laufend die Tiefen- und Richtungsmesser im Auge, während das Positionsbestimmungssystem GPS per Satellit den Weg wies. Inzwischen sah ich nur noch Wasser. Gewaltige Brecher erhoben sich vor und hinter uns, Wellen klatschten aufeinander wie applaudierende Hände, während die See in der Bucht zu kochen schien.

»Was können Sie mir über die Insel erzählen?« Ich mußte fast brüllen.

»Ungefähr siebenhundert Einwohner. Bis vor etwa zwanzig Jahren haben sie ihren eigenen Strom erzeugt. Es gibt dort einen kleinen Behelfsflugplatz, den sie praktisch aus dem Meer gebaggert haben. Verdammt!« Das Boot schlug schwer in einem Wellental auf. »Den Brecher hätten wir beinahe geschnitten. So was bringt einen im Nu zum Kentern.«

Mit angespanntem Gesicht versuchte er die Bucht im Griff zu behalten wie ein Rodeoreiter sein Pferd. Seine Männer ließen sich nicht aus der Ruhe bringen, doch sie waren ständig in Alarmbereitschaft und hielten sich fest, wo sie nur konnten.

»Die Menschen dort leben von Blue Crabs und Weichschalenkrebsen. Mit denen beliefern sie das ganze Land«, fuhr Martinez fort. »Es kommen sogar immer wieder reiche Leute mit Privatmaschinen angeflogen, nur um Krabben zu kaufen.«

»Zumindest behaupten sie, daß sie Krabben kaufen«, bemerkte jemand.

»Wir haben tatsächlich ein Problem mit Trunksucht, Alkoholschmuggel und Drogen«, fuhr Martinez fort. »Aber wenn wir bei denen an Bord gehen, um die Schwimmwesten zu überprüfen und sie an das Betäubungsmittelgesetz zu erinnern, bezeichnen sie das als *Inspektion.*« Er lächelte mir zu.

»Ja, und wir sind der *Wachdienst*«, spottete einer der Männer.

»Paß auf, da kommt der *Wachdienst.«*

»Die haben ihre eigene Sprache«, sagte Martinez, während er über eine weitere Welle schaukelte. »Sie werden vermutlich Probleme haben, sie zu verstehen.«

»Wann ist die Krabbensaison zu Ende?« fragte ich, denn mehr als die sprachlichen Eigenheiten der Bewohner von Tangier beschäftigte mich die Frage, was von hier exportiert wurde.

»Um diese Jahreszeit fangen sie die Krabben mit Schleppnetzen. Damit sind sie den ganzen Winter über beschäftigt. Sie arbeiten vierzehn, fünfzehn Stunden am Tag, sind manchmal eine Woche lang ununterbrochen auf See.«

Steuerbords ragte in der Ferne eine große, dunkle Masse aus dem Wasser wie ein Wal. Einer der Männer bemerkte meinen fragenden Blick.

»Ein Kriegsschiff aus dem Zweiten Weltkrieg, das auf Grund gelaufen ist«, sagte er. »Die Marine benutzt es als Zielscheibe für Schießübungen.

Endlich wurden wir langsamer. Wir näherten uns der Westküste, an der aus Gesteinsbrocken, Wrackresten, rostigen Kühlschränken, Autos und anderem Müll ein Schutzwall errichtet worden war, damit das Meer nicht noch mehr von der Insel abnagen konnte. Sie war so flach, daß sie sich kaum über die Bucht erhob. Die höchsten Punkte lagen nur wenige Meter über dem Meeresspiegel. Häuser, ein Kirchturm und ein blauer Wasserturm thronten stolz am Horizont dieser winzigen, unfruchtbaren Insel, auf der die Menschen auf engstem Raum dem schlimmsten Wetter trotzten.

Langsam tuckerten wir an Marschen und Watt entlang. Auf alten, zahnlückigen Piers türmten sich Krabbenkörbe aus Maschendraht, die mit bunten Korkschwimmern versehen waren. Holzboote, teils mit rundem, teils mit eckigem Heck, an denen der Kampf mit den Wellen seine Spuren hinterlassen hatte, zerrten an ihrer Vertäuung. Das Geräusch der Bootssirene zerriß die Luft, als wir in den Hafen einfuhren. Inselbewohner in Latzhosen wandten uns ihre rauhen Gesichter zu, deren Ausdruckslosigkeit vermuten ließ, daß sie uns nicht unbedingt freundlich gesonnen waren. Während wir in der Nähe der Treibstoffpumpen festmachten, werkelten sie in ihren Fischerkaten und arbeiteten an ihren Netzen.

»Der Polizeichef heißt Crockett – wie fast alle hier«, sagte Martinez, derweil die Besatzung das Boot vertäute. »Davy Crockett, und das ist kein Witz.« Suchend ließ er den Blick über den Pier und eine Imbißstube schweifen, die zu dieser Jahreszeit nicht geöffnet zu sein schien. »Kommen Sie.«

Ich folgte ihm vom Boot hinunter. Der Wind, der vom Wasser kam, war so kalt wie sonst im Januar. Wir waren noch nicht weit gegangen, als mit hoher Geschwindigkeit ein kleiner Pick-up um eine Ecke bog. Die Reifen knirschten laut auf dem Kies. Er hielt, und ein nervöser junger Mann stieg aus. Seine Uniform bestand aus Blue Jeans, einer dunklen Winterjacke und einer Kappe mit der Aufschrift *Tangier Police.* Sein Blick wanderte zwischen Martinez und mir hin und her und blieb dann an dem Koffer in meiner Hand hängen.

»Also dann«, sagte Martinez zu mir. »Ich überlasse Sie jetzt Davy.« Zu Crockett gewandt fügte er hinzu: »Das ist Dr. Scarpetta.«

Crockett nickte. »Kommen Sie beide mit?«

»Die Frau Doktor geht allein.«

»Ich fahre sie hin.«

Seinen Dialekt hatte ich früher schon mal in abgelegenen Winkeln in den Bergen gehört, wo die Menschen noch im vergangenen Jahrhundert zu leben schienen.

»Wir warten hier auf Sie«, sagte Martinez zu mir und marschierte dann wieder zu seinem Boot.

Ich folgte Crockett zu seinem Wagen. Es war nicht zu übersehen, daß er ihn täglich von innen und außen putzte und offenbar ein noch größeres Faible für Cockpit-Spray hatte als Marino.

»Ich nehme an, Sie waren bereits im Haus«, sagte ich zu ihm, während er den Motor anließ.

»Ich nicht. Eine Nachbarin war drinnen. Als ich davon erfuhr, habe ich in Norfolk angerufen.«

Er setzte zurück. An seinem Schlüsselbund schaukelte ein Zinnkreuz. Aus dem Fenster sah ich kleine, weiße Fachwerkrestaurants mit handgemalten Schildern und Plastikmöwen in den Fenstern. Ein Lkw mit einer Ladung Krabbenkörbe kam uns entgegen und mußte an den Straßenrand fahren, um uns vorbeizulassen. Einige Leute waren auf Fahrrädern unterwegs, die weder Handbremse noch Gangschaltung hatten, doch das beliebteste Transportmittel schienen Motorroller zu sein.

»Wie lautet der Name der Verstorbenen?« Ich begann, mir Notizen zu machen.

»Lila Pruitt«, sagte er. Meine Tür streifte beinahe einen Maschendrahtzaun, aber das schien ihn nicht zu irritieren. »Verwitwet, keine Ahnung, wie alt. Hat Rezepturen an Touristen verkauft. Krabbenfrikadellen und so.«

Ich schrieb mit, obwohl ich nicht alles verstand, was er sagte. Wir fuhren an der Schule und an einem Friedhof vorbei. Die Grabsteine neigten sich in alle Richtungen, als sei ein Sturm über sie hinweggefegt.

»Wann wurde sie denn zuletzt lebend gesehen?« fragte ich.

»Im Daby's.« Er nickte. »Im Juni vielleicht.«

Jetzt war ich völlig verwirrt. »Entschuldigen Sie«, sagte ich, »sie wurde zuletzt im Juni an einem Ort namens Daby's gesehen?«

»Jawohl.« Er nickte, als verstünde sich das von selbst.

»Was ist Daby's, und wer hat sie dort gesehen?«

»Der Laden. Daby's and Son. Ich kann Sie hinfahren.« Er warf mir einen kurzen Blick zu, und ich schüttelte den Kopf.

»Ich war da einkaufen, da hab' ich sie gesehen. Im Juni, glaub' ich.« Seine merkwürdige Sprachmelodie erinnerte an das Plätschern des Meeres vor seiner Haustür.

»Was ist mit ihren Nachbarn? Hat sie von denen niemand gesehen?« fragte ich.

»Seit Tagen nicht mehr.«

»Wer hat sie denn gefunden?« fragte ich.

»Keiner.«

Ich war am Verzweifeln.

»Mrs. Bradshaw ist bloß wegen 'ner Rezeptur hingegangen, und als sie reinging, hat sie was gerochen.«

»Ist diese Mrs. Bradshaw die Treppe hinaufgegangen?«

»Sie sagt nein.« Er schüttelte den Kopf. »Ist gleich zu mir gekommen.«

»Und die Adresse der Verstorbenen?«

»Hier.« Er verlangsamte das Tempo. »School Street.«

Das zweigeschossige, weiße Holzhaus stand schräg gegenüber der Swain Memorial Methodist Church. Die Wäsche hing noch auf der Leine, und hinter dem Haus thronte auf einer verrosteten Stange ein violetter Nistkasten. Auf dem mit Austernschalen übersäten Hof lagen ein altes, hölzernes Ruderboot und Krabbenkörbe. Braune Hortensien säumten den Zaun, und an der ungepflasterten Straße stand eine merkwürdige Reihe weißgestrichener Holzkästen.

»Was ist das?« fragte ich Crockett

»Für ihre Rezepturen. Das Stück 'n Vierteldollar. Mußte man in einen Schlitz stecken.« Er zeigte ihn mir. »Hat nicht viel gesprochen, Mrs. Pruitt. Mit niemandem.«

Ich begriff schließlich, daß er von Kochrezepten sprach, und öffnete meine Tür.

»Ich warte hier«, sagte er.

Sein Gesichtsausdruck flehte mich an, nicht von ihm zu verlangen, daß er dieses Haus betrete.

»Halten Sie einfach nur die Leute fern.« Ich stieg aus seinem Wagen.

»Machen Sie sich darum keine Sorgen.«

Ich ließ meinen Blick über die anderen kleinen Häuser und Wohnwagen schweifen. Auf einigen der Grundstücke befanden sich Familiengräber im sandigen Boden. Wo immer das Gelände ein wenig höher lag, waren Tote begraben. Die Grabsteine waren von Wind und Wetter glatt wie Kreide geschliffen, kippten zur Seite oder lagen bereits flach. Als ich die Stufen zu Lila Pruitts Haus hinaufging, bemerkte ich in einer Ecke ihres Gartens weitere Grabsteine im Schatten von Wacholderbüschen.

Die Fliegentür hatte Rostflecken, und die Türfeder protestierte laut, als ich die geschlossene Veranda betrat. Drinnen stand eine mit geblümtem Kunststoff gepolsterte Hollywoodschaukel und daneben ein kleiner Plastiktisch. Ich stellte mir vor, wie sie dort gesessen, Eistee getrunken und dabei zugesehen hatte, wie Touristen für einen Vierteldollar ihre Rezepte kauften. Ob sie wohl ein Auge darauf gehabt hatte, daß sie auch wirklich bezahlten? Die Fliegentür war nicht abgeschlossen, und Hoyt war so umsichtig gewesen, ein handgemaltes Schild mit der Warnung *Betreten verboten! Ansteckungsgefahr!* daran zu befestigen. Ich betrat den schummrigen Hausflur, wo ein Porträt des zu seinem Vater betenden Jesus an der Wand hing, und der faulige Geruch verwesenden menschlichen Fleisches stieg mir in die Nase.

Im Wohnzimmer wies einiges darauf hin, daß hier schon länger jemand krank gewesen war. Verdreckte Kissen und Decken lagen unordentlich auf dem Sofa, und auf dem Couchtisch entdeckte ich Papiertaschentücher, ein Thermometer, Aspirinfläschchen, Rheumasalbe sowie schmutzige Tassen und Teller. Sie hatte Fieber gehabt. Sie hatte Schmerzen gehabt und war in dieses Zimmer gegangen, um es sich gemütlich zu machen und fernzusehen.

Irgendwann war sie nicht mehr in der Lage gewesen, das Bett zu verlassen. Ich fand sie im oberen Stockwerk in einem Raum mit Rosentapeten und einem Schaukelstuhl neben dem Fenster, von dem aus man einen Blick auf die Straße hatte. Der Ankleidespiegel war mit einem Laken verhängt, als hätte sie den Anblick ihres Spiegelbildes nicht mehr ertragen können. Hoyt, ganz Arzt der alten Schule, hatte taktvollerweise eine Bettdecke über die Leiche gezogen, ansonsten aber nichts angerührt. Er wußte genau, daß er an einem Tatort nichts verändern durfte, besonders wenn ich noch nicht dortgewesen war. Ich stand in der Mitte des Raums und ließ die Umgebung auf mich wirken. Es war, als würde der Gestank den Raum verengen und die Luft verdunkeln.

Ich ließ meinen Blick über das billige Kamm-Bürste-Set auf dem Frisiertisch schweifen, über die rosa Plüschpantoffeln unter einem Stuhl voller Kleidungsstücke, die wegzuräumen oder zu waschen sie nicht mehr die Energie gehabt hatte. Auf dem Nachttisch lagen eine Bibel mit einem rissigen schwarzen Ledereinband und eine Aromatherapie-Gesichtsprobe von Vita, mit der sie, wie ich mir ausmalte, vergeblich versucht hatte, ihre vom verzehrenden Fieber erhitzte Haut zu kühlen. Auf dem Fußboden türmten sich Dutzende von Bestellkatalogen, in denen Eselsohren ihre Wünsche markierten.

Auch der Spiegel über dem Waschbecken im Badezimmer war hinter einem Handtuch versteckt, und auf dem Linoleumboden lagen weitere, zum Teil blutverkrustete Handtücher. Das Toilettenpapier war ihr ausgegangen, und die Schachtel Natron auf dem Badewannenrand verriet, daß sie ihre Schmerzen mit einem Hausrezept zu lindern versucht hatte. Im Medizinschränkchen fand ich keine verschreibungspflichtigen Medikamente, nur alte Zahnseide, Hämorrhoidensalbe, Jergens-Lotion und Heilsalbe. Auf dem Waschbecken lagen in einer Plastikbox ihre dritten Zähne.

Pruitt war alt und einsam gewesen, hatte sehr wenig Geld gehabt und diese Insel wahrscheinlich nur selten in ihrem Leben verlassen. Ich hielt es für unwahrscheinlich, daß sie versucht hatte, Nachbarn um Hilfe zu bitten, denn sie besaß kein Telefon. Außerdem hatte sie bestimmt gefürchtet, daß diese bei ihrem Anblick vor Entsetzen die Flucht ergreifen würden. Selbst ich war nicht recht auf das vorbereitet, was ich vorfand, als ich vorsichtig die Decke beiseite zog.

Ihr Körper war von grauen Pusteln, hart wie Perlen, übersät. Der zahnlose Mund war eingefallen und die rot gefärbten Haare zerzaust. Ich zog die Decke weiter zurück und knöpfte ihren Bademantel auf. Dabei stellte ich fest, daß der Ausschlag auf den Extremitäten und dem Gesicht großflächiger auftrat als auf ihrem Rumpf, genau wie Hoyt es gesagt hatte. Aufgrund des Juckreizes hatte sie sich Arme und Beine aufgekratzt, und die blutenden Wunden hatten sich infiziert und waren verkrustet und geschwollen.

»Gott im Himmel«, murmelte ich schmerzerfüllt.

Ich konnte mir vorstellen, wie sie vor Fieber geglüht hatte, von Juckreiz und Schmerzen geplagt, und daß ihr vor ihrem eigenen Spiegelbild angst und bange gewesen war.

»Wie furchtbar«, sagte ich, und plötzlich mußte ich an meine Mutter denken.

Ich stach eine Pustel auf und machte einen Abstrich auf einen Objektträger, dann ging ich hinunter in die Küche und baute mein Mikroskop auf dem Tisch auf. Ich wußte bereits, was ich finden würde. Dies waren keine Windpocken. Es war auch keine Gürtelrose. Alles deutete auf eine verheerende, entstellende Krankheit namens *Variola major* hin, besser bekannt unter der Bezeichnung Pocken. Ich schaltete mein Mikroskop ein, legte den Objektträger darunter, stellte auf 400fache Vergrößerung, justierte die Schärfe, und schon wurden, dicht geballt im Zentrum, die zytoplasmatischen Guarnieri-Körperchen sichtbar. Wieder schoß ich Polaroids von etwas, was einfach nicht wahr sein konnte.

Ich schob den Stuhl zurück und begann, auf und ab zu gehen. An der Wand tickte laut eine Uhr.

»Wo haben Sie sich angesteckt?« sagte ich zu ihr. »Wo bloß?«

Ich ging wieder nach draußen, wo Crockett auf der Straße parkte. Von seinem Wagen hielt ich jedoch gebührenden Abstand.

»Wir haben ein echtes Problem«, erklärte ich ihm. »Und ich weiß nicht recht, was ich tun soll.«

Die erste Schwierigkeit bestand darin, ein Telefon zu finden, an dem niemand mithören konnte. Ich kam zu dem Schluß, daß das unmöglich war. Ich konnte nicht einfach von einem der Läden im Ort aus telefonieren, geschweige denn bei einem Nachbarn oder aus dem Wohnwagen des Polizeichefs. Da blieb nur mein Handy, über das ich ein solches Telefonat normalerweise nie geführt hätte. Aber ich hatte keine andere Wahl. Um Viertel nach drei ging beim U. S. Army Medical Research Institute of Infectious Diseases, dem medizinischen Forschungsinstitut für Infektionskrankheiten der U. S. Army, kurz: USAMRIID, im Fort Detrick in Frederick, Maryland, eine Frau ans Telefon.

»Ich muß mit Colonel Fujitsubo sprechen«, sagte ich.

»Tut mir leid, aber er ist in einer Besprechung.«

»Es ist sehr wichtig.«

»Da müssen Sie morgen wieder anrufen, Ma'am.«

»Dann geben Sie mir wenigstens seinen Assistenten, seine Sekretärin ...«

»Falls Sie es noch nicht mitbekommen haben: Alle halbwegs entbehrlichen Staatsangestellten sind in Zwangsurlaub geschickt worden ...«

»Himmel noch mal!« rief ich entnervt. »Ich sitze hier mit einem infektiösen Leichnam auf einer Insel fest. Möglicherweise stehen wir kurz vor dem Ausbruch einer Seuche. Und Sie sagen mir, ich soll warten, bis Ihr gottverdammter Urlaub zu Ende ist!«

»Wie bitte?«

Im Hintergrund hörte ich pausenloses Telefonklingeln.

»Ich telefoniere von einem Mobiltelefon aus. Die Batterie kann jeden Moment leer sein. Unterbrechen Sie um Himmels willen diese Besprechung! Stellen Sie mich zu ihm durch! Sofort!«

Fujitsubo hielt sich im Russell Building am Capitol Hill auf, und dorthin wurde mein Anruf durchgestellt. Ich wußte, daß er sich im Büro irgendeines Senators befand, aber das war mir gleichgültig. Ich erläuterte ihm rasch die Lage und versuchte dabei, meiner Panik Herr zu werden.

»Das kann nicht sein«, sagte er. »Sind Sie sicher, daß es keine Windpocken sind? Oder Masern ...«

»Vollkommen sicher. Und egal, was es ist, John, das Virus muß isoliert werden. Ich kann diese Leiche nicht einfach zu mir in die Gerichtsmedizin schicken. Sie müssen das übernehmen.«

Das USAMRIID ist das bedeutendste medizinische Forschungslabor des U. S. Biological Defense Research Program, des staatlichen Programms zur Erforschung biologischer Kampfstoffe, dessen Ziel es ist, die Bevölkerung vor einer möglichen Bedrohung durch B-Waffen zu schützen. Worauf es in diesem Fall ankam, war jedoch, daß das USAMRIID über das größte Labor der Sicherheitsstufe 4 im ganzen Land verfügte.

»Das kann ich nur tun, wenn ein terroristischer Akt vorliegt«, sagt Fujitsubo. »Für Seuchentote ist das CDC zuständig. Ich glaube, Sie sollten sich eher an die wenden.«

»Das werde ich auch mit Sicherheit irgendwann tun«, sagte ich. »Obwohl bei denen bestimmt auch die meisten Mitarbeiter im Zwangsurlaub sind. Jedenfalls bin ich dort vorhin nicht durchgekommen. Aber die sitzen in Atlanta und Sie in Maryland. Das ist nicht weit von hier, und ich muß diese Leiche hier wegschaffen, so schnell es geht.«

Er schwieg.

»Niemand hofft mehr als ich, daß ich mich irre«, fuhr ich fort, und der kalte Schweiß brach mir aus, »aber wenn ich recht habe und wir nicht die entsprechenden Vorsichtsmaßnahmen ergreifen ...«

»Schon klar, schon klar«, sagte er schnell. »Verdammt noch mal. Im Moment arbeiten wir nur mit einer Notbesetzung. Okay, geben Sie uns ein paar Stunden. Ich rufe die CDC an. Wir werden ein Team hinschicken. Wann sind Sie zuletzt gegen Pocken geimpft worden?«

»Da war ich zu jung, als daß ich mich jetzt noch daran erinnern könnte.«

»Sie kommen dann mit der Leiche hierher.«

»Natürlich, dies ist ja mein Fall.«

Aber ich wußte, was er meinte. Sie mußten mich unter Quarantäne stellen.

»Erst mal sollten wir sie von der Insel schaffen, alles andere klären wir später«, fügte ich hinzu.

»Wo finden wir Sie?«

»Ihr Haus liegt in der Stadtmitte, in der Nähe der Schule.«

»Auch das noch. Läßt sich ungefähr sagen, wie viele Menschen dem Virus ausgesetzt waren?«

»Nein. Passen Sie auf: Hier in der Nähe gibt es eine kleine Bucht. Orientieren Sie sich daran. Und an der Methodistenkirche. Sie hat einen hohen Turm. Laut Landkarte gibt es hier noch eine Kirche, aber die hat keinen Turm. Die haben hier zwar einen kleinen Flugplatz, aber je dichter Sie beim Haus landen, desto besser. Dann können wir sie raustragen, ohne daß alle Leute es sehen.«

»Gut. Eine Panik können wir weiß Gott nicht gebrauchen.« Er hielt inne, und seine Stimme wurde ein wenig versöhnlicher.

»Geht es Ihnen gut?«

»Das will ich doch hoffen.« Ich spürte, wie mir Tränen in die Augen traten und meine Hände zitterten.

»Und jetzt beruhigen Sie sich. Versuchen Sie, sich zu entspannen und sich keine Sorgen mehr zu machen. Wir werden uns um Sie kümmern«, sagte er, und dann war die Leitung tot. Bei all den Verbrechen und den Morden, die ich während meiner Laufbahn erlebt hatte, hatte ich immer damit rechnen müssen, daß es am Ende eine Krankheit sein würde, die mich still und leise dahinraffte. Ich wußte nie, welchen Erregern ich mich aussetzte, wenn ich einen Leichnam öffnete, wenn ich Blut abnahm und die ihn umgebende Luft einatmete. Ich war zwar stets vorsichtig, daß ich mich nicht schnitt oder mit einer Kanüle stach, aber Hepatitis und HIV waren nicht die einzigen Gefahren. Ständig wurden neue Viren entdeckt, und ich fragte mich oft, ob sie eines Tages den seit Menschengedenken andauernden Krieg gegen uns gewinnen und die Herrschaft über die Menschen übernehmen würden.

Ich saß eine Weile in der Küche und lauschte dem Ticken der Uhr, während sich draußen der Tag dem Ende zuneigte.

Ich fühlte mich mitten in einer ausgewachsenen Panikattacke, als Crocketts eigenartige Stimme mich plötzlich von draußen rief.

»Ma'am? Ma'am?«

Als ich zur Veranda ging und aus der Tür schaute, sah ich auf der obersten Stufe eine kleine, braune Papiertüte und einen Trinkbecher mit Deckel und Strohhalm stehen. Ich nahm beides mit hinein, während Crockett wieder in seinen Wagen stieg. Er war kurz weggefahren, um mir etwas zu essen zu holen, was zwar nicht sehr klug war, aber nett. Ich winkte ihm zu, als sei er mein Schutzengel, und fühlte mich schon ein wenig besser. Ich setzte mich auf die Schaukel und schlürfte gesüßten Eistee aus dem Lokal Fisherman's Corner. Das Sandwich bestand aus gebratener Flunder auf Weißbrot, als Beilage gab es gebratene Jakobsmuscheln. Ich konnte mich nicht erinnern, jemals etwas so Frisches und Leckeres gegessen zu haben.

Ich schaukelte, schlürfte Tee und beobachtete durch die rostige Fliegentür die Straße, während die schimmernde rote Sonne am Kirchturm hinabglitt und Gänse in der Formation eines schwarzen Vs am Himmel entlangflogen. Als in den Fenstern der Wohnhäuser die Lichter angingen, stellte Crockett seine Scheinwerfer an. Zwei Mädchen auf Fahrrädern radelten im Eiltempo vorüber, die Gesichter mir zugewandt. Ich war sicher, daß sie Bescheid wußten. Vermutlich wußte die ganze Insel Bescheid. Es hatte sich herumgesprochen, daß die Leiche, die ein Stockwerk über mir im Bett lag, Ärzte und die Küstenwache auf den Plan gerufen hatte.

Ich ging wieder nach drinnen, zog frische Handschuhe an, befestigte meine Maske über Mund und Nase und kehrte in die Küche zurück, um den Abfall zu durchsuchen. Der Plastikmülleimer war mit einer Papiertüte ausgeschlagen und unter der Spüle verstaut. Ich setzte mich auf den Boden und untersuchte ein Teil nach dem anderen. Ich hoffte, Hinweise darauf zu finden, zu welchem Zeitpunkt Pruitt erkrankt war. Ihren Müll hatte sie jedenfalls schon eine ganze Weile nicht mehr entsorgt. Die leeren Dosen und Verpackungen von Tiefkühlgerichten waren trocken und verkrustet, die rohen Rüben- und Karottenschalen schrumplig und hart wie billiges Kunstleder.

Ich ging durch jeden Raum ihres Hauses, durchwühlte jeden Papierkorb, den ich finden konnte. Der im Wohnzimmer hatte den traurigsten Inhalt. Mehrere Zettel mit handgeschriebenen Rezepten für »Flunder auf einfache Art«, »Krabbenfrikadellen« und »Lilas Muscheleintopf« lagen darin. Sie hatte sich verschrieben und einzelne Wörter durchgestrichen, weshalb sie die Zettel wohl weggeworfen hatte. Auf dem Boden des Eimers lag ein kleines Pappröhrchen, die Verpackung einer Warenprobe, die sie mit der Post bekommen hatte.

Ich holte eine Taschenlampe aus meiner Tasche, ging vor die Tür und stellte mich auf die Treppe. Ich wartete, bis Crockett aus seinem Wagen stieg.

»Es wird hier bald einen ziemlichen Trubel geben«, sagte ich. Er starrte mich an, als fürchtete er, ich könnte verrückt geworden sein. Hinter erleuchteten Fenstern sah man die Gesichter von neugierigen Menschen. Ich stieg die Stufen hinunter bis zu dem Zaun, der das Grundstück begrenzte, ging um ihn herum auf die Vorderseite und begann, mit der Taschenlampe die Holzkästen auszuleuchten, aus denen Pruitt ihre Rezepte verkauft hatte. Crockett wich zurück. »Ich versuche herauszufinden, seit wann sie krank gewesen ist«, sagte ich zu ihm.

Die Fächer waren voll von Rezepten, und in der hölzernen Geldkassette lagen nur drei Vierteldollar-Stücke.

»Wann hat die letzte Fähre mit Touristen hier festgemacht?«

Ich leuchtete in ein weiteres Fach und fand etwa ein halbes Dutzend Rezepte für »Lilas Weichschalenkrebse auf einfache Art«.

»Vor 'ner Woche. Hier ist seit Wochen nichts los«, sagte er.

»Kaufen die Nachbarn ihre Rezepte?« fragte ich.

Er runzelte die Stirn, als sei das eine sonderbare Frage. »Die haben sie doch schon.«

Jetzt waren die Leute auf ihre Veranden herausgekommen und schlüpften leise in den dunklen Schatten ihrer Gärten, um zuzuschauen, wie diese absonderliche Frau im OP-Kittel, Haarschutz und Handschuhen mit einer Taschenlampe in die Rezeptkästen ihrer Nachbarin leuchtete und dabei mit dem hiesigen Polizeichef sprach.

»Es wird hier bald einen ziemlichen Trubel geben«, wiederholte ich. »Ein Ärzteteam der Army muß jeden Moment hier eintreffen, und ich würde Sie bitten, dafür zu sorgen, daß die Menschen hier Ruhe bewahren und in ihren Häusern bleiben. Und jetzt holen Sie bitte die Männer von der Küstenwache und sagen ihnen, daß Sie ihre Hilfe benötigen, ja?«

Davy Crockett gab Gas, daß die Reifen durchdrehten.

9

Kurz vor neun Uhr abends landeten sie unter lautem Getöse in der mondhellen Nacht. Der Army-Blackhawk donnerte über die Methodistenkirche hinweg. Der furchtbare Sturm, den die Rotorblätter erzeugten, peitschte die Bäume, und ein gleißend heller Scheinwerfer tastete den Boden nach einem Landeplatz ab. Ich betrachtete, wie der Helikopter sich wie ein Vogel auf dem Grundstück nebenan niederließ, während Hunderte von staunenden Inselbewohnern auf die Straße stürzten.

Ich stand auf der Veranda und beobachtete durch die Fliegentür, wie das Medical Evacuation Team aus dem Hubschrauber stieg. Kinder versteckten sich hinter ihren Eltern und starrten die Ankommenden stumm an. Die fünf Wissenschaftler von USAMRIID und CDC wirkten in ihren aufgeblähten, orangefarbenen Plastikanzügen mit den Helmen und den batteriebetriebenen Gebläsen wie Außerirdische. Sie trugen eine in eine Plastikblase gehüllte Trage die Straße hinunter.

»Gott sei Dank, daß Sie da sind«, sagte ich, als sie vor mir standen.

Ihre Schritte erzeugten auf dem Holzfußboden der Veranda ein quietschendes Plastikgeräusch. Sie machten sich gar nicht erst die Mühe, sich vorzustellen. Die einzige Frau des Teams reichte mir einen zusammengelegten, orangefarbenen Anzug.

»Dafür ist es ja wohl ein bißchen spät«, sagte ich.

»Schaden kann es nicht.« Unsere Blicke trafen sich. Sie sah nicht viel älter aus als Lucy. »Beeilen Sie sich.«

Der Anzug hatte die Beschaffenheit eines Duschvorhangs. Ich setzte mich auf die Schaukel und zog ihn mir über Schuhe und Kleidung. Der Helm war transparent und hatte einen Latz, den ich mir fest um die Brust band. Ich schaltete das Gebläse hinten an meiner Taille ein.

»Sie ist oben«, sagte ich durch das Rauschen der Luft in meinen Ohren hindurch.

Ich ging voran, und sie kamen mit der Trage hinterher. Als sie sahen, was da auf dem Bett lag, brachten sie einen Moment lang keinen Ton heraus.

Dann sagte einer der Wissenschaftler: »Du lieber Himmel! So was hab' ich ja noch nie gesehen.«

Alle begannen durcheinanderzureden.

»Wickelt sie in die Laken ein.«

»Ab in den Leichensack damit und versiegeln.«

»Die Bettwäsche und alles andere auf dem Bett muß sterilisiert werden.«

»Scheiße. Was machen wir bloß? Das ganze Haus abbrennen?«

Ich ging ins Badezimmer und sammelte Handtücher vom Boden auf, während sie ihren ins Laken gewickelten Körper hochhoben. Die Leiche erwies sich als äußerst unhandlich und rutschte immer wieder weg, als die Wissenschaftler verzweifelt versuchten, sie vom Bett auf die Trage zu verfrachten, die eigentlich für Lebende gedacht war. Sie schlossen die Plastiklaschen, und der Anblick dieses in einen Leichensack verpackten Leichnams auf der Bahre, die aussah wie ein Sauerstoffzelt, bereitete selbst mir Übelkeit. Sie hoben die Bahre an beiden Enden an, und wir gingen die Treppe wieder hinunter und hinaus auf die Straße.

»Was passiert, wenn wir weg sind?« fragte ich.

»Drei von uns bleiben hier«, antwortete einer von ihnen. »Morgen kommt noch ein Hubschrauber.«

Ein weiterer Wissenschaftler im Schutzanzug hielt uns auf. Er hatte einen Kanister dabei, der große Ähnlichkeit mit der Ausrüstung eines Kammerjägers hatte. Er dekontaminierte uns und die Trage mit Desinfektionsspray. Um uns herum versammelten sich immer mehr Neugierige. Neben Crocketts Pick-up standen die Leute von der Küstenwache. Crockett und Martinez unterhielten sich, ich trat ebenfalls hinzu. Es war nicht zu übersehen, daß der Anblick meiner Schutzkleidung sie abschreckte, denn sie wichen unverhohlen vor mir zurück.

»Das Haus muß versiegelt werden«, sagte ich zu Crockett. »So lange, bis wir mit Sicherheit wissen, womit wir es hier zu tun haben, darf niemand es betreten oder sich in seiner Nähe aufhalten.«

Er hatte die Hände in den Jackentaschen und blinzelte nervös.

»Ich möchte, daß man mich sofort benachrichtigt, wenn hier noch jemand krank wird«, sagte ich zu ihm.

»Um diese Jahreszeit werden immer Leute krank«, erwiderte er. »Man steckt sich irgendwo an. 'ne Erkältung oder so.«

»Wenn sie Fieber bekommen, Rückenschmerzen oder Ausschlag«, erklärte ich, »rufen Sie sofort mich oder mein Büro an. Diese Leute sind hier, um Ihnen zu helfen.« Ich deutete auf das Team.

Sein Gesichtsausdruck ließ keinen Zweifel daran, daß er am liebsten niemanden hier auf seiner Insel haben wollte.

»Bitte versuchen Sie das zu verstehen«, sagte ich. »Es ist wirklich sehr wichtig.«

Er nickte. Ein kleiner Junge tauchte hinter ihm aus der Dunkelheit auf und nahm seine Hand. Er war höchstens sieben, hatte struppiges blondes Haar und starrte mich mit weit aufgerissenen blassen Augen an, als sei ich die furchtbarste Erscheinung, die er je gesehen hatte.

»Daddy, Raumfahrer.« Der Junge zeigte auf mich.

»Geh nach Haus, Darryl«, sagte Crockett zu seinem Sohn. »Na, mach schon.«

Ich ging auf den Hubschrauber zu. Die aufgewirbelte Luft kühlte mein Gesicht, aber ansonsten fühlte ich mich elend, denn der Schutzanzug war alles andere als atmungsaktiv. Das Hämmern des Rotors und das Heulen des Windes in den Ohren, der an den kümmerlichen Kiefern und Gräsern zerrte, suchte ich mir meinen Weg über das Gelände neben der Kirche.

Der Blackhawk war offen und innen beleuchtet. Die Helfer zurrten die Trage genauso fest, wie sie es bei einem lebenden Patienten getan hätten. Ich kletterte an Bord, setzte mich auf einen Sitz an der Wand und schnallte mich an, während einer der Wissenschaftler die Tür zuzog. Der Helikopter bebte und dröhnte, als wir abhoben. Es war unmöglich, sich ohne Kopfhörer zu verständigen, doch die konnten wir kaum benutzen, ohne vorher die Helme abzusetzen.

Warum wir das nicht taten, war mir zunächst unverständlich. Obwohl alle Anzüge dekontaminiert worden waren, wollte keiner ihn ausziehen. Und da wurde es mir plötzlich klar. Ich konnte mich bei Lila Pruitt angesteckt haben, und davor schon bei der zerstückelten Leiche. Niemand wollte die gleiche Luft atmen wie ich, ohne daß sie durch einen HEPA-Mikrofilter gereinigt wurde. Also blickten wir stumm um uns herum und warfen einander und unserer Patientin kurze Blicke zu. Ich schloß die Augen, und wir flogen nach Maryland.

Ich dachte an Wesley, Lucy und Marino. Sie hatten keine Ahnung, was los war, und würden sich große Sorgen machen. Voller Angst fragte ich mich, wann ich sie das nächste Mal sehen und in welcher Verfassung ich dann vielleicht sein würde. Ich hatte weiche Knie, und meine Füße glühten. Es ging mir nicht gut. Angst vor den ersten verhängnisvollen Symptomen übermannte mich: Schüttelfrost, Kopfschmerzen und Fieberdurst. Ich war als Kind gegen Pocken geimpft worden. Das war Lila Pruitt auch. Und die Frau, deren Rumpf immer noch in meinem Kühlraum lag, ebenfalls. Ich hatte die Narben gesehen, die verblichenen, gedehnten Flächen, etwa so groß wie ein Vierteldollar-Stück, wo ihnen der Erreger eingeritzt worden war.

Es war kurz vor elf, als wir irgendwo in tiefster Finsternis landeten. Ich wußte nach kurzem Schlaf nicht sofort, wo ich war. Ich öffnete die Augen, und um mich herum war es abrupt und laut. Die Tür glitt wieder auf. Weiße und blaue Lichter blinkten auf dem Hubschrauberlandeplatz, der gegenüber von einem großen, klotzigen Gebäude lag. Für die Uhrzeit waren noch erstaunlich viele Fenster erleuchtet, als ob Menschen extra aufgeblieben wären, um auf unsere Ankunft zu warten. Die Wissenschaftler schnallten die Trage los und luden sie hastig auf ein Auto, während die einzige Frau unter ihnen eine behandschuhte Hand auf meinen Arm legte und mich eskortierte.

Wo sie mit der Trage hingingen, konnte ich nicht sehen. Ich wurde über die Straße zu einer Rampe an der Nordseite des Gebäudes gebracht und von dort ein kleines Stück einen Flur entlang. Dann führte man mich in eine Dusche und spritzte mich mit Desinfektionsmittel ab. Ich zog mich aus und wurde ein zweites Mal, diesmal mit heißem Seifenwasser, abgeduscht. An der Wand befanden sich Regale mit OP-Anzügen und Einwegstiefeln. Ich trocknete mir die Haare mit einem Handtuch und legte meine Kleidung zusammen mit allem, was ich bei mir trug, gemäß Anweisung mitten auf den Fußboden.

Eine Krankenschwester wartete auf dem Flur und führte mich energischen Schrittes am OP-Raum und dann an langen Reihen von Autoklaven vorbei, die mich an stählerne Tauchglocken erinnerten. Überall lag der faulige Geruch abgekochter Labortiere in der Luft. Man brachte mich auf der Station 200 unter. In meinem Zimmer befand sich direkt vor der Tür eine rote Linie, die isolierte Patienten nicht überqueren durften. Ich betrachtete das schmale Krankenhausbett mit der feuchten Heizdecke, den Ventilator, den Kühlschrank und den Fernseher, der in einer Ecke aufgehängt war. Spiralförmig gelbe Luftschläuche waren an Rohrleitungen angeschlossen. In der stählernen Durchreiche wurden die Tabletts mit den Mahlzeiten bei der Rückgabe mit UV-Licht bestrahlt.

Einsam und deprimiert setzte ich mich aufs Bett. Ich wollte nicht darüber nachdenken, wie sehr ich möglicherweise in Schwierigkeiten war. Minuten vergingen. Draußen fiel eine Tür laut ins Schloß, kurz darauf wurde meine weit aufgerissen.

»Willkommen im Bau«, begrüßte mich Colonel Fujitsubo beim Eintreten.

Er trug einen Racal-Helm und einen Schutzanzug aus dickem blauen Vinyl, den er an einen der spiralförmigen Luftschläuche anschloß.

»John«, sagte ich. »Ich kann nicht hierbleiben.«

»Kay, seien Sie vernünftig.«

Sein markantes Gesicht wirkte hinter dem Plastikvisier ernst und geradezu furchterregend, und ich fühlte mich verwundbar und allein.

»Ich muß ein paar Leuten mitteilen, wo ich bin«, sagte ich.

Er kam an mein Bett und riß ein Papierpäckchen auf. In der behandschuhten Hand hatte er ein kleines Fläschchen und eine Pipette.

»Machen Sie mal Ihre Schulter frei. Es ist Zeit für eine Nachimpfung. Und der Vollständigkeit halber verabreichen wir Ihnen gleich noch ein wenig Immunglobulin.«

»Mein Glückstag«, sagte ich.

Er rieb meine rechte Schulter mit einem Alkoholtupfer ab. Ich stand ganz still, als er meine Haut zweimal einritzte und Serum hineinträufelte.

»Das ist hoffentlich gar nicht nötig«, fügte er hinzu.

»Niemand hofft das mehr als ich.«

»Der Vorteil ist, daß dadurch Ihr immunologisches Gedächtnis aktiviert werden müßte. Die Zahl der Antikörper wird höher sein als je zuvor. Eine Impfung innerhalb von vierundzwanzig bis achtundvierzig Stunden reicht normalerweise.«

Ich antwortete nicht. Er wußte ebensogut wie ich, daß es möglicherweise schon zu spät war.

»Die Leiche wird morgen um neun Uhr obduziert. Und Sie behalten wir zur Sicherheit noch ein paar Tage hier«, sagte er, während er die Verpackungen in den Mülleimer warf. »Haben Sie denn irgendwelche Symptome?«

»Kopfschmerzen und schlechte Laune«, sagte ich.

Er sah mir in die Augen und lächelte. Fujitsubo war ein brillanter Arzt, der eine bemerkenswerte Karriere im Army's Armed Force Institute of Pathology, kurz AFIP, hinter sich hatte, als er die Leitung des USAMRIID übernahm. Er war geschieden und ein paar Jahre älter als ich. Er griff sich eine zusammengelegte Decke vom Fuß des Bettes, faltete sie auseinander und drapierte sie mir um die Schultern. Dann zog er einen Stuhl heran und setzte sich rittlings darauf, die Arme auf der Rückenlehne.

»John, ich war dem Virus bereits vor zwei Wochen ausgesetzt«, sagte ich.

»Im Zusammenhang mit diesem Mordfall?«

»Ja. Ich müßte es mittlerweile haben.«

»Was auch immer *es* ist. Den letzten Pockenfall gab es im Oktober 1977 in Somalia, Kay. Seitdem ist die Krankheit weltweit ausgerottet.«

»Aber ich habe das Virus doch im Elektronenmikroskop gesehen. Vielleicht ist es auf unnatürlichem Wege übertragen worden.«

»Absichtlich, meinen Sie?«

»Ich weiß es nicht.« Ich konnte kaum noch die Augen offenhalten. »Aber finden Sie es nicht merkwürdig, daß die Person, die möglicherweise als erste infiziert wurde, auch noch ermordet worden ist?«

»Ich finde das *alles* merkwürdig.« Er stand auf. »Aber wir können nicht viel mehr tun, als den Leichnam und Sie zu isolieren.«

»Natürlich können Sie. Es gibt nichts, was Sie nicht tun könnten.« Seine Kompetenzstreitigkeiten mit anderen Behörden interessierten mich nicht.

»Im Moment ist das eine zivile Angelegenheit, keine militärische. Wissen Sie, wir können dem CDC so etwas nicht einfach vor der Nase wegschnappen. Schlimmstenfalls haben wir es hier mit dem Ausbruch irgendeiner Seuche zu tun. Und damit werden die am besten fertig.«

»Tangier sollte unter Quarantäne gestellt werden.«

»Darüber reden wir nach der Obduktion.«

»Die *ich* gern durchführen würde«, fügte ich hinzu.

»Mal abwarten, wie Sie sich morgen fühlen«, sagte er, als eine Krankenschwester in der Tür erschien.

Auf dem Weg nach draußen sprach er kurz mit ihr, dann kam sie herein, auch sie in einem blauen Schutzanzug. Sie war jung und erklärte furchtbar gutgelaunt, daß sie eigentlich im

Walter Reed Hospital arbeitete, hier jedoch aushalf, wenn Patienten in die Isolierstation eingeliefert wurden, was zum Glück nicht oft vorkam.

»Beim letzten Mal waren es zwei Laboranten, die mit halb aufgetautem Feldmausblut in Berührung gekommen waren. Das Blut war mit dem Hantavirus verseucht«, sagte sie. »Diese hämorrhagischen Krankheiten sind wirklich gefährlich. Die beiden waren bestimmt zwei Wochen hier. Dr. Fujitsubo hat gesagt, Sie möchten ein Telefon haben.« Sie legte einen dünnen Morgenmantel aufs Bett. »Darum kümmere ich mich später. Hier haben Sie ein paar Advil und Wasser.« Sie stellte beides auf den Nachttisch. »Haben Sie Hunger?«

»Könnte ich vielleicht etwas Käse und ein paar Cracker bekommen?« Mein Magen war so überreizt, daß mir beinahe schlecht war.

»Wie fühlen Sie sich, abgesehen von den Kopfschmerzen?«

»Gut, danke.«

»Nun ja, hoffen wir, daß es dabei bleibt. Gehen Sie doch einfach noch mal auf die Toilette, machen Sie sich frisch und legen Sie sich ins Bett. Da ist der Fernseher.« Sie deutete mit dem Finger auf das Gerät. Sie redete mit mir, als ginge ich noch in die zweite Klasse.

»Was ist mit meinen Sachen?«

»Keine Sorge, die werden sterilisiert.« Sie lächelte mich an.

Mir wollte einfach nicht warm werden, und so duschte ich noch einmal. Nichts konnte diesen grauenhaften Tag fortwaschen. Ich sah immer noch den eingefallenen, weitaufgerissenen Mund, halboffene, blinde Augen und einen Arm vor mir, der steif aus einem übelriechenden Totenbett hing. Als ich aus dem Badezimmer kam, hatte man mir einen Teller mit Käse und Crackern hingestellt, und der Fernseher lief. Ein Telefon suchte ich jedoch vergebens.

»Verdammter Mist«, murmelte ich und schlüpfte wieder unter die Decke.

Am nächsten Morgen erschien mein Frühstück in der Durchreiche. Mit dem Tablett auf dem Schoß sah ich mir die »Today«-Show an, wozu ich normalerweise nie Zeit hatte. Martha Stewart hob Eischnee unter irgend etwas, während ich in einem weichgekochten Ei herumstocherte, das nicht richtig warm war. Ich konnte nichts essen, und ich wußte nicht, ob mein Rücken schmerzte, weil ich müde war oder aus irgendeinem anderen Grund, mit dem ich mich lieber nicht näher befassen wollte.

»Wie geht's uns denn heute morgen?« Die Schwester erschien, HEPA-gefilterte Luft atmend.

»Wird Ihnen nicht zu heiß darin?« Ich deutete mit meiner Gabel auf ihren Schutzanzug.

»Wenn ich den lange anbehalten würde, wohl schon.« Sie hatte einen Digitalthermometer dabei. »Also dann. Es dauert nur eine Minute.«

Sie steckte mir das Thermometer in den Mund, während ich zum Fernseher hochsah. Gerade wurde ein Arzt zur diesjährigen Grippeimpfung befragt, und ich schloß die Augen, bis es piepte.

»Sechsunddreißig Komma sechs. Das ist eigentlich ein bißchen niedrig. Siebenunddreißig ist normal.«

Sie wickelte mir eine Blutdruckmanschette um den Oberarm.

»Und jetzt den Blutdruck.« Energisch betätigte sie den Blasebalg. »Einhundertacht zu siebzig. Sie sind ja so gut wie tot!«

»Danke«, murmelte ich. »Ich brauche ein Telefon. Niemand weiß, wo ich bin.«

»Was Sie brauchen, ist ganz viel Ruhe.« Jetzt holte sie das Stethoskop hervor und schob es vorn unter mein OP-Hemd. »Tief einatmen.« Wo sie es auch hinsetzte, fühlte es sich kalt an. Sie lauschte mit ernstem Gesicht. »Noch mal.« Dann wandte sie sich meinem Rücken zu, und wir fuhren mit der Übung fort.

»Könnten Sie mir bitte Colonel Fujitsubo vorbeischicken?«

»Ich gebe ihm auf jeden Fall Bescheid. Jetzt decken Sie sich zu.« Sie zog die Decke bis zu meinem Kinn hoch. »Ich werde Ihnen noch etwas Wasser holen. Wie geht es Ihren Kopfschmerzen?«

»Gut«, log ich. »Sie müssen unbedingt sagen, daß er vorbeikommen möchte.«

»Ich bin sicher, das tut er, sobald er kann. Allerdings ist er sehr beschäftigt.«

Ihre herablassende Art ging mir zunehmend auf die Nerven.

»Hören Sie«, sagte ich in forderndem Ton, »ich habe schon mehrfach um ein Telefon gebeten. Ich komme mir hier langsam vor wie in einem Gefängnis.«

»Sie wissen ja, wie man diese Station nennt«, flötete sie. »Und es ist nicht üblich, daß Patienten ein Telefon ...«

»Es ist mir egal, was hier üblich ist.« Ich sah sie scharf an, und da änderte sich ihr Benehmen.

»Beruhigen Sie sich doch«, sagte sie mit erhobener Stimme. Ihre Augen funkelten hinter dem durchsichtigen Plastik.

»Ist sie nicht eine schreckliche Patientin? Aber das sind Ärzte ja immer«, sagte Colonel Fujitsubo, der plötzlich zur Tür hereinkam.

Die Schwester sah ihn verblüfft an. Dann taxierte sie mich mit bösem Blick, als könne sie es einfach nicht glauben.

»Das Telefon kommt gleich«, fuhr er fort und legte einen frischen, orangefarbenen Anzug auf das Fußende des Bettes. »Beth, hat man Sie schon mit Dr. Scarpetta bekannt gemacht? Sie ist Chief Medical Examiner von Virginia und beratende Gerichtsmedizinerin beim FBI.«

Zu mir gewandt fügte er hinzu. »Ziehen Sie das an. Ich hole Sie in zwei Minuten ab.«

Mit gerunzelter Stirn nahm die Schwester mir das Tablett ab. Sie räusperte sich verlegen.

»Sie haben Ihre Eier ja gar nicht aufgegessen«, sagte sie.

Sie stellte das Tablett in die Durchreiche. Ich war bereits damit beschäftigt, in meinen Anzug zu steigen.

»Normalerweise lassen sie einen nicht aus dem Zimmer, wenn man erst mal hier ist.« Sie schloß die Durchreiche.

»Das hier ist nicht normal.« Ich befestigte den Helm und schaltete das Gebläse ein. »Die Leiche, die heute morgen obduziert wird, ist mein Fall.«

Sie gehörte offensichtlich zu der Sorte Schwestern, die Anweisungen lieber von Männern entgegennahmen. Oder vielleicht hatte sie ursprünglich selbst Ärztin werden wollen und sich dann aber einreden lassen, daß Mädchen, wenn sie groß sind, Krankenschwestern werden und Ärzte heiraten. Ich konnte nur spekulieren. Aber ich mußte daran danken, wie während meines Medizinstudiums an der Johns Hopkins University eines Tages die Oberschwester im Krankenhaus meinen Arm packte und mich haßerfüllt anzischte, ihr Sohn habe keinen Studienplatz bekommen, weil ich ihn ihm weggeschnappt hätte.

Fujitsubo kam wieder herein, reichte mir lächelnd ein Telefon und stöpselte es ein.

»Sie haben Zeit für einen Anruf.« Er hielt den Zeigefinger hoch. »Dann müssen wir los.«

Ich rief Marino an.

Die Isolierstation der Sicherheitsstufe 4 lag hinter einem normalen Labor, doch zwischen den beiden Bereichen bestanden himmelweite Unterschiede. Stufe 4 stand für den totalen Krieg zwischen Wissenschaft und Ebola, dem Hatavirus und unbekannten Krankheiten, für die es keine Heilung gab. Die Luft zirkulierte nur in eine Richtung, und es herrschte Unterdruck im Raum, damit keine hochinfektiösen Mikroorganismen in andere Teile des Gebäudes eindringen konnten. Bevor sie in unsere Körper oder in die Atmosphäre gelangte, passierte die Luft HEPA-Filter, und alles Bewegliche wurde in Autoklaven mit kochendem Wasserdampf sterilisiert.

Obduktionen waren hier zwar nicht an der Tagesordnung, aber wenn sie durchgeführt wurden, dann geschah das hinter zwei massiven Edelstahltüren mit U-Boot-Dichtungen in einem durch eine Luftschleuse gesicherten Raum, der den Spitznamen »das Boot« trug. Um dort hineinzukommen, mußten wir den Weg durch ein Labyrinth von Umkleideräumen und Duschen nehmen, an denen verschiedenfarbige Lichter anzeigten, welcher gerade durch welches Geschlecht belegt war. Grün stand für Männer, daher schaltete ich meine Lampe auf Rot, entkleidete mich bis auf die Haut und zog dann frische Turnschuhe und einen OP-Anzug an.

Die Stahltüren öffneten und schlossen sich automatisch, als ich durch eine weitere Luftschleuse zum Umkleideraum des inneren oder »kritischen« Bereichs ging. Hier hingen die dicken blauen Vinylanzüge mit den angeschnittenen Füßen und den spitzen Helmen an der Wand. Ich setzte mich und zog einen davon an. Ich schloß den Reißverschluß und sicherte die Laschen mit einer Art Tupperware-Diagonalverschluß. Dann quälte ich meine Füße in Gummistiefel und streifte mir mehrere Paar dicke Handschuhe über die Hände, wobei ich die äußeren mit Klebeband an den Ärmelmanschetten des Anzugs befestigte. Schon wurde mir heiß. Die Türen schlossen sich hinter mir, andere aus noch dickerem Stahl öffneten sich schwerfällig, und schließlich stand ich in dem beklemmendsten Autopsiesaal, den ich je gesehen hatte.

Ich griff mir einen gelben Schlauch und schloß ihn an die Schnellkupplung an meiner Hüfte an. Das Rauschen erinnerte mich an ein aufblasbares Planschbecken, aus dem die Luft herausgelassen wurde. Fujitsubo und ein anderer Arzt beschrifteten Röhrchen und spritzten den Leichnam mit einem Schlauch ab. Jetzt, da die Tote nackt war, wirkte ihre Krankheit noch abstoßender. Die meiste Zeit arbeiteten wir schweigend, die Gegensprechanlage war nicht installiert. Die einzige Art, sich zu verständigen, bestand darin, die Luftschläuche lange genug zusammenzukneifen, daß man hörte, was der andere sagte.

Das taten wir hin und wieder, während wir die Leiche sezierten und ihre Organe wogen, und ich führte Protokoll über alle relevanten Befunde. In ihrer Aorta fanden sich Fettschichten und -ablagerungen, typische degenerative Veränderungen. Ihr Herz war vergrößert, die verschleimten Lungen wiesen erste Anzeichen einer Lungenentzündung auf. Sie hatte Geschwüre im Mund und Läsionen im Magendarmtrakt. Doch es war ihr Gehirn, das die tragischste Geschichte ihres Todes erzählte. Sie litt unter Hirnrindenschwund, einer Erweiterung der Gehirnfurchen und dem Verlust von Hirngewebe – eindeutige Anzeichen für Alzheimer.

Ich mochte mir kaum ausmalen, wie verwirrt sie gewesen sein mußte, als sie krank wurde. Möglicherweise wußte sie nicht mehr, wo sie war oder gar wer sie war, und vielleicht hatte sie in ihrem umnebelten Geisteszustand geglaubt, irgendeine alptraumhafte Kreatur spränge sie aus ihren Spiegeln an. Die Lymphknoten waren geschwollen, Milz und Leber durch Fokalnekrose getrübt und vergrößert – alle Symptome für Pocken.

Es sah aus, als sei sie eines natürlichen Todes gestorben, dessen Ursache wir noch nicht zweifelsfrei nachweisen konnten. Nach zwei Stunden waren wir fertig. Ich kehrte auf dem gleichen Weg zurück, auf dem ich gekommen war, angefangen mit dem Umkleideraum des kritischen Bereiches, wo ich noch im Anzug eine fünfminütige Desinfektionsdusche nahm. Ich stand auf einer Gummimatte und schrubbte jeden Zentimeter an mir mit einer harten Bürste ab, während die Chemikalien aus stählernen Düsen auf mich einprasselten. Tropfend betrat ich wieder den äußeren Raum, wo ich den Anzug zum Trocknen aufhängte, noch einmal duschte und mir die Haare wusch. Dann zog ich einen sterilen, orangefarbenen Anzug an und kehrte in den Bau zurück.

Als ich hereinkam, stand die Schwester in meinem Zimmer.

»Janet ist hier. Sie schreibt Ihnen gerade eine Nachricht«, sagte sie.

»Janet?« Damit hatte ich überhaupt nicht gerechnet. »Ist Lucy bei ihr?«

»Sie steckt den Zettel dann in die Durchreiche. Ich weiß nur, daß eine junge Frau namens Janet hier ist. Sie ist allein.«

»Wo ist sie? Ich muß sie sehen!«

»Sie wissen doch, daß das im Moment nicht möglich ist.« Sie kontrollierte nochmals meinen Blutdruck.

»Sogar Gefängnisse haben einen Besucherraum«, fuhr ich sie an. »Gibt es hier nicht irgendeinen Bereich, wo ich wenigstens durch eine Glasscheibe mit ihr sprechen kann? Oder kann sie nicht wie Sie einen Anzug anziehen und hier hereinkommen?«

Natürlich bedurfte es für all das mal wieder der Genehmigung des Colonels, der entschied, es sei die einfachste Lösung, wenn ich mich mit einer HEPA-Filtermaske vorm Gesicht in die Besucherkabine setzte. Diese befand sich in der Forschungsabteilung, in der mit neuen Impfstoffen experimentiert wurde. Die Schwester führte mich durch einen Aufenthaltsraum der Sicherheitsstufe 3, in dem freiwillige Probanden Tischtennis und Billard spielten oder Zeitschriften lasen und fernsahen.

Dann öffnete sie die Holztür zur Kabine B, und auf der anderen Seite der Glasscheibe in einem nicht kontaminierten Teil des Gebäudes saß Janet. Gleichzeitig nahmen wir beide den Hörer der Gegensprechanlage ab.

»Ich kann das alles gar nicht glauben«, war das erste, was sie sagte. »Geht es Ihnen gut?«

Die Schwester stand immer noch hinter mir in der Kabine, die etwa so groß war wie eine Telefonzelle. Ich drehte mich um und bat sie zu gehen. Sie rührte sich nicht von der Stelle. »Hören Sie«, sagte ich – mir platzte langsam der Kragen –, »das ist ein Privatgespräch.«

Ihre Augen funkelten zornig, doch sie ging und schloß hinter sich die Tür.

»Ich weiß nicht, wie es mir geht«, sagte ich in den Hörer. »Aber ich fühle mich nicht allzu schlecht.«

»Wie lange dauert denn so was?« Angst stand in ihren Augen.

»Im Schnitt zehn Tage, höchstens vierzehn.«

»Na, das ist doch gut, oder?«

»Ich weiß nicht.« Ich war deprimiert. »Kommt drauf an, womit wir es hier zu tun haben. Aber wenn ich in ein paar Tagen noch gesund bin, lassen sie mich wohl gehen, nehme ich an.«

Janet sah in ihrem dunkelblauen Kostüm sehr erwachsen und hübsch aus. Die Pistole unter ihrer Jacke fiel kaum auf. Ich wußte, daß sie nicht allein gekommen wäre, wenn nicht irgend etwas im argen lag.

»Wo ist Lucy?« fragte ich.

»Na ja, wir sind beide mit der Squad 19 hier in Maryland, in der Nähe von Baltimore.«

»Geht es ihr gut?«

»Ja«, sagte Janet. »Wir versuchen immer noch auf AOL- beziehungsweise UNIX-Ebene die Mails zurückzuverfolgen, die Sie bekommen haben.«

»Und?«

Sie zögerte. »Ich glaube, der schnellste Weg, ihn zu schnappen, ist online.«

Ich runzelte verblüfft die Stirn. »Ich glaube, ich verstehe nicht ganz …«

»Ist dieses Ding eigentlich unbequem?« Sie starrte auf meine Maske.

»Ja.«

Schlimmer fand ich, wie ich damit aussah. Dieser scheußliche Filter bedeckte mein halbes Gesicht wie ein Maulkorb und stieß beim Reden ständig an den Hörer.

»Online könnt ihr ihn doch nur schnappen, wenn er mir weitere Nachrichten schickt?«

Sie öffnete eine Aktenmappe. »Soll ich sie Ihnen vorlesen?« Ich nickte, und mir schnürte sich der Magen zusammen.

»*Mikroskopisch kleine Würmer, sich vervielfältigende Fermente und Miasma*«, las sie vor.

»Wie bitte?« sagte ich.

»Das ist alles. Heute morgen per E-Mail abgeschickt. Die nächste kam heute nachmittag. *Sie leben, aber alle anderen werden sterben.* Und dann, etwa eine Stunde später: *Menschen, die anderen etwas wegnehmen und sie ausbeuten, sind Makroparasiten. Sie töten ihre Wirte.* Alles in Kleinbuchstaben und mit Leerzeichen anstelle von Kommas.« Sie sah mich durch die Glasscheibe hindurch an.

»Klassische Medizinphilosophie«, sagte ich. »Geht zurück auf Hippokrates und andere Heilkundige der westlichen Welt und ihre Theorien über die Ursachen von Krankheiten. Die Atmosphäre. Sich reproduzierende giftige Partikel, die bei der Zersetzung organischer Materie entstehen. Mikroskopisch kleine Würmer und so weiter. Und dann gibt es ein Werk des Historikers McNeill über die Interaktion zwischen Mikro- und Makroparasiten und wie deren Studium zum besseren Verständnis der Evolution der Gesellschaft beitragen kann.«

»Dann hat *deadoc* eine medizinische Ausbildung«, sagte Janet.

»Außerdem klingt das Ganze wie eine Anspielung auf diese seltsame Krankheit.«

»Davon konnte er nichts wissen«, sagte ich, doch gleichzeitig keimte in mir eine neue, schreckliche Befürchtung auf. »Wie sollte er?«

»Es stand etwas darüber in der Zeitung«, sagte sie.

Wut packte mich. »Wer hat denn diesmal nicht dichtgehalten? Sagen Sie bloß nicht, Ring weiß Bescheid.«

»In der Zeitung stand nur, daß Sie einen ungewöhnlichen Todesfall auf Tangier Island untersuchen und daß der Leichnam per Hubschrauber vom Militär abtransportiert wurde, da noch nicht feststeht, um was für eine Krankheit es sich handelt.«

»Verdammt.«

»Der Punkt ist, daß *deadoc*, wenn er an Zeitungen aus Virginia herankommt, davon erfahren haben könnte, bevor er die E-Mails abgeschickt hat.«

»Hoffentlich hat es sich tatsächlich so abgespielt«, sagte ich.

»Wie denn sonst?«

»Ich weiß nicht, ich weiß nicht.« Ich war erschöpft, und mein Magen rebellierte.

»Dr. Scarpetta.« Sie beugte sich dichter zur Glasscheibe. »Er will mit Ihnen kommunizieren. Deshalb schickt er Ihnen immer wieder Mails.«

Wieder überliefen mich kalte Schauer.

»Wir stellen uns das folgendermaßen vor.« Janet steckte die Ausdrucke wieder in die Mappe. »Ich könnte einen privaten Chat-Raum für Sie beide einrichten. Wenn Sie lange genug online bleiben, können wir seine Spur von Vermittlungsstelle zu Vermittlungsstelle zurückverfolgen, bis wir eine Stadt haben und dann einen Anschluß.«

»Ich glaube kaum, daß er da mitspielt«, sagte ich. »Dafür ist er zu schlau.«

»Benton Wesley hält es für möglich.«

Ich schwieg.

»Er glaubt, *deadoc* ist so auf Sie fixiert, daß er sich vielleicht wirklich in den Chat-Room locken läßt. Und zwar nicht nur, weil er wissen möchte, was Sie denken. Er will Ihnen mitteilen, was er denkt. Das ist zumindest Wesleys Theorie. Ich habe einen Laptop hier und alles, was Sie sonst brauchen.«

»Nein.« Ich schüttelte den Kopf. »Ich will da nicht noch tiefer hineingezogen werden, Janet.«

»Sie haben in den nächsten Tagen doch gar nichts anderes zu tun.«

Es ärgerte mich immer, wenn mir jemand vorwarf, ich hätte nicht genug zu tun. »Ich will mit diesem Ungeheuer nicht kommunizieren. Das ist viel zu riskant. Vielleicht sage ich etwas Falsches, und dann sterben noch mehr Leute.«

Janet sah mir eindringlich in die Augen. »Die sterben sowieso. Und vielleicht trifft es genau in diesem Moment andere, von denen wir noch gar nichts wissen.«

Ich dachte an Lila Pruitt, die allein in ihrem Haus hin und her gewandert war, den Verstand durch die Krankheit getrübt. Ich sah direkt vor mir, wie sie in den Spiegel schaute und einen Schrei des Entsetzens ausstieß.

»Alles, was Sie tun müssen, ist, ihn langsam, aber sicher zum Reden zu bringen«, fuhr Janet fort. »Sie müssen natürlich die Ahnungslose spielen und sich zuerst sträuben, sonst schöpft er Verdacht. Bauen Sie den Kontakt ein paar Tage lang auf, und wir versuchen währenddessen herauszufinden, wo er sitzt. Loggen Sie sich bei AOL ein. Gehen Sie in die Chat-Räume und suchen Sie einen mit dem Titel ›M. E.‹. Alles klar? Und da halten Sie sich einfach eine Weile auf.«

»Und dann?« wollte ich wissen.

»Wir hoffen, daß er in dem Glauben, Sie hielten in diesem Raum Ihre Konferenzen mit anderen Ärzten und Wissenschaftlern ab, dort nach Ihnen Ausschau halten wird. Er wird der Versuchung nicht widerstehen können. Das ist Wesleys Theorie, und ich bin derselben Ansicht.«

»Weiß er, daß ich hier bin?«

Die Frage war etwas mißverständlich, aber sie wußte, wen ich meinte.

»Ja«, sagte sie. »Marino hat mich gebeten, ihn anzurufen.«

»Was hat er gesagt?« fragte ich in den Hörer.

»Er wollte wissen, ob es Ihnen gut geht.« Ich merkte, wie sie mir auswich. »Er hat mit diesem alten Fall in Georgia zu tun. Zwei Leute sind in einem Schnapsladen erstochen worden, und die Mafia ist darin verwickelt. In einer Kleinstadt in der Nähe von St. Simons Island.«

»Ach, dann ist er also unterwegs.«

»Ich glaube, ja.«

»Wo werden Sie in den nächsten Tagen sein?«

»Mit der Squad 19 in Baltimore. Am Hafen.«

»Und Lucy?« fragte ich diesmal so, daß sie mir nicht noch einmal ausweichen konnte. »Wollen Sie mir nicht sagen, was wirklich los ist, Janet?«

Ich atmete die gefilterte Luft und sah durch die Glasscheibe hindurch diese Frau an, von der ich wußte, daß sie mich niemals belügen würde.

»Ist alles in Ordnung?« bohrte ich nach.

»Dr. Scarpetta, ich bin aus zwei Gründen allein hier«, sagte sie schließlich. »Erstens hatten Lucy und ich einen Riesenstreit darüber, ob Sie wirklich mit diesem Typen online kommunizieren sollten. Deshalb fanden es alle Beteiligten besser, wenn ich mit Ihnen darüber sprechen würde und nicht sie.«

»Das verstehe ich«, sagte ich. »Und ich bin genau der gleichen Ansicht.«

»Der zweite Grund ist um einiges unerfreulicher«, fuhr sie fort. »Es geht um Carrie Grethen.«

Ich war wie vom Donner gerührt. Bei der bloßen Erwähnung ihres Namens packte mich bereits der Zorn. Als Lucy vor Jahren CAIN entwickelte, hatte sie mit Carrie zusammengearbeitet. Dann war bei der ERF eingebrochen worden, und Carrie hatte es so gedreht, daß meine Nichte die Schuld dafür bekam. Außerdem war Carrie die Komplizin eines Psychopathen bei dessen grauenhaften, sadistischen Morden gewesen.

»Die sitzt doch noch im Gefängnis«, sagte ich.

»Stimmt. Aber ihr Prozeß ist fürs Frühjahr angesetzt«, erwiderte Janet.

»Das weiß ich wohl.« Ich begriff nicht, worauf sie hinauswollte.

»Sie sind die Hauptbelastungszeugin. Ohne Sie hat der Staatsanwalt kaum etwas in der Hand. Zumindest nicht, wenn es sich um ein Schwurgerichtsverfahren handelt.«

»Janet, ich versteh' überhaupt nichts mehr«, sagte ich, und meine Kopfschmerzen kehrten mit voller Wucht zurück.

Sie holte tief Luft. »Ich bin sicher, Sie wissen, daß sich Lucy und Carrie einmal nahe standen.« Sie zögerte. »Sehr nahe.«

»Natürlich«, sagte ich ungeduldig. »Lucy war noch ein Teenager, und Carrie hat sie verführt. Ja, ja, ich weiß alles darüber.«

»Percy Ring ebenfalls.«

Ich sah sie erschrocken an.

»Offenbar hat Ring gestern den für den Fall zuständigen Staatsanwalt aufgesucht, Rob Schurmer, und ihm hinter vorgehaltener Hand erzählt, daß er ein schweres Problem hat, weil die Nichte der Hauptbelastungszeugin eine Affäre mit der Angeklagten hatte.«

»Mein Gott.« Ich konnte es kaum fassen. »Dieses verdammte Schwein.«

Als Juristin wußte ich, was das bedeutete. Lucy würde in den Zeugenstand treten und über ihre Affäre mit einer anderen Frau aussagen müssen. Der einzige Weg, das zu verhindern, bestand darin, mich aus der Zeugenliste streichen zu lassen. Aber dann könnte niemand mehr Carrie etwas anhaben.

»Lucys Privatleben hat doch mit Carries Verbrechen gar nichts zu tun«, sagte ich. Ich war so wütend auf Ring, daß ich mich einer Gewalttat fähig fühlte.

Janet nahm den Hörer ans andere Ohr und versuchte, gelassen zu wirken. Doch ich sah ihr an, daß sie Angst hatte.

»Sie wissen ja, wie es da draußen zugeht«, sagte sie. »Das ist eben ein Tabu. Es wird zwar viel geredet, aber in Wirklichkeit wird es nicht geduldet. Und dabei sind Lucy und ich schon vorsichtig. Die Leute haben vielleicht ihre Vermutungen, aber sie wissen es nicht mit Sicherheit. Schließlich laufen wir nicht in Leder und Ketten herum.«

»Wohl kaum.«

»Ich glaube, das würde ihr das Genick brechen«, stellte sie trocken fest. »Das ganze Medienspektakel! Und dann die starken Männer beim HRT, wenn sie sich nach der Geschichte das erste Mal wieder dort blicken läßt. Gar nicht auszudenken! Ring tut das nur, um sie fertigzumachen, und Sie vielleicht gleich mit. Und möglicherweise mich. Meiner Karriere wird das auch nicht gerade förderlich sein.«

Sie brauchte nicht weiterzusprechen. Ich verstand.

»Weiß jemand, wie Schurmer reagiert hat, als Ring es ihm gesagt hat?«

»Er ist ausgeflippt, hat Marino angerufen und gesagt, er wisse nicht, was er tun solle. Wenn die Verteidigung das herausfände, sei er geliefert. Dann hat Marino mich angerufen.«

»Zu mir hat Marino nichts gesagt.«

»Er wollte Sie nicht zusätzlich beunruhigen«, sagte sie. »Und er hielt es auch nicht für seine Aufgabe.«

»Verstehe«, sagte ich. »Weiß Lucy Bescheid?«

»Ich habe es ihr gesagt.«

»Und?«

»Sie hat ein Loch in die Schlafzimmerwand getreten«, antwortete Janet. »Dann meinte sie, wenn es sein müßte, würde sie eben in den Zeugenstand treten.«

Janet preßte ihre Handfläche gegen das Glas, spreizte die Finger und wartete, daß ich das gleiche tat. Das war die einzige Form der Berührung, die uns möglich war. Meine Augen füllten sich mit Tränen.

Ich räusperte mich und sagte: »Ich fühle mich, als hätte ich ein Verbrechen begangen.«

10

Die Schwester brachte den Computer wortlos in mein Zimmer. Einen Moment lang starrte ich den Laptop an, als könnte er mir gefährlich werden. Dann setzte ich mich im Bett auf. Mir war eiskalt, und trotzdem hörte ich nicht auf zu schwitzen. Ich wußte nicht, ob mein Zustand durch eine Mikrobe verursacht wurde oder ob Janets Neuigkeiten zu einer Art Nervenzusammenbruch geführt hatten. Lucy hatte schon als Kind FBI-Agentin werden wollen, und sie war bereits eine der besten, die das FBI je gehabt hatte. Es war einfach unfair. Sie hatte sich nichts zuschulden kommen lassen, außer daß sie im zarten Alter von neunzehn Jahren den Fehler begangen hatte, auf eine äußerst bösartige Person hereinzufallen. Ich wollte endlich dieses Zimmer verlassen und zu ihr fahren. Ich wollte nach Hause. Gerade als ich vorhatte, nach der Schwester zu klingeln, kam eine herein. Sie war neu.

»Meinen Sie, ich könnte einen neuen OP-Anzug bekommen?« fragte ich sie.

»Ich kann Ihnen einen Kittel bringen.«

»Einen Anzug, bitte.«

»Na ja, das ist eigentlich nicht üblich.« Sie runzelte die Stirn.

»Ich weiß.«

Ich stöpselte den Computer in die Telefonbuchse und schaltete ihn mit einem Tastendruck ein.

»Wenn die Haushaltssperre nicht bald aufgehoben wird, gibt es bald keine sterilen Kittel mehr.« Die Schwester in dem blauen Schutzanzug plapperte in einem fort, während sie die Bettdecke über meinen Beinen zurechtzog. »Der Präsident hat heute morgen in den Nachrichten gesagt, daß es bald kein Essen auf Rädern mehr geben wird. Die Umweltschutzbehörde kümmert sich nicht mehr um die Giftmülldeponien, vielleicht machen sogar die Bundesgerichte dicht, und an Führungen durchs Weiße Haus ist erst recht nicht mehr zu denken. Sind Sie bereit fürs Mittagessen?«

»Danke«, sagte ich, während sie mit ihrer Litanei schlechter Neuigkeiten fortfuhr.

»Ganz zu schweigen von der staatlichen Gesundheitsfürsorge, der Luftverschmutzung, der winterlichen Grippewelle und den Trinkwasservorräten, die auf parasitäre Sporen untersucht werden müssen. Sie können von Glück sagen, daß Sie *jetzt* hier sind. Nächste Woche haben wir vielleicht gar nicht mehr geöffnet.«

Ich hatte keine Lust, auch nur einen Gedanken an den Haushaltsstreit zu verschwenden. Auch jetzt ging bereits ein Großteil meiner Zeit für Budgetkämpfe verloren: Ich feilschte mit Ministerialdirektoren und nahm vor der General Assembly die Gesetzgeber unter Beschuß. Ich fürchtete, daß die Krise von der Bundesebene auf die Einzelstaaten übergreifen könnte. Dann würde mein neues Dienstgebäude nie fertig, und meine ohnehin dürftigen Mittel würden gnadenlos gekürzt. Die Toten hatten keine Lobby. Für meine Patienten existierte keine Partei, und sie gingen nicht zur Wahl.

»Sie können sich was aussuchen«, sagte sie.

»Entschuldigung.« Ich schenkte ihr wieder meine Aufmerksamkeit.

»Huhn oder Schinken.«

»Huhn.« Ich hatte nicht den geringsten Hunger. »Und heißen Tee.«

Sie stöpselte ihren Luftschlauch aus und überließ mich der Stille. Ich stellte den Laptop aufs Tablett und loggte mich bei America Online ein. Zuerst sah ich in meine Mailbox. Es waren jede Menge Nachrichten darin, aber keine von *deadoc*, die die Squad 19 nicht bereits geöffnet hatte. Ich navigierte mich mit Hilfe der Menüs zu den Chat-Räumen, rief die Liste der Mitgliedsräume auf und schaute nach, wie viele Leute sich in dem Chat-Raum mit dem Namen »M. E.« befanden.

Niemand war da, also begab ich mich als einzige hinein, lehnte mich in meine Kissen zurück und starrte auf den leeren Bildschirm mit der Symbolleiste am oberen Rand. Es gab niemanden, mit dem ich mich unterhalten konnte, und mir wurde bewußt, wie albern das auf *deadoc* wirken mußte, falls er irgendwie zuschaute. War es nicht zu offensichtlich, wenn ich mich allein in dem Raum aufhielt? Würde das nicht den Eindruck machen, als wartete ich auf jemanden? Kaum hatte ich das gedacht, erschien ein Satz auf meinem Bildschirm, und ich begann zu antworten.

QUINCY: Hi. Worüber wollen wir heute reden?
SCARPETTA: Die Haushaltssperre. In welcher Weise sind Sie davon betroffen?
QUINCY: Meine Dienststelle befindet sich in Washington. Ein Alptraum.
SCARPETTA: Sind Sie Gerichtsmediziner?
QUINCY: Ja. Wir sind uns schon bei Konferenzen begegnet. Wie haben ein paar gemeinsame Bekannte. Heute ist hier ja nicht viel los, aber warten wir's ab: Es kann nur noch besser werden.

Da wußte ich, daß Quincy einer der Undercover-Agenten von der Squad 19 war. Wir setzten unsere Unterhaltung fort, bis das Mittagessen kam, und nahmen sie danach für fast eine Stunde wieder auf. Quincy und ich plauderten über unsere Probleme, fragten nach Lösungen und taten alles Erdenkliche, um unsere Sitzung wie einen normalen Austausch zwischen Gerichtsmedizinern und Kollegen wirken zu lassen. Doch *deadoc* biß nicht an.

Ich hielt ein Schläfchen und wachte kurz nach vier wieder auf. Einen Moment lang konnte ich mich nicht besinnen, wo ich war. Ich lang ganz still, und dann fiel es mir mit niederschmetternder Wucht wieder ein. Ich setzte mich auf. Ich war völlig verspannt vom Gewicht des Computers, der immer noch auf mir lag. Ich loggte mich erneut bei AOL ein und begab mich wieder in den Chat-Raum. Dieses Mal gesellte sich jemand zu mir, der sich MEDEX nannte, und wir redeten über das Datenbankprogramm, das ich auf meiner Dienststelle zur Erfassung von Falldaten und zum Abrufen von Statistiken benutzte.

Genau um fünf Minuten nach fünf ertönte in meinem Computer ein leicht verstimmter Hinweiston, und plötzlich nahm das Telegramm-Fenster fast den gesamten Bildschirm ein. Während ich fassungslos darauf starrte, erschien eine Mitteilung von *deadoc*, die, wie ich wußte, niemand sonst im Chat-Raum sehen konnte.

DEADOC: sie halten sich wohl für sehr schlau
SCARPETTA: Wer sind Sie?
DEADOC: sie wissen wer ich bin ich bin was sie tun
SCARPETTA: Was tue ich denn?
DEADOC: tod doktor tod sie sind ich
SCARPETTA: Ich bin nicht Sie.
DEADOC: sie halten sich wohl für sehr schlau

Er verstummte abrupt, und als ich auf den »Wer ist online«-Knopf klickte, stellte ich fest, daß er sich ausgeloggt hatte. Mit rasendem Herzklopfen schickte ich eine weitere Nachricht an MEDEX, in der ich ihm mitteilte, ich sei von einem Gast aufgehalten worden. Ich bekam keine Antwort, denn ich befand mich wieder allein im Chat-Raum.

»Verdammt«, stieß ich halblaut aus.

Erst um zehn Uhr abends versuchte ich es erneut, aber es kam niemand außer Quincy, der mir sagen wollte, daß wir uns am nächsten Morgen noch einmal versuchen sollten zu treffen. All die anderen Ärzte, schrieb er, seien bereits nach Haus gegangen. Die Schwester, die ich schon vom Mittagessen kannte, sah noch einmal nach mir. Sie war ausgesprochen nett. Sie tat mir leid, weil sie so lange Dienst hatte und sich jedesmal, bevor sie in mein Zimmer kam, in den blauen Schutzanzug quälen mußte.

»Wo bleibt die neue Schicht?« fragte ich, während sie meine Temperatur maß.

»Die neue Schicht bin ich. Wir tun halt, was wir können.«

Sie verwies einmal mehr auf die Haushaltssperre, und ich nickte.

»Es sind kaum noch Laboranten hier«, fuhr sie fort. »Kann sein, daß Sie morgen aufwachen und die einzige im ganzen Gebäude sind.«

»Jetzt krieg' ich bestimmt Alpträume«, sagte ich, während sie mir die Blutdruckmanschette um den Arm wickelte.

»Nun ja, immerhin fühlen Sie sich doch ganz gut, und das ist schließlich das Wichtigste. Seit ich hier arbeite, bilde ich mir ständig ein, daß ich mir irgend etwas weggeholt habe. Das kleinste Wehwehchen oder der kleinste Schnupfen, und schon denke ich: O Gott. Was für eine Ärztin sind Sie denn?« Ich sagte es ihr.

»Ich wollte Kinderärztin werden. Dann habe ich geheiratet.«

»Wenn es keine solchen guten Krankenschwestern wie Sie gäbe, wären wir aufgeschmissen«, sagte ich lächelnd.

»Das scheint den meisten Ärzten aber nicht klar zu sein. Die behandeln uns ganz schön von oben herab.«

»Manche ganz sicher«, stimmte ich ihr zu.

Ich versuchte zu schlafen, doch ich wälzte mich die ganze Nacht von einer Seite auf die andere. Das Licht der Parkplatzbeleuchtung vor meinem Fenster drang durch die Jalousien, und welche Stellung ich auch einnahm, es gelang mir nicht, mich zu entspannen. Ich bekam kaum Luft, und mein Herzschlag wollte sich einfach nicht normalisieren. Um fünf Uhr morgens setzte ich mich schließlich auf und knipste das Licht an. Binnen weniger Minuten stand die Schwester wieder in meinem Zimmer.

»Alles in Ordnung?« Sie sah erschöpft aus.
»Ich kann nicht schlafen.«
»Soll ich Ihnen etwas geben?«

Ich schüttelte den Kopf und schaltete den Computer an. Ich loggte mich bei AOL ein und begab mich wieder in den Chat-Raum. Er war leer. Ich klickte auf den »Wer ist online«-Knopf, um nachzusehen, ob *deadoc* anwesend war und falls ja, wo er sich aufhielt. Nichts deutete darauf hin, daß er online war, und ich begann, die Liste der verschiedenen Chat-Räume durchzusehen, die den Abonnenten und ihren Angehörigen zur Verfügung standen.

Es gab wirklich für jeden etwas: Räume für Flirts, Singles, Schwule, Lesben, Indianer, Schwarze – und für Schmutz. Menschen mit einer Vorliebe für Sadomasochismus, Gruppensex, Bondage, Sodomie oder Inzest durften hier miteinander Kontakt aufnehmen und pornographische Werke austauschen. Das FBI konnte nichts dagegen tun. Es war völlig legal.

Niedergeschlagen saß ich da, in meine Kissen gestützt, und döste ein, ohne es zu wollen. Als ich eine Stunde später wieder die Augen öffnete, befand ich mich in einem Chat-Raum mit dem Titel ARTLOVE. Eine Nachricht für mich harrte geduldig auf meinem Bildschirm. *Deadoc* hatte mich gefunden.

DEADOC: ein bild ersetzt tausend worte

Ich schaute hastig nach, ob er immer noch online war, und fand ihn. Still und reglos hockte er im Cyberspace und wartete auf mich. Ich tippte meine Antwort ein.

SCARPETTA: Was haben Sie anzubieten?

Er antwortete nicht sofort. Drei oder vier Minuten saß ich da und starrte auf den Bildschirm. Dann war er wieder da.

DEADOC: mit verrätern mache ich keine geschäfte ich verschenke was ich habe was passiert ihrer meinung nach mit solchen menschen
SCARPETTA: Sagen Sie es mir!

Schweigen. Ich sah zu, wie er den Raum verließ und eine Minute später zurückkam. Er verwischte seine Spur. Er wußte genau, was wir vorhatten.

DEADOC: das wissen sie doch
SCARPETTA: Nein.
DEADOC: dann erfahren sie es noch
SCARPETTA: Ich habe die Fotos gesehen, die Sie mir geschickt haben. Ich konnte daraus nicht viel ersehen. Was wollten Sie mir damit mitteilen?

Aber er antwortete nicht. Ich kam mir langsam und schwer von Begriff vor. Ich hatte ihn vor mir und konnte ihn doch nicht festhalten. Ich war nicht in der Lage, ihn in ein längeres Gespräch zu verwickeln. Ich war frustriert und entmutigt, als wieder ein Telegramm auf meinem Bildschirm erschien, diesmal von der Squad 19.

QUINCY: A. K. A., Scarpetta. Ich muß noch diesen einen Fall mit Ihnen durchgehen. Die Selbstopferung.

Damit war für mich klar, daß Quincy Lucy war. A. K. A. stand für Aunt Kay Always. Das war ihr Codename für mich. Sie wachte über mich, wie ich all die Jahre über sie gewacht hatte, und sie signalisierte mir, daß sie bei mir war. Ich antwortete ihr.

SCARPETTA: Ja, richtig. Das wird nicht leicht für Sie. Wie werden Sie verfahren?
QUINCY: Warten Sie ab, was ich vor Gericht aussage. Später mehr.

Ich lächelte, als ich mich ausloggte und in die Kissen zurücklehnte. Jetzt fühlte ich mich nicht mehr ganz so hilflos und allein.

»Guten Morgen.« Die erste Schwester war wieder da.

»Gleichfalls.« Meine Stimmung sank.

»Dann wollen wir mal Fieber und Blutdruck messen. Wie geht's uns denn heute?«

»Gut geht's uns.«

»Möchten Sie Eier oder Cornflakes?«

»Obst«, sagte ich.

»Das stand nicht zur Auswahl. Aber eine Banane können wir wohl noch irgendwo auftreiben.«

Schon hatte ich das Thermometer im Mund und die Manschette um den Arm. Sie redete in einem fort.

»Draußen ist es kalt, als würde es bald schneien«, sagte sie. »Null Grad. Ist das nicht unglaublich? Meine Windschutzscheibe war sogar vereist. Die Eicheln sind in diesem Jahr groß. Das deutet auf einen strengen Winter hin. Sie haben immer noch unter sechsunddreißig sechs. Was ist bloß los mit Ihnen?«

»Wieso hat man mir das Telefon weggenommen?« fragte ich.

»Ich werd' danach fragen.« Sie nahm mir die Manschette ab. »Ihr Blutdruck ist auch zu niedrig.«

»Fragen Sie bitte Colonel Fujitsubo, ob er heute morgen vorbeikommen kann.«

Sie trat einen Schritt zurück und musterte mich argwöhnisch.

»Wollen Sie sich etwa über mich beschweren?«

»Du liebe Güte, nein«, sagte ich. »Ich muß nur hier raus.«

»Tja, es tut mir ja sehr leid, aber darauf hab' ich keinen Einfluß. Manche Leute müssen sogar zwei Wochen hierbleiben.«

Ich dachte, ich würde gleich den Verstand verlieren.

Bis zum Mittagessen – gegrillte Hühnerbrust, Karotten und

Reis – ließ der Colonel sich nicht blicken. Ich aß kaum etwas, und meine Anspannung stieg. Der Fernseher flimmerte stumm im Hintergrund. Ich hatte den Ton abgestellt. Um zwei Uhr nachmittags kam die Schwester und verkündete, ich hätte wieder Besuch. Also setzte ich wie gehabt die HEPA-Filtermaske auf und folgte ihr den Flur hinunter in die Ambulanz.

Diesmal kam ich in Kabine A, und auf der anderen Seite wartete Wesley auf mich. Er lächelte, als unsere Blicke sich trafen, und wir nahmen beide unseren Hörer ab. Ich war so erleichtert und überrascht, ihn zu sehen, daß ich anfangs ins Stottern geriet.

»Ich hoffe, du bist gekommen, um mich zu retten«, sagte ich.

»Mit Ärzten leg' ich mich nicht an. Das hab' ich von dir gelernt.«

»Ich dachte, du wärst in Georgia.«

»War ich auch. Hab' mir den Schnapsladen angeschaut, in dem die beiden Leute erstochen wurden, und ein bißchen die Umgebung erkundet. Jetzt bin ich hier.«

»Und?«

»Und?« Er zog eine Augenbraue hoch. »Die Mafia.«

»Ich hatte nicht an Georgia gedacht.«

»Dann sag mir, was du denkst. Offenbar bin ich dabei, die Kunst des Gedankenlesens zu verlernen. Und du siehst heute besonders bezaubernd aus, möchte ich hinzufügen«, sagte er zu meiner Maske.

»Ich werde verrückt, wenn ich hier nicht bald rauskomme«, sagte ich. »Ich muß mich mit dem CDC in Verbindung setzen.«

»Lucy hat mir erzählt, daß du mit *deadoc* kommuniziert hast.«

Das schelmische Leuchten verschwand aus seinen Augen.

»Nicht besonders lange, und es ist auch nicht viel dabei herausgekommen«, sagte ich ärgerlich.

Es brachte mich zur Weißglut, daß ich mit diesem Killer

kommunizieren mußte, denn das war genau das, was er wollte. Eigentlich hatte ich es mir zum Prinzip gemacht, Menschen wie ihm nie auch nur einen Deut nachzugeben.

»Gib nicht auf«, sagte Wesley.

»Er äußert sich über medizinische Themen, zum Beispiel Krankheiten und Erreger«, sagte ich. »Findest du das in Anbetracht dessen, war wir im Moment erleben, nicht beunruhigend?«

»Zweifelsohne verfolgt er die Berichterstattung.« Er führte die gleichen Argumente an wie Janet.

»Aber was, wenn es mehr ist als das?« fragte ich. »Die Frau, die er zerstückelt hat, hatte offenbar die gleiche Krankheit wie die Frau von Tangier.«

»Das kannst du noch nicht beweisen.«

»Weißt du, ich habe nicht Karriere gemacht, indem ich wilde Vermutungen angestellt und vorschnelle Schlüsse gezogen habe.« Ich war außer mir. »Ich werde den Beweis erbringen, sobald ich kann, aber ich finde, bis dahin sollten wir uns vom gesunden Menschenverstand leiten lassen.«

»Ich glaube, ich verstehe nicht ganz, worauf du hinauswillst.«

Er sah mir unverwandt in die Augen.

»Ich meine, daß wir es vielleicht mit biologischen Kampfstoffen zu tun haben. Mit einem Unabomber, der eine Krankheit als Waffe benutzt.«

»Um Himmels willen! Das will ich doch nicht hoffen.«

»Aber der Gedanke ist dir doch auch schon gekommen. Erzähl mir nicht, du hältst es für Zufall, daß ein Zerstückelungsfall mit einer tödlichen Krankheit einhergeht.«

Ich schaute ihm prüfend ins Gesicht. Er hatte Kopfschmerzen. Das sah ich an einer Ader, die dann immer auf seiner Stirn hervortrat wie eine bläuliche Schnur.

»Und dir geht es auch ganz bestimmt gut?« fragte er.

»Ja. Um dich mache ich mir mehr Sorgen.«

»Was ist mit dieser Krankheit? Inwieweit bist du gefährdet?«

Er wurde langsam ungeduldig mit mir, wie immer, wenn er glaubte, ich sei in Gefahr.

»Ich habe eine Auffrischungsimpfung bekommen.«

»Ja, gegen Pocken«, sagte er. »Was ist, wenn es etwas anderes ist als Pocken?«

»Dann haben wir ein Riesenproblem. Janet war hier.«

»Ich weiß«, sagte er in seinen Hörer. »Tut mir leid. Das war wirklich kein guter Zeitpunkt ...«

»Nein, Benton«, unterbrach ich ihn, »jemand mußte es mir sagen. Für derartige Neuigkeiten ist nie der richtige Zeitpunkt. Wie geht es denn deiner Meinung nach jetzt weiter?« Damit wollte er jedoch nicht herausrücken.

»Dann glaubst du auch, daß diese Geschichte ihr das Genick brechen wird«, sagte ich verzweifelt.

»Daß sie sie rausschmeißen, kann ich mir nicht vorstellen. Normalerweise wird man in so einem Fall einfach nicht mehr befördert und an eine Außenstelle irgendwo am Ende der Welt strafversetzt. Das würde zur Folge haben, daß sie und Janet dreitausend Meilen voneinander getrennt sind. Eine von ihnen wird kündigen, oder auch gleich alle beide.«

»Und was soll daran besser sein, als gefeuert zu werden?« sagte ich voll Schmerz und Wut.

»Laß uns erst mal abwarten, Kay.« Er sah mich an. »Ich entlasse Ring aus der CASKU.«

»Tu es nicht für mich.«

»Schon geschehen«, sagte er.

Fujitsubo kam erst am nächsten Morgen zu mir. Er lächelte und öffnete die Jalousien, um das Sonnenlicht hereinzulassen. Es war so hell, daß es mir in den Augen weh tat.

»Guten Morgen. So weit, so gut«, sagte er. »Ich bin sehr froh, daß Sie uns offenbar doch nicht krank werden, Kay.«

»Dann kann ich ja gehen«, sagte ich, bereit, auf der Stelle aus dem Bett zu springen.

»Langsam.« Er schaute sich mein Krankenblatt an. »Ich weiß, wie schwer das für Sie ist, aber ich fühle mich nicht wohl dabei, Sie so schnell wieder gehen zu lassen. Halten Sie noch ein bißchen durch, dann können Sie übermorgen fort, wenn nichts dazwischenkommt.«

Als er ging, war mir zum Heulen zumute. Ich wußte nicht, wie ich auch nur eine weitere Stunde Quarantäne ertragen sollte. Niedergeschlagen saß ich unter meiner Bettdecke und schaute aus dem Fenster. Der Himmel war leuchtend blau, und unter dem bleichen Schatten eines morgendlichen Mondes hingen Wolkenfetzen. Die kahlen Bäume vor meinem Fenster wiegten sich in einem sanften Wind. Ich dachte an mein Haus in Richmond, an die Pflanzen, die eingetopft werden mußten, und die Arbeit, die sich auf meinem Schreibtisch stapelte. Ich sehnte mich danach, in der Kälte spazierenzugehen und Broccoli und Gerstensuppe nach meinem Hausrezept zu kochen. Ich sehnte mich nach Spaghetti mit Ricotta oder gefüllten Frittata, nach Musik und Wein.

Den halben Tag lang suhlte ich mich einfach nur in Selbstmitleid und tat nichts, außer auf den Fernsehbildschirm zu starren und zu dösen. Dann kam die Schwester der nächsten Schicht mit dem Telefon herein und sagte, da sei ein Anruf für mich. Ich wartete, bis er durchgestellt wurde, und langte dann nach dem Hörer, als sei dies der aufregendste Moment in meinem Leben.

»Ich bin's«, sagte Lucy.

»Gott sei Dank.« Ich war hocherfreut, ihre Stimme zu hören. »Schönen Gruß von Oma. Es geht das Gerücht, daß du den Preis als schwierigste Patientin gewinnst.«

»Stimmt. All die Arbeit in meinem Büro. Wenn ich die bloß hier hätte.«

»Du brauchst Ruhe«, sagte sie. »Für deine Abwehrkräfte.«

Besorgt dachte ich an Wingo.

»Wieso sitzt du nicht am Computer?« kam sie zur Sache.

Ich schwieg.

»Tante Kay, mit uns wird er nicht reden. Er redet nur mit dir.«

»Dann sollte sich einer von euch unter meinem Namen einloggen«, entgegnete ich.

»Auf keinen Fall. Wenn er uns auf die Schliche kommt, geht er uns endgültig durch die Lappen. Es ist ja schon unheimlich, wie clever dieser Typ ist.«

Ich sagte immer noch nichts, doch Lucy wartete nicht lange auf meine Antwort.

»Wie stellst du dir das vor?« sagte sie entrüstet. »Ich soll so tun, als wäre ich eine Gerichtsmedizinerin mit einem Abschluß in Jura, die bereits mindestens eines der Opfer dieses Täters obduziert hat? Das ist ja wohl kaum machbar.«

»Ich möchte mit ihm nicht in Verbindung stehen, Lucy«, sagte ich. »Menschen wie er geilen sich daran auf. Sie finden das toll. Sie wollen beachtet werden. Je mehr ich sein Spiel mitspiele, desto mehr bestärkt ihn das vielleicht. Hast du daran schon mal gedacht?«

»Ja. Aber sieh es doch mal so: Ob er nun einen Menschen oder zwanzig zerstückelt hat, er wird wieder etwas Schlimmes tun. Menschen wie er hören nicht so einfach wieder auf. Und wir haben nicht die geringste Ahnung, wo zum Teufel er steckt.«

»Ich denke gar nicht an mich«, fing ich an.

»Das wäre aber vollkommen legitim.«

»Ich hab' bloß Angst, daß ich etwas tue, was es noch schlimmer macht«, wiederholte ich.

Dieses Risiko bestand natürlich immer, wenn man bei Ermittlungen kreativ oder aggressiv vorging. Der Täter war niemals völlig berechenbar. Vielleicht war es einfach nur eine Intuition, eine Schwingung, die ich tief in meinem Innern spürte. Aber ich hatte das Gefühl, daß dieser Mörder anders war. Irgend etwas, von dem wir noch nichts ahnten, trieb ihn an. Ich fürchtete, daß er unsere Pläne genau durchschaute und sich köstlich dabei amüsierte.

»Jetzt erzähl mir von dir«, sagte ich. »Janet war hier.«

»Darüber möchte ich jetzt lieber nicht reden.« Kalte Wut schlich sich in ihre Stimme. »Ich hab' Besseres zu tun.«

»Ich stehe hinter dir, Lucy, was auch immer du vorhast.«

»Das weiß ich doch. Und alle anderen können sich darauf verlassen, daß Carrie im Knast verfaulen wird, bis sie in die Hölle kommt, egal, was ich dafür tun muß.«

Die Schwester stand wieder in meinem Zimmer, um mir das Telefon wegzunehmen.

»Ich begreife es einfach nicht«, beschwerte ich mich, als ich auflegte. »Ich habe eine Telefonkarte, falls es das ist, was Ihnen Sorgen macht.«

Sie lächelte. »Anweisung vom Colonel. Er will, daß Sie sich ausruhen, und er weiß, daß Sie das nicht tun werden, wenn Sie die Möglichkeit haben, den ganzen Tag zu telefonieren.«

»Aber ich ruhe mich doch aus«, sagte ich, doch sie war schon wieder fort.

Ich fragte mich, warum er mir erlaubte, den Laptop zu behalten, und hatte den Verdacht, daß Lucy oder sonst jemand ihn dazu bewegt hatte. Als ich mich bei AOL einloggte, fühlte ich mich, als hätte sich alle Welt gegen mich verschworen. Ich hatte den M.-E.-Chat-Raum kaum betreten, als *deadoc* auftauchte – diesmal nicht mit einem für andere unsichtbaren Telegramm, sondern als Teilnehmer, den jeder andere, der hereinkam, hören und sehen konnte.

DEADOC: wo waren sie
SCARPETTA: Wer sind Sie?
DEADOC: das habe ich ihnen schon gesagt
SCARPETTA: Sie sind nicht ich.

DEADOC: er gab ihnen macht über die unreinen geister daß sie die austrieben und heilten alle krankheiten und alle gebrechen pathophysiologische symptome viren wie h i v unser darwinscher kampf gegen sie sie sind bösartig oder sind wir es
SCARPETTA: Erklären Sie, was Sie meinen.
DEADOC: es sind zwölf

Er hatte nicht die Absicht, mir etwas zu erklären, zumindest nicht jetzt. Ich erhielt die Meldung, daß er den Raum verlassen hatte. Ich blieb noch ein bißchen, für den Fall, daß er zurückkam, und fragte mich unterdessen, was er mit *zwölf* meinte. Mit einem Druck auf den Knopf an meinem Kopfende rief ich die Schwester, wegen der ich langsam ein schlechtes Gewissen bekam. Ich wußte nicht, ob sie draußen wartete, oder ob sie jedesmal, wenn sie kam und ging, ihren blauen Anzug an- und auszog. Aber mit Sicherheit war nichts davon angenehm zu ertragen, schon gar nicht meine Stimmung.

»Sagen Sie mal«, sagte ich, als sie bei mir ankam, »ob es hier wohl irgendwo eine Bibel gibt?«

Sie zögerte, als sei ihr diese Frage noch nie gestellt worden.

»Oje, da hab' ich keine Ahnung.«

»Könnten Sie mal nachsehen?«

»Geht es Ihnen gut?« Sie sah mich mißtrauisch an.

»Bestens.«

»Es gibt hier eine Bibliothek. Vielleicht steht da irgendwo eine herum. Tut mir leid. Ich bin nicht sehr religiös.« Weiter vor sich hin plappernd ging sie hinaus.

Etwa eine halbe Stunde später kehrte sie mit einer in schwarzes Leder gebundenen Bibel zurück, einer Cambrigde-Red-Letter-Ausgabe, die sie, wie sie sagte, aus jemandes Büro ausgeliehen hatte. Ich schlug sie auf und fand vorn einen Namen in Schönschrift und ein Datum, aus dem hervorging, daß die Bibel ihrem Besitzer vor fast zehn Jahren zu einem besonderen Anlaß geschenkt worden war. Während ich zu blättern begann, wurde mir bewußt, daß ich seit Monaten nicht mehr zur Messe gegangen war. Ich beneidete Menschen, deren Glaube so stark war, daß sie eine Bibel an ihrem Arbeitsplatz hatten.

»Und Sie sind sicher, daß Sie sich gut fühlen?« fragte die Schwester, die sich immer noch in der Nähe der Tür herumdrückte.

»Sie haben mir noch gar nicht gesagt, wie Sie heißen«, sagte ich.

»Sally«.

»Sie haben mir sehr geholfen, und dafür bin ich Ihnen wirklich dankbar. Ich weiß, daß es kein Vergnügen ist, an Thanksgiving zu arbeiten.«

Darüber schien sie sich sehr zu freuen, und nun faßte sie den Mut zu sagen: »Ich will meine Nase ja nicht in Dinge stecken, die mich nichts angehen, aber ich bekomme nun mal mit, was die Leute so reden. Diese Insel in Virginia, von der die Tote stammte – stimmt es, daß die Leute da nur von der Krabbenfischerei leben?«

»So ziemlich.«

»Blue Crabs.«

»Und Weichschalenkrebse«, ergänzte ich.

»Ist schon mal jemand auf die Idee gekommen, sich deswegen Sorgen zu machen?«

Ich wußte, worauf sie hinauswollte. Ich machte mir sehr wohl Gedanken. Schließlich hatte ich einen ganz persönlichen Grund, mir Sorgen um Wesley und mich zu machen.

»Diese Dinge werden ins ganze Land verkauft, oder?« fuhr sie fort.

Ich nickte.

»Was ist, wenn die Krankheit, die die Frau hatte, durch Wasser oder Lebensmittel übertragen wird?« Ihre Augen leuchteten hinter ihrem Visier. »Ich habe ihre Leiche zwar nicht gesehen, aber was ich darüber gehört habe, ist wirklich unheimlich.«

»Ich weiß«, sagte ich. »Ich hoffe, wir finden bald eine Antwort darauf.«

»Übrigens, zum Mittagessen gibt es Truthahn. Erwarten Sie nicht zuviel.«

Sie stöpselte ihren Luftschlauch aus und hörte auf zu reden. Dann öffnete sie die Tür, winkte mir kurz zu und ging hinaus. Ich wandte mich wieder der Konkordanz zu und mußte eine Weile unter verschiedenen Stichwörtern suchen, bis ich die Passage fand, die *deadoc* zitiert hatte. Es war Matthäus 10, Vers eins, und vollständig hieß es dort: *Und er rief seine zwölf Jünger zu sich und gab ihnen Macht über die unreinen Geister, daß sie die austrieben und heilten alle Krankheiten und alle Gebrechen.*

Im nächsten Vers wurden die Namen der Jünger aufgezählt, und dann sandte Jesus sie aus, verlorene Schafe zu finden und ihnen zu predigen, daß das Himmelreich nahe sei. Er trug den Jüngern auf, Kranke zu heilen, Aussätzige zu reinigen, Tote aufzuwecken und böse Geister auszutreiben. Während ich das las, rätselte ich, ob dieser Killer, der sich *deadoc* nannte, wirklich eine Botschaft hatte, an die er glaubte, ob *zwölf* sich auf die Jünger bezog oder ob er einfach nur sein Spielchen mit mir spielte.

Ich ging im Zimmer auf und ab und schaute dabei aus dem Fenster. Es begann bereits zu dunkeln. Es wurde jetzt früh Abend, und ich hatte es mir zur Gewohnheit gemacht, zu beobachten, wie die Leute zu ihren Autos gingen. Ihr Atem gefror in der Luft, und der Parkplatz war wegen der Haushaltssperre fast leer. Zwei Frauen hielten vor der geöffneten Tür eines Hondas ein Schwätzchen. Sie zuckten mit den Schultern und gestikulierten so angestrengt, als bemühten sie sich, die großen Probleme des Lebens zu lösen. Ich stand hinter den Jalousien und sah ihnen zu, bis sie wegfuhren.

Ich versuchte, früh einzuschlafen, um allem zu entfliehen.

Doch wieder wachte ich ständig auf und versuchte alle paar

Stunden von neuem, in frisch geordnetem Bettzeug und einer anderen Position Schlaf zu finden. Bilder liefen ohne jeden logischen Zusammenhang vor meinem geistigen Auge ab wie alte, ungeschnittene Filme, die auf die Innenseite meiner Lider projiziert wurden. Ich sah zwei Frauen an einem Briefkasten, die sich unterhielten. Eine hatte einen Leberfleck an der Wange, der sich in einen großflächigen Ausschlag verwandelte. Sie schirmte ihre Augen mit der Hand ab. Dann krümmten sich Palmen in einem stürmischen Wind, und ein Hurrikan zog vom Meer heran. Abgerissene Palmwedel flogen umher. Ein entkleideter Rumpf, ein blutiger Tisch, auf dem abgehackte Hände und Füße aufgereiht lagen.

Ich setzte mich schwitzend auf und wartete darauf, daß meine Muskeln aufhörten zu zucken. Es war, als hätte es in meinem Innern einen Kurzschluß gegeben, als stünde ich kurz vor einem Herzinfarkt oder einem Schlaganfall. Ich atmete tief durch und versuchte, an gar nichts zu denken. Ich saß ganz still. Als der Spuk vorbei war, klingelte ich nach der Schwester.

Mein Gesichtsausdruck ließ keine Widerrede zu, als ich um das Telefon bat. Sie brachte es mir sofort, und kaum daß sie weg war, rief ich Marino an.

»Bist du immer noch im Knast?« sagte er in den Hörer.

»Ich glaube, das Opfer war sein Versuchskaninchen«, verkündete ich.

»Wie bitte? Sag' das noch mal.«

»*Deadoc.* Die Frau, die er erschossen und zerstückelt hat, hat ihm vielleicht als Versuchskaninchen gedient. Jemand, den er kannte und an den er leicht herankam.«

»Ehrlich gesagt, Doc, habe ich nicht die geringste Ahnung, wovon du redest.« Sein Tonfall verriet, daß er sich Sorgen um meinen Geisteszustand machte.

»Das erklärt auch, warum er sie nicht ansehen konnte. Die ganze Vorgehensweise macht auf einmal Sinn.«

»Jetzt versteh' ich wirklich gar nichts mehr.«

»Wenn du jemanden mittels eines Virus ermorden wolltest«, erklärte ich, »müßtest du dir doch erst einmal überlegen, wie das funktionieren soll. Wie soll die Krankheit zum Beispiel übertragen werden? Durch ein Nahrungsmittel, ein Getränk, Staub? Pocken werden durch die Luft übertragen. Sie verbreiten sich durch Tröpfchen oder durch Flüssigkeit aus den Wunden, können also von einem Menschen oder seiner Kleidung übertragen werden.«

»Erst mal ist doch die Frage: Wo hat der Täter das Virus überhaupt her?« sagte er. »Das ist ja nicht gerade etwas, das man bei einem Versandhaus bestellt.«

»Ich weiß es nicht. Meines Wissens gibt es nur zwei Orte auf der Welt, wo Pockenviren archiviert werden: die CDC und ein Labor in Moskau.«

»Also handelt es sich hier vielleicht um ein Komplott der Russen«, sagte er sarkastisch.

»Nehmen wir mal folgendes an«, sagte ich. »Der Killer hat einen Haß auf die Welt oder irgend jemanden. Vielleicht lebt er sogar in dem Wahn, er sei dazu berufen, eine der schlimmsten Krankheiten aller Zeiten zurückzubringen. Dann muß er sich eine Methode überlegen, Menschen willkürlich zu infizieren, und er muß sich darauf verlassen können, daß es funktioniert.«

»Also braucht er ein Versuchskaninchen«, sagt Marino.

»Ja. Und angenommen, er hat eine Nachbarin, eine Verwandte, einen alten Menschen, der nicht gesund ist. Vielleicht sorgt er sogar für sie. Was gibt es für eine bessere Art, das Virus zu testen, als an jener Person? Und wenn es funktioniert, bringt er sie um und inszeniert ihren Tod so, daß es aussieht, als sei sie an etwas anderem gestorben. Schließlich kann er sie auf keinen Fall an Pocken sterben lassen. Nicht wenn eine Verbindung zwischen ihm und ihr besteht. Sonst könnten wir herausfinden, wer er ist. Also schießt er ihr in den Kopf und zerstückelt sie, damit wir glauben, es handele sich wieder um einen dieser Serienmorde.«

»Und wie schlägst du jetzt den Bogen zu der Frau auf Tangier?«

»Sie war dem Virus ausgesetzt«, sagte ich einfach.

»Wie? Wurde es ihr etwa ins Haus geliefert? Hat sie es mit der Post bekommen? Wurde es durch die Luft übertragen? Hat man es ihr im Schlaf eingeritzt?«

»Ich weiß nicht, wie.«

»Glaubst du, *deadoc* wohnt auf Tangier?« fragte Marino dann.

»Nein«, sagte ich. »Ich glaube, er hat sich die Insel ausgesucht, weil sie der am besten geeignete Ort ist, um eine Seuche ausbrechen zu lassen: klein und abgeschlossen. Außerdem ist sie leicht unter Quarantäne zu stellen, was bedeutet, daß der Killer nicht vorhat, mit einem Schlag die ganze Bevölkerung auszulöschen. Er geht Schritt für Schritt vor, zerlegt uns quasi in kleine Häppchen.«

»Ja. Genau wie die alte Frau, falls du recht hast.«

»Irgend etwas hat er vor«, sagte ich. »Mit der Sache auf Tangier wollte er erst mal Aufmerksamkeit erregen.«

»Nichts für ungut, Doc, aber ich hoffe, daß das alles Mist ist, was du da sagst.«

»Ich fahre morgen früh nach Atlanta. Frag' doch mal bei Vander nach, ob bei dem Daumenabdruck etwas herausgekommen ist.«

»Bislang nicht. Sieht aus, als gäbe es von dem Opfer keine aktenkundigen Fingerabdrücke. Wenn sich irgend etwas ergibt, piepe ich dich an.«

»Verdammt«, murmelte ich. Meinen Pieper hatte die Schwester auch mitgenommen.

Der Rest des Tages verging unendlich langsam, und erst nach dem Abendessen kam Fujitsubo, um mich zu verabschieden. Obwohl meine Entlassung die Schlußfolgerung zuließ, daß ich offenbar weder infiziert noch ansteckend war, trug er einen blauen Schutzanzug, den er an einen Luftschlauch anschloß. »Eigentlich sollte ich Sie noch länger hierbehalten«, sagte er zur Begrüßung. Wieder bekam ich panische Angst. »Die Inkubationszeit beträgt im Schnitt zwölf bis dreizehn Tage. Aber es kann auch mal drei Wochen dauern. Ich will damit sagen, daß Sie immer noch krank werden können.«

»Das ist mir klar«, antwortete ich und griff nach meinem Wasser.

»Ob die Impfung wirkt oder nicht, hängt davon ab, in welchem Krankheitsstadium Sie sich befanden, als ich Sie geimpft habe.«

Ich nickte. »Und ich hätte es nicht so eilig, hier rauszukommen, wenn Sie diesen Fall einfach übernehmen würden, anstatt mich zum CDC zu schicken.«

»Kay, das kann ich nicht.« Seine Stimme klang dumpf durch den Plastikhelm. »Sie können schließlich auch keinen Fall an sich reißen, der außerhalb Ihrer Kompetenzen liegt. Ich habe mit denen gesprochen. Sie machen sich allergrößte Sorgen wegen der Seuchengefahr und werden mit den Tests beginnen, sobald Sie mit den Proben dort ankommen.«

»Ich befürchte, daß es sich um einen terroristischen Akt handelt.« Ich wollte nicht klein beigeben.

»Bis es dafür Beweise gibt – und ich hoffe, die wird es nicht geben –, können wir hier nichts mehr für Sie tun.« Es tat ihm offenbar ehrlich leid. »Fahren Sie nach Atlanta und hören Sie sich an, was die dazu sagen. Dort wird auch nur mit einer Notbesetzung gearbeitet. Der Zeitpunkt könnte kaum ungünstiger sein.«

»Oder günstiger für den Täter«, sagte ich. »Wenn Sie ein Verbrecher wären, der vorhat, mit einem Virus reihenweise Menschen umzubringen, könnten Sie sich dafür einen geeigneteren Zeitpunkt vorstellen als den, wenn sich die wichtigsten Bundesgesundheitsbehörden im Ausnahmezustand befinden? Die Haushaltssperre haben wir schließlich schon seit geraumer Zeit, und nichts deutet darauf hin, daß sie demnächst beendet wird.«

Er schwieg.

»John«, fuhr ich fort, »Sie waren bei der Obduktion dabei. Haben Sie jemals so eine Krankheit gesehen?«

»Nur im Lehrbuch«, entgegnete er erbittert.

»Wie kommt es, daß plötzlich und ganz von allein die Pocken wieder auftauchen?«

»Wenn es denn Pocken sind.«

»Was auch immer es ist, es ist hochansteckend, und es ist tödlich«, versuchte ich ihm ins Gewissen zu reden.

Aber er konnte nichts mehr tun, und den Rest der Nacht wanderte ich bei AOL von Raum zu Raum. Stündlich sah ich nach E-Mails. *Deadoc* ließ bis sechs Uhr morgens nichts von sich hören, doch dann tauchte er im M.-E.-Raum auf. Mir blieb das Herz stehen, als sein Name auf dem Bildschirm erschien. Wie jedesmal, wenn er mit mir kommunizierte, stieg mein Adrenalinspiegel rapide an. Ich hatte ihn an der Angel. Jetzt lag es an mir. Wenn es mir gelang, ihn dazu zu bringen, einen Fehler zu machen, konnte ich ihn zu Fall bringen.

DEADOC: sonntag war ich in der kirche ich wette sie nicht
SCARPETTA: Was war das Thema der Bibelauslegung?
DEADOC: predigt
SCARPETTA: Katholisch sind Sie also nicht.
DEADOC: hüte dich vor den menschen
SCARPETTA: Matthäus 10. Sagen Sie mir, was Sie damit meinen.
DEADOC: er soll sich entschuldigen
SCARPETTA: Wer ist er? Und was hat er getan?
DEADOC: ihr werdet zwar den kelch trinken den ich trinke

Bevor ich antworten konnte, war er fort, und ich begann in der Bibel zu blättern. Der Vers, den er diesmal zitiert hatte, stammte aus dem Markus-Evangelium. Wieder war es ein

Ausspruch von Jesus, was für mich darauf hindeutete, daß *deadoc* zumindest kein Jude war. Nach seiner Äußerung über den Gottesdienst zu urteilen war er auch nicht katholisch. Ich war keine Theologin, aber das Trinken aus dem Kelch schien sich auf die Kreuzigung zu beziehen. Demnach war *deadoc* also gekreuzigt worden, und mir würde das gleiche Schicksal widerfahren?

Es waren meine letzten paar Stunden hier, und Sally, die Schwester stellte sich wegen des Telefons nicht mehr so an. Ich piepte Lucy an, die mich postwendend zurückrief.

»Ich habe gerade wieder mit ihm gesprochen«, sagte ich. »Seid Ihr dran?«

»Ja, sind wir. Aber wir haben ihn noch nicht«, sagte meine Nichte. »Es gibt so viele Fernverbindungen, und wir müssen bei allen Telefongesellschaften Fangschaltungen einrichten. Der letzte Anruf kam aus Dallas.«

»Das kann nicht wahr sein«, sagte ich bestürzt.

»Da kommt das Gespräch nicht her, das ist nur eine Vermittlungsstelle, über die er weitergeleitet wurde. Weiter sind wir nicht gekommen, weil er die Verbindung getrennt hat. Du mußt dranbleiben. Das klingt ja, als sei dieser Typ so ein religiöser Spinner.«

11

Als die Sonne an jenem Morgen hoch in die Wolken aufstieg, nahm ich mir ein Taxi. Ich war in Eile und hatte nichts bei mir außer den Sachen, die ich am Leib trug – sie waren zuvor im Autoklav sterilisiert oder mit Gas behandelt worden – und einem großen, weißen Karton mit der Aufschrift VERDERBLICH EILT! ACHTUNG: NICHT KIPPEN und anderen Warnhinweisen, den ich bewachte wie ein Luchs.

Das Paket erinnerte an eine russische Matrjoschka: In dem Karton befanden sich Schachteln, in denen wiederum kleinere Schachteln mit sterilen Verpackungen für Gewebeproben darin steckten. Diese enthielten Röhrchen mit Proben von Lila Pruitts Leber, Milz und Rückenmarkflüssigkeit, geschützt durch Faserplatten, Blasenfolie und Wellpappe. Alles war in Trockeneis verpackt und mit INFEKTIÖSE-SUBSTANZ- und GEFAHR-Aufklebern versehen, als Warnung für jeden, der die äußere Verpackung entfernte. Selbstverständlich konnte ich mein Gepäck nicht aus den Augen lassen. Nicht nur, daß es erwiesenermaßen lebensbedrohend war, es konnte auch als Beweismaterial dienen, falls sich herausstellen sollte, daß der Fall Pruitt ein Mordfall war. Auf dem Baltimore-Washington-International-Flughafen suchte ich mir einen Münzfernsprecher und rief Rose an.

»Meine Arzttasche und mein Mikroskop sind noch beim USAMRIID.« Ich hatte keine Zeit zu verlieren. »Sehen Sie zu, ob Sie beides über Nacht zum CDC schaffen können. Ich befinde mich gerade auf dem BWI-Flughafen und fliege gleich dorthin weiter.«

»Ich habe schon versucht, Sie anzupiepen«, sagte sie.

»Meinen Pieper hätte ich auch gern zurück.« Ich versuchte mich zu erinnern, was sonst noch fehlte. »Und das Handy«, fügte ich hinzu.

»Hier ist ein Bericht für Sie angekommen, der Sie interessieren wird. Die Tierhaare, die sich an dem Rumpf befanden, stammen von Kaninchen und Affen.«

»Bizarr«, war das einzige, was mir dazu einfiel.

»Da wäre leider noch etwas. Presse und Fernsehen haben versucht, Sie wegen des Falls Carrie Grethen zu erreichen. Offenbar ist da etwas an die Medien durchgesickert.«

»Verdammter Mist!« rief ich aus. Daran konnte nur Ring schuld sein.

»Was soll ich tun?« fragte sie.

»Rufen Sie doch Benton an. Ich weiß nicht, was ich dazu sagen soll. Das wächst mir alles ein bißchen über den Kopf.«

»So hören Sie sich auch an.«

Ich sah auf meine Uhr. »Rose, ich muß jetzt zu meinem Flugzeug. Da hab' ich noch einiges vor mir. Bei der Gepäckdurchleuchtung haben sie mich nicht durchgelassen, und ich weiß, was passiert, wenn ich versuche, mit diesem Ding an Bord zu gehen.«

Es kam genau so, wie ich es erwartet hatte. Als ich die Kabine betrat, warf die Stewardeß nur einen kurzen Blick auf mein Gepäck und lächelte.

»Geben Sie her.« Sie streckte die Hände aus. »Ich bringe das für Sie in den Gepäckraum.«

»Das muß bei mir bleiben«, sagte ich.

»Aber es paßt weder in ein Gepäckfach noch unter Ihren Sitz, Ma'am.« Ihr Lächeln verkrampfte sich, und die Schlange hinter mir wurde immer länger.

»Können wir das woanders diskutieren, ohne hier den Verkehr aufzuhalten?« fragte ich und bewegte mich auf die Küche zu.

Sie wich nicht von meiner Seite. »Ma'am, dieser Flug ist überbucht. Wir haben einfach keinen Platz.«

»Hier«, sagte ich und zeigte ihr die Papiere.

Sie überflog die rotgeränderte Deklaration für Gefahrengut und blieb in der Mitte einer Spalte hängen, wo stand, daß ich »infektiöse Substanzen« transportierte, die »eine Gefahr für die Allgemeinheit« darstellten. Nervös schaute sie sich in der Küche um und drängte mich dann näher zu den Toiletten.

»Die Vorschriften besagen, daß nur eine entsprechend qualifizierte Person mit derart gefährlichen Gütern umgehen darf«, erklärte ich sachlich. »Und deshalb muß das Paket bei mir bleiben.«

»Was ist es?« flüsterte sie mit großen Augen.

»Autopsieproben.«

»Ach du lieber Himmel!«

Sie griff nach ihrem Sitzplan. Dann wurde ich zu einer leeren Reihe am hinteren Ende der erste Klasse eskortiert.

»Legen Sie es einfach auf den Sitz neben sich. Da wird doch nichts durchtropfen, oder?« fragte sie.

»Darauf passe ich schon auf – in meinem eigenen Interesse«, versprach ich.

»Hier müßten eigentlich noch jede Menge Plätze frei sein, es sei denn, es wechseln noch Leute aus der zweiten Klasse in die erste. Aber keine Angst – ich sorge dafür, daß sie einen großen Bogen um Sie machen.« Sie gestikulierte mit den Armen, als säße sie am Steuer eines Autos.

Niemand kam mir oder meinem Karton zu nahe. Auf dem gesamten Flug nach Atlanta konnte ich in Ruhe meinen Kaffee trinken. Ohne Pieper und Telefon fühlte ich mich irgendwie nackt, doch ich genoß es, allein zu sein. Auf dem Flughafen von Atlanta angekommen, mußte ich auf den Förderbändern und Rolltreppen wohl mehrere Meilen zurücklegen, bis ich endlich draußen war und ein Taxi fand.

Wir nahmen die 85. North bis zur Druid Hills Road und kamen bald an Pfandleihhäusern und Autovermietungen vorbei, dann an weitläufigen, mit Giftsumach und Kudzu bewachsenen Brachen und an Ladenzeilen. Das CDC lag mitten zwischen den Parkhäusern und -plätzen der Emory University gegenüber der American Cancer Society. Sie befanden sich in einem sechsgeschossigen, braunen Backsteingebäude mit Schmuckstreifen aus grauen Glasursteinen. Ich meldete mich an einem Empfangsschalter an, der mit Wachleuten besetzt und mit einer Kameraüberwachungsanlage ausgestattet war.

»Das hier muß ins Labor der Sicherheitsstufe 4. Ich bin dort mit Dr. Bret Martin im Atrium verabredet«, erklärte ich.

»Ich werde Sie begleiten, Ma'am«, sagte einer der Wachleute. »Gut«, erwiderte ich, während er zum Telefon griff. »Hier verlaufe ich mich sowieso immer.«

Ich folgte ihm zum hinteren Teil des Gebäudes, einem neuen Trakt, der schwer bewacht wurde. Überall war man von Kameras und kugelsicherem Glas umgeben, und die Korridore bestanden aus Gitterstegen. Wir kamen an Bakterien- und Influenza-Labors und an dem Bereich aus rotem Backstein und Beton vorbei, in dem mit Tollwut- und Aidsviren gearbeitet wurde. »Beeindruckend«, sagte ich. Ich war mehrere Jahre nicht mehr hiergewesen.

»Ja, allerdings. Es gibt hier alle Sicherheitsvorkehrungen, die man sich nur wünschen kann. Kameras und Bewegungsmelder an allen Ein- und Ausgängen. Der gesamte Abfall wird gekocht und verbrannt, und die HEPA-Filter töten alles ab, was von draußen reinkommt. Außer den Wissenschaftlern.« Er lachte und öffnete mit einer Magnetkarte eine Tür. »Und, was für Krankheiten schleppen Sie uns ins Haus?«

»Das herauszufinden bin ich hier«, sagte ich. Inzwischen waren wir im Atrium angekommen.

Der Trakt der Sicherheitsstufe 4 war eigentlich nichts weiter als eine riesige steile Werkbank mit dicken Stahlbetonwänden, eine Art Haus im Haus. Die Rolläden vor den Fenstern waren verschlossen. Die Labors lagen hinter dicken Glaswänden. Drinnen waren einige Wissenschaftler in blauen Schutzanzügen beschäftigt, denen ihre Forschungsarbeiten so sehr am Herzen lagen, daß sie trotz der Zwangsbeurlaubung hergekommen waren.

»Also, diese Leute im Weißen Haus«, sagte der Wachmann kopfschüttelnd. »Was denken die sich eigentlich? Glauben die etwa, daß solche Seuchen wie Ebola warten, bis sie einen vernünftigen Haushaltsplan ausgetüftelt haben?« Immer noch schüttelte er den Kopf.

Er führte mich an unbeleuchteten Isolierzimmern und menschenleeren Labors vorbei, an leeren Kaninchenkäfigen in einem Korridor und Räumen für größere Primaten. Ein Affe sah mich durch Gitter und Glasscheiben hindurch an. Seine

Augen waren so menschlich, daß mir ganz anders wurde. Ich dachte an das, was Rose gesagt hatte. Beim Berühren des Opfers hatte *Deadoc* Affen- und Kaninchenhaare auf dessen Haut hinterlassen. Es konnte also sein, daß er an einem Ort wie diesem arbeitete.

»Die bewerfen einen mit Abfall«, sagte der Wachmann, während wir weitergingen. »Genauso wie die Tierschützer, die sich für sie engagieren. Das paßt irgendwie, finden Sie nicht?«

Meine Anspannung wuchs.

»Wo gehen wir hin?« fragte ich.

»Dr. Martin hat mir Anweisungen gegeben, wo ich Sie hinbringen soll, Ma'am«, sagte er. Wir befanden uns jetzt auf einer anderen Gitterstegebene und näherten uns einem weiteren Teil des Gebäudes.

Hinter einer Tür stießen wir auf verriegelte Revco-Tiefgefriergeräte, die so groß waren wie große Kopiergeräte und aussahen wie Computer. Sie wirkten fehl am Platze in diesem Korridor, in dem ein dicklicher Mann in einem Laborkittel auf mich wartete. Er hatte feines, blondes Babyhaar und schwitzte.

»Ich bin Bret Martin«, sagte er und reichte mir die Hand. »Danke.« Mit einem Nicken bedeutete er dem Wachmann, er könne jetzt gehen.

Ich übergab Martin meinen Karton.

»Hier lagern wir unsere Stämme von Pockenviren«, sagte er, deutete mit einer Kopfbewegung auf die Gefriergeräte und stellte meinen Karton auf eines davon. »In diesen Dingern halten wir sie bei siebzig Grad unter Null unter Verschluß. Tja, so ist das nun mal.« Er zuckte mit den Schultern. »Die Geräte stehen deshalb hier draußen im Flur, weil wir in der Hochsicherheitsisolierstation nirgendwo anders Platz dafür haben. Und jetzt bringen Sie mir auch noch das hier. Obwohl ich nicht glauben kann, daß es sich dabei um die gleiche Krankheit handelt.«

»All das sind Pocken?« fragte ich, während ich mich staunend umschaute.

»Fast alles. Ihre Tage sind allerdings gezählt, denn wir haben zum erstenmal in der Geschichte dieses Planeten die bewußte Entscheidung getroffen, eine Spezies auszurotten.«

»Kriegt die Menschheit doch noch ihre Rache«, sagte ich. »Immerhin hat besagte Spezies Millionen von Menschenleben ausgelöscht.«

»Sie finden also, wir sollten all diese Virenstämme nehmen und sie einfach vernichten.«

Ich brauchte ihm nur ins Gesicht zu sehen, um zu wissen, was er dachte. Mit solchen Reaktionen wurde ich öfter konfrontiert. Das Leben war natürlich viel komplizierter, als ich es darstellte, und nur Menschen wie er verstanden die Dinge wirklich.

»Ich sage ja gar nicht, daß wir irgendwas vernichten sollten«, erwiderte ich. »Keineswegs. Das hier ist vermutlich der beste Beweis dafür, daß das ein Fehler wäre.« Ich blickte auf den Karton, den ich ihm gerade gegeben hatte. »Wenn wir die Pockenviren sterilisieren, muß das noch lange nicht heißen, daß keine mehr existieren. Ich schätze, das ist das gleiche wie bei allen anderen Waffen.«

»Ganz meine Meinung. Ich würde wirklich gern wissen, wo die Russen derzeit ihren Variola-Virenstamm versteckt halten und ob sie schon etwas davon in den Nahen Osten oder an Nordkorea verkauft haben.«

»Machen Sie hiermit einen PCR-Test?« fragte ich.

»Ja.«

»Jetzt sofort?«

»So schnell es geht.«

»Bitte«, sagte ich. »Das ist ein Notfall.«

»Deshalb bin ich ja hier«, sagte er. »Die Regierung betrachtet mich nämlich als entbehrlich. Eigentlich sollte ich zu Hause sein.«

»Ich habe ein paar Fotos, die das USAMRIID freundlicherweise entwickelt hat, während ich im Bau war«, sagte ich mit einer Spur Ironie.

»Die will ich sehen.«

Wir nahmen den Aufzug zurück nach oben und stiegen im vierten Stock aus. Martin führte mich in einen Konferenzraum, in dem die Kollegen sich trafen, um Strategien gegen furchtbare Seuchen zu entwickeln, die sie nicht immer identifizieren konnten. Gewöhnlich versammelten sich hier Bakteriologen, Epidemiologen und Leute, die für Quarantänemaßnahmen, Pressemitteilungen, spezielle Krankheitserreger und PCR-Tests zuständig waren. Doch jetzt herrschte Stille im Raum. Niemand war da außer uns.

»Derzeit«, sagte er, »müssen Sie sich mit mir begnügen.«

Ich holte einen dicken Umschlag aus meiner Handtasche, und er begann die Fotos durchzusehen. Einen Moment lang starrte er wie hypnotisiert auf die Farbabzüge von dem Rumpf und Lila Pruitt.

»Grundgütiger«, sagte er. »Ich glaube, wir sollten uns sofort um die möglichen Übertragungswege kümmern. Wir müssen jeden finden, der mit den Opfern Kontakt gehabt hat. Und zwar schnell.«

»Auf Tangier mag das gehen«, sagte ich. »Vielleicht.«

»Das sind jedenfalls weder Windpocken noch Masern. Niemals«, sagte er. »Es handelt sich definitiv um ein pockenverwandtes Virus.«

Mit weit aufgerissenen Augen betrachtete er das Foto von den abgetrennten Händen und Füßen.

»Oh, Mann.« Auf seiner Brille funkelten Lichtreflexe. »Was um Himmels willen ist das?«

»Er nennt sich *deadoc*«, sagte ich. »Er hat mir die Fotos als Grafikdateien über AOL geschickt. Anonym natürlich. Das FBI versucht ihm auf die Spur zu kommen.

»Und das hier ist das Opfer, das er zerstückelt hat?«

Ich nickte.

»Sie weist ähnliche Symptome auf wie die Tote von Tangier.«

Er begutachtete die Pusteln auf dem Rumpf.

»Sieht ganz so aus.«

»Wissen Sie, die Affenpocken machen mir schon seit Jahren Sorgen«, sagte er. »Überall in Westafrika, wo Fälle von Affenpocken oder Weißen Pocken aufgetreten sind, führen wir Reihenuntersuchungen durch – von Zaire bis Sierra Leone. Bisher ist zwar kein Variola-Virus aufgetaucht, doch ich befürchte, daß eines schönen Tages irgendein Pockenvirus aus dem Tierreich herausfinden wird, wie es auf den Menschen überspringen kann.«

Wieder dachte ich an mein Telefongespräch mit Rose über das Mordopfer und die Tierhaare.

»Es reicht schon, wenn so ein Mikroorganismus in die Luft gerät und einen geeigneten Wirt findet.«

Er wandte sich wieder Lila Pruitt zu, ihrem entstellten, geschundenen Körper auf dem völlig verdreckten Bett.

»Nun, offenbar war sie dem Virus lange genug ausgesetzt für dieses verheerende Resultat«, sagte er. Er war so in die Bilder vertieft, daß es fast schien, als rede er mit sich selbst.

»Dr. Martin«, sagte ich. »Erkranken Affen an Affenpocken, oder sind sie nur die Überträger?«

»Sie erkranken selbst daran und stecken andere Tiere an, mit denen sie Kontakt haben, wie zum Beispiel in den Regenwäldern Afrikas. Es gibt auf der Erde neun bekannte virulente Pockenviren, und nur zwei davon können auf den Menschen übertragen werden: das Variola- oder Pockenvirus, das Gott sei Dank nicht mehr vorkommt, und das Molluscum-contagiosum-Virus.«

»Bei der Spurensicherung sind an dem Rumpf Affenhaare gefunden worden.«

Er drehte sich zu mir um und runzelte die Stirn. »Wie bitte?«

»Und auch Kaninchenhaare. Ich frage mich eben, ob da draußen jemand auf eigene Faust Laborexperimente macht.«

Er stand vom Tisch auf.

»Wir fangen gleich hiermit an. Wo sind Sie zu erreichen?«

»In Richmond.« Ich reichte ihm meine Karte, während wir den Konferenzraum verließen. »Könnte mir vielleicht jemand ein Taxi rufen?«

»Natürlich. Bitten Sie einen der Wachleute am Empfang. Ich fürchte, vom Büropersonal ist niemand da.«

Da er den Karton in den Händen hatte, betätigte er den Aufzugsknopf mit dem Ellbogen. »Es ist ein Alptraum. In Orlando grassieren Salmonellen aus unpasteurisiertem Orangensaft. Auf einem Kreuzfahrtschiff gibt es Erkrankungen, die möglicherweise durch E.-coli-Bakterien vom Stamm O 157 H 7 verursacht wurden und vermutlich mal wieder auf unzureichend gegartes Hackfleisch zurückzuführen sind. In Rhode Island sind Fälle von Botulismus aufgetreten, und in einem Altersheim geht irgendeine Atemwegserkrankung um. Und da will der Kongreß uns keine Gelder bewilligen.«

»Davon kann ich auch ein Lied singen«, sagte ich.

Wir hielten in jedem Stockwerk und warteten, bis andere Leute zugestiegen waren. Martin redete ohne Punkt und Komma.

»Stellen Sie sich das mal vor«, fuhr er fort. »In einer Feriensiedlung in Iowa besteht Verdacht auf Shigella, weil die Privatbrunnen durch starke Regenfälle übergelaufen sind. Aber wenn man versucht, die Umweltbehörde zu mobilisieren ...«

»So was nennt man *Mission Impossible«*, sagte jemand sarkastisch, als die Türen sich wieder öffneten.

»Vielleicht existiert die Behörde ja gar nicht mehr«, schimpfte Martin. »Bei uns gehen vierzehntausend Anrufe pro Jahr ein, und wir haben nur zwei Telefonisten. Im Moment haben wir sogar gar keinen. Ans Telefon geht jeder, der gerade vorbeikommt. Ich eingeschlossen.«

»Bitte schieben Sie die Sache nicht auf die lange Bank«, sagte ich, als wir den Empfang erreichten.

»Keine Sorge.« Jetzt hatte er Blut geleckt. »Ich habe drei meiner Jungs herbeordert, die gleich extra von zu Hause herkommen.«

Eine halbe Stunde lang wartete ich am Empfang und telefonierte. Dann kam endlich mein Taxi. Schweigend ließ ich mich durch die Stadt kutschieren und starrte dabei aus dem Fenster auf Plätze aus poliertem Granit und Marmor, auf Sportanlagen, die mich an die Olympiade erinnerten, und auf Gebäude aus silbrigem Metall und Glas. Atlanta war eine Stadt, in der alles immer höher hinauswollte, und die verschwenderischen Fontänen wirkten wie Symbole der Großzügigkeit und Kühnheit. Ich fühlte mich leicht benommen und fröstelte. Dafür, daß ich den Großteil der Woche im Bett verbracht hatte, war ich ungewöhnlich müde. Als ich auf dem Delta-Flugsteig ankam, tat mir bereits der Rücken weh. Mir wollte einfach nicht warm werden, ich konnte nicht mehr klar denken, und ich wußte, daß ich Fieber hatte.

Bei meiner Ankunft in Richmond war ich richtig krank. Als Marino mich am Flughafen abholte, bekam er sofort einen panischen Gesichtsausdruck.

»Oje, Doc«, sagte er. »Du siehst ja furchtbar aus.«

»So fühle ich mich auch.«

»Hast du Gepäck?«

»Nein. Hast du Neuigkeiten?«

»Ja«, sagte er. »Ein kleines Bonbon, über das du dich ganz schön ärgern wirst. Ring hat gestern abend Keith Pleasants verhaftet.«

»Mit welcher Begründung?« rief ich aus und bekam einen Hustenanfall.

»Fluchtversuch. Ring behauptet, er sei ihm nach der Arbeit von der Deponie aus gefolgt und habe versucht, ihn wegen

Geschwindigkeitsüberschreitung anzuhalten. Pleasants ist angeblich weitergefahren. Deshalb sitzt er jetzt im Knast. Die Kaution wurde auf fünf Riesen festgesetzt. Kaum zu glauben, was? So schnell kommt der da nicht wieder raus.«

»Reine Schikane.« Ich putzte mir die Nase. »Ring hat es auf ihn abgesehen. Und auf Lucy. Und auf mich.«

»Jetzt mal im Ernst: Vielleicht hättest du besser in Maryland bleiben sollen. Du gehörst ins Bett«, sagte er, als wir die Rolltreppe betraten. »Nichts für ungut, aber ich werde mich doch bei dir nicht anstecken, oder?«

Marino hatte eine Todesangst vor allem, das er nicht sehen konnte, egal, ob es eine Strahlung oder ein Virus war.

»Ich weiß nicht, was ich habe«, sagte ich. »Vielleicht die Grippe.«

»Als ich das letzte Mal die Grippe hatte, lag ich zwei Wochen flach.« Er verlangsamte seinen Schritt und fiel hinter mir zurück. »Wer weiß, vielleicht hast du dir auch was ganz anderes weggeholt.«

»Dann komm' mir nicht zu nahe, faß' mich nicht an und küß' mich nicht«, sagte ich knapp.

»Keine Sorge.«

So ging es immer weiter, während wir in den kalten Nachmittag hinaustraten.

»Hör' mal, ich werd' mit dem Taxi nach Haus fahren«, sagte ich. Ich war so wütend auf ihn, daß ich den Tränen nahe war.

»Das solltest du aber nicht.« Marino sah ängstlich aus.

Ich streckte meine Hand in die Luft, schluckte hart und wandte mein Gesicht ab, als ein Blue-Bird-Taxi ausscherte und auf mich zusteuerte.

»So eine Grippe kann schließlich niemand brauchen, weder du noch Rose«, sagte ich wutentbrannt. »Weißt du, ich hab' fast kein Geld mehr. Es ist nicht zum Aushalten. Sieh dir mein Kostüm an. Glaubst du etwa, ein Autoklav bügelt die Sachen und parfümiert sie? Meine Strumpfhose ist hinüber. Ich stehe hier ohne Mantel und Handschuhe, und wie kalt mag es wohl sein?« Ich riß die Tür zum Fond des Taxis auf. »Null Grad?«

Marino starrte mich an, während ich einstieg. Er reichte mir einen Zwanzig-Dollar-Schein und gab dabei acht, daß seine Finger meine nicht streiften.

»Soll ich etwas für dich einkaufen?« rief er mir nach.

Meine Kehle schnürte sich zusammen, und meine Augen wurden feucht. Ich wühlte Taschentücher aus meiner Handtasche, putzte mir die Nase und weinte still vor mich hin.

»Ich will Sie ja nicht stören, Lady«, sagte mein Fahrer, ein beleibter alter Mann, »aber wohin fahren wir?«

»Windsor Farms. Ich sag' Ihnen dann, wo es langgeht«, preßte ich hervor.

»So ein Streit geht einem immer ziemlich an die Nieren, nicht wahr?« Er schüttelte den Kopf. »Ich weiß noch, wie meine Frau und ich uns auf einem dieser Freiluftfeste gestritten haben, wo man soviel Fisch essen darf, wie man kann. Sie nimmt den Wagen, und ich muß zu Fuß nach Haus gehen. Fünf Meilen – durch eine ganz üble Gegend.«

Er nickte mehrere Male und beäugte mich im Rückspiegel. Offenbar glaubte er, Marino und ich hätten einen Ehekrach gehabt.

»Sie sind also mit einem Cop verheiratet?« sagte er dann. »Ich hab' gesehen, wie er angekommen ist. In dieser Stadt gibt es nicht einen zivilen Polizeiwagen, den dieser alte Junge hier nicht sofort erkennt.« Er klopfte sich an die Brust.

Mir platzte der Kopf, und mein Gesicht brannte. Ich lehnte mich im Sitz zurück und schloß die Augen, während er fortfuhr, darüber zu schwadronieren, wie das Leben in Philadelphia früher war und daß er hoffe, dieser Winter werde nicht soviel Schnee bringen. Ich fiel in einen fiebrigen Schlaf. Als ich aufwachte, wußte ich nicht, wo ich war.

»Ma'am. Ma'am. Wir sind da«, sagte mein Chauffeur mit lauter Stimme, um mich zu wecken. »Wohin jetzt?«

Er war gerade in die Canterbury Road eingebogen und hielt an einem Stopschild.

»Hier entlang und dann rechts nach Dover«, antwortete ich.

Ich dirigierte ihn an hinter Mauern versteckten Villen im Georgian- und im Tudorstil vorbei zu mir nach Haus. Ihm fielen fast die Augen aus dem Kopf auf dieser Fahrt durch das wohlhabendste Viertel der Stadt. Er hielt vor meiner Haustür und glotzte fassungslos auf die Natursteinmauern und das bewaldete Grundstück, das mein Haus umgab. Als ich ausstieg, musterte er mich neugierig.

»Keine Sorge«, sagte er, als ich ihm den Zwanziger reichte und sagte, er könne den Rest behalten. »Mir ist schon alles mögliche untergekommen, aber ich bin verschwiegen wie ein Grab.« Er legte den Finger auf die Lippen und zwinkerte mir zu.

Ich war also die Frau eines reichen Mannes, die eine stürmische Affäre mit einem Detective hatte.

»Das ist ein guter Wahlspruch«, sagte ich hustend.

Mit einem Warnton hieß mich die Alarmanlage willkommen. Noch nie im Leben war ich so erleichtert gewesen, wieder zu Hause zu sein. So schnell ich konnte, zog ich meine sterilisierten Sachen aus und nahm als erstes eine heiße Dusche. Ich inhalierte den Dampf und versuchte, das Rasseln aus meinen Lungen zu vertreiben. Als ich mich gerade in einen dicken Frotteebademantel wickelte, klingelte das Telefon. Es war genau vier Uhr nachmittags.

»Dr. Scarpetta?« Fielding war dran.

»Ich bin gerade nach Haus gekommen«, sagte ich.

»Sie hören sich aber gar nicht gut an.«

»Mir geht's auch nicht besonders.«

»Tja, was ich Ihnen zu sagen habe, wird Sie auch nicht gerade aufbauen«, sagte er. »Es gibt möglicherweise zwei weitere Fälle auf Tangier.«

»O nein«, sagte ich.

»Mutter und Tochter. Vierzig Fieber und Ausschlag. Das CDC hat ein Team mit Isolierbetten hingeschickt.«

»Wie geht's Wingo?« fragte ich.

Verdutzt hielt er inne. »Gut. Warum?«

»Er hat bei der Obduktion des Rumpfes assistiert«, erinnerte ich ihn.

»Ach ja. Also, der ist ganz der alte.«

Erleichtert setzte ich mich und schloß die Augen.

»Was passiert mit den Proben, die Sie nach Atlanta gebracht haben?« fragte Fielding.

»Sie machen Tests, hoffe ich, mit den paar Leuten, die sie derzeit auftreiben können.«

»Also wissen wir immer noch nicht, was es ist.«

»Jack, alles deutet auf Pocken hin«, erklärte ich. »Im Augenblick sieht es zumindest so aus.«

»Ich habe noch nie einen Pockenkranken gesehen. Sie?«

»Das war das erste Mal. Nur Lepra ist noch schlimmer. An einer Krankheit zu sterben ist schon übel genug, aber dabei auch noch so entstellt zu werden ist grausam.« Ich mußte wieder husten und hatte großen Durst. »Wir sehen uns morgen früh, und dann überlegen wir, was zu tun ist.«

»Mir klingt das nicht so, als sollten Sie aus dem Haus gehen.«

»Sie haben völlig recht. Aber mir bleibt nichts anderes übrig.«

Ich legte auf und versuchte, Bret Martin beim CDC anzurufen, aber der Anrufbeantworter war angeschaltet, und er rief mich nicht zurück. Auch für Fujitsubo hinterließ ich eine Nachricht. Da auch er meinen Anruf nicht erwiderte, nahm ich an, daß er wie die meisten seiner Kollegen zu Hause war. Der Kampf um den Staatshaushalt tobte weiter.

»Mist«, fluchte ich, während ich einen Kessel Wasser auf den Herd stellte und in einem Schrank nach Tee suchte. »Mist, Mist, Mist.«

Es war kurz vor fünf, als ich Wesley anrief. Zumindest in Quantico wurde noch gearbeitet.

»Gott sei Dank, daß überhaupt noch irgendwo jemand ans Telefon geht«, platzte ich heraus, als seine Sekretärin abnahm.

»Die sind einfach noch nicht dahintergekommen, wie entbehrlich ich bin«, sagte sie.

»Ist er da?« fragte ich.

Wesley kam ans Telefon und klang so energiegeladen und gutgelaunt, daß es kaum auszuhalten war.

»Du hast kein Recht, so guter Dinge zu sein«, sagte ich.

»Du hast die Grippe.«

»Ich weiß nicht, was ich habe.«

»Aber es ist doch eine Grippe, oder?« Er war besorgt, und seine Stimmung sank.

»Ich weiß es nicht. Das wäre reine Spekulation.«

»Ich will ja nicht den Teufel an die Wand malen ...«

»Dann tu's auch nicht«, schnitt ich ihm das Wort ab.

»Kay«, sagte er mit fester Stimme. »Du mußt den Tatsachen ins Auge sehen. Was, wenn es keine Grippe ist?«

Ich schwieg. Diesen Gedanken konnte ich einfach nicht ertragen.

»Bitte«, sagte er. »Tu das nicht einfach so ab, wie du es praktisch mit allem machst, was dich persönlich betrifft.«

»Jetzt reicht's mir aber bald«, fuhr ich ihn an. »Erst komme ich auf diesem gottverdammten Flughafen an, und Marino will mich nicht in seinem Wagen haben, dann nehme ich ein Taxi, und der Fahrer denkt, wir hätten eine Affäre, von der mein reicher Mann nichts weiß, und die ganze Zeit habe ich Fieber und fühle mich grauenhaft und will bloß nach Hause.«

»Der Taxifahrer glaubt, ihr hättet eine Affäre?«

»Ach, vergiß es.«

»Woher willst du denn wissen, daß du die Grippe hast? Daß es nicht irgendwas anderes ist?«

»Ich habe keinen Ausschlag. Ist es das, was du hören willst?«

Es folgte ein langes Schweigen. Dann sagte er: »Und was ist, wenn du noch Ausschlag bekommst?«

»Dann werde ich vermutlich sterben, Benton.« Ich hustete wieder. »Du wirst mich wahrscheinlich nie wieder anfassen. Und wenn die Krankheit ihren Lauf nimmt, würde ich nicht wollen, daß du mich je wiedersiehst. Triebtäter, Serienmörder, Leute, die man im Notfall einfach abknallen kann – damit läßt sich umgehen. Die unsichtbaren Feinde der Gesellschaft sind es, die ich immer gefürchtet habe. Sie können dich erwischen, obwohl die Sonne scheint und du mitten unter Menschen bist. Du brauchst nur ein Glas Limonade zu trinken, und schon hast du den Erreger mit runtergeschluckt. Ich bin gegen Hepatitis B geimpft. Aber das ist eins von unzähligen todbringenden Viren. Was ist mit Tuberkulose und HIV, Hanta und Ebola? Was ist mit diesem hier? Mein Gott.« Ich holte tief Luft. »Mit einem Rumpf hat es angefangen, und wo stehen wir jetzt?«

»Ich habe von den beiden neuen Fällen gehört«, sagte er. Seine Stimme war jetzt leise und sanft. »Ich kann in zwei Stunden bei dir sein. Möchtest du mich sehen?«

»Im Moment möchte ich niemanden sehen.«

»Ist mir egal. Ich bin schon unterwegs.«

»Benton«, sagte ich, »bitte nicht.«

Aber er ließ sich nicht davon abbringen. Als er mit seinem kehlig schnurrenden BMW in meine Einfahrt einbog, war es fast Mitternacht. Ich empfing ihn an der Tür, ohne ihn zu berühren.

»Komm, wir setzen uns vor den Kamin«, sagte er.

Er war so nett, mir noch eine Tasse koffeinfreien Tee zu machen. Ich saß auf der Couch, er auf einem Sessel, und im Kamin züngelten Gasflammen um einen künstlichen Baumstamm. Das Licht hatte ich heruntergedimmt.

»Ich glaube, daß du mit deiner Theorie recht hast«, sagte er, während er sich an einem Cognac festhielt.

»Vielleicht wissen wir morgen mehr.« Schwitzend und gleichzeitig bibbernd starrte ich ins Feuer.

»Das ist mir im Moment alles herzlich egal.« Er sah mich grimmig an.

»Das darf es aber nicht.« Ich wischte mir mit dem Ärmel den Schweiß von der Stirn.

»Doch.«

Ich schwieg, während er mich mit unverwandtem Blick ansah.

»Du bist es, um die ich mir Sorgen mache«, sagte er.

Ich reagierte immer noch nicht.

»Kay.« Er packte mich am Arm.

»Faß mich nicht an, Benton.« Ich schloß die Augen. »Bitte nicht. Ich will nicht, daß du auch noch krank wirst.«

»Siehst du, daß du krank bist, ist doch eigentlich ganz praktisch. Jetzt hast du einen Grund, dich nicht von mir anfassen zu lassen. Und du kannst dich als die edelmütige Ärztin aufspielen, die sich mehr Sorgen um mein Wohlergehen macht als um ihr eigenes.«

Fest entschlossen, nicht zu weinen, hielt ich den Mund.

»Wirklich praktisch. Und prima, daß du gerade jetzt krank wirst. So darf niemand dir zu nahe kommen. Marino bringt dich nicht einmal nach Haus. Und ich darf dich nicht berühren. Lucy kommt dich nicht besuchen, und Janet muß durch eine Glasscheibe mit dir sprechen.«

»Worauf willst du hinaus?« Ich sah ihn an.

»Deine Krankheit ist psychosomatisch.«

»Ach, das hast du wohl an der Uni gelernt. Vielleicht während deines Psychologiestudiums oder so.«

»Mach dich nicht über mich lustig.«

»Das würde ich doch nie tun.«

Ich wandte mein Gesicht zum Feuer, die Augen fest geschlossen. Ich spürte, wie verletzt er war.

»Kay. Stirb mir bloß nicht.«

Ich sagte nichts.

»Wehe, du wagst es.« Seine Stimme bebte. »Wehe!«

»So leicht kommst du mir nicht davon«, sagte ich und erhob mich. »Laß uns ins Bett gehen.«

Er schlief in dem Zimmer, in dem Lucy sonst wohnte, und ich lag den Großteil der Nacht wach, hustete und versuchte erfolglos, zur Ruhe zu kommen. Am nächsten Morgen war er um halb sieben schon auf, und als ich in die Küche kam, lief der Kaffee gerade durch. Sonnenstrahlen fielen durch die Bäume vor den Fenstern, und an den fest zusammengerollten Rhododendronblättern konnte ich sehen, daß es bitterkalt war.

»Ich mache Frühstück«, verkündete Wesley. »Was darf's sein?«

»Ich glaube nicht, daß ich etwas runterkriege.« Ich fühlte mich schwach, und wenn ich hustete, hatte ich das Gefühl, als würden meine Lungen bersten.

»Dir scheint es ja schlechter zu gehen.« Besorgnis flackerte in seinen Augen auf. »Du solltest einen Arzt aufsuchen.«

»Ich bin selbst Ärztin, und für einen Arztbesuch ist es noch zu früh.«

Ich nahm Aspirin, Schleimlöser und tausend Milligramm Vitamin C. Ich aß einen Bagel und begann mich gerade beinahe wie ein Mensch zu fühlen, als Rose anrief und alles wieder zunichte machte.

»Dr. Scarpetta? Die Mutter von Tangier ist heute früh gestorben.«

»O Gott, nein.« Ich saß am Küchentisch und fuhr mir mit den Fingern durchs Haar. »Was ist mit der Tochter?«

»Ihr Zustand ist ernst. Zumindest war er das noch vor ein paar Stunden.«

»Und der Leichnam?«

Wesley stand hinter mir und massierte mir die schmerzenden Schultern und den Nacken.

»Bislang hat ihn noch niemand abtransportiert. Keiner weiß, was zu tun ist. Das gerichtsmedizinische Institut von Baltimore hat schon versucht, Sie zu erreichen. Und das CDC.«

»Wer vom CDC?« fragte ich.

»Ein Dr. Martin.«

»Den muß ich als erstes sprechen, Rose. Sie rufen inzwischen in Baltimore an und sagen denen, daß sie sich die Leiche unter keinen Umständen in ihr Leichenschauhaus schicken lassen dürfen, bis sie von mir gehört haben. Wie lautet Dr. Martins Nummer?«

Sie gab sie mir, und ich rief ihn sofort an. Er nahm schon beim ersten Klingeln ab und klang ganz aufgeregt.

»Wir haben einen PCR-Test mit den Proben gemacht, die Sie mitgebracht haben. Drei Primer haben wir gefunden, zwei davon entsprechen dem Pockenvirus, einer jedoch nicht.«

»Sind es denn nun Pocken oder nicht?«

»Die Genomanalyse hat ergeben, daß die Genomsequenz keinem einzigen Pockenvirus in keinem Referenzlabor der Welt entspricht. Dr. Scarpetta, ich glaube, das Virus, das Sie da entdeckt haben, ist eine Mutation.«

»Das heißt, daß die Pockenimpfung nicht wirkt«, sagte ich. Mein Herz wurde schwer wie Stein.

»Das können wir nur anhand von Tierversuchen testen. Es dauert mindestens eine Woche, bis wir Bescheid wissen und über einen neuen Impfstoff nachdenken können. Der Einfachheit halber bezeichnen wir es als Pocken, aber in Wirklichkeit wissen wir nicht, was es ist. Ich möchte Sie auch daran erinnern, daß wir seit 1986 an einem Aidsimpfstoff arbeiten und immer noch keinen Schritt weitergekommen sind.«

»Tangier muß sofort unter Quarantäne gestellt werden. Wir

müssen dieses Virus unbedingt isolieren«, rief ich in panischer Angst.

»Das ist uns schon klar, keine Sorge. Wir stellen gerade ein Team auf, und auch die Küstenwache wird mobilisiert.«

Ich legte auf und sagte völlig außer mir zu Wesley: »Ich muß auf diese Insel. Dort grassiert eine Krankheit, von der noch nie jemand etwas gehört hat. Sie hat bereits mindestens zwei Menschen getötet. Vielleicht sogar drei. Oder vier.«

Während ich weiterredete, folgte er mir über den Flur.

»Es ist eine unbekannte Pockenart. Wir müssen herausfinden, wie sie übertragen wird. Kannte Lila Pruitt die Frau, die gerade gestorben ist? Hatte sie sonst irgendwelchen Kontakt mit ihr oder der Tochter? Wohnten sie in der Nähe? Was ist mit der Trinkwasserversorgung? Ich weiß noch, daß ich dort einen Wasserturm gesehen habe. Einen blauen.«

Ich zog mich an. Wesley stand in der Tür, das Gesicht fast grau und versteinert. »Du willst wieder dorthin«, sagte er.

»Zuerst muß ich in die Stadt.« Ich sah ihn an.

»Ich fahr' dich«, sagte er.

12

Wesley setzte mich ab und sagte, er werde für eine Weile zur FBI-Außenstelle von Richmond fahren und später nach mir sehen. Energischen Schrittes ging ich den Korridor hinunter und wünschte den Angehörigen meines Personals, die ich traf, guten Morgen. Rose telefonierte gerade, als ich eintrat. Der Blick durch die Tür, die unsere Büros verband, auf meinen Schreibtisch war niederschmetternd. Hunderte von Autopsieberichten und Totenscheinen warteten darauf, von mir abgezeichnet zu werden, und mein Eingangskorb quoll über vor Briefen und Telefonnotizen.

»Was ist denn hier los?« fragte ich, als sie auflegte. »Man könnte meinen, ich wäre ein Jahr lang weggewesen.«

»So kommt es mir auch vor.«

Sie rieb sich die Hände mit Lotion ein, und ich bemerkte die kleine Dose Vita-Aromatherapie-Spray am Rand meines Schreibtisches. Die geöffnete Versandpackung lag gleich daneben. Auf Roses Schreibtisch, neben ihrer Flasche Vaseline Intensiv Care, stand eine gleiche Dose. Mein Blick wanderte zwischen beiden hin und her, von meinem Vita-Spray zu ihrem, und mein Unterbewußtsein hatte das, was ich sah, verarbeitet, noch bevor mein Verstand soweit war. Alles um mich herum schien kopfzustehen, und ich suchte am Türrahmen Halt. Roses Stuhl rollte ruckartig zurück, als sie aufsprang und um ihren Schreibtisch herum auf mich zustürzte.

»Dr. Scarpetta!«

»Wo haben Sie das her?« frage ich und starrte auf das Spray.

»Das ist bloß eine Probe.« Sie wirkte bestürzt. »Es waren ein paar solcher Sprays in der Post.«

»Haben Sie es schon benutzt?«

Jetzt verrieten ihre Augen echte Besorgnis. »Na ja, es ist gerade erst angekommen. Ich habe es noch nicht ausprobiert.«

»Fassen Sie das ja nicht an!« sagte ich scharf. »Wer hat sonst noch eins gekriegt?«

»Du meine Güte, das weiß ich wirklich nicht. Wieso? Was ist denn los?« Ihre Stimme wurde lauter.

Ich holte mir Handschuhe aus meinem Büro, nahm das Gesichtsspray von ihrem Schreibtisch und tütete es dreifach ein.

»Alle in den Konferenzraum, sofort!«

Ich lief den Gang hinunter zum Empfang und sagte auch dort Bescheid. Wenige Minuten später war mein gesamtes Personal versammelt, einschließlich einiger Ärzte in OP-Anzügen. Ein paar Leute waren noch ganz außer Atem, und alle starrten mich beunruhigt und erschöpft an.

Ich hielt die transparente Beweistüte mit der Vita-Sprayprobe hoch.

»Wer von Ihnen hat so eins bekommen?« fragte ich und sah von einem zum anderen.

Vier Leute hoben die Hand.

»Wer hat es benutzt?« fragte ich dann. »Das ist ganz wichtig.«

Cleta, eine Bürokraft vom Empfang, machte ein erschrockenes Gesicht. »Warum? Was ist denn los?«

»Haben Sie es sich ins Gesicht gesprüht?« fragte ich sie.

»Nur auf meine Pflanzen«, erwiderte sie.

»Die Pflanzen werden eingetütet und verbrannt«, sagte ich. »Wo ist Wingo?«

»Am MCV.«

»Ich weiß es zwar nicht mit absoluter Sicherheit«, sagte ich in die Runde, »und ich bete darum, daß ich falschliege. Aber möglicherweise ist dieser Artikel verseucht. Bitte geraten Sie nicht in Panik. Trotzdem darf unter keinen Umständen jemand das Spray anfassen. Weiß jemand, auf welche Weise genau es geliefert wurde?«

Cleta ergriff das Wort. »Ich war heute morgen vor allen anderen hier. Wie üblich waren die Polizeiberichte durch den Briefschlitz geschoben worden, und diese Proben befanden sich auch dabei. Sie steckten in kleinen Versandröhrchen. Es waren elf Stück. Ich habe sie nämlich gezählt, um zu sehen, ob sie für alle reichen.«

»Und es war nicht der Briefträger, der sie gebracht hat, jemand hat sie einfach durch den Schlitz in der Eingangstür geschoben?«

»Wer sie gebracht hat, weiß ich nicht. Aber sie sahen aus, als seien sie mit der Post gekommen.«

»Bitte bringen Sie mir alle Verpackungsröhrchen, die Sie noch haben«, sagte ich.

Alle gaben an, das Spray nicht benutzt zu haben. Die Röhrchen wurden eingesammelt und in mein Büro gebracht. Ich zog Baumwollhandschuhe an, setzte eine Brille auf und untersuchte das, welches für mich bestimmt war. Es handelte sich eindeutig um eine Warenprobe, die als Postwurfsendung frankiert war. Daß so eine Sendung an jemanden persönlich adressiert war, fand ich höchst ungewöhnlich. Als ich in das Röhrchen hineinschaute, fand ich einen Gutschein für das Spray. Im Gegenlicht konnte man erkennen, daß die Ränder kaum merklich unegal waren, als sei der Gutschein nicht mit einer Maschine, sondern mit einer Schere ausgeschnitten worden.

»Rose?« rief ich.

Sie kam in mein Büro.

»An wen war das Röhrchen adressiert, das Sie bekommen haben?« fragte ich sie.

»An alle Haushalte, glaube ich.« Sie wirkte gestreßt.

»Dann ist meins das einzige, auf dem ein Name steht.«

»Ich glaube schon. Das ist ja furchtbar.«

»Allerdings.« Ich nahm das Röhrchen in die Hand. »Sehen Sie sich das an. Die Buchstaben haben alle die gleiche Größe, und der Poststempel befindet sich auf demselben Aufkleber wie die Adresse. So was ist mir noch nicht untergekommen.«

»Als ob es aus einem Computer stammt«, sagte sie mit wachsender Bestürzung.

»Ich gehe rüber ins DNS-Labor.« Ich stand auf. »Rufen Sie bitte gleich beim USAMRIID an und sagen Sie Colonel Fujitsubo, wir müssen eine Videokonferenz abhalten – zwischen ihm, uns, dem CDC und Quantico. Und zwar sofort.«

»Wo soll die stattfinden?« fragte sie, als ich aus der Tür eilte.

»Nicht hier. Fragen Sie Benton.«

Draußen rannte ich die Straße hinunter, vorbei an meinem Parkplatz, und überquerte die Fourteenth Street. Dann betrat ich das Seaboard Building, in das vor ein paar Jahren das

DNS- und andere forensische Labors umgezogen waren. Vom Portier aus rief ich die Abteilungsleiterin Dr. Douglas Wheat an, die einen männlichen Vornamen bekommen hatte, obwohl sie eine Frau war.

»Ich brauche ein abgeschlossenes Lüftungssystem mit einer Luftabzugshaube«, erklärte ich.

»Kommen Sie mit.«

Ein langer, stets auf Hochglanz gewienerter Gang führte zu einer Reihe von Labors hinter Glaswänden. Drinnen waren Wissenschaftler mit Pipetten, Reagenzien und radioaktiven Sonden damit beschäftigt, Gencode-Sequenzen dazu zu bringen, ihre Identität zu enthüllen. Wheat, die mit beinahe ebensoviel Papierkram zu kämpfen hatte wie ich, saß an ihrem Schreibtisch und tippte etwas in ihren Computer. Sie war eine kräftige, attraktive Frau, vierzig Jahre alt und von freundlichem Wesen.

»Was haben Sie denn diesmal für ein Problem?« Sie lächelte mich an und beäugte dann meine Tüte. »Ich wage es kaum zu fragen.«

»Könnte ein verseuchtes Produkt sein«, sagte ich. »Ich muß etwas davon auf einen Objektträger sprühen, aber es darf auf gar keinen Fall in die Luft geraten, und weder ich noch sonst irgend jemand darf etwas davon abbekommen.«

»Was ist es denn?« Sie wurde ernst und stand auf.

»Möglicherweise ein Virus.«

»So eins wie auf Tangier?«

»Ich fürchte, ja.«

»Meinen Sie nicht, daß es klüger wäre, das ans CDC zu schicken und dort …«

»Douglas, natürlich wäre das klüger«, erklärte ich geduldig und hustete wieder. »Aber wir haben keine Zeit. Ich muß es sofort wissen. Wir haben keine Ahnung, wie viele von diesen Proben möglicherweise bereits in den Händen der Verbraucher sind.«

In ihrem DNS-Labor gab es einige Luftabzugshauben mit geschlossenem Luftkreislauf, umgeben von gläsernen Schutzwänden, denn hier wurde Blut getestet. Sie führte mich an einen Arbeitsplatz im hinteren Teil des Raums. Wir setzten Masken auf und zogen Handschuhe an, und sie gab mir einen Laborkittel. Sie schaltete ein Gebläse ein, das die Luft in die Abzugshaube sog und dann durch HEPA-Filter schickte.

»Fertig?« fragte ich und nahm das Gesichtsspray aus der Tüte. »Wir müssen uns ranhalten.«

Ich hielt einen sauberen Objektträger und die kleine Dose unter die Abzugshaube und sprühte.

»Und jetzt tauchen wir die Spraydose in eine zehnprozentige Bleichmittellösung«, sagte ich, als ich fertig war. »Dann tüten wir sie dreifach ein und schicken sie und die anderen zehn nach Atlanta.«

»Wird gemacht«, sagte Wheat und verließ den Raum.

Der Objektträger war im Nu trocken. Ich betropfte ihn mit Nicolaou-Färbung und legte ein Deckgläschen obendrauf. Als Wheat mit der Bleichmittellösung zurückkam, war ich bereits dabei, mir das Präparat unterm Mikroskop anzuschauen. Sie tauchte das Vita-Spray mehrfach in die Lösung, während sich meine schlimmsten Befürchtungen zu einer furchtbaren, dunklen Wolke zusammenbrauten. Das Herz pochte mir bis zum Hals. Durch das Okular sah ich die Guarnieri-Körper, die ich inzwischen fürchten gelernt hatte.

Wheat wußte meinen Gesichtsausdruck sofort zu deuten, als ich zu ihr aufblickte.

»Nichts Gutes«, sagte sie.

»Nichts Gutes.« Ich schaltete das Mikroskop aus und ließ meine Maske und die Handschuhe in den infektiösen Müll fallen.

Die Vita-Sprays aus meinem Büro wurden nach Atlanta geflogen, und die Medien sendeten eine erste Warnung an alle

Haushalte, die möglicherweise solch eine Probe erhalten hatten. Der Hersteller hatte eine sofortige Rückrufaktion gestartet, und die internationalen Fluggesellschaften entfernten die Sprays aus den Reisenecessaires, die auf Überseeflügen an Passagiere der Business- und der ersten Klasse verteilt wurden. Die Vorstellung, wie weit diese Krankheit verbreitet werden konnte, falls *deadoc* Hunderte, gar Tausende der Gesichtssprays vergiftet haben sollte, war ungeheuerlich. Möglicherweise drohte eine weltweite Epidemie.

Die Konferenz fand um ein Uhr mittags in der FBI-Außenstelle in einer Seitenstraße der Staples Mill Road statt. Ein scharfer Wind zerrte an Staats- und Bundesflagge, die an ihren hohen Masten befestigt waren, riß braune Blätter von den Bäumen und ließ den Nachmittag kälter erscheinen, als er war. Das Backsteingebäude war neu und besaß einen abhörsicheren Konferenzraum. Er war mit einer Audiovisionsanlage ausgestattet, die es uns ermöglichte, Menschen, die sich ganz woanders befanden, zu sehen, während wir mit ihnen redeten. Eine junge Agentin saß am Kopfende des Tisches an einem Schaltpult. Wesley und ich zogen jeder einen Stuhl unter dem Tisch hervor und holten die Mikrofone zu uns heran. An den Wänden über uns waren Videomonitore installiert. »Wen erwarten wir noch?« fragte Wesley, als der verantwortliche Special Agent, der S. A. C., mit einem dicken Stapel von Papieren hereinkam.

»Miles«, sagte der S. A. C. Er war der Leiter der Gesundheitsbehörde, mein direkter Vorgesetzter. »Und die Küstenwache.« Er warf einen Blick auf seine Unterlagen. »Ein Revierleiter aus Crisfield, Maryland. Wird mit einem Hubschrauber abgeholt. Wenn sie einen von den großen Vögeln nehmen, dauert das bestimmt nicht länger als eine halbe Stunde.«

Kaum hatte er das gesagt, hörten wir in der Ferne das leise Knattern eines Rotors. Wenige Minuten später donnerte der

Jayhawk über uns hinweg und landete auf dem Hubschrauberlandeplatz hinter dem Gebäude. Ich konnte mich nicht erinnern, daß schon jemals ein Seenotrettungshubschrauber der Küstenwache in unserer Stadt gelandet wäre oder sie im Tiefflug überquert hätte. Sämtliche Passanten waren von dem Anblick zutiefst beeindruckt. Chief Martinez trat ein und schlüpfte aus seinem Mantel. Als ich seinen dunkelblauen Armeepullover, seine Uniformhosen und die aufgerollten Landkarten unter seinem Arm sah, kam mir die Situation noch ernster vor.

Nachdem die Agentin am Schaltpult die Regler justiert hatte, kam mit großen Schritten Commissioner Miles herein und nahm neben mir Platz. Er war ein älterer Mann mit vollem, grauem Haar, das noch widerspenstiger war als die meisten Leute, die unter ihm arbeiteten. Heute stand es büschelweise in allen Himmelsrichtungen ab. Mit ernster und düsterer Miene setzte er eine dicke, schwarze Brille auf.

»Sie sehen ein wenig angeschlagen aus«, sagte er, während er sich Notizen machte.

»Das übliche. Die Grippe geht um«, sagte ich.

»Wenn ich das gewußt hätte, hätte ich mich nicht neben Sie gesetzt.« Das meinte er durchaus ernst.

»Ich bin nicht mehr ansteckend«, sagte ich, aber er hörte gar nicht zu.

Überall im Raum leuchteten die Monitore auf, und auf einem davon erkannte ich das Gesicht Colonel Fujitsubos. Dann erschien Bret Martin auf einem Bildschirm und sah uns unverwandt an.

Die Agentin am Schaltpult sagte: »Kamera an. Mikro an. Würde bitte mal jemand zählen?«

»Fünf-vier-drei-zwei-eins«, sagte der S. A. C. in sein Mikro.

»Wie ist es mit der Lautstärke?«

»Hier ist es gut«, sagte Fujitsubo aus Frederick, Maryland.

»Bestens«, sagte Martin aus Atlanta.

»Dann kann's ja losgehen.« Die Agentin am Schaltpult ließ ihren Blick einmal um den Tisch wandern.

»Erst einmal möchte ich Sie alle zur aktuellen Situation informieren«, begann ich. »Offenbar grassiert ein pockenähnliches Virus, allerdings bislang nur auf Tangier Island, wie es scheint – achtzehn Meilen vor der Küste Virginias. Bisher wurden zwei Todesfälle gemeldet, und eine weitere Person ist erkrankt. Außerdem war ein kürzlich aufgefundenes Mordopfer vermutlich mit diesem Virus infiziert. Es besteht der dringende Verdacht, daß das Virus durch die Manipulation von Warenproben eines Vita-Aromatherapie-Gesichtssprays verbreitet wird.«

»Das steht noch nicht fest«, kam es von Miles.

»Die Proben müßten jeden Moment hier sein«, sagte Martin aus Atlanta. »Wir werden sofort mit den Tests anfangen, dann haben wir hoffentlich bis morgen abend eine Antwort. In der Zwischenzeit werden die Sprays so lange aus dem Verkehr gezogen, bis wir genau wissen, womit wir es hier zu tun haben.«

»Sie können doch einen PCR-Test machen, um zu sehen, ob es sich um das gleiche Virus handelt«, sagte Miles zu den Monitoren.

Martin nickte. »Ja, das können wir.«

Miles blickte von einem zum anderen. »Und was heißt das für uns? Daß es da draußen irgendeinen Verrückten gibt, der als Mordwerkzeug eine Krankheit benutzt? Woher wollen wir denn wissen, ob diese verdammten kleinen Sprühdosen nicht schon über das ganze Land verteilt sind?«

»Ich glaube, der Killer läßt sich Zeit«, setzte Wesley zu einer Taktik an, die er am besten beherrschte. »Angefangen hat er mit nur einem Opfer. Als das die beabsichtigte Wirkung erzielt hatte, nahm er sich eine winzige Insel vor. Und jetzt, wo auch das zum erwünschten Ziel geführt hat, torpediert er eine Dienststelle der Gesundheitsbehörde mitten in der Stadt.«

Er sah mich an. »Er wird immer weiter gehen, wenn wir ihn nicht aufhalten oder einen Impfstoff entwickeln. Außerdem gibt es noch einen weiteren Grund, weshalb ich annehme, daß die ganze Angelegenheit im Moment noch lokal begrenzt ist: Offenbar hat der Täter die Gesichtssprays persönlich verteilt. Die Frankierung der Verpackungen ist gefälscht. Es sollte lediglich so aussehen, als wären sie mit der Post versandt worden.«

»Na, das nenne ich eine Produktfälschung mit allem Drum und Dran«, sagte Colonel Fujitsubo zu ihm.

»Für mich ist das Terrorismus.«

»Mit welchem Ziel?«

»Das wissen wir noch nicht«, erklärte Wesley.

»Wir haben hier jedoch ein sehr viel größeres Problem als im Falle des Tylenol-Killers oder des Unabombers«, sagte ich. »Die beiden bringen nur jeweils die Person um, die eine Tylenol-Kapsel schluckt oder ein Bombenpaket öffnet. Ein Virus hingegen verbreitet sich weit über das Primäropfer hinaus.«

»Dr. Martin, was können Sie uns über dieses spezielle Virus sagen?« fragte Miles.

»Uns stehen vier traditionelle Testmethoden zum Nachweis von Pocken zur Verfügung.« Unbeweglich starrte er uns vom Bildschirm herunter an. »Unterm Elektronenmikroskop zum Beispiel war das Variola-Virus klar zu erkennen.«

»Pocken?« brüllte Miles fast. »Sind Sie sicher, daß ...?«

»Moment«, unterbrach ihn Martin. »Lassen Sie mich ausreden. Außerdem haben wir mit Hilfe von Agar-Gel Antigene gefunden. Die Kultur, die wir mit der Chorioallantoismembran eines Hühnerembryos angesetzt haben, und die anderen Gewebekulturen werden noch zwei bis drei Tage brauchen. Die Ergebnisse liegen noch nicht vor. Wir haben jedoch mittels eines PCR-Tests nachgewiesen, daß es sich um eine Pockenvirenart handelt. Wir wissen nur noch nicht, um welche. Eine höchst merkwürdige Angelegenheit. Bisher ist dieses Virus jedenfalls noch nicht bekannt. Es sind weder Affenpocken noch Weiße Pocken und auch nicht die klassischen Variola major oder Variola minor. Allerdings scheint es damit verwandt zu sein.«

»Dr. Scarpetta«, sagte Fujitsubo. »Können Sie mir etwas über die Inhaltsstoffe dieses Gesichtssprays sagen?«

»Destilliertes Wasser und ein Duftstoff. Die Zusammensetzung war nirgends aufgeführt, aber das sind normalerweise die Hauptbestandteile solcher Sprays«, sagte ich.

Er schrieb mit. »Steril?« Vom Monitor aus schaute er uns an.

»Das will ich doch hoffen, schließlich steht in der Gebrauchsanweisung, man solle sich das Gesicht und die Kontaktlinsen damit einsprühen«, erwiderte ich.

»Dann stellt sich die Frage«, fuhr Fujitsubo via Satellit fort, »wie lange diese verseuchten Sprays lagerfähig sind. Variola-Viren haben in einer feuchten Umgebung keine sonderlich lange Lebenszeit.«

»Stimmt«, sagte Martin und rückte an seinem Kopfhörer. »Getrocknet halten sie sich sehr gut, und bei Raumtemperatur können sie mehrere Monate bis zu einem Jahr überleben. Sie sind lichtempfindlich, aber das spielt in den Sprühdosen ja keine Rolle. Und sie sind empfindlich gegen Hitze, was leider heißt, daß diese Jahreszeit ideal für sie ist.«

»Dann kann es also sein«, sagte ich, »daß, je nachdem, was die Leute damit anstellen, wenn sie so eine Probe erhalten, eine Menge Blindgänger dabei sind.«

»Möglich wär's«, erwiderte Martin hoffnungsvoll.

Wesley sagte: »Offensichtlich kennt sich unser Täter mit Infektionskrankheiten bestens aus.«

»Allerdings«, sagte Fujitsubo. »Das Virus muß herangezüchtet und vermehrt werden. Wenn es sich hier tatsächlich um einen terroristischen Anschlag handelt, dann ist der Täter mit den elementaren Labortechniken außerordentlich gut vertraut. Er wußte, wie er mit einer solchen Substanz umzugehen hat, ohne sich selbst dabei zu gefährden. Gehen wir eigentlich davon aus, daß es sich nur um eine Person handelt?«

»Meiner Theorie zufolge schon, aber die Antwort lautet: Wir wissen es nicht«, sagte Wesley.

»Er nennt sich *deadoc*«, sagte ich.

»Also Doktor Tod?« Fujitsubo runzelte die Stirn. »Will er damit sagen, daß er Arzt ist?«

Auch das ließ sich nur schwer beantworten, doch die entscheidende Frage war die, die uns am schwersten über die Lippen ging.

»Dr. Martin«, sagte ich, während Martinez sich schweigend in seinem Stuhl zurücklehnte und zuhörte. »Ihr Institut und ein Labor in Rußland sind, soweit wir wissen, die beiden einzigen Einrichtungen, in denen Pockenvirenisolate gelagert sind. Haben Sie irgendeine Vorstellung, wie sich jemand Zugriff darauf verschafft haben könnte?«

»Richtig«, sagte Wesley. »So unangenehm der Gedanke auch sein mag – wir müssen ihre Personalliste überprüfen. Ist in letzter Zeit jemand gefeuert worden? Hat in den letzten Monaten und Jahren jemand von sich aus gekündigt?«

»Unser Varila-Virenbestand wird so peinlich genau kontrolliert und inventarisiert wie Plutonium«, antwortete Martin mit Nachdruck. »Ich habe das bereits persönlich überprüft und kann Ihnen versichern, daß nichts angerührt wurde. Es fehlt nichts. Und für jemanden, der nicht entsprechend autorisiert ist und die Alarmcodes nicht kennt, ist es unmöglich, die Verriegelung der Gefriergeräte zu öffnen.«

Einen Moment lang waren alle still.

Dann sagte Wesley: »Ich glaube, es wäre gut, wenn wir eine Liste der Leute hätten, die in den letzten fünf Jahren eine entsprechende Berechtigung hatten. Vorläufig würde ich den Täter aufgrund meiner Erfahrung als männlichen Weißen einschätzen, möglicherweise Anfang Vierzig. Er lebt höchstwahrscheinlich allein, anderenfalls ist ein Teil seiner Wohnung off limits und dient ihm als Labor.«

»Das heißt, wir sprechen hier vermutlich von einem ehemaligen Laboranten«, sagte der S. A. C.

»Oder von jemand Vergleichbarem«, erwiderte Wesley. »Jemand, der eine Schul- und Berufsausbildung hat. Er ist introvertiert. Dafür gibt es mehrere Anzeichen, nicht zuletzt die Tatsache, daß er gern in Kleinbuchstaben schreibt. Seine Weigerung, sich der Zeichensetzung zu bedienen, ist ein Indiz dafür, daß er glaubt, er sei anders als andere Menschen und unterliege nicht den gleichen Regeln wie sie. Er ist nicht sehr gesprächig und wird von seinen Kollegen möglicherweise für unnahbar und schüchtern gehalten. Er hat viel Zeit, und vor allem fühlt er sich vom Staat schlecht behandelt. Er glaubt, die Spitze des Staates, die Regierung, habe sich bei ihm zu entschuldigen, und das ist meiner Ansicht nach der Schlüssel zum Motiv unseres Täters.«

»Dann ist es also Rache«, sagte ich. »Ganz schlicht und einfach.«

»Ganz einfach ist es nie. Schön wär's«, entgegnete Wesley. »Aber ich glaube tatsächlich, daß Rache der Schlüssel ist. Daher ist es sehr wichtig, daß alle Regierungsbehörden, die mit Infektionskrankheiten befaßt sind, uns die Akten aller Mitarbeiter herausgeben, die in den letzten Monaten und Jahren abgemahnt, gekündigt oder zwangsbeurlaubt wurden.«

Fujitsubo räusperte sich. »Dann lassen Sie uns jetzt über die Logistik sprechen.«

Nun war die Küstenwache an der Reihe. Martinez stand auf und befestigte große Landkarten an Flipcharts, während die Kameras so ausgerichtet wurden, daß unsere viele Meilen entfernten Gäste etwas sehen konnten.

»Kriegen Sie das rein?« fragte Martinez die Agentin am Schaltpult.

»Ja«, sagte sie. »Wie sieht es bei Ihnen aus?« Sie blickte zu den Monitoren empor.

»Prima.«

»Ich weiß nicht recht. Können Sie vielleicht noch etwas näher heranzoomen?«

Sie bewegte die Kamera dichter heran, und Martinez holte einen Laserpointer hervor. Er richtete den leuchtendroten Punkt auf den Grenzabschnitt zwischen Maryland und Virginia, der durch die Chesapeake Bay und im Norden von Tangier mitten durch Smith Island verlief.

»Nördlich von Tangier in Richtung Fishing Bay und Island Nanticoke River gibt es eine Reihe von Inseln: Smith Island, South Marsh Island, Bloodsworth Island.« Der rote Punkt hüpfte von einer zu anderen. »Dann kommt das Festland. Und hier unten liegt Crisfield, nur fünfzehn Seemeilen von Tangier entfernt.« Er sah uns an. »In Crisfield bringen viele Fischer ihren Krabbenfang ein. Und zahlreiche Einwohner von Tangier haben Verwandte in Crisfield. Das macht mir große Sorgen.«

»Ich fürchte, daß die Leute auf Tangier sich nicht sehr kooperativ zeigen werden«, sagte Miles. »Wenn wir die Insel unter Quarantäne stellen, werden sie von ihrer einzigen Einkommensquelle abgeschnitten.«

»Ja, Sir«, sagte Martinez und schaute auf seine Uhr. »Wir haben bereits damit angefangen. Aus der gesamten Gegend, sogar aus Elizabeth City kommen Boote und Küstenwachschiffe, um zu helfen, die Insel einzukreisen.«

»Also kann da momentan niemand weg«, sagte Fujitsubo, dessen Gesicht immer noch majestätisch auf dem Monitor über uns schwebte.

»Richtig.«

»Gut.«

»Was ist, wenn die Leute dort Widerstand leisten?« sprach ich die nächstliegende Frage aus. »Was würden Sie mit denen machen? Sie können sie schließlich nicht verhaften und damit eine Ansteckung riskieren.«

Martinez zögerte. Er blickte zu Fujitsubo empor. »Commander, möchten Sie diese Frage vielleicht beantworten, Sir?« fragte er.

»Das haben wir bereits in aller Ausführlichkeit diskutiert«, erklärte Fujitsubo. »Ich habe mit dem Verkehrsminister gesprochen, mit Vice Admiral Perry und natürlich mit dem Verteidigungsminister. Kurz und gut, diese Angelegenheit wird auf dem schnellsten Weg dem Präsidenten vorgelegt, und wir warten nur noch auf die Ermächtigung.«

»Ermächtigung wozu?« Das war Miles.

»Von der Schußwaffe Gebrauch zu machen, wenn alle anderen Mittel versagen«, sagte Martinez an uns alle gewandt.

»Mein Gott«, stieß Wesley hervor.

Fassungslos hörte ich zu und starrte zu den Männern hinauf, die sich zu Herren über Leben und Tod machten.

»Wir haben keine andere Wahl«, sagte Fujitsubo ruhig. »Wenn die Leute in Panik geraten und anfangen, von der Insel zu flüchten, anstatt den Warnungen der Küstenwache Folge zu leisten, dann werden sie – so viel steht fest – die Pocken aufs Festland bringen. Und bedenken Sie, daß unter der Bevölkerung schon seit dreißig Jahren keine Impfkampagnen mehr durchgeführt worden sind. Die letzten Impfungen haben vor so langer Zeit stattgefunden, daß sie heute nicht mehr wirksam sind. Und dieses neue Virus ist eine Mutation, gegen die unser gegenwärtiger Impfstoff möglicherweise nicht schützt. Mit anderen Worten: Es kann nur böse enden.«

Ich wußte nicht, ob mir so speiübel war, weil ich kränkelte oder aufgrund dessen, was ich gerade gehört hatte. Ich dachte an jenes verwitterte Fischerdorf mit seinen schiefen Grabsteinen und den rauhen, stillen Menschen, die einfach nur in Ruhe gelassen werden wollten. Befehle zu befolgen war nicht ihre Art, denn sie gehorchten höheren Mächten – Gott und den Stürmen.

»Es muß doch einen anderen Weg geben«, sagte ich.

Aber es gab keinen.

»Pocken sind bekanntermaßen eine hochansteckende Infektionskrankheit. Der Seuchenherd muß unbedingt isoliert werden«, erklärte Fujitsubo, was ohnehin allen klar war. »Stubenfliegen, die um die Patienten herumschwirren, Krabben, die fürs Festland bestimmt sind – all das kann eine Gefahr bedeuten. Woher sollen wir um Himmels willen wissen, ob diese Krankheit nicht wie die Tanapocken auch durch Mückenstiche übertragen wird? Da wir das Virus bisher nicht endgültig identifizieren konnten, sind die Übertragungsrisiken unklar.« Martin sah mich an. »Wir haben bereits Spezialteams dort draußen, Krankenschwestern, Ärzte, Isolierbetten, damit diese Menschen nicht ins Krankenhaus müssen, sondern zu Hause bleiben können.«

»Was ist mit den Leichen und der Kontamination?« fragte ich ihn.

»Laut Gesetz handelt es sich hier um einen nationalen Notstand der Stufe eins.«

»Das ist mir klar«, sagte ich ungeduldig. Bürokratie brachte uns jetzt nicht weiter. »Kommen Sie zur Sache.«

»Alles außer den Patienten wird verbrannt. Die Leichen werden eingeäschert. Das Haus der Pruitt wird abgefackelt.«

Fujitsubo versuchte uns zu beruhigen. »Ein USAMRIID-Team ist unterwegs. Wir werden mit den Bewohnern reden und versuchen, ihnen die Lage begreiflich zu machen.«

Ich dachte an Davy Crockett und seinen Sohn, daran, wie die Menschen dort in Panik geraten würden, wenn Wissenschaftler in Raumanzügen ihre Insel okkupierten und anfingen, ihre Häuser in Brand zu stecken.

»Steht denn fest, daß der Pockenimpfstoff nicht wirkt?« fragte Wesley.

»Nein, noch nicht«, antwortete Martin. »Die Tierversuche werden noch Tage oder Wochen dauern. Aber selbst wenn die Impfung im Tierversuch Schutz bietet, heißt das nicht, daß das gleiche für den Menschen gilt.«

»Da die DNS des Virus verändert worden ist«, gab Fujitsubo zu bedenken, »habe ich nicht viel Hoffnung, daß der Impfstoff dagegen wirkt.«

»Ich bin zwar kein Arzt«, sagte Martinez, »aber ich frage mich, ob Sie nicht trotzdem jeden impfen könnten, in der Hoffnung, daß es vielleicht doch wirkt.«

»Zu riskant«, sagte Martin. »Wenn es keine Pocken sind, warum sollte man Menschen absichtlich damit infizieren und dabei die Möglichkeit in Kauf nehmen, daß die Krankheit bei einigen ausbricht? Und wenn wir den neuen Impfstoff entwickelt haben, wollen wir doch nicht ein paar Wochen später wieder losgehen und die Leute noch einmal impfen, diesmal mit einem anderen Pockenvirus.«

»Das heißt«, sagte Fujitsubo, »wir können die Leute von Tangier nicht als Versuchsobjekte mißbrauchen. Wenn wir sie auf der Insel festhalten und dann so bald wie möglich einen Impfstoff zu ihnen hinausschaffen, müßten wir in der Lage sein, die Krankheit in Schach zu halten. Das Gute an Pocken ist, daß es sich dabei um kein besonders intelligentes Virus handelt. Es tötet seinen Wirt so schnell, daß die Viren bald aufgeben, wenn es gelingt, sie lokal zu begrenzen.«

»Alles klar. Eine ganze Insel wird ausgelöscht, und wir sitzen da und sehen zu«, sagte Miles wütend zu mir. »Es ist nicht zu fassen. Verdammter Mist.« Er schlug mit der Faust auf den Tisch. »Und das in unserem Staat!«

Er erhob sich. »Meine Herren. Ich würde gern wissen, was wir tun sollen, wenn auch in anderen Teilen des Landes Menschen erkranken. Schließlich hat der Gouverneur mich dafür eingesetzt, für die Gesundheit der Bürger von Virginia zu sorgen.« Sein Gesicht war puterrot, und er schwitzte. »Sollen wir etwa wie die Yankees anfangen, all unsere Städte niederzubrennen?«

»Wenn die Sache sich ausbreiten sollte«, sagte Fujitsubo, »müssen wir die Patienten natürlich in unsere Krankenhäuser stecken und spezielle Krankenstationen einrichten, genau wie wir es in früheren Zeiten getan haben. Das CDC und meine Leute sind bereits dabei, die Mediziner und das Pflegepersonal vor Ort zu alarmieren. Wir werden eng mit ihnen zusammenarbeiten.«

»Das Krankenhauspersonal ist bekanntlich den meisten Risiken ausgesetzt«, fügte Martin hinzu. »Es wäre wirklich schön, wenn der Kongreß endlich diese verdammte Haushaltssperre aufheben würde, damit mir nicht noch länger die Hände gebunden sind.«

»Sie können mir glauben, daß der Präsident und der Kongreß sich dessen bewußt sind.«

»Senator Nagle hat mir versichert, daß es morgen früh vorbei ist.«

»Das sind doch alles leere Versprechungen.«

Die frische Impfnarbe an meinem Arm war geschwollen und juckte und erinnerte mich ständig daran, daß ich vermutlich für nichts und wieder nichts geimpft worden war. Auf dem Weg zum Parkplatz klagte ich Wesley mein Leid.

»Erst diese Impfung, und jetzt bin ich auch noch krank. Das heißt, wahrscheinlich ist jetzt zu allem Überfluß auch noch mein Immunsystem geschwächt.«

»Woher willst du eigentlich wissen, daß du es nicht hast?« fragte er behutsam.

»Ich weiß es nicht.«

»Du könntest womöglich andere anstecken.«

»Nein, kann ich nicht. Das erste Symptom ist Ausschlag, und daraufhin untersuche ich mich täglich. Beim geringsten Anzeichen würde ich mich wieder in Quarantäne begeben. Dann würde ich weder dir noch sonst jemandem auch nur einen Schritt zu nahe kommen, Benton«, sagte ich. Unsinnigerweise heizte seine Unterstellung, ich riskierte möglicherweise, jemanden anzustecken, und sei es auch nur mit einer stinknormalen Erkältung, meine Wut noch weiter an.

Während er die Türen entriegelte, warf er mir einen Blick zu, und ich wußte, daß er beunruhigter war, als er es sich anmerken ließ. »Was soll ich denn tun, Kay?«

»Bring mich nach Haus, damit ich meinen Wagen holen kann«, sagte ich.

Das Tageslicht schwand rasch, während ich viele Meilen an dichten Kiefernwäldern entlangfuhr. Die Felder waren fahlbraun, Baumwollbüschel klammerten sich immer noch an tote Stengel, und der Himmel war feucht und kalt. Als ich von der Konferenz nach Hause gekommen war, hatte ich eine Nachricht von Rose vorgefunden. Um zwei Uhr nachmittags hatte Keith Pleasants vom Gefängnis aus angerufen und dringend um meinen Besuch gebeten, und Wingo war mit Grippe nach Hause gegangen.

Im Laufe der Jahre war ich schon viele Male im alten Gerichtsgebäude von Sussex County gewesen und hatte die urige Ausstrahlung und den mangelnden Komfort des noch aus der Zeit vor dem Bürgerkrieg stammenden Gebäudes richtig liebgewonnen. Der rote Backsteinbau mit den weißen Schmuckstreifen und Säulen war 1825 vom Baumeister Thomas Jeffersons erbaut worden und hatte den Bürgerkrieg überlebt. Allerdings war es den Yankees gelungen, zuvor alle Akten zu vernichten. Ich dachte an kalte Wintertage, die ich zusammen mit Detectives draußen auf dem Rasen verbracht hatte, während ich darauf wartete, in den Zeugenstand gerufen zu werden. Sogar an die Namen der Opfer, deren Fälle ich vor dieses Gericht gebracht hatte, erinnerte ich mich noch.

Mittlerweile fanden solche Verhandlungen in dem geräumigen, neuen Gebäude nebenan statt, und als ich auf dem Weg zum Parkplatz daran vorbeifuhr, wurde ich traurig. Neubauten wie dieser waren ein Mahnmal für die steigende Kriminalitätsrate, und ich sehnte mich nach alten Zeiten zurück, als ich gerade nach Virginia gezogen war und die alte Backsteinarchitektur und der längst vergangene und dennoch nicht enden wollende Krieg mich mit Ehrfurcht erfüllten. Damals hatte ich noch geraucht. Wahrscheinlich verklärte ich die Vergangenheit, wie die meisten Menschen es tun. Aber das Rauchen fehlte mir, und ich vermißte es, bei miesem Wetter vor diesem so gut wie gar nicht beheizten Gerichtsgebäude zu warten. Veränderungen führten immer dazu, daß ich mich alt fühlte.

Das Sheriff's Department bestand aus dem gleichen weiß eingefaßten roten Backstein. Der Parkplatz und das Gefängnis waren von einem Zaun umgeben, der oben mit Nato-Draht besetzt war. Dahinter polierten zwei Gefängnisinsassen in orangefarbenen Overalls einen zivilen Polizeiwagen, den sie gerade gewaschen und gewachst hatten. Sie beäugten mich verstohlen, als ich davor parkte, und einer versetzte dem anderen einen Klaps mit dem Autoleder.

»Yo. Alles klar?« murmelte einer von ihnen in meine Richtung, als ich vorbeiging.

»Guten Tag.« Ich sah den beiden ins Gesicht.

Sie wandten sich ab. An jemandem, der sich nicht von ihnen einschüchtern ließ, verloren sie schnell wieder das Interesse, und ich zog die Eingangstür auf. Das Innere des Reviers war so bescheiden, daß es schon fast deprimierend wirkte, und wie alle öffentlichen Einrichtungen platzte es nahezu aus allen Nähten. Drinnen standen Cola- und Snack-Automaten, die Wände waren mit Fahndungsplakaten tapeziert. Auch das Foto eines Polizisten, der während eines Einsatzes brutal ermordet worden war, hatte man hier aufgehängt. Ich blieb am Tisch des Diensthabenden stehen, wo eine junge Frau in Papieren wühlte und an ihrem Stift kaute.

»Entschuldigen Sie«, sagte ich. »Ich möchte zu Keith Pleasants.«

»Stehen Sie auf seiner Besucherliste?« Ihre Kontaktlinsen ließen sie blinzeln, und sie trug eine rosa Zahnklammer.

»Das will ich doch hoffen, schließlich hat er mich gebeten zu kommen.«

Sie blätterte in einem Loseblatthefter und hielt inne, als sie auf der richtigen Seite angelangt war.

»Wie heißen Sie?«

Ich sagte ihr meinen Namen, und ihr Finger glitt die Seite hinunter.

»Hier.« Sie stand auf. »Kommen Sie mit.«

Sie ging um ihren Schreibtisch herum und schloß eine Tür mit einem vergitterten Fenster auf. Jetzt standen wir in einem engen Raum, in dem Fingerabdrücke und Lichtbilder entwickelt wurden, mit einem zerbeulten Metallschreibtisch, an dem ein untersetzter Deputy saß. Dahinter befand sich eine weitere schwere, vergitterte Tür, durch die hindurch ich Lärm hören konnte.

»Ihre Tasche müssen Sie hierlassen«, erklärte der Deputy.

»Können Sie mal herkommen?« sagte er in sein Funkgerät.

»Verstanden. Schon unterwegs«, antwortete eine Frau.

Ich legte meine Handtasche auf den Schreibtisch und vergrub meine Hände in den Manteltaschen. Man würde mich durchsuchen – ein unangenehmer Gedanke.

»Wir haben hier ein kleines Zimmer, in dem die sich mit ihren Anwälten treffen«, sagte der Deputy und streckte seinen Daumen in die Luft, als wollte er trampen. »Aber bei diesen Ungeheuern sind immer welche dabei, die jedes Wort mithören. Falls Sie das stört, müssen Sie nach oben gehen. Da gibt es noch einen Raum.«

»Ich glaube, oben wäre besser«, sagte ich, als ein weiblicher Deputy, stämmig und mit kurzen, angegrauten Haaren, mit einem Metalldetektor um die Ecke kam.

»Arme ausstrecken«, sagte sie zu mir. »Haben Sie Gegenstände aus Metall in den Taschen?«

»Nein«, sagte ich, doch der Detektor jaulte wie eine mechanische Katze.

Sie bewegte das Gerät erst auf der einen Seite auf und ab, dann auf der anderen. Es schlug immer wieder an.

»Ziehen Sie mal Ihren Mantel aus.«

Ich legte ihn auf den Schreibtisch, und sie versuchte es noch einmal. Der Warnton wollte nicht verstummen. Stirnrunzelnd probierte sie weiter.

»Tragen Sie Schmuck?« fragte sie.

Ich schüttelte den Kopf, und plötzlich fiel mir ein, daß ich einen Bügel-BH trug, dessen Existenz kundzutun ich nicht die Absicht hatte. Sie legte den Detektor weg und begann, mich abzuklopfen, während der Deputy an seinem Schreibtisch saß und mit hängendem Unterkiefer glotzte, als liefe vor seinen Augen ein Schmuddelfilm ab.

»Okay«, sagte sie, zufrieden, daß ich mich als ungefährlich erwiesen hatte. »Folgen Sie mir.«

Um nach oben zu gelangen, mußten wir den Frauentrakt des Gefängnisses durchqueren. Schlüssel klirrten, als sie eine schwere Metalltür aufschloß, die laut hinter uns ins Schloß fiel. Die Insassinnen waren jung und sahen in ihrem Anstaltsdrillich sehr männlich aus. Die mit einer weißen Toilette, einem Bett und einem Waschbecken ausgestatteten Zellen waren kaum groß genug für ein Tier. Frauen lehnten an den Stäben ihrer Käfige oder spielten Solitaire. Sie hatten ihre Sachen an die Gitter gehängt, und die Mülltonnen, die danebenstanden, waren vollgestopft mit den Resten der Abendmahlzeit. Bei dem Geruch verdorbenen Essens drehte sich mir der Magen um.

»He, Mama!«

»Was haben wir denn da?«

»'ne *feine* Dame. Mjamm-mjamm.«

»Hubba-hubba-hubba!«

Hände wurden durch Gitter gestreckt und versuchten mich im Vorbeigehen zu berühren. Jemand machte schmatzende Kußgeräusche, und andere Frauen stießen rauhe, schmerzerfüllte Laute hervor, die wohl ein Lachen sein sollten.

»Laß sie uns hier. Nur 'ne Viertelstunde. Ooohhh, komm zu Mama!«

»Ich brauch' Zigaretten.«

»Halt die Klappe, Wanda. Du brauchst ständig irgendwas.«

»Seid mal alle schön still«, sagte die Beamtin in einem gelangweilten Singsang, während sie eine weitere Tür aufschloß. Ich folgte ihr nach oben und merkte, daß ich zitterte. Der Raum, in den sie mich brachte, war unaufgeräumt und voll mit Gebrauchsgegenständen, die früher irgendeine Funktion gehabt hatten. Korkplatten standen an der Wand, ein Handkarren parkte in einer Ecke, und überall waren Flugblätter und Rundbriefe verstreut. Ich setzte mich auf einen Klappstuhl, in den mit Kugelschreiber Namen und ordinäre Sprüche eingeritzt worden waren. »Machen Sie es sich bequem, er kommt gleich«, sagte sie und ließ mich allein.

Mir fiel ein, daß sich meine Hustenbonbons und Papiertaschentücher in meiner Handtasche und meinem Mantel befanden. Beides hatte ich unten gelassen. Ich schloß die Augen und zog die Nase hoch, bis ich schwere Schritte hörte. Als der männliche Deputy Keith Pleasants hereineskortierte, hätte ich ihn beinahe nicht wiedererkannt. Er wirkte blaß und abgespannt, sein weiter Overall schlackerte an seinem dünnen Körper. Die Hände waren mit Handschellen vor seinem Bauch gefesselt, was ziemlich unbequem aussah. Seine Augen füllten sich mit Tränen, als er mich sah, und mit bebenden Lippen versuchte er zu lächeln.

»Setzen Sie sich hin und bleiben Sie da sitzen«, befahl der Deputy. »Und wehe, es gibt hier ein Problem. Kapiert? Sonst steh' ich hier gleich wieder auf der Matte, und Sie können Ihren Besuch verabschieden.«

Pleasants strauchelte fast und griff nach einem Stuhl.

»Sind Handschellen wirklich nötig?« fragte ich den Deputy. »Er ist doch nur wegen eines Verkehrsdelikts hier.«

»Ma'am, außerhalb des Sicherheitsbereichs sind Handschellen Vorschrift. Ich bin in zwanzig Minuten wieder da«, sagte er und ging.

»So was ist mir wirklich noch nie passiert. Stört es Sie, wenn ich rauche?« Pleasants setzte sich und lachte dabei mit einer Nervosität, die an Hysterie grenzte.

»Nur zu.«

Seine Hände zitterten dermaßen, daß ich ihm Feuer geben mußte.

»Sieht nicht so aus, als hätten die hier einen Aschenbecher. Vielleicht darf man hier oben gar nicht rauchen.« Besorgt wanderte sein Blick hin und her. »Die haben mich mit einem Drogendealer in eine Zelle gesteckt. Der ist über und über tätowiert. Er hat es auf mich abgesehen. Hackt ständig auf mir rum und beschimpft mich als Schwuchtel.« Er inhalierte eine große Menge Rauch und schloß kurz die Augen.

»Ich wollte überhaupt nicht fliehen.« Er sah mich an.

Ich entdeckte einen Styropor-Kaffeebecher auf dem Fußboden und bot ihm ihn als Aschenbecher an.

»Danke«, sagte er.

»Keith, erzählen Sie mir, was passiert ist.«

»Ich fuhr gerade ganz normal von der Deponie nach Hause, und plötzlich ist so ein ziviler Polizeiwagen mit Sirene und Blaulicht hinter mir. Ich bin gleich rechts rangefahren. Es war dieses Bullenarschloch, das mich die ganze Zeit schon verrückt macht.«

»Ring.« In meinem Kopf pochte es vor Zorn.

Pleasants nickte. »Er sagte, er sei mir seit über einer Meile gefolgt, und ich hätte nicht auf seine Lichtsignale reagiert. Das ist eine ausgemachte Lüge, das können Sie mir glauben.«

Seine Augen blitzten. »Er hat es doch schon geschafft, daß

ich total schreckhaft geworden bin. Da wäre es mir doch nie im Leben entgangen, daß er hinter mir herfährt.«

»Hat er sonst noch irgend etwas gesagt, als er Sie angehalten hat?« fragte ich.

»Ja, Ma'am, hat er. Er meinte, es würde noch viel schlimmer für mich kommen. Das hat er wörtlich so gesagt,.«

»Warum wollten Sie mich sprechen?« Ich glaubte die Antwort zwar zu kennen, aber ich wollte sie von ihm hören.

»Ich sitze total in der Klemme, Dr. Scarpetta.« Wieder kamen ihm die Tränen. »Meine betagte Mama hat außer mir niemanden, der sich um sie kümmert. Und da gibt es Leute, die mich für einen Mörder halten! Ich hab' nie im Leben auch nur einer Fliege etwas angetan! Die Leute bei der Arbeit gehen mir schon aus dem Weg.«

»Ist Ihre Mutter bettlägerig?« fragte ich.

»Nein, Ma'am. Aber sie ist fast siebzig und hat ein Emphysem. Von diesen Dingern hier.« Er sog wieder an seiner Zigarette. »Sie kann nicht mehr Auto fahren.«

»Wer kümmert sich jetzt um sie?«

Er schüttelte den Kopf und wischte sich die Tränen aus den Augen. Er hatte die Beine übereinandergeschlagen, und ein Fuß zuckte, als würde er gleich abheben.

»Sie hat niemanden, der ihr Essen bringt?« fragte ich.

»Nur mich«, schluchzte er.

Wieder blickte ich mich suchend um. Diesmal brauchte ich etwas zum Schreiben, und ich fand einen violetten Buntstift und ein braunes Papierhandtuch.

»Geben Sie mir Adresse und Telefonnummer«, sagte ich. »Ich verspreche, daß jemand nach ihr sehen wird.«

Ungeheuer erleichtert gab er mir die Adresse, und ich kritzelte sie nieder.

»Ich habe Sie angerufen, weil ich nicht wußte, an wen ich mich sonst wenden sollte«, ergriff er wieder das Wort. »Kann nicht irgend jemand was tun, damit ich hier rauskomme?«

»Soweit ich weiß, ist Ihre Kaution auf fünftausend Dollar festgesetzt.«

»Das ist es ja grade! Das ist zehnmal soviel, wie es in so einem Fall üblich ist, sagt der Typ in meiner Zelle. Ich hab' kein Geld und weiß auch nicht, wo ich welches herbekommen soll. Das heißt, daß ich bis zur Verhandlung hierbleiben muß, und das können Wochen sein. Monate.« Wieder stiegen ihm die Tränen in die Augen. Er hatte eine Todesangst.

»Keith, benutzen Sie das Internet?« fragte ich.

»Das was?«

»Computer.«

»Auf der Deponie schon. Wissen Sie noch, ich hab' Ihnen doch von unserem Satellitensystem erzählt.«

»Dann benutzen Sie also das Internet.«

Er schien nicht zu wissen, was das war.

»E-Mail«, versuchte ich es noch mal.

»Wir arbeiten mit dem GPS.« Er wirkte verstört. »Können Sie sich noch an den Lkw erinnern, der die Leiche abgeladen hat? Ich bin mir inzwischen ziemlich sicher, daß er Cole gehört. Und der Müllcontainer könnte von einer Baustelle stammen. Die entsorgen nämlich den Müll von ein paar Baustellen an der South Side von Richmond. So was wär' doch ein guter Ort, um eine Leiche loszuwerden. Man braucht bloß nach Feierabend mit dem Wagen da vorzufahren, das kriegt keiner mit.«

»Haben Sie das Investigator Ring erzählt?« fragte ich.

Haß verdunkelte sein Gesicht. »Dem erzähl' ich nichts mehr. Der hat alles bloß getan, um mich reinzulegen.«

»Wie kommen Sie darauf, daß er Sie reinlegen will?«

»Irgend jemand muß er ja wegen dieser Sache verhaften. Er will der große Held sein.« Plötzlich begann er herumzudrucksen. »Er hat gesagt, alle anderen hätten sowieso keine Ahnung.« Er zögerte. »Auch Sie nicht.«

»Was hat er sonst noch gesagt?« Ich merkte, wie mein Ärger sich in kalte, grenzenlose Wut verwandelte.

»Wissen Sie, als ich ihn durchs Haus geführt habe, da hat er die ganze Zeit geredet. Er hört sich wirklich gerne reden.«

Er nahm seine Zigarettenkippe und stellte sie unbeholfen mit dem Ende nach oben auf den Tisch, damit sie ausging, ohne das Styropor anzusengen. Ich half ihm, sich noch eine anzuzünden.

»Er hat mir von Ihrer Nichte erzählt«, fuhr Pleasants fort. »Und daß sie ziemlich attraktiv ist, aber ebensowenig beim FBI zu suchen hat wie Sie auf dem Posten des Chief Medical Examiners. Weil. Na ja.«

»Weiter«, sagte ich mit beherrschter Stimme.

»Weil sie nicht auf Männer steht. Er glaubt wohl, daß Sie das auch nicht tun.«

»Das ist ja interessant.«

»Er hat sich darüber lustig gemacht. Er meinte, er weiß aus eigener Erfahrung, daß keiner von Ihnen mit Männern ausgeht, denn er würde Sie beide ziemlich gut kennen. Und ich sollte gut aufpassen, wie es Perversen ergeht. Denn das gleiche würde mir passieren.«

»Moment mal«, unterbrach ich ihn. »Hat Ring Ihnen etwa gedroht, weil Sie schwul sind oder er Sie dafür hält?«

»Meine Mama weiß nichts davon.« Er ließ den Kopf hängen. »Aber ein paar andere Leute schon. Ich war in solchen Bars. Ich kenne übrigens Wingo.«

Nicht intim, hoffte ich.

»Ich mache mir Sorgen um Mama.« Wieder brach er in Tränen aus. »Daß ich hier im Knast sitze, regt sie bloß auf, und das ist nicht gut für sie.«

»Ich sag' Ihnen was. Ich werde auf dem Heimweg selbst nach ihr sehen«, sagte ich und hustete mal wieder.

Eine Träne rollte über seine Wange, und er wischte sie flüchtig mit seinen gefesselten Händen weg.

»Und ich werde noch etwas tun«, sagte ich, als erneut Schritte auf der Treppe erklangen. »Ich werde sehen, was ich für Sie tun kann. Ich glaube nicht, daß Sie jemanden umgebracht haben, Keith. Ich werde Ihre Kaution bezahlen und dafür sorgen, daß Sie einen Anwalt bekommen.«

Ungläubig öffnete er den Mund, dann traten geräuschvoll die Deputies herein.

»Wirklich?« fragte Pleasants und stand auf. Er geriet beinahe ins Taumeln und sah mich mit weit aufgerissenen Augen an.

»Wenn Sie schwören, daß Sie die Wahrheit sagen.«

»O ja, Ma'am!«

»Ja, ja«, sagte einer der Beamten, »genau wie all die anderen.«

»Vor morgen wird das aber nichts«, sagte ich zu Pleasants. »Ich fürchte, der Friedensrichter ist heute schon nach Haus gegangen.«

»Los jetzt. Nach unten.« Ein Deputy packte seinen Arm.

Das letzte, was Pleasants zu mir sagte, war: »Mama mag Schokoladenmilch mit Hershey's-Sirup. Was anderes kann sie sowieso kaum noch bei sich behalten.«

Dann war er fort, und ich wurde wieder nach unten und durch den Frauentrakt des Gefängnisses geführt. Die Insassinnen waren diesmal eher einsilbig, als fänden sie mich nicht mehr so amüsant wie vorhin. Mir kam der Gedanke, daß ihnen vielleicht jemand gesagt hatte, wer ich war, als sie mir den Rücken zukehrten und jemand ausspuckte.

13

Sheriff Rob Roy war in Sussex County eine Legende. Jedes Jahr wurde er ohne Gegenkandidaten wiedergewählt. Er war oft bei mir im Leichenschauhaus gewesen, und ich hielt ihn für einen der besten Polizisten, die ich kannte. Um halb sieben fand ich ihn im Virginia Diner am Stammtisch der Einheimischen sitzend.

Der Tisch stand in einem langen Raum mit rotkarierten Tischdecken und weißen Stühlen. Roy aß gerade ein Sandwich mit gebratenem Schinken und trank schwarzen Kaffee. Stimmengewirr drang aus seinem Funkgerät, das aufrecht auf dem Tisch stand.

»Nein, das kann ich nicht machen. Was soll das auch nützen? Deswegen hören die doch nicht auf, Crack zu verkaufen«, sagte er gerade zu einem hageren, wettergegerbten Mann mit einer John-Deere-Mütze.

»Dann lassen Sie sie doch.«

»Sie lassen?« Roy griff nach seinem Kaffee. Er war so drahtig und kahlköpfig wie immer. »Das ist nicht Ihr Ernst.«

»Und ob das mein Ernst ist.«

»Darf ich unterbrechen?« sagte ich und zog einen Stuhl hervor.

Roys Unterkiefer klappte herunter, und einen Moment lang konnte er nicht glauben, wen er da vor sich hatte. »Also, das gibt's ja nicht.« Er stand auf und schüttelte mir die Hand.

»Was um alles in der Welt machen Sie denn hier draußen?«

»Ich suche nach Ihnen.«

»Entschuldigen Sie mich bitte.« Der andere Mann tippte sich an die Mütze, stand auf und ging.

»Sagen Sie bloß, Sie sind dienstlich hier«, sagte der Sheriff.

»Aus welchem Grund denn sonst?«

Meine Stimmung ernüchterte ihn. »Irgendwas, wovon ich nichts weiß?«

»O doch, Sie wissen davon«, sagte ich.

»Na, was ist? Was wollen Sie essen? Ich empfehle das Sandwich mit gebratenem Huhn«, sagte er, als eine Kellnerin erschien.

»Heißen Tee.« Ich fragte mich, ob ich je wieder etwas essen würde.

»Sie sehen nicht so aus, als würde es Ihnen besonders gut gehen.«

»Mir geht es beschissen.«

»Im Moment werden alle krank.«

»Wenn's das nur wäre«, sagte ich.

»Was kann ich tun?« Er beugte sich zu mir herüber und widmete mir seine ganze Aufmerksamkeit.

»Ich werde die Kaution für Keith Pleasants hinterlegen«, sagte ich. »Leider geht das erst morgen. Aber ich möchte, daß Sie wissen, daß Pleasants unschuldig ist, Rob. Investigator Ring versucht ihm etwas anzuhängen, weil er sich auf einer Art Hexenjagd befindet und sich unbedingt einen Namen machen will.«

Roy machte ein verdutztes Gesicht. »Seit wann verteidigen Sie Häftlinge?«

»Das tue ich nur, wenn sie unschuldig sind«, sagte ich. »Und dieser Mann ist ebensowenig ein Serienmörder wie Sie oder ich. Er hat nicht versucht, vor der Polizei zu flüchten, und vermutlich ist er noch nicht einmal zu schnell gefahren. Ring schikaniert ihn nur, und er lügt. Schauen Sie sich doch an, wie hoch die Kaution festgesetzt wurde – für ein Verkehrsdelikt!«

Er hörte schweigend zu.

»Pleasants hat eine kranke, alte Mutter, um die sich sonst niemand kümmert. Er ist drauf und dran, seinen Job zu verlieren. Ich weiß, daß Rings Onkel der Innenminister ist und dazu ein ehemaliger Sheriff«, sagte ich. »Und ich weiß, was das bedeutet, Rob. Ich brauche Ihre Hilfe. Irgend jemand muß diesen Mann stoppen.«

Rob schob seinen Teller weg, denn sein Funkgerät rief nach ihm. »Ist das Ihr Ernst?«

»Ja.«

»Einundfünfzig hier«, sagte er ins Funkgerät und rückte seinen Gürtel mit dem Revolver daran zurecht.

»Gibt es schon irgendwas Neues über den Raubüberfall?« kam eine Stimme zurück.

»Wir warten noch drauf.«

Er beendete die Verbindung und sagte zu mir: »Sie haben also keinerlei Zweifel daran, daß dieser Junge nichts angestellt hat.«

Ich nickte wieder. »Nicht den geringsten. Der Mörder, der diese Frau zerstückelt hat, kommuniziert übers Internet mit mir. Pleasants weiß noch nicht mal, was das ist. Die Angelegenheit ist sehr viel komplizierter, als ich Ihnen jetzt erläutern kann. Aber eins dürfen Sie mir glauben – der Junge hat nichts mit der Sache zu tun.«

»Und was Ring angeht, sind Sie sich ganz sicher, ja? Ich meine, wenn ich etwas unternehmen soll, muß ich mich schon darauf verlassen können.« Er sah mir eindringlich in die Augen.

»Wie oft soll ich es denn noch sagen?«

Er feuerte seine Serviette auf den Tisch. »Also, jetzt platzt mir aber der Kragen.« Er schubste seinen Stuhl zurück. »Wenn ich eins nicht abkann, dann ist es das, daß ein Unschuldiger in meinem Gefängnis sitzt und irgend so ein Cop da draußen ein schlechtes Licht auf uns wirft.«

»Kennen Sie Kitchen, den Mann, dem die Deponie gehört?« fragte ich.

»Na klar. Wir sind im selben Jagdverein.« Er zückte seine Brieftasche.

»Jemand sollte mit ihm reden, damit Keith seinen Job nicht verliert. Wir müssen die Sache irgendwie wieder ins Lot bringen«, sagte ich.

»Genau das werde ich tun, glauben Sie mir!«

Er legte Geld auf den Tisch und ging forschen Schrittes zur Tür. Ich blieb so lange sitzen, bis ich meinen Tee ausgetrunken hatte, und schaute mir derweil die Vitrinen mit geringelten Zuckerstangen, Barbecue-Sauce und allen erdenklichen Erdnußsorten an. Als ich an der 460. einen Lebensmittelladen fand und anhielt, um Milch, Hershey's-Sirup, frisches Gemüse und Suppe einzukaufen, hatte ich Kopfschmerzen, und meine Haut glühte.

Ich stürmte die Gänge auf und ab, und ehe ich mich's versah, war mein Einkaufwagen bis obenhin voll mit allen möglichen Artikeln von Toilettenpapier bis Aufschnitt. Als nächstes holte ich eine Landkarte und die Adresse hervor, die Pleasants mir gegeben hatte. Seine Mutter wohnte nicht allzuweit von der Hauptverkehrsstraße entfernt, und als ich ankam, schlief sie schon.

»Oje«, sagte ich von der Veranda aus. »Ich wollte Sie nicht aufwecken.«

»Wer ist da?« Sie blinzelte kurzsichtig in die Nacht hinaus und entriegelte die Tür.

»Dr. Kay Scarpetta. Sie brauchen wirklich nicht ...«

»Was für ein Doktor sind Sie?«

Mrs. Pleasants war eine verschrumpelte, gebeugte alte Frau, das Gesicht runzlig wie Kreppapier. Lange, graue Haare hingen ihr ums Gesicht wie Spinnweben im Altweibersommer, und ich mußte wieder an die Müllhalde denken und an die alte Frau, die *deadoc* umgebracht hatte.

»Sie können hereinkommen.« Sie stieß die Tür auf und schaute mich ängstlich an. »Geht es Keith gut? Es ist ihm doch nichts zugestoßen, oder?«

»Ich war vorhin bei ihm. Es geht ihm gut«, beruhigte ich sie. »Ich habe für Sie eingekauft.« Ich hatte immer noch die Taschen in der Hand.

»Dieser Junge.« Sie schüttelte den Kopf und winkte mich in ihre kleine Behausung, in der es sauber und ordentlich war. »Was soll ich denn bloß machen? Wissen Sie, er ist alles, was ich auf dieser Welt habe. Als er geboren wurde, habe ich gesagt: ›Keith, du bist alles, was mir geblieben ist.‹«

Sie war unruhig und verängstigt, aber sie versuchte es sich nicht anmerken zu lassen.

»Wissen Sie, wo er ist?« fragte ich sanft.

Wir traten in die Küche, in der ein alter, bulliger Kühlschrank und ein Gasherd standen. Sie gab mir keine Antwort und begann statt dessen, die Lebensmittel wegzuräumen. Unbeholfen hantierte sie mit den Dosen und ließ Sellerie und Karotten auf den Boden fallen.

»Kommen Sie, ich helfe Ihnen«, bot ich an.

»Er hat doch gar nichts angestellt.« Sie begann zu weinen. »Das weiß ich ganz genau. Und dieser Polizist läßt ihn einfach nicht in Ruhe. Ständig kommt er her und hämmert an die Tür.«

Sie stand mitten in der Küche und wischte sich mit beiden Händen die Tränen ab.

»Keith sagt, Sie mögen Schokoladenmilch. Ich werde Ihnen eine machen. Das tut Ihnen bestimmt gut.«

Ich nahm ein Glas und einen Löffel vom Geschirrständer.

»Morgen ist er wieder zu Hause«, sagte ich. »Und von Investigator Ring werden Sie nie wieder etwas zu hören bekommen.«

Sie starrte mich an, als wäre ich ein guter Geist.

»Ich wollte nur sichergehen, daß Sie alles haben, was Sie brauchen, bis Ihr Sohn wiederkommt«, sagte ich und reichte ihr das Glas Schokoladenmilch in mitteldunkler Konzentration.

»Ich überlege schon die ganze Zeit, wer Sie sind«, sagte sie schließlich. »Mmmh. Es gibt doch nichts Besseres als Schokoladenmilch.« Bedächtig nippte sie an ihrem Glas und lächelte. Ich erklärte kurz, woher ich Keith kannte und was ich beruflich machte, aber sie begriff nicht. Sie glaubte, ich sei in ihn verschossen und verdiene meinen Lebensunterhalt, indem ich Approbationen für Ärzte ausstellte. Auf dem Heimweg drehte ich laut Musik auf, um mich auf der Fahrt durch die Dunkelheit wachzuhalten. Über weite Strecken waren die Sterne das einzige Licht. Ich griff nach dem Telefon.

Wingos Mutter nahm ab und sagte mir, er liege krank im Bett.

Sie holte ihn trotzdem an den Apparat.

»Wingo, ich mache mir Sorgen um Sie«, sagte ich mit Nachdruck.

»Ich fühle mich schrecklich.« Das war ihm anzuhören. »Na ja, gegen die Grippe kann man halt nichts machen.«

»Ihr Immunsystem ist geschwächt. Als ich das letztemal mit Dr. Riley sprach, ließ Ihr CD4-Zellstatus sehr zu wünschen übrig.« Ich wollte, daß er den Tatsachen ins Auge sah. »Beschreiben Sie mir Ihre Symptome.«

»Ich habe mörderische Kopfschmerzen, und auch mein Hals und mein Rücken tun höllisch weh. Als ich das letztemal Fieber gemessen habe, hatte ich vierzig Grad. Und ich habe die ganze Zeit schrecklichen Durst.«

Seine Worte ließen bei mir die Alarmglocken klingeln, denn all diese Symptome traten auch im Frühstadium von Pocken auf. Aber falls er sich bei dem Rumpf angesteckt hatte, wunderte es mich, daß er nicht eher krank geworden war, besonders in Anbetracht seiner labilen Konstitution.

»Sie haben doch nicht eins von diesen Sprays angefaßt, die wir ins Büro geschickt bekommen haben?« fragte ich.

»Was für Sprays?«

»Die Vita-Gesichtssprays.«

Er hatte keinen Schimmer, wovon ich sprach, doch dann fiel mir ein, daß er momentan so gut wie gar nicht im Büro gewesen war. Ich erklärte ihm, was geschehen war.

»Oh, mein Gott«, sagte er plötzlich, und eine furchtbare Angst erfaßte uns beide. »So eins ist mit der Post gekommen. Mom hat es auf den Küchentresen gestellt.«

»Wann?« fragte ich erschrocken.

»Ich weiß nicht. Vor ein paar Tagen. Wann war das bloß? Keine Ahnung. So was Tolles hatten wir noch nie gesehen – etwas Wohlriechendes, mit dem man sich das Gesicht kühlen kann.«

Dann waren es also insgesamt zwölf Spraydosen, die *deadoc* an mein Personal geschickt hatte. *Zwölf* hatte auch seine Botschaft an mich gelautet. Zwölf Personen hatten bei mir in der Zentrale eine Vollzeitstelle, wenn ich mich selbst mitzählte. Wie konnte es angehen, daß ein namenloser Täter irgendwo in weiter Ferne so genau über die Größe meiner Belegschaft Bescheid wußte, von einigen sogar Namen und Adressen kannte?

Die nächste Frage wagte ich kaum zu stellen, denn ich glaubte die Antwort bereits zu wissen. »Wingo, haben Sie es in irgendeiner Weise angefaßt?«

»Ich habe es ausprobiert. Ich war bloß neugierig.« Seine Stimme zitterte heftig, und Hustenanfälle raubten ihm die Luft. »Ich hab' es nur einmal in die Hand genommen, als ich es da stehen sah. Aus reiner Neugier. Es duftete nach Rosen.«

»Hat noch jemand bei Ihnen zu Hause es ausprobiert?«

»Das weiß ich nicht.«

»Ich möchte, daß Sie dafür sorgen, daß niemand den Behälter berührt. Haben Sie verstanden?«

»Ja.« Er begann zu schluchzen.

»Ich werde ein paar Leute zu Ihnen schicken, die es abholen und sich um Sie und Ihre Eltern kümmern, in Ordnung?«

Er weinte zu sehr, um antworten zu können.

Als ich nach Hause kam, war es wenige Minuten nach Mitternacht, und ich fühlte mich so krank und erschöpft, daß ich nicht wußte, was ich zuerst tun sollte. Ich rief Marino und Wesley an und dann Fujitsubo. Ich informierte sie über den Stand der Dinge und bat Fujitsubo, unverzüglich ein Spezialteam zu Wingo und seinen Eltern zu schicken. Auch sie warteten mit schlechten Nachrichten auf. Das erkrankte Mädchen auf Tangier war gestorben, und jetzt war die Krankheit bei einem Fischer ausgebrochen. Ich war deprimiert und fühlte mich furchtbar elend. Als ich nach E-Mails sah, lauerte *deadoc* schon wieder hinterhältig in meiner Box. Diesmal war ich froh darüber. Die Mail war abgeschickt worden, als Keith Pleasants im Gefängnis saß.

spieglein spieglein an der wand wo waren sie

»Du Miststück!« brüllte ich ihn an.

Dieser Tag war zuviel für mich, ich konnte einfach nicht mehr. Mir tat alles weh, ich fühlte mich benommen – eigentlich Grund genug, diesen Chat-Raum zu meiden, wo ich auf ihn wartete, als handele es sich um den Showdown am O. K. Corral. Ich hätte die Sache lieber aufschieben sollen. Aber ich meldete mich an und tigerte im Geiste unruhig auf und ab, während ich auf das Erscheinen dieses Ungeheuers wartete. Und dann war er da.

DEADOC: plag und mühe
SCARPETTA: Was wollen Sie?
DEADOC: wir sind aber wütend heute
SCARPETTA: Ja, allerdings.
DEADOC: was kümmern sie ungebildete fischer und ihre ungebildeten familien und diese unfähigen leute die für sie arbeiten
SCARPETTA: Hören Sie auf damit. Was verlangen Sie dafür, daß Sie dem ein Ende machen?
DEADOC: zu spät geschehen ist geschehen schon vor langer zeit geschehen
SCARPETTA: Was hat man Ihnen denn getan?

Doch er antwortete nicht. Seltsamerweise verließ er den Raum nicht, aber er reagierte auch auf keine weiteren Fragen. Ich dachte an die Leute von der Squad 19 und betete darum, daß sie zugehört hatten und ihn von Vermittlungsstelle zu Vermittlungsstelle verfolgten, bis sie ihn in seinem Bau aufspürten. Eine halbe Stunde verging. Schließlich loggte ich mich aus, und mein Telefon klingelte.

»Du bist ein Genie!« Lucy war so aufgeregt, daß ihre Stimme mir in den Ohren schrillte. »Wie zum Teufel hast du es geschafft, ihn so lange bei der Stange zu halten?«

»Wovon sprichst du?« fragte ich verblüfft.

»Elf Minuten schon. Das ist Spitze!«

»Ich hab' doch nur ungefähr zwei Minuten mit ihm geredet.«

Ich versuchte, meine Stirn mit dem Handrücken zu kühlen. »Ich weiß nicht, was du meinst.«

Doch das war ihr egal. »Wir haben ihn, den Schweinehund!«

Sie war außer sich vor Freude. »Ein Campingplatz in Maryland. Ein Agententeam aus Salisbury ist bereits unterwegs. Janet und ich müssen gleich zum Flieger.«

Bevor ich am nächsten Morgen aufstand, hatte die World Health Organization eine weitere Warnung vor dem Vita-Aromagesichtsspray veröffentlicht. Die WHO versicherte der Bevölkerung, daß das Virus bald ausgerottet sein würde, daß wir rund um die Uhr an einem Impfstoff arbeiteten und unsere Bemühungen bald von Erfolg gekrönt sein würden. Dennoch brach Panik aus.

Das Virus, von der Presse Killerpocken benannt, zierte die Titelseiten von *Newsweek* und *Time*, der Senat bildete einen Sonderausschuß, und das Weiße Haus erwog, den Ausnahmezustand zu verhängen. Vita wurde zwar von New York aus vertrieben, aber der Hersteller saß in Frankreich. Natürlich lag da die Befürchtung nahe, daß *deadoc* seine Drohung wahr machen würde. Bisher waren zwar noch keine Krankheitsfälle aus Frankreich gemeldet worden, doch die Tatsache, daß eine große Produktionsstätte zur Schließung gezwungen wurde und sich beide Staaten gegenseitig den Schwarzen Peter zuschoben, was die Herkunft der verseuchten Proben anging, stellte eine starke Belastung der wirtschaftlichen und diplomatischen Beziehungen dar.

Die Fischer von Tangier versuchten, auf ihren Fischkuttern zu fliehen. Die Küstenwache forderte von überallher Unterstützung an, sogar aus Florida. Ich bekam nicht alles mit, aber soweit ich hörte, schaffte es die Polizei, die Inselbewohner im Tangier Sound einzuschließen. Die Boote beider Seiten gingen vor Anker und bewegten sich nicht mehr vom Fleck, während der Wintersturm heulte.

Inzwischen hatte das CDC ein Quarantäneteam von Ärzten und Schwestern zu Wingo geschickt, und die Sache sprach sich langsam herum. Die Zeitungen waren voll von reißerischen Schlagzeilen, und die Menschen verließen fluchtartig die Stadt, die sich nur schwer oder gar nicht unter Quarantäne stellen lassen würde. Am Freitagmorgen saß ich im Bademantel am Küchentisch, trank heißen Tee und fühlte mich so elend und krank wie nie zuvor in meinem Leben.

Mein Fieber war bis auf neununddreißig Grad angestiegen. Die einzige Wirkung, die Robitussin DM erzielte, war, daß ich mich übergeben mußte. Die Muskeln in meinem Nacken und Rücken schmerzten, als hätte ich gegen eine mit Knüppeln ausgerüstete Mannschaft Football gespielt. Trotzdem konnte ich nicht ins Bett gehen. Es gab viel zuviel zu tun. Ich rief bei einem privaten Kreditgeber an, der gewerblich Kautionen stellte. Dort sagte man mir, die einzige Möglichkeit, Keath Pleasants aus dem Gefängnis zu bekommen, bestehe darin, daß ich in die Stadt fuhr und persönlich bezahlte. Also ging ich zu meinem Wagen hinaus und fuhr los. Zehn Minuten später mußte ich umkehren, weil ich mein Scheckbuch auf dem Tisch liegengelassen hatte.

»Bitte, lieber Gott, hilf mir«, stieß ich hervor und gab Gas.

Mit quietschenden Reifen raste ich zurück nach Hause und sauste kurz darauf wieder Richtung Stadt um die Ecken von Windsor Farms. Ich fragte mich, was nachts in Maryland passiert sein mochte, und sorgte mich um Lucy, für die alles ein Abenteuer war. Schießereien und Verfolgungsjagden zu Fuß,

Hubschrauber oder Flugzeuge fliegen – das war es, was sie wollte. Ich hatte Angst, ihre Unbeschwertheit würde ihr eines Tages zum Verhängnis werden. Schließlich wußte ich zuviel über das Leben und darüber, wie es endete. Ich fragte mich, ob sie *deadoc* geschnappt hatten, glaubte allerdings, daß man mich in dem Fall benachrichtigt hätte.

Ich hatte noch nie die Dienste eines privaten Kreditgebers in Anspruch genommen. Dieser, Vince Peeler, hatte sein Büro in einer Schusterwerkstatt in der Broad Street, zwischen lauter leerstehenden Läden mit nichts in den Schaufenstern als Graffiti und Staub. Er war ein kleiner, schmächtiger Mann mit Pomade in den schwarzen Haaren und einer Lederschürze um den Bauch. Er saß an einer professionellen Singer-Nähmaschine und steppte eine neue Sohle auf einen Schuh. Als ich die Tür schloß, sah er mich mit dem durchdringenden Blick eines Mannes an, der ein Näschen für Schwierigkeiten aller Art hatte.

»Sie sind Dr. Scarpetta?« fragte er, ohne mit dem Nähen aufzuhören.

»Ja.«

Ich holte mein Scheckbuch und einen Stift heraus. Dieser Mann, der ein Geschäft daraus machte, Gewalttätern die Rückkehr auf die Straße zu ermöglichen, war mir alles andere als sympathisch.

»Das macht dann fünfhundertdreißig Dollar«, sagte er. »Wenn Sie mit Kreditkarte bezahlen wollen, müssen Sie noch drei Prozent draufschlagen.«

Er stand auf und trat an seinen zerkratzten Ladentisch, auf dem stapelweise Schuhe und Schuhcremedosen lagen. Ich spürte, wie er mich von oben bis unten musterte.

»Komisch, ich hatte Sie mir viel älter vorgestellt«, meinte er. »Wissen Sie, wenn man in der Zeitung über bekannte Leute liest, dann kriegt man manchmal einen ganz falschen Eindruck.«

»Er wird heute noch freigelassen.« Das war ein Befehl. Ich trennte den Scheck heraus und reichte ihn dem Mann.

»Ja, natürlich.« Sein Blick irrte unruhig hin und her, und er schaute auf seine Uhr.

»Wann?«

»Wann?« wiederholte er.

»Ja«, sagte ich. »Wie schnell wird er freigelassen?«

»*So* schnell«, sagte er und schnippte dabei mit den Fingern.

»Gut«, sagte ich und putzte mir die Nase. »Ich werde ein Auge drauf haben, daß es wirklich *so* schnell geht.« Auch ich schnippte mit den Fingern.

»Und wenn nicht? Ich sage Ihnen was: Ich bin selbst Juristin, und ich habe heute überaus schlechte Laune. Wenn es nicht so klappt, wie ich mir das vorstelle, mach' ich Ihnen die Hölle heiß! Ist das klar?«

Er lächelte mich an und schluckte.

»Was für eine Art von Juristin?« fragte er.

»Eine, die Sie besser nicht kennenlernen sollten«, sagte ich und ging zur Tür hinaus.

Etwa eine Viertelstunde später war ich im Büro, und als ich mich hinter meinen Schreibtisch setzte, klingelte gleichzeitig das Telefon, und mein Pieper vibrierte. Bevor ich reagieren konnte, stand Rose in der Tür. Sie sah ungewöhnlich gestreßt aus.

»Alle suchen Sie«, sagte sie.

»Das tun sie doch immer.« Als ich die Nummer auf dem Display meines Piepers sah, runzelte ich die Stirn. »Wer zum Teufel ist das denn?«

»Marino ist auf dem Weg hierher«, fuhr sie fort. »Sie schicken Ihnen einen Helikopter. Zum Hubschrauberlandeplatz des MCV. Die Leute vom USAMRIID sind bereits hierher unterwegs. Sie haben der Gerichtsmedizin von Baltimore mitgeteilt, daß ein Spezialteam den Fall übernehmen und den Leichnam gleich in Frederick obduzieren muß.«

Ich sah sie an, und mein Blut gefror. »Leichnam?«

»Offenbar gibt es da einen Campingplatz, zu dem das FBI einen Anruf zurückverfolgt hat.«

»Das weiß ich«, sagte ich ungeduldig. »In Maryland.«

»Sie glauben, daß sie den Wohnwagen des Mörders gefunden haben. Ich bin nicht über alle Einzelheiten informiert. Aber darin befindet sich eine Art Labor. Und eine Leiche.«

Ich war fassungslos. »Wessen Leiche?«

»Die des Mörders, glauben sie. Möglicherweise Selbstmord. Erschossen.« Sie sah mich über ihre Brille hinweg an und schüttelte den Kopf. »Sie sollten zu Hause im Bett liegen, mit einer Tasse von meiner Hühnersuppe.«

Marino holte mich vor meinem Büro ab, während der Wind durch die Innenstadt fegte und die Staatsflaggen auf den Dächern der Gebäude hin und her peitschten. Er fuhr los, noch bevor ich die Tür richtig geschlossen hatte. Es war nicht zu übersehen, daß er wütend war. Er sagte kein Wort.

»Danke«, sagte ich und wickelte einen Hustenbonbon aus.

»Du bist immer noch krank.« Er bog in die Franklin Street ein.

»Allerdings. Danke der Nachfrage.«

»Ich weiß nicht, warum ich das mitmache«, sagte er. Er trug keine Uniform. »Mich in die Nähe irgendeines gottverdammten Labors zu begeben, in dem jemand Viren hergestellt hat, ist das letzte, wozu ich Lust habe.

»Du bekommst einen speziellen Schutzanzug«, entgegnete ich.

»Den sollte ich vermutlich jetzt schon tragen, wo du doch neben mir sitzt.«

»Ich habe die Grippe und bin nicht mehr ansteckend. Vertrau' mir. Mit so etwas kenne ich mich aus. Und sei nicht so stinkig, denn ich habe nicht vor, mir das gefallen zu lassen.«

»Wollen wir hoffen, daß es wirklich die Grippe ist.«

»Wenn ich etwas Schlimmeres hätte, würde es mir schlechter gehen, und das Fieber wäre höher. Außerdem hätte ich Ausschlag.«

»Ja, aber wenn du bereits krank bist, ist es dann nicht um so wahrscheinlicher, daß es noch schlimmer wird? Ich kapier' einfach nicht, warum du dorthin willst. Ich wäre nämlich verdammt froh, wenn ich hierbleiben könnte. Es gefällt mir gar nicht, daß ich da hineingezogen werde.«

»Dann setz' mich ab und sieh zu, daß du Land gewinnst«, sagte ich. »Jammer' mir ja nicht die Ohren voll. Ausgerechnet jetzt, wo die ganze Welt zum Teufel geht.«

»Wie geht es Wingo?« fragte er in versöhnlicherem Ton.

»Offen gesagt habe ich wahnsinnige Angst um ihn«, erwiderte ich.

Wir fuhren über MCV-Gelände und bogen hinter einem Zaun auf einen Hubschrauberlandeplatz ein, auf dem sonst Rettungshubschrauber mit Patienten und Organtransplantaten landeten. Das USAMRIID-Team war noch nicht da, doch schon kurz darauf hörten wir das laute Knattern des Blackhawk. Die Leute auf der Straße blieben stehen und gafften. Ein paar Autofahrer fuhren sogar rechts ran, um zuzusehen, wie die majestätische Maschine lärmend den Himmel verdunkelte und Gras und Schmutz aufschleudernd landete.

Die Tür glitt auf, und Marino und ich kletterten an Bord. Drinnen saßen bereits die Wissenschaftler vom USAMRIID.

Überall lagen Rettungsausrüstungen, und auch eine Isolationstrage war dabei, in sich zusammengefallen wie ein Akkordeon. Man reichte mir einen mit einem Mikrofon ausgestatteten Helm. Ich setzte ihn auf und befestigte meinen Sicherheitsgurt. Dann half ich Marino, der leicht verkrampft auf einem für seine Statur viel zu kleinen Klappsitz hockte.

»Ich hoffe inständig, daß die Presse hiervon keinen Wind bekommt«, sagte jemand, als die schwere Tür sich schloß.

Ich stöpselte mein Mikrofonkabel in eine Buchse. »Das ist vermutlich schon geschehen.«

Deadoc liebte Aufmerksamkeit. Ich konnte nicht glauben, daß er sich heimlich, still und leise aus dieser Welt verabschieden würde, bevor der Präsident sich bei ihm entschuldigt hatte. Nein, irgend etwas hatte er noch für uns auf Lager, und was das sein mochte, wollte ich mir lieber nicht ausmalen. Der Flug zum Janes Island State Park dauerte zwar nur knapp eine Stunde, doch dann gab es Komplikationen, weil der Campingplatz dicht mit Kiefern bewaldet war. Wir konnten nirgends landen.

Die Piloten setzten uns am Küstenwachtposten in Crisfield ab, an einer Bucht namens Somer's Cove, wo vertäute Segelboote und Yachten auf dem dunkelblau gekräuselten Wasser des Little Annemessex River auf und ab hüpften. Wir gingen nur kurz in den gepflegten Backsteinbau, um wasserfeste Schutzanzüge und Schwimmwesten überzuziehen, während Chief Martinez uns über den Stand der Dinge informierte.

»Wir haben hier gleich eine ganze Reihe von Problemen«, sagte er, während er unruhig im Konferenzraum, in dem wir uns alle versammelt hatten, auf und ab schritt. »Erstens leben hier viele Leute, die mit den Bewohnern von Tangier verwandt sind. Wir mußten an den Straßen, die aus der Stadt führen, bewaffnete Posten aufstellen, denn das CDC wollte verhindern, daß irgend jemand Crisfield verläßt.«

»Hier ist doch noch niemand erkrankt?« fragte Marino, während er verzweifelt versuchte, die Hosenbeine über seine Stiefel zu bekommen.

»Nein, aber ich habe Angst, daß es ganz zu Anfang ein paar Leuten gelungen sein könnte, von Tangier abzuhauen und hierherzukommen. Ich will damit nur sagen, saß Sie hier mit keinem allzu freundlichem Empfang rechnen können.«

»Wer ist auf dem Campingplatz?« fragte jemand.

»Im Moment die FBI-Agenten, die die Leiche gefunden haben.«

»Was ist mit den anderen Wohnwagen?« fragte Marino.

»Soweit ich informiert bin, hat es sich folgendermaßen abgespielt«, sagte Martinez: »Als die Agenten herkamen, fanden sie etwa ein halbes Dutzend Wohnwagen vor, von denen nur einer einen Telefonanschluß hat, der auf Platz Nummer sechzehn. Sie klopfen an die Tür. Keine Reaktion. Also schauen sie in ein Fenster und sehen die Leiche auf dem Fußboden.«

»Die Agenten sind nicht reingegangen?« sagte ich.

»Nein. Da sie wußten, daß der Wohnwagen vermutlich dem Täter gehört, hatten sie Angst, er könnte kontaminiert sein. Aber ich fürchte, einer der Ranger war drin.«

»Wieso denn das?« fragte ich.

»Tja, aus Neugier wahrscheinlich. Offenbar ist einer der Agenten zu dem Landeplatz gegangen, auf dem auch Sie gelandet sind, um zwei weitere Agenten abzuholen. Wie auch immer. Irgendwann war der Wohnwagen einen Moment lang unbeobachtet, und der Ranger ging rein. Keine Sekunde später kam er wieder rausgeschossen wie ein geölter Blitz. Er sagte, da sei so eine Art Stephen-King-Monster drin. Ich weiß auch nicht.« Er zuckte mit den Schultern und verdrehte die Augen.

Ich sah das USAMRIID-Team an.

»Wir nehmen den Ranger mit ins Institut«, sagte ein junger Mann, dessen Abzeichen ihn als Captain auswiesen. »Übrigens, mein Name ist Clark, und das hier sind meine Leute«, sagte er zu mir. »Dort wird man sich um ihn kümmern. Er wird unter Quarantäne gestellt und ständig überwacht.«

»Platz sechzehn«, sagte Marino. »Wissen wir etwas darüber, wer den gemietet hat?«

»So weit sind wir noch nicht«, sagte Martinez. »Sind alle fertig angezogen?« Er sah jeden von uns kurz an, und dann war es Zeit zu gehen.

Die Küstenwache verfrachtete uns auf zwei Boston Whaler, denn wir mußten Gewässer durchqueren, die zu flach für ein Küstenwachschiff oder ein Patrouillenboot waren. Martinez lenkte unser Boot im Stehen und war so ruhig, als sei es für ihn etwas völlig Alltägliches, mit vierzig Meilen pro Stunde über kabbeliges Wasser zu rasen. Ich saß am Bootsrand und hielt mich krampfhaft am Dollbord fest, denn ich war überzeugt, ich würde jeden Moment über Bord gehen. Die Fahrt kam mir vor wie ein Ritt beim Rodeo. Der Wind blies mir so heftig in Mund und Nase, daß ich kaum atmen konnte.

Marino saß mir gegenüber auf der anderen Seite des Bootes und sah aus, als müßte er sich gleich übergeben. Ich bewegte die Lippen als Zeichen der Aufmunterung, aber er starrte mich bloß ausdruckslos an und hielt sich mit aller Kraft fest. Schließlich gelangten wir in eine kleine Bucht namens Flat Cat und verlangsamten unser Tempo. Durch ein Dickicht aus Rohrkolben und Spartinagras, vorbei an Schildern mit der Aufschrift »Motor drosseln«, näherten wir uns dem Park. Zunächst konnte ich außer Kiefern nichts erkennen, doch dann erblickte ich Wege und Sanitäranlagen, eine kleine Ranger-Station und einen einzigen Wohnwagen, der durch die Bäume lugte. Elegant manövrierte Martinez das Boot an den Pier, ein anderer Mann von der Küstenwache vertäute es an einem Pfahl, und das Motorengeräusch erstarb.

»Ich muß kotzen«, sagte Marino mir ins Ohr, als wir ungelenk von Bord kletterten.

»Nein, mußt du nicht.« Ich packte ihn am Arm.

»Ich geh' nicht in diesen Wohnwagen.«

Ich drehte mich um und sah in sein bleiches Gesicht.

»Du hast recht«, sagte ich. »Das ist meine Aufgabe, aber zuerst müssen wir den Ranger ausfindig machen.«

Noch bevor das zweite Boot angelegt hatte, stakste Marino steifbeinig davon, und ich sah durch die Bäume zu dem Wohnwagen hinüber, der *deadoc* gehörte. Er war ziemlich alt und stand, versteckt im Schatten von Weihrauchkiefern, so weit wie möglich von der Ranger-Station entfernt. Das Fahrzeug, das ihn gezogen hatte, war nirgends zu sehen. Als wir alle an Land waren, verteilte das USAMRIID-Team die altbekannten orangefarbenen Anzüge, Atemgeräte und Ersatzbatterien mit einer Kapazität von vier Stunden.

»Also, wir gehen folgendermaßen vor.« Das war Clark, der Leiter des USAMRIID-Teams. »Wir ziehen die Schutzanzüge an und holen den Leichnam da raus.«

»Ich würde gern zuerst reingehen«, sagte ich. »Allein.«

»Gut.« Er nickte. »Dann sehen wir, ob sich da drin irgend etwas Gefährliches befindet, was hoffentlich nicht der Fall ist. Anschließend holen wir den Leichnam raus, und dann wird der Wohnwagen abgeschleppt.«

»Das ist ein Beweisstück«, sagte ich und sah ihn an. »Wir können ihn nicht einfach so abschleppen.«

Sein Gesichtsausdruck verriet, was er dachte. Der Mörder war möglicherweise tot, der Fall abgeschlossen. Der Wohnwagen stellte einen Infektionsherd dar und mußte verbrannt werden.

»Nein«, sagte ich zu ihm. »So schnell können wir diesen Fall nicht abschließen.«

Er schwieg, schnaubte frustriert und starrte auf den Wohnwagen.

»Erst mal gehe ich da rein«, sagte ich. »Dann sage ich Ihnen, was zu tun ist.«

»Na gut.« Er erhob wieder die Stimme. »Also los, Jungs. Und vorerst betritt keiner den Wagen außer der Leichenbeschauerin.«

Sie folgten uns mit der Isoliertrage, diesem grauenerregenden Schneewittchensarg, der nicht für diese Welt gedacht war, durch den Wald. Kiefernnadeln knackten unter meinen Füßen, knusprig wie Weizenbrot, und die Luft war scharf und rein. Der Wohnwagen war ein Dutchman, etwa fünfeinhalb Meter lang, mit einem orangegestreiften Vorzelt.

»Ein altes Modell. Acht Jahre, möchte ich wetten«, sagte Marino, der sich mit so etwas auskannte.

»Was braucht man, um so ein Ding von der Stelle zu bewegen?« fragte ich, während wir in unsere Schutzanzüge stiegen.

»Einen Pick-up«, sagte er. »Vielleicht einen Van. Viel PS muß er nicht haben. Sollen wir diese Dinger etwa über alles andere anziehen, was wir anhaben?«

»Ja«, sagte ich und zog meinen Reißverschluß zu. »Ich wüßte gern, was mit dem Fahrzeug passiert ist, das den Wohnwagen hergeschleppt hat.«

»Gute Frage«, erwiderte er, während er schnaufend mit seinem Anzug kämpfte. »Und wo ist das Nummernschild?«

Ich hatte gerade mein Gebläse eingeschaltet, als ein junger Mann in grüner Uniform und mit einem grauen Hut auf dem Kopf zwischen den Bäumen auftauchte. Mit glasigem Blick schaute er uns in unseren orangefarbenen, helmbewehrten Schutzanzügen an. Ich spürte, daß er Angst hatte. Ohne näher zu kommen, stellt er sich als der Park-Ranger der Nachtschicht vor.

Marino sprach ihn als erster an: »Haben Sie die Person, die hier gewohnt hat, jemals zu Gesicht gekriegt?«

»Nein«, sagte der Ranger.

»Und die Jungs von den anderen Schichten?«

»Niemand kann sich erinnern, jemanden gesehen zu haben. Nachts brannte manchmal Licht. Wie Sie sehen, steht er ziemlich weit von der Ranger-Station entfernt. Von hier aus kann man zur Dusche oder sonstwohin gehen, ohne daß einen jemand sieht.«

»Sind keine anderen Camper hier?« übertönte ich das Rauschen der Luft in meinem Helm.

»Nicht mehr. Als ich die Leiche fand, waren, glaube ich, noch drei andere Leute da, aber ich hab' sie weggeschickt, damit sie sich hier nicht irgendeine Krankheit holen.«

»Haben Sie sie vorher verhört?« fragte Marino. Ich merkte ihm an, daß er sich über diesen jungen Ranger ärgerte, der gerade all unsere Zeugen weggejagt hatte.

»Keiner wußte irgendwas, außer einem, der meinte, er sei ihm mal begegnet.« Er deutete mit einer Kopfbewegung auf den Wohnwagen. »Vorgestern abend. Im Waschraum. Kräftiger, schmuddeliger Typ mit dunklen Haaren und Bart.«

»War er duschen?« fragte ich.

»Nein, Ma'am.« Er zögerte. »Wasser lassen.«

»Hat denn der Wohnwagen keine Toilette?«

»Keine Ahnung.« Wieder zögerte er. »Um die Wahrheit zu sagen, ich hab' mich da nicht lange drin aufgehalten. Kaum, daß ich das gesehen hatte – was immer das war –, bin ich sofort wieder raus.«

»Und Sie wissen auch nicht, womit der Wohnwagen hergeschleppt wurde?« fragte Marino dann.

Der Ranger fühlte sich sichtlich unwohl. »Zu dieser Jahreszeit ist es hier normalerweise ruhig. Und es ist dunkel. Deshalb ist mir nicht aufgefallen, womit er hergebracht wurde. Ich erinnere mich noch nicht mal daran, daß überhaupt ein entsprechendes Fahrzeug hier war.«

»Aber Sie haben eine Autonummer.« Unfreundlich starrte Marino ihn durch sein Visier hindurch an.

»Na klar.« Erleichtert zog der Ranger ein Stück Papier aus der Tasche. »Hier hab' ich seinen Namen.« Er faltete es auseinander. »Ken L. Perley, Norfolk, Virginia.«

Er reichte den Zettel Marino, der in sarkastischem Ton sagte: »Na prima. Das ist der Name, den das Arschloch von der Kreditkarte hat. Dann ist die Autonummer, die Sie haben, bestimmt auch korrekt. Wie hat er bezahlt?«

»Per Scheck.«

»Hat er den persönlich abgegeben?« fragte Marino.

»Nein. Er hat brieflich reserviert. Niemand hat je irgendwas anderes gesehen als den Zettel, den Sie da in der Hand haben. Wie ich schon sagte, wir haben ihn nie zu Gesicht gekriegt.«

»Was ist mit dem Umschlag, in dem das hier gekommen

ist?« fragte Marino. »Haben Sie den aufbewahrt, so daß wir uns den Poststempel ansehen können?«

Der Ranger schüttelte den Kopf. Er warf den Wissenschaftlern in ihren Schutzanzügen, die aufmerksam zuhörten, einen nervösen Blick zu. Dann sah er zu dem Wohnwagen hinüber und befeuchtete seine Lippen.

»Darf ich wohl fragen, was da drin ist? Und was passiert jetzt mit mir, wo ich doch da reingegangen bin?« Seine Stimme zitterte, und er sah aus, als würde er gleich anfangen zu weinen.

»Der Wohnwagen könnte mit einem Virus kontaminiert sein«, sagte ich zu ihm. »Aber das wissen wir noch nicht genau. Die Leute hier werden sich um Sie kümmern.«

»Sie haben gesagt, sie würden mich irgendwo einsperren, mich in Einzelhaft stecken.« Jetzt übermannte ihn die Angst, sein Blick wurde wild, seine Stimme laut. »Ich will jetzt wissen, was da drin ist und womit ich mich vielleicht angesteckt habe!«

»Da, wo Sie jetzt hinkommen, war ich letzte Woche auch«, beruhigte ich ihn. »Das ist ein hübscher Raum mit netten Krankenschwestern. Sie müssen nur ein paar Tage zur Beobachtung dableiben. Das ist alles.«

»Betrachten Sie es als Urlaub. Es ist wirklich keine große Sache. Bloß weil die Leute hier diese Anzüge anhaben, brauchen Sie nicht gleich hysterisch zu werden«, sagte Marino. Der hatte es nötig.

Er redete noch weiter auf den Mann ein und tat dabei ganz so, als sei er *der* Experte für Infektionskrankheiten. Ich ließ die beiden stehen und ging allein auf den Wohnwagen zu. Einen Moment lang baute ich mich dicht davor auf und schaute mich um. Zu meiner Linken standen meilenweit Bäume, und dann kam der Fluß, auf dem unsere Boote lagen. Zu meiner Rechten konnte ich durch noch mehr Bäume die Geräusche des Highway hören. Der Wohnwagen stand auf einem weichen Kiefernnadelteppich, und als erstes fiel mir die abgeschabte Stelle an der weißlackierten Deichsel auf.

Ich trat näher heran, hockte mich hin und rieb mit behandschuhten Fingern über die tiefen Furchen und Kratzer im Aluminium. An dieser Stelle hätte eigentlich die Fahrgestellnummer stehen müssen. In der Nähe des Dachs bemerkte ich eine versengte Stelle im Vinyl und schloß daraus, daß jemand die zweite Nummer mit einem Propangasbrenner weggebrannt hatte. Ich ging zur anderen Seite hinüber.

Die Tür war nicht verriegelt. Sie war mit irgendeinem Werkzeug aufgebrochen worden und schloß deshalb nicht richtig. Meine Nerven vibrierten. Wie immer, wenn die Beweismittel eine ganz andere Geschichte erzählten als die Zeugen, wurde mein Kopf klar, und ich war voll konzentriert. Ich stieg die Metallstufen hinauf, trat ein und blieb regungslos stehen, während ich meinen Blick über diesen Schauplatz schweifen ließ, der den meisten Leuten vielleicht nichts gesagt hätte, mir jedoch einen Alptraum bestätigte. Dies war *deadocs* Versuchslabor.

Die Heizung war so hoch aufgedreht, wie es nur ging. Ich stellte sie ab und schrak zusammen, als mir plötzlich eine armselige weiße Kreatur über die Füße hoppelte. Ich machte eine ruckartige Bewegung und hielt erschrocken die Luft an. Das Tier lief völlig verschreckt gegen eine Wand und blieb dann zitternd und keuchend sitzen. Dem bedauernswerten Versuchskaninchen war stellenweise das Fell abrasiert worden, und dann hatte man ihm das Virus eingeritzt. Seine Haut wies einen gräßlichen, dunklen Ausschlag auf. Ich entdeckte seinen Drahtkäfig, der offenbar vom Tisch gestoßen worden war. Die Tür stand weit offen.

»Komm her.« Ich hockte mich hin und streckte die Hand aus, während es mich mit rotgeränderten Augen beobachtete. Die langen Ohren zuckten.

Vorsichtig schob ich mich dichter heran, denn hinauslassen durfte ich es nicht. Es war ein lebender Seuchenherd.

»Komm her, du armes, kleines Ding«, sagte ich zu dem Tier, das dem Ranger als Monster erschienen war. »Ich tu dir nichts, das versprech' ich dir.«

Dann hielt ich es sanft in meinen Händen. Sein Herz raste, und es zitterte heftig. Ich steckte es wieder in seinen Käfig und ging dann zum Heck des Wohnwagens. Der Türrahmen, durch den ich trat, war niedrig, und der Leichnam dahinter füllte praktisch das ganze Schlafzimmer aus. Der Mann lag mit dem Gesicht nach unten auf einem goldenen Flokatiteppich voller dunkler Blutflecken. Sein Haar war lockig und dunkel, und als ich ihn umdrehte, stellte ich fest, daß sich die Leichenstarre bereits wieder gelöst hatte. Mit seinem warmen, hüftlangen Marinejackett und den schmutzigen Hosen erinnerte er mich an einen Holzfäller. Seine Hände waren riesig, die Fingernägel schmutzig, und er trug einen ungepflegten Vollbart.

Ich entblößte seinen Oberkörper, um mir das Muster der Totenflecke anzusehen, dort, wo das Blut nach Eintreten des Todes der Schwerkraft gehorcht hatte. Gesicht und Brust waren rötlich violett verfärbt. Da, wo sein Körper auf dem Boden aufgelegen hatte, waren blasse Stellen zu sehen. Ich sah keine Anzeichen dafür, daß seine Leiche bewegt worden war. Ihm war aus kurzer Distanz einmal in die Brust geschossen worden, möglicherweise mit der doppelläufigen Remington-Schrotflinte, die neben seiner linken Hand lag.

Die Schrotkugeln steckten eng beisammen und hatten ein großes Loch mit bogenförmigen Rändern mitten in seine Brust gerissen. Weiße Plastikpartikel aus der Schrotpatrone klebten an seiner Kleidung und Haut, was ebenfalls darauf hindeutete, daß es sich um keinen aufgesetzten Schuß handelte. Ich vermaß das Gewehr und seine Arme. Es war mir ein Rätsel, wie er an den Abzug hätte kommen sollen. Auch sah ich nichts, was darauf hindeutete, daß er sich irgendeine Art von Hilfskonstruktion gebaut hätte. Ich durchsuchte seine Taschen und fand weder Brieftasche noch Ausweise, sondern lediglich ein Klappmesser. Die Klinge war zerkratzt und verbogen.

Ich hatte vorerst genug gesehen und ging hinaus. Die Leute vom USAMRIID wirkten so unruhig, als wollten sie noch irgendwohin und hätten Angst, ihren Flug zu verpassen. Gebannt sahen sie auf mich, als ich die Stufen hinunterkam. Marino verlor sich ein Stück weiter hinten zwischen den Bäumen, die orangefarbenen Arme über der Brust verschränkt. Der Ranger stand neben ihm.

»Der Tatort ist komplett verseucht«, verkündete ich. »Es handelt sich um eine unidentifizierte männliche Leiche weißer Hautfarbe. Ich brauche jemanden, der mir hilft, den Leichnam herauszuholen. Er muß isoliert werden.« Ich schaute den Captain an.

»Wir nehmen ihn mit ins Institut«, sagte er.

Ich nickte. »Sie können die Obduktion vornehmen und eventuell noch jemanden von der Gerichtsmedizin in Baltimore als Zeugen hinzuziehen. Der Wohnwagen stellt ein weiteres Problem dar. Er muß irgendwohin geschafft werden, wo man ihn gefahrlos auseinandernehmen kann. Die Beweismittel müssen gesammelt und dekontaminiert werden. Damit bin ich offen gesagt überfordert. Falls auch Sie keinen Isolationsraum haben, in den ein Objekt dieser Größe hineinpaßt, bringen wir ihn wohl am besten nach Utah.«

»Nach Dugway?« fragte er zweifelnd.

»Ja«, sagte ich. »Vielleicht kann uns Colonel Fujitsubo dabei behilflich sein.«

Der Dugway Proving Ground war das größte Übungs- und Versuchsgelände für chemische und biologische Waffen. Im Gegensatz zum USAMRIID, das im Herzen des urbanen Amerika lag, stand Dugway das riesige Wüstengebiet des Great Salt Lake zur Verfügung. Dort konnten ungestört Laser, intelligente Bomben, Nebelwerfer und Gefechtsfeldbeleuchtung getestet werden. Das Entscheidende war jedoch, daß es hier die einzige Testkammer in den Vereinigten Staaten gab, die groß genug war, ein Fahrzeug von der Größe eines Kampfpanzers aufzunehmen.

Der Captain dachte einen Moment lang nach. Sein Blick wanderte zwischen mir und dem Wohnwagen hin und her, während er sich zu einer Entscheidung durchrang und einen Plan austüftelte.

»Frank, du schnappst dir ein Telefon und sorgst dafür, daß die Sache so schnell wie möglich ins Rollen kommt«, sagte er zu einem der Wissenschaftler. »Den Transport können wir nur mit Hilfe der Air Force durchführen. Die sollen sich beeilen, ich will nicht, daß dieses Ding hier die ganze Nacht stehenbleibt. Und dann brauchen wir einen Tieflader und einen Pick-up.«

»So was wird sich doch auch hier auftreiben lassen. Schließlich müssen die ja all ihre Meeresfrüchte irgendwie transportieren«, sagte Marino. »Ich kümmere mich drum.«

»Gut«, fuhr der Captain fort. »Ich brauche drei Leichensäcke und die Isoliertrage.« Dann sagte er zu mir: »Ich wette, Sie brauchen Hilfe.«

»Allerdings«, sagte ich, und wir gingen beide zum Wohnwagen.

Ich zog die verbogene Aluminiumtür auf, und er folgte mir nach drinnen. Ohne uns vorn länger aufzuhalten, gingen wir gleich nach hinten durch. Der Ausdruck in Clarks Augen verriet, daß er so etwas noch nie gesehen hatte, aber dank seines Helms und des Atemgeräts blieb ihm wenigstens der Gestank verwesenden menschlichen Fleisches erspart. Wir knieten jeder an einem Ende des Leichnams nieder. Er war schwer, und es war furchtbar eng.

»Ist es hier drinnen so heiß, oder liegt das an mir?« fragte er laut, während wir uns mit den gummiartigen Gliedmaßen des Toten abmühten.

»Jemand hat die Heizung bis zum Anschlag aufgedreht.«

Ich war bereits außer Atem. »Um die Verseuchung und die Verwesung zu beschleunigen. Eine beliebte Methode, um die Beweislage zu verfälschen. Okay, wir machen jetzt den Sack zu. Es wird eng werden, aber ich glaube wir schaffen es.«

Wir stopften ihn in den zweiten Leichensack. Unsere Hände und Anzüge waren blutverschmiert und glitschig. Wir brauchten fast eine halbe Stunde, um den Leichnam auf die Isoliertrage zu bekommen, und als wir ihn hinaustrugen, zitterten meine Muskeln. Mein Herz klopfte wie wild, und ich triefte vor Schweiß. Draußen wurden wir gründlich mit Chemikalien abgespritzt, ebenso wie die Isoliertrage, die per Lkw nach Crisfield transportiert wurde. Dann nahm sich das Team den Wohnwagen vor.

Außer den Reifen mußten alle Bestandteile des Gefährts in dickes, blaugetöntes Vinyl mit einer HEPA-Filterschicht eingewickelt werden. Mir fiel ein Stein vom Herzen, als ich meinen Anzug ablegen und mich in die warme, gutbeleuchtete Ranger-Station zurückziehen konnte, um mir Hände und Gesicht zu waschen. Ich war völlig erledigt und hätte alles darum gegeben, ins Bett kriechen, ein Schlafmittel nehmen und schlafen zu können.

»Was für 'ne Schweinerei«, sagte Marino, als er einen Schwall kalter Luft hereinbrachte.

»Bitte mach die Tür zu«, sagte ich bibbernd.

»Was ist dir denn über die Leber gelaufen?« Er setzte sich auf die andere Seite des Raums.

»Das Leben.«

»Nicht zu fassen, daß du hier draußen herumhängst, obwohl du krank bist. Ich glaube, du hast nicht alle Tassen im Schrank.«

»Vielen Dank für die tröstlichen Worte«, sagte ich.

»Na ja, für mich ist das auch nicht gerade Urlaub. Soll hier draußen in der Wildnis Leute verhören und bin noch nicht mal motorisiert.« Er sah ziemlich fertig aus.

»Was wirst du tun?«

»Ich werd' schon was finden. Ich hab' gehört, Lucy und Janet sind in der Gegend und haben ein Auto.«

»Wo?« Ich wollte schon aufspringen.

»Nur die Ruhe. Sie suchen Leute, die sie verhören können, genau wie ich. O Mann, ich brauche 'ne Zigarette. Hab' schon fast den ganzen Tag nicht geraucht.«

»Aber nicht hier.« Ich deutete auf ein Schild.

»Die Leute sterben an Pocken, und du stellst dich an wegen einer Zigarette.«

Ich holte mein Motrin-Fläschchen heraus und schluckte drei Tabletten ohne Wasser.

»Was werden denn all diese Astronauten jetzt tun?« fragte er.

»Ein paar werden hier in der Gegend bleiben und alle Leute aufspüren, die sich entweder auf Tangier oder auf dem Campingplatz angesteckt haben könnten. Sie arbeiten schichtweise und wechseln sich mit anderen Angehörigen des Teams ab. Ich schätze, du mußt mit ihnen in Verbindung bleiben, für den Fall, daß sie auf jemanden treffen, der der Ansteckungsgefahr ausgesetzt war.«

»Was? Soll ich etwa die ganze Woche in einem orangefarbenen Schutzanzug rumlaufen?« Er gähnte und ließ seine Nackenwirbel knacken. »O Mann, diese Anzüge sind wirklich das letzte. Höllisch heiß darin, bloß unterm Helm geht's einigermaßen.« Insgeheim war er jedoch stolz, daß er den Helm getragen hatte.

»Nein, du wirst keinen Plastikanzug tragen«, sagte ich.

»Und was ist, wenn sich herausstellt, daß jemand, den ich verhöre, möglicherweise infiziert ist?«

»Küß ihn einfach nicht.«

»Ich finde das nicht komisch.« Er starrte mich an.

»Das ist es keineswegs.«

»Was ist mit dem Toten? Werden sie ihn einäschern, obwohl wir noch gar nicht wissen, wer er ist?«

»Er wird morgen früh seziert«, sagte ich. »Ich denke, sie werden seinen Leichnam so lange lagern, wie sie können.«

»Die ganze Sache ist einfach verrückt.« Marino rieb sich mit beiden Händen das Gesicht. »Und du hast da drin einen Computer gesehen?«

»Ja, einen Laptop. Aber keinen Drucker oder Scanner. Ich habe den Verdacht, daß dies bloß sein Schlupfwinkel ist. Den Drucker und den Scanner hat er zu Hause.«

»Wie ist es mit einem Telefon?«

Ich überlegte kurz. »Kann mich nicht erinnern, eins gesehen zu haben.«

»Also, die Telefonleitung führt vom Wohnwagen zum Versorgungskasten. Wir werden sehen, was wir darüber in Erfahrung bringen können, zum Beispiel, auf wessen Namen der Anschluß eingetragen ist. Außerdem werde ich Wesley informieren.«

»Wenn der Telefonanschluß nur für AOL benutzt wurde«, sagte Lucy, die in diesem Moment eintrat und die Tür hinter sich schloß, »dann wird es keinen Vertrag mit einer Telefongesellschaft geben. Der Anschluß läuft dann nur über AOL, womit wir wieder bei Perley landen, dem Typen, dessen Kreditkartennummer geknackt wurde.«

Sie trug Jeans und eine Lederjacke und sah hellwach, aber ein bißchen zerzaust aus. Sie setzte sich neben mich, untersuchte das Weiße in meinen Augen und tastete die Drüsen an meinem Hals ab.

»Streck die Zunge raus«, sagte sie ernst.

»Laß das!« Ich stieß sie weg und mußte gleichzeitig husten und lachen.

»Wie fühlst du dich?«

»Besser. Wo ist Janet?« erwiderte ich.

»Redet irgendwo da draußen mit Leuten. Was für ein Computer steht da drin?«

»Ich hab mir nicht die Zeit genommen, ihn mir genauer anzusehen«, antwortete ich. »Mir sind keine Einzelheiten aufgefallen.«

»War er an?«

»Weiß ich nicht. Hab' nicht drauf geachtet.«

»Ich muß mich da einloggen.«

»Was hast du vor?« fragte ich und sah sie an.

»Ich glaube, ich sollte dich begleiten.«

»Werden die das erlauben?« fragte Marino.

»Wer zum Teufel sind *die?*«

»Die Kerle, für die du arbeitest.«

»Sie haben mich auf den Fall angesetzt. Sie erwarten von mir, daß ich ihn löse.«

Sie blickte fortwährend zu den Fenstern und zur Tür. Lucy war mit dem James-Bond-Virus infiziert und nicht mehr zu retten. Unter ihrer Jacke trug sie in einem Lederhalfter eine Neun-Millimeter-Sig-Sauer inklusive Ersatzmagazinen. Vermutlich hatte sie einen Schlagring in der Tasche. Ein Ruck ging durch ihren Körper, als die Tür sich öffnete und ein weiterer Ranger hereineilte, die Haare noch naß vom Duschen, der Blick nervös und aufgeregt.

»Kann ich Ihnen helfen?« fragte er uns.

»Ja«, sagte Marino und erhob sich. »Was für einen Wagen haben Sie?«

14

Der Tieflader war bereits da, als wir ankamen. Auf der Ladefläche stand der in Vinyl gehüllte Wohnwagen, der unter dem sternenklaren Himmel in einem unheimlichen, durchscheinenden Blau schimmerte. Er war immer noch an einen Pickup gekuppelt. Wir parkten gerade ganz in der Nähe auf einem Feldweg am Rande eines Ackers, als ein riesiges Flugzeug erschreckend tief über uns hinwegflog. Dem ohrenbetäubenden Lärm nach zu urteilen, war es keine Zivilmaschine.

»Was zum Teufel ...«, rief Marino aus und öffnete die Tür des Jeeps, der dem Ranger gehörte.

»Ich glaube, das ist die Maschine, die uns nach Utah bringen soll«, sagte Lucy, die neben mir auf dem Rücksitz saß. Der Ranger starrte fassungslos durch die Windschutzscheibe zum Himmel hinauf, als sei der Jüngste Tag gekommen.

»Ach, du großer Gott. Jetzt ist alles aus!«

Als erstes wurde ein schwerer Militärjeep abgeworfen, eingepackt in Wellpappe auf einer hölzernen Plattform. Es klang wie eine Explosion, als er auf dem festgetretenen, abgestorbenen Gras des Feldes landete und von den Fallschirmen, in den sich der Wind fing, noch ein Stück weitergeschleift wurde. Dann erschlaffte das grüne Nylon über dem allradgetriebenen Fahrzeug, und weitere Fallschirme erblühten am Himmel, an denen noch mehr Gegenstände herunterschwebten und zu Boden trudelten. Es folgten Fallschirmjäger, die sich ein paarmal hin und her schwangen, bevor sie geschickt auf den Füßen landeten und sich schnell aus ihren Geschirren befreiten. Sie rafften das aufgeblähte Nylon zusammen, während das Geräusch der C-17 sich langsam entfernte.

Das Combat Control Team der Air Force aus Charleston, South Carolina, war um genau dreizehn Minuten nach Mitternacht eingetroffen. Wir saßen im Jeep und beobachteten fasziniert, wie die Piloten den Acker wieder und wieder auf seine Belastbarkeit prüften, denn die Maschine, die gleich darauf landen würde, hatte ein solches Gewicht, daß nicht mal eine gewöhnliche Landebahn oder ein Rollfeld ihr standhalten würde. Es wurde gemessen und geschätzt, und das Team stellte sechzehn ferngesteuerte Landescheinwerfer auf, während eine Frau im Tarnanzug den Jeep auspackte, seinen lauten Dieselmotor anwarf und ihn von der Plattform an eine Stelle fuhr, wo er nicht störte.

»Ich muß hier in der Gegend irgendwas finden, wo ich übernachten kann«, sagte Marino, während er mit weitaufgerissenen Augen das Spektakel draußen beobachtete. »Wie zum Teufel wollen die so eine große Militärmaschine auf so einem kleinen Acker landen?«

»Diese Frage kann ich zumindest teilweise beantworten«, sagte Lucy, die nie eine technische Erklärung schuldig blieb. »Die C-17 wurde extra konstruiert, voll beladen auf besonders kurzen, provisorischen Pisten wie dieser zu landen. Oder auf einem ausgetrockneten See. In Korea haben sie sogar Autobahnen benutzt.«

»Na, dann mal los«, sagte Marino mit seinem üblichen Sarkasmus.

»Die einzige andere Maschine, die mit dermaßen wenig Platz auskommt, ist die C-130«, fuhr sie fort. »Aber die C-17 hat sogar einen Rückwärtsgang, ist das nicht cool?«

»Ausgeschlossen, daß eine Frachtmaschine das alles kann«, sagte Marino.

»Tja, dieses Baby schon«, erwiderte sie, als wollte sie es am liebsten adoptieren.

Marino begann sich unruhig umzuschauen. »Ich habe solchen Hunger, daß ich einen Reifen essen könnte, und für ein Bier würde ich auf ein Monatsgehalt verzichten. Ich werde jetzt dieses Fenster hier runterkurbeln und eine rauchen.«

Ich merkte, daß der Ranger es nicht gern hatte, wenn in seinem penibel gepflegten Jeep geraucht wurde, aber er war zu eingeschüchtert, um etwas zu sagen.

»Marino, laß uns nach draußen gehen«, sagte ich. »Frische Luft wird uns guttun.«

Wir kletterten aus dem Wagen. Er steckte sich eine Marlboro an und sog daran, als handele es sich um Muttermilch. Die Leute vom USAMRIID-Team, die für den Tieflader und seine schaurige Fracht verantwortlich waren, steckten immer noch in ihren Schutzanzügen und hielten sich von allen anderen fern. Sie hatten sich auf dem zerfurchten Feldweg versammelt und sahen den Air-Force-Leuten dabei zu, wie sie Quadratmeter für Quadratmeter dieser Fläche bearbeiteten, die in wärmeren Monaten als Bolzplatz hätte dienen können. Um kurz vor zwei Uhr morgens kam ein dunkler Plymouth herangerollt, und Lucy trabte zu ihm hinüber. Ich beobachtete, wie sie durch das offene Fahrerfenster hindurch mit Janet redete. Dann fuhr der Wagen fort.

»Da bin ich wieder«, sagte Lucy leise und berührte dabei meinen Arm.

»Alles in Ordnung?« fragte ich. Ich konnte mir denken, daß das Leben, das die beiden miteinander führten, hart sein mußte.

»Bislang alles unter Kontrolle«, antwortete sie.

»Nett von dir, Null-null-sieben, daß du hergekommen bist, um uns zu helfen«, sagte Marino zu Lucy. Er qualmte, als habe sein letztes Stündlein geschlagen.

»Respektlosigkeit gegenüber FBI-Agenten wird strafrechtlich verfolgt«, sagte sie. »Vor allem, wenn es sich um Minderheiten italienischer Herkunft handelt.«

»Ich will doch schwer hoffen, daß du eine Minderheit bist. Noch mehr Leute von deiner Sorte will ich da draußen nicht haben.« Er schnippte Asche von seiner Zigarette. In weiter Ferne hörten wir ein Flugzeug.

»Janet bleibt hier«, sagte Lucy zu ihm. »Das heißt, ihr beide werdet gemeinsam an diesem Fall arbeiten. Also merkt euch: Im Auto wird nicht geraucht, und wenn du dich an sie ranmachst, bist du ein toter Mann.«

»Schhhh!« machte ich zu den beiden.

Der Jet kehrte mit lautem Getöse aus nördlicher Richtung zurück. Wir standen schweigend da und starrten zum Himmel hinauf, und dann gingen plötzlich die Scheinwerfer an. Sie bildeten eine flammende, gepunktete Linie – Grün markierte die Einflugschneise, Weiß die Landebahn und die Warnfarbe

Rot schließlich deren nahendes Ende. Mir kam der Gedanke, wie unheimlich dieser Anblick auf jemanden wirken mußte, der unglücklicherweise genau in dem Moment vorbeifuhr, wenn das Flugzeug zur Landung ansetzte. Es sank immer tiefer, und ich konnte seinen dunklen Schatten und die blinkenden Lichter an den Tragflächen sehen. Der Lärm war kaum noch auszuhalten. Das Fahrwerk wurde ausgefahren, und aus dem Radschacht drang smaragdgrünes Licht hervor, als die C-17 direkt auf uns zusteuerte.

Ich war wie gelähmt. Es kam mir vor, als würde ich gleich Zeuge einer Bruchlandung, als würde diese monströse, stumpfgraue Maschine mit den aufgestellten Flügelspitzen und der gedrungenen Form sich gleich tief in die Erde bohren. Dröhnend wie ein Hurrikan schwebte sie direkt über unseren Köpfen. Wir steckten uns die Finger in die Ohren, als ihre riesigen Räder auf dem Boden aufsetzten. Gras und Schmutz flogen umher, große Erdbrocken wurden aus den Furchen gerissen, die die großen Räder unter der Last von 130 Tonnen Aluminium und Stahl in den Boden pflügten. Mit aufgestellten Landeklappen, die Triebwerke auf Umkehrschub, kam der Jet mit kreischenden Bremsen am Ende des Ackers, der kleiner war als ein Football-Feld, zum Stehen. Dann legten die Piloten den Rückwärtsgang ein und begannen mit lautem Getöse auf dem Gras zurückzusetzen. Die Maschine kam direkt auf uns zu, bis sie wieder eine Startbahn von ausreichender Länge vor sich hatte. Als das Heck den Rand des Feldweges erreichte, stoppte die C-17. Die Heckklappe öffnete sich wie das Maul eines Hais, und eine Metallrampe wurde herabgelassen. Der Frachtraum war jetzt vollständig geöffnet und beleuchtet. Überall schimmerte glänzendes Metall.

Eine Weile sahen wir dem Lademeister und der Crew beim Arbeiten zu. Sie trugen C-Waffen-Schutzbekleidung – dunkle Helme und Schutzbrillen sowie schwarze Handschuhe –, die ziemlich furchteinflößend aussah, vor allem nachts. Zügig fuhren sie den Pick-up vom Tieflader herunter und koppelten unten den Wohnwagen ab, der anschließend vom Jeep in die C-17 geschleppt wurde.

»Komm«, sagte Lucy und zog mich am Arm. »Wir wollen doch unseren Flug nicht verpassen.«

Wir gingen aufs Feld hinaus. Die Druckwellen und der Lärm, den die Maschine erzeugte, waren unglaublich. Wir stiegen die hydraulische Rampe hinauf. Drinnen stolperten wir über lauter in den ebenen Metallfußboden eingelassene Walzen und Ringe. An der Decke lagen meterweise Kabel und Isolierung frei. Das Flugzeug schien groß genug zu sein, um mehrere Helikopter, Rotkreuzbusse und Panzer zu transportieren, und es war mit mindestens fünfzig Klappsitzen ausgestattet. Die Besatzung bestand an diesem Abend jedoch lediglich aus dem Lademeister, den Fallschirmjägern und einem First Lieutenant namens Laurel, der offensichtlich den Auftrag hatte, sich um uns zu kümmern.

Laurel war eine attraktive junge Frau mit schwarzem Haar. Sie schüttelte uns allen die Hand und lächelte liebenswürdig, als sei sie unsere Gastgeberin.

»Die erste gute Nachricht ist, daß Sie nicht hier unten sitzen müssen«, sagte sie. »Wir sind oben bei den Piloten. Und die zweite: Bei mir gibt es Kaffee.«

»Das wäre himmlisch«, sagte ich. Metall klirrte, als die Crew Wohnwagen und Jeep mit Ketten und Netzen am Boden befestigte.

Auf der Treppe, die vom Frachtraum nach oben führte, stand der Name der Maschine. Passenderweise lautete er *Heavy Metal.* Das großräumige Cockpit besaß ein elektronisches Flugsteuerungssystem mit eingespiegelten Instrumenten wie bei Kampfflugzeugen. Auch die Steuerknüppel waren untypisch für eine Frachtmaschine. Die ganze Instrumentierung wirkte fürchterlich einschüchternd.

Ich kletterte hinter zwei Piloten in grünen Overalls, die zu beschäftigt waren, um uns Beachtung zu schenken, auf einen drehbaren Sitz.

»Hier haben Sie Headsets, damit Sie sich verständigen können, aber bitte nicht, wenn die Piloten gerade miteinander reden«, sagte Laurel zu uns. »Sie brauchen sie zwar nicht aufzusetzen, aber es ist ziemlich laut hier drinnen.«

Als ich meinen Sicherheitsgurt einrasten ließ, fielen mir die Sauerstoffmasken auf, die neben jedem Sitz hingen.

»Ich werde unten sitzen und von Zeit zu Zeit nach Ihnen sehen«, fuhr sie fort. »Bis Utah sind es etwa drei Stunden. Allzu schroff dürfte die Landung dort nicht werden. Die Rollbahn ist sogar fürs Space Shuttle lang genug. Zumindest behauptet das die Army. Aber Sie wissen ja, wie gern die prahlen.«

Sie ging wieder nach unten. Die Piloten redeten in einem Fachjargon und in Codes miteinander, mit denen ich rein gar nichts anfangen konnte. Staunend stellte ich fest, daß die Maschine bereits eine halbe Stunde, nachdem sie gelandet war, schon wieder bereit zum Abheben war.

»Wir rollen jetzt auf die Startbahn«, sagte ein Pilot. »Frachtraum?« Ich nahm an, daß er mit dem Lademeister unter uns sprach. »Ist alles gesichert?«

»Ja, Sir«, erklang die Stimme in meinem Kopfhörer.

»Sind wir mit der Checkliste durch?«

»Ja.«

»Okay. Auf geht's.«

Die Maschine schoß vorwärts und gewann bei der holprigen Fahrt über das Feld derartig schnell an Tempo, wie ich es noch nie bei einem Flugzeugstart erlebt hatte. Unsere Geschwindigkeit betrug mehr als hundert Meilen pro Stunde, und wir stiegen schließlich in einem so steilen Winkel empor, daß ich in die Lehne meines Sitzes gedrückt wurde. Plötzlich sah ich den sternenübersäten Himmel vor mir, und Maryland war nur noch ein blinkendes Lichternetz.

»Wir fliegen mit etwa zweihundert Knoten«, sagte ein Pilot.

»Command Post Aircraft 30601. Klappen rein. Ausführung!«

Ich schaute hinüber zu Lucy, die hinter dem Kopiloten saß und versuchte, alles mitzubekommen, was er machte. Sie spitzte die Ohren und merkte sich vermutlich jedes Wort. Laurel kehrte mit zwei Tassen Kaffee zurück, aber mich konnte nichts mehr wachhalten. In zehntausend Meter Höhe sank ich in den Schlaf, während der Jet mit sechshundert Meilen pro Stunde gen Westen flog. Ich kam erst wieder zu mir, als der Tower seine Instruktionen durchgab.

Wir verloren bereits an Höhe, als wir uns Salt Lake City näherten. Lucy wäre wahrscheinlich am liebsten in der Luft geblieben, so gebannt lauschte sie den Dialogen im Cockpit. Sie merkte, daß ich sie beobachtete, aber sie ließ sich nicht ablenken. Sie war wirklich einzigartig. Ihre Neugier auf alles, was man zusammenbauen, auseinandernehmen, programmieren – kurz: dazu bringen konnte, das zu tun, was sie wollte, war unersättlich. Menschen waren so ziemlich das einzige auf der Welt, was ihr ein Rätsel blieb.

Der Tower von Clover übergab uns an die Flugüberwachung von Dugway, und dann erhielten wir unsere Landeinstruktionen. Entgegen dem, was Laurel über die Landebahn gesagt hatte, kam es mir vor, als würden wir aus unseren Sitzen gerissen, als der Jet lauter und lauter über die Rollbahn mit den endlosen Reihen blinkender Lichter donnerte und die Luft gegen die aufgestellten Landeklappen drückte. Wir kamen so abrupt zum Stehen, daß es mit keinerlei physikalischen Gesetzen in Einklang zu stehen schien, und ich fragte mich, ob die Piloten das womöglich geübt hatten.

»Hossa«, sagte einer von ihnen fröhlich.

15

Dugway ist so groß wie Rhode Island. Zweitausend Menschen leben auf der Basis. Als wir jedoch um halb sechs Uhr morgens ankamen, war es stockfinster. Laurel übergab uns an einen Soldaten, der uns in einen Lkw setzte und in eine Unterkunft fuhr, wo wir uns ausruhen und frischmachen konnten. Zum Schlafen war keine Zeit. Die Maschine würde noch am selben Tag wieder abfliegen, und wir mußten an Bord sein.

Lucy und ich checkten ins Antelope Inn ein, gegenüber vom Community Club. Wir bekamen ein Zweibettzimmer im ersten Stock, ganz und gar in Blau eingerichtet, mit hellem Eichenholz und Teppichboden. Es bot einen Blick auf eine Rasenfläche und die Kasernen dahinter, in denen mit dem nahenden Morgengrauen bereits nach und nach die Lichter angingen.

»Weißt du, eigentlich hat es keinen Sinn zu duschen, schließlich müssen wir ohnehin wieder dieselben dreckigen Sachen anziehen«, sagte Lucy, während sie sich auf ihrem Bett ausstreckte.

»Du hast vollkommen recht«, stimmte ich ihr zu und zog mir die Schuhe aus. »Macht es dir was aus, wenn ich diese Lampe ausschalte?«

»Im Gegenteil.«

Das Zimmer war dunkel, und plötzlich war mir nach Herumalbern zumute. »Das ist ja wie bei einer Pyjama-Party.«

»Ja, aber einer ziemlich gruseligen.«

»Weißt du noch, wie du mich immer besucht hast, als du noch klein warst?« sagte ich. »Manchmal sind wir die halbe Nacht aufgeblieben. Nie wolltest du einschlafen, immer sollte ich dir noch eine Geschichte vorlesen. Du hast mir den letzten Nerv geraubt.«

»Soweit ich mich erinnere, war es genau andersrum. Ich

wollte schlafen, und du hast mich einfach nicht in Ruhe gelassen.«

»Stimmt ja gar nicht.«

»Weil du ganz vernarrt in mich warst.«

»Gar nicht wahr. Ich konnte es kaum ertragen, mit dir im selben Raum zu sein«, sagte ich. »Aber ich hatte eben Mitleid mit dir.«

Ein Kissen segelte durch die Dunkelheit und traf mich am Kopf. Ich warf es zurück. Lucy hechtete von ihrem Bett auf meins, aber dann wußte sie nicht recht, was sie dort sollte, denn sie war nicht mehr zehn, und ich war nicht Janet. Sie stand auf, ging wieder zu ihrem Bett zurück und schüttelte geräuschvoll die Kissen in ihrem Rücken auf.

»Du hörst dich an, als würde es dir schon viel besser gehen«, sagte sie.

»Besser schon, aber nicht viel. Ich werd's überleben.«

»Tante Kay, was wirst du wegen Benton unternehmen? Du scheinst nicht mal mehr an ihn zu denken.«

»O doch, das tue ich«, antwortete ich. »Aber in letzter Zeit sind mir die Dinge ein wenig über den Kopf gewachsen, um es vorsichtig auszudrücken.«

»Das sagt jeder, der eine Ausrede braucht. Mir machst du nichts vor. Ich hab' mir das mein Leben lang von meiner Mutter anhören müssen.«

»Von mir aber nicht«, sagte ich.

»Das meine ich ja. Wie soll das mit euch beiden weitergehen? Du könntest ihn heiraten.«

Schon bei dem Gedanken wurde mir ganz anders. »Ich glaube nicht, daß ich das kann, Lucy.«

»Warum nicht?«

»Vielleicht bin ich in meinen Gewohnheiten zu eingefahren. Ich kann mich nicht mehr umstellen. Das wäre einfach zuviel verlangt.«

»Du mußt dein Leben doch auch mal genießen.«

»Ich finde schon, daß ich das tue«, sagte ich. »Aber möglicherweise nicht auf die Art und Weise, wie man es von mir erwartet.«

»Du hast mir immer gute Ratschläge gegeben«, sagte sie. »Vielleicht bin ich jetzt mal dran. Und ich finde, daß du nicht heiraten solltest.«

»Und warum nicht?« Ich war eher neugierig als überrascht.

»Ich glaube nicht, daß du Mark jemals wirklich begraben hast. Und bevor das nicht geschehen ist, solltest du nicht heiraten. Das wäre dann nämlich sehr übereilt, verstehst du?«

Plötzlich wurde ich traurig, und ich war froh, daß sie mich in der Dunkelheit nicht sehen konnte. Zum erstenmal sprach ich mit ihr wie mit einer vertrauten Freundin.

»Ich kann ihn immer noch nicht vergessen, und vermutlich werde ich das auch nie«, sagte ich. »Ich schätze, er war meine erste große Liebe.«

»Das Gefühl kenne ich«, erwiderte meine Nichte. »Ich habe Angst, wenn etwas passiert, könnte es auch für mich niemand anders mehr geben. Und ich will nicht den Rest meines Lebens auf das verzichten müssen, was ich momentan habe. Jemanden, mit dem man über alles reden kann, jemanden, dem etwas an einem liegt und der einfach nett zu einem ist.«

Sie zögerte, und was sie als nächstes sagte, klang messerscharf. »Jemand der nicht eifersüchtig ist und einen ausnutzt.«

»Lucy«, sagte ich, »Ring wird sein Leben lang keine Polizeimarke mehr tragen, aber nur du kannst Carrie ihre Macht über dich nehmen.«

»Sie hat keine Macht über mich«, erwiderte sie aufgebracht.

»Natürlich hat sie das. Ich verstehe dich ja. Ich habe selbst eine Stinkwut auf sie.«

Lucy wurde für einen Moment still, und dann sagte sie mit leiserer Stimme: »Tante Kay, was werden sie mit mir machen?«

»Ich weiß es nicht, Lucy«, sagte ich. »Ich bin nicht allwissend. Aber ich verspreche dir, daß ich jeden Schritt des Wegs an deiner Seite sein werde.«

Nachdem wir auf so verschlungenen Umwegen auf Carrie gekommen waren, schlugen wir schließlich noch den Bogen zu Lucys Mutter, meiner Schwester. Ich zeichnete die Höhen und Tiefen meiner Jugend nach und erzählte Lucy offen und ehrlich von meiner Ehe mit ihrem Ex-Onkel Tony. Ich beschrieb ihr, was für ein Gefühl es für mich war, ein gewisses Alter erreicht zu haben und zu wissen, daß ich keine Kinder haben würde. Mittlerweile wurde der Himmel hell, und der Tag brach an. Der Fahrer des Stützpunktkommandanten, ein milchbärtiger junger Soldat, wartete um neun in der Lobby.

»Kurz nach Ihnen ist noch jemand hier angekommen«, sagte er. »Aus Washington, vom FBI.«

Diese Tatsache schien ihn schwer zu beeindrucken. Offenbar hatte er keine Ahnung, wer Lucy war. Doch sie verzog keine Miene, und ich fragte: »Was macht er denn beim FBI?«

»So 'ne Art Wissenschaftler oder so. 'ne ganz große Nummer«, sagte er und musterte Lucy verstohlen, die auch dann noch hinreißend aussah, wenn sie die ganze Nacht nicht geschlafen hatte.

Der Wissenschaftler war Nick Gallwey, der Leiter des FBI-Katastrophenschutzes und ein hochqualifizierter Kriminaltechniker. Ich war schon seit Jahren mit ihm bekannt. Als er die Lobby betrat, umarmten wir uns, und Lucy schüttelte ihm die Hand.

»Freut mich, Sie kennenzulernen, Special Agent Farinelli. Glauben Sie mir, ich habe schon viel von Ihnen gehört«, sagte er zu ihr. »Kay und ich machen also die Drecksarbeit, während Sie am Computer spielen.«

»Ja, Sir«, sagte sie liebenswürdig.

»Kann man hier irgendwo frühstücken?« fragte Gallwey den jungen Soldaten, der nun völlig verwirrt und plötzlich ganz schüchtern geworden war.

Unter einem unendlich weiten Himmel chauffierte er uns im Suburban des Stützpunktkommandanten durch die Wüste. Unbesiedelte Bergketten, die aus einem Western zu stammen schienen, umgaben uns in der Ferne. Die Pflanzen der Wüstenflora – Salbei, Zwergkiefern und Tannen – blieben hier durch den Regenmangel winzig klein. Die nächsten öffentlichen Verkehrswege waren von diesem *Home of the Mustangs,* wie die Basis mit ihren Munitionsbunkern, den Waffen aus dem Zweiten Weltkrieg und dem riesigen Luftsperrgebiet genannt wurde, vierzig Meilen entfernt. Längst ausgetrocknete Gewässer hatten Spuren von Salz hinterlassen, und wir bekamen sogar eine Antilope und einen Adler zu sehen.

Die Stark Road führte zu den etwa zehn Meilen vom Wohnbereich der Basis entfernten Testlabors. Auf dem Weg kamen wir am Ditto-Diner vorbei, wo wir kurz hielten, um Kaffee und Sandwiches zu uns zu nehmen. Dann ging es weiter zu den Testlabors, die in einer Gruppe großer, moderner Gebäude hinter einem mit Nato-Draht besetzten Zaun untergebracht waren.

Überall standen Warnschilder. Sie verkündeten, daß das Betreten für Unbefugte verboten sei, und drohten bei Zuwiderhandeln Schußwaffengebrauch an. An den Gebäuden wiesen bestimmte Codes darauf hin, was sich in ihrem Innern befand, und ich erkannte die Symbole für Senfgas und Nervengifte und die für Ebola, Anthrax und das Hantavirus. Die Mauern seien aus Beton, erzählte uns der junge Soldat, und über einen halben Meter dick. Den Kühlgeräten im Inneren des Gebäudes könne nicht einmal Sprengstoff etwas anhaben. Die Prozedur, die man hier über sich ergehen lassen mußte, kannte ich ja bereits mehr oder weniger. Die Wachen führten uns in den biochemischen Sicherheitsbereich. Dort gingen Lucy und ich in den Umkleideraum für Frauen und Gallwey in den für Männer. Wir entkleideten uns, zogen die vom Institut gestellten armeegrünen Sachen an und darüber Schutzanzüge im

Tarnmuster mit Helmen und Schutzbrillen, dicken schwarzen Gummihandschuhen und Stiefeln. Wie die blauen Anzüge beim CDC und dem USAMRIID wurden auch diese in der Testkammer, die hier vom Boden bis zur Decke aus Edelstahl bestand, an Luftschläuche angeschlossen. In diesem vollkommen geschlossenen, mit doppelten Kohlefiltern ausgestatteten System konnten kontaminierte Fahrzeuge, zum Beispiel Panzer, mit Chemikalien und Dämpfen bombardiert werden. Man versicherte uns, wir könnten hier so lange arbeiten, wie wir müßten, ohne andere zu gefährden.

Vielleicht war es sogar möglich, ein paar Beweisstücke zu dekontaminieren und aufzubewahren. Aber das war schwer zu sagen. Keiner von uns hatte je an so einem Fall gearbeitet. Als erstes öffneten wir die Tür des Wohnwagens, arretierten sie und arrangierten ein paar Scheinwerfer so, daß sie das Innere ausleuchteten. Es war ein komisches Gefühl, sich hier hin und her zu bewegen. Der Stahlfußboden wellte sich beim Gehen so geräuschvoll wie ein Sägeblatt. Über uns saß ein Wissenschaftler der Army hinter Glas in einem Kontrollraum und überwachte alles, was wir taten.

Wieder ging ich als erste hinein, denn ich wollte den Tatort gründlich inspizieren. Gallwey fing an, die Werkzeugspuren an der Tür zu fotografieren und sie nach Fingerabdrücken abzupinseln, während ich hineinkletterte und mich umschaute, als sähe ich alles zum erstenmal. Der kleine Wohnbereich, der normalerweise ein Sofa und einen Tisch enthalten hätte, war leergeräumt und in ein erstklassig ausgestattetes Labor verwandelt worden. Die Geräte waren nicht neu, aber auch nicht billig.

Das Kaninchen lebte noch. Ich fütterte es und stellte seinen Käfig auf eine sorgfältig aus Sperrholz gezimmerte und schwarz lackierte Arbeitsplatte. Darunter stand ein Kühlschrank, in dem ich Vero-Zellen und Fibroblastenzellen aus dem Lungengewebe menschlicher Embryos fand. Das sind

Gewebekulturen, die gewöhnlich zur Ernährung von Pockenviren verwendet werden, was etwa mit dem Düngen von Pflanzen zu vergleichen ist. Um diese Kulturen am Leben zu erhalten, besaß der irrsinnige Züchter in seinem mobilen Labor einen üppigen Vorrat an Eagle-Nährsubstrat, das zu zehn Prozent mit dem Serum aus Kälberföten angereichert war. Daraus und aus der Anwesenheit des Kaninchens schloß ich, daß *deadoc* mehr tat, als das Virus am Leben zu erhalten. Er war im Begriff gewesen, es heranzuzüchten, als die Katastrophe eintrat.

Er hatte das Virus in einer Flüssigstickstoff-Gefrierkartusche gelagert, die keinen Strom brauchte, sondern nur alle paar Monate aufgefüllt werden mußte. Sie sah aus wie eine Vierzig-Liter-Thermosflasche aus Edelstahl, und als ich den Deckel abschraubte, fand ich sieben Kryoröhrchen, die so alt waren, daß sie noch aus Glas bestanden. Die Codes darauf, die Auskunft über die Identität der Krankheit hätten geben sollen, waren mir völlig unbekannt. Doch ich entzifferte die Jahresangabe 1978 und als Ort Birmingham, England – winzige Kürzel in schwarzer Tinte, fein säuberlich in Kleinbuchstaben geschrieben. Ich steckte die Röhrchen mit ihrem entsetzlichen lebendigen Inhalt wieder in die Kälte zurück und stöberte weiter herum. Bald hatte ich zwanzig Dosen Vita-Gesichtsspray unterschiedlicher Größe und Tuberkulinspritzen gefunden, die der Killer zweifelsohne dazu benutzt hatte, die Krankheit in die Spraydosen zu injizieren.

Natürlich waren auch Pipetten und Gummiballons, Petrischalen und Kulturflaschen mit Schraubdeckeln vorhanden, in denen das Virus herangezüchtet wurde. Das Nährsubstrat darin war rosa. Wenn es blaßgelb wird, bedeutet das, daß der pH-Wert aufgrund von Abfallprodukten eine saure Reaktion anzeigt. Das wiederum wäre ein Indiz dafür gewesen, daß die mit Viren vollgestopften Zellen bereits seit geraumer Zeit nicht mehr in nährstoffreicher Gewebekultur baden konnten.

Ich hatte noch genug von meinem Medizinstudium und meiner Ausbildung zur Gerichtsmedizinerin in Erinnerung, um zu wissen, daß bei der Züchtung eines Virus die Zellen ernährt werden müssen. Diese Aufgabe erfüllte das rosafarbene Kulturmedium, das alle paar Tage, wenn Abfallprodukte an die Stelle der Nährstoffe getreten waren, mit einer Pipette abgesaugt werden mußte. Da das Medium immer noch rosa war, konnte man davon ausgehen, daß dies erst kürzlich geschehen war, zumindest innerhalb der letzten vier Tage. *Deadoc* war ein äußerst gewissenhafter Mensch. Er hatte den Tod mit Liebe und Fürsorge kultiviert. Dennoch lagen zwei zerbrochene Flaschen auf dem Boden, was vielleicht einem infizierten Kaninchen zuzuschreiben war, das aus seinem Käfig entwischt und umhergehoppelt war. Mir sah das Ganze nicht nach Selbstmord aus, sondern eher nach einer unvorhergesehenen Katastrophe, die *deadoc* in die Flucht geschlagen hatte.

Ohne Hast schaute ich mich weiter um. Ich inspizierte die Küche, in der eine einzelne Schüssel und eine Gabel nach dem Spülen fein säuberlich auf einem Geschirrhandtuch neben der Spüle zum Trocknen aufgestellt worden waren. In den ebenfalls aufgeräumten Schränken standen in Reih und Glied einfache Gewürze, Cornflakes-Packungen, Reispakete und Gemüsesuppen in Dosen. Im Kühlschrank fand ich Magermilch, Apfelsaft, Zwiebeln und Karotten, aber kein Fleisch. Ich schloß die Tür. Die Sache wurde immer rätselhafter. Wer war er? Was machte er Tag für Tag in seinem Wohnwagen, außer seine Virenbomben herzustellen? Sah er fern? Las er?

Ich begann in den Schubladen nach Kleidung zu suchen – ohne Erfolg. Wenn dieser Mann hier viel Zeit verbracht hatte, warum verwahrte er hier keine Sachen zum Wechseln? Warum keine Fotos und keine persönlichen Erinnerungen? Was war mit Büchern, Versandkatalogen, über die man Vergleichsproben, Gewebekulturen, Referenzmaterial für Infektionskrankheiten bestellen konnte? Und vor allem: Was war mit dem Fahrzeug geschehen, das den Wohnwagen gezogen hatte? Wer hatte es weggefahren und wann?

Im Schlafzimmer hielt ich mich länger auf. Der Teppich war schwarz vom Blut, das wir beim Abtransport des Leichnams auch in die anderen Räume verteilt hatten. Als ich innehielt, um meine Vierstundenbatterie zu wechseln, konnte ich nichts riechen oder hören außer der Luft, die in meinem Anzug zirkulierte. An diesem Raum wie am Wohnwagen selbst war nichts Besonderes. Als ich die blumenbedruckte Tagesdecke zurückzog, entdeckte ich, daß das Kissen und die Laken auf einer Seite zerknautscht waren, als habe jemand darauf geschlafen. Ich fand ein kurzes, graues Haar und sammelte es mit einer Pinzette ein. Die Haare des Toten waren, wie ich mich erinnerte, länger und schwarz gewesen.

An der Wand hing ein billiger Druck von einer Strandszene. Ich hängte ihn ab, um nachzuschauen, ob es einen Hinweis darauf gab, wo er gerahmt worden war. Dann nahm ich mir die Zweierbank unter einem Fenster auf der anderen Seite des Bettes vor. Sie war mit leuchtendgrünem Vinyl bezogen, und obendrauf stand ein Kaktus, der abgesehen von dem, was der Käfig, der Inkubator und die Gefrierkartusche enthielten, wohl das einzig Lebendige in dem Wohnwagen war. Ich prüfte die Erde mit dem Finger und stellte fest, daß sie nicht besonders trocken war. Dann stellte ich den Kaktus auf den Teppich und klappte die Bank auf.

Den Spinnweben und dem Staub nach zu urteilen, hatte schon seit vielen Jahren niemand mehr dort hineingesehen. Ich stieß auf ein Katzenspielzeug aus Gummi, eine verblichene blaue Mütze und eine abgekaute Maiskolbenpfeife. Es kam mir nicht so vor, als gehörte irgend etwas davon der Person, die jetzt hier wohnte, oder als habe sie all diese Dinge überhaupt bemerkt. Während ich noch überlegte, ob der Wohnwagen gebraucht gekauft oder weitervererbt worden war, ließ ich mich auf Hände und Füße nieder und kroch auf dem Boden umher, bis ich die leere Patronenhülse und den Pfropfen gefunden hatte. Beides tütete ich ein. Als ich in den Laborbereich zurückkehrte, setzte sich Lucy gerade an den Laptop.

»Der Bildschirmschoner verlangt ein Paßwort«, sagte sie in ihr sprachgesteuertes Mikrofon.

»Ich hatte gehofft, daß er es dir nicht allzu leicht machen würde«, sagte ich.

Sie startete den Computer bereits neu und blieb auf der DOS-Ebene. Wie ich sie kannte, würde sie das Paßwort innerhalb weniger Minuten geknackt haben. Das wäre schließlich nicht das erste Mal.

»Kay«, ertönte Gallweys Stimme in meinem Helm. »Ich hab' hier draußen etwas Schönes für Sie.«

Immer darauf achtend, daß der Luftschlauch nirgendwo hängenblieb, ging ich die Treppe hinunter. Er hockte an der Stirnseite des Wohnwagens, neben der Stelle an der Deichsel, wo die Fahrgestellnummer entfernt worden war. Nachdem er das Metall mit feinem Schleifpapier spiegelblank poliert hatte, bestrich er es nun mit einer Lösung aus Kupferchlorid und Salzsäure, um das verkratzte Metall aufzulösen und die tief eingestanzte Nummer darunter wieder sichtbar zu machen, die der Killer weggefeilt zu haben glaubte.

»Man glaubt gar nicht, wie schwer es ist, so etwas unkenntlich zu machen«, drang mir seine Stimme in die Ohren.

»Es sei denn, man ist ein professioneller Autodieb«, sagte ich.

»Na ja, wer auch immer das hier gemacht hat, hat keine besonders gute Arbeit geleistet.« Er fotografierte die Stelle. »Ich glaube, wir haben es.«

»Hoffen wir, daß der Wohnwagen registriert ist«, sagte ich.

»Wer weiß? Vielleicht haben wir ja Glück.«

»Wie sieht es mit Fingerabdrücken aus?«

Die Tür und das Aluminium darum herum waren mit schwarzem Pulver beschmiert.

»Einige, aber wer weiß, wem die gehören«, sagte er, stand auf und streckte seinen Rücken. »Jetzt nehme ich mir gleich das Innere vor.«

Unterdessen befaßte sich Lucy eingehend mit dem Computer und fand genau wie ich keinen Hinweis darauf, wer *deadoc* war. Sie entdeckte jedoch Dateien, die er von unseren Konversationen in den Chat-Räumen gespeichert hatte. Es lief mir kalt den Rücken herunter, als ich sie auf dem Bildschirm sah und mich fragte, wie oft er sie gelesen haben mochte. Interessant waren jedoch die detaillierten Laboraufzeichnungen, die die Züchtung der Viruszellen dokumentierten. Es sah ganz so aus, als habe er erst im Frühherbst mit der Arbeit begonnen, keine zwei Monate, bevor der Rumpf gefunden wurde.

Am Spätnachmittag hatten wir alles getan, was wir konnten, ohne zu irgendwelchen bemerkenswerten Ergebnissen gelangt zu sein. Wir gingen unter die Chemiedusche, während der Wohnwagen mit Formalingas eingenebelt wurde. Ich behielt meine armeegrünen Sachen an, denn in mein Kostüm wollte ich, nach allem, was es hinter sich hatte, lieber nicht mehr steigen.

»Nicht gerade dein Stil«, meinte Lucy, als wir den Umkleideraum verließen. »Vielleicht solltest du Perlen dazu tragen. Das motzt die Sachen vielleicht ein bißchen auf.«

»Manchmal klingst du wie Marino«, sagte ich.

Ehe ich es mich versah, war das Wochenende da, und dann war plötzlich auch das vorbei, und alles, was sich bis dahin getan hatte, war höchst unerfreulich. Ich hatte den Geburtstag meiner Mutter vergessen. Keine Minute hatte ich daran gedacht.

»Was? Hast du jetzt Alzheimer?« maulte sie mich am Telefon an. »Nie kommst du hier runter. Jetzt machst du dir nicht mal mehr die Mühe anzurufen. Ich werd' schließlich auch nicht jünger.«

Sie begann zu weinen und auch mir war danach zumute.

»Weihnachten«, sagte ich wie jedes Jahr. »Ich werde es irgendwie arrangieren. Ich bringe Lucy mit. Ich versprech's. So weit weg ist es schließlich gar nicht.«

Lustlos und hundemüde fuhr ich in die Stadt. Lucy hatte recht behalten. Der Killer hatte den Telefonanschluß auf dem Campingplatz nur benutzt, um sich bei AOL einzuwählen, und wieder landeten wir bei Perleys gestohlener Kreditkarte. *Deadoc* meldete sich nicht mehr. Wie besessen sah ich immer wieder nach Mails und ertappte mich manchmal dabei, daß ich in dem Chat-Raum wartete, obwohl ich nicht einmal wußte, ob das FBI ihn überhaupt noch überwachte.

Der eingefrorene Virenstamm, den ich in der Stickstoff-Gefrierkartusche im Wohnwagen gefunden hatte, konnte nach wie vor nicht identifiziert werden. Die Versuche, seine DNS zu analysieren, wurden fortgesetzt. Die Wissenschaftler beim CDC wußten zwar, inwiefern sich das Virus von den bisher bekannten unterschied, aber nicht, um was für einen Erreger es sich genau handelte. Die Primaten, die als Versuchstiere eingesetzt wurden, waren durch keine Impfung dagegen geschützt. Vier weitere Menschen, darunter zwei Fischer, die in Crisfield aufgetaucht waren, hatten die Krankheit nur in einer abgeschwächten Form bekommen. Das Fischerdorf stand weiterhin unter Quarantäne, und seine Wirtschaft lag danieder. Offenbar gab es dort jedoch keine weiteren Krankheitsfälle. In Richmond war nur Wingo krank. Sein geschmeidiger Körper und sein zartes Gesicht wurden von Pusteln entstellt. Er ließ mich nicht zu sich, egal, wie oft ich mich darum bemühte.

Ich war zutiefst niedergeschlagen, und es fiel mir schwer, mich um andere Fälle zu kümmern, wo doch dieser eine kein Ende nehmen wollte. Wir wußten, daß der tote Mann im Wohnwagen nicht *deadoc* sein konnte. Die Fingerabdrücke hatten ergeben, daß es sich um einen Landstreicher mit einem langen Vorstrafenregister handelte, das hauptsächlich aus

Diebstahl und Drogenverbrechen und zwei Fällen von Nötigung und versuchter Vergewaltigung bestand. Er war auf Bewährung auf freiem Fuß, als er mit seinem Taschenmesser die Wohnwagentür aufgebrochen hatte, und niemand zweifelte daran, daß er ermordet worden war.

Um viertel nach acht betrat ich mein Büro. Als Rose mich hörte, kam sie gleich aus ihrem Zimmer.

»Ich hoffe, Sie konnten sich ein bißchen ausruhen«, sagte sie. Sie machte sich solche Sorgen um mich, wie ich es noch nie bei ihr erlebt hatte.

»Konnte ich. Danke.« Ich lächelte. Ihre Besorgnis beschämte mich, und ich bekam ein schlechtes Gewissen, als hätte ich irgend etwas angestellt. »Gibt es etwas Neues?«

»Nicht, was Tangier betrifft. Versuchen Sie, nicht ständig daran zu denken, Dr. Scarpetta. Wir haben heute morgen fünf Fälle zu bearbeiten. Schauen Sie nur mal auf Ihren Schreibtisch. Falls Sie ihn überhaupt noch finden. Und ich hinke mindestens zwei Wochen mit der Korrespondenz hinterher, weil Sie nicht hier waren und diktiert haben.«

»Ich weiß, Rose, ich weiß«, sagte ich nicht unfreundlich. »Eins nach dem anderen. Versuchen Sie es noch einmal bei Phyllis. Und wenn es dort immer noch heißt, sie sei krankgemeldet, lassen Sie sich eine Nummer geben, unter der sie zu erreichen ist. Ich versuche seit Tagen, sie unter ihrer Privatnummer anzurufen, aber da geht keiner ran.«

»Soll ich sie durchstellen, wenn ich sie erwische?«

»Unbedingt«, sagte ich.

Eine Viertelstunde später, als ich gerade zur Dienstbesprechung gehen wollte, war es soweit. Rose hatte Phyllis Crowder in der Leitung.

»Wo um alles in der Welt haben Sie gesteckt? Und wie geht es Ihnen?« fragte ich.

»Diese verdammte Grippe«, sagte sie. »Passen Sie bloß auf, daß Sie die nicht kriegen.«

»Schon geschehen, und ich bin sie immer noch nicht los«, sagte ich. »Ich hab's bei Ihnen zu Hause in Richmond probiert.«

»Oh, ich bin bei meiner Mutter in Newport News. Wissen Sie, ich arbeite nur vier Tage die Woche, und die restlichen drei verbringe ich schon seit Jahren hier draußen.«

Das war mir neu. Aber wir hatten auch nie privat miteinander zu tun gehabt.

»Phyllis«, sagte ich, »Sie sind krank, und ich belästige Sie schrecklich ungern, aber ich brauche in einem Fall Ihre Hilfe. 1978 hat es in dem Labor im englischen Birmingham, wo Sie früher gearbeitet haben, einen Unfall gegeben. Ich habe schon alles versucht, Näheres darüber in Erfahrung zu bringen, aber bislang weiß ich nur, daß eine medizinische Fotografin, die direkt über dem Pockenlabor arbeitete ...«

»Ja, ja«, unterbrach sie mich. »Ich weiß alles darüber. Angeblich wurde die Fotografin über einen Belüftungsschacht infiziert und starb. Der Virologe beging Selbstmord. Der Fall wird immer wieder von Leuten angeführt, die für die Vernichtung aller tiefgefrorenen Virenstämme eintreten.«

»Haben Sie in dem Labor gearbeitet, als das passierte?«

»Nein, Gott sei Dank nicht. Das war ein paar Jahre nach meinem Weggang. Damals war ich bereits in den Staaten.«

Ich war enttäuscht, und sie bekam einen Hustenanfall und konnte kaum noch sprechen.

»Verzeihung.« Sie hustete. »In solchen Momenten haßt man das Alleinleben.«

»Gibt es niemanden, der nach Ihnen sieht?«

»Nein.«

»Haben Sie zu essen?«

»Ich komm' schon klar.«

»Wissen Sie was? Ich bringe Ihnen was vorbei«, sagte ich.

»Kommt gar nicht in Frage.«

»Ich helfe Ihnen, wenn Sie mir helfen«, fügte ich hinzu.

»Haben Sie irgendwelche Unterlagen über Birmingham? Darüber, woran dort zu Ihrer Zeit gearbeitet wurde? Können Sie das irgendwo nachschlagen?«

»Hab' ich bestimmt hier irgendwo im Haus vergraben«, sagte sie.

»Graben Sie sie aus, und ich bringe Eintopf mit.«

Fünf Minuten später war ich schon aus der Tür und lief zu meinem Wagen. Ich fuhr nach Hause, holte mehrere Portionen meines selbstgekochten Eintopfs aus dem Gefrierschrank und tankte den Wagen auf, bevor ich auf der 64. gen Osten fuhr. Per Autotelefon gab ich Marino Bescheid.

»Jetzt bist du aber wirklich übergeschnappt!« rief er aus. »Hundert Meilen Autofahrt, um jemandem Essen zu bringen? Du hättest doch was beim Pizzaservice bestellen können.«

»Darum geht es nicht. Ich hab' mir schon was dabei gedacht, das kannst du mir glauben.« Ich setzte meine Sonnenbrille auf. »Vielleicht kommt ja etwas dabei raus. Möglicherweise weiß sie etwas, das uns weiterhilft.«

»Na gut, halt' mich auf dem laufenden«, sagte er. »Du hast doch den Pieper an, oder?«

»Ja.«

Um diese Tageszeit waren nicht viele Autos unterwegs, und ich stellte den Tempomat auf neunundsechzig Meilen pro Stunde, um keinen Strafzettel zu bekommen. Nach einer knappen Stunde passierte ich Williamsburg, und etwa zwanzig Minuten später folgte ich der Wegbeschreibung, die Crowder mir zu ihrer Adresse in Newport News gegeben hatte. Das Viertel hieß Brandon Heights. Hier wohnten Menschen aus unterschiedlichen wirtschaftlichen Verhältnissen, doch je näher man dem James River kam, desto größer wurden die Häuser. Sie wohnte in einem bescheidenen zweistöckigen Gebäude mit einem gepflegten Garten, das erst kürzlich eierschalenfarben gestrichen worden war.

Ich parkte hinter einem Van, hängte mir meine Handtasche und den Aktenkoffer über die Schulter und holte den Eintopf aus dem Wagen. Phyllis Crowder kam an die Tür. Sie sah furchtbar aus. Ihr Gesicht war blaß, und in ihren Augen brannte das Fieber. Sie trug einen Flanell-Morgenmantel und Lederslipper, die aussahen, als hätten sie früher mal einem Mann gehört.

»Das ist wirklich unglaublich nett von Ihnen«, sagte sie, als sie die Tür öffnete. »Entweder das, oder Sie sind verrückt.«

»Kommt drauf an, wen Sie fragen.«

Ich trat ein und blieb stehen, um mir die gerahmten Fotos anzusehen, die den dunkel getäfelten Hausflur säumten. Die meisten zeigten Menschen beim Wandern oder Angeln und waren bereits vor langer Zeit aufgenommen worden. Wie gebannt blieb mein Blick an einem alten Mann hängen, der eine blaßblaue Mütze trug, eine Katze auf dem Arm hatte und mit einer Maiskolbenpfeife zwischen den Zähnen in die Kamera grinste.

»Mein Vater«, sagte Crowder. »Meine Eltern haben hier gewohnt, und davor die Eltern meiner Mutter. Das da sind sie.« Sie zeigte auf ein Foto. »Als das Geschäft meines Vaters in England den Bach runterging, kamen sie her und zogen bei ihnen ein.«

»Und was geschah mit Ihnen?« fragte ich.

»Ich blieb da. Ich ging schließlich noch zur Uni.«

Ich sah sie an. Für so alt, wie sie mir gegenüber immer tat, hielt ich sie nicht.

»Sie versuchen immer, mir weiszumachen, Sie wären im Vergleich zu mir ein Dinosaurier«, sagte ich. »Aber irgendwie glaube ich das nicht.«

»Vielleicht haben Sie sich einfach besser gehalten als ich.«

Ihre fieberdunklen Augen trafen meine.

»Lebt noch jemand von Ihrer Familie?« fragte ich und fuhr fort, mir die Fotos anzusehen.

»Meine Großeltern sind seit etwa zehn Jahren tot, mein Vater seit ungefähr fünf. Danach bin ich jedes Wochenende hergefahren, um mich um Mutter zu kümmern. Sie hat sich so lange ans Leben geklammert, wie es irgend ging.«

»Das ist Ihnen bei Ihrem anstrengenden Beruf bestimmt nicht leichtgefallen«, sagte ich, während ich ein frühes Foto von ihr betrachtete, auf dem sie in einem Boot saß und lachend eine Regenbogenforelle hochhielt.

»Möchten Sie nicht hereinkommen und sich setzen?« fragte sie. »Geben Sie her, ich bringe das in die Küche.«

»Nein, zeigen Sie mir, wo's langgeht, und schonen Sie Ihre Kräfte«, insistierte ich.

Sie führte mich durch ein Eßzimmer, das offenbar seit Jahren nicht mehr benutzt worden war. Der Kronleuchter fehlte, Kabel hingen über einem verstaubten Tisch von der Decke, und die Vorhänge waren durch Rolläden ersetzt worden. Auf dem Weg in die große, altmodische Küche stellten sich mir die Kopf- und Nackenhaare auf, und ich hatte Mühe, ruhig zu bleiben, als ich den Eintopf auf die Arbeitsplatte stellte.

»Tee?« fragte sie.

Inzwischen hustete sie kaum noch, und auch wenn sie krank war, war das nicht der eigentliche Grund, weshalb sie ihrem Arbeitsplatz fernblieb.

»Ich möchte nichts«, sagte ich.

Sie lächelte mich an, aber gleichzeitig durchbohrte mich ihr Blick, und als wir uns an den Frühstückstisch setzten, überlegte ich verzweifelt, was ich tun sollte. Es war undenkbar, daß mein Verdacht sich bewahrheiten könnte. Oder hätte ich schon früher darauf kommen müssen? Seit über fünfzehn Jahren hatten wir ein freundschaftliches Verhältnis. Wir hatten zusammen zahlreiche Fälle bearbeitet, Informationen ausgetauscht und weibliche Solidarität geübt. Früher hatten wir oft zusammen Kaffee getrunken und eine Zigarette geraucht. Ich hatte sie immer charmant und intelligent gefunden. Jedenfalls war mir nie eine dunkle Seite an ihr aufgefallen. Andererseits wußte ich, daß man sich ganz ähnliche Dinge über den Serienmörder, den Kinderschänder, den Vergewaltiger von nebenan erzählte.

»Also, lassen Sie uns über Birmingham sprechen«, sagte ich.

»Gut.« Sie hatte aufgehört zu lächeln.

»Der tiefgefrorene Virenstamm dieser Krankheit ist wieder aufgetaucht«, sagte ich. »Die Röhrchen tragen Aufkleber mit der Beschriftung *Birmingham 1978.* Ich möchte wissen, ob in dem Labor dort vielleicht Mutationen von Pockenviren erforscht wurden. Können Sie mir etwas darüber sagen …«

»1978 war ich nicht mehr dort«, unterbrach sie mich.

»Ich glaube, das waren Sie doch, Phyllis.«

»Das spielt keine Rolle.« Sie stand auf, um Tee aufzusetzen. Ich sagte nichts und wartete, bis sie wieder saß.

»Ich bin krank, und Sie müßten es mittlerweile auch sein«, sagte sie, und ich wußte, daß sie nicht die Grippe meinte.

»Ich bin überrascht, daß Sie keinen Impfstoff für sich hergestellt haben, bevor Sie die Sache ins Rollen gebracht haben«, sagte ich. »Scheint mir ein bißchen leichtsinnig für jemanden, der sonst immer so penibel ist.«

»Das wäre nicht nötig gewesen, wenn dieser Scheißkerl nicht eingebrochen wäre und alles kaputtgemacht hätte«, fuhr sie mich an. »Dieses widerliche, dreckige Schwein.« Sie zitterte vor Wut.

»Das war also der Grund, weshalb Sie sich, als wir gerade über AOL miteinander kommunizierten, nicht ausgeloggt haben, sondern online blieben«, sagte ich. »Weil er in dem Moment anfing, Ihre Tür aufzubrechen. Dann haben Sie ihn erschossen und sind in Ihrem Van geflohen. Ich schätze, Sie sind an Ihren langen Wochenenden nur bis nach Janes Island hinausgefahren, um Ihre reizende Krankheit in neue Flaschen umzufüllen und die kleinen Lieblinge zu füttern.«

Während ich sprach, übermannte mich der Zorn. Das schien ihr nichts auszumachen. Offenbar genoß sie es sogar.

»Sind Menschen für Sie nach all diesen Jahren als Medizinerin nicht mehr wert als Objektträger und Petrischalen? Was haben Sie mit Ihren Gesichtern gemacht, Phyllis? Ich habe die Leute gesehen, denen Sie das angetan haben.« Ich beugte mich zu ihr hinüber. »Eine alte Frau, die allein in ihrem verdreckten Bett starb. Niemand hat ihre Durstschreie gehört. Und jetzt Wingo, der mich nicht zu sich lassen will. So ein netter, anständiger junger Mann, und er liegt im Sterben. Sie kennen ihn! Er war in Ihrem Labor! Was hat er Ihnen denn bloß getan?«

Meine Worte ließen sie kalt. Auch in ihren Augen blitzte Wut auf.

»Sie haben das Vita-Spray für Lila Pruitt in einen der Holzkästen gesteckt, in denen sie Rezepte für einen Vierteldollar anbot. Korrigieren Sie mich, wenn ich etwas Falsches sage.«

Mein Ton war schneidend. »Sie dachte, ihre Post wäre im falschen Briefkasten gelandet und dann von einem Nachbarn vorbeigebracht worden. Was für eine nette Kleinigkeit, und dann auch noch umsonst! Sie sprühte es sich ins Gesicht. Sie hatte es auf ihrem Nachttisch stehen und besprühte sich immer wieder damit, wenn es ihr schlecht ging.«

Meine Kollegin schwieg. Ihre Augen glänzten.

»Wahrscheinlich haben Sie Ihre kleinen Bomben alle auf einmal nach Tangier befördert«, sagte ich. »Und dann haben Sie mir die vorbeigebracht, die für mich bestimmt waren. Und für meine Leute. Was stand als nächstes auf dem Plan? Die ganze Welt?«

»Vielleicht«, war alles, was sie zu sagen hatte.

»Warum?«

»Ich bin diejenige, der man zuerst etwas angetan hat. Wie du mir, so ich dir.«

»Was ist Ihnen denn angetan worden, was auch nur im geringsten vergleichbar wäre?« Es kostete mich einige Anstrengung, meine Stimme im Zaum zu halten.

»Ich war in Birmingham, als es passierte. Der Unfall. Man gab teilweise mir die Schuld, und ich war gezwungen zu gehen. Das war absolut unfair, ein fürchterlicher Rückschlag. Schließlich war ich jung und auf mich allein gestellt. Ich hatte Angst. Meine Eltern waren in die Staaten gegangen, um hier in diesem Haus zu leben. Sie liebten das Leben in der freien Natur. Camping, Angeln. Die ganze Familie war so.«

Einen langen Augenblick starrte sie vor sich hin, als fühlte sie sich in jene Zeit zurückversetzt.

»Ich spielte dort keine große Rolle, aber ich hatte hart gearbeitet. Ich fand einen neuen Job in London, drei Gehaltsstufen unter meiner vorigen Stelle.« Sie fixierte mich. »Es war ungerecht. Der Virologe war es, der den Unfall verursacht hat. Aber weil ich an jenem Tag dort war und er sich praktischerweise umgebracht hatte, war es eine Leichtigkeit, mir das alles anzuhängen. Außerdem war ich fast noch ein Kind.«

»Also haben Sie den Virenstamm mitgehen lassen, als Sie dort aufhörten«, sagte ich.

Sie lächelte kalt.

»Und Sie haben ihn all diese Jahre aufbewahrt?«

»Das ist nicht schwer, wenn es überall dort, wo man arbeitet, ein Stickstoffgefriergerät gibt und man sich immer gern bereit zeigt, den Virenbestand zu überwachen«, sagte sie voller Stolz. »Ich habe ihn gerettet.«

»Warum?«

»Warum?« Ihre Stimme wurde lauter. »Ich war schließlich diejenige, die daran arbeitete, als der Unfall geschah. Er gehörte mir. Also hab' ich zugesehen, daß ich etwas davon und von meinen anderen Experimenten mitnahm, als ich ging. Warum hätte ich denen das dalassen sollen? Sie hätten damit ja doch nicht das gleiche anfangen können wie ich. Dazu waren sie nicht clever genug.«

»Aber das hier sind keine Pocken. Jedenfalls keine gewöhnlichen«, sagte ich.

»Tja, das macht es sogar noch schlimmer, nicht wahr?« Ihre Lippen bebten vor Erregung, als sie an jene Zeit zurückdachte. »Ich habe die DNS von Affenpocken mit dem Pocken-Genom verknüpft.«

Sie war mittlerweile völlig überreizt. Ihre Hände zitterten, als sie sich die Nase mit einer Serviette abwischte.

»Und dann werde ich zu Beginn des neuen akademischen Jahrs bei der Ernennung des Dekans übergangen«, fuhr sie fort, und ihre Augen blitzten zornig.

»Phyllis, das ist ungerecht ...«

»Halten Sie den Mund!« schrie sie. »Nach allem, was ich für diese verdammte Uni getan habe? Ich bin schon so lange dabei und habe allen die Windeln gewechselt, auch Ihnen. Und die geben den Posten einem Mann, bloß weil der den Doktortitel hat und ich *nur* den Ph. D.«, fauchte sie.

»Die Stelle hat ein Pathologe mit einem Harvard-Studium bekommen, und das ist vollkommen gerechtfertigt«, stellte ich ungerührt fest. »Außerdem spielt das gar keine Rolle. Für das, was Sie getan haben, gibt es keine Entschuldigung. Sie haben also all diese Jahre ein Virus vor der Vernichtung bewahrt, um so etwas damit anzurichten?«

Der Teekessel pfiff schrill. Ich stand auf und stellte die Herdplatte aus.

»Das ist nicht die einzige exotische Krankheit, die ich in meinem Archiv hatte. Ich habe so einiges gesammelt«, sagte sie. »Ich dachte eigentlich, ich würde sie eines Tages für ein bahnbrechendes Forschungsprojekt brauchen. Ich wollte das am meisten gefürchtete Virus der Welt studieren und dadurch etwas herausfinden über das menschliche Immunsystem, das uns vor anderen Seuchen wie Aids retten könnte. Ich dachte, ich würde vielleicht den Nobelpreis gewinnen.« Sie war seltsam ruhig geworden, als empfände sie eine gewisse Befriedigung. »Nein, ich würde sagen, daß ich in Birmingham schon vorhatte, eines Tages eine Epidemie auszulösen.«

»Tja, das ist Ihnen ja auch nicht gelungen«, entgegnete ich.

Sie sah mich an, und ihre Augen verengten sich zu kleinen Schlitzen.

»Außer den Leuten, die aller Wahrscheinlichkeit nach das Gesichtsspray benutzt haben, ist niemand erkrankt«, sagte ich. »Ich hatte mehrfach Kontakt mit Patienten, und ich bin gesund. Das Virus, das Sie geschaffen haben, ist eine Sackgasse. Es befällt nur die Ausgangsperson, ohne sich weiter fortzupflanzen. Es gibt keine Sekundärinfektion. Keine Epidemie. Was Sie geschaffen haben, war eine Panik, Krankheit und Tod für eine Handvoll unschuldiger Opfer. Und Sie haben auf einer Insel voller Menschen, die vermutlich noch nie etwas von einem Nobelpreis gehört haben, die Fischfangindustrie lahmgelegt.«

Ich lehnte mich in meinem Stuhl zurück und musterte sie, doch sie ließ sich offenbar nicht beeindrucken.

»Warum haben Sie mir die Fotos und die E-Mails geschickt?« wollte ich wissen. »Fotos, die in Ihrem Eßzimmer aufgenommen wurden, auf diesem Tisch. Wer war Ihr Versuchskaninchen? Ihre alte, kranke Mutter? Haben Sie sie mit dem Virus besprüht, um zu sehen, ob es wirkt? Und als es wirkte, haben Sie ihr in den Kopf geschossen. Sie haben sie mit einer Autopsiesäge zerstückelt, damit niemand diesen Todesfall mit den verseuchten Sprays in Zusammenhang bringen konnte, die Sie später verteilt haben.«

»Sie halten sich wohl für sehr schlau«, sagte sie, *deadoc.*

»Sie haben Ihre eigene Mutter ermordet und sie in eine Abdeckplane gewickelt, weil Sie es nicht ertragen konnten, Sie anzusehen, während Sie sie zersägten.«

Sie wandte den Blick ab, und mein Pieper vibrierte. Ich zog ihn heraus und las Marinos Nummer. Ohne den Blick von ihr zu lassen, holte ich mein Handy hervor.

»Ja«, sagte ich, als er abnahm.

»Der Wohnwagen war ein Volltreffer«, sagte er. »Wir haben den Hersteller herausgefunden und dort eine Adresse in Newport News erhalten. Ich dachte, das wird dich interessieren. Das FBI müßte jeden Augenblick dort eintreffen.«

»Ich wünschte, darauf wären die schon ein bißchen früher gekommen«, sagte ich. »Ich erwarte die Agenten dann an der Tür.«

»Was hast du gesagt?«

Ich unterbrach die Verbindung.

»Ich habe mit Ihnen kommuniziert, weil ich wußte, daß Sie mir Beachtung schenken würden.« Crowders Stimme überschlug sich. »Und damit Sie einmal im Leben so richtig auf die Schnauze fallen. Die berühmte Ärztin. Die berühmte Gerichtsmedizinerin.«

»Sie waren mir eine Kollegin und eine Freundin«, sagte ich.

»Und ich hasse Sie!« Ihr Gesicht wurde gerötet, und ihr Busen wogte vor Zorn. »Ich habe Sie immer gehaßt! Immer haben Sie besser dagestanden, immer war Ihr Name in aller Munde. Die große Frau Dr. Scarpetta. Die Legende. Aber – ha! Wer hat jetzt wohl gewonnen? Am Ende war ich doch schlauer als Sie, nicht wahr?«

Ich antwortete nicht.

»Ich hab' Sie ordentlich rumgescheucht, was?« Sie starrte mich an, griff nach einem Aspirinfläschchen und kippte Tabletten heraus. »Hab' Sie an die Schwelle des Todes gebracht und Sie im Cyberspace warten lassen. Auf *mich*!« triumphierte sie.

Etwas Metallenes klopfte laut an ihre Haustür. Ich schob meinen Stuhl zurück.

»Was werden die tun? Mich erschießen? Vielleicht sollten *Sie* das lieber tun. Ich wette, Sie haben eine Waffe in einer dieser Taschen.« Sie wurde langsam hysterisch. »Meine liegt im anderen Zimmer, und ich werde sie jetzt holen.«

Sie stand auf. Draußen klopfte es weiter, und eine Stimme befahl: »Aufmachen! FBI.«

Ich packte sie am Arm. »Niemand wird Sie erschießen, Phyllis.«

»Lassen Sie mich los!«

Ich zog sie zur Tür.

»Lassen Sie mich los!«

»Ihre Strafe wird es sein, auf die gleiche Weise zu sterben wie die anderen.« Ich zerrte sie hinter mir her.

Zwei FBI-Agenten traten mit gezogenen Pistolen ein, und einer davon war Janet. Sie legten Dr. Phyllis Crowder Handschellen an, nachdem sie auf dem Boden zusammengebrochen war. Ein Krankenwagen brachte sie ins Sentara Norfolk General Hospital, wo sie einundzwanzig Tage später starb, ans Bett gekettet und über und über mit sich explosionsartig vermehrenden Pusteln bedeckt. Sie war vierundvierzig Jahre, als sie starb.

Epilog

Ich konnte den Entschluß nicht sofort treffen. Lieber schob ich ihn bis Silvester auf, dem Tag, an dem es üblich ist, daß die Menschen sich Veränderungen vornehmen und gute Vorsätze fassen. Schnee fiel auf mein Schieferdach, und Wesley und ich saßen auf dem Fußboden vor dem Kamin und tranken Champagner.

»Benton«, sagte ich, »ich muß was erledigen.«

Er sah verwirrt aus, als ob ich jetzt gleich wegwollte, und sagte: »Die meisten Geschäfte haben geschlossen, Kay.«

»Nein. Ich muß nach London. Im Februar vielleicht.«

Er schwieg einen Moment, denn er wußte, was ich dabei im Sinn hatte. Dann stellte er sein Glas auf den Kamin und nahm meine Hand.

»Darauf warte ich schon die ganze Zeit«, sagte er. »Wie schwer es auch ist – du solltest es tun. Damit du endlich einen Schlußstrich ziehen kannst und deinen Seelenfrieden findest.«

»Ich weiß nicht, ob ich jemals meinen Seelenfrieden finden kann.«

Ich entzog ihm meine Hand und strich mir das Haar zurück. Auch für ihn war es nicht leicht. Natürlich nicht.

»Du mußt ihn vermissen«, sagte ich. »Du sprichst nie darüber, aber er war wie ein Bruder für dich. Ich weiß noch, wie oft wir etwas zu dritt unternommen haben. Kochen, Filme sehen, herumsitzen und über Fälle reden und darüber, welche Suppe die Regierung uns mal wieder eingebrockt hat – Zwangsbeurlaubungen, Steuern, Haushaltskürzungen.«

Er lächelte verhalten und starrte in die Flammen. »Und ich dachte die ganze Zeit daran, was für ein Glück der Scheißkerl mit dir hatte. Hab' mich immer gefragt, wie das wohl sein mochte. Tja, nun weiß ich es, und ich hatte recht. Er hatte verdammtes Glück. Abgesehen von dir ist er wahrscheinlich der einzige Mensch, mit dem ich jemals ernsthaft geredet habe. Irgendwie seltsam. Mark war einer der größten Egozentriker, die ich je kennengelernt habe, einer von diesen schönen Menschen, narzißtisch bis zum Abwinken. Er war fähig und intelligent. Ich glaube nicht, daß man jemals aufhört, jemanden wie ihn zu vermissen.«

Wesley hatte einen weißen Wollpullover und eine cremefarbene Baumwollhose an, und im Feuerschein sah es beinahe so aus, als leuchtete er von innen.

»Wenn du heute abend rausgehst, wirst du unsichtbar«, sagte ich.

Fragend runzelte er die Stirn.

»So wie du angezogen bist, bei dem Schnee. Wenn du in einen Graben fällst, wird dich bis zum Frühjahr niemand finden. In einer Nacht wie heute solltest du etwas Dunkles tragen. Du weißt schon, als Kontrast.«

»Kay. Wie wär's mit einem Kaffee.«

»Das ist genau wie mit den Leuten, die für den Winter ein Fahrzeug mit Allradantrieb wollen. Sie kaufen eines in Weiß. Wozu soll denn das gut sein, wenn man eine weiße Straße unter einem weißen Himmel entlangschlittert, und überall wirbelt weißes Zeug herum.«

»Was redest du da eigentlich?« Er sah mich an.

»Keine Ahnung.«

Ich hob die Champagnerflasche aus ihrem Kübel. Wasser tropfte herab, als ich unsere Gläser nachfüllte. Ich war ihm etwa zwei zu eins voraus. Im CD-Player steckten die Hits der

Siebziger, und gerade brachten Three Dog Night die in die Wände eingelassenen Boxen zum Vibrieren. Es war eines der seltenen Male, wo die Möglichkeit bestand, daß ich mich betrank. Ich konnte nicht aufhören, daran zu denken, nicht aufhören, es vor mir zu sehen. Ich hatte es nicht gewußt, bis ich in jenem Raum mit den aus der Decke hängenden Kabeln stand und sah, wo die blutverschmierten Hände und Füße gelegen hatten. Erst da hatte mich die Erkenntnis durchzuckt. Das konnte ich mir einfach nicht verzeihen.

»Benton«, sagte ich leise, »ich hätte wissen müssen, daß sie es war. Ich hätte es wissen müssen, bevor ich zu ihr gefahren bin und in ihr Haus gegangen bin und die Fotos und das Zimmer gesehen habe. Ich meine, irgendwo im Hinterkopf muß ich es gewußt haben, aber ich habe nicht darauf gehört.«

Er antwortete nicht, und ich faßte das als weitere Anklage auf.

»Ich hätte wissen müssen, daß sie es war«, murmelte ich wieder. »Dann wären die Menschen vielleicht nicht gestorben.«

»Das sagt sich hinterher immer leicht.« Sein Tonfall war sanft, aber fest. »Die Leute, die bei den Gacys, den Bundys, den Dahmers dieser Welt nebenan wohnen, sind immer die letzten, die es merken, Kay.«

»Und sie wissen nicht, was ich weiß, Benton.« Ich nippte an meinem Champagner. »Sie hat Wingo auf dem Gewissen.«

»Du hast dein Bestes getan«, gab er zu bedenken.

»Er fehlt mir«, seufzte ich traurig. »Ich war noch nicht mal an seinem Grab.«

»Warum gehen wir nicht zu Kaffee über?« fragte Wesley wieder.

»Darf ich mich nicht auch mal etwas gehen lassen?« Ich wollte zu gern der Realität entfliehen.

Er begann mir den Nacken zu massieren, und ich schloß die Augen.

»Muß ich denn immer vernünftig sein?« murmelte ich. »Hier präzise, dort exakt. *Anzeichen von* und *Indiz für.* Worte, kalt und scharf wie die Stahlklingen, die ich benutze. Und was werden sie mir vor Gericht nützen? Wenn es um Lucy geht? Um ihre Karriere, ihr Leben? Alles wegen Ring, diesem Scheißkerl. Ich, die Sachverständige. Die liebende Tante.«

Eine Träne rollte über meine Wange. »O Gott, Benton. Ich bin so müde.«

Er kam zu mir herüber, legte seine Arme um mich und zog mich in seinen Schoß, damit ich meinen Kopf anlehnen konnte.

»Ich komme mit dir«, sagte er leise in mein Haar.

Am 18. Februar, dem Jahrestag eines Bombenanschlags, der eine Mülltonne zerfetzt und einen U-Bahn-Eingang, eine Kneipe und ein Café zum Einsturz gebracht hatte, nahmen wir in London ein Taxi zur Victoria Station. Trümmer waren durch die Luft geflogen, und die Glassplitter, die vom Dach geregnet waren, hatten sich in Schrapnelle und Geschosse von entsetzlicher Durchschlagskraft verwandelt. Die IRA hatte es nicht auf Mark abgesehen. Sein Tod hatte nichts damit zu tun, daß er beim FBI war. Er war einfach zur falschen Zeit am falschen Ort gewesen, wie so viele Menschen, die zu Opfern werden.

Die Station war voll von Pendlern, die mich fast umrannten, als wir uns den Weg zur Bahnhofshalle bahnten, wo die Railtrack-Fahrkartenverkäufer hinter ihren Schaltern alle Hände voll zu tun hatten und an der Wand die Züge und Abfahrtszeiten angezeigt wurden. An Kiosken wurden Süßigkeiten und Blumen verkauft, und man konnte Paßfotos machen oder Geld wechseln. Mülltonnen gab es nur bei McDonald's und an ähnlichen Örtlichkeiten. Draußen sah ich keine einzige.

»Heutzutage ist das kein geeigneter Ort mehr, um eine Bombe zu verstecken.« Auch Wesley hatte es bemerkt.

»Aus Schaden wird man klug«, sagte ich, und innerlich begann ich zu zittern.

Ich sah mich schweigend um, während Tauben über mich hinwegflatterten und hinter Brotkrumen hertrippelten. Der Eingang zum Grosvenor Hotel lag neben der Victoria Tavern. Hier war es passiert. Niemand wußte genau, was Mark in dem Moment gemacht hatte, aber man nahm an, daß er an einem der kleinen, hohen Tische vor der Tavern gesessen hatte, als die Bombe hochging.

Wir wußten, daß er auf den Zug aus Brighton gewartet hatte, weil er mit jemandem verabredet war. Bis zu diesem Tag hatte ich nicht erfahren, mit wem, denn die Identität der Person durfte aus Sicherheitsgründen nicht enthüllt werden. Das hatte man mir zumindest gesagt. Es gab vieles, was ich nie begriffen hatte, wie zum Beispiel, ob es Zufall gewesen war, daß er sich gerade zu diesem Zeitpunkt dort aufhielt, und ob diese mysteriöse Person, mit der Mark verabredet war, auch ums Leben gekommen war. Ich ließ meinen Blick über das Dach aus Stahlträgern und Glas schweifen, über die alte Uhr an der Granitmauer und die Bogengänge. Außer bei den Menschen hatte der Bombenanschlag keine bleibenden Narben hinterlassen.

»Ziemlich seltsame Vorstellung, sich im Februar in Brighton aufzuhalten«, bemerkte ich mit zittriger Stimme. »Wieso kommt jemand zu dieser Jahreszeit ausgerechnet aus einem Ferienort am Meer?«

»Ich weiß es nicht«, sagte er und schaute sich um. »Es handelte sich um einen terroristischen Anschlag. Wie du weißt, war es das, woran Mark arbeitete. Deshalb ist in der Sache auch nicht viel herauszubekommen.«

»Richtig. Daran hat er gearbeitet, und daran ist er gestorben«, sagte ich. »Und niemand scheint es für möglich zu halten, daß da eine Verbindung besteht. Daß es vielleicht kein Zufall war.«

Er reagierte nicht. Ich schaute ihn an, und mein Herz wurde schwer und versank in der Finsternis eines bodenlosen Ozeans. Menschen, Tauben und die ständigen Ansagen aus der Lautsprecheranlage verschmolzen zu einem schwindelerregenden Getöse, und einen Moment lang wurde alles schwarz. Ich schwankte, und Wesley fing mich auf.

»Alles in Ordnung?«

»Ich will wissen, mit wem er verabredet war«, sagte ich.

»Komm mit, Kay«, sagte er sanft. »Laß uns irgendwo hingehen, wo du dich setzen kannst.«

»Ich will wissen, ob es beabsichtigt war, daß die Bombe zu einem bestimmten Zeitpunkt hochging, als ein bestimmter Zug eintraf«, beharrte ich. »Ich will wissen, ob das alles nur erfunden ist.«

»Erfunden?« fragte er.

Tränen standen mir in den Augen. »Woher weiß ich denn, ob das nicht irgendeine Tarnung ist, irgendein Trick, weil er noch am Leben ist und sich versteckt halten muß? In einem Zeugenschutzprogramm mit neuer Identität.«

»Er ist nicht mehr am Leben.« Wesley sah traurig aus, und er hielt meine Hand. »Laß uns gehen.«

Aber ich rührte mich nicht von der Stelle. »Ich muß die Wahrheit wissen. Ob es wirklich passiert ist. Mit wem war er verabredet, und wo ist diese Person jetzt?«

»Bitte laß das.«

Menschen schlängelten sich um uns herum, ohne uns zu beachten. Schritte ertönten wie das Donnern der Brandung, und Stahl klirrte, während Bauarbeiter neue Gleise verlegten.

»Ich glaube nicht, daß er mit jemandem verabredet war.«

Meine Stimme zitterte, und ich wischte mir die Tränen aus den Augen. »Ich glaube, das ist eine einzige Lüge, die sich das FBI ausgedacht hat.«

Er seufzte und starrte vor sich hin. »Es ist keine Lüge, Kay.«

»Wer war es denn! Ich will es endlich wissen!« schrie ich.

Jetzt schauten Leute in unsere Richtung, und Wesley schob mich fort von dem Getümmel zum Gleis 8, wo um 11 : 46 Uhr ein Zug nach Denmark Hill und Peckham Rye abfuhr. Er führte mich eine blauweiß geflieste Rampe hinauf zu einem Raum voller Bänke und Schließfächer, wo Reisende ihr Gepäck aufbewahren und wieder abholen konnten. Ich schluchzte hemmungslos. Ich war verwirrt und wütend. Wir gingen in eine menschenleere Ecke, und er drückte mich sanft auf eine Bank.

»Sag's mir«, sagte ich. »Benton, bitte. Ich muß es wissen. Laß mich nicht den Rest meines Lebens verbringen, ohne die Wahrheit zu kennen«, stieß ich erstickt unter Tränen hervor. Er nahm meine Hände. »Du kannst damit abschließen – hier und jetzt. Mark ist tot. Ich schwöre es. Glaubst du wirklich, ich könnte diese Beziehung mit dir haben, wenn ich wüßte, daß er noch irgendwo am Leben ist?« sagte er voller Leidenschaft. »Großer Gott. Wie kannst du nur annehmen, daß ich zu so etwas in der Lage wäre?«

»Was ist mit dem Mann passiert, mit dem er verabredet war?«

Ich ließ nicht locker.

Er zögerte. »Tot, fürchte ich. Sie waren zusammen, als die Bombe hochging.«

»Was soll dann diese Geheimniskrämerei darum, wer es war?« rief ich aus. »Das macht doch keinen Sinn!«

Er zögerte wieder, diesmal länger. Für einen Moment erfüllte Mitleid seine Augen, und es sah aus, als würde er gleich anfangen zu weinen. »Kay, es war kein Mann. Mark war mit einer Frau zusammen.«

»Einer Agentin.« Ich verstand nicht.

»Nein.«

»Was soll das heißen?«

Es dauerte eine Weile, bis ich begriff. Zuerst wehrte ich mich dagegen, aber als er schwieg, wußte ich Bescheid.

»Ich wollte nicht, daß du das herausfindest«, sagte er. »Du solltest nicht wissen, daß er mit einer anderen Frau zusammen war, als er starb. Sie kamen gerade aus dem Grosvenor Hotel, als die Bombe hochging. Es hatte nichts mit ihm zu tun. Er war einfach nur dort.«

»Wer war sie?« Ich war erleichtert, und gleichzeitig war mir speiübel.

»Ihr Name war Julie McFee. Sie war eine einunddreißigjährige Anwältin aus London. Sie hatten sich durch einen Fall kennengelernt, mit dem er befaßt war. Oder vielleicht durch einen anderen Agenten. Ich weiß es nicht genau.«

Ich sah ihm in die Augen. »Wie lange wußtest du über sie Bescheid?«

»Schon eine ganze Weile. Mark wollte es dir sagen, und mir stand es nicht zu, das zu tun.« Er berührte meine Wange und wischte die Tränen fort. »Es tut mir leid. Du hast keine Ahnung, wie ich mich dabei fühle. Als ob du nicht genug gelitten hättest.«

»Auf gewisse Weise wird es dadurch leichter«, sagte ich.

Ein Teenager mit Piercings und einem Irokesenschnitt knallte eine Schließfachtür zu. Wir warteten, bis er mit seinem in schwarzes Leder gekleideten Mädchen davonschlenderte.

»In Wahrheit ist das typisch für meine Beziehung zu ihm.«

Ich fühlte mich ausgelaugt und konnte kaum noch klar denken, als ich aufstand. »Er mochte sich nicht binden, mochte kein Risiko eingehen. Das hätte er niemals getan, für niemanden. Er hat soviel versäumt, und das macht mich am traurigsten.«

Draußen war es feucht, und es wehte ein scharfer Wind. Die Taxischlange um den Bahnhof herum war endlos. Wir gingen Hand in Hand und kauften jeder eine Flasche Hooper's Hooch, denn in England darf man Limonade mit Alkoholgehalt auf der Straße trinken. Polizisten auf gescheckten Pferden trabten am Buckingham Palace vorbei, und im St. James's Park marschierte ein Trupp Gardesoldaten mit Bärenfellmützen auf, den die Touristen sofort eifrig fotografierten. Die Bäume schwankten, und das Getrommel wurde leiser, während wir zurück zum Athenaeum Hotel am Piccadilly gingen.

»Danke.« Ich legte meinen Arm um ihn. »Ich liebe dich, Benton«, sagte ich.